o ladrão do tempo

Obras de John Boyne publicadas pela Companhia das Letras

A casa assombrada
A coisa terrível que aconteceu com Barnaby Brocket
Fique onde está e então corra
O garoto no convés
O ladrão do tempo
O menino do pijama listrado
Noah foge de casa
O pacifista
O Palácio de Inverno
Tormento

O ladrão do tempo

JOHN BOYNE

Tradução

HENRIQUE DE BREIA E SZOLNOKY

3ª reimpressão

Copyright © 2000 by John Boyne

Todos os direitos mundiais reservados ao proprietário.

Grafia atualizada segundo o Acordo Ortográfico da Língua Portuguesa de 1990, que entrou em vigor no Brasil em 2009.

Título original
The Thief of Time

Capa
Sabine Dowek

Preparação
Ciça Caropreso

Revisão
Thaís Totino Richter
Huendel Viana

Dados Internacionais de Catalogação na Publicação (CIP)
(Câmara Brasileira do Livro, SP, Brasil)

Boyne, John

O ladrão do tempo / John Boyne ; tradução Henrique de Breia e Szolnoky. — 1ª ed. — São Paulo : Companhia das Letras, 2014.

Título original: The Thief of Time.
ISBN 978-85-359-2378-0

1. Ficção irlandesa I. Título.

13-13431   CDD-ir823.9

Índice para catálogo sistemático:
1. Ficção : Literatura irlandesa ir823.9

2016

Todos os direitos desta edição reservados à
EDITORA SCHWARCZ S.A.
Rua Bandeira Paulista, 702, cj. 32
04532-002 — São Paulo — SP
Telefone: (11) 3707-3500
Fax: (11) 3707-3501
www.companhiadasletras.com.br
www.blogdacompanhia.com.br

*Para meus pais
e para Michael, em memória*

1

UM INÍCIO

Eu não morro. Apenas fico mais e mais e mais velho.

Se você me visse hoje, com certeza diria que sou um homem perto dos cinquenta anos. Meço exatamente um metro e oitenta e quatro — uma estatura perfeitamente aceitável para qualquer homem, você há de concordar comigo. Meu peso oscila entre oitenta e cinco e cem quilos — mais uma vez, nada excepcional, apesar de eu ser forçado a admitir que esse número, conforme o ano passa, tenda a variar do valor mais baixo para o mais alto progressivamente, pois sigo o procedimento padrão de iniciar uma dieta extrema todo mês de janeiro e não me permitir nenhum tipo de excesso glutão até depois de agosto, quando o frio se instala e sinto necessidade de um pouquinho de estofo. Tive a sorte de meu cabelo — antes espesso, escuro e abençoado com uma ondulação sutil — ter resistido à tentação de cair todo de uma vez; ele só ficou um pouco mais ralo no alto da cabeça e assumiu um tom grisalho bastante atraente. Minha pele é bronzeada e, embora eu note algumas pequenas linhas de expressão sob os olhos, apenas o mais cruel dos críticos sugeriria que tenho rugas. Ao longo dos anos houve pessoas — tanto homens quanto mulheres — que me deram indícios de que sou um homem atraente, dono de um forte magnetismo sexual.

Contudo, o comentário sobre a minha idade — de que devo estar perto dos cinquenta — me agradaria imensamente, pois já faz muitos anos que não posso dizer com honestidade que vivi apenas meio século. Esse número é apenas a idade, ou melhor, a representação visual de uma idade, à qual estive preso durante a maior parte dos meus duzentos e cinquenta e seis anos de vida. Sou velho. Posso parecer jovem — em termos relativos — e pouco distinto fisicamente da maioria dos homens nascidos enquanto Truman estava na Casa Branca, mas estou muito distante de qualquer vigor próprio da juventude. Acredito há muito tempo que a aparência é a mais enganosa das características humanas e fico feliz por ser a prova viva da minha teoria.

Nasci em Paris no ano de 1743, durante a dinastia Bourbon, quando Luís xv ocupava o trono e a cidade podia ser considerada pacífica. Claro que me recordo muito pouco do cenário político da época, mas tenho algumas lembranças de meus pais, Jean e Marie Zéla. Vivíamos em uma situação razoavelmente confortável, apesar de, na época, a França estar mergulhada em uma série de crises financeiras; o país parecia viver sob a sombra de nossas guerrinhas frequentes, que exauriam das cidades tanto seus recursos naturais quanto os homens que poderiam extraí-los.

Meu pai morreu quando eu tinha quatro anos, mas não em batalha. Ele trabalhava como copista para um famoso dramaturgo da época, cujo nome eu até poderia mencionar, mas como ele e sua obra foram esquecidos por completo, o nome nada significaria para você. Decidi omitir destas memórias a maior parte dos nomes desconhecidos para que eu não precise apresentar todo um elenco de personagens no início — dá para conhecer uma quantidade impressionante de pessoas em duzentos e cinquenta e seis anos, sabe? Ele foi assassinado a caminho de casa, quando voltava do teatro tarde da noite, por... vai saber? O golpe de um objeto pontudo em sua nuca o derrubou no chão e uma lâmina rasgou sua garganta, mandando-o desta para uma melhor. O assassino nunca foi encontrado; atos aleatórios de violência eram tão comuns naquela época quanto são hoje — e a justiça, igualmente arbitrária. Mas o dramaturgo era um homem bondoso e ofereceu à minha mãe uma pensão. Assim, durante os anos remanescentes de sua vida de viúva, nunca passamos fome.

Minha mãe, Marie, viveu até 1758. Àquela altura, tinha se casado outra vez, com um dos atores da companhia de teatro para a qual meu pai trabalhara, um tal Philippe Du-Marqué, que tinha manias de grandeza e afirmava ter se apresentado para o papa Bento xiv, em Roma — afirmação que certa vez foi motivo de zombaria por parte da minha mãe e resultou em um espancamento terrível pelas mãos de seu marido encantador. O casamento, embora infeliz e sempre manchado pela violência, resultou em um filho, meu meio-irmão Tomas, cujo nome desde então tornou-se de família. Tanto que o tatatatatataraneto de Tomas, Tommy, mora hoje a apenas alguns quilômetros de mim, na área central de Londres, e nos encontramos com frequência para jantar, ocasiões em que eu invariavelmente "empresto" dinheiro para que ele sane dívidas acumuladas graças a seu estilo de vida extravagante e ambicioso; isso sem considerar — falando sem rodeios — as despesas com narcóticos.

O rapaz em questão tem apenas vinte e dois anos e duvido muito que chegue aos vinte e três. Seu nariz está quase em carne viva por causa da quantidade de cocaína que cheirou nos últimos oito anos — ele não para de mexer o nariz, como aquela feiticeira do seriado — e seus olhos trazem uma invariável expressão vítrea e inconstante. Quando jantamos juntos, sempre por minha conta, ele fica propenso a surtos, tanto de euforia quanto de depressão severa. Já o vi histérico e também catatônico, e não tenho certeza de qual estado prefiro. Ele ri de repente, sem nenhum motivo claro, e sempre desaparece, quando assuntos urgentes o arrebatam para longe logo depois que lhe empresto um pouco mais de dinheiro. Eu tentaria procurar ajuda para ele, mas sua linhagem sempre foi problemática e, como você verá, todos seus antepassados tiveram um final infeliz; portanto, não faz muito sentido. Passei da idade de tentar interferir na vida deles faz tempo — e, de qualquer forma, eles não querem saber da minha ajuda. Creio que não devo me apegar demais a nenhum desses garotos, pois os Tomas, os Thomas, os Thom, os Tom e os Tommy sempre morrem jovens e sempre há um outro deles por aí, pronto para me incomodar. Tanto que na semana passada Tommy me informou que tinha "emprenhado", como definiu com elegância, a atual namorada; portanto, a experiência me faz supor que seus dias estão contados. Estamos em meados do verão e a criança deve nascer perto do Natal. Ele providenciou um herdeiro para a linhagem dos DuMarqué e, assim, como o macho de uma viúva-negra, sua vida não tem mais utilidade.

Este é um bom momento para acrescentar que foi apenas no final do século XVIII, época em que cheguei naturalmente aos cinquenta anos, que o meu envelhecimento físico se interrompeu. Até então eu era um homem como qualquer outro, embora nutrisse um orgulho especial por minha aparência — algo atípico para a época — e me dedicasse a manter o corpo e a mente saudáveis, o que só entraria em voga dali a uns cento e cinquenta anos. Eu me lembro de ter percebido, em algum momento entre 1793 e 1794, que minha aparência continuava inalterada, o que na época me agradou, inclusive porque era raro viver até aquela idade no final do século XVIII. Por volta de 1810 aquilo se tornou assustador para mim, pois o natural seria que eu tivesse a aparência de um homem próximo dos setenta anos; em 1843, no meu centésimo aniversário, eu sabia que algo estranho estava acontecendo. Àquela altura, eu já estava aprendendo a conviver com o fato. Nunca procurei opiniões médicas, pois havia bastante tempo meu lema era "por que desafiar a sorte?". Não sou um desses personagens imortais da ficção que imploram pela morte como libertação da clausura da vida eterna; os prantos e lamúrias perpétuos dos mortos-vivos não são para mim. Afinal, minha felicidade é plena. Minha existência é construtiva. Contribuo com o mundo em que vivo. E talvez minha vida não seja eterna. O fato de eu ter duzentos e cinquenta e seis anos não significa necessariamente que viverei até os duzentos e cinquenta e sete. Mas imagino que sim.

Porém, estou me adiantando em quase dois séculos e meio. Por isso, peço sua licença para voltar por um instante a meu padrasto, Philippe, que só viveu mais tempo do que minha mãe porque certa noite a espancou além da conta e ela desabou no chão, com sangue transbordando pela boca e pela orelha esquerda, para nunca mais se levantar. Eu tinha quinze anos na época e, depois de providenciar um enterro decente para ela e garantir que Philippe fosse julgado e executado por seu crime, deixei Paris com o pequeno Tomas para seguir meu destino.

E foi como um rapaz de quinze anos, viajando de Calais a Dover com meu meio-irmão a tiracolo, que conheci Dominique Sauvet, meu primeiro amor verdadeiro e provavelmente a jovem com a qual nenhuma das minhas dezenove esposas e novecentas amantes subsequentes jamais poderiam se comparar.

2

QUANDO CONHECI DOMINIQUE

Ouvi muitas vezes a afirmação de que é impossível se esquecer do primeiro amor; o ineditismo das emoções seria, por si só, o suficiente para assegurar uma lembrança duradoura em qualquer coração pulsante. Tal fato não deve ser tão incomum para o homem médio, que acumula talvez uma dúzia de amantes e uma ou duas esposas ao longo da vida, mas é um pouco mais difícil para uma pessoa que viveu tanto tempo quanto eu. Admito ter esquecido os nomes e as características de centenas das mulheres com quem compartilhei prazeres — em um dia bom, consigo me lembrar de apenas catorze ou quinze esposas —, mas Dominique Sauvet está consolidada em minha memória como um marco histórico do momento em que deixei a infância para trás e comecei uma vida nova.

O navio que ia de Calais a Dover estava abarrotado e sujo, e era difícil escapar do cheiro viciado e deplorável de urina, suor e peixe morto. Apesar disso, eu estava exultante, pois tinha visto meu padrasto ser executado havia alguns dias. Em meio à segurança de uma pequena multidão, desejei com toda a força que ele olhasse na minha direção no momento em que colocou a cabeça sobre o bloco de pedra, e por um breve instante ele olhou. Quando nossos olhos se encontraram, temi que, em seu terror, ele não me reconhecesse. Apesar de me dar calafrios, estava feliz com a sua execução. Ao longo dos séculos jamais esqueci a imagem do machado despencando sobre seu pescoço, o corte súbito e o gemido da multidão, entrelaçado com uma ovação e o som de um jovem vomitando. Certa vez, quando eu tinha por volta de cento e quinze anos, acompanhei uma leitura que Charles Dickens fez de um de seus livros, que continha uma cena de guilhotina, e precisei levantar e ir embora, de tão perturbadora que foi a memória daquele dia um século antes, tão arrepiante a lembrança de meu padrasto sorrindo para mim antes de sua vida acabar — embora a guilhotina mesmo só começasse a ser usada após o início da Revolução, coisa de trinta anos depois. Lembro-me do olhar gelado do escritor nas minhas costas enquanto eu saía, talvez pensando que eu me opunha à sua obra ou a considerava monótona, coisa que seria impossível.

Escolhi a Inglaterra como nosso novo lar porque era uma ilha, um território sem conexão com a França, e eu gostava da ideia de estar em um lugar independente e completo por si só. Não era uma viagem longa e passei a maior parte dela cuidando de Tomas, então com cinco anos, que estava enjoado e insistia em tentar vomitar por cima da lateral do navio um conteúdo que nem havia mais em seu estômago. Levei meu irmão até a balaustrada e o sentei com o rosto de frente para o vento, na esperança de que o ar fresco o ajudasse de alguma maneira, e foi então que vi Dominique Sauvet, a apenas poucos metros de nós, seu volumoso cabelo escuro esvoaçando para trás com o vento e refletindo a luz conforme ela olhava em direção à França, que se distanciava de nós; em direção às lembranças de suas próprias angústias.

Ela flagrou meu olhar e o devolveu por um instante, antes de desviar o rosto. Depois olhou para mim mais uma vez, eu enrubesci, descobri o amor e peguei Tomas no colo, que imediatamente recomeçou a gritar de dor.

"Fique quieto!", implorei a ele. "Shiu!" Eu não queria parecer incapaz de cuidar de uma criança, mas era contra deixá-lo andar pelo navio sem supervisão, chorando, gritando e urinando quando bem entendesse, como algumas crianças a bordo faziam.

"Tenho um pouco de água fresca", disse Dominique, aproximando-se de nós e resvalando de leve em meu ombro, seus dedos pálidos e finos tocando com delicadeza minha pele exposta pelo longo rasgo na camisa barata, fazendo com que todo o meu corpo se incendiasse de excitação. "Talvez ajude a acalmá-lo um pouco."

"Obrigado, mas ele já vai melhorar", respondi nervoso, com medo de conversar com aquela visão de beleza e ao mesmo tempo amaldiçoando minha inaptidão. Eu era apenas um menino, incapaz de fingir ser outra coisa.

"Não preciso dela, de verdade", continuou Dominique. "E também não falta muito para chegarmos." Ela se sentou e me virei devagar, observando sua mão descer pelo decote do vestido e voltar com uma pequena e estreita garrafa de água cristalina. "Eu a mantive escondida", explicou. "Tive medo que alguém tentasse roubá-la."

Sorri e aceitei a garrafa oferecida, observando Dominique enquanto eu tirava a tampa e entregava a água a Tomas, que bebeu um pouco, agradecido. A paz voltou a reinar sobre ele e suspirei aliviado.

"Obrigado", eu disse. "Você é muito gentil."

"Fiz questão de trazer algumas provisões quando saímos de Calais, por precaução", ela disse. "Onde estão seus pais? Não deveria ser deles a responsabilidade de cuidar do garoto?"

"Estão debaixo de sete palmos de terra, em um cemitério parisiense", respondi. "Uma assassinada pelo marido, o outro assassinado por ladrões."

"Lamento", ela respondeu. "Então estamos na mesma situação. Viajando sozinhos."

"Tenho meu irmão."

"É claro. E como você se chama?"

Estendi a mão na direção dela e, conforme o fiz, me senti maduro, um adulto, como se o ato de cumprimentá-la selasse minha independência.

"Matthieu", respondi. "Matthieu Zéla. E essa criatura de estômago fraco é o meu irmão, Tomas."

"Dominique Sauvet", ela disse, ignorando minha mão e nos cumprimentando com um leve beijo na bochecha, o que me deixou ainda mais alvoroçado. "Prazer em conhecê-los", acrescentou.

Nosso relacionamento começou naquele instante e aprofundou-se mais tarde, naquela noite, em um quartinho de um albergue em Dover, onde nós três nos refugiamos. Dominique era quatro anos mais velha do que eu — tinha dezenove — e, naturalmente, mais experiente em assuntos românticos. Deitamos juntos na cama, próximos um do outro para nos mantermos quentes, tensos por causa de nossos desejos. Ela enfim escorregou a mão por baixo do lençol frio e carcomido que mal nos cobria e passeou pelo meu peito e abaixo dele até que nos beijamos e permitimos que nossa paixão nos consumisse.

Quando acordamos na manhã seguinte, eu estava cheio de temores pelo que poderia acontecer. Olhei o corpo de Dominique ao meu lado, o lençol cobrindo-a o suficiente para ocultar suas partes íntimas, mas ainda assim provocando em mim uma nova onda de desejo, e temi que ela se arrependesse do nosso comportamento na noite anterior. Quando seus olhos se abriram, de fato houve uma estranheza à medida que ela se cobria ainda mais com o lençol — expondo, assim, mais do meu corpo, o que me deixou profundamente constrangido —, até que, enfim, ela se enterneceu e puxou meu corpo de encontro ao dela mais uma vez, com um suspiro.

Passamos aquele dia caminhando por Dover, Tomas conosco, como se fôssemos marido e mulher, e Tomas, nosso filho. Eu transbordava de alegria, certo de que aquela era a vida mais perfeita que poderia existir. Eu queria que o dia durasse para sempre e, ainda assim, ansiava para que passasse rápido e voltássemos logo ao quarto.

Naquela noite, porém, tive uma surpresa desagradável. Dominique ordenou que eu dormisse no chão com Tomas e, quando protestei, ela disse que, se eu não o fizesse, ela me cederia a cama e dormiria ela mesma no chão; então cedi. Quis perguntar o que havia de errado, por que de repente ela me rejeitava daquela maneira, mas não consegui encontrar as palavras. Imaginei que, se eu exigisse mais do que ela estava disposta a oferecer, ela me consideraria estúpido, infantil, um bebê, e eu estava determinado a não dar motivos para que ela me desprezasse. Eu já pensava em como queria cuidar dela, ficar ao seu lado para sempre, mas hoje não tenho dúvidas de que ela achava que, como eu tinha apenas quinze anos, se quisesse algum futuro neste mundo, provavelmente não conseguiria comigo. Estava esperando algo melhor.

Um erro, como ficaria evidente.

3

JANEIRO DE 1999

Moro em um apartamento agradável, com face sul, em Piccadilly, Londres. É um apartamento no subsolo de uma casa de quatro andares. A parte superior da propriedade é habitada por um ex-ministro do gabinete da sra. Thatcher cujas tentativas de conseguir uma cadeira na Câmara dos Lordes foram esnobadas de imediato pelo sucessor da Dama de Ferro, o sr. Major — que ele desprezava por causa de um incidente no Treasury alguns anos atrás. Desde então, ele se embrenhara no menos prestigioso mas financeiramente muito mais recompensador mundo da televisão via satélite. Como grande acionista da corporação que emprega meu vizinho, tenho muito interesse em sua carreira e fui, em parte, responsável pela estreia de seu programa de entrevistas políticas exibido três vezes por semana e que, nos últimos tempos, vem obtendo resultados ruins de audiência devido à opinião geral de que ele é "coisa do passado". Apesar de considerar completamente absurda a noção do público de que qualquer coisa da década anterior seja "coisa do passado" — minha própria longevidade atesta isso —, suspeito que sua carreira esteja de fato chegando ao fim, e lamento, pois ele é um homem agradável e de bom gosto, característica que temos em comum. Ele foi gentil o suficiente para me convidar a visitá-lo em diversas ocasiões, e certa vez jantamos com uma belíssima louça húngara de meados do século xix que eu podia jurar que vi sendo fabricada em Tatabánya, enquanto passava minha lua de mel com, se bem me lembro, Jane Dealey (1830-1866), com quem me casei em 1863. Moça adorável. Belos traços. Final medonho.

Eu teria condições de viver com um luxo igual ao do meu amigo televisivo, mas não tenho o menor interesse. Neste momento, simplicidade é o que me agrada. Já vivi na penúria e já vivi na opulência. Dormi em calçadas e caí de bêbado em palácios, como um vagabundo criminoso ou como um idiota coberto de vômito. O mais provável é que eu repita ambos. Vim para este apartamento em 1992 e desde então tenho vivido aqui. Fiz dele um belo lar. Há um pequeno vestíbulo assim que entramos pela porta da frente, que leva a um corredor curto que se abre para a sala de estar, um degrau abaixo, com um belo conjunto de janelas que se projetam para fora. Ali mantenho meus livros, meus discos, meu piano e meus cachimbos. Distribuídos pelo restante do apartamento estão um quarto, um banheiro e um pequeno quarto de hóspedes usado apenas pelo meu sobrinho muito distante Tommy, que telefona para sairmos sempre que precisa de dinheiro.

No aspecto financeiro, minha vida tem sido próspera. Não entendo muito bem como acumulei meu dinheiro, mas há bastante dele. A maior parte se multiplicou sem eu perceber. Para dar o salto entre o navio de Dover e minha posição atual, assumi diversas funções e cargos, claro, mas acho que minha verdadeira sorte foi ter mantido meu dinheiro como dinheiro, e nunca em títulos, ações, apólices de seguro ou pensões. (Seguro de vida é desperdício de dinheiro, no meu caso.) Tive um amigo — Denton Irving — que perdeu uma quantia imensa na quebra de Wall Street no começo deste século. Foi um daqueles sujeitos que se jogaram da janela do escritório por causa da sensação de fracasso. Um tolo; considerando pessoal algo que o país inteiro enfrentou. A culpa não foi dele, de jeito nenhum. Enquanto caía, ele com certeza viu metade das fortunas seculares de Nova York diante de suas janelas de hotel, contemplando seus próprios fins. Aliás, ele falhou até mesmo nisso. Errou o cálculo e acabou com uma perna quebrada, um braço estilhaçado e duas costelas fraturadas em plena avenida das Américas, gritando de agonia por cerca de dez segundos antes de um bonde virar a esquina em alta velocidade e terminar o serviço. Mas acho que conseguiu o que queria.

Sempre fui a favor de gastar dinheiro, pois há pouquíssimo sentido em ter esse troço se você não o usa para tornar sua vida mais confortável. Não tenho descendentes, portanto ninguém a quem deixar minha herança na improvável ocasião da minha morte — com exceção do Tommy atual, claro —, e mesmo se tivesse, acredito que uma pessoa deve construir seu próprio caminho, sem ajuda externa.

Tampouco critico a época em que vivo. Conheço alguns jovens de setenta, oitenta anos que reclamam do mundo em que vivem e das mudanças que não param de acontecer. De vez em quando converso com eles no clube e considero um tanto ridículo o desdém que demonstram pelo Hoje. Recusam-se a ter as chamadas geringonças modernas em casa, fingindo incompreensão quando um telefone toca ou alguém lhes pede o número do fax. Uma estupidez. O telefone surgiu antes deles, ora. Aproveite tudo que sua época oferece, estou lhe dizendo. Essa é a essência da vida. Particularmente, acredito que o final do século xx tem sido bastante satisfatório. Talvez um pouco tedioso em certos momentos — embora eu tenha ficado obcecado por algum tempo com o programa espacial norte-americano durante os anos 1960 —, mas bom o suficiente por enquanto; já vi piores. Você devia ter visto como era o século passado. No final do xix. As coisas eram tão morosas que não guardo mais do que duas lembranças de um período de vinte anos daquela época. E uma delas é apenas uma dor nas costas que me manteve de cama por seis meses.

Em meados de janeiro, Tommy me telefonou e me convidou para jantar pela quarta vez em três semanas. Eu não o via desde o Natal e, até então, tinha conseguido despistá-lo. Mas sabia que mais um adiamento o induziria a me visitar tarde da noite, e sempre que ele fazia isso acabava dormindo em casa — algo que eu não encorajava. Convidados que pernoitam são bem-vindos durante a noite, quando há bebidas para beber e conversas para conversar, mas na manhã seguinte sempre existe um constrangimento, quando tudo o que você quer é que eles vão embora e o deixem com a sua rotina. Ele não é um dos meus Thomas favoritos e com certeza não se compara a seu tetravô, mas também não é o pior deles. O rapaz tem certa arrogância charmosa, uma mistura de autoconfiança, *naïveté* e negligência que me atrai. Com vinte e dois anos, é o que eu chamaria de um jovem do século XXI. Isso se ele durar até lá.

Nos encontramos em um restaurante no West End, mais cheio do que eu esperava. O problema de ser visto em público com Tommy é que qualquer momento de privacidade com ele se torna impossível. Do minuto em que ele entra em um recinto até o minuto em que sai, todo mundo o encara, sussurra e lança olhares furtivos em sua direção. Seu status de celebridade intimida e hipnotiza as pessoas na mesma proporção, e tenho o dúbio privilégio de acabar envolvido em tudo isso. Na noite da última terça-feira não foi diferente. Ele chegou atrasado e quase despencou ao passar pela porta, sorrindo ao se aproximar de mim com seu terno Versace preto, camisa preta e gravata preta combinando, parecendo alguém saído de um velório ou de um filme sobre a máfia ítalo-americana. O cabelo estava cortado de maneira despojada logo acima dos ombros e a barba era de dois dias. Largou-se na cadeira, sorrindo para mim e lambendo os lábios, sem perceber o silêncio que dominara o restaurante. Aparições três vezes por semana nas salas de estar de todo o país, sem contar as maratonas de reprises nos fins de semana, tinham transformado meu sobrinho em uma espécie de celebridade. E a consistência desse status o tornou imune aos incômodos que o acompanham.

Como muitos Thomas anteriores, Tommy é um rapaz bonito e, à medida que amadurece (fisicamente), torna-se ainda mais atraente. Tem seu programa de televisão há oito anos, desde os catorze, e passou de sensação adolescente a garoto de capa de revista e depois a tesouro nacional de vinte e dois anos. Conseguiu levar dois *singles* ao topo das paradas de sucesso (apesar de seu álbum não ter alcançado o top dez) e chegou a atuar durante seis meses em uma produção de *Aladim* no West End; havia um berreiro interminável sempre que ele aparecia de colete, pantalonas e quase mais nada. Ele gosta de reiterar que foi eleito o "garoto mais transável" quatro vezes consecutivas em uma determinada revista adolescente, título que me aterroriza mas o encanta. Ele conhece o mundo corporativo da televisão de um extremo a outro. Não é apenas um ator; é uma estrela.

Sua persona nas telas é a de um anjo de coração puro, não muito favorecido no quesito cérebro e a quem nada de bom acontece. Desde sua primeira aparição na programação, no início dos anos 1990, seu personagem parece não ter encontrado nenhum motivo para sair de um raio de um quilômetro e meio de Londres. Ele talvez nem saiba da existência de qualquer outro universo. Cresceu ali, estudou ali e agora trabalha ali. Teve várias namoradas e duas esposas; teve um caso com a irmã e um romance não consumado com outro rapaz — algo bastante controverso para a época. Houve um período em que foi sondado por um importante time de futebol, até precisar desaparecer por causa da leucemia; era apaixonado por balé e obrigado a manter tal fato em segredo; flertou com a bebida, as drogas e o atletismo e fez sabe lá o que mais em sua ilustre carreira. Qualquer outro garoto já estaria morto com todos os desafios que surgiram em sua vida. Tommy — ou "Sam Cutler", como é mais conhecido pela nação — persevera e está sempre pedindo mais. Ele tem, na falta de uma palavra melhor, persistência. Aparentemente, isso o torna benquisto por avós, mães e filhas, sem falar em diversos rapazes que copiam seus maneirismos e bordões com vistosa extroversão.

"Você não parece nada bem", eu disse enquanto comíamos, observando de relance sua pele manchada e pálida e os anéis avermelhados flutuando sob seus olhos. "E será que podemos, *por favor*, comer em paz?", implorei a uma garçonete que nos rondava, ansiosa, com um bloco e uma caneta, encarando seu herói com uma volúpia mal disfarçada.

"É a maquiagem, tio Matt", respondeu Tommy. "Você não tem ideia do que ela faz com a minha pele. Antes eu usava porque a gente precisa de um pouco para as câmeras, mas afetou tanto a minha pele que agora preciso de cada vez mais para ficar perto do normal. Agora eu pareço a Zsa Zsa Gabor nas telas e o Andy Warhol fora delas."

"Seu nariz está inflamado", comentei. "Você usa drogas demais. Um dia desses vai abrir um buraco nele. É só uma sugestão, mas talvez você devesse experimentar injetar em vez de cheirar."

"Eu não uso drogas." Ele deu de ombros, a voz perfeitamente firme, como se acreditasse que aquilo fosse apenas o socialmente correto a fazer — *negar*, quero dizer —, mas ao mesmo tempo com plena consciência de que nenhum de nós dois acreditava nele, nem por um segundo.

"Não que eu me *oponha* a elas, entenda", eu disse, tocando o guardanapo em meus lábios para limpá-los. Eu não estava em posição de dar sermões. Afinal, fui viciado em ópio na virada do século e consegui sobreviver — mas só Deus sabe o que passei por causa disso. "O problema é que as drogas que você usa vão matá-lo. A não ser que você use direito."

"A não ser que eu o quê?" Ele olhou para mim, perplexo, segurando a base da taça de vinho e girando-a devagar.

"O problema dos jovens de hoje", eu disse, "não é eles fazerem coisas ruins para si mesmos, como a maior parte da mídia gosta de acreditar. É eles não saberem fazer essas coisas direito. Vocês estão tão ansiosos para ficar chapados que não pensam que podem sofrer uma overdose e que, para ser bem franco, podem morrer. Vocês bebem até os fígados explodirem. Fumam até os pulmões entrarem em colapso de tanta podridão. Criam doenças que ameaçam acabar com todos vocês. Divirta-se como bem entender. Seja devasso, é sua obrigação. Mas seja esperto. Exagere em tudo, porém saiba o que está fazendo, é tudo o que eu peço."

"Eu não uso drogas, tio Matt", ele repetiu, com a voz firme mas pouco convincente.

"Então, por que precisa que eu lhe empreste dinheiro?"

"Quem disse que eu preciso?"

"Por qual outro motivo você estaria aqui?"

"Pelo prazer da sua companhia."

Eu ri. Era uma ideia no mínimo agradável. Eu gostava da maneira como ele sustentava as convenções sociais. "Você é tão famoso", comentei, perplexo com aquele fato. "Ainda assim, ganha tão pouco. Não entendo. Por quê, exatamente? Me explique."

"É um beco sem saída", respondeu Tommy. "Existe um pagamento padrão para o que eu faço, e não é muito. Não posso sair, porque virei ator de um papel só e não conseguiria outros trabalhos — a não ser que eu trabalhasse com produção ou algo assim, que é exatamente o que eu deveria fazer, já que conheço essa indústria de cima a baixo. Vi praticarem todo tipo de golpe e arruinarem todo tipo de negociação. É isso que quero para o meu futuro. Oito anos no papel de um *babaca* ingênuo em um programa imbecil de

TV não te levam para um filme do Martin Scorsese, você sabe. Terei sorte se me oferecerem a oportunidade de apertar o botão do sorteio da National Lottery mais de uma vez por ano, caramba. Sabia que fui cogitado para fazer isso há uns dois meses, mas depois acabaram me descartando?"

"Sim, você me contou."

"E me trocaram pela Madonna. Pela Madonna! Não tenho como competir com isso, caramba! Eu trabalho para a merda da BBC, ela não. Imaginei que eles teriam um pouco de lealdade. E o estilo de vida que eu levo para sustentar meu sucesso demanda um certo nível de dinheiro. Não tenho como vencer. Sou como um hamster numa rodinha. Eu faria alguma coisa em publicidade, ou talvez desfiles de moda, mas meu contrato me impede de promover qualquer produto enquanto eu estiver no programa. Se não fosse por isso, juro que a esta altura eu seria uma prostituta do capitalismo. Eu venderia de tudo, desde loção pós-barba até absorvente íntimo, se eu pudesse."

Eu dei de ombros. Acho que fazia sentido. "Posso emprestar uns dois mil", eu disse, "mas prefiro pagar algumas contas suas em vez de lhe dar o dinheiro vivo. Por acaso há homens atrás de você?"

"Homens. Mulheres. Qualquer coisa com batimentos cardíacos me segue pela rua", ele respondeu com um sorriso arrogante. "Aliás, branqueei meus dentes na semana passada", acrescentou, non sequitur, abrindo um sorriso para me mostrar meia lua de dentes cor de neve. "Ficaram bonitos, não ficaram?"

"*Homens*", repeti. "Não se faça de bobo comigo. Guarde isso para o programa de TV."

"Que tipo de homens? O que você quer dizer?"

"Você sabe exatamente do que estou falando, Tommy. Agiotas. Traficantes. Pessoas de caráter duvidoso." Inclinei-me para a frente e olhei-o nos olhos. "Você deve dinheiro a alguém?", perguntei. "É por isso que está preocupado? Eu já vi pessoas morrerem nas mãos desse tipo de gente. Antepassados seus, por exemplo."

Ele se reclinou na cadeira e a ponta da língua passou lentamente pelos lábios. Notei que ele inflava a bochecha esquerda de leve conforme me observava. "Uns dois mil seriam úteis para mim", respondeu. "Se você puder. Estou acertando minha vida, sabe?"

"Ah, tenho certeza que sim."

"Tudo vai dar certo para mim."

"Espero que dê", eu disse com displicência, me levantando e ajustando a gravata enquanto fazia menção de ir embora. "Tenho seus dados bancários em casa. Depositarei o dinheiro amanhã. Quando você entrará em contato comigo de novo? Daqui a duas semanas? Terá gastado tudo nesse tempo?"

Ele sorriu para mim e reclinou-se na cadeira, dando de ombros. Toquei seu ombro de leve ao me despedir, admirando a seda de sua camisa, que não devia ter sido barata. Ele tinha bom gosto para roupas, o Tommy atual. Quando ele morrer, os tabloides farão a festa com sua imagem.

4

QUANDO MOREI COM DOMINIQUE

Dominique, Tomas e eu ficamos em Dover quase um ano inteiro. Aperfeiçoei meu inglês e aprendi a falar com apenas um traço de sotaque, que eu deixava transparecer ou não quando bem entendia. Tornei-me um batedor de carteiras profissional, vagando pelas ruas desde as seis da manhã até tarde da noite, aliviando as pessoas de suas carteiras e bolsas. Tornei-me bom nisso. Ninguém jamais sentiu minha mão se esgueirando pelas mangas longas de seus sobretudos, meus dedos encontrando sem demora um objeto de valor, um relógio, algumas moedas, e engolindo-os de imediato; mas por vezes eu não avaliava bem o entorno e algum indivíduo com espírito cívico me flagrava e alertava a todos. Uma perseguição vinha em seguida — muitas vezes era bem divertido — e eu quase sempre ganhava, já que, na época, tinha dezesseis anos e estava no auge das minhas condições físicas. Por conta das minhas aventuras questionáveis, nós três vivíamos com tranquilidade, e alugamos um pequeno aposento nos fundos de uma hospedaria que não era suja demais nem tinha tantos ratos. Havia duas camas no aposento, uma para mim e Tomas e outra para Dominique. Nos seis meses desde que tínhamos nos conhecido, não repetimos os prazeres daquela primeira noite. E os sentimentos de Dominique por mim se tornavam cada vez mais fraternais. Eu ficava acordado à noite, ouvindo os sons de sua respiração, e às vezes ia sorrateiramente até a cama dela para sentir sua respiração noturna em meu rosto. Eu a observava dormindo, torturado pelo desejo de me deitar com ela mais uma vez.

Dominique demonstrava por Tomas um sentimento maternal um tanto distante, cuidando dele enquanto eu saía para roubar, mas o abandonando aos meus cuidados assim que eu voltava, quase como se ela fosse apenas uma babá contratada para tomar conta da criança e aceitando o pagamento pelo trabalho no fim do dia. Tomas era uma criança quieta na maior parte do tempo, não nos causava muitos problemas e, nas raras ocasiões em que ficávamos todos no quarto à noite, ele tendia a dormir cedo, permitindo que eu e Dominique conversássemos até tarde, ela me contando seus planos para o futuro, enquanto minha mente continuava determinada a seduzi-la mais uma vez. Ou a permitir que ela me seduzisse — o que ocorresse primeiro.

"Devíamos ir embora de Dover", ela me disse uma noite, quase um ano depois da nossa chegada. "Estamos aqui há tempo demais."

"Eu gosto daqui", respondi. "Temos o suficiente para sobreviver todos os dias. Comemos o suficiente, não comemos?"

"Eu não quero comer 'o suficiente'", ela disse, frustrada. "Quero comer *bem*. Quero *viver* bem. Aqui nunca teremos isso. Não há futuro para nós neste lugar. Precisamos ir embora."

"Mas para onde iríamos?", perguntei. Eu tinha percorrido o longo caminho entre a França e a Inglaterra, mas, uma vez que havíamos nos estabelecido, eu não conseguia imaginar um mundo fora do nosso pequeno quarto e das minhas ruas caleidoscópicas. Eu era feliz ali.

"Não podemos viver dos seus roubos para sempre, Matthieu. Eu, pelo menos, não posso."

Pensei no assunto com os olhos voltados para o chão. "Você quer voltar para a França?", perguntei, e ela negou de imediato com a cabeça.

"Jamais voltarei à França", ela disse. "Jamais." Naquela época, ela não tinha me contado direito os motivos de ter abandonado seu país natal, mas eu sabia que tinham a ver com seu pai alcoólatra. Ela nunca foi o tipo de jovem que se abria com facilidade. Me intriga até hoje que, nos poucos e breves anos que passamos juntos, ela nunca fora tão honesta comigo quanto no dia em que nos conhecemos. No que diz respeito a Dominique, diferente da maioria das pessoas que conheci, o aumento da familiaridade era acompanhado de um distanciamento cada vez maior. "Podíamos ir para o interior", ela sugeriu. "Eu poderia arrumar um emprego lá."

"Fazendo o quê?"

"Em uma casa, talvez. Conversei com algumas pessoas sobre isso. Sempre há vagas em casas, para empregados. Eu poderia fazer isso por um tempo. Ganhar algum dinheiro. Economizar. Talvez começar meu próprio negócio em algum lugar."

Eu ri. "Não seja ridícula", falei. "Como você faria isso? Você é uma menina." Era uma ideia absurda.

"Eu poderia fazer isso", ela insistiu. "Não vou ficar

enfurnada neste buraco fedorento para sempre, Matthieu. Não quero envelhecer e morrer aqui. E também não pretendo passar o resto da vida de joelhos, lavando o chão de outra pessoa. Estou disposta a sacrificar alguns anos da minha vida para construir algo para mim. Para nós, se você preferir."

Pensei naquilo, mas sem convicção. Eu gostava de Dover. Havia um prazer perverso na minha vida de pequenos crimes. Tinha, inclusive, encontrado maneiras de me entreter sem o conhecimento de Dominique. Eu havia me juntado a uma gangue de meninos pobres que levavam uma vida parecida com a minha, praticando crimes variados para sobreviver. Com idade entre seis e dezoito, dezenove anos, alguns viviam na rua e achavam um canto para chamar de seu, onde caíam no sono sob qualquer material que encontrassem para mantê-los aquecidos à noite. Seus corpos jovens tinham desenvolvido imunidade contra o frio e doenças, e eles estão entre as pessoas mais saudáveis que conheci nestes duzentos e cinquenta e seis anos. Alguns se juntavam para dividir um quarto — às vezes oito ou nove em uma área menor do que uma cela de prisão. Outros tinham quartos melhores, sustentados por homens mais velhos que se apropriavam de parte dos lucros e os molestavam quando lhes convinha; uma faca na garganta, um braço em volta do torso e uma boca ávida no pescoço de pele macia.

Juntos planejávamos crimes mais sofisticados que muitas vezes não envolviam recompensa financeira, eram apenas maneiras estimulantes de passar a tarde, pois éramos jovens e propensos a comportamentos irresponsáveis. Saquear carroças, rolar barris de cerveja para fora de depósitos, atormentar senhoras inofensivas — tudo isso fazia parte de um dia comum para mim e meus pares. Conforme meus ganhos aumentaram, percebi que podia guardar uma parte para mim sem dizer a Dominique, dinheiro que usei no despertar da minha liberdade sexual. Tentei não repetir nenhuma prostituta, mas era difícil ter certeza de que isso não acontecia pois toda vez que eu estava em alguma espelunca, sem roupas e pressionando meu quadril contra o corpo de uma garota cujo fedor de suor e sujeira era bastante perceptível sob o nauseante perfume barato, eu via apenas o rosto de Dominique, seus olhos amendoados, o pequeno nariz bronzeado, o corpo esbelto e a cicatriz discreta em seu ombro esquerdo, sobre a qual eu sonhava deslizar a língua mais uma vez. Para mim, todas aquelas garotas eram Dominique e, para elas, eu não passava de um momento de tédio que valia alguns xelins. Era uma vida boa. Eu era jovem.

Havia garotas da rua também; garotas que não resguardavam sua honra com a mesma determinação que Dominique agora resguardava a dela. Essas meninas, muitas vezes irmãs ou primas de meus companheiros de crime — e, com frequência, elas mesmas criminosas —, ocupavam minha mente por uma semana, às vezes duas, mas logo eu perdia o interesse em nossa união e elas pulavam para o próximo rapaz. No fim, concluí que ou eu pagava ou ficava sem, já que, com o pagamento, pelo menos eu conseguia fingir que minha parceira era a pessoa com quem eu mais queria estar.

Era inevitável que um dia eu fosse pego. Nosso futuro em Dover foi determinado em uma noite sombria de outubro de 1760. Eu estava em uma esquina silenciosa em frente ao Fórum de Justiça, à espera de alguma vítima em potencial. Eu o vi — um cavalheiro alto e de idade avançada, com um chapéu preto e uma elegante bengala de carvalho — parar por um momento no meio da rua, apalpar o sobretudo à procura da carteira e continuar seu trajeto, abrindo um sorriso de alívio por tê-la encontrado. Puxei meu quepe para cobrir o rosto, olhei o entorno em busca de guardas e o segui pelas ruas, sem pressa.

Meus passos entraram automaticamente no ritmo dos dele e deixei meus braços penderem ao lado do corpo, relaxados como os dele, para que o homem não ouvisse minha aproximação por trás. Estendi a mão para dentro de seu bolso e meus dedos agarraram uma espessa carteira de couro, que puxei para fora sem perder nenhum passo. Conforme minha mão ressurgiu, virei-me e comecei a me afastar, seguindo na direção oposta em um ritmo constante, meus passos ainda em uníssono com os dele, pronto para voltar para casa naquele dia. Foi quando ouvi um grito atrás de mim.

Dei meia-volta e vi o velhote no meio da rua, olhando com espanto para um homem de meia-idade que corria na minha direção, os braços agitando-se no ar conforme se aproximava com vigor. Também eu fiquei surpreso, sem saber o que ele queria, quando me lembrei da carteira e percebi que ele devia ter visto o que eu fizera e decidido responder a algum patético senso de responsabilidade cívica. Girei nos calcanhares e corri, amaldiçoando minha má sorte, mas sem duvidar nem por um instante de que iria escapar daquele gigante cuja barriga generosa, por si só, devia ser suficiente para deixá-lo para trás. Ganhei velocidade, minhas pernas compridas saltando pelo chão de pedras enquanto tentava escolher a melhor rota de fuga. Queria seguir para a praça do comércio, onde cinco vielas se abriam para direções diferentes, cada uma levando a outras travessas. Sempre havia uma multidão naquela área da cidade e o volume de pessoas me encobriria sem nenhuma dificuldade, pois eu estava vestido como qualquer menino de rua. Mas aquela noite estava muito escura e, confuso, me perdi. Depois de alguns instantes, percebendo que havia pegado o caminho errado, comecei a me preocupar. O homem se aproximava, gritando para que eu parasse — algo bastante improvável —, mas, quando olhei por cima do ombro, vi determinação em seu rosto e, pior, o bastão que ele levava. Pela primeira vez experimentei uma sensação real de medo. Vi duas travessas à frente, que saíam do que imaginei ser a Castle Street, uma para a esquerda e outra para a direita, escolhi a segunda opção e fiquei desolado ao constatar que a rua se estreitava cada vez mais à minha frente, e com um peso no estômago confirmei se tratar de um beco sem saída — uma muralha erguia-se diante de mim, alta demais para ser escalada e sólida demais para ser derrubada. Virei-me e fiquei imóvel quando o homem dobrou a esquina, ele também parando para tomar fôlego ao perceber que eu estava encurralado.

Ainda havia uma chance. Eu tinha dezesseis anos. Era forte e saudável. Ele parecia já ter passado dos quarenta. Para a época, tinha sorte de ainda estar vivo. Se eu conseguisse me esquivar dele antes que me agarrasse, poderia continuar correndo o quanto fosse necessário. Ele estava quase sem fôlego, enquanto eu ainda seria capaz de correr por dez minutos antes de começar a suar, e por muito mais tempo antes de precisar diminuir a velocidade. O que eu precisava era apenas passar por ele com rapidez.

Encaramos um ao outro e ele me xingou de ladrão nojento, de bandido safado, a quem ele iria ensinar uma lição assim que pegasse. Esperei até ele ficar o mais perto do lado esquerdo da rua que achei que ficaria e corri pela direita, soltando um grito, determinado a ultrapassá-lo. Porém, no mesmo instante ele se jogou para a direita também, e colidimos, eu desabando no chão por causa de seu peso, ele caindo em cima de mim, ofegante. Tentei me levantar, mas suas reações foram mais rápidas do que as minhas e, com uma mão, ele prendeu meu pescoço no chão enquanto com a outra revistou meus bolsos à procura da carteira do velhote. Depois de pegá-la, guardou-a em seu casaco e, conforme eu me debatia sob seu peso, ele desceu seu bastão em meu rosto, me cegando por um instante; o som do meu nariz sendo quebrado preencheu minha cabeça, gosto de sangue e muco na garganta, e uma forte luz branca explodiu diante dos meus olhos. Ele se levantou, levei as mãos ao rosto para aliviar a dor, e ele não poupou seu bastão do resto de mim, até que me tornei uma massa disforme encolhida no canto da rua, a boca uma mistura de sangue e muco, meu corpo uma entidade separada da minha mente, as costelas contundidas e escoriadas, a mandíbula inchada e roxa. Eu sentia sangue escorrendo pelo couro cabeludo e não sei quanto tempo passei ali, encolhido, antes de perceber que ele tinha ido embora e que eu podia me recompor e me levantar.

Levei horas para encontrar o caminho de casa, cego pelo sangue nos olhos, e quando abri a porta Dominique gritou ao me ver. Tomas começou a chorar e se escondeu sob as cobertas. Dominique encheu um balde com água morna, foi tirando minhas roupas conforme limpava as feridas, meu corpo tão dolorido que não tive nem energia para ficar excitado por ela estar cuidando de mim. Dormi por três dias e, quando acordei, limpo, mas ainda machucado e dolorido, ela me disse que meus dias de batedor de carteira tinham acabado.

"Despeça-se de Dover, Matthieu", ela disse, à medida que eu abria o único olho que conseguia. "Vamos embora assim que você conseguir se levantar dessa cama."

Eu estava fraco demais para discutir e, quando recuperei a saúde — muitas semanas depois —, nossos planos já estavam traçados.

5

CONSTANCE E A ESTRELA DE CINEMA

O mais breve de todos os meus casamentos foi em 1921 e, apesar de sua curta duração, é um dos que me lembro com mais carinho — Constance foi, sem dúvida, minha segunda esposa favorita naquele século. Eu tinha voltado para a América do Norte logo depois da guerra, buscando me livrar por completo de todas as minhas ligações com o hospital, o Ministério das Relações Exteriores britânico e a terrível Beatrice, viúva do meu então recém-falecido sobrinho Thomas. Embarquei em um cruzeiro e parti para os Estados Unidos, apreciando as poucas semanas de sol e romance, agradáveis e revitalizantes, que a travessia transatlântica me ofereceu. Atraquei em Nova York e, para minha tristeza, a cidade ainda estava obcecada pela situação na Europa e faminta por mais informações sobre assuntos como Versalhes e o Kaiser. Desconhecidos ouviam meu sotaque em bares e imediatamente tentavam iniciar uma conversa. Eles perguntavam se eu tinha conhecido o rei. É verdade o que dizem sobre ele? Tem notícias da França? Como eram as trincheiras? Acredito que uma das maiores conquistas desta era moderna de redes globais de televisão é que estranhos não sentem necessidade de fazer perguntas sobre assuntos mundanos. Este único fato é motivo suficiente para sermos gratos à tecnologia atual.

Irritado com essa intrusão constante em minha vida e me sentindo um tanto perdido na cidade, sem amigos nem trabalho, decidi passar uma tarde em um cinema, assistindo ao noticiário em película e a alguns dos novos kinetoscópios. O cinema que escolhi não passava de uma salinha com teto alto, capaz de acomodar cerca de vinte e cinco pessoas com certo desconforto, e estava metade cheio quando me sentei no centro de uma fileira no fundo da sala, o mais longe possível da ralé local. As cadeiras eram de madeira, duras, e o lugar tinha um espantoso cheiro de suor e bebida alcoólica; mas era escuro e havia privacidade, por isso permaneci ali, sabendo que logo estaria imune aos odores desagradáveis do populacho. O noticiário começou, a mesma velharia sem propósito que eu vira milhares de vezes na vida real — guerra, conciliação, sufrágio universal —, porém as imagens em movimento me agradavam. Vi *Rua da Paz* e *O balneário*, ambos com Charlie Chaplin, e a multidão resmungou quando os filmes começaram — era evidente que já tinham assistido muitas vezes e queriam uma diversão inédita —, mas deram risada quase de imediato com a comédia burlesca a que assistiam. Quando o projecionista trocou os rolos na metade de cada exibição, fiquei inquieto, ansioso para ver mais, intrigado com as imagens em preto e branco que tremeluziam à minha frente, a mente enfim liberta dos eventos dos últimos anos, mesmo que por apenas uma tarde. Continuei na sala e assisti à mesma programação repetidas vezes. Quando saí do cinema — já estava escuro e minha garganta seca, precisando de um alívio líquido —, eu tinha tomado uma decisão.

Eu iria para Hollywood trabalhar com cinema.

Foram três dias de viagem para cruzar o país, o que me deu a oportunidade de planejar minha estratégia naquela arte cujo crescimento, eu tinha certeza, seria vertiginoso. Haveria dinheiro a ser ganho — os jornais já começavam a publicar matérias sobre as fortunas imensas e a vida de playboy de Keaton, Sennett, Fairbanks e outros. Suas peles bronzeadas, tão diferentes dos alter egos pálidos e muitas vezes empobrecidos que víamos perambular pelas telas, reluziam nas primeiras páginas dos jornais conforme eles se pavoneavam com seus trajes de tênis no gramado de alguma mansão luxuosa ou com um black tie na última festa de aniversário de Mary Pickford, Mabel Normand ou Edna Purviance. Imaginei que não seria difícil encontrar uma porta de entrada para essa sociedade, pois eu era rico e atraente e, além disso, um francês recém-desmobilizado. Com essas credenciais, como falhar? Eu telefonara para uma agência imobiliária com antecedência e alugara uma casa em Beverly Hills por seis meses; eu sabia que bastava ir a algumas festas seletas para conhecer todas as pessoas certas e talvez me divertir por um ou dois anos. A guerra pertencia ao passado; eu precisava de entretenimento. E que lugar melhor para encontrar isso do que o país das maravilhas que era Hollywood, na Califórnia?

Mas eu também estava interessado em trabalhar naquela indústria — na produção, claro, pois não tenho vocação para atuar. Minha primeira ideia foi me envolver no financiamento de longas-metragens, ou talvez na distribuição, cuja estrutura ainda estava em processo de desenvolvimento e evolução. Preso no meu vagão durante aqueles três dias de calor, li uma entrevista de Chaplin, que na época trabalhava no estúdio First National. Embora ele passasse a imagem de um homem obcecado por seu trabalho, um artista que não queria nada além de produzir filme depois de filme depois de filme, sem parar nem mesmo um único fim de semana, percebi que havia um significado oculto em seus comentários meticulosamente calculados sobre a relação com o FN. Ele parecia sugerir que era um bom lugar para trabalhar, mas que o artista não tinha nenhum controle sobre o todo. Declarou que queria ser dono daquele lugar ou, pelo menos, administrar seu próprio estúdio. Como nesse meio-tempo supus que eu pudesse ser de alguma utilidade para ele, escrevi-lhe uma carta propondo uma reunião, dando a entender que gostaria de investir na indústria cinematográfica e que o via como o nome mais consolidado dela. Se fosse para investir meu dinheiro em algum lugar, afirmei, gostaria de ter os conselhos dele sobre a melhor estratégia. E sugeri que talvez eu devesse investir no próprio Chaplin.

Para minha grande alegria, ele me telefonou certa tarde, quando eu estava sozinho em casa, entediado com minha própria companhia e cansado da solidão, convidando-me para almoçar no dia seguinte, na mansão dele, convite que aceitei de bom grado. E foi lá que conheci Constance Delaney.

Na época, Chaplin vivia em uma casa alugada a apenas algumas quadras da minha. Ele acabara de passar por um tumultuado divórcio com Mildred Harris e fazia pouco tempo que os jornais tinham parado de chafurdar no escândalo. Não era o homem que eu esperava — eu estava tão acostumado com sua personificação maltrapilha nas telas e em fotografias que, quando fui conduzido à área da piscina e vi um homem atraente e de estatura baixa sentado sozinho e lendo Sinclair Lewis, imaginei se tratar de um conhecido ou amigo da família da estrela de cinema. Eu tinha ouvido falar que o irmão de Chaplin, Sydney, também trabalhava em Hollywood, e me perguntei se não seria ele. Mas é claro que, assim que ele se levantou e veio na minha direção com um sorriso largo de dentes brancos, soube de imediato quem ele era, mas de alguma maneira não tive a estranha sensação de conhecer uma pessoa que, até então, só se tinha visto em uma tela de cinema, naquela ampliação que desafia a realidade, uma sequência de linhas e pontos dançando pela tela. Enquanto conversávamos, eu examinava seu rosto em busca de elementos do personagem familiar das telas, mas o sorriso constante, a ausência do bigode, a mão passando o tempo todo pelo cabelo encaracolado sem chapéu o distanciavam muito do alter ego que eu conhecia tão bem, e fiquei maravilhado com sua capacidade de se transformar tão completamente. Naquela época ele tinha trinta e um anos, mas aparentava vinte e três. Eu tinha cento e setenta e sete e parecia um sujeito rico e respeitável perto dos cinquenta. Embora inúmeros aspectos de sua personalidade o distinguissem das outras pessoas, uma característica o equiparava a seus compatriotas daquela nação em que escolhera viver: ele só quis falar sobre a guerra.

"Quantas batalhas você viu?", perguntou, reclinado em sua cadeira em uma pose relaxada, enquanto seus olhos fascinados saltavam do meu rosto para as árvores atrás de mim, para a casa mais ao fundo, para o céu acima de nós. "Foi tão ruim quanto os jornais disseram?"

"Vi algumas", respondi com relutância. "Não foi agradável. Consegui evitar as trincheiras, com exceção de um período curto e miserável. Escapei de muita coisa quando fiquei num acampamento perto de Bordeaux."

"Fazendo o quê?"

"Decifrando códigos", respondi, dando de ombros com calma. "Serviço de inteligência, na maior parte do tempo."

Ele riu. "Foi assim que você fez sua fortuna?", perguntou, olhando na direção da piscina e balançando a cabeça, como se tivesse entendido tudo sobre mim naquele instante, com uma única observação, uma única frase de poucas palavras. "Imagino que haja muito dinheiro a ser feito na guerra."

"Eu herdei meu dinheiro", menti, mais fiquei ressentido com a insinuação. "Acredite, não tive nenhuma vontade de lucrar com as experiências dos últimos anos. Foi muito... desagradável", murmurei, de certa maneira suavizando o passado.

"Eu queria ter ido, sabe?", ele disse em seguida, e percebi seu sotaque britânico cuidadosamente embebido em um nasalado toque americano. Apenas de vez em quando algumas palavras inesperadas escapavam e entregavam sua origem. Depois descobri que ele tinha feito aulas semanais com um fonoaudiólogo para aperfeiçoar seu sotaque estadunidense, algo estranho para uma estrela de filmes mudos. "Mas os caras lá em cima sugeriram que seria melhor eu ficar aqui."

"Tenho certeza que sim", respondi, tentando não soar

irônico enquanto apontava com a mão o luxuoso entorno, bebericando minha margarita, com muito limão para o meu gosto, mas estava gelada e refrescava a garganta mesmo assim. "É magnífico."

"Quero dizer, trabalhando", ele disse, irritado. "Fazendo filmes, sabe? Mandei filmes para o mundo todo. Sem custos para os membros das Forças Armadas, apesar de custar uma fortuna para os distribuidores que compravam do estúdio. Acho que o Exército queria algo para exibir às tropas em dias de dispensa, para elevar o moral. Digamos que conquistei minhas medalhas como comandante de moral do Exército britânico", acrescentou com um sorriso.

Estranho. Eu não tinha visto nenhum filme dele naqueles quatro anos, exceto em períodos de férias, quando ia para a cidade e eu mesmo pagava minha entrada. Tampouco me lembrava de muitos "dias de dispensa" para os membros das Forças Armadas. Tentei mudar de assunto, porém eu era uma fonte valiosa de material para ele.

"Pensei em fazer um filme sobre a guerra, sabe? Mas tenho medo de banalizá-la. O que você acha?"

"Creio que ainda existe muita coisa a ser dita sobre a guerra. Talvez sejam necessários cem anos para chegarmos ao âmago da questão."

"Sim, mas não estaremos mais aqui em cem anos, estaremos?"

"Não, você provavelmente não."

"Então precisamos começar de algum ponto, não acha?", ele perguntou, inclinando-se para a frente e abrindo um sorriso tão largo que tive medo que suas bochechas arrebentassem. "De qualquer jeito, é algo que tenho em mente", acrescentou, reclinando-se e fazendo um gesto com a mão para deixar o assunto de lado. "Talvez eu faça. Talvez não. Há muito tempo e muitas ideias, e ainda sou muito jovem. Sou um homem de sorte, sr. Zéla."

"Matthieu, por favor."

"E suponho que você também gostaria de se tornar um homem de sorte, acertei?"

Naquele instante, notei um movimento atrás dele e duas jovens surgiram de dentro da casa, usando o que deveria ser a última moda em roupa de banho e chapéus cobrindo o cabelo. Estavam com óculos de natação nos olhos e tão cobertas que chegava a ser cômico. Passaram por nós sem dizer uma palavra, apesar de a primeira garota, a mais baixa, que usava preto, ter pousado a mão no ombro de Chaplin com delicadeza quando passou a seu lado. Ele, por sua vez, as ignorou, mas acariciou o próprio ombro depois que ela o tocou, olhando diretamente em meus olhos com o sorriso mais perturbador que eu já tinha visto, um sorriso tão ardiloso e manipulador que me fez estremecer. Ouvi o som de água atrás de mim, acompanhado pelo silêncio cinético de duas nadadoras perdidas sob a superfície, deslizando com suavidade para o outro lado da piscina. Chaplin levou sua bebida à boca e deu um gole demorado, lambendo os lábios em seguida, satisfeito.

"Existem muitas vantagens para quem está na indústria neste momento, sr. Zéla. Matthieu. Muitas coisas... prazerosas podem surgir para um investidor sábio." Inclinou-se para a frente e o sorriso enfim desapareceu quando ele segurou minha mão. "Mas não se engane", acrescentou. "Saber o momento certo é essencial. E esse momento é *agora*!"

Naquela noite, nós quatro jantamos na cozinha de Chaplin. Comemos sanduíches feitos por ele e depois bebemos coquetéis na sala de estar. Os empregados tinham sido dispensados até o dia seguinte, e nosso anfitrião aparentava gostar de assumir o controle da cozinha e do farto refrigerador, pois passou um tempo considerável decidindo quais seriam os ingredientes exatos para os sanduíches deveras simples que estava preparando.

Constance Delaney era a mais velha das duas irmãs por uma diferença de quatro anos, e o dia em que nos conhecemos era três semanas antes de seu vigésimo segundo aniversário. Embora eu não sentisse atração por moças muito jovens — minha parceira ideal tende a estar na faixa dos trinta, quarenta anos (pelo menos depois que *eu* fiz quarenta) —, Constance chamou minha atenção assim que saiu da piscina e tirou os óculos de natação e a touca para revelar cabelos pretos, curtos, que batiam na nuca e se alongavam até o queixo para formar, com a franja logo acima das sobrancelhas, uma moldura em torno do rosto — moda na época — e os olhos mais lindos que eu vira em um século. Eram grandes, com íris cor de chocolate flutuando ao centro, e quando ela olhava para o lado sem virar a cabeça uma camada branca de gelo assumia o lugar do castanho e me hipnotizava. Ela tinha se trocado e agora vestia calça e uma camisa de linho — um traje incomum para uma mulher naqueles tempos. Sua irmã mais nova, Amelia, que ficou ao lado de Chaplin o tempo todo e, ouso dizer, também durante a madrugada que se seguiu, era a mais obviamente feminina das duas, com seu vestido leve e curto que era apenas um dos muitos presentes que seu breve flerte com a fama lhe garantiria, como descobri depois.

"O que você fazia em Londres, sr. Zéla?", perguntou Constance, mordendo a azeitona de seu martíni quando insisti que ela deveria me chamar pelo primeiro nome, senão nunca poderíamos ser amigos. "Antes da guerra, quero dizer."

"Vivi bastante antes da guerra", admiti. "Mas é uma coisa estranha. Esses últimos quatro anos parecem ter me arrebatado com tamanha força que os eventos anteriores a eles estão desaparecendo como se fossem memórias de infância. As pessoas me contam acontecimentos da virada do século dos quais mal consigo me lembrar. É quase como se tudo tivesse acontecido em outra vida. Isso lhe parece estranho?"

"De modo algum. Acompanhei apenas pelo noticiário, claro, mas parece ter sido..." Ela buscou a palavra certa e meu coração ficou em suas mãos enquanto a observava pensar, sabendo que ela queria encontrar a frase exata ou não diria nada. Ela tinha consciência do efeito que aquilo causava nas pessoas. "... algo muito além da minha compreensão", ela decidiu dizer, dando de ombros. "Que tolice a minha tentar transformar algo tão terrível em palavras. Justo aqui na Califórnia."

"Por isso eu não uso palavra nenhuma", comentou Chaplin, rindo de maneira espalhafatosa enquanto servia mais bebidas, inclusive para Amelia, que mal tocara na dela. "O fato é que filmes são para a imaginação. Não para a vida real. O silêncio faz a mente trabalhar melhor. Pode ser que..."

"Então por que você usa tanto aquela música infernal?", perguntou Constance na mesma hora, interrompendo seu monólogo. Chaplin a encarou. "Sinceramente, Charlie", ela acrescentou com uma risada, "eu adoro seus filminhos como todo mundo, mas será que precisamos mesmo daquele ragtime horroroso? Sempre que vou, eu me amaldiçoo por ter me esquecido de levar algodão para os ouvidos. Não me deixe esquecer, sr. Zéla", ela disse, tocando meu joelho com delicadeza, "na próxima vez que *você* me levar ao cinema."

"Ele pediu que você o chame de Matthieu", disse Chaplin, indignado, a voz um ou dois decibéis mais alta que a nossa. "E aquela música é necessária para acentuar os personagens e os enredos. Rápida para a ação, fúnebre para a tristeza. Você sabe exatamente o que vê. Pode sentir o tom. A música evoca as emoções de maneira tão valiosa quanto as atuações ou a direção. Sem a música..."

"Charlie é um compositor maravilhoso", disse Amelia baixinho, e Chaplin continuou, sem hesitar.

"Muito gentil de sua parte, minha querida", disse, sua voz tão mais alta e sobrepujando a dela que quase a fez desaparecer. "Meus filmes são resultado de vários elementos. Roteiro, direção, atuação, trilha sonora. Tudo é parte de algo criado em minha mente. Por isso tive tantos problemas no passado, ao tentar assumir o controle do que faço. Sem controle, Matthieu, sem controle de *tudo*, não sobra nada. Você não encomendaria um romance a Booth Tarkington e incumbiria outra pessoa de fornecer a ele os títulos dos capítulos, incumbiria?"

"Não, mas você poderia pedir que alguém desenhasse as letras da capa", disse Constance, e não contive um sorriso. Percebi o quanto ela detestava o amante de sua irmã e o quão incapaz ele era de responder às suas provocações, como se não estivesse acostumado com mulheres que não queriam nada com ele. Amelia podia estar inebriada pelo homem, mas era evidente que Constance estava no comando e poderia levá-la embora quando quisesse.

"Se fosse o *meu* livro, eu mesmo desenharia", respondeu Chaplin, olhando para mim com um sorriso, como se quisesse afastá-la da conversa e estabelecer uma aliança comigo, uma estratégia ingênua de cumplicidade contra uma mulher com o senso de humor de Constance.

"Ah, meu Deus!" ela exclamou, e dei um salto quando ela explodiu em uma gargalhada que ecoou pelo aposento. "Não me diga que você *desenha* também!"

Depois disso, continuei vendo Constance todos os dias, e foi ela quem me convenceu a não investir em Chaplin, cujo conhecimento do ofício tinha me impressionado tanto quanto me aborrecera sua obsessão por si mesmo.

"Já o ouvi falar sobre os planos dele", ela me contou. "Quando ele bebe demais e começa a filosofar como Alexandre, o Grande. Conquiste o mundo antes dos trinta anos, esse tipo de coisa. É tarde demais para ele, claro. Até acredito que um dia ele terá seu próprio estúdio, mas qualquer investidor que ele conseguir será explorado de todos os modos possíveis. O problema é que Charlie não se interessa por ninguém que não seja tão famoso quanto ele. Fama é a única coisa que o interessa. Tenho certeza de que um psicólogo teria muito a dizer sobre isso, sabe? Ele vai pegar cada centavo seu, e talvez até lhe renda um bom dinheiro, mas você jamais terá qualquer controle do que ele faz com seu investimento. Você será apenas um banco glorificado, Matthieu. Uma Linha de Crédito Chaplin e nada mais."

Para meu alívio, Charlie não pediu que eu investisse em suas ideias, apesar de eu ter quase certeza de que ele aceitaria qualquer oferta que eu fizesse. Continuamos amigos ao longo daquele ano, mas era uma amizade um tanto distante; o elo era Amelia, que Constance se recusava a perder de vista por muito tempo.

"Aquele homem é um libertino", ela me disse. "É menininha atrás de menininha. Estou surpresa que ele esteja mantendo Amelia por todo esse tempo. Quero estar por perto quando ele a deixar de lado. Ela fará dezoito anos em breve e ele vai querer descartá-la."

Minha afeição por Constance aumentara de maneira considerável, a ponto de eu acreditar que havia me apaixonado por ela. Ela, por sua vez, dedicava sua vida romântica apenas a mim, mas não demonstrava interesse por declarações mútuas de amor. Minhas manifestações passionais de "eu te amo" eram, na maioria das vezes, respondidas com um "como você é adorável" ou "que coisa gentil de se dizer". Não que ela fosse fria, pelo contrário: ela podia ser muito carinhosa ao demonstrar sua felicidade com a minha chegada para levá-la a um espetáculo ou a um restaurante, por exemplo. A questão era que ela desconfiava de declarações amorosas e de qualquer forma pública de afeto. Comecei a passar quase todas as noites em seu apartamento e cogitei abrir mão da minha casa (que, afinal, era bem maior do que eu precisava) para ir morar com ela, mas ela insistiu que eu mantivesse o imóvel, por precaução.

"Não quero me sentir como se já estivéssemos casados, como se não houvesse volta", ela disse. "Saber que você ainda tem sua casa me dá uma sensação de segurança."

Eu também tinha pensado nisso e considerei a possibilidade de pedi-la em casamento, mas já passara tantas vezes por aquela situação, e com resultados tão ambíguos, que me tornara avesso a testemunhar a ruína de outra união, a destruição de outra amizade. Conversamos com considerável abertura sobre nossos passados, apesar de eu tomar o cuidado de iniciar o relato sobre minha vida romântica em 1900 e não me aprofundar mais do que isso. Sempre achei melhor não entediar as pessoas com detalhes de meu processo de envelhecimento, pois desconfio que o interesse por mim seria substituído pelo interesse por esse único fato.

"Nunca me casei", menti para ela. "Houve apenas uma jovem com quem quis me casar, mas não deu certo."

"Ela o trocou por outro sujeito?", perguntou Constance, e neguei com a cabeça.

"Ela faleceu", eu disse. "Houve... alguns problemas. Éramos muito jovens. Foi há muito tempo."

"Sinto muito", disse Constance, desviando o olhar, sem saber se eu queria consolo ou se ela seria a melhor pessoa para oferecê-lo. "Qual era o nome dela?"

"Dominique", respondi baixinho. "Mas não importa. Não gosto de falar sobre ela. Vamos..."

"E não houve mais ninguém? Você não se apaixonou desde então?"

Eu ri. "Ah, existiram outras, sem dúvida. Perdi a conta do número de pessoas com as quais me envolvi, e houve uma ou outra por quem nutri sentimentos mais profundos, claro; sentimentos que poderiam rivalizar com os que tive por Dominique. Você, por exemplo."

Ela assentiu e acendeu outro cigarro, desviando o olhar enquanto soltava a fumaça pelo nariz. Eu a encarei, mas seus olhos se recusavam a encontrar os meus. "E você?", enfim perguntei, para interromper o silêncio. "Quando vou ouvir tudo sobre seu maravilhoso passado?"

"Pensei que um cavalheiro não gostasse de se envolver com uma mulher com um passado", ela respondeu, sorrindo. "Não é o que ensinam a todas as moças? A se manter puras e virginais para seus maridos?"

"Não estou em posição de julgar, acredite", admiti, também sorrindo. "Você não faz ideia da extensão do meu passado."

"Nunca me envolvi de verdade com as pessoas", ela disse, hesitante. "Depois que meus pais morreram, cuidar de Amelia se tornou minha responsabilidade, e passei os últimos anos fazendo exatamente isso. Eu conhecia algumas pessoas por aqui e, claro, tínhamos esta casa que foi deixada para nós. Por isso me pareceu uma boa ideia ficar. Depois Amelia conheceu Charlie e desde então acabei no papel de dama de companhia. Às vezes, tenho medo de que, com vinte e dois anos, o melhor de mim já esteja no passado. Sinto-me uma dessas tias solteironas dos romances que Amelia está sempre lendo. Você sabe como elas são; uma jovem viaja à Itália e tem seu espartilho afrouxado por um deus grego enquanto ali perto sua dama de companhia afetada e pudica reprova tudo com uma expressão amarga."

"Você não é nenhuma tia solteirona", eu disse com delicadeza. "Você deve ser a…"

"Por favor, sem lisonjas desnecessárias", ela respondeu de imediato, esmagando o cigarro ainda pela metade no cinzeiro, depois de se levantar a caminho da janela. "Não tenho problemas com minha autoestima, obrigada."

"Você gosta da Califórnia?", perguntei depois de uma longa pausa. Um plano começava a se formar em minha cabeça: levá-la para longe daquele estado e daquelas pessoas insípidas que já estavam me aborrecendo. Para onde quer que eu olhasse, as pessoas eram obcecadas pela fama, pela imagem em movimento, por um punhado de grandes nomes e pela melhor estratégia para ficar perto de um deles em uma festa.

"Como não gostar?", ela disse em tom indiferente. "Tenho tudo que preciso aqui. Amigos, um lugar para morar, você...", concluiu, querendo me agradar.

"E se fizéssemos uma viagem?", perguntei. "Podíamos embarcar em um cruzeiro. Para o Caribe, talvez."

"É uma ideia maravilhosa. Eu poderia vestir o que quisesse e não usar maquiagem? *Ler*, em vez de *assistir*?"

"Se você quiser", eu disse, rindo. "O que acha? Podíamos ir amanhã mesmo. Ou daqui a dez minutos."

Por um instante, ela pareceu prestes a concordar, mas seu rosto se fechou e seus ombros penderam, e eu soube que não aconteceria. Por um momento, todo seu corpo refletia a palavra "decepção". "Amelia", ela disse. "Não posso deixá-la."

"Ela tem idade suficiente para cuidar de si mesma", protestei. "E ela tem o Charlie, afinal."

"Duas afirmações, Matthieu", ela disse com frieza, "que você sabe serem uma grande mentira."

"Escute, Constance", eu disse, me levantando e segurando-a pelos ombros, "você não pode passar a vida cuidando da sua irmã. Você mesma comentou agora há pouco que tinha medo de seus melhores anos já terem passado. Não deixe que isso aconteça, Constance. Ora, você era mais nova do que Amelia quando foi incumbida de cuidar dela!"

"Sim, e veja só que péssimo trabalho eu fiz! Ela tem

quase dezoito anos e é o brinquedinho de uma celebridade rica com o dobro da idade dela, que a jogará no lixo em um piscar de olhos, assim que lhe convier."

"Você não sabe se isso vai acontecer."

"Sei, sim."

"Talvez ele a ame."

"*Eu* a amo, Matthieu, não percebe? *Eu* a amo e me recuso a deixá-la por sua própria conta até eu ter certeza de que ela é capaz de caminhar sozinha. Talvez não demore tanto assim. Quando eles terminarem, será difícil para Amelia, mas ela se tornará uma pessoa mais forte. Se puder sobreviver a isso, sobreviverá a qualquer coisa. Acredite em mim. Eu sei do que estou falando."

Um longo silêncio se seguiu à medida que suas palavras foram chegando sem pressa até mim, criando vida própria em minha cabeça. Virei-me para encará-la e me sentei devagar enquanto ela me observava, seu corpo tentando permanecer forte enquanto ela lutava contra o medo que sentia da minha reação.

"Você e Charlie...?", perguntei, sacudindo a cabeça. Tal união não havia me ocorrido nem por um segundo. "Quando...? Quando isso aconteceu? Foi recentemente? Depois que me conheceu?"

"Oh, por Deus, não! Foi há tempos", ela disse, servindo-se de outra bebida. "Coisa de dois anos atrás, se lhe interessa. Eu o conheci em uma festa qualquer. Eu era fã de seu trabalho e fiquei encantada por ele. Não me importei com o fato de ser casado. Todo mundo sabia que ele detestava Mildred. Seria tolice dizer que ele me seduziu, pois não foi o que aconteceu. Eu o desejava tanto quanto. E devo admitir que ele era muito gentil comigo. Fazia tudo por mim enquanto estávamos juntos. Na verdade, ele é um ótimo namorado, sabe? O problema foi… o jeito com que nos separamos me magoou."

Olhei para ela e levantei as sobrancelhas, intrigado. "Continue", pedi.

"É ridículo, na verdade", ela disse, rindo e tirando uma lágrima do olho. "E essa história não me faz parecer muito atraente."

"Conte mesmo assim", insisti. Ela deu de ombros, cansada, como se aquilo não tivesse mais importância em sua exaustão amorosa.

"Fomos a uma festa na casa de Doug e Mary. Era um aniversário e eu estava em um canto conversando com um ator irrelevante do estúdio Essanay que havia trabalhado em *O banco* e *Carlitos no teatro*, se não me engano. Charlie tinha se desentendido com ele por algum motivo — só Deus sabe qual; uma banalidade, sem dúvida — e não o levara consigo quando trocou de estúdio e foi para o Mutual. Esse rapaz passava por dificuldades desde o ocorrido e me pediu que o ajudasse a reintroduzi-lo no rol de amigos de Charlie ou algo do tipo. Eu estava fazendo de tudo para me livrar dele, porque se havia uma coisa que eu não suportava era as pessoas acharem que, por eu e Charlie sermos um casal, eu poderia conseguir papéis para elas nos filmes dele. Decidi que o levaria até Charlie, largaria os dois juntos para resolver o problema e iria conversar com alguém interessante. Encontrei Charlie perto da piscina, conversando com Leopold Godowsky, o pianista que eu sabia que ele admirava imensamente, e o reapresentei ao rapaz, a quem ele cumprimentou de maneira calorosa e permitiu que se juntasse à conversa. Charlie parecia feliz com a presença do rapaz. Eu disse que voltaria à festa e Godowsky se ofereceu para ir comigo. Não vi nada de errado naquilo e nós dois conversamos por apenas alguns minutos. Contei-lhe que certa vez, quando eu era pequena, tinha ido a um de seus concertos em Boston — meu pai era um grande fã dele. Godowsky ficou lisonjeado por eu me lembrar da apresentação e me contou uma história qualquer sobre uma soprano obesa que bebia suco de cobra para melhorar a voz, o que me fez rir. E isso foi tudo o que aconteceu. Depois, quando voltamos de carro, Charlie não me dirigiu a palavra e percebi que ele estava zangado por algum motivo, mas eu estava cansada e não queria entrar no jogo e perguntar o que era, portanto fingi que dormia até chegarmos em casa. Entrei e fui direto para a cama. Não quis voltar para casa e para Amelia naquela noite, na esperança de que o problema já tivesse sido esquecido de manhã."

Constance tremia ao contar a história e evitava meu olhar. Tive vontade de me levantar e abraçá-la, mas decidi ficar onde estava, pois não queria interromper aquele momento de entrega — algo que, suspeitei, ela nunca tinha feito, nem mesmo com Amelia.

"De qualquer forma", ela prosseguiu, "fui para a cama e tentei dormir enquanto esperava Charlie aparecer, o que aconteceu quinze minutos depois.

"'Levante-se', ele disse com a voz firme, entrando no quarto e batendo a porta. 'Levante-se e vá embora.'

"'O que foi?', perguntei, fingindo que ele tinha me acordado. 'O que foi, Charlie?', perguntei a ele.

"Ele se inclinou sobre a cama, apertou meus ombros até doer e disse, com clareza, enunciando cada palavra com precisão: 'Levante-se. Ponha uma roupa. Saia daqui'.

"Quando comecei a lhe perguntar por quê, o que eu tinha feito de errado, ele pôs algumas roupas minhas em uma mala e me insultou por eu ter levado aquele rapaz à piscina quando ele estava conversando com Godowsky. 'Aquele homem é talvez o maior pianista do mundo', ele rugiu, agitando os braços de maneira dramática. 'E você joga um atorzinho desempregado em cima de mim para levá-lo embora e flertar com ele em outro lugar? Não sou o suficiente para você, é isso?'

"'Eu jamais...', comecei, mas Charlie não me deixava terminar. Estava roxo de raiva, como se eu tivesse orquestrado toda aquela cena, quando tudo o que fiz foi tentar me livrar de um aborrecimento e não interferir no trabalho dele. Seja como for, a cena ficou cada vez pior e acabei na rua às quatro da manhã, tentando encontrar um táxi. Ele não falou comigo por meses, apesar de eu telefonar o tempo todo. Eu estava apaixonada, entende? Escrevi para ele, apareci no estúdio sem avisar, enviei telegramas, mas ele ignorou tudo. Entrei em desespero absoluto. Então uma tarde, quando almoçava com Amelia na cidade, eu o vi entrar no restaurante com dois amigos próximos. Charlie me viu e empalideceu enquanto tentava ir embora sem que eu o visse, porque ele sempre detestou escândalos em público e achava que eu provocaria um. Decidi não abordá-lo. Então ele viu minha irmã, que o encarava com olhos maravilhados, e em poucos minutos o restaurante e o mundo inteiro desmoronaram à minha volta. Ele se juntou a nós para almoçar, passou o dia conosco e em nenhum momento falou sobre o que ocorrera entre nós nos meses anteriores, agindo como se fôssemos apenas bons amigos que gostavam de se encontrar de vez em quando para colocar as fofocas da sociedade em dia. Quando o relacionamento entre ele e Amelia começou a ficar sério, recusei-me a deixá-la sozinha. Era a minha maneira de ficar perto de Charlie, entende? Na verdade, Matthieu, fui muito desonesta sobre tudo isso desde o princípio."

Assenti, sentindo-me nauseado. Ela me enganara aquele tempo todo? Era ultrajante. Eu estava certo de que ela se apaixonara por mim.

"Então conheci você", ela acrescentou depois de um instante. "E tudo mudou."

"Mudou como?", perguntei.

"Você se lembra do dia em que foi se encontrar com Charlie em casa e nós quatro passamos a noite juntos, bebendo martínis e uísque com soda?" Eu concordei com a cabeça. "Eu já havia passado por aquilo, sabe? Já tinha visto homens ricos aparecerem naquela casa, todos querendo tirar um pedacinho dele, na esperança de usufruir um pouco do reflexo de sua glória. Você não fez isso. Parecia desconfiar dele. Não riu alto demais de suas piadas. Não parecia nem gostar dele tanto assim."

"Está enganada", eu disse com sinceridade. "Eu gostei dele. Fiquei admirado com sua autoconfiança. Não via aquele tipo de coisa fazia tempo. Achei muito revigorante, para falar a verdade."

"É mesmo?" Ela pareceu surpresa. "Enfim, de qualquer maneira você não o bajulou. Admirei isso. Pela primeira vez achei que seria capaz de enxergar além dele. Enxergar outro homem. Comecei a imaginar a possibilidade de não ter mais nenhum contato com ele, e quando nós dois começamos a sair percebi que não o amava mais, que não precisava mais dele. Percebi que amava você."

Meu coração deu um salto, fui até ela e segurei sua mão. "Você me ama?", perguntei.

"Oh, sim", ela disse, quase se desculpando.

"Então, por que ficar aqui? Se você não tem mais nenhum sentimento por ele, por que ficar? Por que insistir em perder tempo ao lado dele?"

Sua voz se tornou fria e ela respondeu com convicção: "Porque ele fará com Amelia o mesmo que fez comigo. Eu sobrevivi, mas talvez ela não sobreviva. E preciso estar ao lado dela quando isso acontecer. Entende isso, Matthieu? Faz sentido para você?".

Parei de falar e olhei para ela. Uma pequena linha de suor tinha aparecido no contorno de seu lábio superior. Seus olhos estavam exaustos, o cabelo pendia solto em torno do pescoço e precisava ser lavado. Estava mais linda do que qualquer outra lembrança que tenho dela.

Foi em uma tarde de sábado em outubro que nos casamos, em uma pequena capela na região oeste de Hollywood Hills. Oitenta convidados, a maioria amigos da alta sociedade e dos círculos que frequentávamos; muitas pessoas dos estúdios, alguns colunistas sociais, uns poucos roteiristas. Éramos famosos por sermos famosos e adorados por sermos adoráveis, e todos queriam celebrar nossa celebridade conosco. Éramos Matthieu e Constance, Matt e Connie, o casal celebridade, os queridinhos da alta sociedade, o assunto do momento. Doug tinha torcido o pé em uma partida de tênis e chegou de muletas, apoiado em Mary, como sempre, e recebeu uma atenção considerável para alguém com um machucado tão insignificante. William Allan Thompson também compareceu e, por causa dos boatos de que seria indicado secretário de Defesa por Warren Harding, tornou--se outro foco de atenção. (No final das contas, perdeu o cargo quando um escândalo envolvendo um bordel veio a público e o senado vetou sua indicação; depois disso teve prejuízos imensos com jogos de azar e se matou em 1931, no dia em que F. D. R., seu arqui-inimigo, foi eleito presidente pela primeira vez.) Meu sobrinho Tom veio de Milwaukee, onde morava com sua esposa, Annette, e tive o prazer de me reaproximar do rapaz, mesmo que o considerasse um tanto grosseiro. Ele parecia mais interessado em ver estrelas de cinema do que em me contar sobre sua vida e seus planos profissionais, e fiquei surpreso por ele não ter trazido a esposa para me conhecer. Quando o questionei sobre isso, ele disse que ela acabara de engravidar e que só a ideia de fazer uma viagem — qualquer viagem — a deixava enjoada até o dia seguinte. Se eu preferia evitar uma situação constrangedora em meu casamento, ele disse, o melhor foi deixá-la em casa. Charlie e Amelia chegaram de braços dados, ele com o tradicional sorriso generoso que agora não servia para nada além de me enfurecer, ela com olhos vermelhos e entorpecidos, quase não me reconhecendo quando me inclinei para beijar sua bochecha. Parecia exaurida, como se a vida com Charlie estivesse prestes a derrotá-la; eu não tinha muitas esperanças de que eles tivessem um futuro feliz juntos, nem que ela fosse feliz sozinha.

A cerimônia foi simples e rápida; Constance e eu trocamos votos, fomos declarados marido e mulher e todos os convidados se dirigiram a uma grande tenda erguida do lado de fora de um prédio ali perto, onde um jantar seria servido, seguido de música e de uma festança. Constance usou um vestido justo cor de marfim sem muitos adereços, com um véu rendado cobrindo seu rosto perfeito que me ofereceu apenas sussurros de seus traços quando estávamos um diante do outro no altar. No momento em que tirou o véu, seu sorriso era pleno e exultante, sua felicidade absoluta. Ela continuou sorrindo até quando Charlie a beijou para felicitá-la, sem fazer nenhuma associação desagradável que poderia ter estragado nosso dia. Ele era apenas mais um convidado que ela mal enxergava, pois não conseguíamos tirar os olhos um do outro.

Discursos foram feitos. Doug me chamou de "filho da mãe sortudo"; Charlie se perguntou em voz alta por que ele mesmo não tinha feito o pedido — e então fez o público rir ao completar que foi porque percebeu que não sentia atração por mim e que, por isso, o casamento nunca teria dado certo. Até mesmo eu e Constance o achamos divertido, e senti um afeto que não experimentava havia uns bons sessenta, setenta anos. Dançamos noite adentro; o tango perfeito que Constance dançou com um jovem garçom espanhol foi um dos destaques da festa. O rapaz, que não devia ter mais de dezessete anos, transbordou de orgulho com seu sucesso na pista, e seu bronzeado ficou vários tons mais vermelho quando sua parceira de dança o beijou na boca no fim da apresentação. Fora um dia perfeito e, olhando para trás, um infortúnio seria quase inevitável.

Constance tinha ido trocar de roupa — partiríamos em um trem noturno para a Flórida, onde pretendíamos começar nosso cruzeiro de lua de mel, que duraria três meses. Eu estava sozinho em um canto da tenda, bebericando um milk-shake de banana, pois havia decidido não beber muito álcool em um dia tão especial. Um amigo meu, um banqueiro chamado Alex Tremsil, veio me desejar felicidades e conversávamos animadamente sobre esposas e responsabilidades, coisas assim, quando vi Charlie passeando ao ar livre com uma jovem, a filha (imaginei) de um dos Richmond. Ela tinha cerca de dezesseis anos e era muito parecida com Amelia, tão parecida que, à primeira vista, fiquei na dúvida se não seria ela. Mas então olhei à volta e vi minha cunhada se servindo de alguma coisa no carrinho de frutas e cambaleando um pouco ao se sentar, resultado de muitas taças de champanhe, pensei. Tive medo do que poderia acontecer se ela visse a cena lá fora e desejei que Constance se apressasse para que pudéssemos ir embora logo. Não que eu não me importasse com Amelia — eu me importava, ela era uma jovem extremamente agradável, ainda que problemática —, mas eu me importava mais com a minha nova esposa e com a nossa felicidade juntos. Não queria que nossa vida fosse determinada pela recusa de Constance em permitir que a irmã cometesse os próprios erros e aprendesse a lidar com as consequências.

Fiquei de olho na capela, onde minha esposa se trocava, e me surpreendi ao constatar que Amelia vinha em minha direção, o que a faria ver a área externa. Charlie e a jovem agora flertavam e era fácil ver a mão dele acariciando o rosto dela enquanto ela ria de suas piadas. Amelia ficou petrificada ao ver aquilo e largou a taça, que aterrissou com suavidade na grama, a seus pés. Correu na direção de Charlie e, levando os braços para trás enquanto se aproximava, empurrou a jovem com tamanha força que a pobrezinha rolou alguns metros pela lateral da colina, enlameando seu vestido amarelo-claro. Se não tivesse sido tão patético, eu teria rido. Charlie foi até a garota e ajudou-a a se levantar, dizendo algo para Amelia que a fez correr até ele, jogar-se a seus pés e agarrar-lhe as pernas, gesto que me deixou tão constrangido que desviei o olhar. Logo todos os convidados ouviam a comoção e Charlie entrou, seu sorriso onipresente parecendo um pouco forçado enquanto Amelia o seguia, alternando ofensas pela traição e declarações de como o amava. Quando ela parou de falar, ele se virou e a encarou. A festa inteira, dos penetras aos conhecidos e aos amigos íntimos, ficou em silêncio, na expectativa da resposta.

"Amelia", ele disse com a voz firme, gelando todo o ambiente, "desapareça, sua tolinha. Você é um tédio."

Olhei para além dele e vi Constance ao longe, também observando tudo, horrorizada. Amelia deu meia-volta e correu na direção dos carros estacionados nas colinas.

"Amelia!", gritou Constance. Corri ao encontro dela.

"Deixe-a", eu disse. "Deixe que ela se acalme. Deixe-a ficar sozinha."

"Você viu o que ele fez com ela!", exclamou Constance. "Não posso abandoná-la nesse estado. Preciso ir atrás dela. Ela pode fazer alguma besteira."

"*Eu* vou, então", eu disse, sem soltar seu braço, mas ela se desvencilhou de mim e correu na direção em que Amelia tinha seguido. Voltei para a festa e dei de ombros de um jeito indiferente para os convidados, como se tudo aquilo tivesse sido apenas um pequeno desentendimento. Olhei feio para Charlie (que, verdade seja dita, baixou os olhos, envergonhado) e segui apressado para o bar.

Mais tarde fiquei sabendo que Constance conseguira entrar no carro que Amelia tentava ligar e que a jovem desceu a montanha dirigindo sem controle e em alta velocidade. Algumas pessoas viram as duas gritando e disputando o volante antes de o carro saltar por uma ribanceira, capotar duas vezes, cair de frente na estrada lá embaixo — bem no lugar em que meu sobrinho Tom conversava com uma jovem estrela — e explodir em seguida.

Não fazia nem três horas que tínhamos nos casado.

6

FEVEREIRO-MARÇO DE 1999

Era tarde — passara da meia-noite, hora em que costumo já estar dormindo — quando tive um momento de epifania.

Começou mais cedo, naquela mesma noite. Eu estava sozinho no meu apartamento, ouvindo *O anel dos nibelungos* pela terceira noite, na parte "Siegfried", comendo torradas com patê e apreciando uma garrafa de vinho tinto.

Tinha sido um dia repleto de problemas. Vou ao escritório da nossa emissora às segundas-feiras, quando participo de uma reunião com os principais acionistas, almoço com o diretor executivo e passeio pelo prédio, tentando pensar em maneiras de melhorar a audiência, aumentar os lucros, expandir a base de consumidores. Costuma ser uma experiência agradável, apesar de que eu não aguentaria fazer isso mais de uma vez por semana; não tenho ideia de como as pessoas com empregos conseguem sobreviver. Parece-me enfadonho ao extremo passar a vida toda trabalhando, com apenas os fins de semana livres para relaxar, período em que as pessoas provavelmente estão ocupadas demais se recuperando dos excessos da semana para fazer qualquer coisa prazerosa. Não é para mim, obrigado.

Porém, naquele dia, havia problemas para resolver. Tudo indicava que nossa principal âncora do jornal das seis — uma srta. Tara Morrison — tinha recebido uma proposta respeitável da BBC e estava considerando aceitar o cargo que eles balançavam diante de seu nariz como uma isca. A srta. Morrison era um dos nossos principais trunfos e não podíamos nos dar ao luxo de perdê-la. Ela havia protagonizado nossa campanha publicitária com garra; seu rosto e (fico constrangido de admitir) seu corpo enfeitaram outdoors, anúncios em ônibus e paredes de estações do metrô nos últimos doze meses, e seu respeitável magnetismo físico foi considerado responsável pelo aumento de quase três por cento na nossa participação no mercado nesse mesmo período. Ela dá entrevistas sobre o orgasmo feminino em revistas de entretenimento e participa como competidora em programas de perguntas e respostas; seu ponto forte é o período cretáceo, que conhece em nível de ph.D. Chegou até a lançar um livro, antes do último Natal, sobre como uma mulher pode conciliar relacionamentos, maternidade e carreira, intitulado *Tara diz: você pode ter tudo!* É o seu bordão: "Tara diz". Parece que agora todo mundo repete isso.

Já lhe pagamos um salário ridiculamente alto, e James Hocknell, diretor executivo da emissora, afirmou na reunião de diretoria que não tinha certeza se dinheiro era o que estava por trás da vontade dela de ir embora.

"Tudo se resume a exposição, cavalheiros", disse James, que personifica o tipo de jornalista à antiga que se tornou magnata da televisão: ternos listrados, camisas pastel com colarinho branco, anéis e cabelo penteado para o lado para cobrir a careca. Seu rosto está sempre avermelhado e ele costuma limpar o nariz com as costas da mão. Mas apesar de tudo estaríamos perdidos sem ele. Nós o contratamos pelo seu talento, não por sua beleza. Não esperamos que ele tenha a aparência de um modelo convidado para o desfile da coleção primavera-verão de um estilista famoso. James tem pleno controle sobre os funcionários, uma habilidade inquestionável para o cargo e seu comprometimento é inigualável. No mercado, todo mundo sabe que ele comeu metade das mulheres e ferrou metade dos homens. A ausência de escrúpulos o levou ao topo. E ele conhece essa indústria melhor do que eu e meus dois colegas investidores. A diferença é que somos homens de negócios, enquanto ele é da televisão. "Tart quer ser vista na BBC, é simples assim." Tart, que significa "prostituta", é o apelido que James deu a Tara e que usa com muita discrição. "Sonho de infância, ou coisa assim, é o que ela diz. Não tem nada a ver com o dinheiro que estão oferecendo, que, posso afirmar, cavalheiros, não é uma quantia tão diferente da que torramos com ela. Ela quer fama, só isso. É viciada em fama. Diz, inclusive, que pretende se arriscar em documentários investigativos, como se os todo-poderosos do lado de lá fossem deixá-la fazer essas coisas. O mais provável é que em duas semanas eles a coloquem no *Top of the Pops*, e cinco minutos depois ela já vai estar nos tabloides por ter traçado algum músico afeminado de uma *boy band* recém-saído das fraldas. Ouvi dizer que logo haverá uma vaga para a dupla de apresentadores do *Tomorrow's World*. Tem muito dinheiro envolvido aí, cavalheiros. E o círculo acadêmico também se interessa pelo programa."

"O fato é que não podemos perdê-la, James, você sabe

disso", observou P. W., o velho e mundialmente famoso produtor musical que investiu as economias de toda uma vida nessa emissora e vive com um medo constante de perder tudo, o que é pouco provável. "Ela é o único grande nome que temos."

"Temos o Billy Boy Davis", lembrou Alan, outro investidor, de família rica. Tem quase oitenta anos e todo mundo sabe que ele está com câncer no pâncreas, apesar de nunca falar sobre o assunto com ninguém, nem mesmo com seus amigos mais próximos. Ouvi boatos de que ele está esperando uma proposta da Oprah Winfrey, mas nada confirmado. "Ainda temos O Garotão."

"Ninguém está interessado nele", retrucou P. W. "Seu auge foi há vinte anos. Ele está na geladeira, comentando eventos esportivos de segunda categoria e tentando esquecer que o país inteiro sabe que ele gosta de vestir fraldas e levar palmadas de menores de idade. E por que ele insiste em ser chamado de 'O Garotão'? Ele tem no mínimo cinquenta anos, porra! Ele é uma piada, pelo amor de Deus."

"Mas ainda é um nome de respeito."

"Eu tenho um nome para ele", disse P. W. "Depravado."

A animosidade entre P. W. e Alan se perpetua todas as semanas e teve início com um comentário pejorativo que o segundo fez sobre o primeiro em uma biografia não autorizada (escrita por ele mesmo) dez anos atrás. Apesar de eles tentarem manter um contato estritamente profissional e polido, é óbvio que eles não se suportam. Em todas as reuniões semanais, um fica esperando que o outro faça qualquer comentário para então intervir e tentar desacreditá-lo.

"Senhores, o que Billy Boy é ou deixa de ser não importa no momento", eu disse, pousando as mãos sobre a mesa em uma tentativa de pôr fim àquelas provocações mesquinhas. "Creio que o importante é que a srta. Morrison quer nos deixar, em busca de gramas mais verdes, e preferimos que ela não vá. Em resumo é isso, não é?" Houve uma rodada de cabeças concordando com má vontade e de "Sim, Matthieu". "Neste caso, nossa questão é simples: como podemos convencê-la a ficar?"

"Tart diz que não há nada que possamos lhe oferecer", respondeu James. Reclinei-me na cadeira e balancei a cabeça.

"Tara diz muitas coisas", contra-argumentei. "Ela construiu uma carreira por dizer coisas. O que Tara está dizendo de verdade é que ainda não lhe fizemos a proposta *certa*. É isso que ela está nos dizendo agora, acreditem. O problema é que nenhum de vocês está escutando. Vindo de você, James, é uma surpresa."

James, P. W. e Alan se entreolharam inexpressivos, e apenas James começou a esboçar um sorriso. "Certo, Mattie", ele disse — um diminutivo que sempre me dá calafrios por causa da lembrança de um velho amigo, morto há duzentos anos — "o que você sugere?"

"Proponho que eu leve a srta. Morrison para almoçar hoje e descubra o que ela realmente quer. Depois tentarei dar a ela o que deseja. Simples assim."

"Eu sei o que eu gostaria de dar a ela, cavalheiros", disse James com uma risada.

Eu e a srta. Morrison "Tara Diz" almoçamos em um pequeno restaurante italiano no Soho. É um lugar agradável e administrado por uma família, onde costumo levar colegas de trabalho com os quais estou tentando acertar alguma coisa. Conheço a proprietária e sempre que vou lá ela faz questão de vir até a mesa conversar.

"Como vai você e a família?", ela perguntou, fiel ao protocolo, enquanto éramos conduzidos a uma mesa isolada, longe da entrada. "Tudo bem com vocês?"

"Estamos todos muito bem, Gloria, obrigado", respondi, apesar de eu e a família sermos apenas eu e Tommy. "E você?" As gentilezas continuaram por alguns minutos. Tara aproveitou o momento para ir ao toalete e voltou renovada, com um batom discreto nos lábios e um perfume que se misturou ao aroma de *crostini*. Caminhara entre as mesas como se o corredor central fosse uma passarela de Milão, os garçons, representantes de lojas e os demais clientes, fotógrafos. Seu cabelo loiro, curto e profissional, simples e fácil de manter, é uma de suas características mais marcantes, e sua beleza se deve em grande parte ao fato de ela ser perfeitamente simétrica, cada detalhe reproduzido de maneira impecável do outro lado de uma linha central imaginária. Impossível olhar para ela e não ficar maravilhado. Ela seria perfeita se tivesse algum defeito.

"Então, Matthieu", ela disse, dando um gole delicado no vinho, com cuidado para não deixar marca de batom na beirada da taça, "vamos começar com uma conversa fiada ou vamos direto aos negócios?"

Eu ri. "Eu só queria ter um almoço agradável com você, Tara", respondi, fingindo-me ofendido. "Ao que parece, no futuro talvez não a vejamos no escritório com tanta frequência e quero estar em sua companhia durante o dia enquanto ainda é possível. Você podia ter me contado que estava recebendo propostas, sabe?", acrescentei, com um tom magoado — e genuíno — surgindo em minha voz.

"Eu precisava ser discreta", ela disse. "Desculpe. Eu queria contar, mas não tinha certeza do que iria acontecer. De qualquer forma, eu não saí por aí procurando emprego. A Beeb veio até mim, juro. Eles fizeram uma oferta muito generosa e eu preciso pensar no meu futuro."

"Eu sei exatamente o quanto ofereceram e, para ser franco, não é muito mais generoso do que o que você tem agora. Acho que você deveria pedir mais. Eles pagarão, não tenha dúvida."

"Você acha?"

"Eu tenho certeza, acredite. Eles poderiam aumentar a proposta em pelo menos… dez por cento, imagino, sem nenhum esforço. Talvez mais. Você é um produto valioso. Ouvi dizer que talvez lhe ofereçam o *Live & Kicking*."

"Mas você não conseguiria ir tão longe assim", ela disse, ignorando a piada. "Lembre-se que eu sei como são os orçamentos."

"Não tenho intenção nem de *tentar* ir tão longe", respondi, enrolando um pouco de massa em meu garfo. "Não pretendo participar de um leilão por você, minha cara. Você não é gado. De qualquer forma, você ainda está sob contrato comigo. Não há muito o que fazer em relação a isso, não é?"

"Por mais oito semanas, Matthieu, e só. Você sabe disso, e eles também."

"Portanto, vamos negociar daqui a oito semanas. Por enquanto, deixemos de lado conversas sobre demissão, remanejamento ou qualquer outra chateação desse tipo. E pelo que há de mais sagrado: vamos manter a imprensa longe dessa vez, certo?"

Tara me encarou e pousou os talheres no prato. "Você vai simplesmente me deixar ir", ela disse sem emoção, "depois de tudo que passamos juntos."

"Não estou *deixando* nada, srta. Morrison", discordei. "Estou só convidando você a cumprir o restante do seu contrato. Se ao final desse período quiser ir embora por uma oferta melhor, então deve fazer o que acredita ser o correto para você e sua carreira. Algumas pessoas me considerariam um empregador generoso, sabia?"

"Você precisa falar desse jeito o tempo todo?", ela murmurou, olhando aborrecida para a mesa.

"De que jeito?", questionei.

"Como a merda de um advogado. Como alguém com medo de que eu esteja gravando cada palavra para usar em um processo daqui a seis meses. Você não consegue falar comigo em um tom de voz normal? Achei que significássemos alguma coisa um para o outro."

Suspirei e olhei pela janela, sem saber se queria ser arrastado por aquele velho caminho outra vez. "Tara", eu disse, enfim, me inclinando para a frente e cobrindo suas pequenas mãos com as minhas, "até onde eu sei, é bem capaz que você esteja gravando esta conversa. Você não tem um bom histórico de honestidade comigo, tem?"

A esta altura, talvez seja o caso de explicar algumas coisas sobre meu relacionamento com a srta. Tara Morrison. Há mais ou menos um ano, fomos juntos a uma premiação — não como um casal, mas como parte de um grupo que representava nossa emissora. Tara estava acompanhada de seu então namorado, um modelo de roupas íntimas da Tommy Hilfiger, e eu tinha contratado uma acompanhante para aquela noite — nada sexual, apenas companhia, pois na época eu tinha acabado de terminar um relacionamento e não tinha vontade de iniciar mais um. Considerando que cheguei à puberdade mais de duzentos e quarenta anos atrás, não deve ser uma grande surpresa eu estar cansado do ritual infinito de encontros, términos, encontros, casamentos, encontros, divórcios, encontros, mortes de cônjuges etc. De décadas em décadas, sinto necessidade de ficar sozinho por um tempo.

Na noite em questão, Tara se desentendeu com seu namorado modelo — se não me engano, algo relacionado com o fato de na verdade ele ser homossexual, o que com certeza não ajudaria o namoro dos dois — e aceitou a carona que lhe ofereci para casa. Depois de deixar minha acompanhante na casa dela, eu e Tara paramos em meu clube para tomar um drinque e conversamos até tarde da noite, na maior parte do tempo sobre suas abundantes ambições e sobre seu compromisso com o jornalismo e com a nossa emissora, que ela chamou de "o futuro da televisão na Grã-Bretanha", algo em que nem eu acreditava. Ela citou o nome de vários jornalistas respeitáveis que a inspiravam e fiquei admirado com seu conhecimento sobre a história de sua profissão, com sua consciência de como o profissionalismo e a falta de ética podem conviver na mesma indústria e de como pode ser difícil, em certos momentos, distinguir um do outro. Lembro-me de um diálogo particularmente estimulante que tivemos sobre o que despertava o interesse do público. Depois fomos ao meu apartamento, nos demos boa-noite e dormimos na mesma cama sem nem mesmo trocarmos um beijo — um arranjo estranho, mas simpático para a época.

No dia seguinte, preparei o café da manhã e convidei-a para jantar mais tarde, refeição que acabamos pulando para voltar à cama — onde aconteceram muito mais coisas do que na noite anterior. Depois disso, mantivemos por alguns meses uma relação absolutamente discreta — não contei a ninguém e, até onde sei, ela também não. Eu gostava de Tara e confiava nela. Cometi um erro.

Ela ficou intrigada por Tommy DuMarqué ser meu sobrinho. (Não lhe contei que, na realidade, Tommy era tatatatataraneto do meu sobrinho; tal informação me pareceu um tanto excessiva.) Ela assistia ao programa dele havia anos e, ao que tudo indicava, tinha uma queda por ele desde que Tommy estreara na televisão, ainda adolescente. Quando falei pela primeira vez sobre nosso parentesco, ela ficou vermelha, como se eu a tivesse flagrado fazendo algo que não devia, e quase engasgou com um pedaço de melão-cantalupo. Implorou que eu a levasse para conhecê-lo e os apresentei em uma tarde bastante agradável no último verão, quando ela só faltou arrancar a calça de Tommy na minha frente. Ele não ficou nada interessado — na época, mantinha um relacionamento instável com sua avó nas telas e, pelo que consta, ela era uma amante ciumenta — e creio que a considerou um pouco fútil; é preciso dizer, para ser justo com Tara, que ela bebeu além da conta naquela noite, e bebidas alcoólicas costumam despertar a adolescente que há dentro dela. Tara telefonou para Tommy no dia seguinte, convidando-o para um drinque; ele recusou. Depois enviou um fax, convidando-o para jantar; ele recusou. Em seguida, mandou um e-mail com seu endereço e com a promessa de que se ele fosse AGORA encontraria a porta da frente aberta e ela nua, deitada em um tapete persa diante da lareira acesa, e que, enquanto ela digitava, havia uma garrafa de champanhe em um balde de gelo ao lado. Dessa vez Tommy riu e me ligou para contar o que minha namorada andava fazendo. Fiquei desapontado, mas não surpreso, e fui ao encontro no lugar de Tommy. Quando cheguei ao apartamento de Tara, encontrei-a na posição exata que ela tinha descrito. Tara pareceu surpresa ao me ver, porém se recompôs rápido e tentou fingir que imaginava que eu iria aparecer e quis me fazer uma surpresa. Eu disse que ela estava mentindo e que eu não dava a mínima, mas que agora tudo estava acabado entre nós e que era melhor voltarmos a manter uma relação estritamente profissional.

Naquele fim de semana ela publicou um artigo em um importante e conhecido jornal de domingo — "Tara diz: apenas diga não!" —, afirmando que pouco tempo antes havia tido um relacionamento com um famoso ator de novela (sem citar o nome, mas deixando bem claro quem era pela descrição). Afirmou que as atividades sexuais entre os dois beiravam a ilegalidade e que ela gostou de ser o objeto das fantasias do jovem em questão, e também de forçá-lo a ser o objeto das dela. Mas preferiu terminar o caso, disse, quando ele tentou arrastá-la para seu mundo de álcool, heroína e cocaína. "Vi a expressão em seu rosto quando ele me estendeu a colher de prata e o bico de Bunsen da desgraça", ela escreveu, histérica, "e soube que jamais poderia ser a mulher que ele queria que eu fosse. Uma mulher tão desvairada quanto ele. Uma mulher disposta a fazer qualquer coisa pela próxima dose, talvez me vender nas ruas, assaltar idosas, vender drogas para crianças — uma inútil sem valor. Olhei fundo nos olhos dele e fiz que não com a cabeça. Eu falei para ele: 'Tara diz: não quero mais nada com você'."

Na segunda-feira de manhã, Tommy — o inocente nessa história toda, apesar de tudo o que ela especulou sobre a vida privada dele ser verdade, sem sombra de dúvida — foi convocado ao escritório do seu produtor executivo e informado que, se a srta. Morrison tivesse citado seu nome, ele teria sido demitido na hora. Como ela não o fizera e eles não podiam provar que era ele o rapaz citado no artigo, ele deveria se considerar oficialmente avisado. Ele tinha uma responsabilidade com os fãs, com as mocinhas que sonhavam se casar com ele, com os garotos que acompanhavam com angústia sua batalha contra o câncer nos testículos. Eles reconheciam que ele era, de longe, o personagem mais popular do programa, mas disseram que não teriam nenhum problema em envolvê-lo em um acidente de carro, ou fazê-lo levar um tiro, ou contaminá-lo com aids se ele passasse dos limites mais uma vez.

"Você está falando do meu personagem, claro", disse Tommy. "Vocês fariam essas coisas com o meu personagem."

"Isso, que seja", eles murmuraram.

O incidente antecedeu dois meses muito ruins na vida de Tommy, em que os tabloides o espreitavam à noite para ver o que ele comia, inalava, engolia, fumava ou injetava, quem ele beijava, tocava, apalpava, agarrava ou fodia, agravando os problemas que ele havia desenvolvido por causa do estilo de vida que os próprios tabloides tinham imposto a ele para aumentar a circulação de jornais. Apesar de eu não esperar nada de nenhum dos Thomas, não fiquei nem um pouco feliz com o papel da srta. Morrison nos problemas de Tommy e deixei meus sentimentos bastante claros em um tempestuoso encontro com ela dias depois. Não sou do tipo que perde a cabeça, mas, por Deus, naquele dia foi impossível. Desde então mantemos distância um do outro — e eu não estava preocupado com sua partida para gramas mais verdes. Longe disso: a ideia me agradava. Conosco, ela era um peixe grande em um aquário pequeno. Fizemos dela uma estrela. Uma estrela menor e para a tela pequena, claro, mas uma estrela mesmo assim. Ela iria conhecer uma vida muito mais difícil com a Beeb.

Por causa de tudo isso, naquela noite, em casa, comendo meu patê, ouvindo meu Wagner, bebendo meu vinho, eu não queria nada além de relaxar e tirar os eventos do dia da cabeça. Eu teria uma semana inteira até ser obrigado a voltar à emissora e, enquanto isso, eles tinham as mais rigorosas ordens de não entrar em contato comigo, exceto em caso de extrema urgência. Portanto, foi com alguma surpresa que ouvi a campainha e, enquanto me encaminhava para a porta da frente, rezei em silêncio para que fosse apenas um defeito elétrico na fiação e não houvesse ninguém do outro lado.

Meu sobrinho estava lá fora, passando a mão no cabelo escuro, esperando que eu o atendesse.

"Tommy", falei, surpreso. "Já é tarde. Eu estava..."

"Preciso falar com você, tio Matt", ele disse, me empurrando para o lado e entrando no apartamento. Fechei a porta com um suspiro enquanto ele seguia para a sala de estar e, quase por instinto, na direção de onde guardo as bebidas. "Você disse que ia me dar o dinheiro", ele exclamou, a voz vacilando por causa do nervosismo. Por um instante achei que ele fosse chorar. "Você me prometeu o…"

"Tommy, por favor, sente-se e se acalme. Eu esqueci. Me desculpe. Fiquei de enviar, não fiquei? Acabei me esquecendo por completo."

"Você vai me dar o dinheiro, não vai?", ele implorou, agarrando meus ombros; me esforcei ao máximo para não empurrá-lo de volta para o sofá, frustrado. "Porque se você não me der, tio Matt, eles vão…"

"Vou fazer um cheque para você agora mesmo", me apressei em dizer, afastando-me dele e indo até a escrivaninha no canto. "Foi apenas um pequeno engano, Tommy, de verdade. Você não precisava ter vindo aqui me perturbar em plena madrugada, precisava? Em todo o caso, quanto tínhamos combinado? Mil, foi isso?"

"Dois mil", respondeu de imediato, e com a luz da lareira eu vi o quanto ele estava suando. "Combinamos dois mil, tio Matt. Você me prometeu dois…"

"Ah, pelo amor de Deus, eu faço um cheque de três mil. Melhor assim? Três mil libras, está bem?"

Ele assentiu e em seguida enterrou o rosto nas mãos, permanecendo assim por um instante até reerguer a cabeça com um sorriso no rosto. "Me… me desculpe por isso", disse.

"Não tem problema."

"Detesto ter que pedir, mas… É que tenho tantas contas para pagar…"

"Tenho certeza que sim. Eletricidade, gás, impostos."

"Impostos, isso", disse Tommy, concordando com a cabeça, como se fosse uma boa desculpa.

Destaquei o cheque e lhe entreguei. Ele examinou com

cuidado antes de guardá-lo na carteira. "Relaxe", eu disse, me sentando à sua frente e lhe servindo vinho, que ele aceitou com avidez. "Está assinado."

"Obrigado", ele murmurou. "Preciso ir. Estão me esperando."

"Fique mais um pouco", eu disse, sem a menor vontade de saber quem o esperava ou para quê. "Diga-me, quanto desse dinheiro já está comprometido?"

"Como assim?"

"Quanto você está devendo? E não me refiro à British Telecom ou à companhia de gás. Quanto precisará ser repassado quando os bancos abrirem amanhã?"

Ele hesitou. "Tudo", disse. "Mas, depois, acabou. Não quero mais saber dessas coisas."

Inclinei-me em sua direção. "O que exatamente você *faz*, Tommy?", perguntei, com uma curiosidade genuína.

"Você sabe o que eu faço, tio Matt. Sou ator."

"Não, não. Quero dizer o que você faz quando não está no set. Em que tipo de problema você se meteu?"

Ele riu e sacudiu a cabeça de um jeito brusco; percebi que queria ir embora agora que tinha o dinheiro. "Em problema nenhum", respondeu. "Só fiz alguns investimentos ruins. Isso quitará tudo e ficarei livre. Vou lhe devolver, prometo."

"Não, não vai", eu disse com a voz assertiva. "Mas não importa, não estou preocupado com o dinheiro. Estou preocupado é com você."

"Está nada."

"Estou, sim", insisti. "Lembre-se, eu estava lá quando seu pai se foi. E quando o pai dele se foi também." Parei naquela geração.

"Escute, tio Matt, você não pôde salvar a vida deles e não salvará a minha, está bem? Só me deixe em paz para eu cuidar da minha vida. Vou me acertar."

"Eu não estou no negócio da salvação, Tommy. Não sou padre. Sou um acionista de uma emissora de televisão via satélite. É que odeio ver alguém morrer tão jovem. Acho uma ideia ridícula."

Ele se levantou e caminhou pela sala com passos pesados, olhando para mim de vez em quando e algumas vezes abrindo a boca como se fosse falar, mas sem dizer nada. "Eu... não... vou... morrer", ele enunciou com cuidado, seus dois indicadores próximos um do outro enquanto apontava para o teto. "Ouviu bem? Eu... não... vou... morrer."

"Ah, claro que vai", respondi, descartando o que ele disse com um gesto com a mão. "É óbvio que há pessoas ruins atrás de você. É apenas questão de tempo. Já vi isso antes."

"Vá se foder!"

"Chega!", gritei. "Eu abomino palavrões e não admito esse tipo de grosseria na minha casa. Lembre-se disso na próxima vez que vier me pedir dinheiro."

Tommy sacudiu a cabeça e seguiu em direção à porta. "Escute", disse baixinho, a voz acelerada pela ânsia de nos despedirmos em tom amigável — afinal, ele não sabia quando iria precisar de mim outra vez. "Agradeço sua ajuda. Mesmo. Talvez eu possa ajudar você algum dia. Nos vemos na semana que vem, o.k.? Vamos almoçar. Algum lugar tranquilo, sem nenhum filho da puta me encarando e imaginando se tenho câncer no testículo de verdade, está bem? Desculpe. Sem ninguém. Eu prometo. Obrigado, tá?"

Dei de ombros e observei-o ir embora. Voltei para a minha poltrona com um suspiro, dessa vez com uma grande taça de conhaque nas mãos, para me sentir mais confortável. E foi nesse instante que tive minha epifania. Tenho duzentos e cinquenta e seis anos e me omiti na morte de nove Thomas; não fiz absolutamente nada para impedir nenhuma dessas tragédias. Ofereci assistência quando eles precisaram, mas aceitei suas más sortes como se elas fossem predestinadas, como algo que eu não poderia ajudar a mudar de maneira nenhuma. Então vivi todo esse tempo. E um a um eles morreram. E quase todos eram boas pessoas; problemáticos, sim, mas dignos de ajuda. Dignos da *minha* ajuda. Dignos de suas vidas. E agora mais um deles estava com problemas. Mais um Thomas à beira da morte, e eu ainda estaria aqui depois dele, esperando o nascimento do próximo. Calculando seu tempo de vida. Esperando que ele se metesse em problemas, conhecesse a garota, a engravidasse e morresse. Concluí que isso não podia continuar assim.

A epifania foi esta: eu faria uma coisa que devia ter feito há muito tempo. Iria salvar um dos Thomas. Para ser mais específico, iria salvar Tommy.

7

QUANDO VIAJEI COM DOMINIQUE

Fomos embora de Dover — Dominique, Tomas e eu — em uma tarde de setembro, quando as cores da cidade insistiam em permanecer sombrias desde a manhã até a noite, e em certos dias o céu parecia ter se esquecido de clarear. Eu estava praticamente recuperado do espancamento e, nas semanas após o ocorrido que roubara parte da minha dignidade, tornei-me ainda mais ousado em minhas aventuras, como se já soubesse que permanecer vivo acabaria por ser meu ponto forte. Deixei minha convalescença no raiar de uma segunda-feira e, depois disso, demorou mais uma semana até estarmos prontos para partir; considerando que tínhamos poucas posses — ou posse alguma —, não consigo me lembrar do motivo da demora. Ainda assim, tal fato não me aborreceu, pois aproveitei aquele tempo para me despedir dos amigos que havia feito nas ruas, meninos desocupados como eu que roubavam para comer ou passar o tempo; crianças sem lar cujos furtos eram os únicos empregos fixos que encontravam na cidade; maltrapilhos que quase me ignoraram enquanto eu falava com eles e que não entendiam a ideia de deixar para trás o único mundo que conheciam. Fui ver três das minhas prostitutas favoritas em três noites consecutivas e me senti triste enquanto pagava pelas despedidas, pois elas tinham sido minha única fonte de conforto em meu desejo enlouquecedor por Dominique. Enquanto cuidavam da minha volúpia adolescente em sessões de uma hora em troca de alguns xelins, eu imaginava o rosto de Dominique embaixo do meu, no travesseiro, e chamava seu nome, fechando os olhos e sonhando que ela estava ali. Às vezes duvidava que nossa única noite de amor carnal tivesse mesmo acontecido, me perguntando se não teria sido apenas uma alucinação provocada pela minha doença. Mas, ao vê-la, eu deixava essa ideia de lado, pois era evidente que havia eletricidade entre nós, por mais fraca que fosse a dela; eletricidade que já percorrera nossos corpos uma vez.

Tomas não parecia preocupado com a mudança, desde que estivéssemos ao lado dele. Àquela altura, tinha quase sete anos e era uma criança inteligente e enérgica, sempre com vontade de ser deixado livre para explorar as ruas e ansioso para voltar para nós, seus pais substitutos, e contar tudo o que tinha feito. Eu não me sentia muito confortável ao deixá-lo por conta própria em Dover, mas Dominique parecia menos preocupada. Meu encontro com a violência me deixara mais consciente dos perigos das ruas, e temia por meu irmão, que, como eu bem sabia, poderia facilmente se envolver com os mesmos tipos com os quais eu tinha me envolvido. Se minha segurança é que estivesse em questão, eu defenderia meus amigos de qualquer um, mas quando se tratava de Tomas, eu não confiava nem um pouco neles.

"Ele tem seis anos", Dominique me disse. "Existem meninos mais novos do que ele por aí, trabalhando para alimentar suas famílias. Que mal pode acontecer, Matthieu?"

"Muita coisa ruim pode acontecer", protestei. "Veja em que enrascada me meti, e sou dez anos mais velho do que ele e capaz de cuidar de mim mesmo. Você quer que isso aconteça com…"

"Você procurou aquilo. Você se arrisca tanto que era só uma questão de tempo até seus crimes se voltarem contra você. Tomas não é assim. Ele não rouba. Quer apenas explorar, só isso."

"Explorar *o quê*?", perguntei, confuso com aquela explicação. "O que há de tão interessante a ser explorado lá fora? As ruas estão cheias de imundice, e mais nada. A sarjeta, abarrotada de ratos. Não há nada para Tomas descobrir por aí, a não ser pessoas que irão machucá-lo."

Ela deu de ombros e continuou permitindo que ele desaparecesse sozinho por horas a fio. Eu sabia que minha preocupação era genuína, mas tendia a me conformar com as decisões dela, embora ele fosse *meu* irmão, e não dela. Afinal, Dominique era mais velha, parecia ter mais vivência — e me mantinha totalmente enfeitiçado. Seu domínio era completo, mas também maternal e acolhedor; seu controle sobre minha vida, absoluto, e algo que não apenas ela desejava; eu também queria. Às vezes, quando estávamos sozinhos, ela permitia que eu me sentasse mais perto e apoiasse a cabeça em seu ombro diante da pequena lareira, meu rosto se aproximando cada vez mais dos seios, até que ela de repente endireitava a postura e dizia que era hora de dormir — em camas separadas. Mesmo que as chances de nossa união parecessem longínquas, não havia uma noite em que eu não imaginasse que ela poderia, enfim, voltar a acontecer.

Decidimos partir para Londres, onde acreditávamos que poderia estar nosso destino. Era uma longa caminhada de Dover à capital — quase cento e trinta quilômetros —, mas na época era comum as pessoas percorrerem grandes distâncias a pé. A passagem do tempo fez algo que antes era não apenas possível mas corriqueiro parecer além da capacidade humana. Apesar da proximidade do fim do ano, o frio não estava rigoroso, e havia sempre lugares para acamparmos à noite. Tínhamos guardado algum dinheiro — ou melhor, Dominique havia guardado, graças a uma economia diligente de trocados e a alguns serviços de lavanderia que fizera durante o dia — e sabíamos que, em uma emergência, poderíamos alugar um quartinho em uma hospedaria ou fazenda no caminho, para passarmos a noite. Contudo, tínhamos consciência de que era necessário poupar ao máximo, pois também precisaríamos de dinheiro para comida, apesar dos meus planos de roubar bastante durante a viagem, inclusive para que talvez sobrasse um pouco e tivéssemos algo com que começar em Londres.

Deixar nosso pequeno quarto naquela manhã de segunda-feira provocou uma curiosa sensação de melancolia em mim. Apesar de eu ter vivido na mesma casa por quinze anos em Paris, nunca havia sentido grande apego por ela, nunca olhei para trás ou pensei nela com saudade depois que fui embora. Mas, passado apenas um ano, senti uma lágrima se formar enquanto fechava a porta do nosso quarto em Dover pela última vez, observando as duas pequenas camas, a mesa desgastada, as cadeiras perto da lareira, com seus pés quebrados. Nossa casa. Virei-me para Dominique, a fim de lhe oferecer um último sorriso naquele lugar, mas ela já caminhava para longe, curvando-se para tirar a poeira da calça de Tomas sem se virar, sem olhar para trás. Dei de ombros e fechei a porta, deixando o quarto na escuridão, à espera de seus próximos ocupantes desafortunados.

Eu estava preocupado com a minha bota. Era preta, com cadarços fortes, um tamanho maior do que o meu; eu as roubara algumas noites antes de um jovem cavalheiro, ingênuo o suficiente para deixá-las do lado de fora de seu quarto na pequena estalagem Traveller's Retreat, perto do porto. Eu tinha o hábito de entrar ali pela porta de serviço e vasculhar os corredores tarde da noite — quando os hóspedes estavam dormindo —, em busca de coisas para roubar. Não era difícil encontrar uma calça ou camisa do lado de fora dos quartos, nos corredores baixos e apertados, deixadas por algum cavalheiro que pensava estar em Londres ou em Paris e esperava encontrar suas roupas limpinhas e passadas na manhã seguinte. As coisas deixadas ali eram quase sempre impossíveis de vender, mas serviam para minha pequena família e não me custavam nada, nem mesmo a mínima dor na consciência.

As solas da bota, porém, estavam gastas, e não me animava a ideia de caminhar descalço até Londres. Eu já sentia o cascalho sob o pé esquerdo, deformando a sola conforme eu andava, e sabia por experiência que elas não me ofereceriam mais do que um quilômetro e meio de conforto antes de as bolhas e os cortes começarem. Dominique usava uma bota parecida, mas com um bom par de meias entre o couro e a pele, que eu tinha pegado de um varal cinco quilômetros ao sul, um dia antes do meu espancamento; e eu havia encontrado uma bota nova em folha para Tomas na véspera de nossa partida. Ele parecia quase tão desconfortável quanto eu à medida que a bota amaciava, e reclamou com tanta frequência que estava machucando que Dominique usou um lenço que levava no bolso para envolver seus pequenos dedos e eliminar qualquer atrito com o couro. Eu preferia que ela usasse o lenço para amordaçá-lo, mas, de qualquer jeito, aquilo o manteve quieto por algum tempo.

Estimei que chegaríamos a Londres em cerca de cinco dias, se pudéssemos caminhar sem interrupções; e em menos tempo, se conseguíssemos algum tipo de transporte no trajeto, o que eu duvidava, pois as chances eram poucas para um rapaz e uma jovem que levavam uma criança pequena e ficavam cada vez mais sujos e malcheirosos ao longo do caminho. No entanto, mesmo uma semana era um tempo aceitável e, como observou Dominique, parecia um preço baixo a ser pago para escaparmos de Dover e da vida implacável de trabalho penoso que nos parecia reservada naquele lugar. Uma semana, ela insistiu, e nossa situação melhoraria.

Mas naquele primeiro dia tivemos a sorte de chamar a atenção de um jovem fazendeiro que viajava de Dover a Canterbury em uma carroça e nos viu à beira da estrada, cuidando dos meus pés. Tínhamos andado apenas cerca de dez quilômetros. Àquela altura eu já havia perdido a esperança de manter a bota e cogitei arriscar seguir descalço. Eu estava sentado em um marco quilométrico examinando os dedos dos pés vermelhos e doloridos, enquanto Dominique fazia suas necessidades no gramado atrás de mim e Tomas, deitado no chão à minha direita, cobria os olhos com a mão e ofegava com um cansaço teatral, quando ouvi a aproximação da carroça.

"Não adianta fazer isso, sabia?", eu disse a Tomas. "Precisamos chegar lá e, não importa o quanto você choramingue ou reclame, isto não vai mudar, entendeu?"

"Mas é tão *longe*!", ele se queixou, quase chorando. "Quanto falta pra gente chegar?"

"Talvez mais uma semana", murmurei de um jeito grosseiro, exagerando o tempo de viagem, apesar de saber que isso o irritaria ainda mais — mas eu estava com calor e dolorido, sem nem ao menos saber se conseguiria ir mais longe. A última coisa que eu precisava era daquela criança reclamando, pois eu tinha certeza de que Dominique nos arrastaria sem descanso até Londres. Eu entendia perfeitamente o que Tomas sentia, já que eu tinha apenas dezessete anos, mal saíra da minha própria infância. Houve momentos — como aquele — em que eu também quis me jogar no chão, bater os pés, dar um chilique e deixar que outra pessoa, para variar, assumisse o controle da situação, mas era impossível; apenas um de nós podia assumir aquele papel com sucesso. "Portanto acostume-se com a ideia, Tomas; será melhor para você", acrescentei em tom ameaçador.

"Uma *semana*!", ele lamentou, completando em seguida: "Quanto tempo é isso?".

"Uma semana é…", comecei minha explicação do quão longa ela poderia ser, quando ouvi o som da carroça vindo pela estrada na nossa direção. Algumas carroças já tinham passado por nós e tentei sinalizar para elas, sem sucesso. Em geral, o ocupante estalava o chicote na minha direção ou apenas me insultava e me mandava sair do caminho, como se representássemos algum obstáculo terrível. Se aqueles carroceiros pudessem ver Piccadilly hoje em dia, às cinco da tarde, saberiam como as coisas eram tranquilas naquela época e não perderiam tanto a paciência. Observei a carroça se aproximar, contente de ver que ela tinha apenas um ocupante. Ainda assim, não alimentei muitas esperanças ao levantar a mão para o jovem que se aproximava.

"Olá, senhor!", eu disse alto. "O senhor tem espaço para nós em sua carroça?"

Dei um passo para trás conforme ele se aproximou, esperando que o chicote aparecesse ou que ele tentasse me atropelar a qualquer momento, e fiquei surpreso quando ele puxou as rédeas e gritou para seu cavalo diminuir a velocidade.

"Procurando carona, é?", perguntou, parando ao meu lado, enquanto Tomas olhava para ele desesperadamente ansioso e Dominique vinha do gramado ajeitando a saia e encarando nosso benfeitor com desconfiança.

"Estamos em três, se não for demais", eu disse, usando minha voz mais educada enquanto ele observava cada um de nós e torcendo para que minha polidez provocasse compaixão. "Mas não temos muita coisa. Apenas uma sacola e nada mais", acrescentei, erguendo minha pequena mala que estava na grama. "Infelizmente não podemos pagar, mas ficaríamos muito agradecidos."

"Ora, então é melhor cês subir", ele respondeu, sorrindo. "Não posso deixar cês assim, largados nessa tarde quente, posso?" Sua voz era carregada de um sotaque interiorano que não reconheci, as palavras flexionadas com vivacidade e bom humor. "Só cês três, cê falô? Ora, aquele ali é miudinho." Fez um gesto com a cabeça para indicar Tomas, que se debatia com vigor para subir na carroça, como se temesse que o homem mudasse de ideia a qualquer momento e nos deixasse para trás. "Tá mais pra dois e meio."

"É meu irmão", expliquei, escalando pela lateral enquanto Dominique subia com Tomas em silêncio, pela traseira. "Ele tem seis anos." Sentei-me ao lado do carroceiro e, por um instante, antes mesmo de começarmos a andar, desejei que pudéssemos ficar naquela carroça para sempre, ali naquela estrada; o futuro, uma peça que ainda não tinha começado, o passado ainda esperando as cortinas se fecharem. Aquela era a confirmação definitiva de que estávamos indo embora de Dover; dali a um segundo nosso condutor estalaria o chicote, gritaria com o cavalo e, com um solavanco, entraríamos em movimento. Para mim, foi um momento silencioso de gratidão e temor, de que nunca me esqueci. Surpreendi-me ao sentir um nó na garganta quando começamos a seguir pela estrada a uma velocidade considerável.

"Engraçado, esse sotaque que cê tem", disse o fazendeiro depois de algum tempo. "De onde cê disse que é mesmo?"

"Viemos de Dover, mas somos da França. De Paris, na verdade. Conhece?"

"Ouvi falar", ele respondeu com um sorriso, e não pude evitar de sorrir para ele também. Ele era jovem — devia ter cerca de vinte e cinco anos —, mas tinha o rosto de um adolescente. Suas bochechas eram claras e sem marcas, como se nunca tivessem encontrado uma lâmina de barbear, e o cabelo loiro pendia bagunçado na testa. Vestia roupas modestas, apesar de não ser pobre, a julgar pela carroça e pela condição do cavalo. "Nunca fui pra muito longe daqui", ele acrescentou. "Venho pra Dover de vez em quando pra vender uns suprimentos pros navios mercantes. Talvez eu te vi lá sem saber."

"Talvez", eu disse.

"É sua patroa?", ele sussurrou com discrição, fazendo um movimento com a cabeça na direção de Dominique e piscando para mim. "Cê é um cara sortudo de ter uma mulher como essa. Ela deve te manter ocupado a noite todinha."

"Sou irmã dele", disse Dominique com frieza, a cabeça surgindo entre nós dois quando se inclinou para ouvir nossa conversa. "Só isso. Até onde você vai, hein?" Virei-me e a encarei com surpresa. Dizer que era minha irmã era uma coisa; manter uma postura taciturna e pouco amigável era outra, e poderia fazer com que fôssemos expulsos da carroça e voltássemos à estrada em um piscar de olhos, o que meus pés não queriam de jeito nenhum.

"Vou só até Canterbury, pra pernoitar", respondeu o jovem. "Posso levar cês até lá, mas vou ficar pra dormir e depois vou seguir pra Bramling. Se cês quiserem continuar até Londres, depois é melhor saírem por aí e ver que tipo de sorte vão ter na estrada. Tem um celeiro velho que eu conheço, que é onde eu durmo quase sempre. Vai estar escuro e acho melhor cês ficarem lá comigo até de manhã. Ou então podem ir andando no escuro mesmo, mas não sei como são as estradas e cês vão precisar tomar cuidado."

Dominique concordou com a cabeça, como se aprovasse aquele plano, e recostou no fundo da carroça. Furlong — ele se apresentou logo em seguida — não disse mais nada por algum tempo e pareceu feliz ao diminuir o passo do cavalo e observar a estrada, distraído. Pegou no bolso um pouco de tabaco de mascar e mordeu um pedaço. Fazia um movimento para guardá-lo, quando hesitou e me ofereceu;

aceitei, um tanto inseguro. Era um regalo que eu nunca tinha experimentado, mas não quis recusar e parecer grosseiro. Mordi o fumo e arranquei um pedaço do mesmo tamanho que ele arrancara. O gosto era repugnante — como um punhado de frutas temperadas e queimadas, só que mais amargo — e não entendi como ele conseguia mascar aquilo com tanto prazer e tanto barulho. Enquanto eu levava o tabaco de um lado a outro na boca, ele soltou um líquido de sabor tóxico, cujo mau cheiro pareceu dominar as cavidades do meu nariz e contraí-las subitamente. Senti um aperto na garganta e, por um momento, não consegui respirar. Arfei e ouvi o ruído que fiz, sabendo que, pelo menos por um tempo, minha voz tinha sumido.

"Nem sempre tenho companhia nessas estradas", Furlong dizia. "O pai manda eu nesta viagem todo mês. Somos fornecedores, sabe? Temos uma fazenda, mas a gente manda um pouco dos nossos produtos de leite pro continente. Não dá muito dinheiro, se cê quer saber a verdade, mas é bom pro pai, que diz que é um homem de negócios internacionais. É assim que ele se vende lá no nosso vilarejo." Concordei com a cabeça e tossi de leve, cuspindo o muco repulsivo na mão e deixando-o cair pela lateral da carroça em movimento. Olhei para trás e vi Dominique me observando, a sobrancelha erguida com ar de escárnio. Meu rosto estava roxo por causa da experiência; engoli inúmeras vezes para me livrar do gosto de tabaco e desejei uma jarra de água gelada para bochechar. "Sempre tem um povo nesta estrada, claro", ele continuou. "Mas não gosto de dar carona pra homens sozinhos. Cê nunca sabe se pode confiar. Roubam até a calça da gente, é isso que eles fazem. Cortam teu pescoço só por umas libras. Por isso que eu carrego isto aqui." Ele estendeu o braço para o lado e sacou uma faca longa, com talvez trinta centímetros de lâmina serrada. Tocou o fio e eu me retraí, esperando um repentino jorro de sangue. "É bem afiada, é sim", ele disse. "No começo de cada mês eu afio ela bem afiada com um pedaço de couro. É pra me proteger, sabe?"

"Certo", eu disse, sem saber que tipo de resposta ele esperava.

"Mas quando vi ocê na estrada, ocê e sua patroa e seu menininho, eu…"

"Minha irmã e meu irmão", corrigi, endossando a mentira.

"Achei melhor parar e ajudar", ele continuou, me ignorando. "Pelo menos achei uma boa ideia. Faz o tempo passar um pouco mais rápido."

"Agradecemos muito", eu disse, com uma súbita simpatia por aquele jovem e suas viagens mensais solitárias de ida e volta entre Bramling e Dover. "Minha bota estava começando a me machucar e Tomas estava começando a choramingar."

"Não tem muito que eu posso fazer pela bota", ele disse, se esforçando para enxergar a estrada à frente, agora que a luz começava a diminuir. "Mas pro menino acho que uma boa surra no começo da reclamação põe fim nesse tipo de coisa."

Olhei para ele, esperando um sorriso, mas percebi que não tinha sido uma piada, e fiquei aliviado por meu meio-irmão ter dormido quase imediatamente depois de subir na carroça, pois eu não tinha ideia de como ele teria se comportado ou quais seriam as consequências para todos nós.

"O senhor é casado, sr. Furlong?", perguntei depois de

mais um longo período de silêncio, durante o qual me esforcei para pensar em temas de conversa. Para um homem que buscava companhia, ele parecia satisfeito só por estar ali ao meu lado olhando a estrada à frente, como se a presença de outros seres humanos na carroça fosse suficiente. Furlong riu.

"Ainda não", respondeu. "Mas espero casar logo, logo."

"Tem uma namorada?"

Seu rosto assumiu um vermelho intenso e fiquei surpreso com seu recato, característica que tinha visto em poucas pessoas. "Eu estou", ele disse, sem pressa, com um ar de cavalheiro, "assim num relacionamento com uma moça lá da minha paróquia, mas compromisso de casamento ainda não."

Eu sorri. "Boa sorte para vocês."

"Brigado."

"E quando você acha que será esse compromisso?"

Ele parou e o sorriso pareceu diminuir. "Algum dia, logo, logo", respondeu. "Teve uma…" — ele procurou a palavra certa — "… uma complicação. Mas eu espero que tudo se resolva rápido."

"Todos os romances são complicados", eu disse em tom alegre, com meus dezessete anos, tendo amado uma única vez e me esforçando para parecer um homem do mundo. "Espero que as soluções façam as complicações valerem ainda mais a pena no fim."

"É… eu também espero isso", ele respondeu. Em seguida, abriu e fechou a boca várias vezes, e supus que estivesse tentando me contar alguma coisa, mas não sabia como começar nem se queria falar sobre o assunto. Eu não disse nada e olhei para a estrada, fechando os olhos por um momento para relaxar, quando ouvi sua voz outra vez, mais alta e sem nada do bom humor de antes. "Eu conheço a Jane — é o nome dela, Jane —, eu conheço ela há uns bons oitos anos e a gente tem um entendimento um com o outro, sabe? Às vezes, eu saio com ela pra passear, às vezes eu visito ela de tarde e levo um presente bonitinho, que ela sempre aceita com muito gosto. Uma vez, no verão, faz uns dois anos, fizemos um monte de feno. Um metro e oitenta de altura. Era mais alto do que eu." Concordei com a cabeça e olhei para o perfil dele. Ele meneava a cabeça, e pude ver um brilho em seus olhos enquanto falava sobre ela.

"Parece um namoro bem bonito", eu disse para ser agradável.

"E é mesmo", ele concordou com sinceridade. "Sem dúvida que é. Ela é uma moça muito capacitada, sabe?" Assenti, apesar de não ter a menor ideia do que ele queria dizer com isso. "Agora ela tá tentando se afastar de um sujeito que saiu vivo do Exército. Ele tomou liberdades pra se aproximar dela e sei que ela não gosta muito dele, mas não consegue pensar num jeito de dizer pra ele deixar ela em paz, com isso dele lutar pelo rei, pelo país e tudo mais. E ele está só de passagem. Não pode ficar muito tempo."

"Um estorvo", murmurei.

"Leva ela pra passear todas as tardes", ele continuou, me ignorando, como se eu não estivesse na carroça. "Uma vez lá no rio, ouvi dizer. Visita ela e gosta de cantar no piano, cê acredita? Marica. Cê não vai me ver cantando pra ela, não, senhor. Nem um pouquinho. Ele precisa fazer as malas e seguir o caminho dele, isso é o que eu penso. Parar de incomodar ela. Mas ela é muito educada, sabe? Muito educada pra mandar ele pegar o caminho dele. Ela faz a vontade dele. Vai passear com ele. Escuta a voz bonita dele. Faz chá pra ele e ouve ele falar das aventuras na Escócia. Faz favor! Alguém maldoso podia dizer que ela está só iludindo o coitado, mas eu acho que ele devia simplesmente fazer as malas e ir embora, e pronto. É eu e ela que temos um relacionamento."

Seu rosto estava muito vermelho e suas mãos tremiam ao segurar as rédeas. Concordei com a cabeça mas não disse nada, entendendo perfeitamente o que estava acontecendo em Bramling. Senti pena dele, porém minha mente já estava ocupada com outras coisas. Eu pensava na manhã seguinte, em como ainda teríamos uma longa viagem pela frente depois de dormir. Pensei em Londres. A noite cresceu ao nosso redor e ficou silenciosa. Pensei nas minhas prostitutas de Dover e comecei a cair no sono com aquelas boas lembranças, desejando estar lá naquele instante com alguns tostões no bolso para gastar. Teria fechado os olhos com prazer para dormir se o cavalo não tivesse parado de forma abrupta com um grito de Furlong. Nós quatro endireitamos o corpo de imediato. Tínhamos chegado ao nosso local de repouso daquela noite.

O celeiro era pequeno, mas coubemos todos confortavelmente. Tinha cheiro de gado, apesar de não haver nenhum à vista. "Eles tiram leite aqui de dia, de uma em uma", disse Furlong. "Subindo pela estrada um quilômetro e meio tem uma fazenda. Eles trazem as vacas pro campo pra pastar e até aqui, pra tirar leite. É isso que cês estão cheirando. O leite."

Ele levava consigo uma modesta cesta de comida, suficiente apenas para ele, com pouca sobra. Não aceitei sua sugestão de que a dividíssemos, achando que seria grosseiro privá-lo de sua refeição depois de ele ter nos levado até tão longe e por tantas horas, mas como ele insistiu, Dominique comeu uma coxa de frango e Tomas teria devorado tudo com egoísmo se ela não tivesse insistido em dividir a porção dela com ele. Fiquei olhando enquanto eles comiam, minha boca salivando, ainda com resquícios do tabaco, mas para não parecer um mártir disse que estava enjoado por causa do sacolejo da carroça. Conversamos por mais algum tempo, nós quatro, e nesse momento Dominique se animou, perguntando a Furlong inúmeras coisas sobre seu vilarejo e sobre as atividades em — como ela mesma definiu — um raio de quinze quilômetros, como se estivesse pensando em alterar nossos planos de ir para Londres agora que tínhamos um cavalo e uma carroça para nos levar a outro lugar. O vilarejo soava agradável e, para falar a verdade, eu não estava muito preocupado com nosso destino final, pois não tinha dúvidas de que construiríamos nossa vida em qualquer lugar, desde que estivéssemos juntos. O celeiro foi escurecendo à medida que nossa vela foi acabando e, na luz trêmula, o sorriso de Dominique também, enquanto ela contava uma história qualquer sobre um show a que assistira certa vez em Paris, em que as mulheres não usavam calcinhas e os homens foram amarrados nas cadeiras para evitar um levante. Quis abraçá-la, pegá-la nos braços e sentir meu corpo se fundindo com o dela. Minha mente se afogava na loucura do meu desejo, e me perguntei se conseguiria passar uma única tarde sem querer beijá-la. Questionei nossa amizade, me perguntando se era baseada apenas no meu desejo de tocá-la e de ser tocado por ela, e percebi que não escutava mais nenhuma palavra do que ela dizia, eu simplesmente admirava seu rosto e seu corpo e permitia que minha mente fosse tomada por fantasias de nós dois juntos. Fui consumido pela vontade de dizer a ela como me sentia, mas as palavras tinham desaparecido. Minha boca abriu e fechou e, apesar de Tomas, apesar de Furlong, estive a ponto de me jogar sobre ela enquanto o lugar afundava na escuridão e seríamos apenas nós, apenas nós dois, apenas Dominique e Matthieu, e mais ninguém.

"Matthieu", disse Dominique, cutucando meu braço com delicadeza e me tirando de meu devaneio. "Você parece prestes a desmaiar de cansaço."

Sorri e olhei para todos, piscando várias vezes enquanto tentava focar a visão. Tomas já estava encolhido em um canto, dormindo sem o casaco, que usava para se cobrir de um jeito desengonçado. Furlong observou Dominique sair do celeiro por um momento e andar para não muito longe dali — pudemos ouvi-la urinando na grama, um som que me constrangeu enquanto estávamos ali, em silêncio. Quando, depois que ela voltou, Furlong e eu saímos para fazer o mesmo, tentei me distanciar, mas ele me acompanhou e fui obrigado a ficar ao lado dele conversando.

"Você é um rapaz sortudo de ter uma irmã como essa", ele disse, rindo. "Ela é um refresco pros olhos, hein? E essas histórias que ela conta... que menina atrevida. Deve ter uma fila de pretendentes daqui até Paris esperando ela."

Algo em seu tom de voz me ofendeu e olhei para Furlong com ar ríspido enquanto ele sacudia as últimas gotas. "Ela é muito reservada e se dedica só a Tomas e a mim", respondi, áspero. "Ainda temos uma viagem longa pela frente e não temos tempo para pretendentes nem nada desse tipo." Naquele instante decidi que, de manhã, continuaríamos a caminho de Londres, e de nenhum outro lugar.

"Eu não queria ofender", disse Furlong quando voltamos ao celeiro e nos deitamos nos dois cantos vagos para dormir. "É que tem coisa que fica gritando dentro da gente pra botar pra fora, só isso", ele sussurrou no meu ouvido ao se afastar, seu hálito fedendo por causa da comida. "Assim como tem coisas que ficam gritando dentro da gente pra fazer, não tem não?"

Dormi quase imediatamente, pois não tivera nenhum momento sozinho ao longo do dia, e a distância que havíamos percorrido, somada aos roncos do meu estômago vazio, me levaram a um estado em que meu corpo todo queria terminar aquele dia de uma vez por todas.

Sonhei primeiro com Paris e minha mãe, numa vez em que eu era criança e ela me fez segurar a ponta de um imenso tapete colorido enquanto batia com força usando um batedor de tapetes. A poeira que se levantou me fez tossir e desceu pela minha garganta, provocando lágrimas, assim como o tabaco tinha feito naquele dia. Paris cedeu lugar a outra cidade, desconhecida, onde um homem me levava pela mão por um bazar e me deu uma vela, que acendeu com um isqueiro dourado. "Aqui está uma luz que só você pode ver", ele me disse no meio da nossa conversa. Enquanto ela brilhava, o bazar foi engolido por uma feira de cavalos, com homens gritando lances mais altos do que os dos outros, até que uma briga começou. Um sujeito veio na minha direção de punhos erguidos, com uma expressão severa e fúria resoluta e, quando fez o movimento para me acertar, fui arremessado de volta à consciência, minhas pernas se debatendo no ar. Por um momento não soube onde estava.

Ainda estava escuro — apesar de tudo o que eu havia sonhado, talvez nem quinze minutos tivessem se passado desde que eu adormecera —, eu tremia de frio e meu estômago me atormentava. Ouvi um som abafado vindo do outro lado do celeiro e desejei que ele me ajudasse a voltar a dormir. O som veio acompanhado por uma respiração ofegante e um protesto silenciado, uma boca que tentava gritar enquanto mãos firmes a mantinham fechada. Sentei-me e ouvi com mais atenção, enquanto a consciência plena voltava. Então subitamente entendi e me levantei com um salto, olhando em volta, a visão tentando se acostumar com o escuro. Tomas estava ali, se mexendo de leve e dormindo com um dedo na boca, a respiração tranquila. O canto de Furlong achava-se vazio, e havia uma briga do lado oposto a mim, com a imagem de um homem em cima de uma mulher, ainda vestido, mas com uma mão fora de vista — uma mão que corria entre os dois para despir e arrancar. Joguei-me sobre ele, que ficou surpreso, mas se recuperou rápido, um punho surgindo para me acertar e me jogar, atordoado, para o outro lado do celeiro. Ele era forte e imponente, muito mais do que eu poderia imaginar, e fiquei ali caído no chão, tentando me recuperar e tomar uma atitude. Ouvi Dominique gritar, agonizada, e seu grito foi abafado outra vez, enquanto ele sussurrava para ela e de novo enfiava a mão por baixo de seu vestido. Levantei-me com as mãos na cabeça, sem saber o que fazer, consciente de que mais uma tentativa de tirá-lo de cima dela poderia causar minha morte e talvez a dela e a de Tomas também. Então corri para fora do celeiro e fui abraçado pela noite fria; a lua lançava um feixe tênue de luz na carroça, sobre a qual me debrucei antes de voltar correndo para dentro, atrás de Furlong, que, pelos movimentos mais relaxados da mão, e por ter soltado a boca de Dominique, devia estar próximo de conseguir o que queria. Ele se ergueu um pouco sobre ela, inclinou-se para trás e estava prestes a penetrá-la, quando minhas mãos desceram sobre ele e a ponta afiada da faca que ele tinha me mostrado perfurou suas costas, entre as escápulas, como se cortasse manteiga. Seu corpo aspirou com força uma grande quantidade de ar — de um jeito oco, quase animalesco — à medida que ele erguia o tronco, os ombros repuxados para trás, a fim de aliviar a dor, as mãos tentando agarrar-se a alguma coisa no ar. Saltei para trás e fiquei contra a parede do celeiro, consciente de que aquele tinha sido o momento — eu tivera apenas uma chance de matar Furlong e aquela chance já havia passado; se eu tivesse falhado, nós três pagaríamos o preço em questão de minutos. Dominique se debateu para sair de debaixo dele e também grudou na parede oposta enquanto ele ficava de pé e se virava, nos encarando com olhos arregalados e incrédulos, antes de oscilar e cair de costas, a faca produzindo um som medonho ao ser enterrada mais fundo em seu corpo — até o cabo.

Houve silêncio por alguns minutos antes de eu e Dominique, trêmulos, nos aproximarmos do cadáver, observando a boca que nos encarava com uma fúria interrompida, da qual escorria um filete de sangue. Meu corpo teve um espasmo e, sem querer, vomitei sobre ele, o estômago vazio encontrando, de alguma maneira, conteúdo para ser jogado em seu rosto, cobrindo aqueles olhos terríveis de uma vez por todas. Eu me afastei, horrorizado, e olhei para Dominique.

"Desculpe", eu disse, abobalhado.

8

A CASA DE ÓPERA

Semanas antes do meu 104º aniversário, em 1847, recebi uma carta extraordinária que me fez deixar Paris, cidade em que vivia naqueles tempos — para a qual eu regressara por dois anos, depois de um breve período nos países escandinavos —, e viajar para Roma, cidade em que nunca tinha me aventurado. Eu estava em um momento especialmente pacífico da minha vida. Carla havia, enfim, morrido de tuberculose, libertando-me da praga que nosso tortuoso e interminável casamento se tornara. Meu sobrinho Thomas (IV) havia passado algumas semanas na minha casa depois do funeral — uma ocasião feliz, em que me embriaguei de conhaque e teci elogios a *Vanity Fair*, de Thackeray, publicado em edições mensais na época — e concordei que ele viesse morar comigo, pois seu emprego como aprendiz de assistente de palco num teatro local pagava muito pouco e o casebre que ele alugava não podia ser considerado habitável para seres humanos. Ele era um rapaz agradável para ter por perto; com dezenove anos, era o primeiro Thomas a ter cabelo loiro, característica herdada da família de sua mãe. Às vezes trazia amigos para casa tarde da noite, para

103

debaterem as peças de teatro mais recentes. Eles se serviam de todas as minhas bebidas e, apesar de eu ter percebido que Thomas era muito requisitado por uma ou duas atrizes que faziam parte do grupo, me parecia que os rapazes estavam mais interessados nos benefícios daquela amizade do que no prazer de sua companhia.

Quanto a mim, eu tinha um emprego lucrativo havia muitos anos, como administrador do orçamento do governo local. Havia um projeto para erguer novos teatros nos arredores da cidade e fui responsável por selecionar locações adequadas e fazer levantamentos e estimativas de custos e prazos para as construções. Apenas duas das minhas oito propostas bastante detalhadas foram construídas, mas ambas fizeram muito sucesso e meu nome passou a ser mencionado com admiração pela alta sociedade. Eu levava um estilo de vida libertino e socializava na maioria das noites, minha condição de solteiro permitindo que eu me envolvesse outra vez com as jovens da cidade sem nenhuma sombra de escândalo.

De alguma maneira, a notícia sobre minhas habilidades administrativas parisienses chegou a Roma e fui convidado para o cargo de administrador das artes naquela cidade. A carta, enviada por um oficial do alto escalão do governo, era vaga e sugeria planos colossais para o futuro, sem no entanto oferecer informações concretas sobre a natureza de tais projetos. Ainda assim, a proposta me intrigou — isso sem levar em consideração a imensa quantia que me foi oferecida não apenas para o orçamento mas também como salário — e, como eu já queria ir embora de Paris, decidi aceitar. Conversei com Thomas certa noite e deixei claro que ele era perfeitamente livre para ficar em Paris por conta própria e também muito bem-vindo para seguir comigo para Roma. O fato de que ele se veria obrigado a encontrar um lugar adequado para viver depois da minha partida para a Itália deve ter influenciado em muito sua decisão — selando para ele a tradicional má sorte de sua linhagem —, e ele decidiu empacotar seus poucos pertences e se juntar a mim na viagem.

Ao contrário da primeira vez que eu deixara Paris, coisa de noventa anos antes, agora eu era um homem de razoável sucesso e riqueza, e contratei uma carruagem particular para a jornada de cinco dias entre uma capital e outra. Foi dinheiro bem gasto, pois as alternativas eram repulsivas demais para sequer serem cogitadas — mas o trajeto, de qualquer forma, foi deprimente, com clima ruim, estradas esburacadas e um cocheiro rude e arrogante que parecia ressentido com a função de levar qualquer pessoa para qualquer lugar. Quando chegamos a Roma, eu estava pronto para jurar que aquela cidade seria meu lar eterno, mesmo que eu vivesse mil anos, pois não suportava a perspectiva de outra viagem tão ruim quanto aquela.

Um apartamento tinha sido alugado para nós no coração da cidade e fomos direto para lá. Fiquei satisfeito ao constatar que o lugar fora mobiliado com certo bom gosto e feliz com a vista de uma pitoresca praça de comércio que meu quarto oferecia, não muito diferente daquela em Dover, onde, na juventude, eu roubara de barraca em barraca, de pessoa em pessoa, nos esforços necessários para alimentar a mim e à minha família.

"Nunca senti um calor como este", disse Thomas, desmoronando em uma cadeira de vime na sala de estar. "Eu achava que Paris era quente no verão, mas isto aqui... Isto aqui é insuportável."

"Ora, e que escolha temos?", eu disse, dando de ombros, sem disposição para ser negativo como ele quando nossa vida romana mal havia começado, ainda mais se o objeto da crítica fosse algo tão incontrolável quanto o clima. "Não podemos comandar a temperatura. Além disso, você passa tempo demais em casa e está branco como giz. Um pouco de sol fará bem para a sua pele."

"É a moda, tio Matthieu," ele explicou em tom infantil. "Você realmente não sabe de nada."

"O que está na moda em Paris pode não estar na moda em Roma", eu disse. "Saia de casa. Descubra a cidade. Veja as pessoas. Encontre *trabalho*", supliquei.

"Pode deixar, pode deixar."

"Agora moramos aqui e há muitas oportunidades para aproveitar. Não posso sustentá-lo para sempre."

"Nós acabamos de *chegar*! Acabamos de passar por aquela *porta*!"

"Ora, então saia por ela. Encontre *trabalho*", repeti, sorrindo. Eu não estava tentando irritá-lo — eu gostava do rapaz, afinal —, mas não queria vê-lo sentado dia após dia no apartamento, dependendo de mim para lhe trazer o jantar e a cerveja, enquanto sua juventude e beleza ficavam para trás. Às vezes acho que fui generoso demais com os Thomas. Quem sabe se tivesse sido menos caridoso, menos disposto a erguê-los toda vez que caíam, pelo menos um deles teria passado dos vinte e cinco anos. "Descubra os prazeres da autorrealização", implorei a ele, sete anos depois de Emerson.

No dia seguinte, aventurei-me até os escritórios centrais da agência governamental romana para conhecer o Signore Alfredo Carlati, o cavalheiro que enviara a carta a Paris e me convidara para trazer à Itália qualquer expertise que eu pudesse oferecer. Com certa dificuldade, encontrei o prédio onde ficava o escritório do Signore Carlati e fiquei apreensivo ao constatar que era uma estrutura um tanto deteriorada, localizada na região menos próspera do centro de Roma. A porta do térreo estava escancarada — algum problema com a dobradiça superior, que não tinha parafusos prendendo-a à parede — e, assim que entrei, ouvi com clareza, vindo de um escritório à minha direita, o som de um homem e uma mulher gritando um com o outro no que era, para mim, uma ladainha quase intraduzível. Como é de imaginar, sou fluente em francês, mas meu italiano era precário, e seriam necessários alguns meses até eu me sentir mais confiante naquela língua — além disso, a tendência natural dos nativos de falarem com muita rapidez também não ajudava. Aproximei-me da porta e procurei sinais do que poderia ser o escritório antes de encostar a orelha na madeira para ouvir o alvoroço lá dentro. Independente do que fosse, a mulher parecia estar ganhando, pois enquanto ela continuava a guinchar e a urrar no que deveria ser uma velocidade de cem palavras por minuto, a voz do homem tinha diminuído, e tudo que ele respondia era um derrotado *"Si"* quando ela parava para tomar fôlego. A voz dela tornou-se cada vez mais alta à medida que vociferava, até que percebi que ela havia se aproximado da porta e agora estava a apenas alguns centímetros de mim, do outro lado. Pulei para trás quando ela abriu a porta, e seus gritos pararam no meio de uma frase assim que me viu sorrindo de um jeito forçado.

"Me desculpe", eu disse sem demora.

"Quem é você?", ela perguntou, inclinando-se para se coçar, de um jeito nada decoroso, enquanto eu tirava o chapéu com humildade para cumprimentá-la. "Você é o Ricardo?"

"Não, não sou."

"Petro, então?"

Dei de ombros e olhei para o interior do aposento, na direção do homem com quem ela estivera discutindo; um sujeito baixinho e gordo, com cabelo preto ensebado, repartido no meio e grudado na cabeça, que se apressou em vir na minha direção quando acusei sua presença.

"Carina, por favor," ele disse, empurrando-a discretamente para o lado ao chegar à porta, e fiquei um pouco surpreso com a maneira como ela se submetia a ele agora, na presença de um estranho. Ela recuou alguns passos, com seu vestido vermelho-vivo, e permitiu que ele fosse o único a falar. "Como posso ajudá-lo?", o homem perguntou, com um imenso sorriso no rosto, sem dúvida contente por alguém ter aparecido e interrompido o sermão daquela mulher histérica.

"Lamento a intromissão…", comecei, mas ele me cortou ao gesticular com os braços de um jeito dramático.

"Nada de intromissão!", bradou, batendo as mãos uma na outra. "Estamos encantados por vê-lo. Você é Ricardo, claro."

"Não sou Ricardo nem Petro", expliquei, dando de ombros. "Estou procurando por…"

"Então um deles o enviou, não foi?", ele perguntou, e eu neguei com a cabeça.

"Sou novo na cidade", respondi. "Estou procurando o escritório do Signore Alfredo Carlati. É o senhor?" Torci para que não fosse.

"Não há nenhum Carlati aqui", ele disse, já desinteressado, o sorriso desaparecendo do rosto uma vez que eu não era nem Ricardo nem Petro, seus associados desaparecidos. "Você está enganado."

"Mas o endereço é este, tenho certeza", respondi, estendendo minha carta para ele, pela qual ele passou os olhos sem vontade antes de apontar para a escada.

"Esse escritório fica no andar de cima. Não conheço nenhum Carlati, mas talvez ele esteja lá."

"Obrigado", eu disse, me afastando, enquanto ele fechava a porta com grosseria e a mulher retomava seu refrão de gritos. Eu já não estava gostando de Roma.

Na porta do andar de cima, havia uma placa de bronze com a palavra FUNCIONALISMO inscrita ao lado de um belo sino prateado, o qual toquei uma vez, enquanto com a mão esquerda ajeitava o cabelo. Dessa vez, um homem alto e magro, de cabelo cinzento e nariz aquilino, abriu a porta e me encarou com o que só pode ser descrito como agonia estampada no rosto. O esforço que fez para dizer "Posso ajudá-lo?" pareceu quase insuportável e, por um instante, receei que ele fosse desfalecer por causa do sacrifício que fora falar.

"Signore Carlati?", perguntei, entonando a voz para que ela saísse o mais sincera e educada possível.

"Sou eu", ele suspirou, os olhos lacrimejando enquanto massageava as têmporas.

"Eu sou Matthieu Zéla. Conversamos por carta a respeito de..."

"Ah, Signore Zéla", ele disse, o rosto se iluminando enquanto me pegava pelos braços e me puxava para um abraço, os lábios secos e rachados beijando primeiro minha bochecha esquerda, depois a direita, para então voltar à esquerda, "mas é claro que é o Signore. Estou muito contente por estar aqui."

"Foi difícil localizar o senhor", comentei ao ser conduzido para dentro do escritório. "Eu não esperava tanta..." Eu queria dizer "esqualidez", mas acabei optando por: "... um ambiente tão informal".

"Você quer dizer que esperava um prédio governamental luxuoso, cheio de serviçais, vinho e melodias majestosas executadas por uma orquestra de cordas a um canto?", ele perguntou, amargo.

"Bem, não", comecei. "Não foi isso que..."

"Ao contrário do que o mundo inteiro parece pensar sobre nós, Signore Zéla, Roma não é uma cidade abastada. O governo opta por não desperdiçar a pouca quantia de que dispõe nos cofres em ornamentos ridículos para seus servidores públicos. Hoje, a maioria dos órgãos governamentais está instalada em pequenos edifícios como este, espalhados pela cidade. Não é o ideal, mas nossas mentes estão mais concentradas no trabalho do que na decoração."

"Concordo", eu disse com humildade, diante de um ponto de vista tão filantrópico. "Espero que o senhor entenda que não quis ofender."

"Aceita uma taça de vinho?", ele perguntou, pronto para deixar a reprimenda de lado assim que me sentei em uma poltrona na frente de sua escrivaninha, sobre a qual uma impressionante Torre de Pisa de papéis se erguia. Disse que beberia o mesmo que ele estava bebendo, e ele me serviu com a mão trêmula, derramando algumas gotas na bandeja onde estava a garrafa. Aceitei a taça com um sorriso e ele se sentou à minha frente, colocando e tirando os óculos enquanto me observava, deixando bem claro que não tinha certeza se gostava ou não do que via.

"Estranho", disse depois de um instante, reclinando-se na cadeira com um gesto negativo de cabeça. "Eu esperava alguém mais velho."

"Sou mais velho do que aparento", admiti.

"Pelo que ouvi sobre seu trabalho, o senhor me parecia um homem de muita distinção." Esbocei um gesto de protesto, mas ele sacudiu a mão no ar, como se para deixar aquilo de lado. "Não digo isso para ofendê-lo", explicou. "Quero dizer apenas que sua reputação sugere um homem que passou a vida inteira aprendendo sobre artes. Quantos anos você tem, afinal? Quarenta? Quarenta e um?"

"Quem me dera", respondi com um sorriso. "Mas tenho muita experiência de vida, isso posso lhe garantir."

"Acho que você tem o direito de saber que não foi ideia minha convidá-lo para vir a Roma", disse o Signore Carlati.

"Certo...", respondi devagar, concordando sem jeito com a cabeça.

"Eu, particularmente, acredito que a administração das artes na Itália deveria ser conduzida por italianos, e que o dispêndio de capital do governo em Roma deveria ser supervisionado por um romano."

"Como o senhor?", perguntei em tom educado.

"Na realidade, sou de Genebra", ele respondeu, endireitando a postura e ajeitando o casaco.

"O senhor não é nem italiano?"

"Isso não significa que eu não possa acreditar em um princípio. Se um estrangeiro tomasse decisões governamentais no meu país, eu me sentiria do mesmo jeito que me sinto em relação a este. Já leu Borsieri?"

Sacudi a cabeça. "Na verdade, não. Talvez um pouco aqui e ali, mas nada substancial."

"Borsieri afirma que os italianos deveriam deixar de lado suas aspirações artísticas para buscar a literatura e as artes de outras nações e adaptá-las para este país."

"Não estou certo se era isso mesmo que ele dizia", comentei, hesitante, pois acreditava que Carlati estava simplificando bastante as ideias de Borsieri.

"Ele quer nos transformar em uma nação de tradutores, Signore Zéla", continuou Carlati com uma expressão de absoluta incredulidade. "A Itália. O país que produziu Michelangelo, Leonardo, os grandes escritores e artistas da Renascença. Ele defende que deveríamos ignorar todas as nossas características nacionais e seguir somente ideias importadas do resto do mundo. Madame de Staël também", acrescentou, cuspindo no chão ao citar aquele nome, gesto que me surpreendeu a ponto de eu recuar na cadeira. "*L'Avventure Letterarie di un Giorno*", exclamou. "Você, Signore, é a corporificação inevitável dessa obra. Por isso está aqui. Para nos privar da nossa cultura e introduzir a sua. É parte do processo contínuo de denegrir o italiano e roubar dele a autoconfiança e seus talentos naturais. Roma se tornará uma versão menor de Paris."

Pensei no assunto por um momento e me perguntei se deveria apontar a falha óbvia daquele discurso. Afinal, ele era a corporificação perfeita do que reprovava — era suíço, e não italiano. Seu ponto de vista, embora passível de discussão, não deveria despertar nele tamanha paixão, pois a aplicação de tais convicções certamente o levaria de volta aos Alpes, para uma carreira de fabricante de relógios ou de administrador do grupo local da Sociedade Suíça de Iodelei. Cogitei apontar-lhe esse fato com palavras nada cavalheirescas, mas decidi não fazê-lo. Ele não gostava de mim. Tínhamos acabado de nos conhecer e ele já não gostava de mim, disso eu tinha certeza.

"Eu ficaria contente em saber mais sobre minhas responsabilidades", eu disse, enfim, para que a conversa progredisse. "As funções que o senhor mencionou na carta, embora fascinantes, continuam um tanto vagas. Imagino que tenha muito mais a me falar sobre elas. Por exemplo, a quem me reporto? Quem me oferecerá as orientações? De quem são os projetos que devo executar?"

O Signore Carlati reclinou-se na cadeira e abriu um sorriso amargo, entrelaçando os dedos e encostando os indicadores no nariz. Esperou um instante antes de responder, aguardando minha expressão estupefata enquanto me contava quem era o responsável pela minha indicação ao governo romano e de quem eu deveria esperar instruções.

"Você está aqui", ele disse com clareza, "graças à vontade e o desejo de *Il Papa* em pessoa. Você se encontrará com ele amanhã à tarde, no apartamento dele no Vaticano. Parece que sua reputação chegou aos ouvidos até mesmo dele. Que sorte a sua."

A surpresa foi tão grande que dei uma gargalhada ruidosa — reação que, a julgar pelo semblante enojado do Signore Carlati, ele considerou típica de um imigrante francês mal educado como eu.

* * *

Sabella Donato tinha trinta e dois anos quando a conheci. Seu cabelo castanho-escuro, puxado com força nas laterais, formava um rabo de cavalo que descia pelas costas e seus grandes olhos verdes eram seu atributo mais cativante. Tinha o hábito de olhar para você pelo canto dos olhos, o rosto inclinado de leve para um lado enquanto observava cada movimento seu. Na época, muitos a consideravam uma das três mulheres mais bonitas de Roma. Sua pele era um pouco menos bronzeada do que a dos italianos que trabalhavam ao ar livre e, apesar de ter crescido na Sicília, filha de um pescador, exalava uma atitude de quem está familiarizada com o mundo, uma certa mística europeia.

Ela me foi apresentada em um evento social promovido pelo conde de Jorvé e sua esposa, no qual a filha deles, Isobel, cantaria uma seleção de *Tancredi*. Eu conhecera o conde algumas semanas antes, em um dos inúmeros almoços oficiais que faziam parte do meu novo cargo, e de imediato o achara interessante. Era um sujeito de rosto arredondado, cujo corpo denunciava sua paixão por boa gastronomia e bons vinhos, e veio conversar comigo sobre a casa de ópera que — tinha ouvido falar — eu iria criar.

"Então é verdade, não é, Signore Zéla? Pelo que consta, será a casa de ópera mais bela da Itália. Irá rivalizar com La Scala, não?"

"Não sei de quem o senhor anda recebendo informações, conde," respondi com um sorriso, girando uma taça de vinho do Porto na mão. "Como o senhor sabe, até agora não houve nenhum comunicado sobre a distribuição das principais verbas."

"Deixe disso, Signore. Roma inteira sabe que Sua Santidade tem planos para a construção do teatro. A obsessão dele por superar a Lombardia vem de muito antes da eleição, sabe? Dizem que ele enxerga a relação que tem com você como um reflexo da que existia entre Leonardo e..."

"Por favor, conde", eu disse, achando graça, porém lisonjeado. "Isso é exagero. Sou apenas um servidor público, nada mais. Mesmo que estivéssemos planejando uma casa de ópera, eu não seria o arquiteto, mas apenas o homem encarregado de administrar adequadamente o orçamento. Deixo as criações artísticas para outras pessoas muito mais talentosas do que eu."

Ele riu ainda mais e cutucou minhas costelas com o indicador rechonchudo. "Então não consigo fazer com que você deixe escapar nenhum segredo?", perguntou, o rosto ficando roxo de curiosidade à medida que eu negava com a cabeça.

"Infelizmente não", respondi.

É claro que não muito tempo depois disso o anúncio foi de fato feito, e a partir de então qualquer pessoa na cidade se achava no direito de me encurralar com suas ideias de como o prédio deveria ser construído, de quão grande deveria ser o palco, de quão profundo deveria ser o fosso da orquestra, de qual deveria ser até mesmo o tecido das cortinas. Mas foram as opiniões do conde que eu ouvi na época, pois logo nos tornamos bons amigos e descobri que podia confiar em sua discrição para manter nossas conversas em sigilo. A única coisa que lamentei foi sua filha não ser uma cantora mais talentosa, pois eu queria poder retribuir a amizade dele oferecendo alguma ajuda a Isobel, que tinha vinte e cinco anos, era solteira, insossa e sem futuro.

"Ela é horrível, não é?", comentou Sabella, aproximando-se de mim pela primeira vez depois que Isobel terminou o terceiro segmento e pudemos, enfim, nos dispersar para a necessária pausa com bebidas.

"Praticando, ela ainda pode melhorar", murmurei, gentil, sentindo uma atração instantânea pela aparição sorridente ao meu lado, mas relutante em trair meu amigo apenas para me insinuar para uma mulher. "Na minha opinião, ela foi muito bem no segundo movimento."

"Acho que ela ainda tem que praticar muito", disse Sabella com leveza, pegando um canapé e examinando o recheio com desconfiança antes de abocanhá-lo. "Mas é uma menina adorável. Conversamos mais cedo e ela me disse para não esperar muito de seu canto." Eu sorri. "Sabella Donato", ela acrescentou depois de uma pausa, e estendeu a mão enluvada para mim. Eu a segurei e beijei com delicadeza, sentindo o cetim quente sob os lábios.

"Matthieu Zéla", eu disse, fazendo uma pequena reverência depois que me reergui.

"O grande administrador das artes", ela disse, respirando fundo e me analisando de cima a baixo, como se tivesse esperado o dia inteiro para me conhecer. "Esperam tantas coisas de você, Signore. A cidade fala sobre seus planos dia e noite. Ouvi dizer que haverá uma casa de ópera no futuro."

"Nada confirmado por enquanto", murmurei.

"Será bom para a cidade", ela disse, ignorando minha quase negativa, "mas é melhor seu amigo, o conde, não esperar que a filha se apresente na noite de inauguração. É mais provável que ela abrilhante um dos muitos camarotes do teatro."

"E você, madame Donato...", comecei.

"Sabella, por favor."

"Você cantará, se esse empreendimento heroico for realizado? Acontece que sua reputação precede até mesmo a minha. Ouvi dizer que ela chega a receber seus próprios convites para as festas."

Ela riu. "Eu não custo pouco, sabia? Tem certeza de que pode pagar?"

"O Santo Padre tem um tesouro considerável."

"Sobre o qual mantém um controle bem restrito, imagino."

Afastei as mãos de leve para indicar que eu não tinha o que comentar sobre o assunto, e ela riu. "Você é muito discreto, Signore Zéla", ela disse. "Hoje em dia, é uma característica admirável em um homem. Acho que gostaria de conhecê-lo melhor. Tudo o que ouço são boatos e, mesmo que eles tenham o desagradável hábito de se revelar verdades, é tolice confiar neles."

"Digo o mesmo", acrescentei, "mas as histórias que ouvi foram sobre seu talento e beleza, e ambos são inegáveis. Não sei o que ouviu sobre mim."

"Admiração não é tudo", ela disse, parecendo de repente irritada. "Aonde quer que eu vá, de manhã até a noite, as pessoas me enaltecem. Ou tentam, pelo menos. Afirmam que minha voz é um instrumento de Deus, que minha beleza é incomparável, que isso, que aquilo, que tudo no mundo é maravilhoso graças à minha presença nele. Pensam que esse tipo de coisa me fará feliz, me fará gostar deles. Você acha que funciona?"

"Creio que não", respondi. "Uma pessoa confiante conhece os próprios talentos e não precisa que eles sejam reforçados por confirmações alheias. E você me parece uma pessoa confiante."

"Neste caso, como me enalteceria então? O que faria para me impressionar?"

Encolhi um pouco os ombros. "Eu não tento impressionar as pessoas, Sabella. Não faz parte da minha natureza. Quanto mais velho fico, menos interesse tenho em ser famoso. Não que eu queira ser detestado, entenda; apenas não me importo muito com a opinião dos outros. Minha opinião é a que importa. Devo respeitar a mim mesmo. E é o que faço."

"Então não tentaria me impressionar de maneira nenhuma?", ela perguntou, sorrindo, flertando comigo. Senti uma atração intensa por ela e quis levá-la a algum lugar onde pudéssemos conversar a sós, mas estava cada vez mais cansado daquele tipo de conversa, com provocações um pouco forçadas, do diálogo entre duas pessoas que tentam impressionar uma à outra — algo que, apesar de todas as minhas afirmações do contrário, era justamente o que eu estava fazendo.

"Creio que apontaria seus defeitos", eu disse, me afastando um pouco e deixando minha taça em uma mesa. "Apontaria os momentos em que sua voz falha, os motivos pelos quais sua beleza desaparecerá um dia, e por que nada disso tem a menor importância. Eu falaria das coisas que as outras pessoas nunca falam."

"Isso se estivesse tentando me impressionar."

"Exato."

"Pois então mal posso esperar para ouvir sobre todos os meus defeitos", ela disse, afastando-se de mim e olhando para trás com um sorriso. "Quando tiver coragem suficiente para apontá-los."

Observei-a sumir na multidão e teria ido atrás dela naquele instante, se Isobel não tivesse começado outro movimento com um si bemol impecável — quem diria —, que me forçou a ficar onde estava, por educação, durante quase quinze minutos. Depois disso, a famosa cantora e beldade já tinha desaparecido.

Toda essa conversa sobre casas de ópera remete à tarde seguinte ao meu tempestuoso encontro com o Signore Carlati. Quando enfim pude sair de seu escritório decadente no dia anterior, ele havia me dado instruções sobre como me portar em meu encontro com Giovanni Maria Mastai-Ferretti, o vigário de Roma, papa Pio IX — meu novo chefe.

Nossa reunião seria em seu apartamento privado no Vaticano, às três da tarde, e admito que estava um pouco nervoso quando cruzei aquele palácio histórico e imponente, conduzido o tempo todo por um secretário ansioso e de ar sacerdotal, que me informou pelo menos sete vezes que eu deveria sempre me dirigir ao papa como Sua Santidade e jamais interrompê-lo quando estivesse falando, pois isso o irritava e lhe dava enxaqueca. Eu também não deveria contradizer nada do que o Santo Padre dissesse e tampouco oferecer alternativas contrárias aos pedidos que ele me faria. Aparentemente, diálogos eram malvistos pela Santa Sé.

Eu havia me dedicado a descobrir um pouco sobre aquele papa nas vinte e quatro horas de que dispunha entre uma reunião e outra. Com apenas cinquenta e seis anos — uma criança, se comparado aos meus cento e quatro —, ele exercia o cargo havia apenas dois anos. Ao ler inúmeros artigos sobre ele, não consegui decifrar sua personalidade, pois todos tinham opiniões bastante contraditórias sobre a verdadeira persona do papa. Alguns o consideravam um liberal perigoso, cujas opiniões sobre soltar presos políticos e permitir que leigos participassem do conselho de ministros poderiam significar um temerário fim da autoridade papal na Itália. Outros o enxergavam como a força de mudança com maior potencial no país, capaz de unir as velhas facções de esquerda e de direita em um acordo conjunto, ampliando as discussões e dando início à elaboração de constituições para os Estados papais. Para um homem tão no início de seu reinado, ele já parecia ter dominado a arte do verdadeiro político: fazer com que ninguém, aliado ou inimigo, fosse capaz de definir suas verdadeiras crenças ou planos, tanto para si próprio quanto para o país.

O aposento ao qual fui conduzido era menor do que eu esperava e as paredes estavam cobertas por livros, longos tratados religiosos, imensos relatos históricos, algumas biografias, poesia, até mesmo uma ou outra ficção recente. Era o escritório particular de Pio, me explicaram; o lugar para onde ele ia quando queria relaxar um pouco, aliviar-se de suas obrigações por um tempo. De acordo com o padre ansioso, era um privilégio para mim ter sido convidado para encontrá-lo ali, pois significava que nossa reunião não seria muito formal, possivelmente até prazerosa, e que eu talvez conhecesse um lado menos solene do papa, que os outros não conheciam.

Ele entrou por uma porta lateral com — para minha surpresa — uma garrafa de vinho tinto nas mãos. Se não tivesse caminhado em uma linha reta impecável, eu teria suspeitado de embriaguez.

"Sua Santidade", eu disse, fazendo uma sutil reverência, sem ter certeza se era a etiqueta correta mesmo depois de tudo o que tinham me dito. "É um prazer conhecê-lo."

"Sente-se, por favor, Signore Zéla", ele suspirou, como se eu já tivesse exaurido sua paciência, indicando um dos assentos perto da janela. "Você bebe uma taça de vinho comigo, é claro." Não entendi se era uma afirmação ou um pedido, por isso apenas sorri e inclinei a cabeça de leve. Ele nem percebeu e serviu o vinho em duas taças, sem pressa, girando o bocal da garrafa ao terminar, como um garçom faria. Me ocorreu que talvez ele tivesse sido garçom na juventude, antes de descobrir sua vocação. Com um metro e oitenta, era um pouco mais baixo do que eu, com uma cabeça grande e redonda e as sobrancelhas e os lábios mais finos que eu já tinha visto em um homem adulto. De debaixo de seu solidéu saía uma mecha de cabelo, e não pude deixar de observar, graças a um corte sob seu queixo, que naquela manhã ele tinha se machucado ao fazer a barba — um erro humano que ninguém esperaria do Supremo Pontífice. Era evidente que sua infalibilidade não incluía firmeza na mão.

Conversamos sobre assuntos amenos relacionados à minha viagem para Roma e minhas acomodações. Contei algumas mentiras sobre meu passado, oferecendo a verdade sobre os fatos essenciais, mas modificando um pouco a cronologia. A última coisa que eu queria era que ele reunisse um conclave para me declarar um milagre dos tempos modernos. Falamos sobre arte — na música, ele citou *A ópera do mendigo*; na literatura, *Reflexões sobre a Revolução na França*; em pintura, *A carroça de feno*; e, em ficção, *O conde de*

Monte Cristo —, acrescentando que já lera este último cinco vezes desde sua publicação, alguns anos antes.

"Você leu, Signore Zéla?", ele perguntou, e neguei com a cabeça.

"Infelizmente não. Não tenho tido muito tempo para ficção. Eu preferia os tempos da imaginação pura, em vez dos tratados sociais. Muitos desses escritores parecem querer discursar e não entreter. Não dou tanta importância a isso. Eu gosto é de uma boa história."

"*O conde de Monte Cristo* é uma história de aventura", ele explicou, rindo. "É o tipo de livro que você gostaria de ter lido quando criança, mas que ainda não tinha sido escrito. Eu lhe darei uma cópia antes de você ir, e depois talvez você possa me dizer o que achou."

Fiz um gesto para demonstrar que seria um prazer, mas, por dentro, fiquei incomodado com a obrigação de ler quinhentas páginas de Dumas, quando preferiria me familiarizar com a cidade. Ele perguntou se eu estava sozinho e falei um pouco sobre Thomas, sugerindo que esperava encontrar um bom emprego durante o período que passássemos em Roma, independente de sua duração.

"E por quanto tempo gostaria de ficar?", ele perguntou, um sorriso estreito se abrindo em seu rosto.

"O tempo que for necessário, imagino", respondi. "Ainda não sei bem que incumbência o senhor tem para mim. Talvez o senhor..."

"Há muitas coisas que eu gostaria de fazer como papa", ele anunciou, como se eu fosse, de repente, uma assembleia de cardeais. "Você deve ter lido sobre certas reformas com as quais dizem que me comprometi. Não tenho dúvidas de que, em algum momento, serei tragado para a guerra com a Áustria, e as reverberações políticas disso não me agradam. Mas quero, também, criar algo que me dê orgulho. Aqui em Roma. Alguma coisa que o povo romano possa visitar, apreciar e celebrar. Algo que faça a cidade parecer viva e vibrante outra vez. As pessoas ficam mais felizes em uma cidade com algum tipo de foco central. Você já esteve em Milão ou em Nápoles, Signore Zéla?"

"Em nenhuma das duas", admiti.

"Em Milão há uma grande casa de ópera, La Scala. Em Nápoles há San Carlo. Até a minúscula Veneza tem La Fenice. Quero construir uma casa de ópera na cidade de Roma que rivalize com essas belas obras arquitetônicas e devolva um pouco de cultura à cidade. É por isso, Signore Zéla, que eu o trouxe até aqui."

Concordei com a cabeça sem pressa e sorvi um gole demorado de minha taça. "Mas não sou arquiteto", eu disse por fim.

"Você é um administrador", ele respondeu, apontando para mim. "Ouvi falar sobre o trabalho que você desenvolveu em Paris. Ouvi comentários muito positivos sobre você. Tenho amigos em todas as cidades da Europa e além, e eles me informam sobre muitas coisas. Aqui em Roma, tenho uma certa quantia à minha disposição e, como não tenho tempo nem talento para encontrar os melhores artistas e arquitetos da Itália, pensei em você. Você assumirá esse serviço para mim. E será generosamente recompensado, é claro."

"Quão generosamente?", perguntei com um sorriso. Ele podia ser o papa, mas eu ainda era jovem e precisava me sustentar. Ele mencionou um valor que era mais do que generoso e explicou que eu receberia metade no início do projeto e o restante em parcelas ao longo de um cronograma de construção planejado para três anos.

"E então?", ele perguntou depois de um momento, sorrindo. "Isso corresponde ao que você considera adequado? Concorda em assumir a construção de uma casa de ópera em Roma para mim? O que me diz, Signore Zéla? A escolha é sua."

O que eu poderia dizer? Já haviam me informado que eu não poderia recusar nada que aquele homem me pedisse. Dei de ombros e sorri para ele. "*Accepto*", eu disse.

Ao longo daquele verão, meu romance com Sabella floresceu. Íamos juntos a festas, ao teatro, a salões literários. Fomos elogiados em uma publicação da corte, e o interesse era sempre direcionado a Sabella, que tinha surgido do nada na alta sociedade romana, com uma beleza e um talento invejados por todos e um passado que ninguém conhecia. Nos tornamos amantes enquanto o verão aquecia a cidade e os jovens começavam a partir discretamente para a guerra italiana contra a Áustria, da qual Pio se abstinha. Ouviam-se conversas sobre insurreições, sobre o papa ser expulso de sua cidade, e as opiniões dividiam-se entre ele se envolver — e, portanto, envolver a Santa Sé — ou não.

Para mim não fazia diferença. Eu não havia manifestado o menor interesse pela guerra durante aquelas décadas e naquele momento não queria nada além de apreciar Roma, Sabella e o salário que recebia. Ao concordar em construir a casa de ópera, eu me tornara rico da noite para o dia e, mesmo que tomasse cuidado para não ultrapassar meus limites, descobri que esses limites podiam, de vez em quando, incluir alguns excessos.

Sabella se deleitava com a minha companhia e não perdia a oportunidade de declarar sua paixão. Pouco depois do nosso primeiro encontro, ela já me dizia que eu era o amor de sua vida, o único amor verdadeiro que ela conhecera desde a juventude, e que se apaixonara por mim naquela primeira tarde, na casa do conde de Jorvé e sua filha carente de ouvido musical.

"Quando eu tinha dezessete anos", ela me contou, "comecei uma relação com um jovem fazendeiro em Nápoles. Ele não passava de um menino de dezoito, dezenove anos. Estivemos apaixonados por um tempo, mas ele logo ficou noivo de outra e me magoou profundamente. Abandonei nosso vilarejo em seguida, porém nunca o esqueci. Nosso relacionamento foi curto — talvez apenas quatro semanas da minha vida —, mas o sentimento que ele deixou permanece. Achei que jamais me recuperaria."

"Também tive um amor como esse", eu disse, recusando-me a falar mais sobre o assunto.

"Foi depois de tudo isso que descobri que podia cantar e comecei a usar minha voz para ganhar algum dinheiro no litoral. Uma canção levava a outra e logo passei a trabalhar graças a elas. Descobri que era capaz de me sustentar com esse instrumento. De algum modo, vim parar em Roma. Com você."

Quanto a mim, eu gostava dela, mas não estava tão apaixonado. Apesar disso, em pouco tempo, e quase sem planejarmos, nos casamos. Ela declarou ter se tornado católica depois de ir comigo a uma reunião com o papa, e em seguida decidiu não dormir mais comigo sem os votos do casamento. A princípio, fiquei em dúvida — o casamento não tinha funcionado muito bem para mim nos últimos cinquenta anos, mais ou menos — e cogitei terminar o relacionamento, mas qualquer sugestão sobre isso a deixava em tal estado de histeria que eu não conseguia controlar. Essas repentinas e inexplicáveis explosões de fúria contrastavam com a afeição profunda que ela demonstrava por mim em nossos momentos mais tranquilos. Por fim, concordei em nos casarmos. Ao contrário de outros casamentos meus, optamos por uma cerimônia simples em uma capela pequena, tendo como testemunhas apenas Thomas e sua nova amante, uma jovem de cabelo escuro chamada Marita.

Não viajamos em lua de mel. Em vez disso, voltamos para nosso apartamento, onde ela se rendeu a mim como se nunca tivéssemos compartilhado aquela intimidade antes. Thomas ficara noivo de Marita — apesar de afirmar que seria um longo noivado, pois ainda não se sentia pronto para o casamento — e tinha se mudado; pudemos, enfim, ficar a sós. Pelo menos por um breve período. Mais uma vez, sem procurar por isso, eu era um homem casado.

Depois de uma fase inicial de seleção, contratei um homem chamado Girno para projetar a casa de ópera e ele me trouxe alguns esboços no verão de 1848, croquis do que parecia ser um anfiteatro colossal com um palco imenso à frente. O térreo tinha espaço para oitenta e duas fileiras de assentos, com o fosso da orquestra à frente, e nas laterais havia quatro andares de camarotes, setenta e dois no total, sendo que cada um poderia abrigar oito pessoas com conforto — ou doze, sem. No ponto em que as cortinas se juntavam formava-se o selo do Papa Pio ix, o que considerei excessivamente bajulador. Pedi que ele pensasse em outra ideia, sugerindo uma representação dos gêmeos fundadores da cidade, Rômulo e Remo, um em cada cortina, para que eles ficassem separados durante as apresentações e juntos antes e depois delas. Girno era um homem inteligente e mostrava-se animado com um projeto tão extravagante, mesmo naquela fase inicial e ainda que estivesse fadado a não sair do papel.

O ardor das revoluções, que tinham começado pouco antes da nossa chegada, aumentou ao longo do ano, e todas as manhãs eu lia os jornais com atenção, à procura de qualquer relato de agitação política. Foi em uma dessas manhãs, enquanto saboreava um café em uma pequena cafeteria perto da praça de São Pedro, que li sobre como os quatro principais líderes italianos — Fernando ii, Leopoldo da Toscana, Carlos Alberto da Sardenha e Pio ix — tinham, cada um, elaborado constituições em um acordo para prevenir outras revoltas como a que havia ocorrido em Palermo e causado tantos problemas em janeiro. Esses tumultos continuaram pelo país todo, com os governos mais conservadores atacados por elementos extremistas de cada sociedade independente. Os jornalistas italianos foram prolixos como sempre ao descrever como Carlos Alberto declarou guerra à Áustria na Lombardia. O país ficou devastado pela decisão do papa de não se aliar a seu compatriota, um movimento que poderia ter "unificado" a Itália contra um inimigo comum. Em vez disso, ele condenou a guerra, o que fortaleceu a posição austríaca e acabou resultando na derrota da Lombardia, pela qual ele seria responsabilizado.

"Não é que eu me oponha à posição da Lombardia", o

papa me disse na época, em um de nossos encontros rotineiros. Tínhamos nos tornado algo próximo a confidentes, e não era incomum ele conversar comigo sobre esses assuntos. "Pelo contrário, estou bastante preocupado com as ameaças imperialistas da Áustria, apesar de considerá-las um perigo menor para Roma do que para qualquer outro lugar. Mas o mais importante é que eu, como papa, não posso me aliar a um líder nacionalista numa questão potencialmente capaz de levar os Estados da nação italiana à destruição."

"Então você se opõe à unificação?", perguntei um pouco surpreso.

"Oponho-me à ideia de um governo centralizado. A Itália é um país grande, se contarmos todos os nossos Estados. Se isso acontecer, não seríamos nada além de partes de um todo, e sabe-se lá quem estaria no comando da Itália ou o que ela se tornaria."

"Um país poderoso, talvez", sugeri, e ele riu com exagero.

"Você conhece tão pouco da Itália!", disse. "O que você vê diante dos olhos é um país cujas partes são governadas por homens que se julgam descendentes legítimos de Rômulo e Remo. Cada um desses supostos líderes nacionalistas almeja um país unificado — do qual eles mesmos seriam reis. Alguns sugerem, inclusive, que *eu* deveria ser o rei", ele acrescentou, pensativo.

"E isso você não quer", afirmei de modo inexpressivo, observando suas reações — esperando que ele desse de ombros, que fizesse um gesto com a mão, que demonstrasse vontade de deixar aquilo de lado, que mudasse de assunto.

"Eu manterei Roma independente", ele prosseguiu, batendo no braço da cadeira com o dedo indicador, marcando cada palavra. "É isso que importa para mim nessa história toda. Não permitirei que ela seja destruída pelo ideal presunçoso e totalmente impossível de unidade política. Nós estamos aqui há tempo demais para vê-la derrotada pelos próprios italianos, e muito menos por austríacos invasores." Por "nós" supus que ele se referisse à longa linhagem de pontífices à qual seu nome fora acrescentado havia pouco tempo.

"Não entendo seu raciocínio", insisti, irritado com sua arrogância e esquecendo todas as instruções que havia recebido na primeira visita ao Vaticano. "Se você considerar…"

"Basta!", ele rugiu, levantando-se e permitindo que seu rosto ficasse vermelho de raiva enquanto ia até a janela. "Vá construir minha casa de ópera e deixe-me governar minha cidade da maneira que acho melhor."

"Não tive a intenção de ofendê-lo", eu disse, depois de uma longa pausa, me levantando e caminhando para a porta. Ele não se virou para me olhar nem para se despedir, e a última imagem que tenho dele é a de um homem acuado, inclinando-se para uma janela estreita com vista para a praça de São Pedro, observando o povo — o seu povo — e preparando-se para a tempestade iminente.

Os acontecimentos de 11 e 12 de novembro de 1848 ainda me parecem quase inacreditáveis, mesmo agora, cento e cinquenta e um anos depois. Na tarde do dia 11, Sabella voltou para casa mais cedo, claramente agitada e incapaz de responder até mesmo a perguntas simples.

"Minha querida", eu disse, me levantando e indo até

ela para abraçá-la. Seu corpo estava tenso e, ao me afastar um pouco para ver seu rosto, fiquei impressionado com sua intensa palidez. "Sabella, parece que você viu um fantasma. Qual é o problema?"

"Nada", ela respondeu sem demora, afastando-se e beliscando as bochechas para recuperar um pouco da cor. "Não posso ficar aqui agora. Preciso sair outra vez. Volto mais tarde."

"Mas para onde você vai?", perguntei. "Não pode sair nesse estado."

"Estou bem, Matthieu, eu lhe garanto. Só preciso encontrar meu…" Subitamente, alguém bateu à porta e ela deu um salto, assustada. "Oh, meu Deus", ela disse. "Não abra!"

"Por que não? Deve ser apenas Thomas, que veio para…"

"Não faça nada, Matthieu. É aborrecimento, só isso."

Tarde demais. Eu já tinha aberto a porta, e à minha frente estava um homem de meia-idade vestido com o uniforme de um oficial piemontês. Ele possuía um bigode largo que pareceu se curvar para baixo enquanto me analisava da cabeça aos pés.

"Posso fazer alguma coisa pelo senhor?", perguntei educadamente.

"Já fez", ele respondeu, entrando apressado, a mão rondando de um jeito ameaçador a espada presa à cintura. "Apossou-se do que não é seu."

Olhei na direção de Sabella, que balançava para a frente e para trás em uma cadeira perto da janela, choramingando. "Quem é você?", perguntei, atônito.

"Quem sou eu? Quem é o *senhor*?"

"Matthieu Zéla, e esta é a minha casa. Portanto peço que não dê ordens aqui dentro."

"E aquela mulher?", ele bradou, nervoso, apontando de modo grosseiro para Sabella. "Eu diria 'senhora', mas não é a palavra certa para ela. Quem é ela, então, eu lhe pergunto?"

"É a minha esposa", respondi, prestes a perder a paciência. "E peço que a trate com respeito, por favor."

"Rá!", ele riu. "Então proponho-lhe um enigma. Como ela pode ser a sua esposa se já é casada comigo? Pode me responder? Com essas suas roupas pomposas?", ele acrescentou, non sequitur.

"Casada com você?", perguntei, chocado. "Não seja ridículo. Ela..."

Eu poderia continuar a descrever a cena, frase por frase, confissão por confissão, até sua conclusão lógica, mas é uma sequência de acontecimentos quase farsesca. Basta dizer que minha suposta esposa, Sabella Donato, omitira, na época de nossas núpcias, a informação de que já tinha um marido, aquele cavalheiro estúpido cujo nome era Marco Lanzoni. Eles haviam se casado cerca de dez anos antes, pouco antes da ascensão dela ao sucesso, e logo depois da cerimônia ele se alistou para que pudessem juntar dinheiro e viver com conforto no futuro. Quando voltou à cidade natal, ela tinha desaparecido e levado consigo a maior parte dos pertences dele, que vendera para financiar suas primeiras aventuras na Itália. Fora necessário todo aquele tempo até ele conseguir localizá-la em Roma, e agora estava ali para reivindicá-la. A única coisa que não tinha imaginado era a existência de um segundo marido. Sujeitinho impetuoso, exigiu explicações e, em seguida, me desafiou para um duelo na manhã seguinte, que fui forçado a aceitar, para não ter de carregar a marca da covardia. Depois que ele foi embora, sucedeu-se uma cena barulhenta entre mim e minha "esposa", que terminou em muitas lágrimas e recriminações. Nosso matrimônio falso tinha acontecido porque ela se colocara em estado de negação no que dizia respeito a seu casamento anterior. E agora havia a possibilidade de eu acabar pagando por tudo aquilo. O tempo não me destruía, mas a espada de Lanzoni poderia se encarregar disso, com certeza.

Nesse meio-tempo, Thomas me deu a notícia de que o covarde Pio IX, amedrontado por uma invasão romana que poderia lhe custar o cargo ou a vida, ou talvez ambos, deixara Roma e fugira para Gaeta, ao sul de Nápoles — onde acabaria exilado por muitos anos —, o que me privou de meu emprego e salário. Todos os planos para a construção de uma casa de ópera em Roma foram arquivados graças a uma súbita falta de recursos e me vi, pelo menos temporariamente, sem esposa e sem emprego. Essa mudança em meu destino levou-me a questionar se seria sensato participar do duelo proposto por Lanzoni. Afinal, nada mais me prendia à Itália. Eu poderia, sem nenhuma dificuldade, ter deixado a cidade e nunca mais ter visto o sujeito, e admito que uma parte de mim gostaria de ter feito isso e pronto. Porém, teria sido uma atitude desonrosa e, mesmo que minha reputação não chegasse a ser afetada, eu me lembraria para sempre que tinha fugido. Portanto, quase por obrigação, resolvi ficar e aceitar o desafio de Lanzoni.

A manhã seguinte estava coberta por névoa e, quando me vi em um pátio privativo, com Sabella histérica e Thomas atuando como meu padrinho, fui invadido por uma infelicidade extrema, convencido de que minha vida, enfim, terminaria ali.

"É ridículo, não acha?", disse ao meu sobrinho, que segurava meu casaco com uma expressão de pura angústia no rosto. "Não conheço esse homem, não quis provocar nenhum mal ao me casar com a esposa dele, mas acho que, por causa disso, pagarei pelos meus pecados. Por que um homem não pode duelar contra uma mulher, você pode me dizer? Esta briga não me pertence."

"Você não morrerá, tio Matthieu", disse Thomas, e por um instante achei que ele começaria a chorar. "Você pode vencer, acredite. Você pode ser muito mais velho do que ele, mas fisicamente é dez anos mais novo. Ele está cego de raiva e você não está alterado. As emoções dele são mais fortes."

Neguei com a cabeça, experimentando um dos raros momentos na vida em que duvidei de mim mesmo. "Talvez seja melhor assim", respondi, tirando o paletó e o colete e examinando a lâmina que tinha nas mãos. "Não posso viver para sempre, afinal. Apesar de todos os sinais indicando o contrário."

"Mas também não pode morrer. Tem muitos motivos para permanecer vivo."

"Por exemplo?" Se eu fosse morrer, não partiria sem despertar um pouco de piedade.

"Para começar, você tem a mim", disse Thomas. "E Marita. E também nosso futuro filho."

Eu o encarei, surpreso. Se fosse cem anos depois, eu teria esbravejado por sua falta de cuidado, mas naquele momento senti apenas felicidade. "Seu filho", eu disse, espantado; para mim, o próprio Thomas ainda era uma criança. "Quando isso aconteceu?"

"Há pouco tempo. Descobrimos dois dias atrás. É por isso que você não pode morrer. Precisamos de você."

Concordei com a cabeça e senti uma onda de força antes inexistente. "Você está certo, meu rapaz. Ele não pode me vencer. Nada disso tem a ver comigo. Então, venha, senhor", bradei através do pátio. "Vamos começar."

Cruzamos espadas por todo o pátio, atacando e defendendo durante mais de quatro minutos que pareceram durar dias conforme dançávamos de um lado para o outro. Eu ouvia os gemidos de Sabella, que optei por ignorar — eu tinha decidido que, não importava o que acontecesse, nosso relacionamento estava terminado. Vi Thomas dizendo palavras de estímulo à distância, retraindo-se quando a lâmina de Lanzoni perfurava meu braço ou raspava em meu rosto. Enfim, com um amplo movimento circular da mão, desarmei meu adversário e o imobilizei no chão. A ponta da minha espada pressionou seu pomo de adão e ele me encarou com olhos suplicantes, implorando por misericórdia, rogando por sua vida. Eu estava furioso por aquela situação ter ido tão longe e fiquei tentado a afundar a espada e acabar com ele de uma vez por todas.

"Isso não tem nada a ver comigo!", rugi. "Não tenho culpa se ela já era casada!"

Manipulei o cabo da espada por mais um instante, mas acabei por deixá-lo se levantar e me afastei. Fui até Thomas, tentando me acalmar enquanto caminhava, contente por ter superado a sede de sangue que existe em todos nós e me permitido optar pela compaixão. Passei por meu sobrinho e ele se virou para me ajudar a vestir o casaco.

"Viu só, Thomas", comecei, aliviado, "existem momentos na vida de um homem que..."

Ouvi passos rápidos vindo na minha direção e, assim que me virei, meu sobrinho também se virou — mas tarde demais para que conseguisse desviar. Seu corpo infeliz ficou ali, um cadáver em pé, quando Lanzoni correu para cima dele, espada em riste, pronto para trespassar um de nós, ou ambos. Em uma questão de segundos, os dois estavam mortos; um pela espada de Lanzoni, o outro pela minha.

Um silêncio dominou o pátio e olhei de relance para minha esposa de outrora, agora sentada no chão em prantos, antes de levar o corpo de meu sobrinho até sua noiva grávida. Depois que o enterramos, deixei a Itália e jurei nunca mais voltar. Mesmo que eu vivesse por mil anos.

9

ABRIL DE 1999

O telefone tocou de madrugada e imediatamente temi o pior. Meus olhos se abriram para a escuridão completa, a figura de Tommy gravada em minha mente. O que vi foi a imagem do meu sobrinho morto em alguma sarjeta do Soho, seus olhos sem vida contemplando o céu, aterrorizados pela última coisa que tinham visto antes de morrer, sua boca aberta, seus braços dispostos em ângulos estranhos em relação ao torso, um filete de sangue saindo pela orelha esquerda e se distanciando à medida que o corpo ficava cada vez mais frio e rígido. Mais uma morte, outro sobrinho, outra criança que não pude salvar. Atendi o telefone e o pior se confirmou. Houvera, de fato, uma morte — por que outro motivo alguém seria incomodado em plena madrugada? —, mas não fora a de Tommy.

"Matthieu?", disse a voz do outro lado da linha, atordoada e nervosa. Não era um policial, percebi de imediato, pois havia pânico na entonação, um senso de urgência assustada. Eu reconhecia a voz, mas não me lembrava de quem era, como se o eco do medo a tivesse modificado um pouco, o suficiente para que ela se afastasse da minha memória.

"Sim. Quem está falando?"

"É o P. W., Matthieu." Meu amigo da indústria fonográfica e colega de investimentos na emissora via satélite. "Tenho uma notícia devastadora. Não sei nem como dizer." Ele parou e se esforçou para encontrar duas palavras muito simples. "James morreu."

Eu me sentei na cama, balançando a cabeça, sem acreditar. Vi muitas mortes ao longo da vida, algumas naturais, outras nem tanto, mas elas nunca deixam de me surpreender. Uma parte de mim não consegue entender de jeito nenhum por que os corpos das outras pessoas as abandonam com tanta frequência enquanto o meu é tão incrivelmente fiel a mim. "Por Deus", eu disse depois de um instante, sem ter certeza de como reagir ou de que tipo de resposta ele queria ouvir. "O que aconteceu?"

"É meio difícil explicar por telefone, Matthieu. Você pode vir até aqui?"

"Até onde? Em que hospital você está?"

"Não estou num hospital, nem James. Estamos na casa dele. Precisamos de... uma ajuda."

Meus olhos se estreitaram; ele não estava falando coisa com coisa. "James está morto e você está na *casa* dele?", perguntei. "Você já chamou um médico ou então a polícia? Talvez ele não esteja morto. Talvez esteja só..."

"Matthieu, ele está morto. Acredite em mim. Você precisa vir até aqui. Por favor. Eu quase nunca peço nada a você, mas..." Ele começou a divagar sobre há quanto tempo nos conhecíamos, sobre o quanto eu significava para ele — o tipo de bobagem que um homem só deixa escapar em três ocasiões: quando está prestes a se casar, quando bebeu demais ou quando se vê falido. Afastei o telefone da orelha e estendi o outro braço para pegar o relógio no criado-mudo, que registrava 3h18. Suspirei e sacudi a cabeça com força para espantar o sono, passando a mão pelo cabelo e lambendo os lábios secos. Minha boca estava ressecada e a cama parecia quente e tentadora. Mas P. W. continuava falando e parecia disposto a prosseguir assim para sempre, até que fui obrigado a interromper.

"Estarei aí em trinta minutos", eu disse. "E, pelo amor de Deus, é melhor você não fazer nada até eu chegar, está bem?"

"Ah, graças a Deus. Obrigado, Matthieu. Não sei como poderei..."

Desliguei.

Conheci James Hocknell há dois anos, em um jantar na prefeitura. Estávamos ali para celebrar a vida de algum figurão que tinha dedicado sua carreira ao jornalismo e que havia pouco recebera uma pequena fortuna graças à sua autobiografia — principalmente porque no livro ele sugeria relacionamentos entre políticos proeminentes dos últimos quarenta anos, e também certas ligações bem próximas da atual rainha com outras mulheres, algumas picantes, outras nem tanto. Porém, assim como tantos homens versados nas leis da calúnia e da difamação do país, ele tomou o cuidado de não revelar nada de concreto, já que a mera sugestão funcionava tão bem quanto, e jamais citou fontes, optando sempre pela frase "Amigos de... me disseram que...", cuja eficácia o tempo já comprovara. Eu estava em uma mesa com o ministro das Relações Exteriores e sua esposa, com uma jovem atriz que acabara de ser indicada ao Oscar e seu namorado de meia-idade — um nome conhecido no mundo das corridas —, um casal de jovens da elite, que conversavam sobre uma supermodelo e seu vício em drogas, e também ao lado de minha companheira na época, cujo nome não lembro agora, mas que tinha cabelo escuro e curto, lábios cheios e trabalhava como especuladora de riscos na seguradora Lloyd's.

Eu pedia bebidas no bar quando vi James pela primeira vez. Ele completara cinquenta anos havia pouco tempo e, depois de deixar o cargo de editor assistente de um jornal bem conceituado anos antes, tinha se tornado editor de um tabloide. A circulação vinha diminuindo desde que ele assumira, especialmente por causa da sua decisão de eliminar seios expostos nas páginas centrais do jornaleco, e ele exibia a expressão de um homem com medo de que todos ali estivessem conspirando contra ele, quando, na verdade, tudo o que faziam era ignorá-lo e permitir que ele bebesse em paz. Apesar de nunca ter conversado com ele, eu o abordei e disse que considerava seu trabalho no *The Times* admirável, em particular a cobertura de um escândalo político que viera à tona no final dos anos 1980. Mencionei um artigo que ele escrevera sobre De Klerk para a *Newsweek* que me impressionara por sua imparcialidade e habilidade em condenar a situação sem tomar partido, talento raro em um jornalista. Ele pareceu contente com minha familiaridade com seu currículo profissional e mostrou-se disposto a conversar mais.

"E o meu trabalho atual?", perguntou, franzindo o cenho de leve enquanto aceitava a dose de conhaque que eu lhe oferecia. "Você não deve achar que o que estou fazendo agora preste para muita coisa, não é?"

Dei de ombros. "Tenho certeza de que é excelente", respondi, talvez de um jeito condescendente demais para o meu próprio gosto. "O problema é que nunca tenho o tempo que gostaria para ler os jornais. Senão, eu teria uma ideia mais abrangente da sua *œuvre* atual."

"É mesmo? Você trabalha com quê?" Pensei no assunto — não era uma pergunta fácil. Na época eu não fazia nada de muito expressivo. Apenas relaxava. Aproveitava a vida. Não era um jeito ruim de passar uma ou duas décadas.

"Sou um desses ricos ociosos", respondi com um sorriso. "O tipo de pessoa que você deve detestar."

"De jeito nenhum. Durante metade da minha vida desejei me juntar a essa classe."

"Deu sorte?"

"Não muita."

Ele abriu a boca e fez um gesto expansivo com a mão para indicar a massa de pessoas que circulava pelo saguão, cumprimentando-se com beijinhos fervorosos sem tocar os rostos, sacudindo as mãos umas das outras, exalando riqueza e superioridade por cada orifício e cada poro bem tratado da pele. Seios grandes, diamantes pequenos, homens mais velhos, mulheres mais novas. Muitos trajes a rigor e vestidos curtos pretos. Apertei os olhos, e o salão pareceu uma coleção de pontos pretos e brancos que se aproximavam e se afastavam uns dos outros a uma velocidade alarmante; por um momento me vieram imagens dos filmes antigos de Charlie. James parecia prestes a dizer algo importante sobre os outros convidados, *les mots justes* que definiriam aquela aglomeração de ridículos e suas inanidades generalizadas, mas a frase adequada lhe escapou e ele, por fim, apenas balançou a cabeça, derrotado. "Estou um pouco bêbado", declarou, o que me fez rir, pois ele disse isso com um discreto orgulho de si mesmo, do tipo que poderia ser visto no rosto de um menino flagrado em um abraço malicioso com uma garota mais velha. Me apresentei e ele sacudiu minha mão com firmeza e depois chamou a garçonete com um estalo arrogante de dedos.

"Sabe o que eu odeio nos ricos?", ele me perguntou, e fiz que não com a cabeça. "É que você só os encontra quando eles estão assim, desfilando seu glamour pra todo mundo ver, sempre muito felizes. Você já viu alguma classe social sorrir tanto quanto os ricos? É claro que eles são *ricos*, por isso são chamados assim, o que provavelmente explicaria…" James desistiu de concluir o raciocínio, perdido na natureza óbvia do que estava dizendo.

"Até os ricos têm seus problemas", eu disse com tranquilidade. "Imagino que não deva ser um mar de rosas para ninguém."

"Você é rico?", ele me perguntou.

"Muito."

"E é feliz?"

"Digamos que estou satisfeito."

"Escuta, deixa eu te dizer mais uma coisa sobre dinheiro", ele falou, inclinando-se na minha direção e batendo um dedo no meu ombro. "Estou na jogada há trinta anos e não tenho nenhum tostão para chamar de meu. Nem uma porra de um tostão. Estou vivendo quase sem ter o que comer, não sobra nada do meu salário. Claro, tenho uma casa bonita", ele exclamou alto. "Mas também tenho três ex-esposas para sustentar e cada uma daquelas vacas tem pelo menos um filho para quem eu também tenho que dar dinheiro. O meu dinheiro não é meu, Mattie..."

"É Matthieu."

"O dinheiro entra na minha conta no dia do pagamento e desaparece horas depois, chupado por essas sanguessugas com quem tive a infelicidade de me casar. Nunca mais, pode escrever. Não existe mulher neste mundo que consiga fazer eu me casar com ela. Não existe. Você é casado?"

"Já fui", respondi.

"Viúvo? Divorciado? Separado?"

"Digamos apenas que já passei por muita coisa."

"Então você sabe bem do que estou falando. Vacas sanguessugas. Tem dia que mal consigo pagar três refeições decentes para mim, e elas por aí, vivendo felizes e contentes, sem merda de preocupação nenhuma. Eu te pergunto: está certo isso?" Eu ia começar a responder, mas ele me interrompeu. "Escuta", continuou, como se eu tivesse alguma escolha, agora que ele falava — como descobri depois — sobre seu tema favorito. "Quando eu era garoto e comecei nessa área, com meus vinte e poucos anos, eu vivia assim, mas na época fazia sentido, porque eu tinha o futuro todo pela frente. Eu também não tinha um centavo no bolso naqueles tempos e, quando chegava o fim do mês, estava comendo bolacha com queijo e uma xícara de chá fraco todas as noites, chamando isso de jantar. Mas eu não ligava, porque sabia que iria longe no jornalismo e que, quando fosse a hora, faria uma fortuna. Batalhei para que isso acontecesse, e aconteceu, mas nunca imaginei que teria que ver toda essa merda de dinheiro ir embora, é isso."

Na época em que conheci James, eu estava cansado do meu estilo de vida ocioso e procurava um novo investimento. Eu não trabalhava desde os anos 1950, quando deixei a Califórnia com Stina depois de toda a situação com Buddy Rickles e, embora meu saldo bancário estivesse mais do que saudável e minha renda anual pudesse bancar as despesas anuais de, digamos, Manchester, comecei a ficar inquieto com minha própria companhia e precisava injetar algum entusiasmo de novo em minha vida. Eu tinha ido ao jantar na prefeitura por recomendação de um amigo banqueiro, que me assessorava em certas possibilidades de investimento para reintroduzir-me no mundo financeiro. Ele já havia me apresentado a P. W. e a Alan, que demonstraram interesse em criar uma emissora de televisão via satélite, e a ideia me parecera atraente. Minhas experiências anteriores com televisão tinham sido na produção e, apesar de terem terminado em um desastre digno de lista negra, gostei do período em que trabalhei com isso, e me atraía a ideia de um cargo administrativo em que eu pudesse me manter a uma certa distância, como o de Rusty Wilson durante minha época na emissora do pavão. O conceito de transmissão *via satélite* era algo muito novo, e esse foi sempre um fator de grande influência nas minhas decisões de me envolver com algum empreendimento. Porém, nenhum deles havia gerido um negócio daquela dimensão antes, e eu tinha certeza de que não queria administrar tudo sozinho; apenas me interessava pela ideia. Depois de consultar meus colegas investidores, resolvi conversar com James, em um jantar terrível no restaurante San Paolo.

"James, é o seguinte", eu disse depois da refeição, quando nós quatro estávamos sentados em poltronas de couro perto da lareira no bar do restaurante, acompanhados de conhaque e charutos. "Temos uma proposta para lhe fazer."

"Imaginei que teriam, cavalheiros", ele disse com um sorriso largo, reclinando-se na poltrona e colocando o charuto entre os dentes, como uma estrela de cinema prestes a fechar um contrato de milhões e milhões de dólares. "Não achei que tivessem me trazido para cá só para ser plateia enquanto eu me empanturrava e coçava a bunda."

Alan estremeceu e tive que tossir para disfarçar o riso. "Nós três", comecei, indicando P. W., Alan e a mim mesmo, "estamos planejando um empreendimento, e pensamos que talvez você esteja interessado em se juntar a nós."

"Não tenho nenhum dinheiro", ele respondeu de imediato, introduzindo seu assunto favorito antes que eu pudesse impedi-lo. "Não adianta vir me pedir dinheiro, porque aquelas sanguessugas…"

"Calma, James", eu disse, levantando a mão para silenciá-lo. "Primeiro escute a proposta, é tudo que eu peço. Não estamos querendo dinheiro."

"Pus todas as minhas economias nesse empreendimento", P. W. interveio, nervoso, e olhei para ele com ar de reprovação, pois não gosto de perder o ímpeto em uma conversa, ainda mais quando estou tentando obter alguma coisa. "Então precisamos fazer isso funcionar", ele acrescentou, antes de ver minha expressão e calar a boca.

"Estamos planejando um empreendimento", repeti, a voz um pouco mais alta para evitar interrupções. "O capital está engatilhado e já começamos a selecionar pessoas. É uma emissora de televisão via satélite. Terá basicamente noticiários e programas de comportamento, além de algumas séries dramáticas importadas dos Estados Unidos. As boas. Por assinatura, claro. Estamos à procura de um diretor executivo. Alguém que cuide das operações no dia a dia, que traga expertise ao projeto; alguém que tome as decisões no batente, por assim dizer. Nós três queremos manter certa distância, mas não totalmente, sabe, e precisamos de uma pessoa em quem possamos confiar e que entenda o universo da mídia hoje. Alguém que faça a emissora funcionar. Em resumo, James, queremos que você assuma esse trabalho."

Reclinei-me com um sorriso de satisfação, contente com a simplicidade da minha explicação e com a maneira como o rosto dele foi se revelando cada vez mais ávido, em especial ao escutar palavras como "diretor executivo", "tome as decisões" e "nós três queremos manter certa distância". Fez-se um silêncio por alguns momentos, até que James se sentou na beirada da cadeira, sorriu com generosidade e tirou o charuto da boca.

"Cavalheiros", ele disse, os olhos reluzindo de entusiasmo, "vamos falar sobre números."

No final das contas, depois dos devidos ajustes, os números acabaram por satisfazer a todos, assim como uma exigência até então inesperada de cinco por cento dos lucros brutos, algo que tive prazer em conceder a ele, durante o período inicial de três anos, no lugar de bônus anuais. No primeiro mês, ele já chegava ao trabalho antes dos faxineiros da manhã e saía depois dos últimos zeladores do turno da noite. Ao longo dos dois anos seguintes, James tomou decisões significativas na emissora, algumas das quais eu aprovara, outras das quais me deixaram um tanto desconfortável — todas, porém, provaram que contratá-lo fora a melhor opção desde o início. Ele trouxe para a emissora uma equipe sólida de âncoras e jornalistas, com destaque para a srta. Tara Morrison, que deve muito a ele, e reorganizava os cronogramas o tempo todo para que houvesse um fluxo natural de apresentadores entrando e saindo da programação, planejada com o máximo de cuidado. Nossa participação no mercado teve um aumento considerável e todos nós ganhamos dinheiro. Juntos, nos tornamos um sucesso.

Paralelamente a nossas conquistas profissionais, James e eu nos tornamos bons amigos. Éramos homens muito diferentes, mas nos respeitávamos e apreciávamos a companhia um do outro. Discutíamos na mesa de reuniões, sempre com um respeito saudável pela opinião do outro e pelo sucesso da emissora. Uma vez por mês, nos encontrávamos apenas os dois, para comer e beber, quando então a regra era não mencionarmos nada relacionado à emissora; em vez disso, conversávamos sobre política, história e arte. Sobre nossas vidas. (Claro que ele era um pouco mais sincero ao falar de sua vida do que eu ao falar da minha, mas os bons relacionamentos são todos assim: um dos lados precisa economizar certas verdades, principalmente quando não há nada a ganhar com a revelação de tudo.) Ele tinha uma relação profissional razoável com P. W. e Alan, apesar de não serem próximos, e foi justamente esse fato que me intrigou enquanto eu pegava um táxi para ir à casa de James nas primeiras horas daquela manhã de março encoberta pela neblina e chuviscos londrinos. O que diabos P. W. estava fazendo lá e quais teriam sido as circunstâncias que levaram à morte de James? Eu teria receado pelo pior se pelo menos tivesse uma ideia do que poderia ser "o pior". Depois de pagar o motorista e sair do táxi, parei um momento na rua silenciosa e deserta. As luzes de quase todas as casas estavam apagadas, mas havia cinco postes de rua cujas lâmpadas brilhavam com intensidade. A casa de James estava às escuras, com exceção das janelas vitorianas da sala de estar; uma pequena fresta de luz passava pelas cortinas pesadas, no ponto em que elas não se encontravam por completo. Respirei fundo e subi correndo os degraus para tocar a campainha.

Dois dias depois, com os acontecimentos exaustivos das últimas quarenta e oito horas deixados para trás, sentei-me à escrivaninha e disquei com atenção o número desconhecido. A conexão pareceu levar uma eternidade para se completar, depois o toque da chamada durou bastante tempo, até que alguém atendeu com um berro que soava como a voz de uma jovem da periferia londrina com lábios cheios de piercings.

"Doze!", ela berrou ao telefone e ergui uma sobrancelha, surpreso. Será que eu tinha discado o número errado? Será que "Doze" era o nome dela? Ou seria algum tipo de secretária eletrônica? "Sete doze!", ela berrou em seguida.

"Sete doze!", repeti alto, sem saber por quê, parecendo mais uma ordem do que qualquer outra coisa.

"Sete doze!", a voz disse outra vez. "Quem está falando?"

"Desculpe", respondi rápido, me recompondo ao entender que ela tinha dito *set* referindo-se ao estúdio de filmagem, e não ao número sete. "Eu gostaria de falar com Tommy DuMarqué, por favor."

"Quem está falando?", ela perguntou de novo, dessa vez mais desconfiada. "Quem te deu esse número?"

"Ele, claro", respondi, surpreso com o tom agressivo dela. "Como é que eu..."

"Você não é um desses fanáticos, é?", ela perguntou, e fiquei boquiaberto. Não soube o que responder. "Ou um desses *jornalistas*." Ela cuspiu a palavra com a repulsa de alguém que sabia que nunca leria seu próprio nome impresso. "Tommy está gravando", ela acrescentou, o tom um pouco menos desconfiado, como se de repente tivesse medo de quem poderia ser e da possibilidade de eu ter alguma influência em seu emprego. "Ele ainda vai demorar umas… não, espere um pouco. Ele acabou de chegar. Mas não sei se está ocupado. Quem gostaria de falar com ele?"

"Diga que é o tio Matthieu", respondi, me sentindo exausto outra vez num piscar de olhos. "Se não for muito incômodo." O telefone foi largado em uma mesa, ouvi sussurros ao fundo e a voz de Tommy se elevando para dizer "Não tem problema mesmo", seguido por "Cinco minutos, o.k.?" um pouco mais alto antes de ele atender.

"Tio Matt?", ele disse, e respirei aliviado.

"Finalmente. Essa garota é muito mal-educada. Quem é ela?"

"É só uma garota da produção. Esqueça. Ela acha que é diretora ou alguma coisa assim. Sabe lá Deus. Este é o número restrito, afinal."

"Bom, não importa. Liguei para dizer 'obrigado', só isso. Pelo que você fez naquela noite. Fiquei muito agradecido."

Tommy riu como se aquilo não tivesse sido nada, como se aquele tipo de coisa acontecesse com ele o tempo todo, o que me deixou preocupado. "Sem problema", disse. "Você já me ajudou tantas vezes, não é? Fiquei contente de poder retribuir um pouco."

"Devo admitir que estou tendo uns acessos de culpa",

eu disse. "Você não acha um pouquinho imoral o que fizemos?"

"Eu não acredito nessa babaquice", ele disse, indiferente, e em seguida ficou calado. Eu não falei nada, esperando que ele preenchesse o silêncio. Queria que Tommy me tranquilizasse, dissesse que minhas atitudes tinham sido apropriadas e justificadas. Vivi muito tempo e, ainda que não tenha sido um santo, gosto de acreditar que nunca machuquei ninguém de propósito desde Dominique, sobretudo meus amigos. "Do meu ponto de vista, o cara já estava morto, de qualquer forma; tudo que fizemos foi minimizar o estrago. Não há nada que eu, você ou aqueles seus amigos esquisitos pudéssemos ter feito para melhorar ou piorar a situação. Você foi obrigado a se envolver em uma coisa que não tinha nada a ver com você, só isso. Você precisa escolher melhor seus amigos, tio Matt."

"Eu não os chamaria de amigos", ressaltei.

"Não deixe isso pesar na sua consciência", disse Tommy. "Não foi *você* quem o matou."

"Não, não foi."

"Então relaxe. Já passou. Resolvemos uma situação, só isso. Vamos em frente, o.k.?" Ele soava como um personagem do seu programa de TV. Concordei, mas ainda não estava muito feliz com o jeito que as coisas tinham terminado.

"Obrigado, Tommy", eu disse por fim, ao perceber que não tínhamos mais nada a dizer sobre o assunto. Se houvesse mais reflexões sobre aquilo, eu teria de refletir sozinho. "Nos falamos em breve, certo?"

"Espero que sim. Você vai ficar contente de saber que o câncer de testículo está em remissão. Receberei a boa notícia dos médicos hoje, mais tarde. Parece que não vou ficar sem trabalho tão cedo, o que é ótimo, pois a última coisa de que preciso agora são mais problemas de dinheiro."

"O *quê*?", falei, ficando tenso de repente. "Que câncer de test... Ah!", eu disse, rindo enquanto desabava mais uma vez na cadeira. "O do personagem, você diz. Qual é o nome dele mesmo?"

"Sam."

"Você precisa parar de achar que *é* seu personagem, sabia?"

"Por quê? O resto do país acha. Ontem uma senhora me atacou no supermercado e disse que a culpa era toda minha, por eu ter traçado a Tina pelas costas do Carl. Ela disse que era a vingança de Deus nas minhas bolas."

"Vingança de Deus, claro", respondi, soltando um suspiro. "Você sabe que não faço ideia de quem sejam essas pessoas. Eu devia começar a assistir ao seu programa."

"Eu não me daria ao trabalho", ele disse, como se estivesse respondendo à pergunta de um jornalista usando um texto pronto. "Claro, o programa tem um certo toque de realismo urbano que reflete e subverte o colapso do círculo familiar tradicional de Londres, ou seja, a memória histórica coletiva, que hoje se transforma em um desejo de prazeres singulares e gratificação pessoal. Por isso há temas universais a serem explorados, mas os roteiros são uma bosta e a atuação é apressada e sempre uma mesmice, por causa da falta de tempo para ensaiar e das diretrizes de produção que pedem o menor número de tomadas possível. Todo mundo sabe disso."

Fiquei sem fala por muito, muito tempo, piscando rápido com a surpresa. "*O quê*?", perguntei enfim, sem ter certeza se aquela análise tinha mesmo saído da boca do meu sobrinho drogado e festeiro. "*O que você acabou de dizer?*"

"Esqueça. É só televisão", ele respondeu, rindo alto. "É só *ficção*. Tudo faz de conta." Ele parou de falar e esperou que eu dissesse mais alguma coisa, mas eu não tinha nada a acrescentar. O que eu poderia dizer depois daquilo? "Até mais, tio Matt", ele disse para o silêncio, rindo enquanto desligava. Segurei o aparelho por alguns instantes, ouvindo o som de ocupado antes de colocá-lo no gancho e fechar os olhos para recapitular. Não havia dúvida: pela primeira vez, um dos Thomas tinha *me* ajudado. Uma mudança bem-vinda.

P. W. abriu a porta e me agarrou pelos ombros de um jeito dramático. Seu cabelo, que ele deixava crescer de um lado para depois pentear por cima da careca até o outro, estava todo torto, pendurado como uma cortina atrás da orelha esquerda, o que não era uma visão nada bonita. Usava uma camisa azul-clara, com manchas escuras de suor crescendo sob as axilas, e calçava apenas meia, sem sapato. "Graças a Deus", disse, em um tom que beirava o pânico, me puxando para dentro e fechando a porta atrás de mim. "Não sei como isso foi acontecer", começou. "A gente estava apenas... apenas..."

"Se acalme", eu disse, recuando um passo quando um cheiro de bebida avassalador me atingiu. "Por Deus, homem. Quanto você bebeu hoje?"

"Muito. Além da conta. Mas agora estou sóbrio, juro."

E estava mesmo. Parecia o homem mais sóbrio do país, apesar do rosto pálido e de tremer um pouco. Segui para a porta que levava à sala de estar e, quando pus a mão na maçaneta, ele colocou a dele sobre a minha, detendo-me por um instante. Eu o encarei. "Antes de você entrar", ele se apressou em dizer, "quero que saiba que não foi culpa minha. Eu *juro* que não foi culpa minha."

Concordei com a cabeça e senti uma súbita onda de medo misturado com pânico. Fiquei genuinamente amedrontado com o tipo de horror que poderia encontrar do outro lado da porta. No fim, apesar de o resultado ser tão danoso quanto eu esperava, a cena em si era bastante mundana. James estava sentado no chão, as costas apoiadas no sofá, vestido, as pernas afastadas uma da outra, um copo grande de uísque entre elas. Os braços estavam largados com a palma das mãos voltadas para cima. Os olhos estavam abertos e ele encarava a parede em frente. Apesar de eu ter percebido na hora que ele estava morto, meus olhos saltaram de imediato para o lado oposto do aposento, para ver o que ele encarava. Naquele canto, quase no escuro, encolhida em uma cadeira com outro copo de uísque, havia uma garota que não devia ter mais do que dezoito anos. Ela tremia com violência e abraçava o próprio corpo enquanto fitava James, olhos fixos um no outro como se estivessem em uma competição idiota. "Pegue um cobertor", eu disse com urgência a P. W., que, nervoso, pairava atrás de mim à espera da minha reação. "Ou melhor, pegue dois." Ele desapareceu e voltou um instante depois com dois cobertores pesados, um dos quais usei para cobrir o corpo de James. Assim que o fiz, a menina teve um estalo e voltou à realidade, me encarando com olhos arregalados. Fui até ela com o outro cobertor e ela se retraiu, o corpo prensado contra o assento, em pânico.

"Está tudo bem", eu disse com calma, erguendo uma das mãos em um gesto amigável. "É para você se aquecer, só isso. Estou aqui para ajudar."

"Não fui eu", ela disse no mesmo instante. "Não tenho nada a ver com isso. Ele falou que aguentava, foi isso. Falou que já tinha usado." Ela era surpreendentemente bem articulada para uma garota que, sem dúvida, era prostituta. Suas inflexões eram de escola particular; sua postura, de aulas de etiqueta, de classe alta. O tipo de garota de que James gostava, claro. Tinha um rosto bonito e usava pouca maquiagem, apesar dos olhos delineados e com excesso de rímel, que agora borravam por causa do calor na sala.

"Quantos anos você tem?", perguntei com delicadeza, me ajoelhando à sua frente e ajeitando o cobertor na cadeira.

"Quinze", ela respondeu de pronto, com a mesma polidez e sinceridade que dirigiria a um professor ou um parente.

"Ah, pelo amor de Deus", eu disse, me virando para encarar P. W. com repugnância. "Que merda vocês dois andaram fazendo?" Não costumo falar palavrão, mas a resposta da menina me levara a tanto. "Que *merda* aconteceu aqui esta noite?"

"Desculpe, Matthieu", respondeu P. W., enquanto roía as unhas, o rosto coberto de lágrimas. "A gente não sabia. Ela disse que era mais velha. Ela disse que…"

Um reflexo de luz chamou minha atenção e olhei para o chão, onde havia uma pequena colher de chá prateada, com a parte côncava um pouco queimada e uma pequena bolha cintilando na ponta. Eu a peguei e a analisei por um momento antes de largá-la. "Puta merda", eu disse, indo até o corpo de James e levantando o cobertor. A menina gritou

153

quando arregacei a manga da camisa dele e vi a seringa enfiada em uma veia, o êmbolo empurrado até o fim, o conteúdo esvaziado. "O que tinha aqui?", perguntei. "O que ele usou?"

"Foi ela!", P. W. gritou com raiva. "Foi ela que trouxe. Ela disse que seria mais gostoso."

"É mentira!", retrucou a menina. "Você disse que queria que eu trouxesse, que precisava dela pra se divertir. Você me deu a merda do *dinheiro* por ela, seu filho da puta!"

Furioso, P. W. avançou na direção da menina, mas eu o impedi e o empurrei para o sofá, e por pouco ele não caiu sobre o corpo de James. "Fique sentado!", eu disse com firmeza e com a sensação de que estava separando uma briga entre duas crianças no recreio, e não tentando impedir um homem de meia-idade de agredir uma menina quarenta anos mais nova do que ele. "Agora me contem o que aconteceu."

Houve alguns instantes de silêncio enquanto esperei que um deles falasse. Enfim, P. W. deu de ombros e olhou para mim com ar arrependido. "A gente só queria se divertir um pouco", explicou. "Só isso. Saímos para uns drinques. A coisa ficou meio turbulenta. Você sabe como ele gostava de beber. Fazia todo mundo beber tanto quanto ele. Estávamos procurando um táxi. Foi quando ele viu essa vaca aí."

"Vá se foder!", ela gritou.

"James foi até ela e perguntou se ela estava a fim de um pouco de... você sabe, e ela disse que sim, e..."

"Isso também é mentira!", ela esbravejou e me virei para encará-la com um olhar furioso que a fez se encolher na cadeira no mesmo instante, soltando um gemido lamuriento e com uma expressão de quem nunca mais diria uma palavra na vida.

"Continue", eu disse a P. W. ao me virar para ele mais uma vez. "Conte como aconteceu. A *verdade*, ouviu bem?"

"Bom, viemos para cá," ele continuou, "e estávamos prontos para nos divertir. Eu iria primeiro e depois James teria a vez dele. Ele disse que andava tendo dificuldades nos últimos tempos. Pro pau levantar, sabe? Disse que precisava de alguma coisa pra ajudar a subir. Perguntou se ela tinha e foi aí que ela mostrou a heroína."

"Mas isso o derrubaria por completo!", protestei, me virando para olhar para ela. "Que ideia foi essa?"

"Não se atreva a gritar comigo!", ela exclamou. "Não é minha culpa. Você acha que eu queria esse gordo filho da puta em cima de mim, me comendo? Eu disse o que tinha, ele falou que queria a heroína, eu perguntei se ele já tinha usado e ele jurou que sim, então dei a heroína pra ele. Desde que me paguem, pouco me importa. Eu não sou a merda da *mãe* dele, tá bom?"

"Olhe para ele!", esbravejei. "Ele está morto, pelo amor de Deus!"

"Ele enfiou a agulha", continuou P. W., "e então começou a tremer da cabeça aos pés. A boca salivou e ele teve algum ataque. Caiu no chão e, um minuto depois, parou de se mexer. Aí eu o levantei e o encostei no sofá. Não foi culpa de ninguém, na verdade. Ninguém pode culpar nenhum de nós dois. Ele fez isso sozinho."

"Por Deus, P. W.", eu disse, olhando nos olhos dele. "Você contratou uma prostituta. E ainda por cima uma prostituta menor de idade. Você tem drogas aqui. Drogas pesadas. E um corpo. Não tem nada dentro da lei em nenhuma dessas frases."

Ele enterrou a cabeça nas mãos e voltou a chorar. Olhei para o outro lado, na direção da garota, que encarava P. W. com nojo e que, por algum motivo, pegara uma lixa do bolso e começara a lixar as unhas com nervosismo. "Vou embora", ela disse quando a encarei. "Não tenho nada a ver com isso."

"Não se mexa", eu disse. "Ninguém vai a lugar nenhum. Pelo menos até eu decidir o melhor jeito de resolver essa situação. Ninguém sai desta sala até eu dizer que pode sair. E não quero ouvir nem mais uma palavra, entendido?"

Fui para o corredor, como o pai de duas crianças pequenas flagradas conversando durante a madrugada, e fechei a porta atrás de mim com força. Cheguei a pensar em trancá-la, mas a chave estava do lado de dentro. Sentei na escada e refleti sobre a situação. Eu poderia simplesmente ir embora. Poderia abrir a porta da frente, descer os degraus do jardim e ir para casa. Deixar que os dois se virassem. Eu não tinha nada a ver com aquela história, afinal. Certo, um taxista havia me deixado ali e, àquela altura, minhas impressões digitais estavam espalhadas pela casa inteira, inclusive na seringa, mas eu tinha uma boa explicação. Poderia explicar tudo, sem dúvida. E o que acontecesse com aqueles dois lá dentro, ora, não era problema *meu*, não é mesmo? *Eu podia simplesmente ir embora.*

Ainda assim, não fui. O risco era muito grande. Prisão perpétua seria um tempo longo demais. Pensei na questão. Eu não era nenhum expert no uso atual de drogas; onde consegui-las, como são usadas, as reações que provocam. Precisava de alguém que conhecesse essas coisas. Peguei minha agenda de bolso e virei as páginas em busca do número, que disquei no telefone do corredor. Respirei fundo e torci para estar fazendo a coisa certa.

Tommy chegou vinte minutos depois, mais uma vez todo de preto, com o acréscimo de um gorro preto de lã. Eu não conhecia ninguém tão experiente com drogas quanto meu sobrinho. Ele decerto já tinha experimentado tudo o que havia disponível no planeta e visto situações como aquela. Saberia como lidar com ela. Tommy ouviu toda a história e fez um gesto negativo com a cabeça.

"Você já está envolvido", ele disse. "Agora não há muito que possa fazer em relação a isso. Pra começar, esse cuzão não devia ter ligado para você, e talvez você não devesse ter vindo. Mas, já que está aqui, precisa resolver o problema."

"Olha", eu disse, depois de pensar no assunto enquanto ele estava *en route*. "Ele mesmo injetou a droga. Não é incomum isso acontecer e as pessoas morrerem assim. Tudo que precisamos é encontrar algum lugar para deixá-lo, de um jeito que pareça que ele fez isso sozinho. Afinal, ele *de fato* fez isso sozinho, mas precisamos deixar isso bem claro, para que não haja uma sombra de dúvida. Ele tinha um emprego estressante, esse tipo de coisa acontece o tempo todo. Você não faz ideia de quantas pessoas eu vi se matarem por causa de pressão no trabalho. Um sujeito fez isso bem na minha frente uma vez", acrescentei, pensando no meu amigo de Wall Street, Denton Irving.

"O escritório dele", disse Tommy, batendo as mãos uma na outra, animado. "Você tem a chave. Levamos o corpo para o escritório, colocamos na cadeira atrás da mesa e você chega de manhã e o encontra ali. Você liga para a polícia. Ninguém vai desconfiar de nada. Vão achar que foi culpa dele."

"É uma boa ideia", eu disse, concordando com a cabeça. "E aqueles dois lá dentro?"

Enquanto eu falava, a porta se abriu e a garota saiu. Tommy se virou para que ela não o visse, mas era tarde demais e seu rosto se contraiu de surpresa. "Sam?", ela perguntou devagar. "Você é…"

"*Volte para dentro!*", esbravejei; ela se assustou e deu um grito. "Volte para dentro e fique sentada até que eu diga o contrário. Senão vamos chamar a polícia agora mesmo. A escolha é sua." Ela voltou correndo imediatamente e fechou a porta. Tommy se virou para mim, irritado.

"Viu como é?", ele se queixou, desesperado.

Fizemos tudo como Tommy sugeriu. Colocamos o corpo de James no carro dele e o levamos até seu escritório, onde o "encontrei" na manhã seguinte. A garota tinha sumido quando voltei e P. W. agia como se nada de ruim tivesse acontecido. Foi manchete em todos os jornais no dia seguinte: "FIGURÃO DA TV TEM OVERDOSE NO ESCRITÓRIO", "EXECUTIVO DE TELEVISÃO MORTO POR DROGAS". A notícia seguia direto para as páginas cinco e seis dos tabloides, nas quais a perda da srta. Tara Morrison para a BBC, já antecipada pelos jornais, era citada como um dos possíveis motivos para o estresse acentuado que James Hocknell sofria nos últimos tempos. A própria Tara fez um artigo sobre seu ex-chefe, em que elogiava os talentos dele de maneira exagerada e também se desesperava — "Estou desesperada, queridos leitores" — pelo caminho que o país estava seguindo. Repassei diversas vezes com a polícia a história que construí com Tommy e eles, felizmente, acreditaram em cada palavra. Em uma semana, o motivo da morte foi declarado "acidental" e nosso antigo diretor executivo foi enterrado na presença de apenas umas vinte pessoas. Uma ausência notável foi a de P. W., que tinha contraído uma gripe.

Depois de tudo isso, reafirmei meu compromisso de salvar a vida de Tommy; se houvesse alguma dúvida antes, agora não existia mais. Eu não admitiria vê-lo ter um fim como aquele. Não o deixaria desaparecer da face da Terra como aconteceu com James ou com tantos antepassados de Tommy. Ele me ajudou; eu o ajudaria.

O cara já estava morto, de qualquer forma; tudo que fizemos foi minimizar o estrago. Apesar das tentativas de Tommy de aliviar minha consciência, não consegui deixar de me sentir um pouco culpado pelo que aconteceu. O crime não tinha sido meu, mas eu encobrira tudo, e rezei para que não houvesse mais perguntas sobre o assunto.

10

AINDA COM DOMINIQUE

Na discussão sobre seguir viagem com o cavalo e a carroça de Furlong ou não, Tomas acabou sendo fator decisivo. Para minha angústia, Dominique queria usar a carroça para percorrermos todo o caminho até Londres. Ela estava exausta por causa dos eventos das vinte e quatro horas anteriores e mal conseguia suportar a ideia de caminhar outros três dias até chegarmos à capital; por isso o transporte parecia um presente dos céus. Eu, por outro lado, defendi que a carroça apenas chamaria a atenção para nós e que, se alguém viesse atrás do jovem fazendeiro e reconhecesse o veículo, teríamos problemas. Claro que não pretendíamos ir na direção que ele seguiria, mas ainda assim sempre havia a chance de cruzarmos com um parente ou amigo dele em algum trecho, e o risco não compensava. Por fim, as queixas constantes de Tomas sobre não querer andar nem mais um metro fizeram com que Dominique ficasse do meu lado — apenas para contrariá-lo, imagino — e mandamos o cavalo de volta pela estrada que o levaria até Bramling. Sem seu condutor.

Não tínhamos dormido na noite anterior, mas concordamos em caminhar por mais algumas horas antes de pararmos para descansar, pois queríamos nos ver o mais longe possível daquele lugar horrível. Depois que matei Furlong, levamos o corpo para fora e o deixamos em um arvoredo a certa distância do celeiro. Eu queria enterrá-lo, mas não tínhamos nenhuma ferramenta para cavar e então seria uma tarefa impossível. Dominique sugeriu escondê-lo na vegetação rasteira, pegarmos seu dinheiro e fazer parecer que ele tinha sido assaltado na estrada. Assim, ela disse, haveria poucas chances de sermos descobertos e poderíamos simplesmente continuar nosso plano original de ir para Londres começar uma nova vida, como se nada daquilo tivesse acontecido. Apesar de matá-lo ter sido a decisão correta — senão, com certeza ele teria feito o que quisesse com Dominique —, era pouco provável que nossas aventuras chegassem a um final feliz se denunciássemos os acontecimentos da noite anterior para as autoridades. Ainda éramos muito jovens e, portanto, temíamos a força policial; caso houvesse uma investigação e um julgamento, era possível que nós três fôssemos separados. Estava feito; não havia nenhuma maneira de alterarmos os eventos do passado. Por isso, a melhor opção, e também a mais simples dali em diante, era seguir em frente e negar que tivéramos qualquer contato com aquele homem.

Depois de limparmos o vômito de seu rosto, viramos o corpo de Furlong para baixo e pegamos uma pequena bolsa de dinheiro da sua calça, talvez suficiente para nos ajudar por alguns dias caso fosse necessário. Dominique largou dois guinéus no chão a alguns metros do cadáver, como se, no nervosismo do latrocínio, os malfeitores tivessem se descuidado e deixado cair parte da recompensa. Fizemos alguns cortes em suas roupas e rasgamos o casaco nas costas. Por fim, Dominique sugeriu um último toque.

"Você não pode estar falando sério", eu disse, o sangue congelando nas veias ao ouvir aquela ideia.

"Precisamos fazer isso, Matthieu", ela disse. "Pense bem. É pouco provável que um ladrão o apunhalasse apenas uma vez nas costas para roubá-lo. Teria acontecido uma briga. Afinal, ele era um homem grande. Precisa parecer que ele tentou se defender." Sem aviso, ela levantou o pé direito e golpeou as costelas de Furlong com uma ferocidade que me causou arrepios. Ouvi os estalos no corpo, e em seguida ela repetiu o gesto, dessa vez na face exposta na grama. "Onde está a faca?", ela perguntou, olhando para mim, e achei que eu fosse vomitar outra vez, apesar de meu estômago estar absolutamente vazio e não demonstrar nenhum sinal de que abrigaria qualquer conteúdo durante um bom tempo.

"A faca?", eu disse. "Para que você precisa da faca? Ele já está morto."

Ela viu a lâmina reluzir dentro do meu casaco e a tirou de mim em um movimento rápido. Recuei conforme ela o esfaqueava diversas vezes nas costas antes de levantar a cabeça dele do chão e rasgar a garganta de uma orelha à outra. Ouvi um som de corte tenebroso e um assobio de ar escapando que parecia irreal. "Pronto", ela disse, ofegante, levantando-se e passando a mão no queixo em um gesto quase primitivo. "Deve ser suficiente. Agora é melhor irmos embora. Ah, não fique com essa cara horrorizada", ela acrescentou ao ver minha expressão, minhas feições pálidas adotando tons mais brancos do que o normal. "Precisamos sobreviver, não precisamos? Você quer que terminemos pendurados pelo pescoço? Lembre-se de quem começou tudo isso, Matthieu. Não fui eu, nem você. Foi ele."

Concordei com a cabeça em silêncio e me virei para ir até o celeiro, onde tínhamos mandado Tomas ficar enquanto nos livrávamos do corpo. Ele acordara enquanto arrastávamos o morto para fora, mas sua mente ainda estava enevoada e bastou Dominique acariciar seu cabelo e tirar uma mecha de sua testa para ele voltar a dormir. Quando entrei, seu sono era profundo, e me deitei ao seu lado, contente por sentir sua presença quente perto de mim. Todo o meu ser estava exausto e com frio; eu precisava dormir. Ouvi Dominique entrar no celeiro e fechar a porta atrás de si. Mexeu na fogueira por alguns instantes, mas o fogo tinha se apagado havia muito tempo, a madeira não emitia mais calor e era tarde demais para reacendê-la. Fechei os olhos e fingi estar dormindo, chegando até a roncar de leve para enganá-la. Não queria conversar, não queria discutir o que havia acontecido. Para ser sincero, eu estava prestes a cair no choro, embora ainda acreditasse que tinha feito a coisa certa, pelo menos até o momento em que o tinha matado.

Ela passou por mim, pegou Tomas no colo com delicadeza, carregando-o até o outro lado do celeiro, e deitou-o ali, com um monte de feno sob a cabeça. Ele murmurou algo ininteligível e depois voltou a ficar quieto; ela veio até mim e se deitou no chão aquecido onde meu irmão estivera. Eu sentia o hálito de Dominique em meu rosto e, depois de um momento, os dedos da sua mão esquerda acariciaram minhas bochechas, fazendo com que eu ficasse excitado, mesmo que — quem diria — uma relação sexual nem me passasse pela cabeça naquele momento. Para meu constrangimento, percebi o tecido espesso da minha calça sendo pressionado para fora; ela continuou a me acariciar e tentei manter os olhos fechados, pois estava convencido de que ela pararia de me dar atenção se achasse que eu estava acordado e sentindo algum prazer naquilo. Lutei contra os impulsos do meu corpo até que não consegui mais me conter; abri os olhos e permiti que ela me puxasse para perto de si. Ela assumiu o controle, abrindo minha calça e me guiando para dentro dela, posição em que fiquei por alguns instantes antes de começar o movimento rítmico que ela me ensinara na minha primeira noite na Inglaterra e que eu repetiria inúmeras vezes com prostitutas e meninas de rua de Dover no ano seguinte. À medida que eu me aproximava do clímax, meus lábios imploravam pelos dela, mas ela empurrava meu rosto para o lado sempre que eu tentava beijá--la, não permitindo que nossas bocas se tocassem em nenhum momento. Em pouco tempo terminamos e me larguei sobre o feno, o braço cobrindo o rosto, me perguntando quanto tempo demoraria até fazermos amor outra vez — quinze minutos, um ano? Ela desceu por entre as minhas pernas e me beijou lá embaixo antes de me limpar com um pouco de palha e recolocar minha calça. Em seguida, me deu as costas e, sem dizer uma palavra, dormiu.

Na manhã seguinte, tentei conversar com ela sobre aqueles acontecimentos enquanto caminhávamos pela estrada, com Tomas mantendo um ritmo constante três metros atrás de nós, falando baixinho consigo mesmo. Notei que ele estava cada vez mais alto e que seu corpo esguio começava a ganhar um pouco de massa; por um instante, senti uma onda de orgulho quase paternal e me preocupei com o dia em que ele não estaria mais sob minha guarda. Era uma manhã quente e eu queria tirar a camisa, mas ficar seminu diante de Dominique à luz do dia me envergonhava, pois meu corpo talvez não tivesse a aparência adônica que eu poderia pelo menos fingir que tinha durante a noite, no escuro, quando estávamos sozinhos. Em vez disso, conformei-me em passar cada vez mais calor e senti um rastro de suor grudando a roupa nas minhas costas conforme caminhávamos. Olhei para Dominique algumas vezes enquanto falava, mas ela encarou a estrada o tempo todo, sem virar o rosto nem para me ver de relance.

"Ele não te machucou, machucou?", perguntei enfim, com a voz calma e paciente, aproximando-me dela. "Furlong, quero dizer. Ele machucou você?"

"Na verdade, não", ela murmurou, depois de uma pausa. "Ele não tinha nem começado, para ser sincera. Se chegou a me machucar, foi quando me segurou embaixo dele. Agarrou meus punhos, meu pescoço. Senti um pouco de dor hoje cedo, mas só isso. Ele era mais pesado do que parecia."

Assenti. "E o que vamos...", comecei, sem saber como verbalizar o que tinha em mente. "O que vamos fazer sobre isso? Depois, quero dizer. Quando chegarmos em Londres."

"Sobre o quê?"

"Sobre nós."

Ela deu de ombros. "Que 'nós'?", perguntou com inocência e eu franzi o cenho, recusando-me a responder, forçando-a a continuar. "Nada", ela disse enfim. "Não há nenhuma chance de descobrirem que você o matou. Devem encontrá-lo só daqui a uns dias e, quando o acharem, quem poderá..."

"Não!", levantei o tom de voz, frustrado. "Estou falando de *você* e *eu*", repeti, enfático.

"Ah. Você e eu. Você quer dizer…" A voz dela morreu enquanto pensava nisso, e por um instante Dominique parecia ter esquecido que tínhamos feito amor algumas horas antes. Não, pensei. Você não pode fazer isso comigo de novo. "Acho melhor continuarmos com a mesma história", ela acrescentou. "De que somos irmãos. Acho que teremos mais chances de encontrar algum lugar juntos — nós três, quero dizer — se continuarmos com essa história."

"Mas nós *não somos* irmãos", eu disse. "De jeito nenhum. Irmãos não…"

"É quase como se fôssemos."

"Não, *não é* quase como se fôssemos!", gritei, frustrado. "Se fosse assim, então por que faríamos o que fizemos ontem à noite? O que fizemos na primeira noite que passamos na Inglaterra?"

"Faz mais de um ano!"

"Não importa, Dominique. Não é o tipo de coisa que irmãos fazem!"

Ela suspirou e balançou a cabeça. "Ah, Matthieu", ela disse, como se já tivéssemos conversado sobre aquilo centenas de vezes, apesar de jamais termos tocado no assunto. "Eu e você… não podemos ficar juntos. Você precisa entender isso."

"Por que não? Somos felizes juntos. Confiamos um no outro. Além de tudo, eu te amo."

"Não seja ridículo", ela disse, irritada. "Sou apenas a única menina por quem você sentiu alguma coisa além de desejo, só isso. E você interpretou como amor. Mas *não é* amor. É apenas conforto. Familiaridade."

"Como você sabe que não é amor? Ontem à noite, o que fizemos, aquilo significou mais para mim do que..."

"Matthieu, não quero falar sobre isso, está bem? O que aconteceu, aconteceu, e não acontecerá outra vez. Você precisa aceitar que eu não o enxergo dessa maneira. Não é o que eu quero de você. Pode ser que você queira isso de mim, mas sinto muito, não vai continuar. Aliás, *nunca* vai acontecer de novo."

Não disse mais nada e acelerei o passo para ficar um pouco à frente dela, interrompendo-a com o meu silêncio. Estava cansado de tê-la na minha cabeça, de sentir que minha vida girava em torno da dúvida se ficaríamos juntos ou não. Por um momento a odiei e desejei que nunca tivéssemos nos conhecido; que naquele dia fatídico Tomas e eu tivéssemos viajado no outro lado do navio de Calais a Dover, sem nunca termos conversado com aquela mulher que dominava minhas emoções havia mais de um ano. Eu precisava que ela me amasse ou que simplesmente não existisse, e eu a odiava por ela não conseguir fazer nem uma coisa nem outra. Ainda assim, eu não conseguia conceber um mundo do qual ela não fizesse parte. Eu mal me lembrava da minha vida antes de Dominique fazer parte dela.

"Existem coisas sobre mim que você não sabe", ela disse, por fim, me alcançando e enganchando um braço no meu, a voz suave e acolhedora perto do meu ombro. "Você precisa lembrar que vivi em Paris por dezenove anos antes de nos conhecermos; e você também, por quase tanto tempo quanto eu. Com certeza há muitas coisas que aconteceram lá que *você* ainda precisa contar para *mim*."

"Eu contei tudo", protestei, e ela riu.

"Isso é ridículo", ela disse. "Você nunca me contou

muita coisa sobre seus pais. Só como eles morreram, mais nada. Nunca me contou como você se sentia em relação a eles, qual foi a sensação de ficar sozinho, como se sente por ser responsável por Tomas. Você aceita os planos que eu faço e nunca me diz o que *você* quer da vida. É tão reservado quanto eu. Mantém tudo dentro de si. Não me dá mais informações sobre si mesmo do que eu dou a você. Tudo o que você quer é contato físico, nada mais. Não posso dar isso a você. Acontece que eu também tive uma vida antes de nos conhecermos. Você foi embora de Paris por um motivo — e eu também. Você não pode me forçar a amá-lo sem nem saber quais foram os meus motivos."

"Então me *conte* quais foram os seus motivos", gritei. "Diga por que foi embora. Diga do que está fugindo que talvez eu conte alguns dos meus segredos também."

"Fui embora porque eu não tinha nada ali. Não tinha família, não tinha futuro. Eu queria mais. Queria recomeçar. Mas, acredite em mim, eu te amo do meu jeito. É o amor que uma irmã sente por um irmão, mais nada. E isso não vai mudar. Pelo menos não tão cedo."

Desvencilhei-me do braço dela e, com um olhar rancoroso, fiquei para trás, para ver como Tomas estava. Naquele momento, eu o vi como minha única família, como meu único e verdadeiro amigo.

Dominique perguntara sobre minha vida em Paris antes de eu conhecê-la, e ela estava certa sobre uma coisa: *de fato* eu nunca tinha falado muito sobre meu passado. Acontece que queria deixar minha vida parisiense para trás a partir do momento que embarcasse com Tomas no navio de

Calais. Quando eu pensava na minha relação com Dominique, era sempre com foco no futuro e na vida que poderíamos compartilhar um dia. Ainda assim, por maior que fosse a proximidade que certamente existia entre nós àquela altura, a verdade é que tínhamos compartilhado muito pouco de nossas histórias, e aquele parecia ser o momento de enfim mudar isso.

Eu tinha apenas uma vaga lembrança do meu pai, Jean, cuja garganta fora cortada por um assassino quando eu tinha quatro anos. Lembro-me dele como um homem alto e de barba grisalha, mas certa vez, quando mencionei isso a minha mãe, ela negou e disse que não se lembrava de nenhuma época em que ele tivesse deixado a barba crescer; insistiu que eu o estava confundindo com outra pessoa, algum estranho que havia passado por nossa casa em um momento qualquer, cuja imagem ficou gravada na minha memória. Essa revelação me decepcionou, pois se tratava da única lembrança que eu tinha — ou *achava* que tinha — do meu pai; fiquei triste ao descobrir que era falsa. Ainda assim, sei que ele era respeitado e benquisto, pois nos meus primeiros quinze anos de vida em Paris muitas pessoas me disseram que o conheceram, gostavam dele e lamentavam a perda.

Minha mãe, Marie, conheceu seu segundo marido no mesmo teatro em que o primeiro trabalhou por muitos e muitos anos. Ela estava lá para se encontrar com o dramaturgo para quem meu pai trabalhara, que generosamente havia garantido a ela uma pensão após a morte do marido. Todos os meses, ela passava no escritório dele no teatro, a pretexto de tomarem um chá, e os dois conversavam como bons amigos por cerca de uma hora. Quando ela se preparava para ir embora, com um gesto discreto ele depositava um saquinho de dinheiro em seu bolso, o que sustentaria nossa existência pelos próximos trinta dias. Não sei como teríamos sobrevivido sem aquilo, já que, mesmo com a pensão, ficávamos sem dinheiro o tempo todo. Foi em uma dessas ocasiões, quando deixava o teatro, que ela teve a infelicidade de conhecer Philippe DuMarqué. Ela saíra do prédio e estava a caminho de casa quando um moleque passou correndo e agarrou sua bolsa. Ela perdeu o equilíbrio e caiu, soltando um grito enquanto o ladrão virava uma esquina e desaparecia, levando tudo que ela carregava na época, inclusive a pensão. O menino — que era o que eu me tornaria no futuro, quando fui para Dover anos depois — foi pego por Philippe durante a fuga, e dizem que ele chegou a quebrar o braço da criança como punição pelo roubo, um castigo de grande crueldade para um crime de pouca importância. Philippe devolveu a bolsa à minha mãe, que estava muito nervosa por causa do incidente, e se ofereceu para acompanhá-la até em casa. O que aconteceu depois disso não é muito claro para mim, mas aparentemente a partir de então ele se tornou um visitante contumaz e aparecia com frequência a qualquer hora do dia.

A princípio ele foi educado e encantador, e brincava de bola comigo ou fazia algum truque de baralho que tinha no repertório. Era um mímico talentoso e, para me entreter, imitava nossos vizinhos com perfeição. Nessas ocasiões, nossa relação era quase de amizade, mas seu humor variava com intensidade e subitamente. Sempre que eu o encontrava sozinho, sentado na cozinha de manhã, recuperando-se de suas costumeiras ressacas, eu sabia que era melhor manter distância. Era um homem bonito, de vinte e poucos anos, cujas feições pareciam esculpidas em granito. As maçãs do rosto eram proeminentes, e as sobrancelhas, as mais bonitas que eu já tinha visto em um homem: dois arcos perfeitos de um preto intenso sobre olhos azuis como o oceano. Usava o cabelo na altura dos ombros e era comum prendê-los com um laço, moda da época. Sua aparência atravessou os séculos, seus genes reproduzindo sua imagem em todos os descendentes. Claro que houve diferenças e mudanças resultantes das características maternas, mas até mesmo o Tommy atual tem um rosto inconfundivelmente parecido com o de Philippe, e às vezes ele me olha de um jeito que me provoca um calafrio, um estremecimento de lembranças ruins, um desgosto secular. De todos os DuMarqué, Philippe — o progenitor — foi de quem eu menos gostei. O único cuja morte considerei bem-vinda.

Não estive no casamento dos dois nem fui informado sobre a cerimônia, até que percebi que meu padrasto tinha trazido todos os pertences para a minha casa e ficava conosco todas as noites. Minha mãe explicou que eu devia tratá-lo com respeito, como se fosse meu pai, e não irritá-lo, pois ele estava sob muita pressão e precisava ser poupado de ladainhas infantis. Não sei dizer com exatidão que tipo de ator ele era — nunca o vi atuar em nenhuma produção séria —, mas ele não devia ser muito talentoso, pois todos os papéis que fez foram pequenos e muitas vezes ele era apenas o substituto. Isso o decepcionava, claro, e ele começou a se mostrar instável em casa, gerando um clima de tensão que me assustava. Eu ficava contente sempre que ele desaparecia da nossa vida, às vezes por dias a fio.

Tomas nasceu logo depois do casamento, e Philippe fez apenas algumas aparições rápidas durante um tempo, quase sempre para comer ou dormir, o que me deixava feliz. Meu meio-irmão era um bebê barulhento e irritava a todos com seu choro por comida e depois com sua recusa em comer o que lhe era oferecido. Meu padrasto ignorava a criança na maior parte do tempo, e também a mim, continuando sua busca obsessiva por sucesso no teatro — mas parecia fadado à frustração eterna, pois os papéis que cobiçava eram sempre oferecidos a atores que odiava. Até que, certo dia, ele anunciou a decisão de se tornar escritor.

"Escritor?", disse minha mãe, encarando-o com certa surpresa, pois era provável que ela nunca o tivesse visto *lendo* um livro e mal podia imaginá-lo *escrevendo* um. "Que tipo de escritor?"

"Eu poderia escrever uma peça", ele respondeu, com entusiasmo. "Pense nisso. Em quantas peças atuei desde pequeno? Sei como são construídas, sei o que funciona e o que não funciona no palco. Sei o que faz um bom diálogo e o que soa falso. Você tem noção de quanto dinheiro esses dramaturgos ganham? Os teatros lotam todas as noites, Marie."

Minha mãe não se convenceu, mas seu encorajamento foi incansável. Depois disso, ele se sentava à mesa todas as noites, com papel e pena, e rabiscava ruidosamente por horas e horas, olhando para o teto de vez em quando em busca de inspiração antes de avançar por mais páginas. Eu o observava, maravilhado, esperando por aquele momento em que uma ideia surgia e ele se apressava em colocá-la no papel. Então, certa noite depois de um mês, ele terminou. Escreveu um "Fim" extravagante na última página, sublinhou a palavra e assinou seu nome com um floreio antes de se levantar com um sorriso enorme e erguer minha mãe com um abraço e girá-la pela sala até ela dizer que iria vomitar se ele não a pusesse no chão imediatamente. Então ele falou para nós dois sentarmos que ele leria para nós, e assim o fez. Por quase duas horas, ficamos lado a lado em silêncio, enquanto ele andava pra lá e pra cá à nossa frente, lendo a peça com vozes variadas, acrescentando as rubricas quando necessário, o rosto contorcido, dependendo da cena — orgulhoso, enfurecido, cômico. Representando cada palavra como se sua vida dependesse daquilo.

Não consigo me lembrar do título da peça de Philippe, mas era sobre um nobre rico da Paris de meados dos anos 1600. Sua esposa enlouquecera e se suicidara, e ele se casou com outra, descobrindo, porém, que ela lhe era infiel e tinha um caso com um proprietário rico. Ele então a tortura até ela enlouquecer e se suicidar, momento em que ele percebe que nunca deixara de amá-la; então *ele* enlouquece e se suicida. Era isso. Esse o fim. Não havia muito além de um monte de gente enlouquecendo e se suicidando o tempo todo. A cena final mostrava o palco coberto de mortos e a entrada de um personagem novo, para declamar um desfecho em forma de soneto. Não era uma boa peça, mas aplaudimos no fim para demonstrar boa vontade, e minha mãe falou sobre todas as coisas que compraríamos quando fôssemos ricos, mesmo que nós dois soubéssemos que as chances de fazermos fortuna com a obra-prima de Philippe eram bem pequenas.

No dia seguinte, ele levou a peça ao teatro e a mostrou ao dono, que a leu com cuidado antes de dizer ao ator que ele devia continuar trabalhando como substituto e deixar as palavras para outras pessoas. Furioso, Philippe foi embora esbravejando (depois de derrubar o homem e quebrar seu nariz); ao longo daquela semana, tentou vários outros teatros antes de admitir que ninguém estava disposto a produzir a peça — e, depois de seu comportamento diante das rejeições, também não havia mais quem se dispusesse a contratá-lo para qualquer outra coisa. Em uma semana ele perdera não só suas ambições de se tornar dramaturgo mas também a possibilidade de trabalhar com teatro pelo resto da vida. Deve ter sido o único dramaturgo que, de tão ruim, depois de mostrar seus escritos nunca mais pôde nem mesmo atuar.

Depois de tal decepção, ele passou a ficar em casa e a beber. Na época, minha mãe fazia serviços de lavanderia e continuava aceitando o dinheiro da pensão, mas a maior parte das economias era tragada pelo marido, que se tornou violento, tanto com ela quanto comigo, conforme o ano passou — violência que acabou por resultar naquela tarde maldita em que ele deu uma surra tão severa em minha mãe que ela nunca mais se levantou. Quando ficou evidente que ela estava morta, ele se sentou à mesa da cozinha e preparou um sanduíche de queijo, aparentemente ignorando o cadáver a seus pés. Corri para buscar ajuda, com minhas lágrimas e histeria crescente impedindo que as pessoas me entendessem, mas enfim voltei com um gendarme, que chamou reforços, e Philippe foi preso. Imaginei que ele já teria fugido quando eu chegasse em casa com o policial, mas estava sentado na mesma posição de quando saí, olhando para a mesa com um aparente tédio. Ele foi julgado pelo crime, demonstrou pouco ou nenhum remorso pelas próprias ações e foi executado. Foi então que eu e Tomas deixamos a cidade e seguimos para a Inglaterra.

Existem muitas histórias daquela época que nunca contei a Dominique, histórias tão desagradáveis quanto essa, e só não falei sobre elas porque não tinha a menor vontade de rememorar minha vida passada, se desse para evitar. Não quis que ela achasse que eu estava sendo reticente, e sim reservado — uma diferença importante, na minha opinião. Ainda assim, ao caminharmos pela estrada naquele dia, contei-lhe essa história, que ela escutou em silêncio, sem fazer nenhum comentário ou contar uma história sobre si mesma em resposta. Por fim, não tive escolha senão ir direto ao assunto e perguntar se alguma coisa parecida tinha acontecido com ela, mas Dominique ignorou a pergunta e, em vez disso, apontou para uma estalagem que surgia no horizonte, a talvez meia hora de caminhada, na qual sugeriu que descansássemos e comprássemos um pouco de comida. Andamos o restante do trajeto em silêncio, enquanto minha mente divagava entre lembranças de meus pais e perguntas sobre os segredos que Dominique guardava.

Tínhamos comido pouco no dia anterior e decidimos nos permitir o luxo de uma refeição decente, que nos sustentaria pelas próximas vinte e quatro horas e nos daria mais ânimo. Era uma estalagem até que agradável em um trecho pacífico da estrada, conturbada com o barulho de música e risadas, de gente comendo e bebendo, e tivemos a sorte de encontrar o canto de uma pequena mesa perto da lareira para descansar e comer. Sentei-me diante de Dominique, com Tomas ao meu lado; à esquerda dele havia um homem de meia-idade com a esposa à frente, ambos razoavelmente bem vestidos e devorando a comida empilhada em torres mal equilibradas nos pratos. Eram glutões ruidosos e pararam apenas um instante quando nos sentamos, para nos avaliar com olhares desconfiados antes de voltarem a seus pratos. Comemos em silêncio durante algum tempo, contentes por enfim colocar algo no estômago. Fiquei orgulhoso de Tomas, que, apesar de todas as queixas durante a longa caminhada, não tinha reclamado muito da falta de comida.

"Talvez não devêssemos ir a Londres", disse Dominique, enfim, quebrando o longo silêncio entre nós. "Existem outros lugares, afinal. Podíamos encontrar um vilarejo ou…"

"Depende do que estivermos procurando, não é?", respondi. "Nossa maior chance de conseguir emprego é em uma casa grande, como empregados ou alguma coisa do tipo."

"Não com Tomas", ela ponderou. "Ninguém vai nos aceitar com uma criança de seis anos." Tomas lançou um olhar desconfiado para Dominique, como se imaginasse que ela tentaria se livrar dele, algo que Dominique jamais teria feito. "Acho que teríamos mais sorte para encontrar trabalho em um vilarejo mais movimentado ou em uma cidade, só isso."

"Eu não recomendo vocês irem a Londres", interveio o homem ao lado de Tomas, entrando na conversa sem nenhum pudor, como se estivesse participando dela o tempo todo. "Londres é um lugar desumano. Totalmente desumano." Lançamos um olhar indiferente para ele e retomamos a conversa entre nós.

"Podemos continuar pela estrada", eu disse mais baixo, depois de um breve intervalo, ignorando o homem, "e, se encontrarmos um lugar que pareça bom, podemos parar pelo tempo que quisermos. Não precisamos tomar nenhuma decisão agora."

O homem soltou um arroto alto seguido de uma flatulência extraordinária, e o suspiro que emitiu depois confirmou o prazer que ambos lhe proporcionaram. "Sr. Amberton", a esposa deu-lhe um tapinha casual na mão, um gesto mais automático do que ofendido, "tenha modos, ouviu bem?"

"É uma coisa natural, meu rapaz", ele disse, olhando para mim. "Você não se importa de escutar um pouco das funções naturais do corpo, não é?" Olhei para ele sem saber se tinha sido uma pergunta retórica. Era um homem com cerca de quarenta e cinco anos, deveras obeso, com a cabeça raspada e uma barba de dois dias que salpicava como sujeira em seus traços pouco atraentes. Os dentes eram amarelados e ele os exibia com proeminência. Enquanto olhava para mim, limpou o nariz com as costas da mão e a inspecionou com cuidado antes de sorrir e estendê-la para que eu o cumprimentasse. "Joseph Amberton", ele se apresentou, animado, e quando sorriu fui presenteado com a visão daqueles dentes infelizes dentro de uma boca asquerosa. "A seu dispor", acrescentou. "E então, meu rapaz, você não respondeu minha pergunta. Não se importa de escutar um pouco das funções naturais do corpo, não é?"

"De maneira nenhuma, senhor", eu disse, receoso com o que poderia acontecer caso eu respondesse de um modo que o desagradasse, já que a ideia de ser atacado por um homem com tanta banha me amedrontava. Ele era como um monstro híbrido de homem e baleia. Você poderia arrancar-lhe a gordura para produzir óleo e precisava tomar cuidado para não naufragar quando ele se mexia. "Não tem problema algum."

"E você, mocinha", ele disse, olhando para Dominique. "Não recomendo que você vá a Londres, ouça o que estou dizendo. Só acontecem coisas ruins por lá. Experiência própria."

"Nisso você está muito certo, sr. Amberton", comentou a mulher dele, que se virou em nossa direção. Era uma mulher tão esférica quanto ele, mas com bochechas cor de maçã e um sorriso acolhedor. "Eu e o sr. Amberton passamos os primeiros anos do nosso casamento em Londres", ela explicou. "Namoramos lá, nos casamos lá, moramos lá, trabalhamos lá. E foi lá que ele sofreu o acidente, sabe? Foi o que nos fez ir embora daquele lugar."

"Pois foi isso mesmo", disse o sr. Amberton, mergulhando com selvageria em uma costela de carneiro. "E foi o fim de certas coisas para mim, se é que você me entende. Não me importo de dizer. Ainda bem que a sra. Amberton ficou comigo de qualquer forma e não partiu para outro camarada, o que poderia ter feito, pois ainda é uma mulher bonita."

Independente de qual fosse a sequela do acidente, pensei que era improvável que a sra. Amberton encontrasse outro camarada com circunferência suficiente para aguentá--la ou satisfazê-la, mesmo assim concordei e sorri antes de olhar para Dominique e dar de ombros. "Podíamos...", comecei, mas eles nos interromperam outra vez.

"Vocês conhecem Cageley?", perguntou a sra. Amberton, e neguei com a cabeça. "É onde moramos", ela explicou. "Um lugar bem movimentado, é sim. Há muito trabalho por lá. Podemos levá-los para aqueles lados, se quiserem. Voltaremos para lá hoje mesmo, mais tarde. Não nos incomodaria nem um pouco, não é, sr. Amberton? A companhia seria bem-vinda, para falar a verdade."

"É muito longe daqui?", perguntou Dominique, que, depois dos problemas do dia anterior, estava desconfiada de ofertas generosas. Quanto a mim, a última coisa que eu queria era mais sangue nas mãos. A sra. Amberton nos contou que era uma viagem de cerca de uma hora de carroça e que chegaríamos no fim do dia. Mesmo um pouco receosos, concordamos em acompanhá-los. "No mínimo", Dominique sussurrou para mim, "nos levará até um ponto mais adiante no caminho. Não precisamos ficar lá, se não quisermos." Concordei com a cabeça. Fiz como ela mandou.

A tarde foi se transformando em noite enquanto seguíamos pela estrada esburacada. Para nossa surpresa, foi a sra. Amberton quem assumiu a condução da carroça, insistindo que Dominique se sentasse à frente, ao seu lado, enquanto o marido, Tomas e eu ficamos atrás. Mais uma vez, Tomas aproveitou sua juventude e caiu no sono de imediato, forçando-me a conversar com o hediondamente flatulento sr. Amberton, que tinha grande prazer em beber de um frasco de uísque a intervalos curtos, acompanhando cada gole com uma orquestra repulsiva de tosse, catarro e cuspe.

"E o que o senhor faz?", perguntei depois de um tempo, numa tentativa de puxar conversa.

"Sou professor. Dou aulas para uns quarenta pestinhas no vilarejo. A sra. Amberton aqui é cozinheira."

"Certo", eu disse, concordando com a cabeça. "Vocês têm filhos?"

"Ah, não", ele respondeu, rindo alto, como se a ideia fosse ridícula. "Por causa do meu acidente em Londres, quero dizer. Não consigo fazer subir, entende?", ele murmurou, com um sorriso. Fiquei atônito com a sinceridade da confissão, piscando várias vezes para me recuperar. "Aconteceu quando eu estava ajudando a construir umas casas na cidade. Sofri um acidente com um pedaço grande de cano. Parece que me tirou do jogo para sempre. Talvez volte algum dia, mas duvido, depois de todo esse tempo. Nunca me importei muito com essas coisas, para falar a verdade. E a sra. Amberton também não parece fazer questão. Existem outras maneiras de satisfazer uma mulher, sabe, como você mesmo vai aprender um dia, meu rapaz."

"A-hã", assenti e fechei os olhos, seguro de que não queria ouvir mais nada sobre as intimidades dele.

"A não ser que você e..." Ele indicou Dominique e revirou os olhos com malícia, a língua saindo da boca de um jeito repulsivo. "Vocês dois..."

"Ela é minha irmã", eu disse, interrompendo-o, antes que ele levasse o assunto adiante. "Só isso. Minha irmã."

"Ah, peço desculpas, meu rapaz", ele disse, dando uma risada. "Nunca insulte a mãe, a irmã ou o cavalo de um homem, é o que eu sempre digo." Concordei e, de repente, senti muito sono. Só fui acordar, de modo abrupto, quando a sra. Amberton já nos conduzia para dentro do vilarejo de Cageley. Tínhamos chegado.

11

OS JOGOS

Em novembro de 1892, na tenra idade de cento e quarenta e nove anos, estive mais uma vez na minha cidade natal, Paris, acompanhado por minha então esposa, Céline de Frédy Zéla. Estávamos longe da nossa casa em Bruxelas para aproveitar algumas semanas em Madri, e por impulso decidimos ficar alguns dias na capital francesa para visitar o irmão de Céline, que naquela semana daria uma palestra na Sorbonne. Na época, Céline e eu estávamos casados havia três anos, e as coisas não iam bem. Eu receava que aquela talvez seria a primeira vez que eu pediria o divórcio (ou ela pediria o divórcio de mim), procedimento de qual nunca fui fã. Nossas férias eram um último esforço para salvar o matrimônio.

Nos conhecemos em 1888, em Bruxelas, onde eu vivia com conforto graças aos lucros de uma opereta que eu tinha escrito e produzido para os palcos belgas. Chamava-se *O assassinato necessário* e, apesar de não ter sobrevivido ao teste do tempo — recentemente, me surpreendi por encontrar uma breve menção a ela em um ensaio acadêmico sobre óperas europeias pouco conhecidas do final do século xix, mas nunca ouvi ninguém falar sobre ela em outros contextos —, foi um sucesso considerável naquela época. O segundo crítico de óperas mais importante do período, Karpuil (um bêbado ignorante na maior parte do tempo, mas que escrevia artigos belíssimos), a considerou uma "sublime reflexão de um talento fértil sobre uma temática perturbadora". O *principal* crítico de óperas, devo admitir, não foi tão generoso em sua análise; ele considerou minha opereta efêmera e pouco original. Olhando para trás, sua percepção admirável justificava sua excelência. Céline foi uma das convidadas da noite de estreia e sentou-se em um camarote com seu irmão mais velho, Pierre — barão de Coubertin —, e alguns amigos. Ela me procurou depois da apresentação e elogiou a peça, destacando com louvor um libreto do segundo ato, entre uma jovem e seu amante.

"Achei a peça toda muito angustiante", ela disse, seus olhos castanhos passeando pelos integrantes do elenco, que passavam apressados por nós no estado de entusiasmo pós-apresentação. O clima dos bastidores é sempre instigante para quem não está acostumado com o teatro. "A música é muito bonita, mas aqueles dois jovens cometeram um crime terrível. A soma desses dois elementos faz a coisa toda ser muito angustiante, mas, ao mesmo tempo, é muito comovente, o que é espantoso."

"Aquele foi um crime necessário", expliquei, "assim como o título sugere. O rapaz é forçado a matar o homem para evitar a agressão contra sua amada. Senão, as consequências seriam…"

"Ah, claro", ela disse sem demora. "Entendi perfeitamente. Mas o modo como eles se livram do corpo e seguem viagem como se nada tivesse acontecido me perturbou.

Levou-me a imaginar que destino aguardaria os dois. Naquele instante eu soube que tudo acabaria em tragédia. Como se o fato de terem escapado ilesos do crime pedisse um final contrário para pelo menos um dos dois, surgindo assim um ponto de equilíbrio. É uma história muito triste."

Concordei com um movimento lento de cabeça e pensei em convidá-la para se juntar a mim e a alguns amigos para um jantar depois do espetáculo. Apesar de eu não ser o tipo de homem que se nutre dos elogios dos outros, foi meu primeiro (e único) grande sucesso no teatro e, por um curto período, fiquei inebriado pela ideia de ser um artista talentoso. Mal sabia eu que minha verdadeira vocação não estava em ser criador, e sim um generoso benfeitor das artes — na verdade, eu tinha nascido no século errado. Se tivesse vivido algumas centenas de anos antes, com certeza teria rivalizado com Lourenço de Médici. Não me senti atraído por Céline de imediato — na época, a moda belga era usar o cabelo puxado com força para trás e solto em mechas nas laterais, o que destacava a testa um pouco protuberante de Céline —, mas sua companhia tornou-se cada vez mais encantadora ao longo da noite. Ela tinha opiniões muito inteligentes sobre diversos assuntos pelos quais eu também me interessava. Nós dois tínhamos descoberto o recém-lançado *Um estudo em vermelho*, de Conan Doyle, a primeira história de Sherlock Holmes, e, depois de lê-la inúmeras vezes, aguardávamos com ansiedade a publicação do próximo caso. Quando ela foi embora, dissemos ao mesmo tempo que gostaríamos de nos ver de novo e, em oito meses, estávamos casados e instalados em uma propriedade no coração da cidade.

Durante um período, fomos felizes, mas sou obrigado

a admitir que prejudiquei nosso casamento quando iniciei uma relação imoral com uma jovem atriz — uma jovem com quem eu não me importava nem um pouco, para ser franco — e Céline descobriu minha infidelidade. Por várias semanas ela não conseguiu conversar comigo e quando, enfim, o fez, foi necessário um tempo até conseguirmos manter um diálogo sem que ela desmoronasse em lágrimas. Eu a magoara de verdade, e lamentei o fato. Concluí, durante nossos meses de crise, que eu tinha sido um tolo por ter me comportado daquela maneira, pois era evidente que Céline me amava e tinha grande apreço por nossa vida de casados, e que, até aquela altura, nosso relacionamento ia muito bem. Considerando que eu já era experiente tanto em relacionamentos amorosos quanto em casamento, eu deveria ter reconhecido uma coisa boa quando ela estava diante de mim, mas admito que não sou um homem que sempre aprendeu com os próprios erros.

Tentamos entrar em acordo e recuperar nosso estado anterior de felicidade conjugal, não discutindo mais o assunto. Mas era óbvio que a traição pairava sobre nós como uma nuvem carregada. Mesmo depois de retomarmos nossa rotina diária, sem nunca ousarmos mencionar o acontecido, parecia que todas as nossas conversas eram tingidas pela presença daquilo que não ousávamos dizer. Céline tornou-se ausente; eu, infeliz. Como casal, descobrimos que nossa intimidade havia sido prejudicada por minhas ações e o relacionamento inteiro parecia irreparável, o que me entristecia. Eu nunca tinha vivido algo semelhante: me comportar de maneira equivocada, ser perdoado por meus atos e, ainda assim, não conseguir, de forma alguma, ignorar que eu tinha aberto uma ferida profunda e incurável na nossa união. Não encontrei uma forma de expiar meu pecado.

"Talvez", sugeri uma tarde, durante uma partida tranquila de *fantan*, "pudéssemos pensar em ter filhos." Foi uma sugestão ingênua, concebida para nos aproximar como marido e mulher, mesmo que eu soubesse que deveríamos nos separar.

Céline olhou para mim com certa surpresa e colocou um dois de paus sobre meu ás de copas. "Ou talvez", ela me imitou, "pudéssemos viajar juntos."

E assim ficou definido. Em poucas palavras, ficou claro que aquelas férias seriam nossa última tentativa de manter o casamento sem animosidades ocultas ou mágoas. Escolhemos Madri como destino, e foi Céline quem sugeriu passarmos um tempo com seu irmão em Paris na mesma viagem, decisão que definiria um período da minha vida no início dos anos 1890 e me poria em contato com o último e mais extraordinário acontecimento do século XIX.

Fui apresentado ao meu cunhado na mesma noite em que conheci Céline, em 1888, mas, por causa das dificuldades impostas pela distância e pela falta de intimidade familiar, não mantivemos uma relação próxima nos anos seguintes. Apesar de bastante rico graças ao título herdado — barão de Coubertin —, Pierre trabalhava para o governo francês em vários projetos de seu interesse, com frequência de natureza estética, concebidos para aperfeiçoar a vida cultural da nação e não para aumentar a saúde financeira do governo. Sua relação com a irmã era distante mas afetuosa e, na noite em que chegamos a Paris — 24 de novembro de 1892 —, eles não se encontravam havia cerca de um ano e meio. Céline escrevera inúmeras cartas ao irmão, contando sobre a vida que levávamos em Bruxelas, o sucesso contínuo de *O assassinato necessário* e o admirável fracasso da sucessora, *A caixa de charutos*, que pôs fim às minhas aspirações artísticas de uma vez por todas. No Natal anterior, tínhamos recebido um cartão dele com uma mensagem breve, informando que estava muito feliz e muito ocupado na França. Tirando isso, não sabíamos nada sobre ele ou sobre seu trabalho. Porém, como ficaríamos em Paris por alguns dias, um jantar foi planejado, e durante essa refeição ele nos contou sobre os grandes planos que articulava na época.

Àquela altura um homem de meia-idade, Pierre tinha o bigode fino, preto e comprido nas extremidades, com as pontas torcidas em curvas que saltavam do rosto, muito semelhante ao que Salvador Dalí usaria em meados do século xx. Era bastante alto, com um metro e oitenta e sete, esguio e forte, graças à rotina de exercícios que seguia de maneira meticulosa.

"Todas as manhãs", ele me contou enquanto jantávamos um linguado insípido em um restaurante luxuoso, onde todos os garçons pareciam saber seu nome e reconhecer sua presença com certa deferência, "me levanto exatamente às cinco e meia e mergulho direto num banho gelado, que me revitaliza e me prepara para as atividades matinais. Faço cem flexões de braço e cem abdominais, além de vários outros exercícios de tonificação muscular, antes de pedalar por quase vinte e cinco quilômetros pela cidade. Quando volto, tomo um banho quente e demorado para relaxar a tensão dos músculos e terminar minha higiene pessoal e, às nove, estou pronto para começar meu trabalho. Não consigo expressar em palavras o quão melhor é o dia de alguém que segue uma rotina como essa. E você?", ele me perguntou. "Que atividades físicas prefere?"

Pensei numa resposta educada em vez da que seria óbvia, no entanto demorei um pouco para decidir. "De vez em quando você me encontra em uma partida de tênis", acabei por dizer. "Dizem que meu *backhand* é passável, mas meu saque é um vexame. Devo admitir que esportes em equipe nunca foram meus favoritos. Prefiro testar minhas habilidades sozinho ou competindo individualmente com outras pessoas. Atletismo, esgrima, natação, esse tipo de coisa."

Uma vez que ele começasse a falar sobre seu tema preferido, não havia como pará-lo. Como eu descobriria depois, ele era capaz de falar por horas sobre os benefícios de uma vida que incluísse a prática de esportes e sobre as vantagens que as atividades físicas de natureza competitiva poderiam oferecer não apenas ao indivíduo mas à sociedade. Eu considerava sua paixão divertida e inusitada, pois era um aspecto da vida que nunca despertara muito meu interesse. Apesar de eu ter uma saúde boa, abençoado com uma boa constituição física e, sem dúvida, o corpo mais duradouro da história da humanidade, nunca considerei necessário adotar um regime ou uma rotina de exercícios. Na verdade, meu único esforço físico constante é caminhar, pois tive carro apenas uma vez e jamais consegui dominar aquela coisa, e acho o transporte público um tanto perturbador.

Conversamos um pouco sobre Céline e nossa viagem a Madri, sem entrar em detalhes sobre as desventuras sexuais que provocaram aquele esforço para manter a unidade matrimonial, até que ele se cansou do assunto e adotou uma postura preocupada enquanto bebia conhaque. Quando perguntamos se havia alguma coisa errada, ele explicou que daria uma palestra importante na Sorbonne no dia seguinte e estava apreensivo.

"É o auge dos últimos anos da minha vida", ele disse, deixando o charuto de lado por um instante para agitar as mãos conforme falava. "Tenho uma ideia que quero apresentar às pessoas na palestra de amanhã e, dependendo da resposta que eu receber, acredito que assumirei o projeto mais extraordinário da minha vida."

Olhei-o com interesse. "E não pode nos contar nada agora?", perguntei. "É algo que deve ser mantido em segredo até amanhã? Lembre-se, estaremos a caminho de Madri e talvez nunca mais venhamos a escutar sobre o assunto de outro modo."

"Ah, você ouvirá muita coisa sobre o assunto, Matthieu", ele respondeu sem demora. "Não tenho dúvida disso, supondo que outras pessoas considerem a ideia tão interessante quanto eu. É o seguinte..." Ele se inclinou em nossa direção, e eu e Céline o imitamos, formando um trio conspiratório que parecia apropriado para o momento. "Há dois anos, um dos departamentos do governo me contratou para estudar vários métodos de educação física, com o objetivo de reintroduzir um currículo esportivo nas escolas. Não foi uma tarefa difícil, mas intrigante, pois sempre fui fascinado por métodos de preservação de saúde em países distintos ao redor do mundo. Ao final da minha pesquisa, eu tinha percorrido toda a Europa, onde encontrei pessoas diferentes cujas ideias eram muito parecidas com as minhas, e que acabaram por me levar à questão que apresentarei amanhã na palestra. Vocês já devem ter ouvido falar, claro, nos Jogos Olímpicos."

Olhei para Céline, que claramente desconhecia o assunto, e dei de ombros com indiferença. "Sei um pouco", respondi com cautela, pois não sabia quase nada sobre a história ou sobre o conceito dos Jogos. "Eles aconteciam na Grécia Antiga, não é? Por volta de 100 ou 200 d.C.?"

"Quase", ele disse com um sorriso. "Na verdade, eles começaram por volta de 800 a.C.; você errou por uns mil anos. E só terminaram em definitivo perto do final do século IV, quando Teodósio I, o imperador romano na época, emitiu um decreto proibindo a realização dos Jogos." Seus olhos se animaram à medida que ele começou a recitar uma sequência de nomes e datas gravados em sua mente. "Claro que as Olimpíadas não foram totalmente esquecidas nos mil e quatrocentos anos que se seguiram", disse, sua admirável erudição eclipsando tanto nossa ignorância quanto nossa presença à mesa. "Vocês naturalmente conhecem as referências aos Jogos na obra de Píndaro." Eu não conhecia, mas acreditei na palavra dele. "E houve outros que propuseram discussões sobre um modelo contemporâneo. Conheci um homem na Inglaterra, o dr. William Penny Brooks — talvez já tenham ouvido falar nele —, que fundou a Sociedade Olímpica de Much Wenlock, gerando certo interesse aqui e ali, mas parece que ninguém quis investir. Houve outros, claro. Muths, Curtius, Zappas na Grécia. Entretanto não eram projetos internacionais, por isso todos falharam. É sobre esse assunto que pretendo falar na Sorbonne amanhã à tarde. Quero propor uma Olimpíada para os dias de hoje, com participação e financiamento internacional, que poderá ser considerada não apenas um triunfo da excelência individual e conquista esportiva, mas também poderá ajudar a reunificar os países no mundo e ser uma fonte de colaboração positiva. Matthieu, Céline" — nesse momento, ele quase ardia de entusiasmo por suas convicções — "pretendo trazer de volta os Jogos Olímpicos."

O casamento fracassou. Não fazia muito tempo que estávamos em Madri quando ficou claro que não conseguiríamos superar meu deslize. Eu e Céline — em termos amigáveis, mas cheios de pesar — decidimos nos separar. Ver o fim daquele casamento me causou muita angústia. Eu havia decidido que aquele era um matrimônio ao qual eu queria me dedicar pelo resto da vida, ou, no mínimo, pelo resto da vida de Céline, e me atormentei por minha aparente incapacidade de permanecer fiel a uma mulher ou de manter um relacionamento saudável e bem-sucedido. Implorei por mais uma chance, mas a decepção dela comigo era tão evidente quanto seu sentimento de traição. Depois que nos despedimos, fiquei inconsolável e troquei a Espanha pelo Egito, onde investi durante certo tempo em um projeto voltado para a construção de casas de baixo custo em Alexandria, para mim um distanciamento incomum do mundo das artes. Ganhei muito dinheiro no período que passei por lá, pois a cidade era próspera e precisava de mais moradias. Quando vendi minha parte das construções, lucrei quase dois milhões de dracmas, uma fortuna na época — uma quantia de dinheiro com a qual se poderia viver o resto da vida, se fosse usada com cuidado.

Embora eu fosse reencontrar o barão de Coubertin somente três anos depois do nosso jantar, eu acompanhara com razoável interesse o progresso de sua história através dos jornais. A palestra inicial na Sorbonne trouxe reações positivas da plateia, apesar de pouco noticiada pela imprensa. Mais tarde, ouvi dizer que ele tinha viajado aos Estados Unidos, acompanhado por Céline, para reunir-se, entre outros, com representantes das universidades da Ivy League, a fim de promover o interesse por uma versão moderna dos Jogos. Tudo indicava que Céline assumira a condição de sua secretária e se envolvera tanto no trabalho do irmão quanto ele próprio. Pierre voltou à Sorbonne em 1894, onde a decisão final sobre a realização dos Jogos foi tomada com representantes de doze países; o próprio Pierre foi eleito secretário-geral, sob a presidência de um grego chamado Dimítrios Vikélas.

"Eu queria esperar e fazer os Jogos em 1900", ele me contou anos depois. "Achei que faria sentido iniciar um novo século com uma nova Olimpíada, mas fui voto vencido, onze contra um. A maioria dos representantes dos países, depois de ter aceitado participar, pressionou para que tudo acontecesse rápido. Eu havia planejado aquilo durante anos. Não queria começar nada sem o devido tempo de preparação. Não depois de dedicar tantos anos da minha vida ao projeto."

Ele também defendera a realização dos Jogos em Paris, mas Vikélas rejeitou a ideia e insistiu que fosse na Grécia, onde os Jogos aconteciam originalmente. Foi estabelecido que o evento seria realizado a cada quatro anos e que a data da primeira Olimpíada da era moderna seria abril de 1896. Planos complexos de execução iniciaram-se em seguida.

Quando voltei a Paris mais uma vez, participei de uma

festa de boas-vindas ao flautista Juré, que regressava de uma turnê triunfal pelos Estados Unidos, e foi ali que vi Pierre conversando com dois conhecidos meus no gramado da área externa. Saí para me juntar a eles e estendi a mão a Pierre, que me cumprimentou com jovialidade, como se fôssemos velhos amigos.

"Creio que ainda não fomos apresentados, senhor", ele disse, porém, como se fosse a primeira vez que nos víamos. "Pierre de Frédy."

Eu ri, um tanto constrangido e surpreso por ele não se lembrar do nosso jantar em família. "Na verdade, fomos, sim", respondi. "Não se lembra do nosso jantar em Paris, há alguns anos, na véspera de sua primeira palestra na Sorbonne?" Ele pareceu em dúvida e acariciou o bigode com nervosismo. "Eu estava com a sua irmã", acrescentei.

"Minha irmã?"

"Céline", continuei. "Éramos... Bom, éramos casados na época. Eu era seu cunhado. Suponho que ainda seja, pois nunca nos divorciamos."

Ele bateu uma palma da mão na outra de repente, um gesto exagerado que o vi fazer algumas vezes, antes de segurar meus ombros com firmeza. "É claro", ele disse bem alto, o rosto abrindo um largo sorriso. "Então você deve ser o sr. Zéla... é isso?" Sua incerteza sobre meu nome evidenciou o fato de que Céline não falava de mim com frequência.

"Matthieu", insisti. "Por favor."

"É mesmo, é mesmo", ele disse, assentindo com a cabeça, o rosto se tornando pensativo enquanto me observava e me puxava para o lado com delicadeza. "Na verdade, eu me lembro muito bem daquela noite. Creio que contei a vocês meus planos para os Jogos, estou certo?"

"Exato", reconheci, lembrando-me de seu entusiasmo com satisfação. "Devo confessar que, na época, embora suas ideias tenham me intrigado, achei-as grandiosas demais para serem concretizadas. Não acreditei que conseguiria levar tudo tão longe quanto levou. Acompanhei suas aventuras pelos jornais com muita expectativa. Você merece parabéns por seu trabalho."

"Você acompanhou mesmo?", ele perguntou, rindo. "De verdade? Ora, é muito gentil de sua parte se interessar..."

"E como está Céline?", perguntei, interrompendo-o. "Imagino que você a veja com frequência."

Ele deu de ombros de maneira quase imperceptível antes de responder. "Agora ela mora em Paris comigo. Ficou bastante interessada pela ideia dos Jogos, e devo dizer que, hoje, a ajuda dela é indispensável. Seus conselhos e encorajamento, sem mencionar suas habilidades de anfitriã, são muito importantes para mim. Nos tornamos irmãos de verdade, coisa que não éramos havia muitos anos. Você a magoou imensamente, sabia, sr. Zéla?", acrescentou com certa arrogância.

"Matthieu", repeti. "E reconheço isso, posso lhe assegurar. Sinto imensa saudade dela, Pierre. Você me permite perguntar se ela está envolvida com alguém no momento?"

Ele inspirou fundo e olhou em volta, sem saber qual seria a resposta apropriada. "Ela se dedica ao trabalho dela e a mim. Ao *nosso* trabalho, melhor dizendo", acrescentou depois de uma breve pausa. "O que quer que tenha acontecido no passado... Bem, creio que ela não pense tanto no assunto hoje em dia. Ela superou. Mas não mantém relações com outros rapazes, se é isso que está perguntando. Afinal, ainda é uma mulher casada."

Concordei com a cabeça e me perguntei se eu seria tão civilizado com alguém que tivesse tratado minha irmã com tanto desdém quanto eu tratara a dele. De qualquer modo, senti que não era apropriado continuar falando de Céline sem que ela estivesse presente, portanto voltei a elogiá-lo por seu sucesso — o único assunto, fora Céline, sobre o qual poderíamos conversar com entusiasmo mútuo. Mais uma vez, foi como se uma árvore de Natal tivesse se acendido em uma sala escura. O rosto dele se ergueu, as bochechas tornaram-se rosadas e ele esqueceu, no mesmo instante, o momento constrangedor por que tínhamos acabado de passar.

"Para ser franco", ele me contou, "em diversos momentos eu mesmo duvidei que conseguiríamos fazer isso. E agora, ao que parece, os Jogos estão próximos. Faltam apenas dezessete meses."

"E você está preparado?", perguntei. Ele abriu a boca para dizer alguma coisa, hesitou e olhou em volta, percorrendo o jardim com os olhos, ansioso.

"Vamos entrar", ele sugeriu. "Vamos encontrar um canto com privacidade para conversarmos. Você talvez possa me aconselhar sobre algumas questões. Você é um homem de grandes negócios, não é?"

"Fiz algum dinheiro ao longo da vida", admiti.

"Ótimo, ótimo", ele disse depressa. "Então talvez você conheça o melhor modo de contornar um certo problema. Venha. Vamos entrar." Ao dizer isso, segurou meu braço e me conduziu pela festa até um aposento no andar de cima, onde nos sentamos perto da lareira. Ele me contou sobre as dificuldades que enfrentava e eu lhe expus uma forma de poder ajudá-lo.

Uma semana depois, voltei ao Egito para encerrar minhas últimas transações no país e acompanhei os jornais, ansioso, em busca de novidades sobre a Olimpíada. Surpreendentemente, a decisão de realizar os Jogos em Atenas tinha sido tomada sem consultarem o governo grego, que dispunha de pouquíssimo dinheiro para gastar em algo tão frívolo quanto uma Olimpíada. Em razão disso, o governo húngaro ofereceu seu território para sediar os Jogos inaugurais, com a condição de que um oficial do alto escalão de Budapeste assumisse um cargo de autoridade ao lado de Vikélas. Uma mudança como essa significaria a destituição de Pierre, claro, e tal possibilidade o deixava arrasado.

"É exatamente por isso que eu queria esperar até 1900", ele me disse naquela noite em Paris, na festa de Juré, enquanto bebíamos mais e mais vinho; ele estava tenso, mas se esforçava para acreditar que o pior não iria acontecer. "Não estamos prontos. Atenas não está pronta. Budapeste *com certeza* não está pronta. Se ao menos tivéssemos mais alguns anos para nos preparar, poderíamos fazer tudo perfeito. Do jeito que está, posso ver meu sonho se desfazendo ao vento."

Eu encarava aquilo como minha oportunidade de acertar as coisas com Céline e me redimir de toda a infelicidade que lhe causara. Se ela soubesse que eu tinha ajudado seu irmão a realizar a maior ambição da vida dele, talvez me perdoasse pela infelicidade que lhe causara. Eu não esperava uma reconciliação — nem tinha certeza se desejava uma —, mas sentia naquela época o mesmo que sinto hoje: devo sanar minhas dívidas e não prejudicar as pessoas, se puder evitar. Eu magoara minha esposa; agora tinha a oportunidade de ajudar seu irmão. Era o mínimo que eu podia fazer.

Pierre agendou um encontro entre nós e o príncipe herdeiro Constantino, que já tinha criado vários comitês para a captação de recursos para os Jogos, e discutimos estratégias diferentes para garantir que o evento permanecesse em Atenas. Depois viajei mais uma vez ao Egito e marquei uma reunião com Georges Averoff, um dos homens de negócios mais importantes do país. Ele era um famoso benfeitor de várias causas gregas e tinha financiado a construção da Politécnica de Atenas, da academia militar e das prisões juvenis, entre outros lugares de promoção do bem comum. Eu o encontrara diversas vezes ao longo dos últimos anos e, embora o fato de ele dispor dos meios para apoiar um projeto como esse fosse algo sabido, nós não havíamos tido um bom relacionamento no tempo que passei na região. Eu tinha cometido o erro de julgamento de dar uma entrevista a um jornal local sobre os planos de construção na cidade e criticar algumas iniciativas de Averoff. Apesar de estarmos envolvidos em projetos similares, ele era um homem muito mais rico do que eu — apenas em rendimentos, seu lucro anual somava metade do meu capital. Eu estava em más condições financeiras na época e fui tolo de me sentir ameaçado pelas onipresentes placas "Averoff" espalhadas por Alexandria e arredores, em lugares em que eu queria ver o nome "Zéla". Encarei como uma afronta pessoal o fato de eu não receber o respeito e a admiração do populacho, que fluía com tanta facilidade na direção do grande empresário.

Por isso menosprezei algumas de suas construções, chegando ao ponto de chamar as janelas altas e o acabamento rococó, suas marcas registradas, de mazelas de uma grande cidade, úlceras no rosto da Alexandria moderna. E fiz outros comentários, todos infantis e abaixo da minha dignidade. Um dos assessores de Averoff me procurou em seguida e disse que, embora eles não fossem tomar nenhuma atitude legal contra mim, Averoff ficaria agradecido se eu nunca mais mencionasse o nome dele à imprensa, e eu estava tão constrangido pelo retrato que o jornal publicara de mim — o de uma pessoa fútil, infantil e ingênua — que concordei no mesmo instante. Graças a tudo isso, eu não estava muito entusiasmado em me reunir com ele, de chapéu na mão, pedindo ajuda.

Nos encontramos em seu escritório na manhã de um sábado, em meados de 1895. Ele estava sentado atrás de uma ampla mesa de mogno e se levantou para me cumprimentar calorosamente quando cheguei, o que me surpreendeu. Seu cabelo grisalho tinha se tornado branco desde que eu o vira pela última vez, e não pude deixar de notar que ele lembrava o escritor americano Mark Twain.

"Matthieu", ele disse, conduzindo-me a um sofá confortável e sentando-se em uma poltrona à minha frente. "É um prazer revê-lo. Há quanto tempo não nos encontramos?"

"Há cerca de um ano", respondi, nervoso, sem saber se deveria começar me desculpando por meu comportamento no passado ou apenas fingir que nada havia acontecido. Decerto, um homem na posição dele, com tantas responsabilidades, vivia ocupado demais para se lembrar de cada afronta, de cada palavra dita contra ele — eu disse a mim mesmo, para me confortar —, e acabei deixando a questão de lado. "Na festa de Krakov, se bem me lembro."

"Ah, sim", ele disse. "Terrível o que aconteceu, não?" (Petr Krakov, então ministro, tinha sido morto a tiros algumas semanas antes, na rua de sua casa. Até então, ninguém assumira a autoria do crime, mas houve boatos sobre o envolvimento de insurgentes, o que surpreendeu a todos, pois aquela não era uma cidade violenta.)

"Medonho", respondi, meneando a cabeça de modo piedoso. "Sabe lá com que espécie de negócios ele se envolvia? Um final trágico."

"Ora, não vamos especular", ele disse de imediato, como se soubesse mais do que preferia saber. "Mais cedo ou mais tarde, a verdade surgirá. Fofocas improdutivas não nos levarão a lugar nenhum." Olhei para ele, em dúvida se teria sido uma indireta, mas concluí que não, pelo menos não por enquanto. Sua mesa estava repleta de porta-retratos e perguntei se podia olhar alguns. Ele assentiu com um sorriso e um gesto de mão.

"É minha esposa, Dolores", ele comentou, indicando uma mulher que envelhecia de modo elegante e sorria a seu lado em uma das fotografias. Os traços dela eram graciosos e percebi que devia ter sido de uma beleza rara na juventude, e talvez o tipo de mulher estonteante ao chegar de forma natural à meia-idade. "E aqueles são meus filhos. E algumas de suas esposas e filhos." Havia muitos, e notei o orgulho reluzindo cada vez mais em seu rosto à medida que os mostrava a mim. Invejei isso. Ele vivia uma vida parecida com a minha, aquele Georges Averoff. Nós dois éramos empreendedores, nós dois tínhamos ganhado muito dinheiro, nós dois éramos negociantes inteligentes e, ainda assim, esse aspecto da vida tinha escapado das minhas mãos. Como era possível, depois de tantos casamentos e relações fracassados, que eu ainda não tivesse um filho ou uma família feliz como a dele? Talvez fosse verdade; talvez houvesse mesmo apenas uma mulher para cada homem, e eu já tinha perdido a minha. Não que eu houvesse tido alguma esperança de um dia tê-la para mim.

"E então", ele disse, sorrindo, quando nos sentamos outra vez, frente a frente, "qual o motivo deste encontro?"

Expliquei-lhe os acontecimentos dos últimos meses, contando sobre os planos brilhantes de Pierre e de como eles pareciam cada vez mais próximos de serem rejeitados. Mostrei-lhe a carta do príncipe herdeiro Constantino, rogando pela ajuda dele, e enumerei a sequência de desastres que haviam levado à possibilidade de haver Jogos Húngaros. Apelei a seu patriotismo, enfatizando a importância que os Jogos teriam para a Grécia. Para ser franco, não precisei falar por muito tempo, pois ele concordou quase de imediato.

"Claro que ajudarei", ele afirmou, abrindo os braços. "O que está acontecendo é algo extraordinário. Farei tudo que eu puder. Mas, diga-me, Matthieu, por que você está tão preocupado com isso? Você não é grego, é?"

"Sou francês."

"Sim, foi o que imaginei. Mas, então, por que se dedica tanto a ajudar os gregos e Coubertin? Isso me intriga."

Olhei para o chão por um momento, me perguntando se deveria ou não dizer a verdade. "Há alguns anos", respondi, enfim, "me casei com a irmã de Pierre de Frédy. Ainda somos casados, para ser sincero. E eu a tratei…" — procurei pela palavra apropriada — "… mal. Estraguei o que poderia ter sido uma relação maravilhosa e a magoei. Eu não gosto de magoar as pessoas, Georges. Estou tentando me redimir."

Ele concordou devagar com a cabeça. "Entendo", respondeu. "E você está tentando reconquistá-la?"

"Creio que não", eu disse. "Pelo menos não era meu plano original. Queria apenas ajudá-la de alguma maneira. Embora, graças ao projeto, claro, tenhamos nos reaproximado um pouco e alguns sentimentos tenham ressurgido. Quando retomamos o contato, ela me foi de grande ajuda. Tenho um sobrinho, Thom, que não teve uma vida fácil. Seu pai morreu em circunstâncias violentas quando ele ainda era bebê e a mãe começou a beber. Ele me procurou no início deste ano, quando foi solto da prisão, depois de cumprir pena por um crime pequeno, e estava desesperado para obter alguma estabilidade. Muito gentilmente, Céline concordou em empregar meu sobrinho num de seus escritórios, para ajudar nas funções administrativas, e isso foi como uma dádiva para ele, pois Thom precisava de dinheiro e de alguma coisa para fazer. Por algum motivo, o rapaz se recusa a ter contato comigo, mas ela tem sido um anjo para ele graças ao nosso antigo relacionamento. Acho que eu..." Ao me ouvir dizendo tudo isso, me interrompi. "Me desculpe", acrescentei em seguida. "Você não quer ouvir nada disso. Peço desculpas por ter sido tão inadequado."

Ele deu de ombros e riu em tom amigável. "Pelo contrário, Matthieu. É interessante encontrar um homem com consciência. Incomum, até. Quando foi que você se tornou assim?" Olhei para ele achando um pouco de graça, na dúvida se estava fazendo uma piada às minhas custas — mas certo de que fora um comentário relacionado ao desentendimento que tivemos no passado. De repente, senti um respeito enorme por ele e decidi contar-lhe a verdade.

"Eu matei uma pessoa", disse. "A única mulher que amei de verdade. Jurei que nunca mais machucaria ninguém. A consciência, como você a definiu, surgiu nesse momento."

Averoff doou quase um milhão de dracmas ao fundo Olímpico, que foi usado na reconstrução do Estádio Panathinaiko, onde os Jogos se realizariam. O estádio tinha sido construído em 330 a.C., mas foi se deteriorando até ficar totalmente fechado por vários séculos. O príncipe herdeiro ergueu, na área externa, uma estátua em homenagem a Averoff, feita pelo famoso escultor Vroutos, como um símbolo de gratidão por seu patriotismo e generosidade. A obra foi revelada ao público no primeiro dia dos Jogos, em 5 de abril de 1896.

Fiquei entusiasmado com a facilidade com que havia persuadido Averoff a nos ajudar. Eu previra meses de discussões e planejamento cuidadosos, meses que teriam nos aproximado ainda mais da possibilidade de Budapeste assumir o projeto, e o fato de eu poder voltar em uma semana com a boa notícia foi uma grande vitória. Pierre manteve seu emprego, os Jogos foram realizados em Atenas e eu tive a chance de me reconciliar com Céline.

"Então quer dizer que você, enfim, prestou para alguma coisa", ela disse logo depois que voltei do Egito. "Viu como Pierre está feliz? Perder os Jogos teria sido a morte para ele."

"Era o mínimo que eu podia ter feito", eu disse. "Eu estava em débito com você."

"É verdade."

"Talvez…", comecei, pensando se deveria esperar um contexto mais romântico para trazer à tona uma possível reconciliação, mas decidindo que não. Sempre acreditei que o melhor é aproveitar o momento. "Talvez pudéssemos…"

"Antes de você dizer qualquer coisa", observou Céline, um pouco nervosa ao me interromper, "precisamos resolver com urgência nossa situação matrimonial."

"Mas isso é fantástico", eu disse. "Eu estava pensando exatamente na mesma coisa."

"Acho que devemos nos divorciar", ela disse com firmeza.

"Devemos *o quê*?"

"Nos divorciar, Matthieu. Não estamos juntos há muitos anos. Chegou o momento de seguirmos nossas vidas, não acha?"

Olhei para ela, chocado. "Mas e tudo o que fiz por seu irmão?", perguntei. "Dediquei muita energia para ajudá-lo, a fim de fazer com que os Jogos se realizassem em Atenas. Tenho sido um amigo verdadeiro para ele. E todo o dinheiro que consegui com Averoff?"

"Bem, você pode se casar com meu irmão, se gosta dele tanto assim", ela respondeu sem hesitar. "Eu *preciso* de um divórcio, Matthieu. Eu… Eu me apaixonei por outro homem, e queremos nos casar."

Não acreditei no que estava ouvindo. Meu orgulho estava ferido. "Mas você não pode esperar um pouco?", implorei. "Ver se essa relação tem futuro, antes de decidir…"

"Matthieu, eu *preciso* me casar com esse homem. Rápido. É imperativo."

Franzi o cenho, pensando no que ela queria dizer com isso, depois fiquei boquiaberto e a encarei de cima a baixo. "Você está grávida?", perguntei, e ela ruborizou, assentindo rápido com a cabeça. "Meu Deus", exclamei, estupefato, pois era a última coisa que eu teria esperado dela. "E quem é o pai, posso saber?"

"É melhor você não saber."

"Pois eu acho que tenho o direito!", bradei, mortalmente ofendido pela ideia de minha esposa ter engravidado de outro. "Matarei seja lá quem for!"

"*Por quê?*", ela gritou. "Você me traiu e nos separamos, e isso foi há três anos. Eu optei por viver a minha vida. Me apaixonei. Você não consegue entender isso?"

Por cima do ombro de Céline, vi, em um porta-retratos com moldura dourada em sua escrivaninha, uma fotografia dela com um jovem bonito de cabelo escuro, ambos sorrindo alegres, os braços em volta um do outro. Fui até o retrato e o peguei, meu rosto se tornando pálido quando reconheci quem eu estava vendo. "Não pode ser...", eu disse, e ela deu de ombros.

"Sinto muito, Matthieu. Ficamos muito próximos, só isso. Nos apaixonamos."

"Claro que sim. Não sei o que lhe dizer, Céline. Você terá o seu divórcio, é claro." Pus o porta-retratos na escrivaninha e fui embora.

Em pouco tempo, o decreto foi emitido. Passados sete meses, eu soube que ela dera à luz um menino e, seis meses depois disso, vi o nome do meu sobrinho listado entre os mortos da Guerra dos Bôeres, pois ele era cidadão inglês e tinha sido convocado pelo Exército. Fiquei imaginando se ela conseguiria viver sozinha mais uma vez. Eu teria entrado em contato com Céline se àquela altura minha vida não tivesse seguido em uma direção diferente e inesperada. De qualquer maneira, às vezes é melhor deixar o passado onde ele pertence.

12

MAIO-JUNHO DE 1999

As coisas no trabalho mudaram um pouco rápido demais para o meu gosto. Para começar, a simplicidade da minha vida, minha paz solitária, foi destruída quando me vi obrigado a assumir responsabilidades que tentara evitar. Duas das ex-esposas de James compareceram ao funeral com trajes de viúva. Nenhuma delas derramou uma única lágrima e tampouco foi à recepção após o enterro, mas as duas pareciam muito amistosas uma com a outra, considerando que eram mulheres que competiam pelo dinheiro dele fazia anos e cujas pensões tinham acabado de chegar a um fim abrupto. Alguns filhos de James estavam presentes, apesar da notável ausência daqueles com os quais ele mantinha relacionamentos complicados. Fiz um discurso na igreja, citando seu profissionalismo e excelência no cargo como motivos pelos quais nossa emissora sofreria sem ele, e nossa amizade como motivo pelo qual *eu* sofreria sem ele. Fui conciso, direto ao ponto, e detestei fazê-lo, pois sabia muito bem como meu ex-diretor executivo morrera e me senti um hipócrita fingindo que não. Alan apareceu por um momento, com uma postura bastante agitada, mas P. W. já tinha fugido para sua casa no sul da França, deixando sua filha Caroline com uma procuração para representá-lo.

Durante o funeral, acabei preso em uma conversa com Lee, filho de James — depois de alguns minutos daquilo, quis fingir uma indisposição e ir direto para casa. Ele era um rapaz alto, magro e desajeitado de cerca de vinte e dois anos, e eu o observava havia algum tempo, pois ele parecia navegar pela sala com bastante profissionalismo, sempre com algumas palavras ou comentários bem-humorados para todos. Não se comportava como um filho de luto. Tinha uma porção de piadas e cumprimentos para distribuir e ia servindo mais bebida conforme circulava por ali.

"É o sr. Zéla, não é?", ele me perguntou quando chegou o momento de socializar comigo. "Obrigado por ter vindo. Você disse coisas muito bonitas na igreja."

"Eu não poderia ter deixado de vir", respondi com calma, observando com desgosto seu cabelo bagunçado e pensando por que ele não tinha se barbeado ou, no mínimo, penteado o cabelo naquele dia. "Tenho muito respeito por seu pai. Ele era um homem muito talentoso."

"Era mesmo?", perguntou Lee, como se essa ideia fosse nova para ele. "É bom saber. Eu não o conheci muito bem, para ser sincero. Não éramos próximos. Ele estava sempre envolvido demais com o trabalho para se interessar por qualquer um de nós, por isso só há dois filhos dele aqui." Falava como se aquela fosse a conversa mais natural do mundo, como se aquele tipo de situação, como se aquele ambiente, fosse algo que ele vivenciasse com frequência. "Posso lhe servir mais bebida?"

"Não, obrigado", eu disse, mas mesmo assim ele encheu minha taça de vinho. "É uma pena que você não o tenha conhecido melhor", acrescentei. "É sempre muito triste quando as pessoas morrem sem termos podido lhes dizer como nos sentimos em relação a elas."

Ele deu de ombros. "É, pode ser", respondeu, a epítome do amor filial. "Não posso dizer que estou muito emocionado, para ser sincero. É melhor ser estoico com esse tipo de coisa. Foi você quem o encontrou, não foi?" Concordei com a cabeça. "Conte-me como foi", ele disse depois de uma longa pausa que pareceu uma batalha de força de vontade entre nós para decidir quem cederia primeiro. Enfim, dei de ombros e olhei um pouco por cima do ombro dele enquanto falava.

"Cheguei ao trabalho por volta das sete, acho", comecei. "Fui ao…"

"Você começa a trabalhar às sete?", ele perguntou, surpreso, e hesitei antes de responder.

"Muitas pessoas começam, sabia?", eu disse com prudência, como um amigo das classes trabalhadoras, e ele apenas deu de ombros e abriu um sorriso discreto. "Cheguei por volta das sete e fui ao meu escritório verificar a correspondência. Depois de alguns minutos, desci para o escritório de James — para o escritório do seu pai — e o encontrei."

"Por que fez isso?"

"Por que fiz o quê?"

"Foi ao escritório do meu pai. Você queria falar com ele?"

Estreitei os olhos. "Não me lembro, para ser sincero", eu disse. "Seu pai sempre chegava de manhã, bem cedo — eu sabia que ele estaria lá. Acho que apenas me cansei de todas aquelas cartas esperando resposta na minha mesa e tive vontade de tomar um café para começar o dia com mais calma. Achei que seu pai teria um pouco. Ele sempre mantinha um bule fervendo no aparador, sabe, ao longo do dia."

"Então, no final das contas, você *conseguiu* se lembrar", disse Lee. "Quer comer alguma coisa, sr. Zéla? Está com fome?"

"Matthieu, por favor. Estou satisfeito, obrigado. E você, Lee, o que faz? Tenho certeza de que James me contou em algum momento, mas vocês são tantos que é difícil me lembrar de todos os detalhes."

"Sou escritor", ele respondeu sem hesitar. "Na verdade somos apenas cinco, o que não são tantas bocas para alimentar quanto meu pai gostava de sugerir. Ele parecia viver a ilusão de que era responsável por alimentar cinco mil. Mas são três mães diferentes. Eu sou filho da Sara. Filho único dos dois. E o mais novo de todos."

"Certo", eu disse, balançando a cabeça. "Os outros quatro se juntam contra você?"

"Eles até poderiam tentar", ele respondeu de um jeito ambíguo. Houve um silêncio por alguns minutos e olhei em volta nervoso, ansioso para escapar dele, mas sem saber o que dizia a etiqueta sobre abandonar um dos familiares mais próximos do morto sob as luzes do holofote. Ele me encarava com um sorriso tênue e pensei o que estaria achando tão divertido. Eu estava desesperado para encontrar algum assunto.

"Sobre o que você escreve?", perguntei. "É jornalista como seu pai?"

"Não, não", ele respondeu de imediato. "Deus me livre. Não há dinheiro nisso. Não, eu escrevo roteiros."

"Roteiros de filmes?"

"Algum dia, talvez. No momento, para televisão. Estou tentando me estabelecer."

"E está trabalhando em algum projeto?"

"Não sou *empregado* de ninguém, se é isso que você quer dizer. Mas estou trabalhando em um projeto, sim. Um drama para a TV. Uma comédia de humor ácido, um único episódio de uma hora. Envolve um crime. Ainda estou no meio, mas minhas expectativas são boas."

"Parece interessante", murmurei, uma resposta padrão. Estou acostumado com escritores me abordando em festas, se oferecendo para me contar seus enredos e enfoques, esperando que eu de repente assine um cheque para comprar, naquele instante, suas obras geniais. Quase esperei que Lee tirasse seu manuscrito do bolso e tentasse me apresentá-lo, mas ele não fez nenhuma menção de continuar falando sobre aquilo.

"Deve ser ótimo trabalhar com televisão o tempo todo", ele comentou. "Quero dizer, saber que você tem um pagamento estável por isso. Poder criar ideias e vê-las realizadas. É o que eu adoraria fazer."

"Na verdade, sou apenas um investidor", respondi. "Seu pai era o homem que conhecia a indústria. Eu apenas forneço parte do dinheiro e não preciso trabalhar muito. É uma vida boa."

"É mesmo?", ele disse, dando um passo para se aproximar de mim. "Então por que você já estava no escritório às sete da manhã? Não deveria estar em casa ou em algum outro lugar, acompanhando seus investimentos?"

Olhamos um para o outro e tentei entender por que ele continuava com aqueles questionamentos, comportando-se como o detetive obstinado de um seriado policial americano. Por um instante, desconfiei que ele soubesse que o que fora divulgado sobre a morte do pai não era tudo; porém era impossível, claro, uma vez que a polícia investigara o local com muito cuidado e não encontrara nenhum motivo para suspeitas. "Eu *estava* acompanhando meu investimento", respondi. "Investi muito dinheiro naquele lugar. Visito a emissora uma vez por semana e passo o dia inteiro lá."

"O dia inteiro? Meu Deus. Deve ser difícil."

"Eu quase sempre almoçava com seu pai no dia da visita. Vou sentir falta disso." Ele ignorou meu chavão do mesmo jeito que ignorei seu sarcasmo, portanto continuei. "No entanto, no que diz respeito às atividades do dia a dia de uma emissora de televisão, lamento informar que não sou a melhor pessoa para conversar. Meu sobrinho, talvez; eu não." Mordi o lábio assim que as palavras saíram da minha boca — mas era impossível desdizê-las.

"Seu sobrinho?", perguntou Lee. "Por quê? Ele também trabalha na emissora?"

"Ele é ator", admiti. "Trabalha na televisão há bastante tempo. Conhece muito bem a indústria, imagino. Ou, pelo menos, é o que vive dizendo."

Lee ergueu as sobrancelhas e se aproximou ainda mais de mim, do jeito que as pessoas fazem quando descobrem que estão conversando com alguém próximo a uma celebridade. "Ele era ator?", perguntou, usando o verbo no passado, o que me intrigou. "Ou melhor, ele *é* ator? Quem é ele? Será que o conheço? Não consigo me lembrar de nenhum Zéla na televisão."

"O sobrenome dele não é Zéla", respondi, impaciente. "É DuMarqué. Tommy DuMarqué. Ele está em alguma..."

"*Tommy DuMarqué?*", ele gritou, e algumas pessoas se

viraram em sua direção, surpresas. Engoli em seco e desejei estar em outro lugar. "Tommy DuMarqué, de..." Ele mencionou o nome da novela — desculpe, série dramática — de Tommy; dei de ombros e admiti que sim. "Porra, você deve estar brincando!", ele bradou e não pude deixar de rir. Era mesmo o filho de James.

"Estou falando sério", eu disse.

"Meu Deus, é inacreditável. Você é o tio dele. Isso é..." Sua voz morreu enquanto ele pensava no assunto.

"Digamos assim."

"Isso é insano!", ele disse, passando a mão pelo cabelo, incrivelmente eletrizado pela notícia, os olhos quase saltando das órbitas de puro entusiasmo. "Todo mundo conhece esse cara. Ele é, tipo, um dos atores mais famosos..."

"Me desculpe, mas preciso ir ao toalete", eu disse, de repente enxergando uma rota de fuga. "Não se importa que eu o deixe por um instante, não é?"

"Tudo bem", ele disse, murchando por eu ter dado um fim prematuro à sua declaração sobre o nível de fama do meu sobrinho. "Mas não vá embora sem dizer tchau, está bem? Ainda quero saber como encontrou meu pai. Você não me falou sobre isso."

Franzi o cenho e escapei para o andar de cima, onde joguei um pouco de água no rosto, sabendo que o próximo passo seria pegar o casaco e o chapéu do cabide na entrada e desaparecer pela porta da frente para nunca mais vê-lo.

Maio e junho acabaram sendo meses estressantes. Com a morte de James, o cargo de diretor executivo em nossa emissora ficou vago e, como P. W. tinha praticamente desaparecido das nossas vidas, nos vimos subitamente em uma situação um pouco conturbada. Alan aparecia o tempo todo para conversar e se mostrava, na maioria das vezes, incapaz de oferecer qualquer conselho ou comentário construtivo, repetindo sem parar que havia investido quase todo o seu dinheiro na emissora, até que aquilo virou uma espécie de mantra para ele, assim como era com P. W. antes de ele sumir. Voltei a trabalhar todos os dias, que se tornaram dias cada vez mais longos, até que comecei a pensar que, se não tomasse cuidado, aquilo iria me envelhecer. Não consegui me lembrar de uma época em que eu tivesse trabalhado tanto desde a Guerra dos Bôeres, quando me envolvi por um curto período com um hospital para soldados que tinham voltado da linha de frente e não conseguiam se readaptar à vida civil. Eu era dono do lugar e o responsável pela contratação de médicos que pudessem ajudar aqueles rapazes. Quase adoeci de preocupação e corri o risco de me tornar paciente de meu próprio hospital antes de encontrar a pessoa certa para aliviar minha carga de trabalho e permitir que eu me afastasse aos poucos do estresse cotidiano. Era isso que eu tinha em mente quando pensava em um substituto para James: alguém que cumprisse a função, diminuísse minha carga e surgisse antes que eu enlouquecesse.

Na segunda semana de maio, recebi um telefonema de Caroline Davison, filha de P. W., que marcou uma hora para conversar comigo. Sugeri um jantar no meu clube, porém ela recusou e preferiu uma reunião em meu escritório, durante o dia. Não era uma visita social, ela disse, e sim profissional; seu tom decidido e imperturbável me intrigou, mas não pensei muito no assunto, e só fui me lembrar que ela viria horas antes de ela chegar, ao ver seu nome anotado na minha agenda.

Caroline chegou às duas em ponto, uma jovem bem vestida de cabelo curto e sem adereços, algumas mechas cobrindo a testa com delicadeza. Tinha um rosto muito bonito, olhos castanho-claros, um nariz pequeno e as maçãs marcadas de leve por uma camada suave de maquiagem. Imaginei que teria vinte e tantos anos — apesar de que, se alguém devia saber que não se pode julgar a idade de uma pessoa pela aparência, esse alguém sou eu. Ela talvez tivesse quinhentos e cinquenta anos; talvez tivesse escapado por pouco de se tornar a sétima esposa de Henrique VIII.

"E então", eu disse depois que nos sentamos frente a frente, bebendo chá e sondando um ao outro através de uma conversa educada, "tem notícias do seu pai?"

"Parece que ele está em algum lugar do Caribe. Recebi um telefonema dele na semana passada e ele estava pulando de ilha em ilha."

"Sorte dele."

"Pois é. Não tiro férias há dois anos. Quem me dera ir para o Caribe. Acho que ele conheceu uma mulher lá — embora, pelo que parece, ela está mais para menina do que para mulher. Alguma vagabunda com um colar de flores, provavelmente."

"Isso é o Havaí", eu disse.

"Como?"

"Havaí. É no Havaí que existem os *leis*, aqueles enfeites de flores para colocar no pescoço. Não no Caribe. Não sei dizer que costumes eles têm lá."

Ela me encarou por um instante. "Bom, que seja", disse enfim. "É óbvio que ele está passando por algum tipo de crise da meia-idade, o que é bastante previsível. Você já teve uma dessas?"

Eu ri. "Sim, mas há muitos anos. Mal consigo me lembrar. E chamá-la 'de meia-idade' talvez seja forçar um pouco."

"De qualquer jeito, duvido que o vejamos de volta a esta cidade infeliz tão cedo. Quem precisa de metrô, neblina, milhões de pessoas e da merda do Richard Branson fazendo cara feia todas as noites na televisão, quando você pode ter praias tropicais, sol e coquetéis todos os dias, o dia inteiro? Sorte dele poder pagar por isso. Eu não posso, não com o que ganho."

Ela falava com uma franqueza surpreendente, mas depois dessa pequena explosão se acalmou e relaxou na cadeira. Passei os dedos no queixo enquanto tentava entendê-la. "O que você faz?", perguntei, sem entender por que P. W. nunca mencionara aquela filha que exalava autoconfiança. Era o tipo de garota que a maioria dos pais teria orgulho de apresentar.

"Lojas de discos", ela disse. "Sou gerente regional de uma rede de varejo. Londres e sudeste. No total, quarenta e duas lojas."

"É mesmo?", exclamei, impressionado com tamanha responsabilidade. "Isso deve ser..."

"Estou lá desde que saí da escola, para ser sincera", ela continuou. "Pulei toda aquela conversa fiada de universidade. Desde então estou construindo minha carreira. Vendedora, subgerente, gerente de filial. Consegui o cargo de gerente regional porque todos que queriam a vaga eram incompetentes ou preguiçosos. Agora sou a chefe deles."

Eu sorri. "E como você os trata?", perguntei.

"De um jeito muito justo, por incrível que pareça, mas daria tudo para que pelo menos meia dúzia deles fossem embora ou tropeçassem na beirada de um prédio muito, muito alto. Estou tentando direcioná-los para carreiras alternativas, mas eles parecem acomodados ali para sempre. Eu, no entanto, preciso de uma mudança. Ambição é tudo o que tenho. É a minha vida."

"E isso basta para você?"

"Isso e competência. Acontece que estou procurando um emprego novo, sr. Zéla. Sinto que já cheguei o mais longe que poderei chegar no *varejo*." Seu rosto assumiu uma expressão desgostosa quando ela usou a terrível palavra com "v".

"Matthieu, por favor", eu disse, como sempre.

"Então isso foi como um presente de Deus para mim, sabe?"

Concordei com a cabeça e terminei de beber meu chá, pensando por quanto tempo ainda continuaríamos naquela conversa antes de nos despedirmos, quando a última frase dela enfim entrou na minha cabeça. "A que você se refere?", perguntei, olhando para ela. "O que foi um presente de Deus?"

"Isto", ela disse, sorrindo. "Esta oportunidade."

Outra pausa. "Me desculpe. Não acompanhei seu raciocínio."

"Esta emissora", ela respondeu, inclinando-se para a frente e me encarando como se eu fosse um idiota. "É a oportunidade certa na hora certa para mim. Faz onze anos que trabalho com a mesma coisa. É hora de sair. De me envolver com algo diferente. Isto aqui me empolga. Me sinto desafiada por essa perspectiva."

"Você quer trabalhar *aqui*?", perguntei, surpreso com a ideia e sem saber muito bem o que poderia lhe oferecer, mas já com a certeza de que ela era o tipo de mulher que seria bom ter na emissora. "O que você quer fazer exatamente?"

"Escute, sr. Zéla", ela disse, deixando a xícara na minha mesa e abrindo o jogo enquanto cruzava as pernas com um movimento rápido. "Meu pai me passou uma procuração e quer que eu o represente na emissora. Em resumo, agora sou eu quem cuida das ações dele. Posso dizer que *já* trabalho aqui. Portanto, quero ser informada de todos os planos e transações da empresa, como é de esperar. Nesse meio-tempo, vou aprender rápido sobre a história e as necessidades deste lugar. Estou certa de que entende isso. Precisarei ver orçamentos, projeções, produtividade, audiência, participação no mercado, esse tipo de coisa."

"Certo", eu disse bem devagar e com desconfiança, enquanto tentava projetar o futuro e entender o que tudo aquilo poderia significar. Eu devia ter previsto aquela situação, mas até então nunca tinha cogitado a possibilidade de alguém assumir o papel de P. W. Sempre imaginei que ele continuaria um sócio adormecido, sem participação no trabalho, apenas reaparecendo a cada trimestre para resgatar sua parte nos lucros. Para falar a verdade, ele não tinha feito muito mais do que isso antes de toda aquela confusão. "Bom, creio que isso possa ser providenciado", eu disse. "Imagino que você tenha a documentação necessária."

"Ah, sim", ela respondeu com confiança. "Não há nenhum problema quanto a isso. Envio tudo a você hoje à tarde, para que o departamento jurídico possa ler. O importante é que eu quero trabalhar aqui. Não apenas ser contratada, não apenas ser paga por vocês, mas *trabalhar* aqui."

"Você quer dizer na frente das câmeras?" Por um momento, quase pude visualizar. Ela tinha a idade certa, era bonita, inteligente. Uma possível substituta para Tara, pensei. Previsão do tempo? Noticiário? Documentários?

"Não, não na frente das câmeras", ela respondeu com uma risada, derrubando a ideia na mesma hora. "Atrás delas, é óbvio. Quero o cargo de James Hocknell."

Hesitei. Apesar de admirar sua franqueza, fiquei chocado com a arrogância. "Você só pode estar brincando", eu disse.

"De jeito nenhum. Estou falando muito sério."

"Mas você não tem experiência."

"Não tenho experiência?" Ela me encarou, estupefata. "Tive um cargo administrativo em uma organização de grande porte por mais de nove anos. Lido com uma movimentação financeira anual de dezesseis milhões de libras. Chefio uma equipe de quase seiscentas pessoas. Administro…"

"Você não tem experiência no mundo da mídia, Caroline. Nunca trabalhou em um jornal, em uma emissora de televisão, em uma produtora de filmes, em uma assessoria de imprensa — nada. Você mesma disse que está no varejo desde que saiu da escola. Não foi? Estou certo?"

"Sim, está certo, mas…"

"Deixe-me fazer uma pergunta", continuei, levantando uma das mãos para silenciá-la um instante. Ela se reclinou na cadeira com uma expressão quase emburrada, cruzando os braços como uma criança que não conseguiu o que queria. "Na sua área, se alguém fosse até você vindo de outra companhia, de uma companhia onde até poderia ter feito um considerável sucesso, mas em uma área completamente diferente, e pedisse um emprego no cargo mais alto possível, você chegaria a cogitar a possibilidade?"

"Se fosse evidente que essa pessoa poderia fazer o trabalho, sim. Eu pediria que ela compilasse uma..."

"Caroline, espere um pouco. Responda essa pergunta como se você estivesse no cargo que deseja conseguir." Inclinei-me para a frente e juntei as mãos, olhando-a fundo nos olhos. "Se você fosse eu, você contrataria você?"

Houve um longo silêncio enquanto ela pensava no assunto e percebia que a melhor resposta para aquela pergunta era resposta nenhuma. "Sou uma mulher inteligente, Matthieu. Sou boa no que faço. E aprendo rápido. E, no final das contas, *sou* uma das acionistas majoritárias", acrescentou, com um toque de ameaça na voz, como se aquilo fosse pesar a seu favor.

"E eu sou ainda mais majoritário", devolvi sem hesitar. "E com Alan a meu favor, como garanto que ele estará, sou o acionista *controlador*. Não. Sinto muito. Fora de cogitação. James Hocknell pode ter sido muitas coisas e pode ter tido um fim trágico, mas aquele homem era um profissional brilhante. Ajudou a estabelecer esta empresa e a impulsioná-la para a posição atual. Não posso ver todo esse trabalho ir pelo ralo. Não posso assumir o risco. Sinto muito."

Ela suspirou e se reclinou na cadeira. "Me diga uma coisa, Matthieu. Você quer continuar trabalhando aqui?"

"Ah, por Deus, não", respondi com sinceridade. "Quero que as coisas voltem a ser como eram. Quero poder vir aqui apenas uma vez por semana, certo de que deixei no comando alguém que saiba lidar com qualquer situação. Quero paz e sossego. Sou um idoso, sabe?"

Ela riu. "É nada. Não seja ridículo."

"Acredite em mim. Não aparento a idade que tenho."

"Tudo o que eu quero é uma chance, só estou pedindo isso. Você sempre terá o poder de me demitir. Pode incluir uma cláusula no meu contrato que permita que eu seja demitida a qualquer momento, por qualquer motivo, sem que eu possa processá-lo. O que me diz? Não tenho como ser mais aberta do que isso."

Empurrei minha cadeira um pouco para trás e olhei pela janela. Na calçada lá embaixo, vi uma criança esperando com a mãe a mudança do semáforo para que pudessem atravessar a rua. Não estavam de mãos dadas e notei quando, de repente, o menino saiu em disparada, para logo em seguida ser puxado pela mãe, instantes antes de ser atropelado. Ela lhe deu um tapa seco atrás das pernas e ele desatou a chorar. Não podia ouvi-lo àquela distância, mas via seus olhos pequeninos fechados com força e sua boca extremamente aberta. Medonho. Desviei o olhar. "Façamos o seguinte", eu disse, me virando para Caroline mais uma vez e pensando: "Quer saber? Que seja". "Pelo que parece, serei *eu* o responsável pelo trabalho de James num futuro próximo. Que tal você trabalhar como minha assistente? Ensinarei tudo o que sei sobre este lugar, seja o que for, e depois de alguns meses reavaliamos a situação. Veremos se esse é mesmo o tipo de coisa que você quer fazer. Talvez você me prove que estou enganado. Talvez você seja excelente nisso. Ou talvez seu pai volte para casa, e nós à estaca zero."

"Acho isso improvável", ela disse. "Mas me parece justo. Estou disposta a aceitar — por enquanto, pelo menos. Só uma última pergunta."

"Sim?"

"Quando começo?"

* * *

Estava nas primeiras páginas de todos os tabloides e chegou até a sair em um ou dois jornais mais sérios. Uma foto colorida, estilo quase amador, de Tommy e Barbra em um abraço apaixonado, olhos fechados, lábios fundidos, ambos abençoadamente alheios ao paparazzo que tirava fotos à distância. O cenário era um canto escuro num clube noturno de gente famosa; Tommy de camisa e casaco pretos, um visual bastante atraente que parecia ter se tornado sua marca registrada, e Barbra com um aspecto muito mais jovem do que a idade que tinha, vestindo uma blusa branca simples e saia-calça. Ele a segurava pelo cabelo, que era loiro e descia até os ombros, enquanto se beijavam; seus corpos não poderiam estar mais colados sem o risco de consumarem o ato. A fotografia parecia soletrar a palavra "luxúria". Os jornais mal continham o entusiasmo.

"Não sei bem como isso foi acontecer", Tommy me explicou enquanto tomávamos cappuccinos em um café numa cobertura próxima à Kensington High Street; ele recorria a uma planta decorativa do lugar para se manter fora de vista e fugir de olhares curiosos. "Foi aquela coisa: nos conhecemos, começamos a conversar, uma coisa levou à outra, nos beijamos. Sei que parece estranho, mas quando aconteceu foi natural."

"Francamente", eu disse, me divertindo com a atitude de autossatisfação juvenil que ele exibia, "ela tem idade para ser sua mãe."

"Talvez, mas o mais importante é que ela não é."

Eu ri. "Pessoas famosas só fazem amor com outras pessoas famosas?", perguntei, curioso sobre o mundo que ele habitava. "Me explique. É por isso que pessoas famosas querem ser famosas?"

"Nem sempre", ele respondeu, balançando a cabeça.

"Veja Andrea. Ela não é famosa."

"Ela não é famosa *ainda*, Tommy. Espere mais uns dois meses e depois você me diz."

Andrea era a namorada de Tommy, que anunciara estar grávida de um filho dele; a gestação entrava no terceiro mês. Eles se conheceram em uma cerimônia de premiação de TV, durante a qual Andrea havia trabalhado como assistente de captação de áudio para a emissora responsável pela transmissão. De acordo com ele — ou, pelo menos, de acordo com ela, ao conhecê-lo —, Andrea não sabia quem ele era quando se aproximaram e nunca vira nenhum episódio do programa em que ele atuava. Aparentemente, ela nem tinha televisão, o que considerei inusitado para alguém que trabalhava na área.

"É verdade", Tommy me contou. "Não há uma única televisão no apartamento dela. São livros do chão ao teto, nada mais. Ela não é como as outras meninas. Não está interessada em quem eu sou."

Eu não me convenci disso. Mesmo que ela não tivesse TV, era impossível conceber a existência de alguém no país em quem o nome Tommy DuMarqué não tivesse se esgueirado, de alguma maneira, para dentro de sua mente nos últimos anos. Suas inúmeras experiências em áreas diferentes do mundo do entretenimento — televisão, música, teatro, revistas de celebridades — o transformaram em uma presença tão constante no cenário cultural que parecia absurdo uma pessoa com visão e audição saudáveis passar dia após dia sem jamais tê-lo encontrado, metaforicamente falando, em algum momento. Ainda assim, aquela garota, Andrea, aquela agora grávida captadora de áudio de vinte e quatro anos, jurava que isso era verdade.

"Ela é bacana, acredite", disse Tommy, defendendo-a com sua costumeira economia de superlativos. "É uma boa garota. Confio nela."

"Você a ama?"

"Meu Deus, não."

"Mesmo assim vocês ainda estão juntos?"

"Claro. Vamos ter um bebê, lembra?"

"Lembro." O que ele não entendia é que, para mim, saber que ele tinha engravidado alguém era como testemunhar uma pessoa assinando a própria sentença de morte. Peguei o jornal outra vez e o sacudi na direção dele. "E o que é isso, então?", perguntei. "Como explica isso? Ou como vai explicar para *Andrea*, pelo menos?"

"Eu não *tenho* que explicar nada para ela", ele disse, dando de ombros com ar indiferente e mexendo o cappuccino com uma colher. "Não somos casados, você sabe. As coisas acontecem. Somos jovens. Fazer o quê?"

"*Eu* não vou fazer nada, Tommy. Quero apenas tentar entender por que você está se envolvendo cada vez mais com uma garota para quem você não dá a mínima, enquanto anda por aí beijando estrelas de cinema decadentes sempre que surge uma oportunidade. Me parece que, se essa Andrea tiver sentimentos genuínos por você, ela vai ficar muito chateada com seu comportamento."

"Pare de chamá-la de 'essa Andrea'. É só Andrea."

"Que engravidou de você. Uma personalidade da televisão, rico e famoso. Quais foram as primeiras qualidades que ela viu em você?", acrescentei com sarcasmo.

Tommy pareceu irritado e ficou em silêncio por um instante antes de responder num tom de voz um pouco mais alto. "Quem é rico?", ele disse. "Não tenho porra de dinheiro nenhum, você sabe disso melhor do que ninguém. Ela não está atrás de mim por causa de dinheiro."

"Tommy, você tem uma condição privilegiada. Pode não ser rico agora, mas pode ganhar o dinheiro que quiser, quando quiser. Você é um membro da elite. Uma estrela. Pessoas que nunca o conheceram e nunca conhecerão o admiram, sonham com você, têm fantasias sexuais com você. As pessoas pagarão para vê-lo. Você faz parte do extraordinário grupo social das celebridades profissionais. Não enxerga isso? Você poderia faturar cem mil libras amanhã mesmo; basta permitir que alguém tire fotos da sua aconchegante sala íntima."

"Eu não tenho uma aconchegante sala íntima."

"Pois então dê um jeito de arranjar uma, pelo amor de Deus. Procure no catálogo da Argos. Encomende uma e convide um fotógrafo para tirar fotos. Se você quer ganhar dinheiro, aproveite sua fama enquanto ela ainda existe." Senti que me afastava do problema — eu tinha começado com a foto nos jornais, fui para Andrea e agora oferecia conselhos financeiros gratuitos. Relaxei na cadeira e olhei em volta. O lugar estava quase vazio, pois era meio da tarde, um horário em que era tarde demais para o almoço e muito cedo para o jantar. Entre os clientes, identifiquei numa mesa um ministro de pouca importância conversando alegremente com sua amante — a última vez que o tinha visto fora em uma fotografia que circulou por baixo dos panos, em que ele era a parte de trás de uma fantasia de cavalo para duas pessoas. Acontece que a parte da frente tinha se esquecido de usar roupa; houve rumores de um escândalo, mas na época ninguém se dispôs a publicar a história. Em outra mesa, um casal de meia-idade comia bolo de creme e tomava chá, os dois olhando para a frente como se o outro fosse invisível e já tivessem dito tudo o que poderiam dizer um ao outro nesta vida e a partir de agora era apenas uma questão de aguentar o quanto fosse possível. Em uma terceira mesa havia um adolescente com a namorada cheia de espinhas, ambos falando muito alto. A camiseta do rapaz dizia: "Meu nome é Warren Rimbleton e ganhei oito milhões de libras na loteria em março. Você não!". Estava coberto com tantas joias de ouro horrorosas que desconfiei que a frase fosse verdade. Desviei o olhar assim que os lábios dos dois se encontraram e eles começaram a se beijar de um jeito bastante estranho e inexperiente, mascando a boca um do outro como se fossem balas grudentas. Quando me virei mais uma vez para o meu sobrinho, ele coçava o braço e a manga da camisa estava levantada um pouco acima do pulso. As marcas chamaram minha atenção e olhei para ele no mesmo instante.

"O que é isso?", perguntei.

"Isso o quê?", ele retrucou, reabotoando o punho da camisa na hora.

"Essas marcas. Essas marcas no seu braço. O que são?"

Ele deu de ombros e seu rosto ficou vermelho enquanto ele se encolhia na cadeira. "Não... Não são nada. Estou resolvendo, está bem?", acrescentou antes de eu dizer qualquer coisa.

Sacudi a cabeça, chocado. "Você esteve lá, lembra?", eu disse, me inclinando em sua direção para sussurrar. "Você viu o que aconteceu com James Hocknell, não viu? Você viu que ele de repente..."

"Ele era um velho idiota que se injetou para impressionar uma puta adolescente que pegou na rua. Ele não tinha porra de noção nenhuma do que estava fazendo."

"Sim, e morreu por causa disso."

"Eu não vou morrer, tio Matt."

"Aposto que ele pensou a mesma coisa."

"Escute, eu nem uso com tanta frequência assim. Trabalho em uma indústria estressante. Preciso me aliviar de vez em quando, só isso. Tenho vinte e dois anos e sei exatamente o quanto posso usar sem arriscar tudo, o.k.? Confie em mim."

Fiz um gesto negativo com a cabeça. "Apenas me preocupo com você, Tommy", eu disse, em um raro momento de conciliação entre nós. "Não quero que nada de ruim te aconteça, só isso. Entende?"

"Sim, eu entendo. E agradeço sua preocupação."

"Esse bebê... é um mau agouro."

"É só um bebê, tio..."

"Já vi isso antes. Mais vezes do que gostaria. Pare de usar drogas, por favor. Você pode fazer isso? Não siga o mesmo destino que seus antepassados. Assuma o comando de si mesmo, garoto!"

Tommy se levantou e jogou dinheiro na mesa sem necessidade, como se quisesse provar alguma coisa. "Esta é por minha conta. Mas preciso ir. Preciso voltar ao set em vinte minutos. Não se preocupe comigo. Vou ficar bem."

"Bem que eu queria acreditar nisso", eu disse, observando cabeças se virarem enquanto ele saía, os súbitos momentos de reconhecimento, a maneira como olharam mais de uma vez na direção de Tommy depois que ele desapareceu, suas vidas um pouco mais coloridas por terem-no visto, todos ansiosos para contar sobre aquele acontecimento aos amigos que encontrariam mais tarde. E ele não enxergava a importância que tinha para todos aqueles desconhecidos, e muito menos para mim.

13

QUANDO TRABALHEI COM DOMINIQUE

Tentei inúmeras vezes, sem sucesso, descobrir a origem do nome daquela cidade, Cageley, que parecia derivado de *cage*, "jaula". Até hoje, é o local com o nome mais apropriado que já vi. Em duzentos e cinquenta e seis anos, conheci poucos vilarejos ou cidades tão aprisionantes, tão claustrofóbicos quanto aquele pequeno lugar. Ao entrar em Cageley, a primeira coisa que se via era o imenso portão duplo de ferro que tinha sido construído para demarcar a divisa e por onde todos os veículos passavam. Era uma visão inusitada e estranhamente supérflua, pois os dois alicerces do portão estavam cravados nas laterais da estrada aberta e, mesmo que os portões estivessem fechados — o que nunca acontecia —, bastava contorná-los para chegar ao que, na teoria, eles resguardavam.

Em essência, era uma cidade autossuficiente, com no máximo quinhentos, seiscentos habitantes, e cada um parecia contribuir de alguma maneira para o bem comum. Havia um ferreiro e um mercado, além de várias lojas que vendiam de tudo no centro da cidade, onde em geral os filhos mais novos dos fazendeiros ficavam, do início ao fim do dia, vendendo produtos agrícolas para as famílias uns dos outros. Havia também uma igreja, uma escola com uma única sala e uma prefeitura, que recebia produções anuais do grupo de teatro amador local, assim como raros concertos ou apresentações solo.

Em nossa primeira noite em Cageley, o sr. e a sra. Amberton nos levaram até a casa deles, e estávamos todos tão cansados que fomos para a cama assim que chegamos. Eles tinham uma casa relativamente grande para duas pessoas sozinhas e, para minha decepção, havia espaço suficiente para que Tomas e eu dividíssemos um quarto e Dominique ficasse em outro. No dia seguinte, a sra. Amberton se ofereceu para nos mostrar a cidade e nos ajudar a decidir se ficaríamos lá por algum tempo ou se continuaríamos nossa jornada até Londres. No momento em que começamos a passear e vi o que considerei um cenário idílico, repleto de famílias, de uma relativa prosperidade e satisfação geral, quis ficar — e vi, pelo rosto de Dominique, que ela também estava sendo conquistada pela possibilidade de uma vida estável que até então nós dois não tínhamos experimentado.

"O que você acha?", perguntei a ela quando caminhávamos lado a lado pela rua, com a sra. Amberton um pouco à frente, acompanhando meu irmão mais novo. "Parece tão diferente de Dover."

"É mesmo. Aqui não haveria a menor chance de você dar continuidade ao que fazia antes. Todo mundo parece conhecer todo mundo e seríamos enforcados se você os roubasse."

"Existem outras maneiras de ganhar a vida. Aqui deve ter empregos, não acha?"

Ela não respondeu, mas eu sabia que estava gostando

do que via. Por fim, concordamos em ficar por um tempo, dependendo da nossa capacidade de encontrar trabalho, o que começaríamos a procurar sem demora. Tanto o sr. quanto a sra. Amberton ficaram muito contentes — me senti quase um *naïf* sendo recrutado para uma seita — e disseram que poderíamos ficar com eles por enquanto e pagar uma parte dos nossos salários como aluguel, quando nos estabilizássemos. Apesar de eu considerar os modos e o comportamento dos dois um tanto repugnantes — pois mesmo naquela época eu já começava a acreditar que minha vida seria muito maior do que as circunstâncias presentes —, não tínhamos escolha senão aceitar. Afinal, a oferta era muito generosa e não sabíamos quando teríamos nosso próprio salário. Nas primeiras noites, nós cinco sentávamos em volta da lareira dos Amberton. Tomas cochilava, Dominique se introvertia, eu escutava, a sra. Amberton falava e o sr. Amberton alternava entre tossir, cuspir no fogo e beber goles longos e barulhentos de uísque, enquanto nossos anfitriões contavam mais sobre si mesmos e como tinham se tornado marido e mulher. Comecei a sentir que nós três estávamos nos tornando seus filhos adotivos — percebi, pela maneira como nos olhavam e, em especial, como olhavam Tomas, que o afeto do casal por cada um crescia cada vez mais — e, para minha surpresa, descobri que gostava daquela sensação. Eu nunca tivera uma família sólida e feliz, e o período curto que passamos em Cageley talvez represente o mais perto que cheguei de uma em toda a minha extensa vida.

"O pai da sra. Amberton não queria que eu me casasse com ela", nos contou o sr. Amberton certa noite. "Ele tinha certas noções de si mesmo, sabe, que nem sempre eram verdade."

"Mas ele foi um homem bom, o meu pai", interveio a esposa.

"Ele pode ter sido um homem bom, querida, mas era bem convencido para um sujeito que passou a maior parte da vida tirando leite de vaca e que teve a sorte de ganhar algum dinheiro apenas na meia-idade, graças a uma herança que recebeu de uma tia velha que morreu em Cornwall."

"Minha tia-avó, Mildred", disse a sra. Amberton. "Foi sozinha a vida toda e nunca trocou de roupa. Usava vestido preto e sapato vermelho e sempre punha luvas quando tinha companhia. Diziam que era meio perturbada da cabeça, alguma coisa com uma mágoa antiga, mas, se vocês querem saber minha opinião, sempre achei que ela gostava era de ser o centro das atenções."

"De qualquer forma, ela deixou o dinheiro que tinha para o pai da minha senhora", ele continuou. "E depois disso você poderia jurar que ele era um burguês dono de terras. 'Como você pretende', ele me perguntou na noite em que fui pedir a bênção dele para me casar com a sra. Amberton, 'como você pretende oferecer à minha filha o tipo de vida a que ela está acostumada, sendo que você só está começando agora?' É claro que contei pra ele os meus planos, que eu ia trabalhar com construção em Londres — tinha muito dinheiro pra ganhar com isso na época, sabe? — e ele meio que cheirou o ar, como se eu tivesse soltado um fedor — e eu não tinha —, e disse que não achava que era uma união adequada e que eu talvez devesse procurar outra ou então me candidatar de novo, quando meus planos fossem um pouco mais ambiciosos."

"Como se eu fosse algum emprego, para ele ser entrevistado como candidato!", exclamou a sra. Amberton, com uma expressão zangada, que devia ser de uma mágoa antiga.

"Bom, no fim nós simplesmente fomos embora. Nos casamos e fomos para Londres e, por um bom tempo, o pai dela não falou com nenhum de nós, mas aí ele pareceu ter esquecido a história toda e, quando vinha visitar a gente, agia como se não lembrasse de nenhum desentendimento e chegou a falar uma vez sobre o presunto que tinha comido na nossa festa de casamento. Disse que deu dor de estômago."

"Ele ficou meio... no fim", sussurrou a sra. Amberton, girando o dedo ao lado da cabeça quando omitiu a palavra principal. "Começou a achar que era todo mundo, desde Jorge II até Michelangelo. Tenho medo de que a mesma coisa aconteça comigo um dia desses."

"Nem brinque com isso, querida", disse o sr. Amberton. "É um pensamento terrível, é sim. Eu seria obrigado a te largar, se isso acontecesse."

"Aí, depois que ele partiu", continuou a esposa, "ganhamos um dinheirinho e viemos para cá, para Cageley, onde o sr. Amberton abriu a escola. Acontece que a minha irmã mora com o marido na cidade vizinha, sabe, e eu gostei da ideia de ficar mais perto deles. E o sr. Amberton é muito querido pelas crianças, não é mesmo, sr. Amberton?"

"Gosto de achar que sim", ele respondeu com ar satisfeito.

"Agora ele tem uns quarenta pequenos na sala de aula e eles estão recebendo a melhor educação possível com o sr. Amberton como mestre. Que vidas boas eles vão poder ter, não é?"

E assim eles continuaram nas nossas primeiras noites, nos contando suas histórias, como se isso permitisse que nos adaptássemos com mais facilidade àquela nova vida em família. E, por mais cansativo que fosse o falatório constante, as tosses, os gases e o catarro, me vi cada vez mais confortado por eles e teria ficado feliz em continuar na frente daquela lareira noite após noite se o inevitável não tivesse, enfim, acontecido. Com dezoito anos, quando enfim consegui trabalho, fui jogado repentinamente no indesejável mundo dos empregos legítimos.

Nos arredores da área urbana de Cageley havia uma mansão onde viviam Sir Alfred Pepys e sua esposa, Lady Margaret. Eles eram a aristocracia local, como se fossem celebridades, cujos antepassados tinham vivido ali por mais de trezentos anos. A riqueza era herdada, mas eles trabalhavam com bancos, o que gerava dinheiro suficiente para que mantivessem a propriedade de cento e vinte hectares em Cageley, assim como uma casa em Londres e outra de veraneio nas Terras Altas escocesas, sem contar sabe-se lá quantos outros imóveis espalhados pelo país. Alguns anos antes de chegarmos à região, Sir Alfred e a esposa recolheram-se à casa de seus ancestrais e deixaram seus negócios em Londres a cargo dos três filhos, que os visitavam de vez em quando. Os pais levavam uma vida tranquila; tiro ao alvo e caçadas eram suas únicas atividades de maior extravagância e eles não esnobavam os habitantes locais, apesar de também não encorajarem relações mais próximas com eles.

Foi o sr. Amberton quem conseguiu emprego para mim e para Dominique na mansão; eu como cavalariço e minha suposta irmã como ajudante de cozinha. Ele nos disse o valor do salário, que era baixo, mas ainda assim era o primeiro que recebíamos e estávamos extasiados, ansiosos para começar, enfim, a vida de trabalhadores respeitáveis. A única decepção para mim foi que a função de Dominique exigia que ela dormisse em um quartinho na ala dos empregados da mansão, enquanto eu continuei com os Amberton. Tal fato me devastou quase tanto quanto a deleitou — ela subitamente começava a alcançar o nível de independência com que sonhava havia algum tempo. Já Tomas começou a frequentar a escola do sr. Amberton e mostrou inclinação para literatura e teatro, o que de certa maneira me consolava. Seus relatos noturnos sobre o que tinha acontecido durante o dia, além das imitações perfeitas não apenas de seus colegas mas também de seu professor e senhorio, eram sempre divertidos e executados de maneira impecável. Ele demonstrava um talento para atuar que seu pai, deploravelmente, não teve.

Meu dia começava às cinco da manhã, quando eu me levantava e fazia a caminhada de vinte minutos entre a casa dos Amberton e os estábulos nos fundos da mansão Cageley. Junto com outro cavalariço de idade próxima à minha, Jack Holby, eu preparava um desjejum para os oito cavalos sob nossos cuidados antes de nós mesmos termos comido e, depois que eles terminavam, passávamos horas e horas limpando e escovando os animais até que seus pelos brilhassem como se tivessem sido polidos. Sir Alfred gostava de cavalgar de manhã e exigia que seus cavalos estivessem sempre imaculados. Nunca sabíamos que corcel ele escolheria, tampouco se estaria acompanhado de convidados, portanto cada um deles precisava estar perfeito todas

233

as manhãs. Enquanto eu e Jack trabalhamos ali, devem ter sido os cavalos mais bem cuidados de toda a Inglaterra. Por volta das onze, éramos liberados por uma hora para comermos alguma coisa na cozinha, depois nos sentávamos ao sol por vinte minutos, para fumar nossos cachimbos — um novo maneirismo que Jack me apresentara.

"Dia desses", disse Jack, sentado com as costas apoiadas em um bloco de feno conforme tragava o cachimbo e bebericava de vez em quando uma xícara de chá bem quente, "vou pegar um desses cavalos aí e vou montar nele e vou dar o fora deste lugar. E será a última vez que essa gente vai ver Jack Holby." Ele tinha cerca de dezenove anos e cabelo loiro bem claro que caía no rosto, forçando-o a tirar as mechas dos olhos no que se tornara um gesto quase instintivo, um tique de vaidade. Eu me perguntava por que ele simplesmente não cortava a franja.

"Eu gosto daqui", confessei. "Nunca estive em um lugar como este. Nunca precisei trabalhar de verdade, e é uma sensação boa." Eu estava sendo sincero; a constância de cada dia, saber que eu tinha tarefas determinadas para cumprir e pelas quais eu seria pago, me agradava muito, assim como o envelope de dinheiro que eu recebia do banco todas as sextas-feiras à tarde.

"É porque para você é novidade", ele disse. "Faço isso desde os doze anos e já tenho quase dinheiro suficiente para dar o fora daqui de uma vez. Meu aniversário de vinte anos, Mattie; nesse dia é que eu vou dar o fora."

Os pais de Jack Holby trabalhavam na mansão Cageley; o pai como segundo mordomo, a mãe como cozinheira. Eram pessoas agradáveis, mas eu não os via com frequência. Jack, contudo, me fascinava. Apesar de ser apenas um ano, um ano e meio mais velho do que eu, e de ter vivido uma vida mais protegida do que a minha, ele parecia muito mais maduro e mais consciente do que queria para o seu futuro do que eu. Creio que a diferença entre nós era que Jack tinha ambições e eu não; ambições que sua existência imutável ao longo da juventude o forçou a criar. Ele passara tempo suficiente na mansão Cageley para saber que não queria ser cavalariço para sempre; eu passara tempo suficiente viajando por aí para apreciar um pouco de estabilidade, para variar. Nossas diferenças contribuíram para que nos tornássemos amigos de imediato e eu o via como alguém próximo de um herói, pois era meu primeiro amigo cuja vida não girava em torno de roubar outras pessoas. Enquanto vivíamos de ganância e ociosidade, ele vivia de sonhos.

"O problema deste lugar", Jack me disse, "é que aqui há mais ou menos trinta pessoas diferentes, todas trabalhando duro para garantir que a casa e a propriedade estejam em ordem, e só duas pessoas moram aqui, Sir Alfred e a esposa. Trinta pessoas trabalhando para duas! Isso faz algum sentido? E, de vez em quando, um daqueles filhos arrogantes deles vem visitar os pais e nos tratam como bosta de cavalo. Eu não admito isso."

"Ainda não conheci nenhum deles", eu disse.

"E nem vai querer, acredite. O mais velho, David, é um varapau que anda o dia inteiro por aí com a cabeça nas nuvens, sem nem ter a delicadeza de conversar com as pessoas que precisam trabalhar para viver. O próximo, Alfred Junior, é duas vezes mais desagradável; é religioso, o que o torna ainda pior, porque nunca vi ninguém com o poder de humilhar tanto as outras pessoas quanto esses que acham que têm o ouvido de Deus do ladinho deles. E há o mais novo, Nat. Esse é a escória. Tem um lado malvado, ah se tem. Já vi mais de uma vez. Tentou se acertar com a minha Elsie e não desistiu até ela ceder. Aí ele jogou ela fora e nem fala mais com ela. Ela o odeia, mas o que se pode fazer? Não pode deixar o trabalho aqui porque não tem pra onde ir. Algumas vezes fiquei com vontade de matar esse cara com as minhas próprias mãos, mas não vou sacrificar minha vida por causa dele, não senhor. Gosto dela, mas não tanto assim. Mas um dia ele vai ver só."

Elsie era uma antiga namorada de Jack que trabalhava como faxineira na mansão. A história (pelo menos a versão que Jack contava) era que Nat Pepys se engraçara com ela em uma de suas visitas a Cageley e, desde então, começara a aparecer todos os fins de semana com presentes, até que ela se entregou a ele. Na época, ver aquilo foi a morte para Jack, ele me contou; não porque estava apaixonado por Elsie — ele não estava —, mas porque detestava ver como a riqueza possibilitava a Nat conseguir tudo o que queria, enquanto ele, Jack, estava condenado a limpar bosta de cavalo no estábulo. E, apesar de todo o ódio pelo filho do patrão, o que realmente o incomodava era Nat Pepys nem saber que ele existia. Isso o corroía de amargura e influenciou demais sua decisão de abandonar Cageley e começar uma vida nova.

"E quando eu fizer isso", ele disse, "nunca mais ninguém vai ficar me dando ordens."

Eu não queria que ele fosse embora, pois nossa amizade começou a ter muita importância para mim. Enquanto isso, eu continuava fazendo meu trabalho, e passei a guardar um pouco de dinheiro toda semana, para que, se chegasse o dia em que eu quisesse ir embora tanto quanto Jack, eu tivesse alguma chance de partir sem precisar começar do zero em outro lugar.

Eu sentia falta de Dominique na casa dos Amberton; era a primeira vez que nos separávamos desde o navio para Dover. Todas as noites de domingo ela vinha jantar conosco e a cada semana eu percebia um pouco mais de distância entre nós e não sabia como preencher esse vazio. Mas reconheço que eram raros os dias em que não nos víamos, pois eu e Jack pegávamos nosso almoço na cozinha, e muitas vezes parte do trabalho dela era preparar nossa comida. Ela fazia questão de ser generosa nas porções e também se tornou amiga de Jack, apesar de eu achar que ele considerava a beleza dela intimidante, e surpreendente o fato de sermos "parentes".

"Ela é bem bonita, a sua irmã", ele me confidenciou certo dia, "mas, para falar a verdade, acho ela magrinha demais para o meu gosto. E vocês não se parecem muito um com o outro, não é?"

"Não muito", respondi, sem nenhuma vontade de falar sobre o assunto.

Já os Amberton estavam fascinados com a vida que levávamos na mansão, de tão encantados com a existência da aristocracia na vizinhança deles. Para mim e Dominique, era curioso um vilarejo inteiro ficar tão maravilhado com aquele homem e sua esposa. A coisa nos parecia ridícula, mas todos os domingos tanto o sr. quanto a sra. Amberton nos interrogavam para descobrir curiosidades sobre nossos patrões, como se, ao extraírem esses detalhes de nós, eles dessem mais um passo na direção do paraíso.

"Ouvi dizer que no quarto ela tem um tapete de sete centímetros de altura coberto de pele", disse a sra. Amberton sobre Lady Margaret.

"Nunca entrei no quarto dela", confessou Dominique, "mas sei que ela prefere assoalho de madeira."

"Ouvi dizer que ele tem uma coleção de armas que rivaliza com a do Exército britânico e até com a de qualquer museu londrino, e que contratou um empregado que passa o tempo todo limpando e polindo as armas", disse o sr. Amberton.

"Se tem, eu nunca vi", eu disse.

"Ouvi dizer que, quando os filhos vêm visitar os pais, eles servem um leitãozinho para cada um e que só bebem vinho com mais de um século de idade."

"David e Alfred Junior não comem quase nada", murmurou Dominique. "Os dois dizem que álcool é obra do diabo. Ainda não conheci o mais novo."

Depois dessas refeições, eu levava Dominique à mansão, e a caminhada era o único momento da semana em que passávamos algum tempo a sós. Caminhávamos devagar, às vezes descansando na margem do lago, caso a noite estivesse agradável. Era o momento da semana que eu mais gostava, pois podíamos contar sobre nossas vidas sem nos preocupar que alguém ouvisse ou sem ficar de olho no relógio o tempo todo.

"Não consigo me lembrar de já ter sido tão feliz quanto sou agora", ela me contou certa noite, enquanto andávamos pela estrada com o cão dos Amberton, Brutus, galopando ao nosso lado e fazendo tanto barulho quanto os donos.

"Aqui é tão tranquilo. Não há problemas. Tudo é tão bonito! Eu poderia ficar para sempre."

"Em algum momento, as coisas vão mudar", respondi. "Não podemos ficar aqui para sempre, por mais que a gente queira. Afinal", continuei, adotando um dos pensamentos libertários de Jack, "não queremos passar o resto da vida como lacaios. Podemos fazer nossa própria fortuna."

Ela suspirou e não disse nada. Percebi que, muitas vezes, eu me forçava a manter a ideia de um "nós" que incluísse Dominique, Tomas e eu. Nossa outrora sólida unidade familiar tinha perdido um pouco da integridade por causa da nova situação em Cageley. Eu estava certo de que havia novos aspectos da vida de Dominique sobre os quais eu nada sabia. Ela falava de amigos que tinha feito na mansão e no vilarejo e do tempo que passavam juntos, e eu, como mero cavalariço, era naturalmente excluído de tudo aquilo. Eu lhe contava sobre Jack e tentava fazê-la se interessar pela ideia de eu, ela, Jack e Elsie irmos fazer um piquenique em algum lugar, e ela sempre concordava, mas aparentando total indiferença. Estávamos nos distanciando e isso me preocupava, pois eu não queria chegar à mansão Cageley um dia e descobrir que na noite anterior ela tinha ido embora para sempre.

Em uma tarde ensolarada de verão, o sr. Davies, administrador das cocheiras e responsável por mim e Jack, veio conversar conosco quando limpávamos os estábulos. Sujeito melancólico de meia-idade, ele passava a maior parte do tempo — pelo menos, parecia — encomendando suprimentos e sentado da cozinha, sem fazer mais nada; era raro dar-

-se ao trabalho de falar conosco. Ele tinha, basicamente, permitido que Jack assumisse os estábulos e, apesar de ele ainda manter o controle nominal, todas as dúvidas e decisões passavam por Jack. Seu desdém pelos funcionários da mansão era evidente, ainda que ele próprio não passasse de um serviçal. Na maior parte do tempo, evitava nos dirigir a palavra e, quando o fazia, em geral era para apontar nossas falhas. Certa vez, quando houve um incêndio na cozinha que destruiu a comida de um dia inteiro, ele insistiu em pairar à nossa volta até por fim murmurar a frase: "Pelo menos o fogo não foi culpa minha" — como se eu ou Jack déssemos a mínima. Para um homem que parecia fazer questão de ser visto como nosso superior, ele se preocupava bastante com a nossa opinião sobre sua competência como administrador, e "competente" era um termo que quase nunca se aplicava a ele. Portanto, foi uma surpresa quando ele nos abordou naquela tarde e pediu que deixássemos os forcados de lado por um momento, pois ele tinha algo importante a dizer.

"Na semana que vem", ele começou, "o filho de Sir Alfred vem com alguns amigos, e eles vão ficar aqui por alguns dias. Vão fazer uma caçada em grupo e teremos mais cavalos para vocês cuidarem durante esse período. Ele deixou claro que quer os cavalos com a melhor aparência possível todas as manhãs, então vocês vão precisar fazer um esforço a mais."

"Não podemos deixá-los mais bonitos do que já estão", disse Jack, impassível. "Portanto não venha pedir mais, porque isso é o melhor que dá para fazer. Se não gosta de como a gente faz, faça você mesmo."

"Bom, então vocês vão precisar trabalhar mais, para que os outros cavalos recebam o mesmo tratamento maravilhoso, não é, Jack?", disse o sr. Davies com sarcasmo, abrindo seu sorriso desdentado para o jovem. "Porque você sabe como ele fica quando dá as ordens dele, principalmente quando traz amigos junto. Afinal, ele é o patrão. Paga o seu salário."

E o seu, pensei. Jack grunhiu e sacudiu a cabeça, como se a simples menção da palavra "patrão" o ofendesse. "E qual deles é?", perguntou. "David ou Alfred?"

"Nenhum dos dois", respondeu o sr. Davies. "É o mais novo, Nat. Parece que é o aniversário de vinte e um anos dele, ou alguma bobagem do tipo, por isso a caçada está sendo organizada."

Jack praguejou baixinho e chutou o chão, frustrado. "Eu sei o que eu gostaria de dar a ele de aniversário", murmurou, mas o sr. Davies o ignorou.

"Mais tarde, passo os horários da próxima semana", ele disse. "E não se preocupem, vocês vão receber um pouco mais no fim. Portanto, nada de festejar pela madrugada, entendido? Precisaremos de vocês aqui, a postos."

Dei de ombros quando ele foi embora. Aquilo não me parecia um problema. Eu gostava do meu trabalho e de como o exercício físico aperfeiçoava meu corpo. Meus braços e meu peitoral tinham aumentado um pouco e o sr. e a sra. Amberton comentaram sobre eu estar me tornando um rapaz bonito. Eu não era mais o menino que havia chegado ali alguns meses antes, e notava que já atraía olhares interessados das moças do vilarejo. Além disso, libras extras para as minhas economias não me fariam nenhum mal. Eu começava a me sentir adulto, e a sensação era boa. E foi importante que eu me sentisse assim, pois nenhum comportamento infantil teria permitido que eu sobrevivesse ao meu primeiro encontro com Nat Pepys.

14

O TERROR

O ano de 1793 foi um momento decisivo na minha vida, pois se tratou do ano em que acredito ter parado de envelhecer fisicamente. Não consigo determinar uma data ou um acontecimento específico — nem mesmo tenho certeza se 1793 foi o ano exato. Mas creio que nessa época a tendência natural de meu corpo para o declínio físico ficou dormente. Foi também em 1793 que vivi uma das experiências mais detestáveis, um acontecimento de lembrança tão repugnante que me sinto invadido por uma estranha tristeza pela condição humana ao me lembrar de como o ano terminou. Porém, por mais impalatável que tenha sido, foi também uma das épocas mais memoráveis da minha vida.

Em 1793 fiz cinquenta anos e, com exceção de algumas infelizes tendências de moda da época, como a de usar um pequeno rabo de cavalo e se vestir de maneira ridiculamente efeminada, não há grandes diferenças entre o homem que fui e o que sou hoje, duzentos e seis anos depois. Minha altura de um metro e oitenta e quatro não diminuiu — minha constituição física não encolheu para a de um homem mais velho, como acontecia com os outros. Meu peso padrão, que oscilava entre oitenta e cinco e cem quilos, congelou em agradáveis noventa e três, e minha pele resistiu à tentação de ficar flácida ou enrugada, como ocorreu com tantos contemporâneos meus. Meu cabelo, que tinha ficado um pouco mais ralo, ganhou um tom grisalho que me conferia um porte distinto, característica que me agradava. No geral, fiquei com uma aparência atraente de meia-idade, da qual ainda não me libertei. Em 1793, quando a Revolução Francesa estava no auge, comecei o processo que me transformaria em um ladrão do tempo.

Eu tinha voltado à Inglaterra e já vivia ali havia vinte anos. Passei minha terceira década na Europa, onde comecei a trabalhar com investimentos bancários e prosperei. Voltei a Londres com trinta anos e, depois do meu sucesso inicial nos negócios, investi com inteligência e me tornei amigo de pessoas confiáveis no mundo bancário que me ajudaram em minhas iniciativas. Depois de algum tempo, eu tinha minha própria casa e um capital respeitável, do qual conseguia obter meus lucros. Trabalhei muito e gastei com sabedoria. Passei aqueles anos com a intenção clara e consciente de tornar minha vida confortável; pouco me dediquei à minha felicidade pessoal ou espiritual. Tudo o que fiz foi trabalhar e ganhar dinheiro — até que comecei a querer mais.

Nunca tive a intenção de ficar em Londres para sempre e, quando fiz cinquenta anos, comecei a me arrepender de não haver embarcado em grandes viagens em todos aqueles anos. É claro que, àquela altura, eu acreditava que minha vida se aproximava lentamente do fim, pois naqueles dias era incomum um homem viver mais do que meio século. Em alguns momentos, senti que tinha perdido a oportunidade de conhecer mais do mundo. Fiquei inconsolável, reavaliando a vida e encontrando apenas dinheiro onde poderia estar uma família feliz. Nunca poderia imaginar a quantidade de esposas, viagens e anos que ainda estavam por vir. Comecei a achar que havia desperdiçado minha vida.

Eu morava numa bela casa em Londres — grande demais para minhas necessidades — e tinha permitido, havia pouco, que meu sobrinho Tom fosse morar comigo. Tom foi meu primeiro sobrinho de verdade, filho do meio-irmão que eu trouxera para a Inglaterra em 1760, e, assim como muitos de seus descendentes, era um rapaz difícil, que não demonstrava grande interesse em construir uma vida para si; em vez disso, pulou de trabalho em trabalho até que o tempo por fim o alcançou. Acho que ele esperava minha morte para receber, enfim, a herança à qual teria direito. Mal sabia ele como não havia cabimento em contar com isso. Certa noite, eu estava sentado com Tom — que na época tinha cerca de vinte anos —, me sentindo bastante deprimido por causa dos rumos que minha vida tomara, quando decidimos, de estalo, fazer uma viagem.

"Podíamos ir para a Irlanda", sugeriu Tom. "Não é tão longe e talvez seja um lugar agradável para morarmos por algum tempo. Sempre gostei da ideia de viver no campo."

Balancei a cabeça. "Melhor não. É pobre e deprimente, e chove o tempo todo. Não é bom para a saúde. Eu ficaria ainda mais infeliz do que já estou".

"Talvez a Austrália."

"Acho que não."

"África, então. Um continente inteiro esperando para ser explorado."

"Quente demais. E subdesenvolvido demais. Você me conhece, Tom. Gosto dos meus confortos domésticos. Meu coração é europeu. É onde me sinto mais feliz. No continente. Apesar de eu não ter visto muito dele, devo dizer."

"Bom, eu nunca saí da Inglaterra."

"Você é jovem, eu sou velho. Ainda tem bastante tempo pela frente."

Tom ficou pensativo e não disse mais nada durante algum tempo. Para onde fôssemos, as despesas seriam por minha conta; talvez ele sentisse uma pontada de culpa ao propor o destino. Ou talvez não.

"Podíamos tentar a Europa", sugeriu, em tom suave, depois de um instante. "Deve haver muita coisa para vermos lá. Podíamos visitar a Escandinávia. Sempre me soou interessante."

Conversamos um pouco mais sobre isso, até que decidimos: passaríamos seis meses viajando pela Europa, visitando alguns marcos arquitetônicos europeus, assim como galerias de arte e museus, pois sempre tive inclinação para a arte. Tom seria meu companheiro e também secretário — haveria muitas negociações com as quais eu precisaria lidar enquanto estivéssemos fora. Cartas para escrever, telegramas para enviar, dinheiro para transferir. Ele era bem eficiente para um Thomas, e senti que podia confiar nele para essas tarefas.

Em uma noite, meses depois, enquanto descansávamos na área externa de um hotel em Locarno, na Suíça, após um longo dia escalando as montanhas com algumas jovens que demonstraram muito mais energia e força de vontade do que nós, Tom expressou a vontade de ir à França. Meu corpo estremeceu, pois era o último lugar no mundo que eu planejava visitar, em razão das lembranças nada agradáveis que eu tinha de lá. Mas ele insistiu.

"Afinal, sou parte francês", disse. "Gostaria de ver onde meu pai cresceu."

"Seu pai cresceu em Dover e depois em um pequeno vilarejo chamado Cageley", respondi, irritado. "Podíamos ter ficado na Inglaterra, Tom, se você queria ver onde seu pai cresceu. Ele saiu de Paris quando era bem pequeno, lembra?"

"Ainda assim, foi onde ele nasceu e onde teve suas primeiras experiências. Meus avós também eram franceses, não eram?"

"Sim", respondi com má vontade. "É verdade."

"E *você* é francês. Não voltou para lá desde que foi embora, quando era menino. Sem dúvida quer ir para lá mais uma vez. Ver o que mudou."

"Nunca dei muita importância àquele lugar, Tom, mesmo naquela época", respondi. "Não vejo por que voltar e fingir uma nostalgia romântica." Dei de ombros, querendo me livrar da ideia e pensando em como dissuadi-lo, pois eu estava absolutamente convicto de que não queria voltar àquele país. Porém, o desejo de saber mais sobre os antepassados é um motivador poderoso, e Tom afirmou que eu seria cruel se o impedisse de ver as ruas em que eu e o pai dele havíamos crescido, a cidade em que meus pais tinham vivido e morrido, o lugar que abandonamos para começarmos uma nova vida.

"E se eu simplesmente lhe contasse essas coisas?", perguntei. "Há muitas histórias que posso lhe contar sobre aqueles velhos tempos em Paris e o que aconteceu lá, se é isso que você quer tanto saber. Posso contar como seu avô conheceu minha mãe, se lhe interessa. Uma tarde, quando ela saía do teatro, um menino..."

"Eu conheço essa história, tio Matthieu", ele disse, me interrompendo, a frustração estampada no rosto. "Você já me contou todas essas histórias. Muitas vezes."

"Não todas, com certeza."

"Muitas, pelo menos. Não preciso ouvi-las de novo. Quero ver Paris. É pedir muito? Nenhuma parte sua fica imaginando o que terá mudado naquele lugar nesses trinta anos? Você fugiu de lá sem nada. Não sente vontade de voltar, agora que tem uma vida bem-sucedida, e ver o que a cidade se tornou sem você?"

Assenti com a cabeça. Ele estava certo, claro. Apesar da minha aversão pela França, desde que parti meus pensamentos muitas vezes voltaram para lá. Apesar de eu não ter sentimentos patrióticos por ela, ainda assim era um francês; apesar de eu não ter nada além de más lembranças de Paris, continuava sendo minha cidade natal. E, embora eu tivesse pesadelos ocasionais com nossas vidas ali, com o dia em que meu pai morreu, com a tarde em que minha mãe foi assassinada e a manhã em que meu padrasto foi executado, a cidade continuava a exercer um estranho e totalmente compreensível fascínio sobre mim. Tom estava certo; eu queria ver Paris mais uma vez. Assim, providências foram tomadas para que visitássemos a cidade. No final de 1792, começamos a cruzar a Europa sem pressa, visitando lugares de interesse em estadias que chegavam a durar semanas, até que, na primavera do ano seguinte, chegamos ao nosso destino, minha cidade natal.

Tom era um rapaz sedento de sangue, uma falha que acabaria por ser o seu fim. Apesar de não ser exatamente sádico — nunca foi corajoso o suficiente para ele mesmo infligir dor a alguém —, ele gostava de ver os outros sofrerem, de assumir o papel de voyeur da tragédia alheia. Em Londres, eu sabia que ele frequentava brigas de galo e depois voltava para casa com uma expressão um tanto demente nos olhos. Apreciava lutas de boxe e competições em que os participantes acabassem feridos e sangrando. Para satisfazer sua perversão, a Paris de 1793 era um bom lugar para estar.

A Bastilha, a imensa, fétida e pútrida prisão onde aristocratas foram jogados pelos republicanos em ascensão, tinha sido demolida em 1789 e, desde então, houve uma série quase interminável de manifestações na capital que forçaram o rei Luís xvi e a família a deixarem a cidade, mais tarde naquele mesmo ano. No início dos anos 1790, à medida que a Assembleia Nacional lutava com cada vez mais força para que o rei aceitasse a Constituição e aprovasse reformas maiores que minariam seu absolutismo, ficou evidente que o Terror estava prestes a se instalar. Em 1792, um ano antes de chegarmos à cidade, o dr. Joseph-Ignace Guillotin convenceu a Assembleia Nacional a adotar a guilhotina — criada por seu colega Antoine Louis, e não por ele — para lidar com criminosos e, pouco depois, o grande instrumento da morte foi instalado na praça da Concórdia, onde pendeu sobre os cidadãos ao longo dos anos seguintes.

Foi nesse clima de desconfiança, traição e medo extremado que eu e Tom chegamos, na primavera de 1793. O rei já tinha sido decapitado e, conforme entramos em Paris, senti uma inusitada ausência de emoção, o que traiu a ansiedade de voltar à minha cidade natal. Eu esperara me comover com o regresso, em especial por causa das condições em que eu voltava, depois do longo exílio: eu não era mais o órfão miserável que sobrevivera como batedor de carteiras, e sim um homem de negócios bem-sucedido que havia ascendido socialmente e enriquecido. Lembrei dos meus pais e também de Tomas, mas quase não pensei em Dominique, pois nossa relação transcorrera apenas em Londres e, embora tivéssemos nascido no mesmo lugar, jamais nos encontramos na França e quase nunca falávamos sobre ela.

Assim que chegamos, nos hospedamos em uma pensão o mais longe possível da cidade. Era minha intenção ficar ali por uma semana e depois seguirmos para o Sul, a fim de explorar uma parte do país que eu não conhecia.

"Você está sentindo, não está?", perguntou Tom, entrando no meu quarto naquele primeiro dia, seu cabelo escuro e espesso quase saltitando na cabeça com o entusiasmo. "O clima na cidade. Há um cheiro de sangue no ar."

"Que encantador", murmurei. "É sempre uma das características mais agradáveis das cidades modernas. Frase perfeita para eles usarem nos guias turísticos. Faz qualquer estadia se tornar memorável."

"Ah, deixe disso, tio Matthieu", ele disse, caminhando pelo quarto animadamente, como um filhote de cachorro que tinha acabado de sair de um pequeno quintal e chegado a um extenso parque ao ar livre. "Você devia se sentir animado por estar aqui, sobretudo neste momento tão importante. Não sente nada por Paris? Lembre-se de como foi criado aqui."

"Éramos pobres, claro, porém..."

"Vocês eram pobres porque ninguém estava interessado em sustentá-los. Tudo ia para os ricos."

"Acontece que os ricos *já tinham* tudo. Era assim que o mundo funcionava."

Ele deu de ombros, decepcionado com a minha recusa de entrar na discussão. "Dá na mesma", ele disse. "Os aristocratas se apossando de tudo, deixando todos os outros sem nada. Não é justo."

Levantei uma sobrancelha. Nunca tinha imaginado Tom como o tipo revolucionário. Aliás, acreditava que, se ele tivesse a oportunidade, preferiria viver como um aristocrata abastado, ocioso e bêbado a viver como um plebeu miserável, fedido e sóbrio, mesmo que seus ideais tendessem mais para o segundo grupo. Ainda assim, olhando para trás, creio que sua crença básica — por que eles deveriam ter, se nós não tínhamos? — fazia sentido na teoria, mesmo que não se aplicasse muito bem a ele, que vivia confortavelmente às minhas custas, sem ter do que reclamar.

Logo depois que chegamos, conhecemos Thérèse Nantes, cujos pais eram os donos da pensão em que nos hospedamos. Era uma jovem de cabelo escuro com cerca de dezoito anos e — para sua evidente irritação — filha única, situação que a obrigava a assumir mais responsabilidades no estabelecimento dos pais. Desconfiei que, em tempos mais afortunados, a família Nantes contasse com a ajuda de um pequeno grupo de camareiras e cozinheiros, pois a capacidade máxima da pensão era de trinta hóspedes. Porém, naquele momento, com o número de visitantes em patente declínio na cidade, estavam hospedados ali apenas um casal de idosos franceses que morava ali havia anos e dois comerciantes de passagem, além de mim e Tomas. Thérèse andava de um lado para o outro com uma carranca perpétua e, na maioria das vezes, respondia aos pais com grunhidos monossilábicos. Quando servia a comida, o melhor era não pedir nada além do que já estivesse no prato, senão, misteriosamente, o jantar cairia em seu colo.

Mas houve uma melhoria imensurável no humor de Thérèse à medida que ela e meu sobrinho foram se tornando mais próximos. No começo, foi difícil perceber sinais de mudança, mas aos poucos, conforme as semanas passavam, ela nos recebia para o jantar com uma expressão que eu desconfiava ser muito parecida com um início de sorriso. A manhã em que serviu meu desjejum com um "bom apetite" foi uma revelação, e certa noite, quando eu e Tom conversávamos na sala principal e ela nos ofereceu mais vinho, soube que havia testemunhado um milagre. Considerei aquilo um encorajamento para iniciar uma conversa.

"E onde estão Monsieur Lafayette e a esposa esta noite?", perguntei, referindo-me ao casal idoso que compartilhava a pensão conosco. "Decerto não trocaram o jantar por uma caminhada ao ar livre."

"Ah, você não sabe?", disse Thérèse, colocando a garrafa de vinho no guarda-louças e passando o dedo no móvel em busca de pó. "Eles foram embora. Seguiram para o interior, acho."

"Para o interior?", perguntei, surpreso, pois nós quatro tínhamos iniciado uma espécie de amizade e não imaginei que eles pudessem ir embora sem se despedir. "E por quanto tempo vão ficar fora? Pensei que fossem morar aqui até quando se mudassem para o cemitério."

"Eles foram embora para sempre, Monsieur Zéla."

"Matthieu, por favor."

"Fizeram as malas hoje cedo e seguiram de coche para o sul. Estou surpresa que não tenha ouvido. Madame Lafayette fez um estardalhaço para conseguir alguém que carregasse suas malas. Eu disse que sou paga para fazer certas coisas e outras não, mas ela…"

"Não ouvi nada", eu disse, interrompendo-a, antes que ela continuasse a se queixar; minha indelicadeza foi recompensada com um olhar raivoso da parte dela. Tom pigarreou para quebrar o silêncio e se virou na cadeira para olhá-la de frente.

"Pelo menos terá mais tempo para você, com duas bocas a menos para alimentar", ele comentou, e ela continuou me olhando por um instante antes de se voltar para meu sobrinho e sorrir.

"Não é problema algum", ela disse, como se ele tivesse sugerido que fosse. "Gosto daqui." Minha risada ruidosa, que abafei de imediato, recebeu outro olhar cortante de Thérèse, cujos olhos se estreitaram conforme ela cogitou responder. Decidi propor uma reconciliação.

"Por que não se senta?", propus, levantando-me e ajeitando a poltrona que formava um triângulo com a minha e a do meu sobrinho. "Beba uma taça de vinho conosco. Seu expediente já deve ter acabado a esta hora."

Thérèse me olhou perplexa, depois se virou para Tom, que assentiu e a encorajou a nos fazer companhia. Ela deu de ombros e, com muita dignidade, foi até a poltrona e se sentou. Tom estendeu o braço para pegar outra taça e serviu-lhe uma dose generosa, que ela aceitou com um sorriso. Feita a reconciliação, pensei sobre o que poderíamos conversar, explorando a mente em busca de temas adequados. Por sorte, o silêncio durou apenas um instante, já que o vinho afrouxou imediatamente a boca de Thérèse.

"Nunca gostei da Madame, na verdade", ela começou, referindo-se aos hóspedes que haviam partido. "Ela tinha alguns comportamentos que nunca aceitei. Às vezes, o quarto dela de manhã..." Sacudiu a cabeça, como se não quisesse nos horrorizar com descrições da devastação que a família Lafayette podia provocar no pequeno quarto que habitava.

"Ela foi sempre muito educada comigo", murmurei.

"Ela me levou ao quarto deles uma vez", disse Tom de repente, a voz alta demais, como se pudéssemos não ouvi--lo. "Disse que estava com dificuldade para ajustar a haste da cortina. Quando me estiquei para trocar um dos ganchos, ela veio na minha direção e..." Ele ficou subitamente muito vermelho e imaginei que ele não tinha pensado direito no que estava prestes a contar. "Ela se comportou de um jeito inapropriado", murmurou. "Eu... eu estou..." Ele olhou para nós dois, confuso — e, pela primeira vez, ouvi Thérèse rir.

"Ela achava você um rapaz bonito", ela disse, e pensei tê-la visto piscar para meu sobrinho. "Percebi isso pela maneira como olhava para você quando você entrava em um aposento." Tom franziu o cenho, como se lamentasse o rumo que a conversa tinha tomado.

"Meu Deus", ele disse, com evidente horror. "Ela devia ter, no mínimo, quarenta anos."

"Um verdadeiro Matusalém", murmurei, mas nenhum dos dois notou o comentário.

"Ela me tratava com desprezo porque com certeza tinha inveja da minha juventude", disse Thérèse. "E da minha beleza. Ela aparece várias vezes no meu caderno de ocorrências."

"No seu o quê?", perguntei, sem saber se havia escutado direito. "O que é um caderno de ocorrências?"

Agora foi Thérèse quem pareceu um tanto desconfortável, talvez por ter dito mais do que pretendia. "É uma bobagem", ela disse, quase como um pedido de desculpas, recusando-se a me olhar nos olhos. "É uma coisa que faço para me distrair. Como se fosse um diário."

"Mas um diário sobre o quê?", perguntou Tom, que, como eu, estava intrigado.

"Sobre as pessoas que me ofenderam", ela respondeu com uma risada leve, mas percebi que ela levava aquilo muito a sério. "Eu mantenho um registro de todos que me trataram mal ou me ofenderam de algum modo. Faço isso há anos."

Eu a encarei. Apenas uma pergunta pairava em minha mente. "Por quê?"

"Para eu não me esquecer", ela respondeu com serenidade. "Você colhe o que planta, Monsieur Zéla. Matthieu", acrescentou antes que eu pudesse protestar. "Pode parecer ridículo para vocês, mas para mim…"

"Não é ridículo", eu disse na mesma hora. "Apenas é… incomum, só isso. Creio que seja uma boa maneira para se lembrar de…" — não pude enxergar para onde meus pensamentos estavam indo e deixei o raciocínio de lado com a frase — "de coisas que aconteceram."

"Espero não aparecer em demasia no seu livro de ocorrências, Thérèse", interveio Tom, o rosto abrindo um grande sorriso, e ela negou com a cabeça, sorrindo também, como se a mera ideia daquilo já fosse absurda.

"Claro que *você* não aparece", ela disse, estendendo a mão e tocando a dele por um instante, enfatizando a palavra "você" para me excluir de propósito. Lançou-me um olhar repreensivo e mudei de posição na cadeira, desconfortável, imaginando o que eu poderia ter feito para ofender aquela jovem. Fiquei em silêncio por algum tempo e servi mais vinho nas três taças, enquanto os dois jovens flertavam, ignorando-me por completo. Eu estava prestes a pedir licença para me retirar, quando algo que Thérèse havia dito me voltou à cabeça e quis lhe perguntar sobre aquilo.

"Você colhe o que planta", eu disse alto para interromper o casal, e eles me olharam, talvez surpresos por eu ainda estar ali. "Você acredita mesmo nisso, Thérèse?"

Ela hesitou e refletiu sobre a minha pergunta por apenas uma fração de segundo. "Ora, claro que sim. Você não?" Dei de ombros, sem saber se acreditava ou não, e ela aproveitou para aprofundar seu ponto de vista. "Aqui nesta cidade", disse, fazendo uma pausa teatral entre as frases, "neste momento histórico, como eu poderia não acreditar?"

"O que você quer dizer?", perguntei.

"Basta olhar em volta, Matthieu. Veja as ruas hoje. Veja Paris. Não acha que certas coisas que foram plantadas estão, por assim dizer, sendo colhidas?" Mais uma vez meu silêncio traiu minha confusão e ela se sentou direito na poltrona, afastando-se de Tom e olhando bem nos meus olhos. "As mortes", disse. "A guilhotina. Os aristocratas. Meu Deus, a cabeça do próprio rei caiu dentro daquela cesta. Alguma justiça começou a ser feita na França, Matthieu. É impossível que você esteja cego para tudo isso."

"Ainda não vimos nenhuma decapitação", disse Tom. "Meu tio considera uma selvageria e não permite que eu veja."

"Acha isso mesmo, Monsieur Zéla?", ela perguntou, olhando em meus olhos com uma expressão estupefata e voltando a usar meu sobrenome, como se quisesse manter distância de mim. "Considera uma selvageria?"

"O método em si é rápido e limpo", eu disse. "Mas será que existe mesmo a necessidade de o utilizarmos? Essas pessoas precisam morrer?"

"É claro que precisam", interveio Tom, adotando a mesma postura de Thérèse e se aproveitando daquilo para se aproximar dela. "Aristocratas nojentos." Disparei um olhar raivoso para ele, e Thérèse teve a educação de ignorar o rapaz e continuar com os olhos fixos em mim.

"Eles viveram cercados de excessos", ela explicou. "E nos exploraram. A todos nós. Você é francês, não é? Deve saber o que o comportamento deles provocou." Concordei com a cabeça. "Chegou a hora deles", ela acrescentou.

"Você já viu a guilhotina sendo usada?", perguntou Tom, sua sede de sangue despertando ao ouvi-la falar sobre morte. Eu sentia a tensão sexual crescente entre os dois à medida que ela falava e sabia que, se eles já não eram um casal, não demoraria muito para que isso acontecesse.

"Muitas vezes", ela disse com orgulho. "Vi o próprio rei morrer. No fim, é claro que ele foi um covarde. Assim como todos os outros." Tom levantou as sobrancelhas enquanto sua língua passava rapidamente pelos lábios e ele a encorajou a nos contar sobre aquele dia.

"Ele foi julgado culpado de alta traição pela Convenção Nacional", começou Thérèse, como se quisesse justificar o que descreveria a seguir. "Era como se metade da cidade quisesse estar presente na praça da Concórdia para o momento fatídico. Cheguei cedo, é claro, mas fiquei nas laterais. Eu queria vê-lo morrer, Monsieur Zéla, mas não gosto dos gritos da multidão. Porém, havia milhares ali e foi difícil ter uma visão boa. Depois de algum tempo, a carroça chegou na praça."

Tom ergueu uma sobrancelha. "Uma carroça?"

"Uma carroça de madeira com duas rodas", ela explicou. "Para o povo, a simplicidade da carroça mostra que os traidores devem morrer como cidadãos da França, não como aproveitadores endinheirados. Lembro bem de todos eles. Uma moça de cabelo comprido e sujo. Ela não sabia o que estava acontecendo e parecia não se importar; talvez já estivesse morta por dentro. Atrás dela, um adolescente que chorava em espasmos, com medo de levantar o rosto e ver o instrumento que seria o seu fim, mesmo com o homem de meia-idade atrás dele gritando, gritando e gritando de pavor, apontando para a guilhotina com o horror mais profundo, enquanto seus carcereiros o seguravam com firmeza para impedi-lo de pular na multidão e fugir, apesar de que ele teria sido estraçalhado, membro por membro, se achássemos que iríamos perder o maior traidor de todos. Foi nesse momento que o vi, vestido com uma calça preta e uma camisa branca aberta no pescoço. O rei da França, o traidor condenado, Luís xvi."

Olhei para Tom, que tinha olhos apenas para Thérèse, e a expressão no rosto dele, o entusiasmo que sentia pela história que ela narrava, a excitação quase erótica que o possuía, me incomodou. Ainda assim, admito que era inevitável desejar que ela continuasse, pois havia algo de viciante naquele discurso dramático sobre a morte. Não nos decepcionamos quando ela prosseguiu.

"Fixei os olhos nele, em busca de qualquer reação que pudesse manifestar. Estava pálido, mais branco que a camisa que usava, e parecia exausto, como se tivesse passado a vida inteira lutando para evitar aquilo, mas, agora que era iminente, não tinha mais forças para se opor. Quando a carroça parou na frente dos degraus, os seis homens encapuzados que estavam ao lado da grande máquina agarraram a jovem pelos ombros, puxando seu vestido para que o tecido rasgasse, expondo seus seios anêmicos para a multidão, que urrou de satisfação ao ver sua nudez. Esses homens... eles são exibicionistas profissionais, fazem uma espécie de espetáculo. O maior enfiou o rosto nos seios da jovem antes de se virar para a plateia, sorrindo. Mas a jovem quase não se mexeu quando foi levada ao cadafalso; seu cabelo foi ceifado num movimento rápido e sua cabeça colocada sobre o dispositivo. O semicírculo de madeira que a segurava no lugar desceu, e naquele instante ela subitamente ganhou vida, suas mãos se apoiando nas laterais para tentar se erguer. Mas ela já estava presa. Um segundo depois tinha terminado; a lâmina desceu com um assobio e decepou sua cabeça com um golpe perfeito; seu corpo teve um espasmo rápido antes de cair para trás na plataforma, de onde foi tirado em seguida."

"Thérèse!", exclamou Tom, e não parecia haver mais nenhuma frase para acompanhar o nome dela; ele quis apenas gritar seu nome, como em um momento de entrega à paixão.

"Um dos carrascos enfiou a mão na cesta, deu um passo à frente e ergueu a cabeça para a multidão ver. Gritamos, é claro. As *tricoteuses* na frente continuaram a tricotar, satisfeitas. Estávamos esperando a atração principal", ela disse com um sorriso. "Mas antes o adolescente foi carregado até o instrumento da morte. Antes de sua cabeça ser colocada no bloco, ele olhou para a multidão e implorou por misericórdia, o rosto manchado de lágrimas antigas, incapaz de continuar chorando. Percebi que, ao contrário de sua antecessora, ele sabia exatamente o que estava acontecendo e aquilo o aterrorizava. Não devia ter mais do que quinze anos e reparei que sua calça ficava cada vez mais manchada enquanto ele urinava pela última vez, o tecido fino grudando na perna com a indignidade de um covarde. Ele se debateu quando foi colocado na guilhotina, mas era fraco demais para aqueles homens e, depois de um instante, sua vida também chegou ao fim."

"E ele foi condenado pelo quê?", perguntei, repugnado. "Esse garoto. Quem ele traiu?"

Thérèse me olhou e seus lábios formaram um sorriso discreto. Ela ignorou a pergunta. O clímax se aproximava. Apesar da minha aversão, queria que ela continuasse. "Depois disso", ela disse, "a multidão ficou em silêncio enquanto o rei subia os degraus. Ele olhou para o público, seu rosto uma mistura de estoicismo e de um medo desprezível. Abriu a boca para falar, mas nenhuma palavra saiu, e os carrascos o levaram apressados e nervosos para a guilhotina. Admito que o clima era de terror, como se ninguém tivesse certeza do que iria acontecer no momento em que aquela cabeça fosse arrancada, como se o mundo todo pudesse chegar ao fim. Houve certa discórdia no cadafalso, pois nenhum daqueles homens queria ser o que colocaria a cabeça do rei no bloco. Enfim, um deles acabou se apresentando e a madeira de imobilização foi, mais uma vez, abaixada. O rei se esforçou para olhar para nós; vi quando sua cabeça se levantou um pouco e seus olhos refletiram a luz do sol. Então ele falou pela última vez.

"'Eu morro inocente e perdoo meus inimigos', ele bradou, certamente na esperança de que aquelas palavras banais rendessem um perdão. 'Espero que meu sangue...'

"A lâmina desceu, a cabeça caiu no cesto, o corpo se contorceu, a multidão urrava, gritos me cercavam de todos os lados. Ele estava morto."

Um silêncio se instalou entre nós. O fogo da lareira iluminava o suor no rosto de Tom e até mesmo Thérèse tremia de leve quando se reclinou na cadeira e deu um gole no vinho. Olhei para um e depois para o outro, me perguntando se haveria alguma observação adequada para aquela história. Consegui pensar em apenas uma coisa para dizer.

"E você, Thérèse?", perguntei. "Como se sentiu com isso? Vendo essas pessoas morrerem. Uma mulher inocente, um menino, um rei. Como se sentiu naquele momento?"

Ela manteve a taça de vinho nos lábios, e o vermelho refletido ali parecia bastante apropriado para a conversa. Com voz calma e profunda, ela desviou os olhos e respondeu com uma única palavra.

"Vingada."

Ficamos em Paris por mais tempo do que eu planejara. A influência de Thérèse sobre Tom tinha se tornado tão forte que os próprios ideais revolucionários dela quase foram eclipsados pelo repentino ardor dele. Embora eu me sentisse aliviado por ele não ser mais o vagabundo de alguns meses antes, receei a direção que suas paixões tomavam. Viajei várias vezes para o campo, preparando-me para romper os laços com meu sobrinho e voltar para casa se fosse necessário, mas era incapaz de fazer isso, pois ele dependia muito do meu apoio financeiro. Passei um breve período no sul do país — e o clima de agitação lá era quase tão intenso quanto na capital — antes de ir para os Alpes por algumas semanas, onde a paz reinava e o mar de neve oferecia um alívio bem-vindo para os tradicionais vermelho, branco e azul da cidade. Quando voltei a Paris no final de 1793, Tom tinha se tornado, oficialmente, um revolucionário.

Em pouco tempo, ele conseguira se infiltrar nos altos escalões do Clube Jacobino e agora trabalhava como secretário de Robespierre, o principal representante do Terror. Seu relacionamento com Thérèse florescera e eles tinham saído da pensão. Os dois dividiam um apartamento perto da Rue de Rivoli, onde nos encontramos em uma sexta-feira sombria, logo antes do Natal.

Seu corpo passara por algumas mudanças desde a última vez que estive com ele. Em seis meses, parecia ter envelhecido seis anos; seu cabelo estava curto, o que acentuava as maçãs do rosto e o fazia parecer mais masculino e solene. Seu porte estava mais robusto e musculoso, graças à rotina diária de exercícios que ele se impunha. O que no passado tinha sido a beleza quase andrógina que se tornaria a marca de sua linhagem foi transformado em uma verdadeira figura de poder revolucionário. Qualquer pessoa pensaria duas vezes antes de cogitar a possibilidade de traí-lo. Thérèse também havia mudado. Depois de converter o amante às suas crenças, parecia satisfeita por deixá-las de lado e permitir que ele assumisse o controle do destino dos dois. Ela o tocava o tempo todo, aproveitando qualquer oportunidade para acariciar sua bochecha ou esfregar sua perna, as mãos exploradoras passando aparentemente quase despercebidas por Tom enquanto ele conversava comigo.

"O que me impressiona", eu disse, relaxando perto da lareira depois do jantar, "é que há menos de um ano você nunca tinha estado na França e agora dedica todo o seu tempo lutando pela sobrevivência do país. Essa nova paixão por uma pátria desconhecida me parece um tanto estranha."

"Deve ser algo que sempre esteve no meu sangue", ele disse com um sorriso — e mais uma vez aquela palavra. "Sou parte francês, afinal. Talvez ela estivesse apenas esperando para vir à tona, cidadão."

"É possível", reconheci. "Você é parte francês e parte inglês, como você mesmo diz. Uma combinação difícil. Você acabará em uma guerra constante consigo mesmo. Seu lado artístico e seu lado mundano talvez o dividam em dois."

"Agora tenho apenas uma paixão", ele disse, ignorando meu comentário, que pretendera ser apenas um gracejo. "Ver a República Francesa ficar mais e mais forte, até que esteja entre as mais poderosas do mundo."

"E o Terror alcançará isso?", perguntei. "Progresso através do medo?"

"Tom acredita na causa, cidadão", interveio Thérèse na mesma hora, pronunciando o nome de seu amante de um jeito ressonante e acolhedor, "assim como todos nós. Aqueles que morreram contribuíram tanto quanto aqueles que ainda vivem. Faz parte do ciclo natural. É um processo totalmente natural."

Bobagem, pensei. Bobagem total.

"Deixe-me contar uma história", disse Tom, reclinando-

-se na cadeira enquanto Thérèse se aninhava em seu colo, a mão pousada despreocupadamente na virilha dele. "Se algumas semanas atrás você me perguntasse quem era o meu melhor amigo neste mundo, o homem que eu mais respeitava, eu teria dito que era um sujeito chamado Pierre Houblin, que trabalhou comigo até pouco tempo atrás na Assembleia Nacional. Ele estava lá havia mais tempo do que eu, é claro, e tinha um cargo muito superior. Mas Pierre era um jovem, quase da minha idade, talvez só um pouco mais velho, e de alguma maneira nos tornamos amigos e ele me apadrinhou, me apresentou a algumas pessoas que poderiam ajudar no meu avanço. Ele foi um dos que lutaram por reformas desde a época em que Luís XVI estava no poder. Pierre trabalhou muito próximo tanto de Robespierre quanto de Danton e se arriscou inúmeras vezes para garantir que a Revolução acontecesse. Eu tinha por ele um grande respeito. Era como um irmão para mim. Um mentor mais velho e mais sábio. Ficávamos sentados por horas, só nós dois, nestas mesmas cadeiras, conversando sobre tudo que nos interessava. Sobre vida, amor, política, história; sobre o que estávamos fazendo em Paris e por Paris; sobre para onde o futuro nos levaria. Para mim, na França não existia nenhum homem de maior grandeza do que ele. Ele abriu minha mente para tantas possibilidades que não consigo nem começar a explicá-las a você."

Concordei com a cabeça, sem muita convicção. Paixões súbitas, sejam elas quais forem, quase sempre são transitórias. Suas vítimas acabam recobrando a consciência um dia e se perguntando onde tinha ido parar seu bom senso. "E então?", perguntei. "Onde ele está hoje, esse tal Monsieur

Houblin? Por que está me contando isso? Cidadão", acrescentei com sarcasmo.

"Estou lhe contando isso", ele respondeu com alguma irritação, "para ressaltar meu compromisso com a causa. Há algumas semanas, eu e Pierre estávamos aqui neste apartamento — Thérèse, você também estava, não estava?" Ela concordou, sem dizer nada. "Conversando sobre a Revolução, como sempre. Sempre, sempre a Revolução. Era nossa obsessão. Pierre comentou que, ao longo do último mês, mais de quatrocentas pessoas tinham sido guilhotinadas na cidade. Me surpreendi com o número, claro, mas imaginei que era o certo, e ficamos em silêncio por alguns minutos. Percebi que Pierre estava cada vez mais incomodado e perguntei se estava tudo bem, se eu tinha dito alguma coisa que o havia incomodado. De repente, ele se levantou e começou a andar de um lado para o outro na sala, frustrado.

"'Você às vezes não acha que as coisas estão começando a sair do controle?', ele perguntou. 'Que pessoas demais estão morrendo? Muitos cidadãos comuns e poucos aristocratas, ainda por cima?'

"Fiquei chocado que ele pensasse daquela maneira, é claro, quando todo mundo sabe que o caminho para atingirmos nossos objetivos é nos livrarmos de todos os traidores, para que restem apenas franceses de verdade, iguais e livres. Discuti com Pierre por um bom tempo, dizendo que ele estava errado, até que ele abandonou o assunto. Mas fiquei preocupado, pois achei que ele talvez não tivesse mais o estômago de antes para fazer parte da história."

"Talvez ele estivesse apenas ouvindo a própria consciência", sugeri, e Tom negou com a cabeça.

"Não é nada disso!", gritou. "Isso não tem nada a ver com consciência! Quando você luta por mudanças, para alterar um sistema injusto que existe há séculos, você precisa fazer tudo ao seu alcance para superar as dificuldades e alcançar a vitória. Não existe espaço para hesitação nesta guerra." Ele parecia estar fazendo um discurso político e Thérèse até se levantou para permitir que sua gesticulação fosse mais expansiva.

"Mas um equilíbrio na Assembleia talvez seria uma coisa boa", eu disse com cautela, receoso de que ele saltasse da cadeira para me estrangular caso eu discordasse dele. "Ouvir os dois lados desse debate. Você talvez descubra que Monsieur Houblin tem mais a contribuir agora do que jamais teve."

Tom riu com amargura. "É pouco provável", disse. "Alguns dias depois, eu entrei em contato com Robespierre e contei-lhe sobre aquela conversa. Eu disse que acreditava que Pierre estava se tornando moderado demais para lhe confiarmos qualquer segredo de Estado ou documentação importante. Apenas relatei nossa conversa, palavra por palavra, e permiti que Monsieur Robespierre agisse da maneira que achasse melhor."

Eu o encarei surpreso, já sabendo aonde aquela história iria chegar, mas com medo de que chegasse lá. "E ele... foi dispensado do cargo?", perguntei, ainda com alguma esperança.

"Ele foi preso naquela mesma tarde, julgado por traição no dia seguinte e considerado culpado por um tribunal de justiça — um tribunal de justiça, tio Matthieu! E foi guilhotinado no outro dia. Acontece que em uma Revolução não existe espaço para dúvidas. Se a entrega não for completa e absoluta" — ele fez uma pausa para efeito dramático antes de prosseguir, cortando o ar com um movimento veloz com a mão, como a lâmina da guilhotina —, "ela não vale nada."

Suspirei e senti uma leve náusea. Olhei para Thérèse, que tinha um sorriso discreto no rosto e observava minha reação. Ela passou a ponta da língua nos lados da boca. Olhei outra vez para meu sobrinho e sacudi a cabeça, tomado pela tristeza. Concluí que eles pareciam perfeitos um para o outro.

"Você o delatou", eu disse com calma. "É isso que está me dizendo. Você delatou seu melhor amigo, o homem que você mais respeitou no mundo inteiro."

"Tive uma atitude de extremo patriotismo", ele retrucou. "Sofri a morte do meu melhor amigo, meu quase irmão, para ajudar a República. O que poderia ser maior do que isso? Você deveria ter orgulho de mim, tio Matthieu. Orgulho."

Enquanto deixava seu apartamento naquela noite, com a certeza de que tinha chegado o momento de abandonar meu sobrinho, Paris, a França, a Europa inteira, me virei para Tom e fiz-lhe uma última pergunta. "Esse seu amigo, esse Pierre. Ele tinha um cargo importante na Assembleia, estou certo?"

Ele deu de ombros. "Claro", respondeu. "Era um homem de uma importância considerável."

"E quando ele... morreu. Depois que foi guilhotinado. Quem o substituiu?"

Houve um instante de silêncio, Tom parou de sorrir e me encarou com um sentimento próximo do ódio. Naquela hora me perguntei se minha própria vida não estaria em perigo, antes de concluir que não. Pensei: sou o tio dele, ele jamais me trairia, depois mudei de ideia outra vez e pensei: seu tolo! É claro que trairia. Thérèse pareceu chocada com a minha pergunta, como se já soubesse a resposta e quisesse ver se Tom falaria a verdade.

"Ora", ele disse, depois do que pareceu ser uma eternidade, "alguém precisa assumir os cargos essenciais da República. Alguém cuja lealdade seja inabalável."

Assenti devagar com a cabeça e saí para a rua, enrolando meu cachecol no pescoço enquanto caminhava, apertando-o bem para assegurar que a cabeça continuasse ligada ao corpo.

Sete meses depois, em julho de 1794, recebi uma carta pela qual eu jamais esperaria. Eu tinha voltado a Londres e acompanhava a Revolução apenas pelos jornais, que se referiam a Paris como a veia inflamada e hemorrágica da Europa, vertendo sangue sobre a sociedade. Estremeci ao imaginar como deveria estar a vida lá e me preocupei com Tom, mesmo depois de ter deixado a cidade sem mais nenhuma ilusão sobre seu caráter. Eu tinha decidido que seria melhor me manter bem longe de Paris; primeiro porque não confiava que meu sobrinho não enfiasse na cabeça a ideia de me delatar como traidor, o que poderia me levar a um encontro nada merecido com a guilhotina; depois porque eu não queria contato com aquele trágico derramamento de sangue. Entretanto, meus planos foram subitamente alterados quando recebi a seguinte carta:

Paris, 6 de julho de 1794

Prezado Monsieur Zéla,

Escrevo com certo pesar, Monsieur. As coisas seguiram por um rumo triste aqui e é importante que o senhor venha me ver — tenho receio por três vidas agora e não consigo persuadir Tom a enxergar o que está acontecendo — ele está louco, Monsieur; louco pelo poder — acontecerá uma desgraça — ele fala sobre o senhor com frequência e gostaria de vê-lo — por favor, venha, se puder.

Atenciosamente,
Thérèse Nantes

Claro que fiquei muito surpreso, pois não esperava receber notícias do meu sobrinho, muito menos da mulher com quem ele morava. Passei um ou dois dias refletindo sobre o conteúdo da carta, a mente dividida entre o desejo de permanecer o mais longe possível de Paris e minha incapacidade de recusar o pedido, que ela fez soar tão urgente. Dias depois, eu estava à sua porta.

"Tudo mudou; agora Tom está próximo demais de Robespierre", ela me contou, sem fôlego, acomodando-se na poltrona, seus traços mais inchados do que eu me lembrava, sem dúvida por causa da gravidez. "Ele se tornou o general mais fiel daquele homem, porém a maré está se virando contra eles. Tentei convencer Tom a deixar Paris, mas ele se recusa."

"Como é possível?", perguntei. "Ele decerto ainda tem muito poder aqui. Os jornais dizem que…"

"Há coisas demais acontecendo", ela disse, olhando nervosa para a janela, como se a qualquer momento um contrarrevolucionário pudesse saltar pelo vidro e cortar seu pescoço. "Todos os que estão no comando — Saint-Just, Carnot, Collot d'Herbois, o próprio Robespierre — estão apontando canhões uns para os outros. A aliança está se desfazendo à nossa volta e nem todos vão sobreviver, isso eu garanto. Agora, depois de mais um desentendimento, Robespierre não está nem mesmo aparecendo nas reuniões do Comitê de Salvação Pública, e eles com certeza vão prendê-lo por isso. É inevitável. E, se ele cair, todos nós cairemos."

"Está longe de ser inevitável, cidadã", interveio Tom, aparecendo de repente à porta e surpreendendo a nós dois. "Olá, Matthieu", ele disse com frieza, deixando o 'tio' de lado. "O que o traz de volta a Paris? Achei que o enojássemos."

Olhei para Thérèse, surpreso, antes de me virar para ele outra vez. "Você não sabia que eu viria?", perguntei. "Supus que..."

"Ele veio porque está preocupado com você", disse Thérèse. "Até os ingleses sabem o que está acontecendo aqui. A Inglaterra não está tão alheia quanto você pensa."

"O que está acontecendo aqui é que venceremos as dificuldades e alcançaremos a vitória", ele respondeu, irritado. "O discurso de Robespierre é inspirador. Ele está fazendo alianças até mesmo com aqueles que já foram seus opositores. Ele será o único líder, ouçam o que estou dizendo."

"Do jeito que as coisas andam?", ela gritou. "Você está se iludindo! Hoje em dia, a essência da vida por aqui é suspeitar de qualquer um com poder. Ele acabará com a cabeça no cadafalso assim que vencer alguma coisa. Essa será a recompensa dele. E a sua também, se não tomar cuidado!"

"Não seja ridícula. Ele é poderoso demais para isso. Ele tem o Exército, afinal."

"O Exército não se importa com mais nada", ela gritou, dobrando-se de dor e segurando a barriga. "Precisamos ir embora de Paris. Precisamos ir embora imediatamente, todos nós. Matthieu pode nos levar com ele, não pode, Matthieu? Você pode nos levar para Londres. Veja o meu estado", acrescentou, referindo-se à barriga aumentada. "Quero ir embora antes que o bebê nasça", concluiu com firmeza.

Dei de ombros. "Sim, é possível", respondi, com plena consciência de que não seria tão simples. Tom precisaria ser persuadido.

"Eu não vou a lugar nenhum", ele disse. "De jeito nenhum."

A discussão continuou por algum tempo, uma queda de braço entre duas pessoas teimosas, até que resolvi ir embora, dizendo que voltaria nos próximos dias para ver como ela estava; mas não poderia ficar mais tempo do que isso. Assegurei Thérèse de que ela seria bem-vinda na minha viagem de volta a Londres, se quisesse, no entanto ela afirmou que, acontecesse o que acontecesse, não poderia abandonar Tom. Aparentemente, diante do amor, todos os princípios revolucionários de um ano antes tinham perdido a importância.

Alguns dias depois, Robespierre — com Tom ao seu lado — iniciou uma ofensiva rancorosa contra seus antigos amigos e companheiros, aqueles que ainda detinham posições de poder em Paris. Alegou que eles tentavam destruir o trabalho da República e exigiu que tanto o Comitê de

Salvação Pública quanto o Comitê de Segurança Pública, dos quais o próprio Robespierre fizera parte, fossem desbaratados e que se criassem novos comitês para reorganizar o processo político. Os membros não deram muita atenção a essas exigências, chocados que estavam com sua arrogância, audácia e estupidez, mas na tarde seguinte vi com meus próprios olhos quando ele repetiu suas acusações e exigências no Clube Jacobino.

"Você é um tolo", sussurrei para Tom, agarrando-o pelo braço quando ele passou por mim ao sair. "Esse homem está assinando a própria ordem de execução. Não consegue enxergar isso?"

"Me solte", ele disse, desvencilhando-se de mim. "A não ser que você queira que eu mande alguém prendê-lo neste instante. É o que você quer, Matthieu? Eu poderia fazer com que você fosse executado amanhã de manhã, se eu quisesse."

Dei um passo para trás e fiz que "não" com a cabeça, horrorizado com a expressão de poder doentia nos olhos do meu sobrinho, um mero soldado raso. E, apesar de ter me entristecido, não fiquei surpreso quando, em vinte e quatro horas, as prisões começaram a ser feitas. Vários líderes tentaram se matar antes que a guilhotina os alcançasse; apenas um deles, Lebas, foi hábil em conseguir. O irmão de Robespierre, Augustin, pulou de uma janela do último andar, mas tudo que o idiota incompetente conseguiu foi quebrar o fêmur. O revolucionário paralítico Couthon jogou-se de uma escadaria de pedra e ali ficou, sem poder se mexer, sua cadeira de rodas zombando dele lá no alto, até que os soldados chegaram para prendê-lo. E o herói de Tom, o próprio Robespierre, pôs uma arma na cabeça e tudo que conseguiu foi estourar o maxilar inferior, garantindo que suas últimas vinte e quatro horas de vida fossem repletas de dor. Sob seus olhos, ele via um constante fluxo de sangue — como o que havia ajudado a criar.

Thérèse insistiu para irmos à praça da Concórdia na manhã das execuções. Eu me esforcei para encontrar uma forma de salvar meu sobrinho, mas sabia que era impossível — ele já estava condenado. Quando a carroça chegou à praça, lembrei-me dos nossos primeiros dias naquela cidade, ele quase tão inocente quanto seu futuro filho era agora, e pensei nas pessoas que foram decapitadas ali, inclusive o homem cujas ações haviam dado início a tudo aquilo, Luís XVI.

Quando a carroça passou pela multidão, as pessoas enlouqueceram, clamando pelo sangue do seu herói de outrora, que estava à frente, no veículo, gritando de volta em sua insanidade, o rosto parcialmente desfigurado pela bala que tinha disparado contra si mesmo no dia anterior. Ele segurava nas laterais da carroça e pulava de um lado para o outro como um animal selvagem, guinchando para a multidão até seus olhos quase saltarem das órbitas. À sua volta, sementes que ele mesmo plantara. No ar, a sede de sangue que ele mesmo provocara na França. Atrás dele, sentado em uma postura estoica, aparentando aversão às pessoas em nome das quais tinha se tornado revolucionário, estava meu sobrinho, Tom. Thérèse chorava e receei que ela parisse naquele instante. Tentei convencê-la a ir embora, mas ela se recusou. Alguma coisa a fez querer ficar até o fim, vivenciar aquilo até sua conclusão inevitável, e nada do que eu dissesse a convenceria do contrário.

Robespierre foi o primeiro entregue à lâmina e, quando

ele subiu na plataforma, o torniquete improvisado que mantinha seu rosto íntegro foi arrancado e ele precisou ser forçado a subir no cadafalso; os gritos daquele antigo orador ficaram cada vez mais incoerentes até que por fim a guilhotina o silenciou. Tom, por outro lado, desvencilhou-se dos carrascos e deitou ele mesmo a cabeça no bloco, sem nem mesmo olhar para cima antes de ela cair no cesto sobre a de Robespierre.

Os gritos de louvor à primeira execução foram tão intensos que poucas pessoas deram atenção ao destino quase idêntico de Tom, exceto, claro, eu e Thérèse, que ficamos arrasados quando ele perdeu a cabeça. Paris fedia a sangue. Visualizei o próprio rio Sena vermelho com as tripas dos tais "cidadãos". Antes mesmo que o corpo de meu sobrinho esfriasse, eu e Thérèse já navegávamos de volta para a Inglaterra, para longe da Revolução. Para longe daquela cidade da morte, deixando nosso menino sedento de sangue e decapitado para trás.

15

JULHO DE 1999

Era minha primeira visita ao set em que a novela de Tommy era gravada, e as precauções de segurança que encontrei quando tentei entrar me pareceram um absurdo. Cheguei a pé ao estúdio e a primeira coisa que um segurança fez foi verificar se meu nome estava em uma lista de autorizações de entrada. Ele me olhou de cima a baixo com uma expressão que beirava o desprezo antes de reconhecer — bufando — que, de fato, eu era esperado. Quando consegui encontrar a recepção, fui empurrado através de um detector de metais, para que eles se certificassem de que eu não carregava nenhum equipamento fotográfico ou de gravação — ou, quem sabe, uma submetralhadora. Em seguida, tive que assinar uma declaração sobre esse mesmo assunto e prometer que qualquer cena ou ação que eu testemunhasse no set não seria revelada ou mencionada fora dali. Eu estava proibido de obter recompensas financeiras através de qualquer aspecto da indústria da televisão com o qual eu tivesse contato durante minha visita e tampouco poderia falar sobre tais coisas com qualquer pessoa. Comecei a questionar por que não tínhamos restrições de segurança semelhantes em nossa emissora, até perceber que era porque elas eram ridículas e adotadas apenas para massagear o ego dos atores dali.

"Pelo amor de Deus", eu disse ao jovem segurança que, com expressão entediada, me apresentou todas aquelas regras antes de eu entrar. "Por acaso eu tenho cara de alguém que pretende vender seus segredos patéticos para os tabloides? Pareço esse tipo de pessoa? Eu mal sei o nome desse programa."

"Eu não sei qual é a cara desse tipo de gente, para ser sincero", ele respondeu com aspereza, mal tirando os olhos de uma prancheta na qual fazia anotações. "Tudo o que sei é que tenho um trabalho a fazer, e é o que eu faço. Aliás, o que você está fazendo aqui? Teste de elenco?"

"*Não*", respondi, ofendido com a pergunta.

"É que ouvi dizer que estão procurando um novo interesse amoroso para Maggie."

"Bom, não sou eu."

"Pensei em fazer o teste eu mesmo, mas meu agente disse que depois eu não conseguiria papéis mais jovens se ficasse conhecido por fazer um homem de meia-idade."

"Certo", respondi. Naquele lugar, até os seguranças tinham agentes. "Não vou fazer nenhum teste, obrigado. E *não* estou na meia-idade. Meu sobrinho me convidou para assistir uma diária de filmagem. Ele acha que vai ampliar minhas experiências, o que eu duvido muito. Elas não são o que eu chamaria de limitadas."

"Quem é o seu sobrinho?", ele perguntou, devolvendo-me o relógio e as chaves, que tinham feito disparar o sistema de alarme do detector de metais momentos antes.

"Um dos atores", respondi, apressado. "Tommy Du-Marqué. Obrigado." Recoloquei o relógio no pulso.

"Você é tio do Tommy?", perguntou o segurança, um sorriso imenso surgindo no rosto enquanto ele recuava um passo para me olhar de cima a baixo, sem dúvida procurando alguma semelhança física. Não adiantava; quaisquer similaridades entre mim e os Thomas tinham sido diluídas muitas gerações atrás. Cada um deles foi se tornando sucessivamente mais bonito do que eu jamais poderia sonhar ser, apesar de minha solidez física ser uma condição que nenhum deles jamais alcançou. "Que surpresa..." — ele verificou a prancheta — "Zelly."

"Zéla."

"Achei que ele não tivesse família, para dizer a verdade. Só mulheres. Um monte de mulheres, aquele sortudo filho da..."

"Bom, ele tem a mim", eu disse, interrompendo-o e olhando em volta para ver a direção que eu deveria seguir e se uma revista íntima ou de cavidades corporais seria a próxima indignidade. "Mas sou apenas eu. Sobramos só nós dois."

"Siga por aquele corredor e vai encontrar outra recepção no final", disse, antecipando minha próxima pergunta, agora que as formalidades sobre quem eu era haviam terminado. "Tem outra recepcionista lá, basta você pedir que ela bipe o Tommy. Ele sabe que você está vindo, certo?"

Concordei com a cabeça, agradeci e segui pelo corredor que ele tinha indicado. Nas duas paredes havia fotografias grandes e emolduradas que supus serem de atores e atrizes da novela, do passado e do presente. Cada retrato tinha dois nomes gravados na parte inferior da moldura, o real e o do personagem, assim como seus anos de permanência no programa. Não reconheci quase nenhum, com exceção de um ou dois que eu já tinha visto em *sitcoms* de vinte anos atrás ou nos tabloides atuais. Perto do fim do corredor havia um retrato sombrio e taciturno do meu sobrinho, com as palavras "Tommy DuMarqué — Sam Cutler — 1991-hoje" gravadas embaixo. Olhei para a foto por um momento e não pude deixar de sentir uma onda de orgulho; um breve sorriso surgiu em meu rosto pelo sucesso do meu sobrinho. A imagem era estilizada, profissional — ninguém, nem mesmo meu sobrinho, podia ser tão bonito —, mesmo assim era muito bom ver aquilo. Abri a porta e me apresentei à jovem da recepção, que deu um telefonema rápido antes de apontar para as poltronas nas quais me sentei por um momento, esperando Tommy aparecer. No tempo em que fiquei ali, notei que ela quase não tirou os olhos de mim, continuando a mastigar sua goma de mascar de um jeito ruidoso, um hábito que sempre me repugnou.

Outra porta se abriu e olhei-a sem muita atenção antes de me virar de novo e ver meu sobrinho caminhando na minha direção com uma postura tímida, os olhos quase pregados no chão. A recepcionista endireitou o corpo quando ele entrou e grudou a goma de mascar atrás da orelha; depois, começou a digitar avidamente no computador, observando a celebridade pelo canto do olho o tempo todo.

"Tommy", eu disse enquanto ele se aproximava, imaginando que horrores estavam prestes a vir à tona. "Santo Deus! O que aconteceu com você?" Ele usava um jeans azul envelhecido e uma camiseta preta justa, que acentuava seu peitoral e a definição dos músculos trapézios em seu pescoço. Seus antebraços estavam fortes e bronzeados, e me perguntei como alguém em tão boa forma conseguia se envolver naquele tipo de briga, pois seu olho esquerdo tinha sinais de uma surra recente — estava semicerrado, com marcas arroxeadas horríveis no supercílio inchado, como uma pequena colina de coloração repulsiva. Sua bochecha estava inflamada e o canto do lábio superior tinha se partido em dois, um filete de sangue escorrendo pelo queixo de um jeito nada atraente. Sacudi a cabeça, assombrado. "Como foi que isso...?"

"Está tudo bem, tio Matthieu", ele disse, me conduzindo pela porta pela qual entrara havia pouco. "Estou bem. Foi hoje cedo. Carl descobriu o que há entre mim e Tina e estava me esperando quando voltei para casa. Ele me deu uma tremenda surra. Mas, relaxe, vou sobreviver."

"Carl...", eu disse, imaginando se seria algum colega dele que eu conhecia mas de quem tinha me esquecido, pois ele mencionou o nome com absoluta indiferença. "Carl fez isso com você?"

"Acontece que Tina está grávida", ele continuou, como se fosse a coisa mais natural do mundo. "Mas não sabemos se o pai sou eu, Carl ou aquele novo barman do pub, e não podemos fazer um teste agora porque Tina tem uma doença genética estranha que pode causar sequelas ao bebê se tentarmos descobrir, alguma coisa assim. Então vamos ter de esperar o nascimento. É um bom gancho, acho."

Eu o encarei, sem a menor ideia do que ele estava falando, até que a ficha caiu. "Carl", eu disse, agora aliviado e rindo. "Ele tem parentesco com você, não tem?"

"Mais ou menos. Ele é o filho adotivo da segunda esposa do ex-marido da minha mãe. Não somos parentes de verdade, mas temos o mesmo sobrenome. Sam Cutler, Carl

Cutler. Por isso as pessoas acham que somos mais próximos do que isso. Nunca nos entendemos. Ele tem ressentimento de mim por causa..."

"Eu preciso *mesmo* começar a assistir sua novela", repeti pela centésima vez, interrompendo a história do personagem. "Nunca consigo lembrar quem são todas essas pessoas."

"Ora, por isso você está aqui hoje", ele disse, e agora estávamos em um cenário que eu já tinha visto algumas vezes, a sala de estar da pequena casa geminada dos Cutler, no East End de Londres.

"Dois minutos, Tommy", disse um homem baixinho e barbudo com um headset que passou por nós, dando um tapinha no braço do meu sobrinho, num gesto de camaradagem.

"O.k., sente-se ali", disse meu sobrinho, apontando uma cadeira num canto. "E fique em silêncio. Só preciso terminar essa cena, depois serei todo seu."

Concordei com a cabeça e segui na direção indicada. Havia quatro câmeras em pontos estratégicos do set e cerca de quinze operadores. Sentada à mesa da sala de estar e tendo a maquiagem retocada pelas mãos do que parecia ser uma menina de doze anos, estava uma figura conhecida, a mãe de Tommy na ficção, uma mulher que tinha feito algum sucesso nos anos 1960 como estrela de comédias. Sua carreira rolara ladeira abaixo nos anos 70 e meados dos anos 80, mas ela voltou ao estrelato com a transmissão do primeiro capítulo da novela e agora era afetuosamente chamada de tesouro nacional. Minnie era o nome da personagem e Minnie Melancólica seu apelido carinhoso nos tabloides. Também sentado à mesa estava um jovem de cerca de quinze anos que eu nunca tinha visto e que suspeitei ser o novo ídolo adolescente convocado para ajudar a subir a audiência de uma parcela específica do público, que representava um quarto do total. Enquanto ela alongava e sacudia os ombros para assumir a linguagem corporal de sua personagem, ele estava debruçado em uma revista, roendo as unhas com o que parecia ser quase metade da mão direita enfiada na boca.

O diretor pediu silêncio no set, a revista do rapaz foi arrancada sob protestos, os operadores saíram do alcance das câmeras e a gravação começou. Minnie e o garoto endireitaram a postura e conversaram um instante enquanto todos esperavam o diretor gritar "Ação!". Quando ele o fez, a cena ganhou vida.

"Não quero saber", exclamou Minnie, acendendo um cigarro. "Você pode dizer o que quiser dessa tal de Carla Jenson. Ela não é uma boa pessoa e não quero que você fique saindo com ela, ouviu bem?" Sua fala e seu sotaque eram bem característicos do East End, bem *cockney*, mas eu sabia que na vida real ela falava como uma aristocrata de sangue nobre. Talvez ninguém soubesse como era sua voz de verdade.

"Ah, tia Minnie!", choramingou o rapaz, desesperado, como se o mundo adulto estivesse conspirando contra ele para mantê-lo eternamente com seus shortinhos e pirulitos. "Não estávamos fazendo nada de errado. Estávamos só jogando meu novo Nintendo, só isso."

"Não sei", disse tia Minnie. "Pode até ser. Mas, se foi esse o caso, não vejo por que ela tinha que estar com a blusa desabotoada até o umbigo, não é mesmo? Exibindo as privacidades como se elas estivessem ali para o mundo todo ver."

"Mas é assim que as meninas se vestem hoje, né?", ele disse, repugnado com aquele tradicionalismo. "A senhora não sabe de nada mesmo."

"Eu não *preciso* saber de nada disso, Davy Cutler. Sei apenas que você está proibido de ver aquela vagabunda outra vez. Ouviu bem?"

"Ela não é vagabunda coisa nenhuma, tia Minnie. Bem que eu queria que ela fosse!"

Ao longo do diálogo, duas câmeras faziam movimentos discretos sobre os trilhos de dolly e outras duas gravavam os personagens em contraplanos por cima dos ombros. Quando eles terminaram aquela parte da cena, uma câmera girou em seu eixo, preparando-se para a próxima tomada, e focalizou a porta. De trás de mim — e não de trás dos dois, por onde ele iria surgir — veio um som de porta batendo e então meu sobrinho entrou na sala, gemendo alto e desmoronando no chão diante deles.

"Maldição!", gritou Minnie, levantando-se de um salto e correndo até onde estava seu "filho", com ainda mais sangue aplicado desde os poucos minutos em que eu o vira. "O que diabos aconteceu com você, meu querido Sam?"

"Deve ter sido aquele Carl", disse Davy, parecendo satisfeito que a atenção tivesse se desviado dele e de sua vagabunda por um momento. "Ele deve ter descoberto que o nosso querido Sam anda traçando a mulher dele."

"Não diga uma coisa dessas", esbravejou Minnie, apontando para o rosto dele. "Não foi nada disso, não é, filho?", disse baixinho, seu rosto passando aos poucos da descrença para a decepção em três expressões bem ensaiadas.

"Cala a boca", Tommy gemeu para Davy, que talvez fosse um irmão mais novo, um primo, um filho adotivo ou um menino de rua e que passara a morar com eles.

"É verdade", disse Davy, na defensiva.

"Eu já falei..." — Tommy fez uma longa pausa — "Cala a boca." Outra pausa. "Você me ouviu."

Minnie olhou de um filho para o outro enquanto segurava a cabeça de Tommy no colo e então, misteriosamente, olhou para mim — ou para o que imagino ter sido "o horizonte" — e seu rosto se contorceu em uma súbita explosão de sofrimento. As lágrimas vieram, ela largou Tommy (todos ouviram a batida súbita da cabeça dele no chão) e em seguida correu porta afora, chorando. Um instante depois, o encarregado dos efeitos sonoros atrás de mim bateu outra porta.

"E... corta!", gritou o diretor. "Incrível, pessoal. Absolutamente incrível."

Fiquei feliz com o convite de Tommy para eu passar uma tarde com ele no set da novela, pois eu precisava desesperadamente de uma pausa nas minhas próprias obrigações. Eu e Caroline estávamos desenvolvendo uma relação um tanto tempestuosa e eu começava a me ressentir da presença dela. Nada de errado com sua ética de trabalho; ela chegava antes de mim de manhã e nunca ia embora antes que eu fosse — apesar de ser bem possível que ela apenas esperasse a minha partida para considerar seu dia terminado e também ir para casa. Ela mergulhou em pequenos relatórios sobre o histórico um tanto breve da nossa emissora e em grandes relatórios sobre a situação do mundo da radiodifusão na Grã-Bretanha atual. Quando conversava comigo, usava termos como "participação no mercado", "demografias" e "público-alvo" como se fossem novidades para mim, falando mais devagar e um pouco mais alto, caso eu não estivesse conseguindo acompanhar, sendo que, na verdade, eu pensava nesses termos — mesmo sem usar essas palavras — havia duzentos anos. Ela mantinha três televisões de bolso em sua mesa, sem som, uma sintonizada em nossa emissora, as outras duas na BBC e em outra concorrente. De vez em quando, passava os olhos em cada uma e decidia que programa seria o mais atraente para ela, se estivesse no sofá de casa, pés para cima, preparando-se para ver televisão no fim do dia. Anotava alguma coisa toda vez que nossa programação vencia e me apresentava os resultados ao final da semana.

"Observe", ela disse. "Em apenas doze por cento das vezes alguma coisa nossa desperta meu interesse. As outras duas emissoras somam oitenta e oito por cento da audiência."

"Ora, doze por cento é muito mais do que nossa audiência atual, Caroline. Portanto, considero isso muito estimulante."

Depois dessa resposta, ela franziu o cenho e me encarou, na dúvida se estava errada em questionar nossa programação, e voltou à sua mesa para aprofundar a análise. Descobri que gostava de dar corda para ela, para usar uma linguagem de hoje, e que seu entusiasmo extremo a transformava em um alvo fácil de piadas. Ela parecia dedicar cada segundo do dia ao trabalho, o que, em geral, não é ruim para um funcionário com um cargo tão proeminente. Mas nunca fui o tipo de homem que considera trabalho obstinado e rigoroso uma prova indiscutível de caráter. Caroline se esforçava para me convencer de que era a mulher certa para o cargo de James, mas o que conseguia, na verdade, era provar o quão longe dessa posição ainda estava.

Enquanto isso, eu continuava trabalhando duro seis, às vezes sete dias por semana. Fui me cansando disso, e o fato de não ter nenhum interesse pelos aspectos triviais e rotineiros da nossa empresa não ajudava nem um pouco. Mantive as reuniões semanais com Alan, às quais Caroline, como representante de P. W., também comparecia, mas ampliei o número de participantes, agora buscando também as opiniões dos chefes de departamento. Nessas reuniões, Caroline sentava-se sempre à minha direita e tendia a querer direcionar as conversas. Na maior parte do tempo, dei a ela bastante autonomia, pois suas opiniões, mesmo que nem sempre corretas, eram, no geral, interessantes, e todos concordavam que ela trazia um ponto de vista novo para a emissora.

"Claro que o maior erro que vocês cometeram", ela apontou em uma das nossas reuniões de rotina, quando discutíamos uma queda de cinco por cento na audiência entre as dezoito e as dezenove horas, "foi terem se livrado de Tara Morrison. Ela era perfeita para atrair o público peito e bunda."

"Não nos livramos dela", retruquei, reparando em como ela gostava de impressionar a sala dominada por homens ao se comportar como um "dos caras". "Ela saiu por vontade própria."

"Tara Morrison era uma das poucas estrelas genuínas desta emissora", ela disse.

"Temos Billy Boy Davis", interveio Alan, previsivelmente. "O Garotão."

"Ah, deixe disso", ela disse. "Meus avós são mais novos do que ele. Tudo bem, ele é um *nome* e tem *história*, mas só isso não é mais suficiente. Precisamos de talentos novos, que tenham frescor. Talentos *puros*. Se pudermos persuadir Tara a voltar...", ela continuou, com suavidade, e eu neguei com a cabeça.

"Duvido que seja possível", disse. "Ela parece muito feliz na Beeb. Roger?" Olhei para Roger Tabori, chefe do nosso departamento de notícias, que, com seu visual de italiano bronzeado e cabelo penteado para trás, parecia um membro da família Corleone.

"Andei ouvindo algumas coisas", ele disse, dando de ombros com discrição. "Ela não está muito feliz com o que anda acontecendo por lá, mas como está sob contrato..."

"Ela estava sob contrato aqui", comentou Caroline.

"Não, não estava", eu disse de modo agressivo, irritado pela maneira como ela falava de uma coisa que não entendia por completo. "O contrato de Tara tinha terminado. Ela optou por não renovar. Recebeu uma proposta melhor."

"Então você devia ter lhe oferecido mais dinheiro, não devia?", disse Caroline com tom adocicado. Eu a encarei, um tanto surpreso, e toda a minha boa vontade desapareceu.

"Parece que ela queria o jornal das seis", continuou Roger, neutralizando um pouco a tensão. "Mas eles não puderam dar para ela, senão Meg pularia fora. Então ela pediu o da uma, e eles negaram. Não sei por quê, ela seria muito boa para esse horário. Eles queriam colocá-la no matutino e ela recusou na hora, claro. Eles tinham planejado alguns segmentos documentais, alguns *game shows* de culinária com celebridades, coisas desse tipo. Até agora, nada sólido."

"Ela devia ter resolvido essas coisas antes de nos deixar, não devia?", murmurei, agora sorrindo para Caroline. "Talvez ela os abandone e corra de volta para cá com o rabo entre as pernas. Quem sabe?"

"Duvido", disse Caroline. E, para falar a verdade, eu também duvidava, apesar de ter descoberto que sentia alguma falta dela, pois no mínimo Tara era sempre uma boa companhia. Assim como James tinha sido. Mas ele estava morto e ela, trabalhando para a concorrência. "De qualquer forma, há outro problema para discutirmos. Precisamos nos livrar de Martin Ryce-Stanford. E rápido."

Quando ouviram isso, todos prenderam a respiração e eu me reclinei na cadeira, batendo com o lápis de leve na beirada da mesa. Martin Ryce-Stanford era o homem que morava nos três andares superiores da casa em cujo subsolo eu tinha meu apartamento. Ele havia sido ministro na segunda parte do reinado de terror da sra. Thatcher e perdido o emprego quando ficou do lado errado da chefe em uma discussão sobre o futuro das minas de carvão. Martin acreditava que eles deviam fechar todas elas e enfrentar as consequências. A sra. T. pensava o mesmo, mas sabia que era uma coisa perigosa demais para ser feita; melhor anunciar o fechamento de várias e em seguida ceder um pouco, depois da inevitável revolta, permitindo que algumas continuassem abertas enquanto ela conseguia fechar as que tinham sido o alvo desde o início. Em um gesto curioso, levando em conta sua posição, Martin considerou aquilo o limite intolerável do cinismo político e fez um relato bastante crítico dos planos da sra. Thatcher no noticiário *Newsnight*. Ela telefonou para ele à meia-noite daquele mesmo dia, o demitiu e ameaçou mandar castrá-lo. Depois disso, ele se tornou uma espécie de maldição, um *bête noire* para a primeira-ministra no restante de seu mandato. Ele foi um dos que colaboraram para a ascensão de John Major em 1990, apesar de um não tolerar o outro, e tinha esperança de que essa inesperada ajuda lhe garantisse uma cadeira na Câmara dos Lordes. Infelizmente, favores nem sempre são recompensados e assim ele se viu reduzido a escrever artigos ferrenhos sobre os líderes para qualquer jornal que os aceitasse. Ele desenvolveu uma habilidade até então adormecida de criar charges políticas e passou a ilustrar seus artigos com desenhos a nanquim de ministros como diferentes tipos de híbridos, seus rostos sobre corpos de animais variados. Desse modo, John Major andava por aí com o gingado de um patinho, Michael Portillo estendia os braços para revelar penas de pavão e Gillian Shepard galopava pela página com o corpo de um pequeno rottweiler. Depois de algum tempo, ficou evidente que os textos de Martin eram tendenciosos — ele criticava simplesmente *tudo*, fizesse sentido ou não. Era sempre do contra. Passou a ser considerado politicamente infundado, inacreditavelmente tendencioso e ridiculamente preconceituoso contra qualquer um que estivesse em alguma posição de poder. Certas pessoas chegaram a questionar sua saúde mental. Ou seja, tinha chegado o momento de ele começar a trabalhar na televisão.

Fiquei bastante próximo de Martin depois que me mudei para o apartamento em Piccadilly. De vez em quando, ele me convidava para jantar; éramos acompanhados por sua jovem e rabugenta esposa, Polly, e qualquer companheira que eu arranjasse para a noite, e nossos encontros eram sempre hilários. Suas crenças de extrema direita eram tão exageradas que só podiam ser consideradas fingimento; ele parecia ter prazer em ultrajar as pessoas com as coisas que dizia. Polly mal dava ouvidos. Da minha parte, eu achava que sabia lidar com seu jeito e não caía no jogo, mas qualquer garota que eu levasse para jantar ficava cada vez mais ofendida à medida que a noite caminhava, a ponto de se levantar e ir embora ou contra-atacar, um terrível *faux pas* social — justamente o tipo de reação extrema que ele gostava de provocar em seus convidados.

Logo depois da inauguração da emissora, me ocorreu que seria muito divertido levar as provocações e a insanidade daquelas conversas para a televisão, e convidei Martin para ser o apresentador de um programa de entrevistas políticas, exibido três vezes por semana. O formato era simples: um programa de trinta minutos (vinte e quatro, sem contar os intervalos comerciais e a abertura) com dois convidados por episódio; em geral, uma figura política e um Liberal Ultrajado. A figura política dizia sempre todas as coisas certas para o bem da própria carreira. O Liberal Ultrajado — quase sempre um ator, cantor, escritor ou outra figura do gênero — seguia a linha do politicamente correto. E Martin jogava pedradas de mau gosto para provocar ambos. Durante o programa, ficava claro que o político fazia tudo o que ele ou ela podia para manter a linha do partido, sem nunca condenar os pontos de vista evidentemente ridículos de Martin. Ao mesmo tempo, o Liberal Ultrajado ia ficando mais e mais furioso, usando frases como "Essa coisa toda me dá náuseas" ou "Por Deus, homem, como você pode continuar pensando assim?", e havia sempre a chance de o L. U. jogar seu copo de água pura, sem gelo nem limão, na figura monstruosa à sua frente. No final das contas, era muito divertido, e foi uma das minhas melhores ideias.

Porém, depois de algum tempo a diversão simplesmente se esgotou. Martin Ryce-Stanford começou a parecer mais estúpido que provocador. Bons noticiários o superaram e seu estilo de tender para a extrema direita começou a marcá-lo como um homem ultrapassado. Ficou cada vez mais difícil encontrar convidados com credibilidade para o programa; o ponto mais baixo foi quando um dos episódios teve como figura política a mulher do secretário de um recém-eleito porta-voz da saúde do partido Liberal Democrático e como Liberal Ultrajado um jovem que alcançara o terceiro lugar nas paradas de música pop seis anos antes e depois desaparecera, e que de repente tentava se relançar como autor de uma série de livros infantis estrelada por um duende com uma variedade de poderes mágicos. A audiência do programa não apenas declinou, evaporou; ele era um fracasso e todos nós sabíamos. Mas, de qualquer forma, Martin era meu amigo e eu ainda gostava de sua companhia. A ideia de dar-lhe um pé na bunda não me agradava nem um pouco.

"Precisamos nos livrar de Martin Ryce-Stanford, Matthieu", repetiu Caroline. "O programa é uma piada."

"Concordo", disse Roger Tabori, meneando a cabeça com ar de sabedoria.

"Eu nem sabia que ainda exibíamos esse programa", comentou Alan, com expressão de surpresa.

"Precisamos de mudanças", disse Marcia Goodwill, chefe de conteúdo de entretenimento, batendo com a caneta em seu mata-borrão.

"Algo que atraia os jovens", completou Cliff Macklin, diretor de conteúdo importado, juntando-se ao coro grego.

"Você precisa demiti-lo. E logo", disse Caroline.

Dei de ombros. Eu sabia que ela estava certa, mas ainda assim... "Não tem como mudarmos o formato do programa?", perguntei. "Atualizá-lo um pouco?"

"Sim", respondeu Caroline. "Nos livrando do apresentador."

"Mas não existe nenhuma outra solução? Digo, além de demiti-lo?"

Caroline pensou no assunto. "Bom, acho que a gente podia contratar alguém para matá-lo. Isso talvez traga os telespectadores de volta — e um pouco de publicidade também. Depois estreamos um novo apresentador. Alguém com um pouco de sex appeal." Olhei para Caroline, surpreso, sem saber se ela falava sério. "*Estou brincando*", ela disse depois de algum tempo, ao ver minha expressão. "Francamente, parece que é você quem está fazendo o teste para Liberal Ultrajado."

"Na minha opinião", interveio Roger Tabori, "o problema não está no formato do programa, e sim no apresentador. Acho que esse programa de entrevistas políticas ainda tem fôlego. Precisamos apenas encontrar um rosto novo para ele. Alguém com mais... não sei... apelo para o público. Alguém com colhões, para ser sincero."

"E peitos", completou Caroline. "Se conseguirmos alguém com colhões e peitos, teremos um programa vencedor."

Eu ri. "Certo", respondi. "Colhões e peitos. Para que canto de Amsterdã viajamos até encontrar alguém que se encaixe nessa descrição?"

"Ah, não acho que a gente precise ir até Amsterdã, Matthieu", disse Cliff Macklin.

"Não quando já conhecemos uma pessoa que pode trazer rebanhos de telespectadores de volta", completou Marcia Goodwill, preparando o ataque. Comecei a me sentir vítima de uma emboscada, como se toda aquela conversa tivesse sido ensaiada, com um substituto fazendo o meu papel.

"Em quem exatamente vocês estão pensando?", perguntei com um suspiro, olhando para a líder do grupo, Caroline, que pelas minhas desconfianças tinha muito mais a seu favor do que eu imaginava.

"Ora, é óbvio, não é?", ela disse. "Precisamos trazê-la de volta. Não importa o quanto custe, precisamos trazê-la de volta. Pague o que ela quiser, faça o acordo que ela quiser, coloque a emissora inteira a seus pés, se for necessário. Mas precisamos trazê-la de volta. Tara diz: é hora de voltar para casa."

Balancei a cabeça e suspirei, fechando os olhos e isolando-me de todos eles por alguns instantes. Nunca quis tanto que James estivesse vivo como naquele momento.

"Impressionante", eu disse a Tommy em seu camarim depois que as tomadas em close e subjetivas tinham terminado. "Nunca imaginei que fossem necessárias tantas pessoas para fazer uma novela como essa. Antigamente era bem mais simples." Eu não tinha contado a meu sobrinho sobre meus dias de NBC por razões óbvias, mas as diferenças entre as duas não poderiam ser mais marcantes.

"Você nunca sai do escritório para ver o que acontece na sua emissora?", ele me perguntou com um sorriso.

"A maior parte do nosso conteúdo é importada", respondi com sinceridade. "Séries dramáticas, comédias, assim por diante. Os produtos feitos por nós são noticiários e programas de variedades. Sempre pessoas sentadas conversando. Não precisamos de muito para fazer isso."

Observei Tommy remover a maquiagem, sentado diante de um espelho estilo Broadway, com um arco de lâmpadas em volta de seu rosto famoso. Pelo meu reflexo no espelho, ele percebeu que eu o observava e sorriu. Falou com o meu reflexo, sem se virar para mim. "No ano passado, a Madonna usou este camarim antes de apresentar a National Lottery", comentou com um sorriso. "Ela cantou 'Frozen' e esqueceu aqui uma demo do álbum novo. Eu mandei de volta para ela e nunca recebi nem mesmo um obrigado."

"É mesmo?", eu disse, desinteressado. "Que coisa impressionante."

"Precisei tirar todas as minhas coisas antes dela chegar, mas quando ela foi embora deixou um monte de merda e eu é que tive que arrumar. Fiquei com algumas coisas dela, claro, mas não conte para ninguém."

Dei de ombros e olhei em volta. Havia muita parafernália de televisão à vista. Fotografias, pôsteres, fitas, rolos de filme. Inúmeros roteiros estavam espalhados no chão, cada um de uma cor diferente para marcar atualizações e revisões, o que fazia o local parecer uma escola Montessori. Imaginei um homenzinho sentado em algum lugar daquele prédio, cercado por um arco-íris de papéis, decidindo qual dia seria representado por qual cor e preenchendo um gráfico imenso com todos eles para justificar a própria existência. Folheei as páginas de alguns deles por um momento, sem muita atenção, lendo ao acaso alguns trechos, mas achei os diálogos tão risíveis que fui forçado a deixá-los de lado.

"Tommy, você gosta de trabalhar aqui?", perguntei depois de algum tempo.

"Se eu gosto? O que quer dizer?"

Eu ri. "O que você acha que eu quero dizer? Você tem prazer nisso? Tem prazer no seu trabalho? Gosta de vir para cá todos os dias?"

Ele pensou um instante e deu de ombros. "*Acho* que sim. E olhe para outro lado, se não quiser ver." Com uma lâmina de barbear ele formava uma carreira do que supus ser cocaína em um pedaço de espelho, concentrando-se ao máximo para deixá-la perfeita.

"Francamente, Tommy. Quantas vezes preciso…"

"*Não* comece", ele disse, me interrompendo. "Estou usando menos, juro. Mas não me venha com sermão, está bem? Passei a manhã apanhando feito um idiota de um meio-irmão furioso que acha que eu me aproveitei da mulher dele. Preciso de alguma coisa para relaxar." Suspirei e não disse mais nada quando ele se reclinou, cheirou todo o pó usando um tubinho de papel que mantinha em uma gaveta da penteadeira; depois de um momento de hesitação, seu corpo todo estremeceu, como se estivesse tendo um ataque; braços estendidos, punhos cerrados, olhos bem fechados. "Puta merda", disse, enfim, beliscando o nariz com força e abrindo e fechando os olhos inúmeras vezes. "Hoje foi foda." Começou a guardar todos os apetrechos e desviei os olhos, pois não queria ver mais nada daquilo. Me perguntei o que teria acontecido se alguém tivesse entrado de repente enquanto ele fazia aquilo, se ele teria dado alguma importância.

"Aliás", ele disse, agora com o rosto livre de maquiagem, as roupas de Sam Cutler trocadas por suas roupas normais de Tommy DuMarqué, "tem um assunto que preciso resolver com você." Me virei para ele, surpreso, imaginando o que poderia ser. Será que outro cheque meu não tinha sido descontado a tempo de pagar suas dívidas? "Recebi um roteiro esta semana. Recomendado por você, pelo que parece."

Recuei, chocado. "O quê?", perguntei, sem ter a menor ideia do que ele estava falando. "Que tipo de roteiro?"

Ele deu de ombros e começou a vasculhar a bagunça, procurando alguma coisa. "Sei lá", disse. "Eu não *li*, claro. Não iria arriscar minha carreira por causa disso. Aqui temos uma política muito clara. Se alguém nos envia um roteiro, somos obrigados a devolver no mesmo dia, com uma mensagem padrão da BBC dizendo que nem eu, nem meu agente, nem ninguém indicado por meu agente, nem um agente indicado por mim, nem um representante da BBC ou dos agentes que trabalham *para ela*, tinha aberto sequer a primeira página. Existe um monte de complicações jurídicas para manuscritos não solicitados."

"Mas o que isso tem a ver *comigo*?", perguntei, confuso com o que ele estava dizendo.

"Sei lá", ele repetiu, e então encontrou suas chaves no meio da confusão e pegou o casaco. "Quer dizer, eu li a carta que veio junto antes de devolver o roteiro e era de um fulano que dizia ter conhecido você numa festa e conversado com você sobre aquele troço, e que você tinha recomendado que ele mandasse para mim. Que eu conseguiria, de algum jeito, levar o roteiro para a frente."

Sacudi a cabeça. "Isso é um absurdo. Não conheci essa pessoa coisa nenhuma. Qual era o nome dele?"

Ele pensou um instante. "Não me lembro. Ele só falou que vocês tinham conversado não fazia muito tempo em uma festa e que você tinha gostado do que ele…"

"Meu Deus", exclamei, uma ficha caindo em minha mente, e eu esperava que ela não fosse a certa. "Não era Lee Hocknell, era?"

Tommy estalou os dedos e apontou para mim. "Sim, esse mesmo! O sobrenome chamou minha atenção porque era o mesmo daquele cara cujo caso resolvemos uns meses atrás. Aquele da overdose e que acabaram te envolvendo na história."

"Era o *pai* dele", eu disse, atônito. "E não nos conhecemos em uma festa, foi no *velório* do pai. Meu Deus!"

"Bom, foi isso que ele falou."

"E eu *nunca* disse para ele enviar coisa nenhuma. Que bizarro. Lembro que ele comentou que estava escrevendo uma história policial, alguma coisa assim. Um filme para TV. No meio da conversa, seu nome surgiu, mas nunca imaginei que ele chegaria a mandar o material para você."

Tommy deu de ombros e apagou as luzes enquanto saíamos para ir almoçar. "Não foi um problema", ele disse, indiferente. "Como eu falei, mandei de volta."

"Ainda assim, é estranho que ele tenha enviado. E também um pouco grosseiro. Juro que nunca recomendei que ele fizesse isso."

Ele riu. "Não tem problema, sério. Esqueça. E me diga", ele continuou, mudando de assunto. "Quais as novidades?"

Agora foi minha vez de rir. "Bom, você não vai acreditar com quem vou ser obrigado a sair e bajular até não poder mais na semana que vem."

16

QUANDO SENTI FALTA DE DOMINIQUE

Nat Pepys não era bonito, mas, por seu porte, era fácil perceber que tinha a autoconfiança de um homem totalmente à vontade no mundo com sua aparência e seu status. Dava passos largos pela propriedade como um pavão, as pernas se esticando à frente do corpo de um jeito que não parecia muito natural, o pescoço oscilando para a frente e para a trás como o de um peru tuberculoso. Ele chegou à mansão Cageley sozinho em uma tarde de terça-feira, cavalgando de um jeito tão agressivo pela estrada que, quando parou na nossa frente, nos estábulos, o pobre cavalo precisou usar as energias que lhe restavam para evitar uma queda violenta. O imbecil correra o risco de ser jogado para a frente, e com certeza teria quebrado o pescoço; vi o rosto da égua assumir uma expressão de surpresa e dor, e senti pena. Apesar de não conhecer Nat, Jack já tinha enchido minha cabeça com seu desprezo pelo homem e, na mesma hora, o comportamento dele me indignou.

Era uma tarde nublada e garoenta. Depois de descer do cavalo, ele fitou o céu, como se um olhar frio pudesse fazer as nuvens acumuladas recuarem acima de sua cabeça. Observei-o vindo até nós com ar despreocupado, de alguém sem problemas, satisfeito de voltar a Cageley e assumir a posse até mesmo do ar, que respirava como se fosse seu. Não era tão alto quanto eu ou Jack — com as botas de montaria, não passava de um metro e setenta, um metro e setenta e dois — e, apesar de seu aniversário de apenas vinte e um anos, seu longo cabelo castanho não escondia grandes áreas calvas em sua cabeça. O rosto tinha cicatrizes de acne da adolescência, mas os olhos eram de um azul profundo, talvez sua única característica atraente e a primeira coisa que se notava nele. Abaixo do nariz havia um bigode fino como um traço de lápis, que ele pressionava de vez em quando, como se receasse que tivesse caído durante a cavalgada.

"Olá, Colby", disse, me ignorando por completo ao caminhar até Jack, que parou de revolver palha nos estábulos e se apoiou no forcado, estreitando os olhos com um desagrado quase explícito. "Tudo bem com você?"

"É Holby, sr. Pepys", disse Jack em um tom frio. "Jack Holby. Lembra?"

Nat deu de ombros e sorriu para ele de um jeito condescendente. As diferenças entre os dois eram óbvias. Jack era alto, forte e bonito, seu cabelo loiro brilhava sob o sol, seu corpo todo evidenciava o fato de ele passar a maior parte do tempo ao ar livre. Nat não possuía nenhuma dessas características. Sua pele era desbotada, seu porte, frágil. Seria óbvio para qualquer um qual dos dois, que tinham idades próximas, havia trabalhado ao longo da juventude. Sabendo o quanto Jack o detestava, estranhei aquela postura arrogante de Nat; qualquer briga entre os dois só teria um resultado. Mas então me lembrei da ambição de Jack.

Ele queria alcançar coisas na vida e, se agir de maneira submissa com um ignóbil como Nat Pepys por alguns anos fosse o necessário para esses sonhos serem alcançados, ele tinha personalidade forte o suficiente para fazer justamente isso.

"Ora, eu não sou obrigado a me lembrar do nome de todos os homens, mulheres e crianças que trabalham para mim, não é, Holby?", ele disse, alegre. "Um homem na minha posição", acrescentou.

"Não importa muito, já que eu não trabalho para você, não é?", observou Jack, mantendo um tom educado mesmo quando suas palavras se tornavam mais insolentes. "É seu pai que paga o meu salário. Sempre foi. Assim como ele paga o seu, se não me engano."

"Sim, e quem você acha que mantém os cofres cheios de dinheiro para ele usar todos os meses?", disse Nat com um sorriso maldoso, virando-se para mim, talvez querendo evitar uma guerra de palavras com um subalterno meros segundos depois de ter chegado. Eu não fazia ideia de que tipo de conversa havia ocorrido entre aqueles dois no passado, mas sabia de uma coisa que esse sujeito também sabia: Jack não era do tipo cerimonioso com Nat Pepys. "E você, então, quem diabos é?", ele perguntou, me esquadrinhando de cima a baixo, torcendo um pouco a boca conforme tentava decidir se gostava ou não do que via. Seu tom não era tão agressivo quanto suas palavras, mas, por alguma razão, não achei que responder à altura fosse a melhor opção para me dirigir a ele. Eu nunca tinha precisado tratar direto com seu pai, portanto ele era a coisa mais próxima de um patrão que havia falado comigo desde que eu chegara a Cageley. Olhei para Jack por cima do ombro de Nat, em busca de um pouco de apoio.

"Este é Matthieu Zéla", disse Jack depois de algum tempo, me salvando. "Cavalariço."

"Matthieu o quê?", perguntou Nat, surpreso, virando-se na direção de Jack. "Como é o sobrenome dele?"

"Zéla."

"Zéla? Meu bom Deus, homem, que tipo de sobrenome é esse? De onde você veio, rapaz, com um sobrenome desses?"

"Sou de Paris, senhor", respondi baixinho, sentindo o rosto arder de ansiedade enquanto explicava. "Sou francês."

"Eu sei onde Paris fica, obrigado", ele disse, irritado. "Acredite se quiser, estudei um pouco de geografia mundial básica. E o que o traz de Paris até aqui, posso saber?"

Dei de ombros. Era uma longa história, afinal. "Acabei vindo parar aqui", comecei. "Fui embora de..." Ele me deu as costas enquanto eu falava, desinteressado, e começou a conversar com Jack, tirando as luvas de couro e guardando-as no bolso. Eu ainda não tinha aprendido o significado da palavra "retórica".

"Com certeza Davies o avisou que alguns amigos meus virão para cá no fim de semana", ele disse, impaciente, e Jack concordou com a cabeça. "É minha festa de aniversário e a cidade não é um bom lugar para isso. São sete no total e eles só vão chegar amanhã, portanto vocês têm algum tempo para se preparar. Limpem este lugar pelo menos um pouco, está bem?", acrescentou, passando os olhos pelo chão com desdém, ainda que os estábulos estivessem tão limpos e bem cuidados quanto qualquer estábulo poderia estar. "Façam com que fique pelo menos apresentável. Você, rapaz", ele se virou para mim outra vez, "dê um banho na minha égua e depois a leve para a cocheira, sim?" Concordei com a cabeça e estendi a mão para pegar as rédeas, mas ela empinou, em pânico. "Ah, pelo amor de Deus", exclamou Nat, se aproximando e agarrando o cavalo com agressividade. Era nítido que o animal morria de medo dele. "É *assim* que se domina um cavalo", disse. "Você precisa mostrar quem está no comando. Assim como com qualquer pessoa." Ele sorriu para mim e senti seus olhos mais uma vez me avaliando de cima a baixo, como se eu fosse um camponês qualquer de beira de estrada, e me senti desconfortável. Baixei os olhos e peguei as rédeas. "Imagino que você tenha espaço para mais sete cavalos, não?", ele perguntou a Jack, afastando-se de mim.

"Eu diria que sim", respondeu Jack, dando de ombros. "Tem bastante espaço na três e podemos colocar mais um ou dois nas outras, sem problemas."

Nat pensou no assunto por um instante. "Desde que eles tenham espaço para respirar. Vamos sair para caçar, então preciso que os cavalos estejam em boas condições. Deixe alguns do meu pai para fora, se precisar. Eles já têm privilégios demais. Comem melhor do que muitas pessoas do vilarejo, eu diria." Jack não respondeu e eu sabia que não havia nenhuma chance de ele sacrificar o conforto de um de seus amados cavalos em nome da montaria de qualquer amigo de Nat Pepys. "Está certo então", disse Nat depois de algum tempo, com um gesto rápido de cabeça, pegando sua pequena mala de tapeçaria no dorso do cavalo. "Melhor eu entrar e cumprimentar os velhos. Vejo vocês depois." Ele se virou para mim com uma expressão dúbia e murmurou "Paris" com desprezo antes de ir embora. Aproximei-me de Jack e o observamos seguir na direção do casarão, até o perdermos de vista. Percebi que a mandíbula de Jack estava trancada com uma força resoluta e que seus olhos haviam acompanhado Nat com algo próximo ao mais puro ódio.

Os sete amigos de Nat chegaram na tarde do dia seguinte. Jack e eu estávamos prontos para recebê-los quando que eles subiram pela estrada com a mesma velocidade e falta de cuidado com os cavalos que Nat demonstrara vinte e quatro horas antes. Eles praticamente desabaram dos cavalos para cumprimentar o amigo, poucos metros atrás de nós, todos abandonando seus cavalos com a plena convicção de que alguém — eu ou Jack — se encarregaria dos animais, impedindo-os de darem meia-volta e galoparem rumo à liberdade. Levamos todos para o estábulo e passamos o resto do dia lavando-os e escovando-os, uma tarefa demorada e cansativa. Os amigos tinham vindo de Londres em alta velocidade; os cavalos estavam suados e com fome. Enquanto eu terminava de espalhar o feno em volta de cada um, Jack preparou um cocho grande com bastante aveia quente, muito mais do que o necessário para os cavalos da mansão. Quando terminamos tudo, estávamos exaustos.

"Depois de todo esse trabalho, o que acha de irmos até a cozinha ver se arranjamos uma bebida?", sugeriu Jack ao trancarmos as portas do estábulo e puxarmos para conferir a tranca — a última coisa que queríamos era que os animais fugissem à noite.

"Não sei...", respondi, apreensivo. "E se..."

"Ah, deixe disso, Mattie, não seja covarde. Dê uma olhada; as luzes estão apagadas." Olhei na direção da cozinha e ele estava certo; as janelas estavam escuras e não havia nenhuma alma à vista. Além disso, não era contra as regras comermos alguma coisa no fim do dia. Portanto, sem precisar de muito mais encorajamento, concordei.

"As portas estão destrancadas", disse Jack, com um sorriso, ao entrarmos. "Não é tarefa da sua irmã trancar tudo antes de ir para a cama?" Dei de ombros e me sentei enquanto ele foi até a despensa e voltou com duas garrafas de cerveja, que me mostrou, deliciado. "É disto que estamos precisando, Mattie", disse, colocando-as na mesa com um sorriso. "O que acha dessas?" Peguei uma das garrafas com gratidão e dei um gole demorado. Eu não estava acostumado com cerveja e o gosto amargo me fez engasgar. Tossi um pouco, parte da bebida escorreu pelo queixo e Jack riu. "Ei, não desperdice, pelo amor de Deus", disse, sorrindo. "Não devíamos nem estar bebendo isso aqui. A última coisa que queremos é que você derrame tudo no casaco em vez de na garganta."

"Desculpe, Jack. É que nunca tinha bebido isso." Acendemos nossos cachimbos e reclinamos nas cadeiras; o próprio retrato do relaxamento. Me ocorreu como devia ser maravilhosa a vida de um homem ocioso, relaxando daquela maneira sempre que quisesse, comendo, bebendo e fumando um cachimbo em paz. Até mesmo um trabalhador podia descansar no fim do dia e aproveitar os frutos do seu trabalho. Mas todo o meu dinheiro ia para minhas economias, para quando eu e Dominique talvez deixássemos Cageley e começássemos nossa vida em outro lugar.

"Vou precisar de muitas dessas nos próximos dias",

comentou Jack, pensativo. "Com essa corja indo de um lado para o outro, gritando com a gente onde quer que estejam. Juro, eu poderia até…" Ele se perdeu em pensamentos, sem terminar a frase, mordendo o lábio com uma raiva contida.

"O que exatamente aconteceu entre Nat e a sua Elsie?", perguntei, usando a palavra "sua" apenas porque ele tinha se referido a ela como "dele" todas as vezes que a mencionara no tempo que passei na mansão Cageley, e não porque eu tivesse percebido qualquer tipo de relacionamento entre os dois. Ele deu de ombros e me olhou como se não tivesse certeza se estava com vontade de falar no assunto.

"Coisas", ele respondeu. "Tentei deixar tudo para trás. Já faz algum tempo. Dois anos, acho, desde que tudo aconteceu." Olhei para ele e levantei a sobrancelha, estimulando-o a continuar; passados alguns minutos, ele prosseguiu. "Estou na mansão Cageley desde os cinco anos, sabia? Meus pais trabalhavam para Sir Alfred. Eu cresci aqui e esse Nat… A gente costumava brincar juntos quando éramos pequenos. Todas essas coisas que ele faz agora, me chamar de 'Colby' em vez do meu nome certo… Ele me conhece quase desde que nasceu. Só faz isso para me irritar."

"Mas por quê, se vocês já foram amigos?", perguntei.

Ele balançou a cabeça. "Nunca fomos amigos de verdade", disse. "Estávamos os dois aqui ao mesmo tempo e sem muita diferença de idade. Naquela época, Sir Alfred quase não saía de Londres; eles só vinham a Cageley nos fins de semana e, mesmo assim, apenas na metade deles. Eu e minha família estávamos mais para caseiros. O trabalho só começou de verdade quando Sir Alfred se aposentou. Por isso, eu via Nat apenas de vez em quando. E ele costumava ficar em casa, enquanto eu estava sempre fora. Não, o problema começou quando a minha Elsie veio para cá."

"Então ela não está aqui desde criança?"

"Ah, não", disse Jack, sacudindo a cabeça. "Está aqui há poucos anos. Talvez três. Eu e Elsie, bom, a gente se tornou amigos desde o começo, saíamos para passear e fazer outras coisas juntos, sabe, coisas de rotina. Logo nos tornamos mais do que amigos, mas nada sério. Acho que nenhum de nós dois ficaria muito triste sem o outro. Sabe como é." Concordei; afinal, eu sabia um pouco sobre aquilo, pois, apesar de o meu único relacionamento romântico verdadeiro ter sido longe de casual, todas as minhas outras aventuras sexuais ou foram pagas ou foram com as garotas de rua de Dover. "De qualquer forma", ele continuou, "num fim de semana Nat aparece, dá uma olhada na minha Elsie e decide que ela até dava pro gasto. Então, começou a assediá-la, e o que aconteceu depois eu já lhe contei."

"Ele conseguiu."

"Ah, conseguiu", disse Jack, "e depois mal falou com ela de novo. Quase partiu o coração da Elsie. A idiota achou que estava prestes a se transformar na senhora da mansão. O que será que ela tinha na cabeça para se apaixonar por esse cachorro anão?"

Então, a porta da cozinha se abriu e o próprio cachorro anão entrou, carregando uma vela comprida. Pulei na cadeira, em dúvida se ele estivera ali o tempo todo, ouvindo a conversa. "Olá, rapazes", ele disse, dirigindo-se à despensa e mal olhando para nós enquanto passava. Imaginei que ele não tinha ouvido nada ou que simplesmente não dava a mínima importância para nossa opinião sobre ele. "O que estão fazendo aqui tão tarde? Terminaram o trabalho?"

Esperei que Jack respondesse, pois ele era a autoridade naquele assunto, mas um intervalo de tempo constrangedor passou sem ele dizer nem mesmo uma palavra. Mantive meu olhar nele, instigando-o a responder, mas ele apenas deu um longo gole na garrafa e sorriu para mim.

"Terminamos, senhor", respondi enfim. "Os cavalos estão prontos para amanhã."

Nat saiu da despensa, inspecionando com atenção os rótulos das duas garrafas de vinho que tinha pego, depois olhou para mim com a mesma atenção e um ar de superioridade. Esperou um pouco antes de falar, como se estivesse ponderando por que manteria uma conversa com alguém tão abaixo dele na cadeia alimentar quanto eu, e em seguida deu um passo em nossa direção. Senti o cheiro de fumo e álcool que ele já exalava e imaginei em que condição estaria de manhã, quando a caçada começasse.

"Sairemos com os cavalos às onze, rapazes", disse. "Não sei que instruções Davies deu a vocês, mas a caçada começará nesse horário. Portanto, os cavalos precisam estar prontos muito antes disso."

"Estamos aqui a partir das sete, senhor", respondi.

"Certo. Acho que é tempo suficiente." Ele olhou seu relógio. "Vocês já não deviam estar na cama, se precisam acordar tão cedo? Não quero atrasos." Ele sorriu para nós dois e eu sorri de volta para evitar o constrangimento, mas Jack não se mexeu. Percebi que Nat olhava para ele de relance, um tanto apreensivo, como se estivesse preocupado que ele de repente jogasse a mesa para o lado e o atacasse. O clima de pura aversão era palpável. "Então eu já vou", disse depois de algum tempo. "Até amanhã."

Fechou a porta em silêncio ao sair e respirei aliviado.

Eu estava certo de que ele iria fazer algum comentário sobre estarmos bebendo a cerveja de seu pai, pois sabia tanto quanto nós que era contra as regras, mas ele não parecia ter percebido — ou se importado.

"Você não tem medo dele, tem, Mattie?", Jack perguntou depois de um instante, olhando desconfiado para mim. Eu ri.

"Medo dele? Você só pode estar brincando."

"Afinal, ele é só um homem", ele disse. "Ou quase."

Reclinei-me na cadeira, pensativo. Eu não tinha medo dele; Jack estava errado. Eu já tinha encontrado sujeitos mais ameaçadores do que Nat Pepys na vida e conseguira derrotar a maioria. Mas eu estava intimidado. Não estava acostumado com figuras de autoridade, e certamente não com uma apenas um ou dois anos mais velha do que eu. Não consegui entender o motivo, mas havia alguma coisa em Nat Pepys que me deixava nervoso. Olhei para o relógio da cozinha quando ele deu meia-noite.

"É melhor eu ir", eu disse, terminando minha garrafa e guardando-a no bolso enquanto me levantava, para me desfazer dela em alguma vala a caminho da casa dos Amberton. "Vejo você amanhã."

Jack ergueu sua garrafa para mim em um cumprimento, mas não disse nada quando abri a porta, deixando entrar um súbito facho de luar, e saí ao encontro do ar frio. Quando contornei a casa para pegar a estrada, vi a janela refletindo a festa que Nat oferecia aos amigos; era barulhenta e tumultuosa, e ouvi um homem gritando alguma coisa e depois o silêncio quando uma jovem começou a cantar. À meia-luz, observei aquela casa imensa na qual eu trabalhava, imaginando se um dia eu conseguiria viver daquela maneira. Por que algumas pessoas nascem com vidas assim? E o que é preciso fazer para alcançar essa riqueza? Para mim, era um mistério.

Mas eu estava errado em pensar que nunca chegaria a minha vez.

Na manhã da caçada, Dominique e uma das criadas mais apresentáveis tinham sido selecionadas por Nat para ficar perto dos estábulos, com bandejas de vinho do porto. Estavam vestidas com as melhores roupas disponíveis para os criados e era evidente que a atenção da maioria dos homens da festa direcionava-se à minha "irmã". E creio que ela percebia isso, embora quase não olhasse para nenhum deles enquanto lhes oferecia bebidas, sorrindo educadamente, apreciando a atenção. Eu ri quando a vi surgir da cozinha, do jeito que você ri quando vê um amigo vestido de modo empolado, mas ela praticamente me ignorou, demonstrando certa superioridade profissional em relação a mim.

Eu e Jack levamos os cavalos para fora e os amarramos em vários esteios espalhados pelo terreno. Enquanto Nat e seus amigos circulavam por ali, servindo-se de bebidas da bandeja de Dominique, elogiavam a bela aparência dos cavalos como se fossem eles os responsáveis por ela, ignorando a mim e a Jack. Meu amigo não se importou — acho que nem percebeu —, mas eu fiquei um pouco incomodado, pois tinha trabalhado duro e acreditava merecer algum reconhecimento. Eu era ingênuo.

Depois de algum tempo, a caçada enfim teve início e o grupo de cavalos e cães desapareceu pelos portões da mansão Cageley com grande estardalhaço, rumo ao vasto campo no horizonte. Mesmo depois de vários minutos, eu ainda ouvia os latidos incessantes dos cães que saíram em disparada pelas colinas e também as notas graves das trompas de caça que os acompanhavam. Enquanto Dominique e sua amiga Mary-Ann começavam o trabalho na cozinha, preparando a comida para mais tarde e lavando as taças usadas, eu e Jack fizemos nosso intervalo matutino. As duas jovens davam risadinhas sobre alguma coisa quando entramos, e elas de repente pararam ao nos ver, olhando uma para a outra com uma cumplicidade que naturalmente excluía Jack e eu. Como de costume, ele foi direto à despensa se servir do que estivesse disponível, enquanto me sentei à mesa, esperando trocar algumas palavras amigáveis com Dominique, para provar a mim mesmo que ela ainda se importava comigo.

"Eu queria ir a uma dessas caçadas", comentou Mary-Ann, puxando um imenso saco de batatas da despensa e se sentando em uma das cadeiras, com uma bacia de água aos pés, para descascá-las. "Daquele jeito chique que todos se vestem e cavalgam pelo campo. Bem melhor do que ficar aqui descascando batata, com certeza."

"Você cairia do cavalo, se tentasse", disse Jack de imediato. "Quebraria esse seu pescocinho. Quando foi a última vez que você subiu em um cavalo?"

"Eu poderia *aprender*, não poderia? Não deve ser tão difícil, se alguém como Nat Pepys consegue."

"Ele provavelmente fez isso a vida toda", eu disse, defendendo a opinião de Jack, e Dominique disparou um olhar de desgosto na minha direção. "Mas acho que você provavelmente conseguiria", murmurei em seguida, para agradá-la.

"Vocês naturalmente devem ter ouvido falar sobre o noivado dele", comentou Mary-Ann depois de um breve silêncio, o rosto adotando uma expressão de "eu sei de uma coisa que vocês não sabem". Todos nós olhamos para ela, surpresos.

"Nat vai se casar?", perguntou Jack; ficou óbvio que era novidade para ele.

"Não mais", disse Mary-Ann. "Disseram que ele estava prestes a ficar noivo de uma vadia qualquer de Londres. A filha de um amigo do pai dele, pelo que ouvi. Mas dizem que ela descobriu que ele ficou bêbado e foi a uma dessas casas que nenhum cavalheiro deveria visitar, e tudo terminou por causa disso."

Jack bufou e riu. "Sorte dela", disse. "Afinal, que mulher com a cabeça no lugar iria querer se casar com esse sujeito feio e..."

"Ah, não sei", ela disse. "Ele não é tão ruim assim. Além disso, um terço deste lugar será dele um dia, e isso não é nada mal. Dinheiro tem um poder incrível de distrair você do rosto de um homem, sabia?"

"Então é disso que você gosta nele, Mary-Ann?", perguntou Jack, sacudindo a cabeça com desprezo. "Um homem vale muito mais do que as coisas que tem, sabia?"

"Engraçado", ela retrucou, fungando de leve enquanto se concentrava nas batatas. "Quase sempre os que fazem esse tipo de comentário são os que têm posses. Não os que não têm nem onde cair mortos."

Olhei em volta e imaginei como devia ser maravilhoso nascer com dinheiro, herdá-lo sem precisar fazer nenhum esforço. "Um homem como ele jamais conseguiria fazer uma mulher feliz", comentei, ansioso para agradar Jack, que mal ouviu. Mary-Ann riu de um jeito escandaloso.

"E o que alguém como você sabe sobre fazer uma mulher feliz?", ela exclamou, lágrimas escorrendo pelas bochechas. "Você ainda nem deve ter segurado na mão de uma garota. É um bebê." Fiquei quieto e apenas baixei os olhos para a mesa, corando intensamente, consciente de que Dominique tinha se virado para a pia, voltando as costas para nós. "O que você acha, amiga?", perguntou Mary-Ann, olhando para ela. "Você acha que esse seu irmão já esteve com alguma mulher?"

"Não sei", ela respondeu, áspera. "E não é coisa que eu queira saber, obrigada. Alguns de nós têm trabalho a fazer, mesmo que outros não tenham." Reparei que ela estava assimilando um pouco do sotaque da região e me perguntei se eu também estaria. Mary-Ann riu mais um pouco e, quando enfim levantei os olhos outra vez, vi Jack observando o rosto vermelho de Dominique e depois o meu, com uma expressão que misturava surpresa e bom humor. Eu me levantei rápido e fui para os estábulos.

Nat e seus amigos regressaram à mansão Cageley no final da tarde, comentando sobre um acidente. Quando os ouvi se aproximarem à distância, fui esperá-los na estrada; a matilha passou correndo por mim, seguida pelos cavalos exaustos e por seus cavaleiros. Nat trazia no cavalo uma passageira, uma jovem cujo rosto estava bastante pálido, com exceção dos olhos, que deixavam claro que tinha chorado. Os convidados desmontaram e um dos homens mais altos, não o próprio Nat, ajudou-a a descer e a carregou até a mansão. Observei tudo aquilo com surpresa, imaginando o que teria acontecido, quando Nat veio até mim, o rosto contorcido de preocupação.

"Um pequeno acidente", disse, sem se dar ao trabalho de me olhar, observando seus amigos entrarem e serem recebidos pelo mordomo. "Janet, quer dizer, a srta. Logan, caiu do cavalo quando o animal se recusou a pular uma cerca. Torceu o tornozelo, acho. A coitada não parou de choramingar por mais de meia hora."

Meneei a cabeça e olhei à volta, contando os cavalos. Oito tinham saído, mas apenas sete voltaram. "E onde está o cavalo dela?", perguntei baixinho.

"Ah", disse Nat, contraindo os lábios antes de coçar a cabeça e dar de ombros com ar inocente. "O cavalo está numa situação complicada, na verdade. Tropeçou quando Janet foi lançada para a frente. Caiu no chão e se machucou. Uma ferida bem feia."

Senti um aperto no coração. Embora fossem cavalos dos quais eu vinha cuidando apenas nos últimos meses, meu convívio com os que pertenciam a Sir Alfred despertara em mim um amor por eles que não existia antes. Eles tinham uma força natural que eu admirava, um poder que havíamos conseguido domar e que agora era nosso para comandar. Eu amava o cheiro dos cavalos, a textura dos pelos, a maneira como seus olhos imensos e cheios de vida olhavam para você com uma confiança irrestrita. Minha tarefa preferida na mansão Cageley era escová-los, apertando as escovas com força contra o couro até eles rincharem de prazer e retribuírem com um brilho amadeirado nas ancas, prova de nossa dedicação e de sua beleza. Ouvir sobre um cavalo ferido, *qualquer* cavalo ferido, me preocupava.

"Você precisou matá-lo?", perguntei, ansioso, e Nat deu de ombros de maneira displicente.

"Eu não tinha uma arma, Zulu", respondeu, errando meu nome. "Tive que deixar a pobre égua lá, caída no chão."

"Você a *largou* lá?", perguntei, estupefato.

"Ela não conseguia se levantar, ora. Acho que quebrou a perna. E, como nenhum de nós tinha uma arma e ninguém esmagaria o crânio do bicho com pedras, não havia nada que pudéssemos fazer. Achei melhor voltar e buscar um de vocês. Aliás, onde está Holby?"

Olhei em volta e, através da janela da cozinha, vi Jack conversando com Dominique lá dentro. Ele olhou para nós de relance e saiu da mansão sem pressa, seguindo na direção dos sete cavalos para começar seu trabalho. Fui até ele e expliquei o que tinha acontecido; ele encarou Nat e sacudiu a cabeça, furioso.

"Você simplesmente a *largou* lá?", ele perguntou, quase repetindo minhas palavras. "Onde estava com a cabeça, Nat? Quando você vai para uma caçada com cães, precisa levar uma arma para o caso de alguma emergência. De *qualquer* emergência."

"*Sr.* Pepys para você, Holby", disse Nat, o rosto vermelho de raiva por causa daquele atrevimento. "Nunca carrego armas se posso evitar. Pelo amor de Deus, tudo o que precisamos fazer é voltar e matar a criatura", ele acrescentou, impaciente. "Não vai demorar."

Eu e Jack o encaramos, nossos corpos eretos, o dele um pouco curvado pela humilhação. Pela primeira vez ficou claro para mim como eu era mais homem — assim como Jack — do que aquele idiota. Qualquer deferência que eu tivesse por ele graças ao respeito por sua posição deixou de existir naquele instante, e me esforcei ao máximo para manter a calma.

"Eu vou", disse Jack, depois de algum tempo, seguindo para a mansão a fim de buscar uma arma. "Onde você a deixou?"

"Não", retrucou Nat, recuperando a presença de espírito e recusando-se a permitir que dois inferiores o humilhassem daquela maneira. "Zulu vai no seu lugar. E eu vou com ele, para mostrar onde ela está. Você fica aqui e cuida desses cavalos. Quero que eles recebam água e comida e fiquem limpos, entendido? E seja rápido."

A boca de Jack se abriu, como se ele fosse protestar, mas àquela altura Nat já seguia para a mansão, e tudo que pude fazer foi dar de ombros e esperar. Fui ao estábulo, selecionei dois cavalos de Sir Alfred — pois não queria cansar ainda mais os que tinham sido usados na caçada — e os conduzi para fora, enquanto Nat voltava com uma pistola, que conferiu para ver se estava carregada antes de montar no cavalo. Ele nem olhou para Jack antes de sair em disparada, e eu, um cavaleiro com muito menos experiência do que ele, o segui rapidamente, sem saber se conseguiria acompanhá-lo.

Passaram-se cerca de vinte minutos até Nat encontrar o local em que a égua caíra. Paramos a certa distância e andamos com cautela até o animal. Temi pelas condições em que ela poderia estar ou até que já tivesse morrido — no fundo, torci para que não estivesse mais lá; talvez o ferimento não fosse tão sério quanto Nat pensara e ela tivesse conseguido se levantar, e agora vagava sem destino. Mas não tive tanta sorte. A égua, de três anos, pelos cor de avelã e um grande círculo branco em torno de um olho, estava deitada num manto de folhas e galhos, trêmula de dor, a cabeça sacudindo em espasmos, os olhos encarando o horizonte sem enxergar nada, a boca espumando. Reconheci o animal dos preparos matutinos — os pelos brancos em volta do olho a distinguiram —, e ela era belíssima, forte e musculosa, com pernas perfeitas, músculos e tendões visíveis conforme ela andava. Eu e Nat observamos a pobre criatura por alguns momentos antes de olharmos um para o outro, e pensei ter visto um traço de arrependimento em seus olhos. Quis dizer outra vez "Não acredito que você a largou assim", mas percebi que o momento para insolência tinha passado e que eu poderia acabar sendo castigado por ele se não tomasse cuidado.

"E então?", eu disse depois de algum tempo, indicando com a cabeça a pistola no interior de seu casaco. "Você não vai...?"

Ele sacou a arma e seu rosto empalideceu. Fitou a coronha e lambeu os lábios secos antes de olhar para mim. "Você já fez isso? Já precisou matar um cavalo?" Eu neguei com a cabeça e engoli em seco.

"Não", respondi. "E não quero, se você não se importar."

Ele bufou e olhou mais uma vez para a arma, em seguida para o cavalo e depois a estendeu para mim. "Não seja um maldito covarde", disse. "Faça o que estou mandando. Faça... o que precisa ser feito." Peguei a arma e na mesma hora soube que ele também nunca tinha feito aquilo. "É só mirar bem no cérebro do animal e puxar o gatilho", ele explicou e senti a fúria crescer dentro de mim. "Mas tente um tiro certeiro, Zulu, pelo amor de Deus. Não queremos causar muita confusão."

Ele me deu as costas, levantou uma das botas e limpou a ponta com concentração exagerada, esperando que eu desse o tiro derradeiro. Olhei para o cavalo, cujos movimentos estavam mais espasmódicos do que nunca, e percebi que, para o bem dele, eu não poderia demorar nem mais um segundo. Segurei a pistola com uma das mãos, sentindo seu formato desconhecido — era um objeto que até então eu nunca havia precisado segurar — e a cobri com a outra, para diminuir o tremor. Ao me aproximar da cabeça da égua, desviei os olhos e, assim que senti meu estômago se revirar, puxei o gatilho e, com o coice da arma com o qual não estava familiarizado, fui imediatamente jogado para trás.

Nenhum de nós disse nada por algum tempo — eu estava em choque, e o zunido em meus ouvidos encobriu a lembrança do ocorrido por alguns segundos. Olhei para o que eu tinha feito e fiquei satisfeito ao constatar que o cavalo não tremia mais. Graças ao acaso, meu tiro fora certeiro e, com a exceção de um buraco fumegante de sangue, cuja coloração vermelha escorria para o olho branco do animal, não parecia haver muita diferença entre a cena de momentos antes e a que eu tinha agora diante de mim.

"Terminou?", perguntou Nat, que não tinha se virado. Olhei para suas costas e por um momento não disse nada. Vi que seu corpo inteiro tremia e, sem saber exatamente por quê, minha mão se levantou outra vez e apontei a arma para sua nuca. "Está terminado, Zulu?", ele perguntou.

"É Zéla", eu disse, agora com a voz calma e firme. "Meu nome é Matthieu Zéla. E, sim, terminou."

Só então ele se virou, mas evitou olhar para o corpo. "Bom", disse, enquanto seguíamos na direção de nossos cavalos. "É o que acontece quando não se obedece as ordens."

Olhei para ele, intrigado, e ele sorriu. "Ora, ela queria que o cavalo pulasse a cerca", explicou. "A srta. Jones, quero dizer. Ela queria que a égua saltasse, e ela se recusou. Agora veja como ela está. Esse é o resultado. Quando voltarmos, é melhor você dizer para Holby arranjar alguém para levá-la para aquele sujeito que compra carcaças, está bem?"

Ele não me olhou nem disse nada ao montar em seu cavalo e seguir para a mansão Cageley. De repente, precisei me escorar em uma árvore. Senti os joelhos cederem sob meu peso e meu estômago se revoltar até todo seu conteúdo estar no chão à minha frente. Quando me reergui, minha testa estava suada e o gosto na boca era horrível. E, sem saber muito bem por quê, comecei a chorar. Pequenos soluços no começo, depois sons secos e asmáticos intercalados por períodos sem sons, todos cheios de muita infelicidade. Abracei meus joelhos e fiquei em posição fetal pelo que me pareceu uma eternidade. Minha vida, pensei. Minha única vida.

Já estava escuro quando voltei aos Amberton naquela noite, e só voltei depois de eu e Jack termos dado um fim no corpo da égua.

17

COM OS TUBARÕES DA "GRANDE SOCIEDADE"

Depois da morte da minha oitava esposa, Constance, em Hollywood, em 1921, decidi me mudar para o mais longe possível da Califórnia, mas ainda permanecer nos Estados Unidos. Sua morte me deprimiu — ela morrera em um acidente de carro sem sentido logo depois do nosso casamento, e o acidente pôs fim também à vida do meu sobrinho Tom, de uma celebridade adolescente e da irmã de Constance, Amelia — e, com cento e setenta e oito anos de idade, me vi perdido, sem saber se ainda existiam possibilidades para a minha vida. Pela primeira e talvez única vez em duzentos e cinquenta e seis anos, questionei a rigorosa insistência do meu corpo em continuar com a aparência e o vigor da meia-idade. Tive vontade de desistir, de me livrar da existência cansativa à qual eu parecia destinado a ficar acorrentado para sempre, e precisei de muita força de vontade para não ir ao consultório médico mais próximo, explicar minha situação e ver se alguém poderia me ajudar a envelhecer — ou terminar tudo ali, na mesma hora.

Mas a depressão, se é que foi isso mesmo, acabou passando. Como já disse, não considero minha situação negativa; sem ela, eu muito provavelmente teria morrido no início dos anos 1800 e jamais teria vivido tantas experiências quanto as que tive o privilégio de viver. Envelhecer pode ser cruel, mas, se você ainda tiver uma boa aparência e certa segurança financeira, há sempre muito para fazer.

Permaneci na Califórnia até o final do ano, pois não parecia muito inteligente começar uma vida nova tão perto do recesso de dezembro, então me mudei para Washington em 1922, onde comprei uma pequena casa em Georgetown e investi em uma rede de restaurantes. O dono, Mitch Lendl, era um imigrante tcheco que se mudara para os Estados Unidos na década de 1870 e, como era tradição, fez fortuna e mudou seu primeiro nome, Miklôs, para uma versão mais americana. Ele queria expandir a rede pela capital, porém não tinha dinheiro suficiente. Seu crédito com os bancos era bom, mas ele desconfiava que as instituições poderiam revogar possíveis empréstimos para se apossar de seu império, portanto decidiu procurar um investidor. Nos tornamos bons amigos graças ao simples fato de eu gostar de jantar em seus estabelecimentos e termos descoberto afinidades em comum; por fim, concordei em me juntar ao empreendimento, que se tornou muito rentável. Os restaurantes Lendl's começaram a surgir em todo o estado e, graças ao conhecimento de Miklôs sobre bons *chefs* — eu sempre o chamava de Miklôs, nunca de Mitch —, conseguimos estabelecer uma boa reputação e um negócio de sucesso.

Gastronomia nunca me interessou muito; eu apreciava bons jantares, mas isso não é uma característica que me diferencie de outras pessoas. Mesmo assim, durante aquela época, em minha única incursão no universo dos restaurantes, aprendi um pouco sobre comida, principalmente sobre a importação de iguarias sofisticadas e pratos típicos de outros países, uma especialidade da nossa rede. Passei a me preocupar com o que oferecíamos em nossos restaurantes, e não servir nada insalubre logo se transformou em nossa política, a ponto de ter se tornado uma espécie de lema para nós. Seguindo os talentos e as habilidades de Miklôs, servíamos os vegetais mais macios, a carne mais selecionada e os bolos mais deliciosos da história. Nossas mesas lotavam todas as noites.

Em 1926, fui convidado para participar de um comitê executivo da Food Administration, e foi durante minha participação como membro, analisando os hábitos alimentares dos habitantes de Washington e preparando uma política comum que ajudasse a melhorá-los, que conheci Herb Hoover, que fizera parte desse mesmo comitê anos antes, sob o mandato do presidente Wilson. Apesar de ser o secretário de Comércio àquela altura, Herb continuou interessado em nosso trabalho, que fora uma de suas maiores paixões na carreira. Nos tornamos amigos e jantávamos juntos com frequência, o que costumava ser difícil, pois todas as pessoas no restaurante queriam falar com ele sobre algum problema pessoal ao passarem pela mesa.

"Todos eles acham que posso ajudá-los de alguma maneira", ele me disse certa tarde, quando estávamos em uma mesa isolada no Lendl's, bebericando conhaque depois de uma refeição generosa, preparada segundo os mais altos padrões de qualidade pelo próprio Miklôs. "Eles acham que, se ficarem meus amigos, posso lhes dar algum abatimento de imposto, ou algo do tipo, só porque sou o secretário de Comércio."

Improvável. Herb era conhecido como um dos mais

corretos e incorruptíveis homens do governo. Considerando sua história com causas humanitárias e, alguns diriam, até com a beneficência, como ele tinha ido parar em um cargo financeiro tão importante era algo além da minha capacidade de compreensão. Quando os alemães dominaram os Países Baixos depois do início da Primeira Guerra Mundial, Herb estava em Londres, incumbido pelos Aliados de garantir o abastecimento de comida para os belgas, o que fez com muito sucesso; o país poderia ter passado fome sem ele. Depois, assumiu um grande risco pessoal quando, em 1921, fez com que tal auxílio fosse estendido para a Rússia soviética no auge da fome. Ao ser criticado por ter, dessa forma, ajudado o bolchevismo, ele rugiu dentro da Câmara dos Representantes: "Vinte milhões de pessoas estão passando fome. Não importa que crença política elas tenham, elas serão alimentadas!".

"Nem eu sei como consegui", ele admitiu, referindo-se a seu cargo atual. "Mas parece que estou me saindo bem!", acrescentou com um sorriso, seus traços alegres e marcantes subindo pelo rosto até sulcar os cantos dos olhos. E ele estava certo; o país prosperava e seu mandato parecia garantido.

Confesso que gostava muito de sua companhia e fiquei entusiasmado quando ele foi eleito presidente no final de 1928, pois fazia tempo que eu não tinha uma relação próxima com alguém em uma posição de poder — e nunca houve ninguém como Herbert Hoover na Casa Branca. Fui à sua posse em março de 1929, um dia antes de ir embora para Nova York, e o ouvi elogiar o país por ter se reconstruído depois da Grande Guerra e revelar seu orgulho por seus compatriotas diante dos anos de paz que havia pela frente. Seu discurso, apesar de um pouco longo e repleto de detalhes que o povo norte-americano talvez não precisasse saber, foi otimista e alegre, um bom presságio para seus quatro anos de mandato. Depois disso, tive pouco tempo para conversar com ele, claro, mas desejei-lhe o melhor, acreditando que o respeito que o povo americano nutria por ele, sua natureza humanitária e o país pacífico e economicamente próspero que ele herdava pareciam tão promissores para Hoover quanto tinham sido para qualquer um de seus predecessores. Eu jamais poderia esperar que no fim daquele mesmo ano o país enfrentaria uma grande depressão e que sua presidência seria destruída antes mesmo de decolar.

E esperava ainda menos o preço que pessoas próximas a mim iriam pagar por causa dela.

Denton Irving adorava assumir riscos. Seu pai, Magnus Irving, tinha sido o presidente da CartellCo., uma grande empresa de investimentos de Nova York que herdara de seu falecido sogro, Joseph Cartell. Com sessenta e um anos, Magnus sofreu um derrame que o incapacitou e Denton, que havia trabalhado a maior parte dos seus trinta e seis anos no planeta como especialista em investimentos e vice-presidente da empresa, assumiu. Herb, depois presidente Hoover, tinha nos apresentado dois anos antes em Washington, e ficamos amigos. Eu o procurei imediatamente ao aterrissar em Nova York, contei sobre meus planos para o futuro e pedi conselhos.

Eu e Miklôs tínhamos recebido de uma associação de investidores uma oferta generosa por nossa rede de restaurantes e decidimos aceitá-la, o que precipitou minha partida da capital. O valor era muito acima do que poderíamos esperar receber de um único comprador e superava com folga qualquer dinheiro que pudéssemos fazer em vida (com uma duração normal). Além disso, Miklôs não era mais tão jovem e não tinha filhos com a mesma vocação para a indústria gastronômica quanto ele, portanto parecia o momento certo para vender. Porém, isso significava que, além das minhas ações e contas de sempre, eu agora tinha montes de dinheiro que precisava ser investido. Quando chegou o momento de fazê-lo, Denton parecia o homem certo para eu consultar.

Isso foi em março de 1929 e, depois de uma semana, tínhamos montado uma carteira bastante sólida de investimentos para mim, dividindo meu dinheiro entre gigantes perenes como a U.S. Steel e a General Motors, novatas em crescimento como a Eastman Kodak e companhias recém-nascidas e inovadoras que acreditávamos ter futuro e que poderiam ser lucrativas para alguém disposto a arriscar. Denton era um homem esperto, mas eu o considerava impaciente e, nesse aspecto, não éramos nada parecidos. Assim que soube que eu queria investir uma quantia substancial, ligou para todos os seus contatos, tentando encontrar as melhores opções e os empreendimentos mais inteligentes para mim, como se ele mesmo fosse se favorecer dos lucros que eu poderia vir a obter. Seu entusiasmo me divertia e me deixava muito confiante sobre sua capacidade, e também descobri que gostava bastante de sua companhia.

Ao mesmo tempo, uma jovem que eu nunca tinha visto entrou na minha vida. Seu nome era Annette Weathers, uma funcionária dos Correios de trinta e três anos que morava em Milwaukee. Ela apareceu no meu apartamento próximo ao Central Park numa tarde chuvosa de abril, com duas malas e um menino de oito anos ao lado. Abri a porta e a encontrei ali, um trapo encharcado que se esforçava ao máximo para não chorar enquanto segurava com firmeza a mão de seu filho pequeno. Olhei para ela, surpreso, imaginando quem diabos seria e o que queria de mim, mas bastou um vislumbre do menino para eu descobrir.

"Sr. Zéla", ela disse, colocando uma das malas no chão e estendendo-me a mão. "Lamento incomodá-lo, mas escrevi para o senhor na Califórnia e nunca recebi resposta."

"Não moro lá há alguns anos", expliquei, ainda na porta. "Me mudei para…"

"Washington, eu sei", ela respondeu com firmeza. "Me desculpe por eu ter vindo, mas eu não sabia mais o que fazer. Acontece que… que…" Ela não chegou a terminar a frase, pois a batalha para controlar as lágrimas foi perdida e ela desabou no chão a meus pés. O menino me encarou, desconfiado, como se eu tivesse feito sua mãe chorar, e eu não sabia o que fazer. Minha última experiência com uma criança daquela idade tinha sido um século e meio antes, quando meu próprio irmão, Tomas, era pequeno; desde então, procurara evitar crianças. Abri a porta e os conduzi para dentro, levando-a até um banheiro, onde ela poderia se refazer e recuperar um pouco da dignidade, e deixei o menino em uma poltrona larga; ele continuou a me encarar com um misto de admiração e repugnância.

Cerca de uma hora depois, descansando em frente à lareira, de banho tomado e vestindo um roupão espesso de lã, Annette explicou sua vinda e a própria existência em termos que beiravam um pedido de desculpas, mesmo que eu já soubesse exatamente quem ela era.

"Você me procurou depois do seu casamento, lembra?", ela começou. "Quando sua pobre esposa faleceu."

"Eu me lembro", respondi, a imagem de Constance surgindo na minha cabeça; me ocorreu de repente que fazia muito tempo desde a última vez que eu pensara nela e me odiei por isso.

"O meu pobre Tom morreu naquele dia também. Não tem sido fácil sem ele, sabe?"

"Posso imaginar que não. Lamento não tê-la ajudado mais." Annette era a viúva de Tom. Eu mal conheci o rapaz, mas ele tinha ido ao meu casamento e perdera a vida por causa disso. Lembro-me muito bem dele naquele dia; até hoje consigo vê-lo socializando pelo salão, apresentando-se a Charlie, Doug e Mary, pessoas que ele tinha visto na telona, nos jornais e nas revistas de cinema. Ele tentou se engraçar com uma adolescente qualquer que tinha aparecido em alguns curtas-metragens de Sennett e teve a má sorte de estar no local em que o carro de Constance e Amelia aterrissou depois do acidente. No dia seguinte, era o nome dele que estava impresso no jornal. Annette não tinha comparecido; estava grávida na época e não quis viajar de Milwaukee até a Califórnia para o casamento — apesar de eu ter suspeitado, pelo que Tom me disse, que ele não havia permitido que ela o acompanhasse. Considerando o comportamento dele naquele dia, imagino que o casamento dos dois não estivesse muito sólido.

Ela era uma garota com um ar de frescor, cabelo loiro, curto e encaracolado, bochechas descoradas; o tipo de mulher que no cinema acabava amarrada nos trilhos de trem por homens malvados. Seus olhos eram grandes com pupilas pequenas, seus traços leves e delicados; a pele, a mais imaculada que eu tinha visto em um século. Senti de imediato necessidade de protegê-la não apenas por seu filho ou por seu marido, mas também por ela. Ela havia sofrido por oito anos sem me procurar, mesmo sabendo que eu tinha dinheiro, e supus que sua chegada naquele momento não era um gesto de ganância, e sim de necessidade e desespero.

"Me sinto péssimo", admiti, erguendo as palmas das mãos, desolado. "Eu é quem deveria ter entrado em contato com você, no mínimo porque esse menino é meu sobrinho. Como você está, Thomas?"

"Nós o chamamos de Tommy. Mas como você sabia o nome dele?", ela perguntou, sem dúvida repassando nossa conversa na cabeça para lembrar se o tinha mencionado. Dei de ombros e sorri.

"Um palpite", eu disse. O menino ficou em silêncio. "Ele não é muito de falar, não é?"

"Ele só está cansado", ela explicou. "Talvez seja melhor dormir um pouco. Se houver uma cama extra…"

Eu me levantei de imediato. "É claro que ele pode descansar, e, sim, tenho uma cama extra. Venha comigo." Ele se inclinou na direção da mãe, assustado, e olhei para ela, sem saber que atitude tomar.

"Eu o levo, se não houver problema", ela disse, se levantando e erguendo a criança do chão com um movimento fácil, apesar de ele ser um menino de oito anos de estatura média, que não precisava ser levado pela mão nem ficar no colo de ninguém. "Ele fica nervoso com estranhos." Por mim, não havia problema algum, e a levei para o quarto, onde ela ficou com ele por cerca de quinze minutos, até o menino cair no sono. Quando voltou, dei-lhe um copo de conhaque e falei que os dois deveriam passar a noite em casa.

"Não quero incomodá-lo", ela disse, e vi seus olhos se encherem de lágrimas mais uma vez. "Mas ficaria agradecida. Preciso ser sincera com você, sr. Zéla..."

"Matthieu, por favor."

Ela sorriu. "Preciso ser sincera com você, *Matthieu*. Vim para cá porque você é minha última esperança. Perdi o emprego; não trabalho já faz algum tempo. Alguns balconistas foram demitidos há mais ou menos um ano, e desde que saí tenho sobrevivido com minhas economias. Depois não consegui pagar o aluguel da nossa pequena casa e ficamos sem ter para onde ir. Minha mãe morreu no ano passado e eu esperava herdar alguma coisa, mas a casa dela foi confiscada pelo banco por causa da hipoteca e não sobrou nada depois que a dívida foi quitada. E eu não tenho mais nenhum parente. Eu não teria vindo, mas Tommy..." Ela perdeu as forças e cobriu a boca com as mãos enquanto fungava de leve.

"O menino precisa de uma casa, é claro", eu disse. "Escute, Annette. Não se preocupe. Você deveria ter vindo antes. Ou eu deveria ter ido até você. Um dos dois. De qualquer modo, ele é meu sobrinho e você é quase minha sobrinha. Não é nenhum incômodo ajudar vocês. Aliás, fico feliz em ajudar vocês dois." Fiz uma pausa. "O que eu quero dizer", acrescentei, para ficar mais claro, "é que eu *vou* ajudar vocês."

Ela me encarou como se eu fosse mais do que ela poderia esperar, deixou o copo de lado e veio me dar um abraço. "Obrigada", disse, antes de desistir completamente da luta e deixar as lágrimas surgirem. E, quando elas vieram, foi um dilúvio.

Às vezes, o destino parece ter maneiras de unir as pessoas mais improváveis. Marquei uma reunião com Denton para conversar sobre dúvidas que eu tinha em relação a certos investimentos, mas ele precisou cancelar o compromisso para ir a um enterro.

"É minha secretária", ele explicou ao telefone. "Ela conseguiu ser *assassinada*, acredita?"

"Assassinada?", exclamei, surpreso. "Meu Deus! Como foi isso?" Eu me lembrava dela de reuniões anteriores com Denton; uma jovem simples, com um aroma constante de creme hidratante em torno dela.

"Ainda não sabemos. Parece que se envolveu com um sujeito que foi morar com ela, um atorzinho, pelo que ouvi dizer, e os dois planejavam se casar. Numa noite, ele chegou em casa depois de ter perdido um teste para um papel qualquer na Broadway e a espancou sem dó. A pobrezinha não teve a menor chance."

Senti um arrepio. "Que coisa horrível", comentei baixinho.

"Sem dúvida."

"Ele foi pego?"

"Sim, está preso em uma delegacia por enquanto. Preciso ir, está bem? O funeral começa daqui a uma hora e já estou bem atrasado."

Não sou desses que gostam de se beneficiar com a tragédia alheia, mas em seguida me ocorreu como Annette seria adequada para o cargo agora disponível. Ela tinha muitos anos de experiência como balconista dos Correios, o que supus tê-la posto em contato com inúmeros aspectos administrativos. Acima de tudo, era uma jovem inteligente, amigável e prestativa; eu acreditava que ela poderia ser de grande utilidade para a empresa de Denton. Àquela altura, ela estava hospedada em minha casa havia algumas semanas e tinha conseguido um emprego de garçonete enquanto Tommy ia para a escola. Ela não ganhava muito, mesmo assim insistia em me dar parte de seu salário como retribuição por minha hospitalidade, apesar de eu ter tentado recusar, pois a esmola que ela recebia ficava ainda menor quando dividida.

"Eu não preciso desse dinheiro, Annette. *Eu* é que deveria sustentar vocês."

"E você já está, ao permitir que moremos aqui sem pagar aluguel. Por favor, aceite. Eu vou me sentir melhor."

Apesar de isso me aborrecer, vi como era importante para ela contribuir com a casa de alguma maneira. Ela passara a vida inteira do filho sendo autossuficiente, a única responsável pela criação dele, o que tinha feito de maneira excepcional. Embora fosse uma criança muito quieta, Tommy era inteligente e amável; depois de nos conhecermos um pouco melhor, ele se tranquilizou com a minha presença e eu com a dele, e descobri que era um prazer voltar ao apartamento à noite, depois de alguma surpresa que meu dia tivesse me preparado, e encontrar os dois ali: Annette fazendo um jantar simples para nós, Tommy sentado em silêncio com um livro. Nossa vida doméstica logo se estabilizou em uma rotina fácil e despreocupada; parecia que eles sempre tinham estado ali. Quanto a mim e Annette, apesar de ela ser uma jovem muito atraente, logo passei a vê-la como a descrevi no primeiro dia — uma sobrinha —, e nosso relacionamento era transparente e sem tensões.

Denton aceitou conversar com Annette sobre o cargo e ela ficou entusiasmada para conhecê-lo, pois já tinha descoberto que as alegrias de ser garçonete não eram muitas, e a entrevista deve ter corrido bem, pois em seguida ele lhe ofereceu o cargo, o que a deixou em êxtase. Ela agradeceu profusamente minha ajuda e me comprou um cachimbo novo com o salário da primeira semana.

"Quis comprar alguma coisa que você gostasse", disse. "E vi a sua coleção de cachimbos ali. Acho que você devia largar por causa da saúde, mas comprei um mesmo assim. Se me permite a pergunta, há quanto tempo você fuma?"

"Há tempo demais", respondi, me lembrando de quando Jack Holby me apresentou aos prazeres do cachimbo. "Faz muitos, muitos anos. Mas veja por si mesma: ainda estou vivo."

Fiquei atento à economia. Os investimentos consumiam a maior parte da minha vida profissional e eu lia os jornais e escutava os analistas com cuidado. Eu tinha muito dinheiro investido em diversos empreendimentos e, mesmo que Denton fosse um ótimo conselheiro, eu fazia questão de acompanhar tudo o que acontecia. Participei de uma reunião pública da National Association of Credit Men, num auditório em Tribeca, na qual eles alertaram sobre a situação das finanças públicas, afirmando que o nível de crédito de investimento no país era o mais alto de toda a história. O conselho que ofereceram, tanto para homens de negócios como eu quanto para as instituições bancárias que faziam empréstimos, era agir com cautela, pois, disseram, qualquer gargalo no crédito poderia ter consequências devastadoras.

"Não se preocupe com isso", Denton me disse. "Eles estão certos — o nível de crédito está *mesmo* alto demais —, porém isso não levará o país à falência. Dê uma olhada na situação de Herb, pelo amor de Deus. Ele está com a mão enfiada tão fundo no traseiro da Reserva Federal que seria preciso dez toneladas de dinamite para mudar alguma coisa."

"Acho que quero um pouco mais de liquidez", afirmei, encantado como sempre com seu jeito de falar. "Apenas algumas coisas aqui e ali. Nada muito substancial. Tenho ouvido algumas histórias e não gosto nada delas. Essa situação na Flórida…"

Denton riu e bateu a mão na escrivaninha com tanta força que dei um pulo na cadeira e Annette deixou sua antessala correndo para ver o que tinha acontecido. "Está tudo bem, querida", disse Denton na mesma hora, sorrindo para ela de modo caloroso. "Estou apenas defendendo meu ponto de vista com meu jeito grosseiro de sempre."

Ela riu e apontou o lápis para ele antes de sair da sala. "Você ainda vai ter um ataque do coração, se não tomar cuidado", ela disse em tom de flerte, girando nos calcanhares e fechando a porta atrás de si. Virei-me para ela — apesar de ser óbvio que ela não estava mais lá —, surpreso com a intimidade daquela breve troca de palavras e, quando me voltei outra vez para Denton, ele olhava para a porta com ar inebriado.

"Denton", eu disse com cautela, tentando recuperar sua atenção. "Denton, estávamos falando sobre a Flórida."

Ele me olhou como se não tivesse certeza de quem eu

era ou o que fazia ali, até que sacudiu a cabeça como um cachorro molhado faria para se livrar da chuva e voltou à nossa conversa. "Flórida, Flórida, Flórida", repetiu, perdido em um devaneio enquanto tentava se lembrar do que significava a palavra, até que urrou *"Flórida!"*, sem um motivo aparente. "Eu já disse, não se preocupe com a Flórida. O que aconteceu lá embaixo é provavelmente o maior fracasso financeiro da história do *sunshine state*, e aqui na cidade de Nova York, aqui onde está o dinheiro de verdade, sabe quem se importa com isso?"

"Quem?", perguntei, apesar de já saber a resposta.

"Ninguém! Ninguém se importa. Nenhuma pessoa. Nem uma única alma."

Franzi as sobrancelhas. "Não sei. Tenho ouvido falar sobre a possibilidade da mesma coisa acontecer aqui." Eu não estava nem um pouco disposto a deixar o assunto de lado quando minha futura estabilidade financeira podia estar em jogo.

"Escute, Matthieu", ele disse devagar, esfregando os olhos como se estivesse falando com uma criança. Uma das coisas que eu gostava em Denton era a fé absoluta que ele tinha em si mesmo e a maneira descaradamente arrogante com que repudiava quem o questionasse. "Quer mesmo saber o que aconteceu lá na Flórida? Vou explicar, porque não sei quais são as suas fontes ou de onde você está tirando suas informações, mas devem ser todas umas porcarias. Lá embaixo, na Flórida, os últimos anos foram uma repetição da corrida por terras em Oklahoma. Qualquer pessoa com dez centavos comprava um pedaço de terra, como numa queima de estoque. Quer saber de uma coisa? E isto é segredo de Estado, porque ouvi de um sujeito que conheço em Washington, e acho que você sabe de quem estou falando, então não pode sair desta sala, mas o fato é que nos últimos anos os investidores demarcaram mais lotes de terra na Flórida do que o número de famílias existente nos Estados Unidos da América — no país *inteiro*. O que acha disso?"

Eu ri. "Você só pode estar brincando", eu disse, pois não tinha ouvido nada daquilo e não estava convencido de sua veracidade.

"É a mais pura verdade, meu amigo. A Flórida é um dos estados mais subdesenvolvidos da União, e as pessoas só começaram a enxergar isso há coisa de dez anos. Mas venderam, e venderam, e venderam até não haver mais nada para vender. Então, sabe o que fizeram? Venderam tudo de novo. Milhões e milhões de terrenos vendidos, sendo que o espaço não existe e, pior, não há gente suficiente em todo este maldito país para preenchê-lo, mesmo que todo mundo se mudasse para a Flórida, o que" — nesse momento ele bufou e se ajeitou de maneira teatral na cadeira — "é ainda mais improvável. Sabia que, se todos os homens, mulheres e crianças dos Estados Unidos descessem de repente para a Flórida, a Terra sairia do seu eixo e todos nós seríamos lançados para o espaço sideral?"

Hesitei e meus olhos correram nervosamente pela sala. "Não, Denton, eu não sabia."

"E não é só isso! Não é só isso!", ele gritou, batendo na escrivaninha outra vez, entusiasmado. "Eu digo mais. Se todas as pessoas na China pulassem ao mesmo tempo, aconteceria a mesma coisa. O eixo, ou seja lá o que for, simplesmente arrebentaria, a força da gravidade acabaria e todos sairíamos voando até Marte. Então, se quer mesmo saber minha opinião, a China poderia ser o país mais poderoso do mundo, se lá eles parassem para pensar nisso. Eles poderiam fazer o planeta todo de refém só ameaçando dar alguns pulinhos! Pense nisso!"

Pensei naquilo e torci para que ele tivesse terminado. "Isso tudo é muito interessante, Denton", eu disse, pronunciando seu nome com firmeza, para deixar claro que a discussão sobre as estratégias de domínio global da China estavam encerradas. "Mas creio que nos desviamos um pouco do assunto. Eu só acho importante ter um pouco mais de liquidez, e, sinto muito, mas é isso que quero fazer."

"Ei, o dinheiro é seu", ele disse, reclinando-se na cadeira com um sorriso. "Estou aqui para servi-lo", acrescentou, bem-humorado.

"Então, mãos à obra", eu disse, incapaz de conter uma risada. "Um pouco aqui e ali, só isso. Não vamos exagerar. Pense em algumas possibilidades e depois me diga."

"Pode deixar", ele disse. Levantei para ir embora, estendi a mão para cumprimentá-lo e fui até a porta. "Uma última coisa, Matthieu", ele acrescentou de repente, antes que eu a abrisse, "depois deixo você ir." Sorri e levantei uma sobrancelha, como quem diz "O que é?". "Essa história da Flórida. Você sabe que não foi a especulação imobiliária que acabou com eles, não sabe?"

"Não foi?", perguntei, pois era o que eu supunha ter causado todos os problemas. "O que foi, então?"

"O furacão. Simples assim. Um furacão filho da puta varreu a Flórida no final do ano passado e causou estragos calculados em milhões de dólares. Quando fizeram as contas do prejuízo, a verdade sobre a especulação veio à tona. Se não fosse por isso, estariam fazendo a mesma coisa até hoje. Foi tudo culpa do furacão. E não vejo nenhum furacão se aproximando da Quinta Avenida, você vê?" Dei de ombros, indeciso. "E você sabe qual é a moral dessa história, não sabe?", ele perguntou enquanto eu abria a porta e me preparava para sair.

"Diga", respondi, contente por ter pagado por no mínimo uma hora de entretenimento, se as coisas que ele dizia não fossem verdade. "Explique qual é a moral da história."

"A moral da história", ele repetiu, inclinando-se para a frente e colocando as palmas das mãos na escrivaninha, "é que, de vez em quando, surge um desastre natural, uma força maior, que leva toda a poeira embora e, assim, as pessoas conseguem ver o que sobrou embaixo, e veem que a coisa não é tão bonita. Entendeu?"

Denton Irving tinha nascido em berço de ouro. Apesar de seu pai ter herdado a empresa do sogro, o dinheiro daquela parte da família era secular, vinha de gerações que datavam quase da época dos peregrinos. E, mesmo que o derrame de seu pai significasse que ele não poderia mais participar do dia a dia da empresa, ele mexia inúmeros pauzinhos nos bastidores, observando com cuidado a maioria dos movimentos do filho e comentando sobre tudo da maneira mais indelicada possível.

Eu sabia que Denton sentia ao mesmo tempo reverência e horror pelo pai, um homem colossal que se exercitava todos os dias em sua academia particular — muito antes de esse tipo de coisa virar moda. Era evidente que ele tinha sido um pai rígido, pela maneira como Denton endireitava a postura na cadeira ou assumia uma expressão tensa no rosto sempre que ele telefonava.

O ano de 1929 foi passando e continuei a transformar grande parte da minha carteira de ações em capital líquido, enquanto Denton enterrou cada vez mais sua empresa em opções que ele afirmava infalíveis — companhias sólidas, como a Union Pacific e a Goodrich. O verão se aproximava e a economia derrapou, quando a produção industrial e os preços começaram a despencar. O presidente Hoover forçou o Federal Reserve, o banco central dos Estados Unidos, a aumentar os descontos que oferecia, a fim de desencorajar a especulação no mercado de ações, mas nada parecia funcionar. A quantidade de dinheiro derramada na Bolsa de Valores continuou crescendo até se aproximar do ponto de saturação. Para acalmar os nervos, tanto Hoover quanto o governador de Nova York, Franklin Delano Roosevelt, declararam-se otimistas com a Bolsa de Valores; Hoover mencionou a "Grande Sociedade" que jamais seria vencida. Eu nunca soube bem se ele se referia ao país ou a Wall Street.

Paralelamente a isso, eu soube do romance que havia surgido entre Denton e Annette. Muitas vezes, ela chegava tarde do trabalho, agitada e contente depois de ter ido jantar ou dançar com ele. Ela parecia feliz e entusiasmada com o novo relacionamento e eu a encorajava, pois gostava de Denton, que sem dúvida tinha condições de oferecer a ela e ao filho um bom nível de vida, se o relacionamento atingisse esse ponto.

"Eu não imaginei que faria o papel de cupido", eu disse a ela certa tarde, em casa, num raro momento em que Denton não estava conosco. Eu estava lendo o novo romance de Hemingway, *Adeus às armas*, que acabara de ser publicado, enquanto ela reforçava os botões de algumas camisas de Tommy. "Achei que estivesse apenas arrumando um emprego para você, não um marido."

Ela riu. "Não sei quanto tempo vai durar", admitiu, "mas gosto muito dele. Sei que ele adora um alarde, fazer todo mundo pensar que ele é quem está no controle, mas por dentro ele é muito tranquilo."

"É mesmo?", perguntei, achando difícil imaginar.

"É verdade. Aquele pai dele…" Ela sacudiu a cabeça e baixou os olhos para a costura. "Eu não devia falar sobre isso", acrescentou baixinho.

"Você é quem sabe", eu disse, "mas lembre-se de que você não está envolvida com o pai dele, apenas com ele."

"Ele interfere muito, sabe", ela continuou, claramente precisando falar sobre o assunto. "Fica o tempo todo em cima de Denton, cada minuto do dia. Parece até que ainda manda na empresa."

"Ele tem muito dinheiro investido ali", eu disse, o próprio advogado do diabo. "E uma vida inteira de trabalho. É natural que…"

"Sim, mas foi ele que pediu que Denton assumisse a empresa depois do derrame. E Denton não está fazendo nada de errado… Ele sabe o que faz. Trabalha lá desde os dezessete anos, pelo amor de Deus."

Concordei com a cabeça. Era provável que ela estivesse certa. Eu mal conhecia Magnus Irving; só o tinha visto uma ou duas vezes, ocasiões em que ele já era a sombra do homem que devia ter sido no passado. Mas logo depois, no dia 5 de outubro, um sábado, uma grande festa foi oferecida na mansão Irving e, quando todos os convidados estavam reunidos — todas as pessoas que eram alguém no mundo financeiro de Nova York, assim como muitos amigos e parentes —, o noivado entre meu amigo e minha sobrinha foi anunciado. Fiquei contentíssimo pelos dois, que pareciam em êxtase, e os parabenizei carinhosamente.

"Ainda bem que a minha outra secretária foi assassinada, hein?", ele me disse, a expressão de seu rosto desabando no momento em que pronunciou as palavras. "Meu Deus", comentou, sacudindo a cabeça. "Isso soou errado. Eu quis dizer que se não fosse por…"

"Não se preocupe, Denton", eu disse, um pouco inquieto. "Entendi o que você quis dizer. Destino. Acaso. Todas essas coisas, imagino."

"Exato." Ele olhou na direção de Annette, que era o centro das atenções na pista e dançava com uma sucessão de banqueiros. "Olhe só para ela", disse, balançando a cabeça, surpreso com sua boa sorte. "Não consigo acreditar que ela disse 'sim'. Não consigo acreditar na sorte que tive."

Notei Magnus Irving vestido com um terno sem muita pompa, sentado em sua cadeira de rodas a uma das mesas, e o indiquei com a cabeça. "E o seu pai, o que está achando do casamento? Ele aprova?"

Denton mordeu o lábio e pareceu furioso, mas se recompôs em seguida, pois não queria que nada estragasse sua noite. "Ele está um pouco preocupado por causa do menino", respondeu enfim.

"Tommy?", exclamei, surpreso. "Por quê? O que há de errado com ele?"

"Não há nada de errado com ele", Denton respondeu rápido. "Não há nenhum problema de convívio entre nós. Aliás, tenho me aproximado bastante dele ultimamente. Mas imagino que meu pai ache que, como Annette já foi casada e tem um filho — quero dizer, espero que você não se importe que eu diga isto, pois você é parente dela e tudo o mais, só que…"

"Ele acha que ela é uma caça-dotes", eu simplifiquei.

"Pois é, em resumo é isso. Ele está apenas preocupado que…"

"Ora, não é isso, de jeito nenhum", retruquei, interrompendo-o, determinado a defender a honra de minha sobrinha. "Pelo amor de Deus, quando ela chegou aqui não me deixava nem…"

"Matthieu, Matthieu, fique calmo", disse Denton, pondo a mão em meu ombro. "*Eu* não acho que seja esse o caso. Nunca pensei que fosse. Eu a amo, percebe? E ela também me ama. Sei que me ama. Está tudo perfeito."

Assenti e de fato relaxei, pois vi, pelo sorriso em seu rosto, que ele dizia a verdade. E, graças a minhas conversas com Annette, eu sabia também do sentimento forte que ela tinha por ele. "Ótimo", eu disse depois de algum tempo. "Então está tudo bem."

"E você? Quando vamos arranjar uma garota charmosa para você, hein? Você nunca se casou de novo, casou?", ele perguntou, acreditando que Constance tinha sido minha primeira esposa.

"Várias vezes", eu disse. "Parece que eu e o casamento não conseguimos entrar em um acordo."

"Bom, ainda há bastante tempo", ele disse, rindo com a arrogância autocongratulatória de alguém que encontrou o amor de sua vida. "Você ainda é um homem jovem."

Foi minha vez de rir.

Em meados de outubro, restavam-me pouquíssimas opções na carteira de ações da CartellCo., e meu relacionamento com Denton deixou de ser profissional; nos tornamos bons amigos. Eu ainda o convidava para almoçar e gostava de nossos debates sobre economia, Bolsa de Valores, política; passamos a criticar Herb por nunca mais ter entrado em contato conosco, mas imagino que ele tinha coisas muito mais importantes na cabeça do que as mágoas de dois velhos amigos. Eu gostava da minha relação com aquele casal feliz e com Tommy, e me satisfazia a ideia de fazer o papel do tio benevolente na vida deles. Porém, em 23 de outubro, as coisas começaram a dar errado.

Apesar de o mercado ter fechado em alta nos dias anteriores, houve uma súbita enxurrada de vendas no dia 23 que pareceu ter surgido do nada. No dia seguinte, a Quinta--Feira Negra, todos os preços caíram aos níveis mais baixos possíveis, sem nenhum sinal aparente de melhora. Eu estava em Wall Street com Denton nessa tarde, na própria Bolsa de Valores, e vi os corretores gritarem uns com os outros tentando realizar vendas, a histeria deles colaborando para que o mercado caísse mais e mais. Denton estava quase fora de si de tanta angústia, sem saber o que fazer para melhorar a situação, quando um incidente extraordinário aconteceu.

Abaixo de nós havia um mar de jaquetas vermelhas e homens jovens e velhos segurando suas carteiras de ações no ar para se livrarem do máximo que pudessem, mas nenhuma estava sendo negociada. Então, vindo do lado esquerdo do pregão, um jovem, que não devia ter mais do que vinte e cinco anos, foi até o centro do salão e ergueu a mão. Mais alto do que todo o alvoroço, que pareceu diminuir conforme sua autoconfiança chamou a atenção das pessoas, ele gritou que desejava comprar vinte e cinco mil ações da U.S. Steel por duzentos e cinco dólares cada uma. Olhei rapidamente para o painel.

"O que ele está fazendo?", perguntou Denton, as mãos agarradas ao balaústre à sua frente com tanta ansiedade e força que os nós de seus dedos estavam brancos. "A U.S. Steel caiu para cento e noventa e três dólares."

Sacudi a cabeça, pois também não conseguia entender. "Não tenho certeza…", comecei, enquanto o rapaz repetia a ordem para um dos corretores, que se apressou em vender as ações com ganância e a expressão de um homem que não consegue acreditar na própria sorte.

"Ele está estabilizando o mercado", eu disse, meneando a cabeça, sem acreditar. "É uma ousadia…" Eu estava tão impressionado que me vi incapaz de terminar a frase, e, dali a alguns minutos, outras tentativas de venda começaram a ocorrer, e os preços tiveram um pequeno aumento. Em meia hora, a estabilidade era total e o pânico parecia ter desaparecido.

"Foi incrível", comentou Denton mais tarde. "Por um momento, achei que tudo estava perdido."

Eu não me sentia tão aliviado. Não conseguia prever o que ainda poderia acontecer, mas me parecia óbvio que o pior ainda não havia passado. Nos dias que se seguiram, a situação da Bolsa de Valores era o tema de todas as conversas, e Denton ficou sob vigilância intensa do pai, que tinha perguntas infinitas sobre o que ele estava fazendo para salvar a fortuna da empresa. Porém, à medida que as consequências da Quinta-Feira Negra foram ficando mais claras na mente dos investidores, a maioria deles tentou recuperar suas perdas, e a enxurrada de vendas recomeçou. No dia 29 de outubro, uma terça-feira, dia da quebra de Wall Street, mais de dezesseis milhões de ações foram descartadas em uma tarde de negociações. Nesse único dia, a quantidade de dinheiro perdida na Bolsa de Valores de Nova York foi a mesma que o total gasto pelo governo americano para combater na Primeira Guerra Mundial. Foi um desastre.

Annette me telefonou da CartellCo. para dizer que Denton estava agindo como um louco. Seu pai tinha telefonado o dia inteiro, mas ele se recusara a atender todas as chamadas, até por fim se trancar no escritório. A empresa estava falida — disso eu já sabia. Tudo o que ele possuía estava perdido, assim como o dinheiro de seus investidores. Naquele dia, fui o homem de sorte em uma cidade de terríveis tragédias. Quando cheguei à empresa de Denton e subi até o último andar, onde ficava seu escritório, encontrei Annette com os nervos em frangalhos. Denton não abria a porta, mas podíamos ouvi-lo lá dentro, quebrando coisas. Ouvi o som de luminárias caindo no chão enquanto ele caminhava de um lado para o outro, o incessante soar dos telefones o acompanhando em seus movimentos.

"Deve ser mais uma ligação de Magnus", disse Annette, arrancando a linha da parede, enfim silenciando o aparelho. "Ele acha que essa merda toda é culpa de Denton." Olhei para ela, surpreso, pois nunca a tinha ouvido blasfemar antes, porém tive a certeza de que, àquela altura, era mais do que justificado. "Você precisa arrombar a porta, Matthieu", ela disse, e eu concordei.

Dei um passo para trás e me atirei contra a porta, mas ela era de carvalho sólido e, quando parecia que eu estava finalmente fazendo algum progresso, senti meu ombro machucado. Depois de algum tempo, com um último golpe e um chute na fechadura, ela cedeu, Annette e eu corremos para dentro e vimos Denton de pé diante da janela aberta, seu rosto contorcido em confusão e loucura, suas roupas rasgadas, seus olhos flamejantes.

"Denton!", gritou Annette, com lágrimas descendo pelo rosto enquanto começava a correr para ele, mas eu a impedi segurando-a pelo braço, pois percebi que ele se aproximava cada vez mais da janela à medida que ela se aproximava dele. "Podemos resolver isso", ela disse. "Você não precisa..."

"Fiquem longe!", ele rugiu, subindo no parapeito, e meu coração saltou porque, pela expressão em seu rosto, eu sabia que estava tudo acabado. Ele olhou para fora, passou a língua nos lábios e, num instante, não estava mais lá. Annette gritou e disparou em direção à janela, debruçando-se tanto que tive medo que ela caísse também. Mal conseguimos distinguir seu corpo destroçado lá embaixo.

Com o tempo, a desafortunada Annette se recuperou dessa tragédia, embora Magnus Irving tenha sofrido outro derrame quando soube o que tinha acontecido ao filho, e morreu logo depois. Eu tive a sorte de ter minha fortuna praticamente intacta, e naquele Natal, quando parti para o Havaí a fim de viver lá algumas décadas, deixei uma boa quantia de dinheiro para Annette e Tommy, que se recusaram a ir comigo e voltaram para Milwaukee, onde viveram o resto de seus dias.

Eu e Annette mantivemos contato, mas ela nunca mais se casou e, depois que seu filho morreu em Pearl Harbor, foi morar com a nora e o neto, até que eles, por sua vez, voltaram para a Inglaterra, onde a criança cresceu e teve um filho que se tornaria um conhecido ator de novelas e cantor. Acabamos perdendo o contato, mas depois que ela morreu recebi uma carta de sua vizinha, me contando que ela morrera em paz depois de uma longa doença. Encaminhou-me uma carta de gratidão que Annette deixara com ela, na qual me agradecia por tudo o que eu tinha feito por ela em Nova York nos anos 1920, e me enviou também uma fotografia de nós três, Denton, Annette e eu, na festa em que o noivado deles foi anunciado, alguns meses antes da quebra da Bolsa. Na imagem, parecíamos muito felizes e muito otimistas com nosso futuro.

18

AGOSTO-SETEMBRO DE 1999

Londres, 12 de agosto de 1999

Prezado sr. Zéla,

Desde o funeral do meu pai, pretendia lhe telefonar para agradecer suas palavras profundas na igreja naquele dia. Saber que nosso pai era tão respeitado e benquisto na indústria da televisão tem sido uma grande fonte de consolo para todos nós.

Gostei muito da nossa conversa depois do enterro e lamentei que você tenha sumido de vista antes que pudéssemos terminá-la. Talvez se lembre que discutíamos meu trabalho — meu texto — e que você parecia ansioso para saber mais sobre a obra. Mencionou, inclusive, seu sobrinho Tommy, que, segundo me disse, provavelmente conhecia mais sobre o funcionamento da indústria da televisão do que você.

Seguindo seu conselho, terminei meu roteiro e o encaminhei a seu sobrinho, aos cuidados da BBC, e lamento dizer que ele o mandou de volta, sem ter lido, com um bilhete bastante seco. Talvez você tenha se esquecido de mencionar a ele que o roteiro estava a caminho.

Não tive a oportunidade de contar a ele nem a você sobre a história, portanto, na melhor tradição dos magnatas de Hollywood, achei que seria uma boa tentar vender a ideia em um parágrafo para você! Aqui está:

Certa noite, alguns amigos de meia-idade estão bebendo todas e, a caminho da casa de um deles, convidam uma puta menor de idade para acompanhá-los. Quando chegam, começam a se divertir com drogas com as quais não estão acostumados, até que um deles acaba morrendo. Um dos amigos fica desesperado, mas o outro mantém a cabeça no lugar e telefona para um rapaz que lhe deve alguns favores, pedindo-lhe ajuda. Juntos, eles levam o corpo até outro lugar e, quando o morto é descoberto, todo mundo acha que foi um acidente que ele provocou sozinho e, assim, ninguém é envolvido no escândalo. O que eles não sabem é que, no meio do tumulto daquela noite, o filho do morto acorda — eles nem sabiam que ele estava na casa —, ouve todo o plano e testemunha tudo o que eles fazem. Pensa em telefonar para a polícia e entregá-los, mas acaba mudando de ideia, pois sabe que aqueles dois homens podem ajudá-lo. Eles entendem o ponto de vista do filho do amigo morto, e a vida continua normalmente para todos os envolvidos. Ninguém descobre nada.

É isso, sr. Zéla. Gostou? Como pode ver, enviei-lhe também uma cópia do roteiro e o mandei outra vez para seu sobrinho, com uma carta de intenção mais clara. Tenho certeza de que você poderá me ajudar a conseguir o financiamento para produzi-lo. Aguardo sua pronta resposta com ansiedade.

Saudações cordiais,
Lee Hocknell

Convidei Martin para descer ao meu apartamento e beber alguma coisa, acreditando que o ambiente familiar e acolhedor da minha casa seria um lugar melhor para lhe dar a má notícia sobre o cancelamento do seu programa do que a atmosfera relativamente estéril dos escritórios da emissora. Pensei na situação dele e em como reagiria — um homem à beira da velhice, acostumado com os holofotes, habituado a ter cada palavra sua valorizada pelas pessoas, por mais ridículas que tais palavras pudessem ser, de repente sem emprego e deixado por conta própria. Ele enlouqueceria. E não por causa do dinheiro, pois não o pagávamos tão bem assim e ele já se achava em condições bastante confortáveis. Quando era político, havia ganhado o suficiente para se sustentar pelo resto da vida; era proprietário da casa em que vivia e tinha preenchido o lugar com belas pinturas e *objets d'art* que não haviam custado pouco. Levava o estilo de vida que gostava de ridicularizar nos outros, mas que apreciava para si mesmo. Eu queria que ele aceitasse bem a notícia, no entanto, por algum motivo, eu duvidava que seria assim.

Eu não contava que Polly, sua esposa, viesse com ele, e isso acabou com o discurso que eu tinha preparado. Polly é a segunda esposa de Martin e eles estavam casados havia sete anos. Desnecessário dizer que ela é bem mais nova do que ele — Martin tem sessenta e um e ela apenas trinta e quatro. A primeira esposa, Angela, que eu não conheci, esteve com ele por quase toda sua carreira no Parlamento, mas os dois se separaram pouco depois de ele voltar a ser um cidadão comum. Sem a necessidade de manter um casamento "feliz" diante da opinião pública, ele pediu o divórcio e foi atrás de gerações mais novas, encontrando Polly sem muita dificuldade, pois fama inspira atração. Sei pouco sobre o passado dela, exceto que tem um bom olho para arte — ela trabalhou em uma galeria em Florença cuja construção ajudei a financiar nos anos 1870 — e um bom ouvido para música, características muitas vezes ausentes em mulheres da sua geração. Ela se casou por dinheiro, é claro, mas ele também saiu ganhando. Era evidente que gostava de ser visto como o cavalheiro amadurecido de uma jovem e bela donzela e, supondo que ela permitisse que ele a tocasse, eu diria que ainda havia uma coisa ou outra que ela podia ensiná-lo.

"Martin", eu disse, abrindo a porta, animado, e "Polly", murmurei em seguida, meu sorriso congelando por um instante enquanto tentava avaliar como aquilo afetaria o encontro. "Estou contente que vocês tenham vindo."

"É um prazer", ele disse, entrando e virando a cabeça em todas as direções para ver se havia alguém mais ali ou algo novo para examinar. Ele tem o hábito de pegar meus pertences e inspecioná-los, para então me informar que tem um melhor ou que poderia ter conseguido para mim a mesma coisa por metade do preço. É uma de suas características menos agradáveis.

Conduzi os dois até a sala e ofereci bebidas. Martin

aceitou um uísque, como sempre, mas Polly pediu um absurdo *mint julep*.

"Um o quê?", perguntei, surpreso, pois não era minha intenção que aquilo virasse um coquetel ou uma cena de *O grande Gatsby*.

"Um *mint julep*", ela repetiu. "É bourbon, folhas de hortelã, açúcar…"

"Eu conheço a receita", respondi de imediato. "É que fiquei surpreso de você pedir isso." Me ocorreu que eu não bebia um *mint julep* desde os anos 1920. "E duvido que eu tenha hortelã, para ser franco."

"Você tem bourbon?"

"Claro."

"Aceito uma dose então. Sem gelo." De um coquetel para uma dose pura… que estranho. Fui até a cozinha e preparei as bebidas. Quando voltei, Martin estava em um canto, segurando de ponta-cabeça um candelabro de ferro ornamentado e o examinando com atenção, mantendo as três velas no lugar com cuidado — mesmo assim, pequenas lascas de cera endurecida chuviscavam facilmente no tapete. Depositei a bandeja com força na mesa de centro, esperando que o barulho o fizesse devolver o candelabro ao lugar.

"Onde foi que você conseguiu isto?", perguntou, endireitando o objeto e raspando o ferro para ver se sairia alguma coisa. "Tenho um igualzinho, mas a cor sai quando você raspa."

"Então é melhor não raspar", eu disse com um sorriso discreto, me sentando enquanto Polly se virava na poltrona para observar o marido com mais atenção. "É como a velha história do sujeito que vai ao médico e diz que dói quando ele faz assim com o braço." Observei-o recolocar o candelabro na mesa de canto e se juntar a nós, e me lembrei que aquele objeto tinha sido um presente de casamento da minha antiga sogra Margerita Fleming; eu fora tolo o suficiente para me casar com sua filha psicótica, Evangeline, no início do século xix. Era uma das minhas poucas recordações daquele infeliz casamento suíço, que terminou com Evangeline se atirando do telhado do manicômio em que estava internada. Eu mesmo a tinha posto lá, claro, depois de ela haver tentado me matar, a imbecil, por achar que eu conspirava com Napoleão — logo ele, com quem nunca tive contato. Após sua morte, livrei-me da maior parte de nossos bens, pois não queria me lembrar daquele dervixe amargo e psicótico, mas guardei o candelabro por se tratar de uma peça especial e sempre elogiada pelos visitantes.

"Foi um presente de casamento", expliquei quando ele repetiu a pergunta sobre a origem do candelabro, "da minha ex-sogra, que ela descanse em paz." Os dois menearam a cabeça, compungidos, olhando para o chão por um instante em respeito às mortas, embora elas tivessem falecido havia quase duzentos anos. Eles devem ter achado que eu me referia à minha esposa mais recente. Foi como um minuto de silêncio em homenagem às duas, e fiz questão de interrompê-lo, pois elas não mereciam demonstrações respeitosas como aquela. "Parece que faz séculos que não nos reunimos", eu disse, animado, relembrando nossos muitos jantares agradáveis na casa de cima. "E sabe-se lá quanto tempo faz desde a última vez que os convidei para vir aqui."

"Você ainda está saindo com Tara Morrison?", perguntou Polly, se inclinando para a frente, e alguma coisa me fez olhar de relance para suas mãos, para ver se ela empunhava um gravador.

"Não, não", respondi, rindo. "Não estamos juntos já faz tempo. Infelizmente não fomos feitos um para o outro."

"Que pena", ela comentou; suspeitei que ela fosse fã da coluna "Tara diz". Imaginei que ela seguia as regras de vida de Tara com algo próximo a um transtorno obsessivo-compulsivo. Ela mal havia conseguido tirar os olhos da celebridade na última vez que tínhamos jantado com eles e mais tarde a encurralara, em busca de conselhos matrimoniais de uma mulher que jamais havia conseguido ter um relacionamento estável na vida. "Para mim, vocês pareciam o casal perfeito", acrescentou com generosidade.

Dei de ombros. "Não sei", eu disse, e fiquei impressionado ao constatar que, de repente, meus pensamentos se aproximaram de Tara com uma emoção muito próxima à do arrependimento pela perda. Me ocorreu que eu pensava nela com frequência, no quanto ela tinha me encantado e enfurecido na mesma proporção e em como eu estava feliz com a possibilidade de trazê-la de volta à emissora. Senti um arrepio. "Nós temos vidas muito ocupadas", continuei, "a de Tara ainda mais do que a minha. Ela tinha tantos compromissos que era difícil conseguirmos um espaço para ficar juntos. Ela passa boa parte do tempo tentando encontrar o tema de sua próxima coluna. Não deve ser fácil para ela. Além disso, há a diferença de idade."

"Ah, que bobagem", disse Polly, furiosa, e na mesma hora percebi meu deslize ao olhar para o casal de gerações diferentes à minha frente. "Idade não tem nada a ver com isso. E você não é *tão* mais velho do que ela. Ela deve ter por volta de trinta e cinco, no máximo. Aposto que você nem existia durante a guerra."

Abri a boca e pensei no assunto. "Nasci em 43", respondi com sinceridade.

"Então. Quanto dá isso? Cinquenta e seis?"

"Cinquenta e seis", confirmou o marido, meneando a cabeça como uma calculadora humana.

"Então", ela repetiu, disposta a não deixar aquilo de lado sem antes martelar suas objeções. "Viu só? Não é uma diferença tão grande." Dei de ombros e decidi mudar de assunto. Percebi que Martin estava desconfortável com aquela situação; idade era um tema que sempre o incomodava. Certa vez ele me confidenciou que, depois dos dezenove anos, passou a ficar deprimido toda vez que via mais um ano ir embora. Aniversários o destruíam; hoje, com sessenta e um anos, ele olha para o passado e relembra de coisas de dez, vinte, trinta anos atrás e se dá conta de como era jovem, mas isso não o ajuda a ver como tudo é relativo. Se ele estivesse prestes a entrar em seu quarto século de vida, aí sim se sentiria velho.

Uma das coisas que talvez tornassem o avanço da idade difícil para Martin era a questão da fidelidade de Polly. Meses antes, em uma noite em que se bebeu muito, ele mencionou que achava que Polly estava tendo um caso com um assistente de produção do seu programa. O rapaz — descobri quem ele era dias depois — não tinha mais que dezenove anos, era alto e bonito e com um ar arrogante que, diziam, encantava as pessoas com quem ele trabalhava. Martin quis que eu demitisse Daniel (era esse o nome dele), mas me recusei, e isso foi um teste para nossa amizade por algum tempo. Eu não poderia demiti-lo se ele estivesse realizando um bom trabalho, e, pelo que ouvi de seu supervisor, ele fazia um excelente trabalho; além disso, não havia nenhuma prova contra ele. Depois, por meio de uma fonte na emissora, descobri que, embora Polly e Daniel não houvessem propriamente tido um caso, viveram algo rápido, mas nunca mais falei no assunto com Martin, que parecia disposto a fingir que nada tinha acontecido. De qualquer maneira, eu sabia que a juventude — a própria natureza da juventude — o irritava até a alma.

"Eu queria falar sobre o programa", comecei, depois que toda aquela conversa fiada acabou, "sobre os rumos que você vê para ele. Sobre o que você pensa para o formato dele daqui para a frente." Ouvi as palavras saindo da minha boca e as considerei um tanto alarmantes; eu tinha preparado um início bastante adequado e, em vez disso, comecei sugerindo que eu considerava seu programa uma fonte de preocupação.

"E em boa hora", disse Martin, sempre disposto a conversar sobre sua carreira. "Não sei quanto a você, Matthieu, mas acho que já fizemos tudo o que podíamos com o programa do jeito que está. Preciso ser muito sincero com você sobre isso."

"Você acha?", perguntei, surpreso.

"Sim, sem dúvida", ele respondeu, firme. "Aliás, é algo que eu já queria conversar com você. Na verdade, eu e Polly temos discutido sobre o assunto faz um bom tempo e chegamos ao que considero uma ideia muito boa. Um caminho à frente. Espero que faça sentido para você", acrescentou, com o ar de alguém que, na verdade, esperava que eu achasse o quanto aquilo que ele iria dizer fazia, de fato, sentido.

Ele vai se aposentar, pensei, contente. Ele vai se aposentar!

"Precisamos ir para o horário nobre", ele disse, enfim, com um sorriso, erguendo as palmas das mãos no ar como se já pudesse ver seu nome escrito em néon. "Passamos o programa para o horário nobre e aumentamos sua duração para uma hora. Um painel de convidados toda semana. Plateia ao vivo." Ele se inclinou para a frente, como se estivesse prestes a colocar uma cereja no topo da cobertura de um bolo. "Eu poderia andar entre as pessoas com um microfone!", continuou, entusiasmado. "Pense nisso. Será grandioso."

Assenti com a cabeça. "Sei. É uma ideia, sem dúvida."

"Matthieu", interveio Polly com a voz suave — e, por algum motivo, entendi que, se eu concordasse com aquela ideia absurda, ela se candidataria ao cargo de produtora; reconheço uma proposta de trabalho quando vejo uma. "O formato com que estamos trabalhando... já é coisa do passado. Qualquer um vê isso."

"Ah, eu concordo", eu disse. "Isso é indiscutível."

"Mas ainda temos muito a oferecer. Ainda temos o nosso público. Precisamos apenas modernizar o programa, só isso. Os políticos estão cada vez mais distantes da figura de alguém que esteja de fato no poder, e o Liberal Ultrajado... Você viu quem foi ao programa na semana passada?" Neguei com a cabeça; eu nunca assistia televisão se pudesse evitar, muito menos minha própria emissora. "Um apresentador de TV que era uma criança", disse Polly, balançando a cabeça com ar desgostoso. "Um moleque de dezessete anos com cachinhos loiros e covinhas. Ele parecia que ia participar de um teste para o papel de Oliver. Perguntamos o que ele achava sobre o euro, e tudo que ele sugeriu foi que deveríamos adotar a moeda, mas trocar o rosto da rainha pelo de uma das Spice Girls." (De novo ela usou o "nós".) "Quero dizer, francamente, Matthieu. Martin não deveria entrevistar pessoas assim. Estão abaixo da capacidade dele."

"Estão mesmo. Eu sei que estão", respondi. De fato eu concordava com ela. No auge, Martin fora excelente no que fazia. Seus pontos de vista insanos ofereciam um entretenimento valioso, e ele nunca se esquivava de fazer a pergunta certa ou de procurar descobrir um traço de hipocrisia em uma resposta preparada e ensaiada com cuidado, redigida pelo governo e idealizada pelos mandachuvas. Sem dúvida, o que ele fazia agora era um insulto a suas glórias passadas. Contudo, ele estava ficando velho e não era mais tão perspicaz quanto antes; nos últimos tempos, comecei a duvidar se ele acreditava mesmo no que afirmava ou se dizia certas coisas apenas para chocar, e a segunda opção parecia cada vez mais correta. A idade o tinha deixado amargurado. Descartei meus planos anteriores e decidi arriscar outra estratégia, talvez mais perigosa.

"Você nunca se sente... velho?", perguntei baixinho, reclinando na cadeira e despejando água de uma garrafa em meu copo. Uma gota espirrou em meu rosto e a sequei bem devagar, para não ver as reações imediatas deles.

"Se eu nunca *o quê*?", perguntou Martin, chocado. "Se eu nunca me sinto..."

"Às vezes", eu disse, falando mais alto do que ele e olhando para o horizonte, "sinto-me terrivelmente velho e quero apenas desistir de tudo e me mudar para, sei lá, o sul da França ou algum outro lugar. Uma praia. Mônaco, talvez. Nunca estive em Mônaco, sabia?", acrescentei, pensativo, me perguntando por que nunca tinha ido lá. Mas havia bastante tempo para isso, claro.

"Mônaco", repetiu Polly, olhando para mim como se eu tivesse enlouquecido.

"Você nunca sente vontade de relaxar?", perguntei em seguida, meus olhos fixos nos de Martin. "Nunca sente vontade de dormir até tarde? De fazer o que quiser do seu dia? De não ter que ficar conferindo a audiência o tempo todo? De poder deixar o colarinho aberto *o dia inteiro?*"

"Não", respondeu Martin, mas agora com certa insegurança na voz. "Bom, não… Na verdade, não. Quero dizer, gosto do meu… Por que está me perguntando isso?"

"O programa não está funcionando, Martin", eu disse sem rodeios. "E não são os convidados, não é o tempo de duração dele, não são os adolescentes com covinhas e não é o formato. Não é nem você. O momento passou, só isso. Pense nos grandes programas de TV dos, vamos dizer, últimos trinta anos. *Dallas, Cheers, The Buddy Rickles Show.* Para todos eles, depois de algum tempo, chegou a hora de acabar. Isso não diminui a excelência que tiveram ou a diversão que ofereceram. Às vezes, é preciso reconhecer que o fim chegou. Que é hora de dizer adeus."

Houve um silêncio por um momento, enquanto os dois pensavam no assunto. Foi Polly quem, enfim, falou primeiro.

"Você está dizendo que vão *cancelar* o programa?", ela perguntou. A princípio, não respondi nada; apenas levantei uma sobrancelha.

"Ora, não vamos exagerar", disse Martin, seu rosto avermelhado, com certeza desejando poder voltar vinte minutos no tempo e evitar a existência dessa conversa.

"Tudo o que eu disse foi que podíamos torná-lo mais interessante, só isso. Minha intenção não era que você achasse que..."

"Martin", eu disse, interrompendo-o, "infelizmente foi por essa razão que convidei você para vir até aqui hoje. Vocês dois", acrescentei com generosidade, mesmo que eu nunca tivesse tido a intenção de falar com Polly sobre isso. Por mim, ele mesmo teria conversado com ela. "Lamento dizer que o programa acabou. Nós o estamos cancelando. Conversamos sobre isso e sentimos que chegou o momento de encerrá-lo com dignidade."

"E o que vou fazer no lugar dele?", perguntou, seu corpo todo parecendo afundar na poltrona, os ombros descaídos, a pele pálida e manchada, olhando para mim como se eu fosse seu pai ou seu agente, alguém de alguma maneira responsável por seu sucesso futuro. "Vocês não vão me dar algum *game show* horroroso, vão? E não tenho paciência para documentários. Posso ser âncora, acho. Posso trabalhar em um noticiário. É nisso que estão pensando?" Ele buscava qualquer coisa em que se agarrar e, por um instante terrível, achei que fosse chorar.

"Nada", disse Polly, dizendo o óbvio em meu lugar. "Você não fará nada. Você acabou de ser demitido. É isso, não é, Matthieu?"

Respirei fundo pelo nariz e mantive os olhos voltados para o chão. Eu odiava esse tipo de coisa, mas já tinha feito antes, quando foi necessário, e, por Deus, faria de novo. "É", respondi de forma prática. "Em resumo, infelizmente, é isso mesmo, Martin. Estamos encerrando seu contrato."

Qualquer porco com o mínimo de amor-próprio se recusaria a viver no apartamento do meu sobrinho Tommy.

Dois ou três anos antes, quando fez sucesso com algumas canções em uma carreira musical paralela à de ator, ele teve o bom senso de investir em um imóvel e comprou uma cobertura de dois dormitórios com vista para o rio Tâmisa. É seu único bem de valor, e acho incrível que nesse tempo todo ele não o tenha vendido para financiar suas necessidades químicas, em vez de recorrer a mim e sempre ouvir minha reprovação. Imagino que a propriedade dê a Tommy o mínimo de estabilidade que ele precisa na vida.

Seu apartamento tem pé-direito alto e janelas esplêndidas com vista para o rio. Elas ocupam uma parede inteira do chão ao teto e, como uma criança, fiquei a um passo de distância delas e me inclinei para a frente, apoiando as mãos no vidro enquanto olhava para baixo, esperando ser tomado pela arrebatadora sensação de vertigem. A sala de estar em que eu me encontrava não fazia jus ao nome, pois eu não conseguia imaginar quem ou que espécie de ameba poderia ficar ali sem sentir a necessidade de tomar um banho a cada cinco minutos. Um sofá razoável estava coberto de jornais e revistas de moda; no chão, garrafas, latas e copos espalhados por todos os lados, a maioria com restos de cigarros e baseados. A um canto, atrás de uma poltrona grande com estofado exagerado, largada no chão à vista de todos, havia uma camisinha usada, e a observei com assombro, estupefato com a imundice que me cercava. Isto aqui, pensei incrédulo, é o lar de uma pessoa.

Abri a janela de correr, que levava a uma varanda estreita com parapeito gradeado, e saí. Lá embaixo, um barco navegava pelo Tâmisa e casais e famílias passeavam pelas margens do rio. À distância, vi a Tower Bridge e o Parlamento, uma visão que sempre me impressiona.

"Tio Matt." Dei meia-volta e vi Tommy surgir do quarto, colocando uma rara camiseta branca e a estendendo até o shorts. Ele tinha prendido o cabelo, que chegava até os ombros em um rabo de cavalo, mas algumas mechas que escaparam emolduravam seu rosto, tão pálido que era quase fantasmagórico. Os olhos estavam com bordas vermelhas e olheiras, mas não eram nada comparados ao nariz, que se mexia e fungava constantemente, inflamado por causa do mais recente mau uso que Tommy fizera dele. Sacudi a cabeça e senti pena; toda vez que acredito estarmos nos aproximando e que ele talvez sobreviva, alguma coisa acontece, alguma coisa como essa, e percebo como meus esforços não têm utilidade nenhuma. Ele parecia — e eu não uso este termo com frequência — a Morte.

"Como você consegue...?", comentei, olhando para o Vietnã que me cercava, mas ele me interrompeu antes que eu pudesse continuar a repreendê-lo.

"Não comece, por favor", ele disse, irritado. "Já estou me sentindo bem mal. Teve uma festinha aqui ontem à noite. Fui dormir muito tarde."

"Bom, graças a Deus que não é assim sempre", eu disse. "Você acabaria contraindo a peste negra ou alguma outra coisa neste lugar. Eu vi o que ela faz com as pessoas, e não é nada bonito."

Ele abriu espaço no sofá e na poltrona; hesitante, me sentei no sofá, enquanto ele se sentou na poltrona, em posição de lótus, cobrindo os pés com o corpo para mantê-los aquecidos. Pensei em me oferecer para fechar a janela, mas não tive a menor vontade — o oxigênio era bem-vindo — e, conforme olhei para ele, minha atenção foi desviada mais uma vez para o preservativo largado ali de um jeito deprimente, murcho e enrugado, não muito longe dele. Tommy acompanhou meu olhar, pegou um jornal e jogou sobre a camisinha, escondendo-a com um sorriso tênue. Imaginei quanto tempo aquilo ficaria ali, procriando sob o papel, produzindo sabe-se lá quantas galáxias de bactérias no tapete.

"Temos um problema", eu disse a ele, que bocejou com vontade.

"Eu sei. Também recebi a carta."

"De Hocknell?"

"O próprio."

"Com o roteiro?"

"Ele mandou junto, mas ainda não tive tempo de ler. Estive ocupado me preparando para a festa e tudo o mais e, além disso, esta semana inteira trabalhei tipo dezoito horas por dia. Mas li o argumento. É bem claro o que ele está dizendo."

"Bom, eu li o roteiro."

"E?"

"Ah, é puro lixo", eu disse, rindo, apesar de saber que não devia. "Quer dizer, nada ali presta. Não existe nenhuma possibilidade de sequer cogitarmos produzi-lo. A ideia não é ruim, acho, mas a maneira como ele a desenvolve..." Sacudi a cabeça. "Alguns diálogos..."

A porta de um dos quartos se abriu e dali surgiu uma jovem vestida com uma cueca samba-canção e uma camiseta. Ela não veio do quarto de Tommy e era evidente que não estava grávida, portanto eu sabia que não era Andrea. Mas me era familiar; uma cantora, atriz, alguém do tipo. Eu a conhecia dos tabloides ou das revistas de celebridades, seu habitat natural. Olhou em nossa direção, ficou intrigada por um momento, seus ombros penderam em uma expressão de infelicidade extrema, e voltou para o quarto com um gemido, batendo a porta atrás de si. Tommy a viu desaparecer, depois pegou um maço de cigarros e acendeu um. Seus olhos piscaram rápido assim que a primeira nicotina do dia penetrou seus pulmões.

"É Mercedes", ele disse, indicando a porta fechada com a cabeça.

"Que Mercedes?", perguntei.

"Apenas Mercedes", ele respondeu, dando de ombros. "Ela não usa sobrenome. Como a Cher ou a Madonna. Você deve saber quem ela é. Ela tem *apenas* o disco pop mais vendido do ano. Está no quarto com Carl e Tina, do meu programa. Os três ficaram juntos ontem à noite. Sortudo filho da puta."

Assenti com a cabeça. "Certo", eu disse depois de uma pausa, sem o menor interesse pelas estripulias sexuais dos jovens. "Voltando a Lee Hocknell…"

"Ele que se foda", disse Tommy com descaso. "Diga que o roteiro é uma bosta e que não há a menor chance de eu ou você chegarmos perto daquilo, e pronto. O que ele pode fazer? Telefonar para a polícia?"

"Ele talvez telefone", eu disse.

"Com o quê? Ele não tem provas nem nada. Lembre-se, *você* não matou o pai dele. Nem eu. Apenas ajeitamos a situação, só isso."

"Mas de forma ilegal", eu disse. "Escute, Tommy. Não estou preocupado com o que ele pode ou não fazer. Acredite, já conheci gente muito pior do que ele e também já estive em situações muito piores do que esta. É que eu não gosto de ser chantageado, só isso, e quero que ele saia da minha vida. Não gosto de... complicações. Resolverei esta situação sozinho, você não precisa se preocupar, mas quis ter certeza de que você estava a par do que está acontecendo."

"Certo. Obrigado", ele disse e ficou em silêncio por algum tempo. Me levantei para ir embora.

"Como está... Andrea?", perguntei, percebendo que nunca havia perguntado sobre a saúde dela.

"Está ótima", ele disse, os olhos se iluminando ao olhar para mim. "Já está quase com seis meses. A barriga começando a aparecer. Ela vem para cá daqui a pouco, se você quiser ficar e conhecê-la."

"Não, não", eu disse, seguindo para a porta, tentando abrir o Mar Vermelho de sujeira entre nós dois. "Talvez outra hora. Chamo vocês para jantar lá em casa um dia desses."

"Vai ser ótimo."

"Conversamos em breve", eu disse, fechando a porta atrás de mim e voltando ao ambiente relativamente limpo da escadaria. Respirei fundo, expulsei Lee Hocknell da cabeça e do meu resto de tarde e desci as escadas na direção da luz do sol e do ar fresco.

"E então, como foi? Ele aceitou bem ou brigou?"

Suspirei e desviei os olhos das anotações que estava fazendo para uma reunião mais tarde. Apesar de eu manter a porta aberta na maior parte do tempo, Caroline era a única funcionária da emissora que não fazia a menor menção de bater antes de entrar. Apenas a empurrava para longe do seu caminho, deixando a educação e o respeito do lado de fora.

"Martin era um grande amigo meu", respondi, censurando-a por sua atitude e tropeçando nos tempos verbais ao fazê-lo. "Ele *é* um grande amigo meu. Não se trata de aceitar bem ou não. É o trabalho de um homem que foi tirado dele. Algum dia isso talvez aconteça com você, e você não gritará de alegria tão rápido."

"Ah, por favor", ela disse, desmoronando em uma cadeira à minha frente. "Ele era um velho desbotado cujo prazo de validade tinha acabado; estamos melhor sem ele. Agora podemos pôr alguém com um pouco de talento no lugar. Fazer esta emissora entrar no mapa. Sabe aquele moleque, Denny Jones? O que Martin entrevistou na semana passada no programa? O das covinhas? Ele seria bom para atrair o público jovem. *Precisamos* trazê-lo para cá de algum jeito." Ela olhou para mim e deve ter percebido a fúria em meus olhos, minha vontade de erguê-la pelas orelhas e simplesmente atirá-la pela janela, pois recuou na mesma hora. "Está bem, está bem, *me desculpe*. Estou sendo insensível. Ele é seu amigo e você sente que deve alguma coisa a ele. Certo, que seja. Como ele recebeu a notícia? Mal?"

"Ora, ele não ficou feliz. Mas não disse muita coisa, para ser sincero. Foi Polly, a mulher dele, quem protestou mais. Parecia muito mais magoada do que ele."

Depois que eu disse a Martin que seus serviços não seriam mais necessários, Polly tinha sido, de fato, quem demonstrou mais raiva. Enquanto o marido afundou na cadeira, cabisbaixo, com uma mão na testa contemplando o futuro — ou a falta dele —, ela partiu para o ataque, acusando-me de deslealdade e até mesmo de estupidez. Disse que devíamos muito ao seu marido por todos aqueles anos de trabalho, o que, na minha opinião, era um pouco de exagero, e que éramos tolos se não conseguíamos enxergar o valor e a utilidade dele para a emissora. Pelo comportamento dela, percebi que o que mais a preocupava era o marido não ter mais salário e a perspectiva de vê-lo excluído das festas, dos eventos e premiações do show business à medida que sua estrela fosse se apagando, até o ponto de qualquer apresentação vir sempre acompanhada de "Você não era aquele que...?". Polly era jovem e agora estava presa a Martin dia e noite.

"Ela que se foda", exclamou Caroline. "Ela é o menor dos nossos problemas."

"Ela ambicionava ser produtora", comentei, e ela riu alto. "Por que isso é tão engraçado?", perguntei, espantado.

"Ora, me diga uma coisa: ela trabalha com televisão?"

"Não."

"Ela já trabalhou com televisão?"

"Não que eu saiba."

"Ela já trabalhou alguma vez na vida?"

"Sim. Trabalhou com artes. E sempre se interessou muito pelo programa de Martin", eu disse, tentando entender por que eu estava dando explicações a Caroline.

"Acho que ela estava mais interessada na conta bancária dele", ela concluiu, sacudindo a cabeça. "No que poderia ganhar com ele. Produção!", ela bufou com escárnio. "Que ideia ridícula."

Me levantei e contornei minha mesa para me sentar na beirada do móvel e encarar Caroline de cima a baixo, furioso. "Você já se esqueceu da nossa primeira conversa?", perguntei. "Esqueceu como tentou me convencer a lhe dar o cargo mais alto desta organização, mesmo não tendo nenhum tipo de experiência nisso?"

"Tive anos de experiência gerencial com..."

"Varejo de discos, eu sei", gritei, perdendo a paciência, o que é raro. "Pois bem, este mundo aqui é outra história, querida. Você talvez ainda não tenha percebido, já que fica só sentada, assistindo canais de todo o planeta, mas nós não vendemos discos. Nem livros, nem roupas, nem aparelhos de som, nem pôsteres de ídolos pop de doze anos e pele perfeita. Somos uma emissora de televisão. Produzimos entretenimento televisivo para as massas. E você não conhecia nada disso quando a admitimos. Ou conhecia?"

"Não, mas eu..."

"'Não tem 'mas' coisa nenhuma. Você me pediu uma chance e eu lhe dei. Interessante saber que você não estaria disposta a fazer a mesma gentileza com outra pessoa. Existe uma parábola sobre isso em algum lugar da Bíblia, não existe?"

Ela sacudiu a cabeça e vi sua língua pressionada contra a bochecha conforme refletia sobre o que eu tinha dito. "Espere um minuto", Caroline disse depois de algum tempo. "O que você está querendo dizer exatamente?" Olhou para mim, desolada. "Você não... Você não chegou a... Não me diga que mandou ele para o olho da rua e a contratou. Por favor, Matthieu, não me diga que fez isso." Sorri e levantei uma sobrancelha de leve. Deixei-a sofrer um pouco. "Ah, pelo amor de Deus", ela disse, "como é que a gente vai..."

"É óbvio que não a contratei", respondi, interrompendo a explosão de raiva antes que o fluxo de lava emergisse de sua boca e se espalhasse sobre mim. "Acredite, Caroline, eu *nunca* darei um emprego a alguém que não tenha experiência para exercê-lo. Um cargo de assistente, claro, mas nada além disso. Para trabalhar nesse nível, você precisa saber o que está fazendo."

Ela torceu a boca, contrariada, e eu fui até a janela e ali fiquei, observando a rua lá embaixo, até ouvi-la ir embora, seu salto alto fazendo clop, clop, clop no assoalho de madeira sob seus pés.

19

QUANDO BRIGUEI COM DOMINIQUE

Nos fins de semana, eu e Jack nos alternávamos para realizar as tarefas na mansão Cageley. Isso significava dias mais longos de trabalho, claro, pois as tarefas cumpridas por duas pessoas eram feitas por apenas uma, mas significava também que o fim de semana seguinte seria de tempo livre e lazer. Foi num desses domingos, enquanto eu relaxava na casa dos Amberton, jogando baralho com meu irmão mais novo e sentindo um tédio generalizado que quase me fez voltar aos estábulos, que a sra. Amberton me convenceu a ir com ela fazer compras no vilarejo.

"Quero abastecer a despensa", ela me disse, atravessando rápido a cozinha e expelindo um jato de tabaco de mascar ao passar pela cuspideira. "Nunca vou conseguir sozinha. O sr. Amberton está com uma tosse daquelas, então é melhor você ir comigo e me ajudar."

Concordei com a cabeça e terminei a partida antes de ir me arrumar para acompanhá-la. Eu não me importei; os Amberton raramente pediam alguma coisa e estavam sendo muito bondosos tanto com Tomas quanto comigo durante nossa estadia com eles. Os dois assumiram um interesse de pais por meu jovem irmão, cujos estudos tinham progredido bastante desde que ele começara a frequentar a escola, e pareciam se importar comigo por nenhum outro motivo além do fato de gostarem de mim. Nos meses que se seguiram ao fim de semana de caça e da morte da égua, pouca coisa tinha mudado em Cageley, exceto Nat Pepys passar cada vez mais fins de semana na mansão, a ponto de serem raras as tardes de sexta-feira em que não víamos sua silhueta baixa e curvada se aproximando a cavalo pela estrada enquanto o sol desaparecia no horizonte.

"Ele deve estar aprontando alguma", Jack me segredou. "Deve achar que o velho vai bater as botas logo e quer garantir que receberá uma parte maior do cofre quando o dia chegar."

Eu não estava tão certo disso. Não havíamos tido muito contato desde o incidente com o cavalo — creio que ele tinha consciência de que sua covardia ficara evidente naquela tarde e não sabia como lidar com seu sentimento de humilhação perante alguém que ele considerava inferior. No geral, ignorávamos um ao outro; eu cuidava de seus cavalos, ele cuidava do que era da conta dele, e assim coexistíamos com razoável conforto.

Naquele domingo em especial, um longo período de friagem tinha enfim se dissipado e o vilarejo achava-se imerso em uma luz dourada que parecia capaz de tirar das casas todos os residentes, que saíam piscando sob o sol. Eles passeavam pelas poucas lojas da cidadezinha e conversavam uns com os outros. A sra. Amberton cumprimentava todos por quem passava, e me dei conta de que aquelas pessoas, que conheciam muito bem umas às outras, jamais se chamavam pelo primeiro nome, preferindo sempre o tratamento de "sr." e "sra." seguido do sobrenome. Paramos e conversamos com alguns vizinhos nossos, trocando palavras amenas sobre o clima ou sobre o aspecto das roupas uns dos outros. Comecei a me sentir o filho da sra. Amberton, parado a seu lado toda vez que ela queria conversar com alguém, permanecendo em silêncio até o assunto se esgotar. Depois de algum tempo, aquilo me deixou desconfortável e desejei que ela se apressasse para fazermos logo o que precisávamos. Percebi que aquela vida estável de cidade pequena começava a perder os atrativos para mim.

Quando estávamos em uma esquina, conversando com uma tal sra. Henchley (que acabara de perder o marido para a pleurisia durante o clima ruim), vi uma coisa que me deixou doente de raiva. A sra. Amberton e a sra. Henchley falavam sem parar, dando tapinhas no braço uma da outra, assegurando-se mutuamente do quanto gostavam do falecido sr. Henchley, quando vi Dominique do lado de fora da pequena casa de chá no meio da quadra, à sombra de um toldo, conversando com um rapaz de perna engessada. Ela estava com uma elegante roupa de domingo que eu nunca tinha visto e uma touca delicada que deixava alguns cachos soltos nas laterais — adotara aquele penteado havia pouco tempo. A conversa entre os dois seguia animada e Dominique ria de vez em quando, cobrindo a boca com a mão, uma afetação feminina que ela com certeza tinha aprendido na mansão Cageley. Virei-me para a sra. Amberton, àquela altura esquecida de mim, pois ela e a amiga cutucavam o falecido como dois abutres em busca de carne não apodrecida, e segui sem pressa na direção de Dominique, semicerrando os olhos sob a luz do sol.

Tive a impressão de que ela olhou para mim várias vezes antes de perceber quem eu era, quando então parou de rir e ajeitou a postura, tossindo com discrição ao dizer alguma coisa para o companheiro antes de me indicar com um gesto de cabeça. Ele se virou para me olhar também e de repente encontrei os olhos de Nat Pepys, que não tinha aparecido no entardecer da sexta-feira e que, portanto, achei ter outros compromissos naquele fim de semana.

"Olá, Dominique", eu disse, curvando-me um pouco à sua frente, como um nobre. Eu tinha noção do quanto minhas roupas estavam imundas e que eu não tomava banho havia uns dias, enquanto os dois ali estavam como o cavalheiro e a dama perfeitos, com seus melhores trajes de domingo. Meu cabelo precisava de um corte e de uma lavagem e se enroscava sem jeito em volta da minha gola. "Sentimos sua falta ontem à noite." Ela vinha com frequência jantar conosco na casa dos Amberton, mas não havia comparecido na noite anterior nem dado explicações.

"Me desculpe, Matthieu", ela disse em tom cordial. "Eu esqueci que tinha outros planos." Depois de um instante, ela apontou Nat com a cabeça. "Vocês se conhecem, não é mesmo?"

"Claro", disse Nat, abrindo um grande sorriso, como se nossas experiências anteriores estivessem esquecidas. "Como está, Zulu?"

"É Zéla", retruquei, cerrando os dentes de raiva. "Matthieu Zéla."

"É claro, é claro", ele disse na mesma hora, sacudindo a cabeça como se estivesse se esforçando para memorizar aquilo, apesar de provavelmente saber muito bem qual era meu nome. "É essa maldita língua francesa. Ela não entra na minha cabeça. Meu irmão David, esse sim é com quem você devia falar. Francês, italiano, latim, grego. Sabe todas."

Assenti com a cabeça de maneira rude e olhei para a perna envolta em gesso branco; ele se apoiava em uma bengala de mogno muito bonita. "O que aconteceu com você?", perguntei, resistindo à tentação de acrescentar "Nat" no fim da frase, pois não tinha a mesma coragem de Jack Holby, mesmo que compartilhássemos a opinião sobre a estupidez daquele almofadinha. "Um acidente, foi?"

Ele riu. "Foi a coisa mais inusitada, *Zéla*", ele respondeu, enfatizando o nome com cuidado. "Eu estava tentando instalar lampiões novos na minha casa em Londres e caí da escada. Não estava em um degrau muito alto, mas, de alguma maneira, caí de mau jeito sobre a perna e quebrei um osso. Nada muito sério, fico feliz de dizer, mas preciso ficar com esse gesso por mais algumas semanas."

"Certo", eu disse. "Então havia alguém lá para ajudar você, não?" Ele me encarou, intrigado, e inclinou a cabeça para o lado. "Quando você caiu", continuei, depois de um momento, "tinha alguém para buscar ajuda? Você não ficou simplesmente largado ali?" Um sorriso tênue surgiu em seu rosto e vi seus olhos azuis se tornarem um pouco mais frios enquanto tentava concluir se eu estava sendo ofensivo ou apenas conversando.

"Havia alguns empregados em casa", ele disse. "Eu estaria perdido, não estaria" — e aqui ele enunciou cada palavra devagar — "sem todos vocês para me servir no que eu preciso?" As palavras flutuaram no ar entre nós. Ele tinha me insultado, e a Dominique também, que olhou para o chão, constrangida, seu rosto ganhando uma coloração rosada de desconforto enquanto aguardávamos que algum de nós quebrasse o silêncio.

"Estranhei não tê-lo visto chegar a cavalo ontem à tarde", eu disse, escolhendo as palavras com cuidado, querendo fazer uma alusão ao nosso último encontro sem mencioná-lo com todas as letras.

"Vim de carruagem", ele explicou, hesitante. "E acabei chegando bem tarde."

"Levará algum tempo até você poder montar de novo, não?", comentei, indicando a perna engessada. "Por sorte não agimos com pessoas feridas da mesma forma que agimos com animais feridos, não é mesmo?"

Houve uma pausa. "O que você está querendo dizer?", ele perguntou, enfim, os lábios se estreitando ao puxá-los para dentro da boca.

"Ora", respondi, dando uma risada curta, "se você fosse um cavalo e tivesse se machucado desse jeito, nós teríamos que sacrificá-lo, não? Ou melhor, *eu* teria."

Dominique me encarou e fez um não bem devagar com a cabeça. A expressão em seu rosto — que eu tinha esperado ser de admiração por minha capacidade de insultar Nat, mesmo que de forma indireta — refletia irritação, como se ela não quisesse participar de nenhum jogo infantil entre nós dois. Engoli em seco e senti meu rosto enrubescer enquanto esperava um deles dizer alguma coisa. Por fim, Nat quebrou o silêncio.

"Seu irmão é um rapaz inteligente, não é?", ele disse, olhando para ela, e ela levantou a cabeça e sorriu, olhando para mim como se quisesse pedir desculpas por seu papel naquela situação tensa, até mesmo se recusando a ficar do meu lado. "Ele nunca esquece de nada." Nat respirou fundo e se reposicionou para aliviar o peso da perna machucada. "Mas algumas vezes é melhor esquecer. Você consegue imaginar a quantidade de coisas que teríamos na cabeça se lembrássemos de cada coisinha que acontece?"

A sra. Amberton aproveitou a oportunidade para surgir ao meu lado, ofegante, sua língua pendendo na lateral da boca enquanto olhava para Nat Pepys, estupefata; eles nunca tinham se encontrado, mas ela sabia que ele era da mansão Cageley — e teria caído de joelhos para engraxar seus sapatos com o maior prazer, se ele tivesse pedido.

"Sra. Amberton, este é Nat Pepys", eu disse depois de um momento, sentindo que uma apresentação se fazia necessária. "O filho mais novo do meu patrão. Esta é a sra. Amberton, minha senhoria", acrescentei, olhando para ele.

"Encantado", ele disse, disparando um olhar de desagrado para mim por causa da minha penúltima frase, enquanto começava a coxear em outra direção. "Infelizmente, preciso ir. Dominique, nos vemos na mansão, não é mesmo?" Ele disse esta última frase um pouco mais baixo, apenas para ela, mas com a intenção de que eu também ouvisse. "Zulu, sra. Amberton", ele disse, nos cumprimentando com a cabeça enquanto se afastava.

"Que rapaz agradável", comentou a sra. Amberton com olhos alegres, observando-o se distanciar. "Esperem só até eu contar ao sr. Amberton com quem conversei!" Olhei para Dominique, que me devolveu o olhar com firmeza, sem piscar, levantando uma sobrancelha de leve, como quem pergunta "Algum problema?".

Jack estava sentado com as costas apoiadas em uma árvore e com um pedaço de madeira maciça no colo, muito concentrado, entalhando-o com uma faca. Fui até ele devagar, curioso, mas temendo assustá-lo. Observei seus olhos focados na tarefa, sem olhar para os lados nem por um instante enquanto a lâmina removia pequenas lascas aqui e ali, criando um objeto que eu ainda não conseguia identificar. Esperei, até que ele parou por um momento, ergueu a madeira contra a luz e assoprou as lascas e a poeira, então me aproximei, pisando com força para que ele me ouvisse e eu não precisasse dizer nada.

"Olá", ele disse, semicerrando os olhos sob a luz do sol quando olhou na minha direção. "O que está aprontando?" Tirei as mãos de trás das costas para revelar duas garrafas de cerveja. Bati uma na outra em um brinde, fazendo uma careta de bêbado ao sorrir para Jack. Ele riu, deixou seu material de lado e fez um gesto negativo com a cabeça. "Matthieu Zéla... roubando a despensa de Sir Alfred, hein?", ele disse, mordendo a boca. "Treinei você muito bem, meu pupilo." Pegou uma das garrafas com satisfação e, com um movimento rápido e despreocupado, arrancou sua tampa com a palma de uma das mãos e o polegar da outra.

"Então Nat voltou", comentei depois de um instante, apreciando a sensação do líquido descendo pela garganta e resfriando meu corpo. "Você acreditou nessa história dos lampiões que ele está contando?"

Ele deu de ombros. "Eu mal estava escutando quando ele me contou, se quer saber a verdade. Mas ele parecia fazer questão de me contar e, como contou para você também, eu duvido. Sabe lá o que aconteceu." Ele assobiou e olhou para a mão; enquanto conversava comigo, tinha deixado a garrafa de lado e recomeçado a entalhar a madeira, porém se distraiu e cortou o dedo. O sangue brotou na ponta, mas parou assim que ele pressionou o machucado no polegar, esperando o sangue estancar. "Você já viu o mar, Mattie?", ele perguntou, e eu ri, surpreso.

"O *mar*?"

"Sim, isso mesmo. Por que não?", ele disse, dando de ombros. "Você já viu?"

"Claro. Tivemos que pegar um navio da França para a Inglaterra. Foi quando eu vi o mar. E passei um ano em Dover, contei a você."

Ele suspirou e concordou com a cabeça, lembrando-se das minhas histórias sobre Paris e sobre quando cheguei à Inglaterra. "É mesmo, é mesmo", disse. "Bom, eu nunca vi o mar. Mas já ouvi falar sobre ele. O mar, as praias. Eu nunca nadei, sabia?" Dei de ombros. Na verdade, eu também não tinha nadado muito. "Eu gostaria de fazer essas coisas."

Dei um gole longo e olhei a paisagem à minha frente. O terreno da mansão Cageley se estendia diante de nós, a grama verde quase reluzente com a luz que a banhava até onde meus olhos alcançavam. Eu ouvia os cavalos rinchando nos estábulos ao longe e uma ou outra risada mais ruidosa vinda dos fundos da casa, onde os empregados batiam nos tapetes para tirar o pó no ar do verão. Senti uma onda de contentamento e felicidade me engolir, preenchendo meu corpo com um calor que quase me fez chorar. Olhei para o meu amigo e ele estava com a cabeça apoiada na árvore, uma das mãos puxando o cabelo loiro para trás e segurando-o naquela posição, os olhos fechados, a boca se mexendo preguiçosamente naquele momento de relaxamento.

"Só mais alguns meses, Mattie", ele disse depois de algum tempo, e despertei do meu devaneio. "Só mais alguns meses e será a última vez que vai me ver por aqui."

Olhei para ele, surpreso. "O que você quer dizer?", perguntei e ele se sentou direito, olhando para os lados, para ver se não havia alguém escutando.

"Você sabe guardar segredo?", ele perguntou e concordei com a cabeça. "Bom", ele começou, "você sabe que eu venho economizando, não sabe?"

"Claro", respondi; ele falava disso com frequência.

"Agora já tenho uma boa quantia guardada, sabe? Estou economizando desde os quinze anos, se quer saber. E daqui a alguns meses vou ter o que preciso. Vou pegar tudo e ir para Londres e me acertar pelo resto da vida. Jack Holby não vai mais limpar esterco nenhum."

Fiquei triste e, mesmo antes de ele terminar, minha mente saltou rápido para a ideia de todos nós irmos embora juntos um dia, apesar de eu estar verdadeiramente satisfeito em Cageley. "O que você vai fazer?", perguntei.

"Sei ler e escrever. Estudei um pouco antes de vir trabalhar aqui. Vou procurar emprego como caixeiro. Encontrar uma boa empresa que me aceite e que me deixe estudar mais. Talvez policial ou guarda-livros, não importa. Alguma coisa sólida. Com horas regulares. Agora tenho o suficiente para bancar minha entrada em uma empresa e deixar que eles me sustentem dali para a frente. Conseguir algum lugar para morar. Estarei garantido pelo resto da vida." Seu rosto estava radiante com aquela perspectiva.

"Mas você não vai sentir falta daqui?", perguntei, e ele riu alto.

"Você está aqui há pouco tempo, Mattie. Ainda encara Cageley como uma estabilidade, coisa que você nunca teve. Passei minha vida toda aqui. Cresci aqui. E se gente como Nat Pepys pode ter uma vida boa, nadar em dinheiro e mandar em todo mundo, por que não posso fazer a mesma coisa? A diferença entre mim e ele é que eu terei conquistado a minha saída. Terei trabalhado por isso. E, um dia desses, será *ele*, o maldito, quem vai me chamar de 'senhor'."

A antipatia entre os dois — que, devo admitir, existia mais por parte de Jack — nunca ficou tão clara para mim quanto naquele momento. E não era apenas por Nat ter maltratado sua amiga Elsie, tampouco por ele agir o tempo todo como um lorde conosco. Era mais do que isso. Tinha a ver com o fato de Jack não suportar a ideia de alguém sentir que tinha autoridade sobre ele. Ele não admitia isso. Tinha vivido em um regime de semiescravidão a vida toda e isso o repugnava. Jack foi o revolucionário original. A diferença é que não era precipitado; nunca iria embora até acreditar que era o momento certo de fazê-lo e que conseguiria viver por conta própria.

"Você devia começar a pensar nisso", ele disse depois de algum tempo. "Quero dizer, não pode ficar aqui para sempre. É jovem, devia começar a economizar seu…"

"Mas eu preciso pensar em Tomas", eu mencionei, interrompendo-o. "E em Dominique. Não posso simplesmente subir em um cavalo e ir para onde eu bem entender. Tenho responsabilidades."

"Mas os Amberton não estão cuidando de Tomas?"

"Eu não iria embora sem ele", eu disse com firmeza.

"Ele é meu irmão. Não abandonamos um ao outro. Nem Dominique." Ele riu, bufando, e me virei para encará-lo. "O que foi?", perguntei. "Por que a risada?"

Ele deu de ombros e parecia não querer responder. "É só que...", começou, hesitante, pensando nas palavras com cuidado. "Não acho que ela precise que você tome conta dela, só isso. Ela parece bem capaz de cuidar de si mesma, se quer saber minha opinião."

"Você não a conhece", respondi.

"Sei que ela não é sua irmã", ele disse, suas palavras soando tão claras e inesperadas que precisei de algum tempo para registrá-las. "Eu sei disso, Mattie."

Olhei para ele e senti meu rosto ficar pálido, sem saber o que responder. "Como você...?", comecei. "Como você soube?"

"É óbvio, pelo jeito como você olha para ela. Eu percebi. E pelo jeito como ela olha para você, de vez em quando. É o olhar de duas pessoas que já foram um pouco mais do que irmão e irmã, se quer saber. Eu posso ter passado a vida toda enfiado nesta prisão, mas conheço uma coisa ou outra sobre esse assunto."

Encostei-me no tronco da árvore e, por um momento, me perguntei por que eu nunca tinha contado a ele; por que não tínhamos contado a todos eles. No início, ficamos com tanto medo de sermos separados que inventamos a história, e depois que nos ajustamos tão bem à vida por ali, talvez não tivesse surgido uma oportunidade para desfazermos a mentira.

"Mais alguém sabe?", perguntei, e ele negou com a cabeça.

"Nunca ouvi nenhum comentário. Mas a questão é que

você não pode deixar sua vida ser guiada por isso, não importa o que sinta por Dominique. Viva sua própria vida."

Concordei com a cabeça. "Nós *iremos* embora um dia. Quando estivermos prontos."

"Então você a ama?", ele perguntou, e, para minha irritação, meu rosto corou intensamente. Apesar de já fazer dois anos que aquela emoção primária habitava minha mente — o desejo ofuscante que me torturava desde as primeiras horas do dia até as últimas, sempre que eu a via e sempre que não a via —, eu nunca tinha falado sobre o assunto abertamente com ninguém, e foi estranho ouvir a pergunta de repente e não encontrar palavras para responder.

"Sim", respondi, afinal. "Amo. Simples assim."

"E você acha que ela ama você?"

"Sem dúvida", eu disse, dessa vez sem hesitar, embora não estivesse tão convencido disso. "Como não me amar?", acrescentei, sorrindo, para diminuir o peso daquele momento.

"Não sei...", ele disse, pensativo, e por um momento não tive certeza se ele queria dizer que não sabia como não me amar ou se não sabia se ela me amava ou não.

"O problema", continuei, ignorando suas dúvidas e agora, mais do que nunca, querendo me assegurar de que ela me amava, "o problema é que ela me vê como um..." Parei, tentando entender exatamente como ela me via. "Como um... um..." E não consegui terminar a frase por nada nesta vida. Jack apenas assentiu com a cabeça e deu o último gole na bebida antes de se levantar e alongar braços e pernas.

"Acontece que ela acredita", ele disse. "Na mentira. Ela conseguiu se convencer de que é verdade." Olhei para ele, intrigado. "Que vocês são irmão e irmã", explicou. "Ela passou a sentir que é essa a relação natural de vocês."

"Ela está apenas escondendo seus sentimentos", eu disse. "Você não a conhece como eu."

Ele riu. "E nem sei se quero, Mattie."

Levantei-me de um salto e o encarei, furioso. "O que você quer dizer com isso?", perguntei, meus punhos se fechando automaticamente e querendo que ele parasse com aquilo.

"Estou apenas dizendo que, sejam quais forem seus sentimentos por ela, não existe nenhuma garantia de que ela sinta o mesmo, só isso. Ela talvez esteja manipulando isso. Você é uma rede de segurança para ela. Ela sabe que pode contar com você sem precisar retribuir."

"Mas como ela poderia retribuir?", perguntei, furioso, e ele hesitou antes de responder.

"Ora... Quando foi a última vez que você passou uma noite no quarto dela, Mattie?" As palavras mal tinham saído de sua boca quando lancei o primeiro soco. Ele deu um passo rápido para trás e meu braço passou direto, sem acertar. Jack agarrou meu punho e riu sem jeito. "Calma", ele disse, talvez um pouco aborrecido pela minha reação.

"Retire o que você disse!", gritei, o rosto vermelho, principalmente porque ele segurava firme meu braço direito e não parecia disposto a largar. "Você não conhece Dominique, portanto retire o que disse!"

Ele me empurrou e eu tropecei em uma raiz da árvore, o que me fez cair com força no chão. Gemi ao sentir uma pontada de dor nas costas. Jack olhou para mim e chutou a poeira do chão, irritado. "Olhe só o que você fez", disse.

"Eu não queria machucá-lo, Mattie. Estou apenas dizendo o que acho. Não há necessidade de nada disso."

"Retire o que você disse!", repeti, talvez longe de estar na posição de dar ordens, mas ainda disposto a me levantar e enfrentá-lo se fosse necessário.

"Certo, certo, eu retiro o que disse." Jack suspirou e balançou a cabeça. "Mas pense no que falei. Talvez faça sentido em algum momento. Tome." Ele jogou o pedaço de madeira para mim; olhei para a peça e a ergui, enfim entendendo o que era. Ele tinha removido a parte interna da madeira com cuidado, deixando uma casca em volta do buraco — e um cubo sólido em forma de jaula na minha mão. Era como um quebra-cabeça ou a peça de um jogo, e o encarei com um misto de raiva, pela maneira como ele tinha falado sobre Dominique, e decepcionado com aquela discussão que eu nunca poderia ter esperado. Queria continuar nossa conversa, convencê-lo do quanto ela me amava, fazê-lo repetir isso, mas ele já voltava para a mansão e, em poucos minutos, desapareceu na colina, deixando-me lá sozinho com a caixa de madeira na mão.

"Ela me ama, *sim*", murmurei antes de me levantar e limpar a parte de trás da minha calça.

A areia sob meus pés era de um dourado-escuro e enterrei os dedos nela o máximo que pude, até ser impossível afundar mais. Eu me deitei, o corpo imprimindo uma marca na areia, e permiti que o sol resplandecesse sobre mim. Tinha acabado de sair da água fria e minha pele estava molhada, com gotículas espalhadas ao acaso pelo peito e fazendo minhas pernas parecerem mais escuras, pois os pelos haviam grudado delicadamente ao corpo. Corri a mão até abaixo da cintura, os dedos apreciando a textura da minha pele quente, os olhos fechados para bloquear a luz, enquanto me alongava dentro de mim mesmo. Eu poderia ficar assim para sempre, pensei. Então minha mão subiu na direção da cabeça e se contorceu para sacudir meu ombro, arrastando-me de volta à consciência.

"Matthieu", disse a sra. Amberton dentro de sua camisola, a própria imagem da assombração para meus olhos ainda adormecidos. Lambi a boca, emitindo sons desagradáveis enquanto a abria, e encarei minha senhoria, confuso. Pensei no que ela fazia ali; eu estava tendo um sonho muito agradável. "Matthieu", ela repetiu, agora mais alto, sacudindo meu ombro nu sob o lençol. "Você precisa se levantar. É Tomas. Ele não está bem."

Abri os olhos e me sentei na cama, sacudindo a cabeça e tirando o cabelo dos olhos com os dedos. "O que ele tem?", perguntei. "O que está acontecendo?"

"Ele está na cozinha. Venha. Venha vê-lo."

Ela me deixou sozinho e saí da cama tropeçando, vestindo a calça depressa antes de entrar na cozinha. Tomas, que acabara de fazer oito anos, estava sentado no colo do sr. Amberton, na cadeira de balanço perto da lareira, gemendo de modo dramático.

"Tomas?", chamei, me inclinando sobre ele e colocando a mão em sua testa para verificar a temperatura. "O que você tem?"

"Não!", ele grunhiu, empurrando minha mão. Seus olhos estavam fechados e a boca bem aberta. O contato rápido que eu tivera com sua testa havia revelado que ele estava muito quente. Olhei para a sra. Amberton, surpreso.

"Ele está fervendo", eu disse. "O que você acha que é?"

"Uma gripe de verão. Faz tempo que tenho desconfiado de alguns sintomas. Ele só precisa aguentar até ela passar. Só que ele não parece muito animado, não é? Devia estar na cama, mas não quer ir."

"Tomas", eu disse, sacudindo-o da mesma maneira que a sra. Amberton tinha me sacudido para me acordar, "vamos, você precisa ir para a cama. Você não está bem."

"Eu quero Dominique", ele disse de repente. "Quero que ela me ponha na cama."

"Ela não está aqui, você sabe disso", respondi, surpreso por ele estar chamando por ela.

"Eu *quero ela!*", ele gritou, assustando a todos nós. Ele não era uma criança tempestuosa, quase nunca se comportava daquela maneira. "Eu quero *Dominique!*", repetiu.

"Acho melhor você ir buscá-la", disse a sra. Amberton.

"A esta hora? É quase uma da manhã."

"Bom, ele não vai se deitar enquanto ela não vier", ela retrucou, brava. "Faz meia hora que estou tentando fazê-lo dormir, mas ele só chama por ela. Diga que é uma emergência. Olhe para ele, Matthieu! Está com febre. Precisa ir para a cama."

Suspirei e concordei com a cabeça antes de voltar para o quarto e terminar de me vestir. A cama parecia quente e tentadora e lamentei ter de abandoná-la. Pus duas camisas e um casaco para me proteger do frio. Quando saí para a noite, enrolando um dos cachecóis do sr. Amberton em volta do pescoço, sob o casaco, senti um arrepio e tentei imaginar como Dominique reagiria àquele pedido urgente.

Tomas quase não se lembrava da mãe. Ele tinha apenas cinco anos quando Philippe a matou e, quando alcançou a idade da razão e já podia se lembrar das coisas que aconteciam, tínhamos nos juntado a Dominique. Desde então, ela também passara a tomar conta dele, dividindo comigo as responsabilidades naqueles primeiros dias. Em Dover, ela era sua única proteção durante o dia, enquanto eu ia conseguir dinheiro para o jantar com minhas aventuras como batedor de carteira. Os dois eram amigos, tinham uma boa convivência, mas nunca me ocorrera — tampouco a Dominique, acho — o quanto ele a via como uma figura materna, o que, por sua vez, me fez perceber o quanto ele devia ver a mim como um pai. Desde nossa chegada a Cageley, essa "mãe" tinha quase desaparecido de sua vida. Embora ele a visse uma vez por semana, no jantar, e os dois muitas vezes se encontrassem por acaso no vilarejo, eles já não conviviam tanto. Creio que Tomas nem chegou a visitar a mansão Cageley, onde eu e Dominique passávamos a maior parte do tempo, e me ocorreu que eu sabia muito pouco sobre seus dias e o que ele fazia para ocupá-los. O sr. Amberton o aceitara em sua sala de aula e, ao que constava, Tomas ia muito bem. Mas e amigos? Interesses, passatempos? Eu não sabia nada sobre essas coisas. Me senti culpado por tudo isso enquanto caminhava pela estrada em direção à entrada de serviço, nos fundos da casa, e lamentei minha negligência com meu irmão nos últimos tempos.

Dominique e Mary-Ann tinham o hábito de deixar a porta da cozinha destrancada à noite; se alguém quisesse sair e voltar, era mais fácil usar aquele caminho do que abrir as fechaduras da porta principal. Havia poucas chances de roubo, pois Cageley sempre fora um lugar pacífico, e ninguém se arriscaria com os cães da propriedade se já não fosse familiarizado com eles, como era o meu caso.

Quando fiz a curva depois dos estábulos para ir até a cozinha, imaginei Jack dormindo em um dos quartos de cima, sonhando com a fuga daquele lugar, e invejei sua ambição. Fiquei surpreso ao ver uma vela acesa na janela da cozinha e, por um instante, pensei ter visto movimento lá dentro; diminuí o passo e me aproximei, tentando não fazer barulho. Hesitei do lado de fora e espiei pela janela; vi dois vultos à mesa, sentados um perto do outro, e os reconheci na mesma hora: Dominique e Nat Pepys, cuja cabeça estava abaixada enquanto segurava a mão dela. Ele tremia visivelmente.

Chocado, abri a porta e entrei. Houve uma agitação súbita e eles se separaram, Dominique se levantando e ajeitando o vestido simples ao olhar para mim, Nat mal se importando com minha presença.

"Matthieu", ela disse, surpresa. "O que você está fazendo aqui a esta hora?"

"É Tomas", respondi, desconfiado, olhando de um para o outro. "Ele não está bem. Está chamando você."

"Tomas?", ela exclamou, arregalando os olhos e, apesar de tudo, me ocorreu o quanto ela devia gostar do menino. "Por quê? O que ele tem? O que aconteceu?"

"Nada", dei de ombros. "Ele está doente, só isso. Com febre. Não quer ir dormir sem ver você. Desculpe ser tão tarde, mas…" Minha voz se perdeu. Eu não sabia o que dizer sobre a cena que havia testemunhado, se é que tinha visto o que achei ter visto. Àquela altura, Nat estava na pia, acendendo uma vela e olhando para o relógio.

"Já é muito tarde, Zéla", ele disse, irritado, acertando meu nome, para variar. "Isso podia ter esperado até de manhã."

"Ele está *doente*, Nat", interveio Dominique no mesmo instante, e notei que ele não se incomodou por ela ter falado com tanta intimidade. "E ele é meu *irmão*." Ela pegou um casaco atrás da porta e me acompanhou para fora. Caminhei alguns passos à frente dela e não disse mais nada. Ao longo do caminho para a casa dos Amberton, quase não trocamos palavras e não mencionei o que tinha visto — minha insegurança era tão grande que eu nem sabia se de fato tinha visto alguma coisa. Ela conseguiu que Tomas fosse dormir e em seguida foi embora — e fui eu quem passou a maior parte da noite acordado, revirando na cama, imaginando, pensando, cogitando.

Tentei voltar para a minha praia quente e pacífica, mas não a encontrei mais.

Somente na tarde seguinte consegui outro momento sozinho com Dominique e lhe perguntei sobre os acontecimentos da noite anterior. Eu estava cansado e irritadiço pela falta de sono e, ao mesmo tempo, furioso com ela, pois me convenci de que alguma coisa estranha estava acontecendo entre ela e Nat Pepys.

"Ah, fique fora disso, Matthieu", ela disse, tentando se afastar de mim, mas bloqueei o seu caminho de volta à mansão. "Não é da sua conta."

"É claro que é da minha conta", esbravejei. "Quero saber o que está acontecendo entre vocês dois."

"Não há *nada* acontecendo entre nós. Como se alguma coisa pudesse acontecer! Um homem da posição dele nunca se envolveria com alguém como eu!"

"Isso não é…"

"Estávamos apenas conversando, só isso. Ele é diferente do que você imagina. Você só vê preto e branco, mais nada. Qualquer coisa que aquele seu amigo Jack fala, você acredita."

"Sobre Nat? Sempre. Sempre, Dominique", respondi com firmeza.

"Escute, Matthieu." Ela se inclinou na minha direção e vi, pela intensidade do seu olhar, que estava ficando com cada vez mais raiva, e temi ir longe demais, a um ponto em que não houvesse retorno. "Eu e você... Não há nada entre nós. Você entende isso? Eu me importo com você, mas..."

"É este lugar", eu disse, me virando, sem querer ouvir nada daquilo. "Nos envolvemos tanto com este maldito lugar que nos esquecemos de como tudo começou para nós. Você se lembra do navio de Calais? Lembra do ano que passamos em Dover? Podíamos voltar para lá. Éramos felizes ali."

"Eu *não* voltarei para lá", ela respondeu, firme, uma risada frágil escapando de sua boca. "Não há a menor chance de isso acontecer."

"E Tomas?", eu disse. "Somos responsáveis por ele."

"Eu não sou", ela respondeu. "Gosto dele, claro, mas, sinto muito, minhas responsabilidades são apenas comigo mesma e com mais ninguém. E, se você não parar com isso, vai me afastar para sempre. Não percebe, Matthieu?"

Eu não tinha mais nada a dizer, e ela me empurrou para passar. Estava farto. Eu a odiei e a amei ao mesmo tempo. Talvez Jack tivesse razão, pensei. Era hora de ir embora de Cageley.

20

A FICCIONISTA

Quando cheguei a Londres em 1850, eu era um homem rico. Por incrível que pareça, as autoridades romanas acabaram pagando quase tudo que me deviam pelo trabalho na casa de ópera não construída, e voltei para a Inglaterra com grandes ambições. Minhas experiências em Roma tinham me deixado melancólico; o assassinato desnecessário de Thomas por Lanzoni me fez perder algumas noites de sono, e fiquei furioso que as intrigas de uma mulher — Sabella, minha esposa bígama — tivessem resultado em duas mortes, a do marido dela e a do meu sobrinho. Deixei certa quantia de dinheiro com Marita, a noiva de Thomas, e fui embora da Itália.

Eu me sentia deprimido e insatisfeito com o que vivera naquele país. Havia me dedicado bastante à casa de ópera e aos meus planos de oferecer a Roma um centro cultural, mas todos os meus esforços de nada valeram. Além disso, a discórdia interna que havia por lá fazia parecer impossível eu um dia voltar a fim de concluir as tarefas atribuídas a mim. Queria me comprometer com alguma coisa da qual eu me orgulhasse; criar algo que eu pudesse ver dali a cem anos e dizer: *Eu fiz isso*. Eu tinha dinheiro e capacidade, portanto decidi ficar de olhos abertos para quaisquer oportunidades que pudessem me desafiar.

Em 1850, o que viria a ser conhecida na Inglaterra como Revolução Industrial estava no auge. A população tinha aumentado drasticamente desde o fim das guerras napoleônicas, trinta e seis anos antes; maquinários recém-inventados resultaram em melhores práticas agrícolas, o que levou a alimentos de melhor qualidade e à elevação do padrão social. Assim, a expectativa de vida aumentou para quarenta anos — apesar de o meu iminente aniversário de cento e nove anos ser, é claro, uma inesperada exceção a essa regra. Houve uma gradual migração da população do campo para a cidade, onde mais e mais fábricas e indústrias surgiam quase todos os meses. Quando cheguei a Londres, pela primeira vez na história mais pessoas moravam nas áreas urbanas do que nas rurais. Cheguei com as massas.

Instalei-me em um condomínio perto do tribunal de justiça e acabei me tornando vizinho de cima de uma família chamada Jennings, da qual fiquei amigo ao longo dos meses seguintes. Na época, Richard Jennings era assistente de Joseph Paxton, o arquiteto que projetou o Palácio de Cristal, e todas as suas horas de trabalho eram dedicadas à então futura Grande Exposição de 1851. Depois de certa timidez inicial de ambas as partes, me aproximei de Richard e passei com ele muitas tardes agradáveis bebendo uísque na mesa de sua cozinha ou na da minha, ouvindo suas histórias sobre os encantos exóticos que eram levados ao Hyde Park para o que, naqueles tempos, soava como a ostentação mais absurda na história da humanidade.

"Qual é exatamente a ideia por trás disso?", perguntei

a Richard na primeira vez que falamos sobre a Exposição, que já era o assunto mais comentado do país, embora ainda estivesse muitos meses no futuro. Muitas pessoas zombavam da edificação, do projeto em si, questionando por que tanto dinheiro arrecadado com impostos estava sendo derramado em algo que era pouco mais que uma exibição das conquistas nacionais. Além disso, o propósito daquela construção, passado o evento, ficava aberto a todo tipo de especulação.

"Será uma celebração de todas as coisas boas do mundo", ele me explicou. "Uma estrutura colossal com obras de arte, máquinas, vida selvagem, tudo o que você puder imaginar; grande demais para visitar num só dia. Coisas de todos os cantos do império. Será o maior museu vivo que o mundo já viu. Um símbolo da nossa unidade e capacidade. Em outras palavras, um símbolo do que somos."

O maior museu vivo — eu achava que a casa dele já era isso. Eu nunca tinha visto uma casa tão abarrotada de objetos nem conhecido um homem tão ávido por mostrar todos os seus bens. Prateleiras corriam pelas paredes, cada uma com livros, ornamentos, xícaras e bules esquisitos; todo tipo de coleção conhecido pelo homem. Uma rajada súbita de vento teria provocado o caos ali. Era surpreendente não haver uma partícula sequer de poeira à vista, e vim a descobrir depois que Betty Jennings, esposa de Richard, passara a vida inteira limpando o lugar. Sua existência girava em torno de um espanador e de uma vassoura; sua *raison d'être* era manter a casa impecável. Quando eu os visitava, ela me recebia com seu avental de sempre, enxugando o suor da testa depois de se levantar do chão que esfregava ou ao descer os degraus que varria. Era sempre amistosa comigo, mas mantinha uma distância polida, como se qualquer assunto de que eu e seu marido tratássemos — e na maioria das vezes eles não passavam de conversas amigáveis acompanhadas de bebidas — fosse assunto de homem, e seria melhor que ela permanecesse longe. Da minha parte, eu teria apreciado sua companhia esporádica, pois desconfiava haver mais coisas do que ela deixava transparecer sob tanta limpeza.

Richard e Betty, àquela altura um casal de meia-idade, eram os pais orgulhosos do que chamavam de "suas duas famílias". Com dezenove anos, tinham dado à luz uma filha e dois garotos gêmeos; onze anos depois, nasceram mais gêmeos, dessa vez duas meninas. A diferença de idade entre eles dava a impressão de que as meninas mais novas eram uma segunda família, e os três primeiros assumiam mais o papel de tia e tios do que de irmãos mais velhos.

Apesar de eu nunca ter me interessado por crianças, no tempo que passei ali me aproximei bastante da filha mais velha, Alexandra. Os Jennings tinham grandes ambições para seus descendentes e deram-lhes nomes de acordo: os meninos chamavam-se George e Alfred, as meninas, Victoria e Elizabeth. Eram nomes da realeza — mas, assim como muitos herdeiros das famílias reais europeias da época, eram crianças com saúde frágil, sempre tossindo ou com febre, ou com os joelhos lacerados por simplesmente correrem pela estrada. Era raro que eu os visitasse sem que um deles estivesse de cama por causa de alguma doença ou indisposição. Bandagens e óleo para contusões eram produtos comuns em suas gavetas. A casa dos Jennings era uma eterna enfermaria.

Porém, ao contrário dos irmãos, Alexandra não passou

um único dia doente em todo o tempo que convivemos. Pelo menos não com doenças físicas. Era uma jovem obstinada de dezessete anos, mais alta do que os pais e delgada, com o tipo de corpo que chamava a atenção na rua. Sob determinada luz, seu cabelo castanho ficava quase avermelhado e, para mim, parecia que ela o penteava mil vezes todas as noites para obter o brilho perfeito que os fios exibiam. Seu rosto era pálido, mas de um jeito saudável, e ela tinha a habilidade de controlar a vermelhidão das bochechas, sempre esperando pela oportunidade perfeita para impressionar e cativar com o charme que desenvolvera naturalmente.

Fiquei interessado pelo trabalho de Richard e um dia ele me convidou para ir ao Hyde Park ver o Palácio de Cristal, cujos preparativos estavam em andamento para a inauguração em maio. Concordamos que eu percorreria a curta distância até o parque a pé, acompanhando Alexandra, que também queria ver a estrutura. Seu pai tinha falado tanto sobre os encantos que havia lá dentro que me surpreendeu ela até então nunca ter pedido para visitá-lo. Fui buscá-la em casa numa bela manhã de fevereiro em que o ar estava um pouco frio e o chão tinha apenas uma tênue camada de gelo.

"Dizem que é tão grande que até os magníficos carvalhos do Hyde Park estão contidos sob o domo", comentou Alexandra enquanto andávamos, nossos braços enganchados de um jeito platônico, paternal. "Eles pensaram em derrubar qualquer árvore que ficasse dentro do Palácio de Cristal, mas depois decidiram simplesmente fazer o teto mais alto."

Isso me pareceu incrível. Algumas daquelas árvores tinham fixado raízes naquele lugar havia centenas de anos. A maioria era mais velha até mesmo do que eu, um feito admirável. "Então você tem lido sobre isso", comentei, mantendo a conversa em tom casual com a jovem. "Seu pai ficaria satisfeito."

"Ele deixa plantas da construção pela casa o tempo todo", ela declarou, orgulhosa. "Sabia que ele fez várias reuniões com o príncipe Alberto?"

"Ele mencionou isso, sim."

"O príncipe consulta meu pai sobre quase tudo relacionado à Grande Exposição." Richard tinha mencionado várias vezes que participara de algumas reuniões sobre a Exposição, a maioria delas comandada pelo príncipe consorte e por Joseph Paxton, o arquiteto-chefe. Embora fosse óbvio que ele gostava de falar sobre seu contato com a realeza, nunca superestimava esse relacionamento, insistindo sempre que seu papel naquilo, embora de destaque e importância, era, em essência, supervisionar os projetos criados por Paxton. Houve alguma discordância sobre que lado da estrutura abrigaria os itens britânicos, levando-se em conta luz, ar e visibilidade. Alberto pediu a opinião de várias pessoas e, por fim, foi escolhida uma parte do lado ocidental.

"Imagino que você será a convidada de honra dele no dia da inauguração", eu disse, desconhecendo, é claro, a série de eventos que ocorreria nos meses seguintes. "Será um dia de muito orgulho para ele ter a família a seu lado em uma ocasião tão importante. Espero estar presente também."

"Cá entre nós, sr. Zéla", disse Alexandra, inclinando-se sobre meu ombro em atitude conspiratória quando cruzamos os portões do Hyde Park. "Não tenho certeza se estarei presente. Acontece que estou noiva, sabe, e vou me casar logo. Com o príncipe de Gales. E há uma boa chance de que nós fujamos antes que o verão termine, pois a mãe dele jamais concordará com a nossa união, óbvio."

Duzentos e cinquenta e seis anos é muito tempo para viver. Com uma vida tão duradoura, você esbarra em incontáveis tipos de gente. Conheci sujeitos honestos e trapaceiros; encontrei homens virtuosos que tiveram um único momento de insanidade arrebatadora, porém suficiente para levá-los direto à ruína, e canalhas mentirosos cujos únicos atos de generosidade ou integridade lhes abriram caminho para a salvação; me aproximei de assassinos e carrascos, de juízes e criminosos, de trabalhadores e preguiçosos; entrei em contato com homens cujas palavras me impressionaram e me levaram à ação, cuja convicção em seus princípios acendeu nos outros a faísca da luta por mudanças ou por direitos básicos do homem, e ouvi charlatões lerem discursos que não escreveram, proclamando grandes ambições que falharam em executar; soube de homens que mentiram para suas esposas, mulheres que traíram seus maridos, pais que insultaram seus filhos, descendentes que amaldiçoaram seus ancestrais; vi bebês nascerem e adultos morrerem; ajudei aqueles que precisavam e também matei. Conheci todos os tipos de homem, mulher e criança, todas as facetas da natureza humana nas terras deste mundo e observei, escutei, absorvi palavras, testemunhei feitos e me distanciei de todos eles com nada mais que minhas lembranças para traduzi-los da minha cabeça para estas páginas. Alexandra Jennings, porém, era uma jovem que não se encaixava em nenhuma dessas descrições, pois era original, uma verdadeira singularidade em toda a minha existência, o tipo de garota que você conhece apenas uma vez na vida, mesmo que essa vida tenha duzentos e cinquenta e seis anos. Ela era uma ficcionista. Todas as palavras, cada frase que lhe escapava da boca, eram ficção. Não exatamente mentiras; Alexandra não era uma jovem mentirosa ou desonesta, apenas sentia necessidade de criar para si mesma uma vida distinta da que levava na realidade, e tinha a compulsão de apresentar tal vida aos outros como se fosse a mais pura verdade. Por isso até hoje, um século e meio depois, sua memória continua viva em minha mente, apesar do breve tempo que passamos juntos.

"Acontece que estou noiva, sabe, e vou me casar logo. Com o príncipe de Gales." Foram essas as palavras de Alexandra. O ano era 1851. O príncipe Alberto, depois coroado rei Eduardo VII, tinha dez anos — e nenhuma condição de se casar com ninguém, embora fosse muito provável que um arranjo futuro já tivesse sido providenciado por sua mãe. (Ironicamente, ele acabou se casando com outra Alexandra, filha do rei da Dinamarca.)

"Entendo", eu disse, bastante surpreso com aquele anúncio. "Eu não sabia que existia um acordo entre vocês dois. Talvez eu não esteja prestando a atenção que deveria ao boletim da corte."

"Ora, é imperativo que guardemos segredo", ela disse, de forma distraída, sacudindo o cabelo de leve enquanto atravessávamos o parque, agora com o imenso prédio de vidro e ferro surgindo à distância. "A mãe dele tem um temperamento detestável, sabe, e ficaria terrivelmente furiosa se descobrisse. E ela é a rainha, veja só."

"Sim, eu sei", eu disse devagar, observando minha companheira com desconfiança e procurando entender se ela estava mesmo convencida do que dizia ou se era alguma forma de diversão juvenil com a qual eu não estava familiarizado. "Mas há certa diferença de idade entre vocês, não há?", acrescentei.

"Entre mim e a rainha?", ela perguntou, franzindo um pouco as sobrancelhas. "Sim, imagino que sim, mas..."

"Não, entre você e o príncipe", eu disse com alguma irritação. "Ele não é apenas uma criança? Nove ou dez anos, talvez?"

"Ah, sim", ela respondeu sem hesitar. "Mas ele pretende ficar mais velho. Espera fazer quinze anos até o verão e talvez chegar aos vinte no Natal. *Eu*, por outro lado, tenho apenas dezessete, e admito que gosto da ideia de um homem mais velho. Os rapazes da minha idade são tão estúpidos, não acha?"

"Bem, não conheço tantos assim. Mas acredito no que você diz."

"Se você quiser", ela acrescentou depois de um breve silêncio, e agora falava com o tom de alguém que não tinha certeza se aquilo era uma boa ideia, mas que iria em frente mesmo assim, "se você quiser, podemos convidá-lo para o casamento. Infelizmente não será uma ocasião grandiosa e oficial — nenhum de nós quer isso —, apenas uma cerimônia simples, seguida de uma recepção agradável. Apenas família e amigos próximos. Mas ficaríamos encantados se pudesse ir."

Fiquei pensando de onde ela teria tirado esse tipo de discurso, que imitava as moças da alta sociedade quase à perfeição. Seus pais, embora estivessem em circunstâncias até que favoráveis, e no momento envolvidos com círculos mais abastados, tinham uma origem londrina simples, e o sotaque deles evidenciava essa ascendência. Eram pessoas comuns que tiveram alguma sorte, com as habilidades e os negócios do sr. Jennings propiciando a eles uma bela casa e um padrão de vida mais alto do que muitos de seus pares. Era óbvio que a filha deles esperava dar mais um passo à frente.

"Claro que isso significa que eu mesma serei rainha algum dia, o que é enfadonho", ela disse depois de algum tempo, enquanto nos aproximávamos do domo. "Mas quando você é chamada para cumprir seu dever..."

"Alexandra! Matthieu!" A voz do pai chegou à imensa entrada do Palácio de Cristal pouco antes de ele próprio aparecer. Richard nos conduziu para dentro com entusiasmo. Fiquei feliz por finalmente vê-lo, pois já não sabia por quanto tempo mais eu conseguiria suportar as divagações bizarras de sua filha sem explodir em gargalhadas ou me afastar com cautela. "Estou muito feliz que vocês tenham vindo", ele disse, abrindo bem os braços para demonstrar a imponência do que víamos à nossa frente. "E então? O que acham?"

Eu não sabia muito bem o que esperar, e aquela estrutura gigante, com suas paredes de ferro e vidro, era, sem dúvida, uma das visões mais impressionantes que meus olhos já haviam tido diante de si. Estávamos no interior da construção e ainda havia uma quantidade incrível de trabalho a ser feito — o que tínhamos à nossa frente mais parecia um canteiro de obras do que o grande museu universal que pretendia ser.

"Ainda é difícil ter uma boa ideia de como será", explicou Richard, nos guiando por um caminho cercado por caixas de vidro imensas, vazias e cobertas por capas de proteção enormes. "Elas não vão ficar aqui", ele disse na mesma hora, indicando as caixas com um gesto. "Acho que vão para a seção da Índia, para a exibição da cerâmica deles, mas preciso verificar no mapa para ter certeza. Naquela área, teremos um espaço para astronomia. Desde que descobriram esse planeta novo, há alguns anos, como é mesmo o nome?"

"Netuno", respondi.

"Esse mesmo. Há muito interesse por esse assunto, desde que o descobriram. Por isso o material de astronomia ficará ali. Quero dizer, quando ele chegar. Ainda há tanta coisa a ser feita...", acrescentou, balançando a cabeça com ar de preocupação. "E só temos três meses até a inauguração."

"Nunca imaginei que fosse uma área tão grande", eu disse, localizando à distância as árvores que Alexandra havia mencionado, com suas raízes na terra e continuando a crescer sob o efeito estufa do palácio. "Quantas pessoas cabem aqui?"

"Um palpite?", ele disse, dando de ombros de leve. "Talvez trinta mil. Apenas uma fração do número de pessoas que desejamos atender."

"Trinta mil!", repeti, impressionado com o número, que, para a época, talvez representasse a maior parte da população de qualquer grande cidade da Inglaterra. "Incrível. E toda essa gente..." Olhei em volta, para o grupo de trabalhadores que andava de um lado para o outro, carregando equipamentos e todos os tipos de madeira, vidro e ferro conhecidos pelo homem; o ruído de suas atividades fazia com que nossa conversa tivesse que ser aos gritos.

"Há mil pessoas trabalhando aqui, não é, papai?", perguntou Alexandra, a futura rainha da Inglaterra.

"Bem, pelo menos muitas centenas delas", ele respondeu. "Não sei o número exato. Eu..." Um dos trabalhadores, um homem de pele escura, com uma corcunda e uma boina de pano, o interrompeu, sussurrando em seu ouvido o que claramente era uma má notícia, pois Richard deu um tapa dramático na própria testa, girando os olhos em uma atuação quase operística. "Preciso resolver uma coisa", anunciou para nós, usando a mão para amplificar a voz. "Explorem detalhadamente o palácio, mas tomem cuidado. Encontro vocês aqui em cerca de meia hora. E, pelo amor de Deus, não toquem em nada!"

Surgiu uma vaga no departamento de delegações internacionais e, apesar do salário irrisório, aceitei, pois considerava fascinante o conceito da Grande Exposição. Uma procissão de representantes estrangeiros seria apresentada à rainha e ao príncipe consorte no dia da inauguração e minha responsabilidade era me certificar de que, de fato, todos os convidados viriam e teriam alojamento em Londres durante sua estadia. Essa função me levou a ter algum contato com Richard, pois ele precisava se assegurar de que haveria espaço para as várias delegações circularem entre as diversas exposições.

Tentei não me encontrar muito com Alexandra durante esse período, pois, além de ter ficado perplexo com a conversa no dia em que fomos pela primeira vez ao Palácio de Cristal, não fiquei nem um pouco contente de servir de plateia para suas ilusões. Imaginei como ela se comportaria em casa, se criava tantas ficções sobre sua vida quanto tinha feito comigo naquele dia, e decidi indagar a seu pai sobre isso. O que mais me surpreendeu não foi *o que* ela tinha dito, mas sua convicção absoluta de tudo que dissera, como se acreditasse mesmo naquilo e tivesse falado sério quando implorou que eu guardasse seu segredo.

"Como está Alexandra ultimamente?", perguntei a Richard certa tarde, do jeito mais casual possível. "Achei que a veria mais vezes por aqui. Ela parecia muito interessada no seu trabalho."

"Viu só como é minha filha?", ele disse, rindo. "Uma coisa cai em suas graças num instante e no instante seguinte já saiu daquela cabecinha. Com ela sempre foi assim."

"Mas o que ela faz no dia a dia?", perguntei. "Já saiu da escola, não saiu?"

"Ela está estudando para dar aulas", ele explicou, inspecionando um mapa detalhado do andar térreo da exposição. "Está sob a tutela de alguns professores que a ensinaram quando foi aluna. Por que quer saber?", perguntou, desconfiado, olhando para mim como se eu cogitasse fazer algo imoral com sua filha.

"Por nada", respondi. "Nenhum motivo específico. Só queria entender por que não a vejo há tanto tempo."

E não precisei esperar muito, pois ela bateu à minha porta naquela madrugada. Abri apenas uma fresta para ver quem estava ali — havia muitos roubos e assassinatos acontecendo em Londres na época e não era inteligente escancarar a porta para qualquer um — e a vi do lado de fora, olhando em volta com nervosismo.

"Deixe-me entrar, sr. Zéla, por favor", disse com a voz trêmula. "Preciso falar com o senhor."

"Alexandra", eu disse, abrindo a porta enquanto ela entrou apressada. "O que foi? Você parece muito..."

"Feche a porta, ele está atrás de mim!", ela disse alto, e no mesmo instante bati a porta, olhando para ela, surpreso.

Sua pele quase sempre pálida estava vermelha e, conforme ela afundou em uma poltrona, levou a mão à garganta, como se para recuperar o fôlego. "Desculpe ter vindo para cá", disse, "mas não consegui pensar em mais ninguém para me ajudar." Considerando que sua família vivia no andar de baixo, achei estranha essa afirmação, porém ignorei tal fato, servindo-lhe um cálice de vinho do porto para acalmar seus nervos e me sentando à sua frente, a uma distância segura.

"Conte-me o que aconteceu", pedi, e ela concordou devagar com a cabeça, tomando um gole hesitante do cálice e fechando os olhos com delicadeza ao se sentir aquecida pelo vinho. Mais uma vez, não pude deixar de notar como ela era bonita, sentada ali com um vestido azul simples e um xale cinza-claro em volta do pescoço.

"É Arthur", ela disse depois de um momento. "Creio que ele enlouqueceu! Ele quer me matar!"

"Arthur...", eu disse, pensativo, visualizando os membros da família Jennings na cabeça, como se um deles pudesse ser o assassino em potencial. Mas os nomes dos meninos eram George e Alfred, e o do pai era tão Arthur quanto o meu. "Me desculpe, mas... *quem* é Arthur?"

Ao ouvir essas palavras, ela desabou em lágrimas, enterrando o rosto nas mãos. Eu me levantei e fui buscar um lenço para oferecer a ela, que aceitou, agradecida, assoando o nariz ruidosamente e depois enxugando as lágrimas das bochechas. "É uma situação terrível", ela disse, servindo-se de mais um pouco de vinho do porto. "Infelizmente, não tenho nenhum confidente para compartilhar meus segredos."

"Pois então compartilhe comigo", eu disse, hesitante,

"a não ser que você prefira que eu desça e chame sua mãe, claro."

"Não, ela não", ela disse quase gritando, o que me fez pular de susto. "Ela não pode saber de nada disso. Me expulsaria de casa."

Naquele instante, imaginei algo muito grave. Ela havia arranjado outro casamento ou, pior, já tinha se casado e estava grávida. Independente do que fosse, desejei não me envolver naquilo. "Você precisa me dizer como posso ajudá-la", eu disse mesmo assim, comovido por sua evidente infelicidade.

Ela assentiu e respirou fundo antes de falar. "Arthur é o responsável pela escola onde estou estudando. Arthur Dimmesdale é o nome dele".

"Dimmesdale... Dimmesdale...", eu disse, certo de que aquele nome não me era estranho, mas sem saber de onde o conhecia.

"Temos um romance ilícito", ela prosseguiu. "No início, era inocente, floresceu da afeição mútua que tínhamos. Era muito natural. Apreciávamos a companhia um do outro, às vezes jantávamos juntos, ele fez um piquenique para mim nos primeiros meses de namoro."

"Nos primeiros meses?", perguntei, surpreso. "Há quanto tempo existe essa relação?"

"Há cerca de seis meses", ela respondeu; era um período maior do que o tempo que nos conhecíamos e que se sobrepunha ao suposto caso com o príncipe de Gales.

"E quanto ao jovem príncipe?", perguntei com cautela.

"Que jovem príncipe?"

"Ora", eu disse, rindo um pouco, na dúvida até se aquela conversa havia mesmo acontecido, tão absurda ela parecia agora. "Você mencionou que tinha um arranjo com o príncipe de Gales. Que planejavam fugir juntos, pois a mãe dele jamais concordaria com a união de vocês."

Ela me fitou, incrédula, como se eu fosse o pior tipo de louco que ela tinha a infelicidade de conhecer, e depois soltou uma gargalhada. "O príncipe de Gales?", exclamou, entre um espasmo e outro. "Como *eu* poderia ter um relacionamento com o príncipe de Gales? Ele não é uma criança?"

"Bem, sim", admiti. "Eu lhe fiz essa mesma observação, mas você parecia convencida de que…"

"Você deve ter me confundido com outra pessoa, sr. Zéla."

"Matthieu, por favor."

"Você deve ter um verdadeiro harém de donzelas lhe confidenciando problemas", ela acrescentou com um sorriso quase sedutor. Reclinei-me na cadeira, sem saber o que dizer. Aquela conversa entre nós tinha acontecido — lembro-me perfeitamente — e, agora, mais uma. Naquele momento, pela primeira vez sua personalidade ficcionista ficou clara para mim. "Como eu dizia", ela, enfim, continuou, "sinto vergonha de admitir que eu e Arthur passamos a ser mais do que amigos. Ele…" — e aqui ela fez uma pausa dramática, seus olhos indo de um lado para o outro, como se ela estivesse em um palco observando a plateia — "Ele *me conheceu*, sr. Zéla."

"Matthieu…"

"Ele tomou de mim o que jamais poderá ser recuperado. E, que Deus me perdoe, devo admitir que permiti, pois ocorre que eu também o desejei. Estou apaixonada por ele, mas agora receio que ele não me ame mais." Assenti e fiquei em dúvida se ela esperava que eu lhe fizesse perguntas. Ela me encarava de olhos arregalados e, como parecia ser minha vez de falar, perguntei-lhe mais sobre Arthur, cujo nome flutuava em minha mente à medida que eu tentava localizá-lo. "Ele é o responsável por nossa escola", ela respondeu. "Pior... Ele é um homem do clero."

"Um padre?", indaguei, estupefato, e prestes a rir ao vê-la levar o engodo cada vez mais longe.

"Um pastor", ela replicou. "Um pastor puritano, além de tudo. Rá!", ela riu, como se a noção de puritanismo de Arthur não passasse de uma piada para ela. "Ele tentou negar nosso caso, mas os outros professores ficaram sabendo. Alguns se esforçam para me remover da minha posição. O restante do corpo docente me considera uma meretriz, uma mulher sem-vergonha e, por temerem um castigo divino se criticarem Arthur, voltaram-se contra mim. Exigem que eu seja expulsa e, se ele não concordar, pretendem fazer uma manifestação na frente da escola e me denunciar como devassa. Quando meus pais souberem disso, vão me matar. Quanto a Arthur... A carreira dele pode estar em perigo."

De repente, como um raio, eu lembrei. Sob o pretexto de buscar outra garrafa de vinho do porto, levantei-me, pois a que bebíamos já estava quase vazia quando começamos e agora não sobrara mais nada. Debaixo das prateleiras de livros, no fundo da sala e atrás de Alexandra, tirei uma garrafa de um armário e estendi o braço para alcançar o exemplar que, eu tinha certeza, estava por trás de toda aquela história. Era um livro novo, publicado havia cerca de um ano, do escritor americano Nathaniel Hawthorne, que fizera grande sucesso entre os leitores. Folheei o volume, apressado, procurando pelo nome, e o encontrei sem demora na página trinta e cinco; o nome cujas aventuras indecentes escandalizaram os círculos literários havia pouco tempo: "'Caro reverendo Dimmesdale', disse, 'a responsabilidade pela alma dessa mulher recai, em grande medida, sobre o senhor. Seria justo, portanto, que a exortasses à penitência e à confissão, como prova e consequência disso'". Arthur Dimmesdale. Pastor puritano e amante de Hester Prynne. Suspirei e recoloquei o livro na prateleira e a garrafa no armário — supus que Alexandra não precisasse mais do vinho.

"Eu o vi hoje à noite", ela disse quando voltei ao meu assento, apoiando um cotovelo no braço da poltrona, a bochecha comprimida na palma da mão. "Ele me seguiu pela rua. Ele quer me matar, sr. Zéla. Matthieu, quero dizer. Ele quer cortar minha garganta para que eu jamais possa contar minha versão dessa história a ninguém."

"Alexandra, tem certeza de que não está apenas imaginando coisas?"

Ela riu. "Ora, reconheço que as ruas são escuras, mas..."

"Não, não", interrompi, sacudindo a cabeça. "Refiro-me a esse relacionamento. Arthur Dimmesdale. Conheço esse nome."

"Você *conhece*?", ela exclamou, arregalando os olhos e se inclinando para a frente na poltrona. "Ele é seu *amigo*?"

"Eu sei quem é. Li sobre ele. É um personagem de..."

"O que foi isso?", ela disse, nervosa, um barulho do lado de fora do corredor despertando sua atenção — um simples estalo da madeira provocado pela passagem do vento. "Ele está aqui!", ela exclamou. "Ele me seguiu! Preciso ir embora!" Alexandra saltou da cadeira, vestiu apressadamente o casaco e seguiu para a porta. Fui atrás dela, sem a menor ideia do que fazer.

"Mas para onde você vai?", perguntei, e ela tocou meu braço com delicadeza, em agradecimento.

"Não se preocupe comigo", disse. "Vou para a casa dos meus pais. Com sorte, eles ainda não terão ouvido nada sobre o que fiz. Dormirei lá esta noite e farei meus planos amanhã de manhã. Obrigada, Matthieu. Você tem sido de grande ajuda."

Ela beijou meu rosto e desapareceu pela porta. Alexandra Jennings, pretensa portadora de uma letra escarlate, única habitante de um mundo que criava para si mesma todos os dias.

O feriado de Primeiro de Maio chegou e, com ele, a inauguração da Grande Exposição dos Trabalhos da Indústria de Todas as Nações. Eu estava no Palácio de Cristal desde as cinco da manhã, acompanhando os preparativos finais, me certificando de que todos os funcionários encarregados de receber os convidados estivessem em seus lugares para a cerimônia de abertura. Apesar do clima quente, havia uma leve garoa, que eu esperava que desaparecesse até o meio da manhã, quando a maioria das carruagens estaria a caminho. Previa-se que uma multidão de mais de quinhentas mil pessoas fosse ao Hyde Park assistir à chegada dos dignitários estrangeiros que acompanhariam a jovem rainha Vitória e sua família. A edificação estava, enfim, terminada; os últimos retoques tinham sido aplicados apenas algumas horas antes. Os vários expositores e seus objetos estavam dispostos até onde a vista alcançava, apresentando de tudo, desde porcelana até motores a vapor, de bombas hidráulicas a roupas típicas, de borboletas a bateceiras de manteiga. As cores e os ornamentos espalhavam-se em um arco-íris de atrações sob os domos de vidro e ouvia-se o som constante de exclamações de surpresa à medida que os visitantes passavam, assombrados pelas visões maravilhosas que os aguardavam a cada curva. A rainha chegou por volta do meio-dia e declarou a Exposição oficialmente aberta. As delegações estrangeiras foram apresentadas a ela, e em seguida o próprio Sir Joseph Paxton a levou para um tour pelos expositores britânicos; mais tarde ela escreveu sobre essa experiência em seu diário, dizendo-se admirada com a competência com que o evento foi preparado.

Era quase meia-noite quando voltei para casa, mas parecia que o dia inteiro tinha transcorrido em apenas uma hora. Não sei se me lembro de um dia tão repleto de entusiasmo e da luminescência do trabalho artístico quanto esse que vivi. A Exposição foi um sucesso — mais de seis milhões de pessoas a visitariam — e todo o esforço, recompensador. Apesar de saber que minha participação nos preparativos tinha sido pequena, me senti gratificado com meu trabalho e me contentei com o fato de pelo menos ter assumido esse pequeno papel em um dos eventos mais grandiosos dos últimos tempos.

Sentei-me com um livro e uma taça de vinho; como era de esperar, eu estava exausto e decidi relaxar um pouco antes de ir para a cama. Eu era aguardado no Palácio de Cristal na manhã seguinte, portanto precisava dormir se quisesse ser de alguma utilidade. Pensei ter ouvido um alvoroço no andar de baixo, na casa dos Jennings, mas não dei muita atenção a isso até ouvir passos correndo pela escada na minha direção e alguém tentando entrar nos meus aposentos, cuja porta eu tinha trancado ao chegar.

No mesmo instante, fui até a porta e ia gritar para saber quem estava do outro lado, quando ouvi a voz familiar de Richard, pela primeira vez alterada pela raiva, chamando meu nome e esmurrando minha porta com o punho fechado.

"Richard", eu disse, abrindo-a de imediato, temendo que ele estivesse tendo algum tipo de ataque. Antes que eu pudesse dizer mais alguma coisa, ele entrou e me empurrou com agressividade até a parede oposta, contra a qual me segurou, a mão imobilizando minha garganta. O quarto pareceu girar e alguns instantes se passaram até eu entender o que estava acontecendo. Tentei me debater, mas, por causa da fúria, sua força era descomunal; foi necessária a sensata intervenção de sua mulher para afastá-lo de mim. Desmoronei no chão, tossindo e cuspindo, segurando a garganta com a mão.

"Em nome de Deus, o que...?", comecei, mas ele me calou com um chute, mesmo na minha situação debilitada, chamando-me de cachorro e traidor.

"Richard, saia de cima dele", rugiu Betty, agarrando o marido com força e o empurrando até ele cair no meu sofá. Aproveitei o momento e me esforcei para levantar e me pôr em uma posição defensiva para outro possível ataque.

"Você pagará por isso, Zéla", ele esbravejou. Olhei do marido para a mulher, consternado, sem saber que crime eu teria cometido para receber aquele tipo de tratamento do meu até então amigo.

"Não entendo", eu disse, apelando a Betty por uma explicação, na esperança de que ela fosse um pouco mais sensata do que o marido. "O que está acontecendo aqui? O que pensam que eu fiz?"

"Ela é apenas uma *criança*, sr. Zéla", exclamou Betty, caindo no choro, e temi que seria ela a me atacar em seguida. "Não podia tê-la deixado em paz? É apenas uma *criança*."

"Quem é apenas uma criança?", perguntei, sacudindo a cabeça, aliviado ao perceber que, apesar de Richard ter recobrado o controle e estar me encarando com fúria, ele não parecia estar se preparando para me atacar outra vez.

"Você vai se casar com ela", ele me disse e em seguida olhou para a esposa e falou com ela como se eu não estivesse ali. "Ouviu, Betty? Ele vai se casar com ela. Não há outra escolha."

"Casar com *quem*?", implorei, convicto de que eu não havia causado nenhum mal que merecesse punição tão severa. "Com quem diabos vou me casar?"

"Alexandra, é claro", disse Betty, olhando-me com irritação, como se sugerisse que eu devia desistir de negar e ir direto ao reconhecimento da culpa. "De quem acha que estamos falando?"

"*Alexandra?*", urrei, sem no entanto me surpreender. "Por que diabos eu me casaria com Alexandra?"

"Porque você a manchou, seu miserável", bradou Richard. "Você tem coragem — olhe só que audácia, Betty —, você tem coragem de negar? Hein? Responda!"

"Sim, eu nego, sem dúvida nenhuma!", respondi com firmeza. "Sem dúvida *nenhuma*. Nunca encostei nem um dedo em sua filha."

"Seu mentiroso..." Ele saltou do sofá, mas dessa vez eu estava preparado e soquei seu nariz quando ele veio para cima de mim. Apesar de não ter tido a intenção de acertá-lo com força — eu queria apenas que o golpe evitasse outro ataque de Richard —, ouvi no mesmo instante o som perturbador de osso se quebrando e arfei quando ele caiu no chão, sangue jorrando do rosto, gritando de dor.

"O que foi que você fez?", exclamou Betty, ofegante, correndo para o marido e gritando ao puxar as mãos dele e ver a torrente de sangue que saía do seu nariz. "Chamem a polícia!", ela gritou para ninguém. "A polícia, alguém! Assassino! Assassino!"

Às três da manhã, a história estava esclarecida. Eu e Alexandra fomos convocados a comparecer à cozinha de Richard Jennings, onde ficamos em lados opostos, com expressões fechadas, sem tirar os olhos acusadores um do outro. Eu tinha conversado a sós com Betty Jennings e contado as coisas que ouvira de sua filha, e ela não parecera muito surpresa. Um médico tinha cuidado do nariz de seu marido e ele ficou ali sentado, carrancudo, o rosto roxo por causa dos ferimentos, de olhos cansados e avermelhados. "Alexandra", eu disse baixinho, olhando para ela e implorando por honestidade, "você precisa contar a verdade. Para o bem de nós dois. Por favor."

"A verdade é que ele prometeu se casar comigo", afirmou Alexandra. "Ele disse que se eu... se eu deixasse ele se aproveitar de mim, me levaria para longe daqui. Disse que tinha todo o dinheiro deste mundo."

"Há dois meses ela ia se casar com o príncipe de Gales!", eu gritei, irritado. "Depois disse que tinha um relacionamento com um personagem de *A letra escarlate*! Ela é louca, sra. Jennings, louca!"

"Você prometeu!", bradou Alexandra.

"Eu não prometi nada!"

"Agora você precisa se casar comigo!"

"Criança, cale a boca!", gritou Betty Jennings, sem dúvida percebendo que um limite era necessário. "Fim da história, vocês dois. Alexandra, eu quero a verdade, e você fica aqui nesta cozinha comigo até me dizer *a verdade*. Sr. Zéla, volte para seus aposentos, eu subo num instante para conversarmos." Fiz menção de protestar, mas não havia discussão. *"Num instante, sr. Zéla!"* Voltei para meus aposentos.

Encontrei Richard na tarde seguinte, quando eu supervisionava uma área ocupada pela Associação de Fabricantes de Colchas da Cornualha. Seu rosto parecia ainda pior do que na noite anterior, mas ele se aproximou timidamente de mim e na mesma hora me pediu desculpas por seu comportamento.

"Ela sempre foi assim, sabia?", explicou. "Não sei por que caio todas as vezes. É que quando um homem acha que sua filha foi violada, bem…"

"Não se preocupe", eu disse, "não é preciso se explicar. Mas você percebe que há alguma coisa errada com a menina, não percebe? Ela me contou histórias extraordinárias nesses últimos meses. Também acreditei em algumas a princípio. Mas ouça o que eu digo: se ela não tomar cuidado, acabará arranjando problemas sérios um dia desses."

"Eu sei, eu sei", ele disse, parecendo triste e abatido. "Mas não é tão simples assim. Ela apenas foi abençoada com uma imaginação fértil, só isso."

"Você há de convir que existe diferença entre imaginação e mentira. Especialmente quando a pessoa que reproduz isso acredita no que está dizendo."

"Você tem razão", ele reconheceu.

"E o que fará com ela?", perguntei, depois de um período irritante de silêncio. "Você tem consciência de que precisarei me mudar por causa disso? Ela precisa de ajuda, Richard. Ajuda médica."

"Ora", disse Richard, virando-se na minha direção, segurando meu braço e apertando-o forte, como se mesmo agora, apesar do pedido de desculpas, me machucar fosse o que ele mais quisesse fazer. "Se quer saber minha opinião, é melhor ser a criança inofensiva que conta as histórias do que o idiota ingênuo que acredita nelas." Perdi o ar, surpreso. Ele a estava inocentando, era isso?

"Sua filha deveria ser escritora, senhor", eu disse, irritado, me afastando dele. "É bem provável que ela encontre com facilidade uma nova história para cada página."

Ele deu de ombros e não disse nada, enquanto eu me afastava.

Anos depois, quando eu passava férias na Cornualha, vi Alexandra Jennings mais uma vez. Foi em uma notícia no jornal *The Times*. A breve matéria, datada de 30 de abril de 1857, dizia o seguinte:

FAMÍLIA MORRE EM INCÊNDIO

Uma família de Londres faleceu tragicamente quando a casa em que moravam se incendiou durante a madrugada da última sexta-feira. O sr. Richard e a sra. Betty Jennings, assim como seus quatro filhos, Alfred, George, Victoria e Elizabeth, morreram depois que um carvão em brasa ateou fogo a um tapete, fazendo com que toda a casa fosse consumida pelas chamas. A única sobrevivente foi a filha mais velha dos Jennings, Alexandra, 23, que disse ao nosso repórter estar na casa de amigos quando o incêndio ocorreu. "Sinto-me a garota mais sortuda do mundo", ela afirmou, "apesar, claro, de ter perdido toda a minha família."

Talvez eu estivesse me tornando um velho cético, mas, ao ler essa notícia, não achei o álibi convincente. Alexandra nunca se mostrara violenta na época que eu convivera com ela, entretanto não pude deixar de imaginar que histórias ela teria inventado nesse meio-tempo e que narrativas teriam surgido depois daquela desgraça. Continuei a ler, mas o artigo mencionava apenas o inquérito, exceto no último parágrafo:

Alexandra Jennings, que é viúva e professora em uma escola local, prometeu reconstruir a casa onde nasceu. "É onde estão todas as minhas lembranças de infância", ela disse, "isso sem levar em consideração que foi ali que eu e meu falecido marido, Matthieu, fomos felizes durante nosso breve casamento." O marido de Alexandra faleceu tragicamente de tuberculose seis meses depois da cerimônia. Não tiveram filhos.

Alexandra pode ter sido uma ficcionista ou quem sabe uma mentirosa compulsiva, mas o fato é que ela conseguiu algo que nenhum homem e nem mesmo Deus tinham sido capazes em cento e catorze anos antes daquele evento e cento e doze anos depois: ela me matou.

21

OUTUBRO DE 1999

No dia 12 de outubro, às quatro da manhã, peguei um táxi para o City Hospital, onde meu sobrinho Tommy estava internado, em coma, por overdose de drogas. Ele tinha sido levado até lá por um amigo não identificado por volta da meia-noite. Andrea, a namorada grávida de Tommy, fora contatada pelo hospital uma hora depois da internação, através de um telefonema feito para o apartamento dele, cujo número estava na carteira de Tommy. Em seguida, ela ligou para mim, me acordou e tive uma sensação de déjà--vu, pois poucos meses antes uma ligação semelhante me alertara sobre a morte de James Hocknell.

Cansado e com os olhos turvos, cheguei à recepção do hospital e pedi informações sobre o quarto do meu sobrinho. Disseram-me para subir até a unidade de tratamento intensivo, onde o encontrei conectado a um monitor cardíaco, com um tubo intravenoso inserido em seu braço cheio de marcas de agulhas. Ele parecia na mais completa paz, inclusive com um leve sorriso pairando no rosto, mas, pelos movimentos incertos de seu peito, percebi uma respiração sofrida e um pouco fora de ritmo. A pulsação e a pressão sanguínea estavam sob monitoramento constante; vê-lo deitado em um leito de hospital, em uma cena típica de seriados médicos de TV, era deprimente — e também, de certa maneira, inevitável.

Ao me aproximar, vi um pequeno grupo de enfermeiras do lado de fora da janela do quarto, observando Tommy com entusiasmo, e cheguei a ouvir uma delas perguntar sobre como "Tina" lidaria com a notícia, se ele morresse. "Ela deve voltar direto para Carl", respondeu outra. "Os dois foram feitos um para o outro."

"Ele nunca a perdoaria. Depois do que ela fez com o irmão dele? Sem chance", comentou uma terceira enfermeira, e todas se afastaram quando me viram chegar. Suspirei. Aquela era a vida que meu desafortunado sobrinho tinha construído para si, a vida que ele estava condenado a viver.

Uma breve história dos DuMarqué: eles têm sido uma linhagem infeliz. Todos tiveram a vida interrompida ou por causa de sua própria estupidez, ou por maquinações do destino. Meu irmão, Tomas, teve um filho, Tom, que morreu na Revolução Francesa; o filho dele, Tommy, foi baleado durante um jogo de cartas por estar trapaceando; seu filho, o azarado Thomas, morreu em Roma quando um marido ciumento, tentando cravar uma espada em mim, cravou-a nele; o filho dele, Tom, contraiu malária na Tailândia; seu filho, Thom, foi morto na Guerra dos Bôeres; o filho dele, Tom, foi esmagado por um veículo em alta velocidade em Hollywood Hills; seu filho, Thomas, morreu no final da Segunda Guerra Mundial; o filho dele, Tomas, foi morto em uma rixa no submundo do crime organizado; e seu filho, Tommy, é um ator de novelas em coma após uma overdose de drogas.

Fiquei algum tempo na janela, observando meu sobrinho. Apesar de eu ter avisado Tommy inúmeras vezes sobre a possibilidade de ele acabar naquela exata situação, chocou-me vê-lo chegar, enfim, a um nível tão baixo. Ali não estava o rapaz bonito, autoconfiante e inteligente que era reconhecido aonde quer que fosse, a celebridade, a estrela, o rosto da moda; ele fora substituído por um mero corpo em um leito que respirava com a ajuda de uma máquina, incapaz de se proteger de olhos invasivos. Eu devia ter feito mais, pensei. Dessa vez, eu devia ter feito mais.

Conheci Andrea na sala de espera, alguns minutos depois. Ela estava sentada sozinha, bebendo café do hospital em um copo plástico, envolta por aquele clima tipicamente estéril que não ajuda muito a manter a calma. O cheiro de desinfetante nos engolia e havia apenas uma janela, que não abria e precisava ser limpa. Embora eu não conhecesse a namorada de Tommy, supus que fosse ela, por causa da gravidez evidente e por ela estar tremendo e não tirar os olhos do chão.

"Andrea?", perguntei, inclinando-me na direção dela e tocando seu ombro com delicadeza. "Você é a Andrea?"

"Sim...", ela respondeu, me olhando como se eu fosse talvez um médico que tinha vindo dar a má notícia.

"Sou Matthieu Zéla", expliquei sem demora. "Conversamos há pouco ao telefone."

"Ah, sim", ela disse, parecendo ao mesmo tempo aliviada e decepcionada. "Claro. Até que enfim nos conhecemos", acrescentou, tentando sorrir. "E justamente aqui. Quer um café? Eu posso..."

Sua voz se perdeu quando neguei com a cabeça e me sentei à sua frente. Ela usava roupas que pareciam ter estado jogadas perto da cama quanto se levantou. Jeans sujo, camiseta, tênis esportivo sem meia. Seu cabelo loiro-escuro era encaracolado e precisava de uma lavagem. Não usava maquiagem; o rosto tinha uma beleza natural muito atraente. "Não sei o que aconteceu com ele", disse Andrea, sacudindo a cabeça com pesar. "Eu não estava com ele. Algum amigo o trouxe para cá e depois sumiu. Um desses interesseiros que estão sempre à espreita, grudados na perna dele, entrando de graça nos clubes noturnos, tentando conseguir um papel ou mulheres." Ela parou de falar e pareceu com raiva — e com razão. "Não *acredito* que ele teve uma overdose. Ele é sempre tão cuidadoso. É *obrigação* dele saber o que está fazendo."

"É difícil ser cuidadoso quando se está chapado o tempo todo", eu disse, irritado. Descubro-me cada vez mais impaciente com os jovens; quanto mais velho fico, quanto mais distância existe entre mim e a geração atual, mais enervante ela me parece. Eu pensava que a geração anterior — nascida em torno dos anos 1940 — tinha sido ruim, mas todas as pessoas que conheci ligadas ao meu sobrinho, as que nasceram nos anos 1970, pareciam ignorar os perigos que o mundo podia oferecer. Era como se todos acreditassem que viveriam até a minha idade.

"Nunca foi o tempo *todo*", Andrea retrucou, e reparei que ela já estava adotando o passado para se referir a Tommy. "Ele gostava de usar um pouco em ocasiões sociais, mas só isso. Nada além do que todo mundo usa."

"*Eu* não uso", eu disse, sem saber por que me comportava de um jeito tão puritano; agora eu também estava irritado comigo.

"Ah, então você deve ser a porra de um santo, não é?", ela disparou no mesmo instante. "*Você* não tem um trabalho inacreditavelmente estressante, com jornadas de dezoito horas, todo mundo olhando pra sua cara aonde quer que você vá, e você tendo sempre que fazer essa... essa *pose* para milhões de pessoas que nem te conhecem."

"Eu sei disso. Des..."

"Você não sabe como..."

"Andrea, eu sei disso", repeti com firmeza, silenciando-a com meu tom de voz. "Desculpe. Sei que meu sobrinho tem uma vida bizarra. Sei que não deve ser fácil para ele. Meu Deus, já o ouvi falar muitas vezes sobre isso. Mas, por enquanto, acho que devemos pensar na recuperação dele e em como evitar que isso aconteça de novo, se ele sobreviver. Algum médico veio falar com você?"

Ela concordou com a cabeça. "Um pouco antes de você chegar", ela respondeu, agora mais calma. "Ele disse que as próximas vinte e quatro horas vão ser decisivas, mas acho que eles são treinados na faculdade para dizer isso em qualquer situação. As próximas vinte e quatro horas devem ser *sempre* decisivas, seja lá para o que for. Talvez ele acorde e, se for o caso, fique bem depois de alguns dias, ou talvez tenha danos cerebrais, ou então ficará do mesmo jeito que está. Deitado ali. Naquela cama. Sabe-se lá por quanto tempo." Assenti com a cabeça. Em outras palavras, o médico não tinha dito nada que um imbecil já não pudesse ter concluído.

"Você está tremendo", eu disse depois de certo tempo, inclinando-me para segurar suas mãos. "E gelada. Não é melhor pôr um casaco ou algo assim? O bebê...", murmurei, sem saber direito o que estava tentando dizer, mas sentindo que muito provavelmente ela não devia ficar por aí, grávida de seis meses, para se expor a uma pneumonia.

"Estou bem", ela disse, sacudindo a cabeça. "Só quero que ele acorde. Eu o amo, sr. Zéla", ela confessou, quase se desculpando.

"Matthieu, por favor."

"Eu o amo e preciso dele. Apenas isso."

Olhei para ela e fiquei pensativo. Minha questão com Andrea era a seguinte: eu não conhecia a garota, portanto não conhecia suas qualidades, com o que ela trabalhava, quem era sua família, quanto ganhava, onde morava em Londres e com quantas pessoas. Eu não sabia nada sobre ela, então era normal que estivesse desconfiado.

No entanto, podia tê-la julgado mal. Talvez ela amasse Tommy. Simples assim. Talvez conhecesse o tormento doentio, dilacerante que vem junto com o amor. Talvez soubesse o que é sentir a presença de alguém em um lugar, mesmo que os dois não estejam juntos. Talvez entendesse como é ser magoado, prejudicado e crucificado por alguém e, ainda assim, não conseguir tirar a pessoa da cabeça, não importa o quanto você tente nem quantos anos passem longe um do outro. Talvez tivesse consciência de que, mesmo uma infinidade de tempo depois, bastaria um único telefonema para você se entregar outra vez, largar tudo, abandonar todos, deixar o mundo inteiro em suspenso. Ela talvez sentisse todas essas coisas por Tommy, e eu lhe negando esse direito.

"O bebê", ela disse depois de um tempo. "Tommy precisa viver, pelo bem desta criança. É isso que o fará lutar para viver, não é? Hein? Não é?"

Dei de ombros. Eu duvidava. Conheço os Thomas e sua falta de resiliência.

A porta do elevador se abriu no térreo do hospital e eu saí, surpreso com a quantidade de pessoas que aguardavam, próximas ao balcão da recepção. Passei os olhos rápido por elas — velhotes catatônicos sentados, balançando para a frente e para trás em algum ritmo interno misterioso; jovens com roupas baratas, cabelo ensebado e rosto cansado, bocejando e bebendo um chá turvo em copinhos de plástico; crianças barulhentas correndo por ali, ora chorando, ora gritando — e segui para a saída. As portas se abriram automaticamente quando me aproximei delas e, assim que pisei na rua, respirei fundo bem devagar, sentindo o ar fresco renovando meu corpo de dentro para fora. O dia nascia; já estava claro, mas ainda faltava uma hora para a cidade estar em pleno funcionamento, e o vento cortante me atingiu enquanto tentava me proteger melhor com o casaco.

Eu estava prestes a chamar um táxi, quando, como em um momento de revelação, me virei e olhei para o hospital. Pensei por um instante e sacudi a cabeça — impossível. Em seguida, voltei apressado, cruzei a porta e mais uma vez observei a multidão de pessoas sentadas, dessa vez analisando os rostos com mais cuidado, focando bem onde eu o tinha visto; mas agora seu lugar fora ocupado por uma senhora com um inalador. Olhei em volta, minha boca aberta, e tive a súbita sensação de estar em um filme. A cena à minha frente se abria como uma tomada panorâmica e eu caminhava atento pela recepção, até que meus olhos focaram a máquina de bebidas, e ali estava ele, seu dedo flutuando entre os botões enquanto se decidia. Fui até ele, agarrei-o pelo colarinho e o virei para que me encarasse. Uma moeda caiu no chão e ele quase tropeçou nos próprios pés por causa da surpresa. Eu estava certo; olhei em seus olhos e sacudi a cabeça.

"O que diabos está fazendo aqui?", perguntei. "Como você descobriu?"

Achei irônico assistir a uma notícia sobre a overdose e o coma do meu sobrinho no noticiário da manhã da minha própria emissora. Não consegui dormir quando cheguei em casa; desmoronei em uma poltrona confortável, que poderia abrigar com folga duas pessoas de tamanho médio, e fechei os olhos por algum tempo, envolto numa sonolência espasmódica, até perceber que não conseguiria recuperar aquela noite de sono. Tomei um banho demorado e quente com sabonetes líquidos exóticos de fragrâncias intrigantes e xampus com aromas fortes de coco e depois de meia hora fui para a cozinha com um roupão felpudo. O banho revigorante me forneceu energia para aquele dia, o que sem ele eu jamais teria conseguido. Preparei um café da manhã leve — um copo generoso de suco de laranja fresco, uma torrada e fatias de kiwi — e o tomei diante da televisão enquanto o café descia pelo coador.

Um repórter chamado Roach Henderson estava do lado de fora do hospital com a expressão de quem preferia estar em qualquer outro lugar do mundo minimamente mais agradável do que ali naquele frio cortante, preocupado se o vento iria arrancar sua peruca em plena transmissão. Eu não conhecia Roach muito bem; seu nome verdadeiro era Ernest, mas por algum motivo, quando tinha seus vinte e poucos anos, decidiu se apresentar como "Roach", "barata" em inglês. Creio que tenha sido influenciado pelos âncoras dos noticiários americanos, e achou que um nome inusitado lhe garantiria credibilidade e um cargo de redator em um estúdio com aquecedor. Vinte anos se passaram desde então, e ele não tinha conseguido nem uma coisa nem outra. Curioso ele ter escolhido para si mesmo o nome de um inseto.

"Roach", disse o âncora *de verdade*, Colin Molton, o cenho franzido em uma expressão preocupada que tinha se tornado sua marca registrada, batendo uma esferográfica na boca enquanto olhava para uma tela com a imagem do rosto do repórter. "O que pode nos dizer sobre o estado de saúde de Tommy DuMarqué? Roach", ele acrescentou, passando a palavra ao outro.

"Bom, como a maioria das pessoas sabe", começou Roach, ignorando a pergunta e seguindo o discurso que havia preparado, "Tommy DuMarqué é um dos atores mais *conhecidos* da nação." Ênfase no "conhecidos". "Sua carreira começou há oito *anos* em uma novela líder de audiência, onde fazia o papel de Sam Cutler." Foram exibidas fotografias em cortes rápidos e uma cena breve de algum tempo atrás. "Tendo se lançado também no mundo da *música* pop e como *modelo*, podemos afirmar que o estado de saúde de Tommy será acompanhado não só pelo público em geral como *também* pelos especialistas em entretenimento. Colin." Era como dizer "câmbio" em um walkie-talkie no fim de cada frase.

"E *qual é* o estado de saúde dele? Roach", repetiu Colin.

"Os médicos dizem que seu estado é *grave* porém *estável*. Ainda não temos informações exatas sobre o que *aconteceu* com Tommy DuMarqué, mas recebemos informações de que ele desmaiou em um famoso clube noturno logo depois da uma hora da manhã de hoje" — errado, pensei — "tendo sido trazido às pressas para cá em seguida. Parece que ele estava *consciente* quando chegou, mas que entrou em coma logo após ser internado, mantendo-se nesse estado desde então. Colin."

Colin agora parecia bastante aflito, como se fosse seu próprio filho no hospital. "Ele ainda é muito jovem, não é, Roach?"

"Ele tem vinte e dois anos, Colin."

"E você diria que algum uso de drogas pode estar relacionado com o ocorrido? Roach."

"No momento é difícil determinar a causa, Colin, mas sabe-se que Tommy DuMarqué tem um estilo de vida *extravagante*. Ele é fotografado em clubes noturnos sete dias por semana, e já ouvi boatos de que alguns produtores da bbc queriam mandá-lo para um programa de reabilitação porque sua vida estava saindo do controle. Ele vinha tendo problemas constantes com atrasos e também por causa de um artigo escrito por uma colunista de um conhecido *jornal*; ele teria sido o tema de uma coluna de opinião que detalhou seu estilo de vida desenfreado e seus hábitos *sexuais*. Colin." Reparei que a cabeça dele fazia um movimento característico em cada palavra enfatizada.

"E suponho que a família dele esteja reunida em torno do seu leito nesta manhã. É isso mesmo, Roach?"

"Infelizmente, os pais de Tommy DuMarqué já morreram, mas a namorada dele está aqui no momento, e acredito que seu tio tenha passado várias horas com o sobrinho durante a madrugada. Ainda não sabemos se Sara *Jensen*, que interpreta Tina Cutler, a cunhada apaixonada por ele no programa, cuja parceria com DuMarqué na televisão vem cativando milhões de telespectadores ao longo dos últimos meses, veio visitá-lo. Mas, se ela chegar, daremos a notícia. Colin."

Sem nenhum tipo de cumprimento ou despedida, a cadeira de Colin girou para a frente das câmeras e a imagem de Roach desapareceu. Colin prometeu manter todos informados sobre o assunto ao longo do dia, assim que surgissem novidades. Em seguida, seu rosto mudou de expressão, para que ele contasse sobre um panda chamado Muffy, recém-nascido no zoológico de Londres. Pensei em me vestir e sair para comprar jornais, mas como eu sabia que o estado de saúde de Tommy seria matéria de primeira página, desisti da ideia. Em vez disso, pus uma música para tocar e fechei os olhos, permitindo que minha mente flutuasse para longe de todos aqueles problemas, mesmo que por pouco tempo.

À minha frente, Lee Hocknell abriu e fechou a boca como um peixe, sem saber o que dizer. Sua surpresa ao me ver era típica de sua estupidez; ele deveria ter imaginado que eu iria ao hospital assim que soubesse da notícia. Quer dizer, posso ter tido muitos sobrinhos na vida, mas Tommy era o único que ainda estava vivo. Lee vestia-se com roupas modernas e notei que havia adotado um corte de cabelo muito diferente do que eu tinha visto no enterro de seu pai:

bem curto e espetado em tufos, sem dúvida bem melhor do que o estilo hippie que ele ostentara no funeral.

"Sr. Zéla", ele disse quando o larguei e o encarei furioso. "Não vi você…"

"O que *diabos* está fazendo aqui?", repeti, me aproximando dele. "Há quanto tempo está aqui? Como soube?"

Ele deu um passo para trás, surpreso, como se fosse óbvio o modo como ele soubera da overdose de Tommy — e, de repente, ficou mesmo óbvio. "Fui eu que o trouxe para cá", explicou. "Estávamos num clube noturno, sabe, e ele começou a agir de um jeito estranho, do nada. Caiu no chão, desmaiado. Achei que tivesse morrido. Chamei uma ambulância e o trouxe para cá. Ele acordou no caminho, então achei que estivesse tudo bem, mas agora estão dizendo que ele entrou em coma. É isso mesmo?"

"Bom, sim", respondi baixinho, tentando entender, antes de qualquer coisa, por que Lee Hocknell estivera em um clube noturno com meu sobrinho. Olhei em volta, achei um canto mais afastado da área de recepção e o levei até lá, com pulso firme, sentando-o ao meu lado com a expressão mais ameaçadora que consegui produzir. "Escute bem, para começar quero saber o que você estava fazendo na companhia dele. Vocês não se conhecem, conhecem?"

Ele baixou os olhos e suspirou. Por um instante, pareceu um menininho flagrado em algo errado e tentando inventar uma mentira para escapar do castigo. Quando levantou o rosto para mim outra vez, mordia o lábio, e percebi que estava nervoso. Obviamente, o que eles tinham feito, independente do que fosse, saíra do controle.

"Eu liguei para ele", Lee explicou, "para conversarmos sobre o roteiro. Por algum motivo, achei que teria mais chances com ele do que com você. Dei meu nome às pessoas no estúdio e disse que ele me atenderia. E ele atendeu."

"É claro que atendeu", respondi com rispidez. "Nós recebemos a sua carta e o seu roteiro."

"Sim…", ele murmurou em resposta, incapaz de me olhar nos olhos. "Conversei com Tommy pelo telefone e disse que queria vê-lo. Ele ficou na dúvida, sugeriu que você fosse junto, mas eu expliquei que não estava tentando convencer ninguém a fazer o que não quisesse, nem obrigar. Queria apenas discutir o roteiro com ele. Ouvir alguns conselhos. Você mesmo me falou que ele entendia muito dessa indústria. Achei que ele poderia me ajudar." Hocknell suspirou e fez uma pausa antes de continuar, como se quisesse de verdade que nada daquilo tivesse acontecido. "Então ele disse o.k., concordou em me ver e saímos para tomar uns drinques ontem à noite. Foi assim que a coisa começou. Na verdade, nos demos muito bem", acrescentou, o rosto se iluminando, e percebi que sua persona tinha mudado por completo da noite para o dia — de chantagista a tiete. "Nos divertimos muito. Temos bastante coisa em comum."

"É mesmo?", perguntei, surpreso, sem conseguir imaginar.

"Ah, sim. Tipo, temos a mesma idade e tudo o mais. Nós dois somos, hum, artistas." Ergui uma sobrancelha, mas fiquei quieto. "E conversamos sobre meu roteiro, é claro."

"E o que ele disse?"

"Tommy disse que não é fácil conseguir financiamento. Mas que podia me colocar em contato com algumas pessoas. Disse que o roteiro precisa de ajustes. Que, do jeito que está, seria muito difícil vender."

"Ele está certo", respondi.

"E prometeu me ajudar", ele disse baixinho, e por um instante achei que fosse chorar. Olhou para mim como se tentando me convencer de que meu sobrinho, a celebridade, era seu novo melhor amigo. Para pessoas com aquele tipo de glamour, eu sabia que não existia amizade verdadeira. Passar o tempo com uma pessoa famosa na maioria das vezes tem um único propósito: conseguir mulheres de um jeito mais fácil.

"Escute, Lee", eu disse devagar, a cabeça girando com as variações que sua personalidade poderia assumir dali para a frente. Afinal, que tipo de pessoa ele era? "Você estava lá naquela noite, não estava?"

"Onde?"

"Na casa. Na casa do seu pai. Na noite em que ele morreu. Você estava lá. Por isso toda essa história do roteiro, não é?"

Ele concordou com a cabeça e seu rosto ficou vermelho, o que foi muito estranho. "Eu estava no andar de cima", disse. "Ouvi o que aconteceu. Sei que *você* não fez aquilo. Mas devia ter chamado a polícia, só isso. Devia ter sido honesto. Aquela história dele estar no escritório, poxa, aquilo não era verdade."

"Me explique uma coisa", eu disse, sem a menor vontade de ouvir um sermão daquele moleque, ainda mais porque eu sabia que ele provavelmente estava certo. "Você espera mesmo chantagear a mim e a Tommy com essa informação?" Ele não me olhou nos olhos — como se ficar frente a frente comigo, fazer aquilo em pessoa, e não por carta, tornasse a coisa mais difícil. Achei que era um bom momento para termos aquela conversa, pois nenhum de nós sabia o que iria acontecer com Tommy, e havia uma chance de que o próprio Lee acabasse tragado pelo problema.

"Eu só preciso de um ponto de partida", ele disse, não querendo se comprometer com um "sim" ou "não" sobre a pergunta da chantagem. "É tudo o que preciso. Um primeiro passo na carreira. Pensei que um de vocês poderia me ajudar, só isso. E, sabe, eu *talvez* tenha salvado a vida do seu sobrinho."

"Ou talvez o tenha matado. Diga: o que aconteceu exatamente? Como ele teve a overdose?"

Lee passou a língua pela boca e pensou no assunto. "Tínhamos bebido", ele respondeu. "E foi estranho, todo mundo no bar ficava olhando para a gente o tempo todo, porque reconheceram Tommy, é claro, e, mesmo que fosse muito estranho sentir isso, comecei a imaginar que estavam olhando para mim também."

"É bem provável que estivessem. As pessoas sempre olham para quem está com as celebridades. Querem saber quem é a outra pessoa. Imaginam que seja Alguém, com 'a' maiúsculo, senão não estariam juntas. E, na maioria das vezes, elas estão certas."

"De qualquer forma, algumas pessoas vieram até nós e pediram autógrafos. Olharam para mim e não sabiam se deviam pedir para mim também. Algumas pediram, e dei autógrafos também. Fingimos que eu tinha acabado de estrear na novela. Tommy disse a eles que, em um mês, todo mundo saberia quem eu era."

"Ah, pelo amor de Deus."

"Foi só para nos divertir, só isso. Não queríamos arranjar problemas. Depois de um tempo, decidimos ir a um clube noturno e ele me perguntou aonde eu queria ir. Falei de um lugar qualquer onde eu tinha tentado entrar várias vezes e que tinha me barrado, então ele riu e me levou direto para lá de táxi. Devia ter umas cem pessoas na fila do lado de fora, implorando para entrar, mas fomos direto para a porta e os seguranças bajularam Tommy de todas as maneiras possíveis e nos deixaram entrar direto, sem nem precisar pagar. Foi incrível! Ninguém tirava os olhos da gente. Ganhamos bebidas, conseguimos um camarote. Quando fomos para a pista de dança, todas as mulheres começaram a dar em cima da gente. Foi maravilhoso. A melhor noite da minha vida." Ele olhava para o chão enquanto falava, agora com a expressão de uma criança em uma loja de brinquedos. Tommy lhe oferecera um vislumbre do que era ser famoso e ele tinha se apaixonado por aquilo. Já estava viciado. Nunca mais nos livraríamos dele.

"E o que aconteceu depois?", perguntei. "Quando apareceram as drogas?"

"Tommy encontrou um cara que ele conhecia e os dois sumiram, foram para o banheiro injetar. Depois ele voltou e estava bem. Pegamos umas garotas, bebemos mais e decidimos ir para a minha casa, todo mundo, para continuar."

"Pelo amor de Deus. É uma reprise de como seu pai morreu. Vocês, moleques, não aprendem *nada*?"

"Eu não estava pensando nisso", ele disse, olhando para mim com raiva. "Eu estava... Tudo o que eu queria era..."

"Você queria era transar. Isso eu entendi, obrigado. Com as garotas, com Tommy, com quem fosse. Você só..."

"Ei, espere um pouco..."

"Não, espere um pouco *você*", eu disse, agarrando Lee pelo colarinho. "Você é um idiota, sabia? Que drogas usou?"

"Não usei nenhuma! Juro! Foi só Tommy e um outro

cara. Tínhamos acabado de sair da balada, sentimos frio e, antes de eu me dar conta, ele estava no chão se debatendo. Não parecia estar tão mal, mas aí arregalou os olhos, parou de se mexer e chamamos a ambulância. Foi isso, essa é a história toda. Foi tudo o que aconteceu."

"Certo, certo", eu disse. "Está bem." Por algum motivo, senti pena dele. Tudo o que ele queria era ser alguém; tinha visto uma chance de conseguir isso e foi atrás. Havia usado algumas estratégias infelizes, é fato, mas, em vez de um chantagista perigoso com a intenção de nos arrancar tudo que pudesse, ele parecia uma criança ansiosa por aprovação, em busca de amigos. Reclinei-me na cadeira e suspirei. "Vou para casa", eu disse depois de algum tempo, tirando um pequeno bloco e uma caneta do bolso interno do casaco e entregando a ele. "Anote seu telefone aqui. Entrarei em contato. Mas não estou prometendo nada, ouviu? Tommy não exagerou. Seu roteiro precisa de *muitos* ajustes."

Ele anotou o telefone, ansioso, e fiquei com vontade de rir do absurdo daquela situação. Esse moleque, pensei, só vai me trazer problemas. Ele não parecia ter se importado com a morte do pai, escondeu a verdade da polícia, tentou me chantagear e — o pior crime de todos — era um péssimo escritor. Então por que eu estava tão disposto a ajudá-lo?

22

QUANDO CONSPIREI COM DOMINIQUE

Os meses se passaram e deixei de me aborrecer tanto com Nat Pepys; com o tempo suas visitas se tornaram menos frequentes e, quando ele vinha, não parecia tão interessado em Dominique como eu tinha imaginado. Continuei meu trabalho, mas pensando seriamente em ir embora. Meus dois receios eram, primeiro, como Tomas reagiria à notícia, pois, de nós três, fora ele quem melhor se adaptara à vida ali — e não havia a menor possibilidade de eu partir sem ele. Segundo, se Dominique iria ou não comigo. Ao contrário do meu irmão, ela não era uma criança e podia tomar suas próprias decisões.

Era verão e havia uma festa de aniversário para Alfred Junior, o religioso filho do meio de Sir Alfred Pepys. Cerca de cinquenta pessoas tinham comparecido para as festividades ao ar livre. O orvalho da manhã deixara a grama brilhando, reluzindo sob os raios do sol. Os canteiros estavam todos floridos e a mansão parecia mais bem cuidada e cheia de vida do que nunca.

Eu e Jack cuidávamos das carroças e dos cavalos, enfileirados desde a frente da mansão Cageley até os estábulos onde costumávamos trabalhar. Transportávamos com dificuldade baldes e baldes de água para os animais, a fim de evitar a desidratação por causa da alta temperatura; na verdade, nós mesmos sentíamos os efeitos da onda de calor ao irmos de um extremo a outro do terreno com os baldes pesados. Não tínhamos permissão para tirar a camisa quando havia convidados e, com o suor, elas grudavam em nossas costas. Comecei a perder a noção do que estava fazendo, indo de um lado a outro sem me dar conta da passagem do tempo ou da quantidade de cavalos que cuidávamos. Diante dos meus olhos, o dia se tornou quase branco de tão claro, e não conseguia enxergar nem ouvir mais nada. Enfim, quando eu enchia mais um balde de água na torneira próxima aos estábulos, senti a mão de Jack no meu ombro, me sacudindo com gentileza.

"Já é o suficiente", ele disse, desmoronando na grama ao meu lado. "Já fizemos o suficiente por enquanto. Estão todos bem."

"Você acha?", perguntei, quase gemendo de alívio. "Podemos fazer uma pausa?"

Ele concordou com a cabeça. À distância, no gramado, podíamos ver alguns convidados conversando, circulando, bebericando copos de limonada bem gelada. Ouvi passos atrás de mim e sorri ao ver Dominique vindo em nossa direção com uma bandeja. "Estão prontos para comer alguma coisa?", ela disse, sorrindo, e duvido que algum de nós tenha ficado mais feliz na vida ao ver um ser humano do que naquele momento. Ela tinha nos preparado sanduíches de carne, e no centro da bandeja havia uma jarra alta de limonada com canecas de cerveja. Comemos e bebemos por alguns minutos, agradecidos e calados enquanto recuperávamos nossas forças. Senti a limonada descer pela garganta e entrar no meu corpo, sua doçura ajudando a restabelecer o nível de açúcar no sangue; comecei a ficar menos trêmulo e a me sentir cansado.

"Isto não é vida", comentei depois de algum tempo, esfregando os músculos dos braços, espantado com o quanto meus antebraços tinham crescido nos últimos meses. Eu estava mais forte do que nunca, mas não como Jack, cujo corpo parecia naturalmente projetado para força e músculos; eu ainda não tinha porte, e os músculos pareciam quase inapropriados para minha estrutura juvenil. "Preciso de outro emprego."

"Nós dois precisamos", ele disse, embora estivesse mais próximo de conseguir isso do que eu. Jack tinha decidido não permanecer mais em Cageley depois do verão e me confidenciou que planejava entregar o pedido de demissão na semana seguinte. Tinha dinheiro suficiente para chegar até Londres e sobreviver por vários meses, se fosse necessário, embora estivesse convencido de que iria arrumar um emprego como caixeiro com relativa facilidade. Eu não duvidava. Ele comprara um terno novo e certa noite, quando o vestiu para me mostrar, fiquei chocado com a transformação. O cavalariço parecia muito mais homem do que qualquer herdeiro Pepys, que tinham sido conduzidos à vida adulta e à respeitabilidade sem esforço, através da idade e do dinheiro; Jack era alto e bonito e vestia o terno como quem tinha nascido para aquilo. E era também inteligente e perspicaz. Eu não imaginava uma situação em que ele não arranjasse um trabalho em questão de poucos dias.

"Vocês dois não têm trabalho a fazer?" Nat Pepys surgiu atrás de nós e nos sentamos, semicerrando os olhos e os protegendo do sol com as mãos.

"Estamos almoçando, Nat", disse Jack, agressivo.

"Parece que você já terminou de comer, Jack", o outro retrucou na mesma hora. "E é *sr.* Pepys para você."

Jack bufou e se deitou outra vez; fiquei na dúvida do que fazer. Nat tinha medo de Jack — era fácil ver isso —, mas era improvável que acontecesse alguma coisa além de conversas ríspidas entre eles. Como se para reafirmar sua autoridade, Nat cutucou minhas costelas com a ponta da bota, fazendo com que eu me levantasse de um salto, com raiva.

"Venha, Matthieu", disse, dessa vez chamando-me pelo primeiro nome. "Levante-se e dê um jeito nessas coisas." Indicou a bandeja com os pratos e as canecas vazias. "Está uma bagunça. Vocês são uns porcos, vocês dois."

Por um instante, eu não soube o que fazer, mas acabei recolhendo os objetos que tanto o incomodavam e os levei para a cozinha; joguei tudo na pia de um jeito abrupto, sobressaltando Dominique e Mary-Ann.

"Qual é o seu problema?", perguntou Mary-Ann.

"Vamos, lavem essas coisas", respondi em tom agressivo. "É trabalho de vocês, não meu." Com um insulto, marchei para fora e voltei até onde Jack estava, agora apoiado nos cotovelos, observando eu me aproximar e Nat se afastar. Quando olhei outra vez para a porta da cozinha, Dominique e Nat conversavam bem próximos um do outro, e ela ria de alguma coisa que ele dizia. Minha respiração ficou pesada e senti meus punhos se fecharem com força. Uma mosca passou zunindo pelo meu rosto, agitei os braços para espantá-la e, ao olhar para cima, o sol momentaneamente me cegou. Quando voltei a enxergar, vi a cabeça deles bem juntas e a mão de Nat indo para a parte de trás do vestido dela, descendo, descendo, até que Dominique o olhou com recato e Nat abriu um sorriso asqueroso. Meu corpo todo ficou tenso por causa do que eu estava prestes a fazer.

"Mattie? O que foi?" Senti a presença vaga de Jack ao meu lado, tentando segurar meus braços enquanto eu caminhava na direção de Nat e Dominique. "Mattie, pare com isso, não vale a pena", ele continuou, mas eu mal o notava, tão concentrado que estava no objeto da minha raiva — que, naquele momento, podia ser qualquer um dos dois; podia ser, inclusive, o próprio e inocente Jack, tamanha a fúria dentro de mim. Vi Nat se virar para me olhar, e a súbita consciência de que haveria problemas passou por seu rosto. Ele via que eu estava fora de mim e que posição social, emprego, dinheiro ou servidão não fariam a menor diferença naquele momento. Deu um passo para trás enquanto eu o alcançava, o agarrava pela lapela e o puxava, fazendo-o girar. Ele caiu desengonçadamente no chão e se esforçou para recuperar o equilíbrio enquanto eu o provocava.

"Levante-se", eu disse, minha voz grave surgindo de um lugar que nem eu mesmo sabia existir. "Levante-se, Nat."

Ele se levantou e começou a se virar, mas o peguei outra vez, bem no momento em que Dominique e Jack me seguraram. Sem perceber, eles tinham me agarrado dos dois lados, baixando minha guarda, deixando-me vulnerável para Nat, que recuperou o equilíbrio, retraiu um braço e acertou um soco no meu rosto. Não foi um soco convicto nem muito forte, mas me atordoou por um instante e fui jogado para trás, já me preparando para retomar o ataque e pular sobre ele — para matá-lo, se fosse o caso. Pisquei até a visão clarear de novo, fechei o punho direito com força, dei alguns passos na direção dele e já ia impulsionar o braço, quando Jack gritou para que eu parasse. Ele sabia quais seriam as consequências se eu esmurrasse Nat Pepys, então quando Dominique correu e se colocou entre nós, me atrapalhando por um momento, Jack mesmo o fez. Encontrando a mesma fúria dentro de si, e provavelmente querendo impedir que um homem como Nat Pepys destruísse minha vida, ele mesmo atacou o rapaz, derrubando-o com uma bofetada na face esquerda, um soco no estômago e um último gancho de direita no rosto.

Nat desmoronou, sangrando e inconsciente, e nós três ficamos ali parados, contemplando com horror cada vez maior o resultado das nossas ações. A coisa toda não tinha durado nem um minuto.

Jack foi embora antes mesmo de Nat recobrar a consciência. Ele ficou caído no chão, à nossa frente, destruído, o rosto coberto de sangue, que jorrava tanto do nariz quanto da boca. Em poucos minutos, os convidados da festa acorreram em nossa direção. Uma senhora gritou, outra desmaiou. Os homens pareciam indignados. Depois um médico veio até nós e se debruçou sobre Nat para examiná-lo.

"Precisamos levá-lo para dentro", disse o médico, e alguns homens mais jovens ergueram o ferido e o levaram até a mansão. Em pouco tempo, restaram apenas eu, Dominique e Mary-Ann do lado de fora.

"Para onde foi Jack?", perguntei, entorpecido, sem acreditar na sequência de eventos que nos deixara naquela situação. Olhei em volta sem foco, à procura do meu amigo.

"Pegou um cavalo e fugiu", disse Mary-Ann. "Não viu?"

Balancei a cabeça. "Não", respondi depois de um tempo.

"Passou pela multidão há alguns minutos. Ninguém percebeu, porque todo mundo estava olhando para Nat, no chão."

Pensei se Nat ficaria bem e afastei o cabelo do rosto, frustrado. Tudo culpa minha. Virei-me e encarei Dominique com raiva. "O que era aquilo?", gritei. "Que diabos estava acontecendo ali?"

"Você pergunta para mim?", ela esbravejou, agora com o rosto pálido. "Foi você que avançou para cima de nós. Parecia que ia matá-lo."

"Ele estava agarrando você!", rugi. "Eu vi para onde as mãos dele estavam indo. Você não entende…"

"Eu não sou sua para você querer me proteger!", ela gritou antes de girar nos calcanhares e voltar correndo para a cozinha. Balancei a cabeça, frustrado. Sob meus pés havia se formado uma poça opaca de água e sangue.

Quando anoiteceu, a história já tinha se espalhado pelo vilarejo. Jack atacara Nat Pepys, quebrara sua mandíbula — fazendo-o perder a maioria dos dentes — e também duas costelas, roubara um cavalo do patrão e desaparecera. A polícia já estava à sua procura. Na casa dos Amberton, eu não conseguia dormir por causa da preocupação por meu amigo. Todos os planos que ele tinha feito, tudo o que pretendia conquistar nos próximos meses… Tudo provavelmente destruído por culpa minha. Por meu ciúme. Pelo menos Nat não havia morrido; já era um começo. Tudo em que consegui pensar foi que Jack fizera aquilo porque era algo que precisava ser feito; tinha agido para evitar que eu agisse.

Na manhã seguinte, me levantei às cinco horas e fui direto para a mansão Cageley. Eu não fazia ideia se ainda estava empregado — achava que não. Mas aquela era uma consequência que não me preocupava muito, pois eu já sabia que iria embora de Cageley em breve; meu tempo ali já tinha acabado. Eu queria ver Dominique. Queria que ela me dissesse como se sentia. Encontrei-a caminhando pelo campo ao nascer do sol, seu rosto branco e seus olhos pesadamente vermelhos. Era óbvio que ela também não tinha dormido.

"Nenhum sinal dele ainda", eu disse, sem saber se era uma pergunta ou uma afirmação. Ela negou com a cabeça.

"Ele já deve estar longe daqui", ela disse. "A essa altura deve estar a meio caminho de Londres. Jack não é burro."

"Não?", perguntei, e ela me encarou.

"O que você quer dizer?"

"Ele ia embora de qualquer jeito", eu disse. "Já tinha economizado o suficiente para isso. Comprou um terno. Planejava trabalhar como caixeiro em Londres. Ia entregar o pedido de demissão na semana que vem."

Ela respirou fundo e achei que fosse chorar.

"É tudo culpa minha", ela disse, o sotaque francês voltando a aparecer à medida que ela se distanciava mentalmente de Cageley. "Não devíamos ter vindo para cá. Tínhamos planos. Devíamos ter seguido nossos planos."

Nós. Havia quanto tempo que eu não a escutava usar essa palavra? Por mais desprezível que me parecesse, comecei a enxergar uma consequência positiva em tudo aquilo: as coisas voltariam a ser como eram dois anos atrás, em

Dover. Iríamos embora juntos, moraríamos juntos, ficaríamos juntos, envelheceríamos juntos. Percebi que eu afastava para longe os pensamentos relacionados a Jack, como se fossem inconvenientes para os meus planos e, por mais que me odiasse por fazer isso, não pude evitar. Mordi o lábio, frustrado.

"O que foi?", ela perguntou, parando de andar e pegando minha mão. Senti lágrimas surgirem em meus olhos e mordi o lábio com mais força.

"Ele...", comecei, esfregando a palma da mão nos olhos para me livrar das lágrimas. "Ele é meu amigo", eu disse, minha voz falhando de leve. "Jack... ele... ele é meu amigo. Veja o que ele fez por mim. E veja o que fiz a ele. Eu... eu..." Cedi às lágrimas e desmoronei no chão, enterrando a cabeça nos braços para impedir que Dominique me visse naquele estado. Quanto mais eu tentava me conter, mais fortes os espasmos ficavam, até que balbuciei uma torrente de bobagens e minha boca se contorceu de infelicidade.

"Matthieu, Matthieu", ela sussurrou, me envolvendo com seu corpo, me segurando contra si enquanto eu chorava em seu ombro. Dominique me acalmou e me embalou como um bebê, até que, enfim, não consegui mais chorar e me afastei dela, tirando a camisa de dentro da calça para enxugar o rosto. "Não é culpa sua", ela disse, mas não havia convicção em sua voz; nem precisei responder "Claro que é". Eu tinha destruído Jack, meu melhor amigo, e ele havia me salvado. E tudo em que eu conseguia pensar era levar todos nós para longe dali e largá-lo para trás.

"Que tipo de homem eu sou?", perguntei, hesitante.

Voltamos para a mansão caminhando sem pressa. Não tínhamos ideia do que nos aguardava. Havia uma boa chance de o emprego de Dominique estar a salvo por enquanto, mas eu temia o que poderia acontecer comigo. Como era de esperar, vi Sir Alfred na porta da frente com um policial. Eles nos observaram atravessar o campo, sem parar de conversar entre si, mas também sem tirar os olhos de mim enquanto eu seguia na direção dos dois. Ao chegarmos ao ponto em que eu iria para os estábulos e ela para a cozinha, Sir Alfred chamou meu nome e me virei; ele fez um gesto para que eu me aproximasse. Suspirei e olhei para Dominique, pegando em suas mãos.

"Se pudermos ir embora sem nenhum problema", perguntei, "você vem comigo?"

Ela me olhou nos olhos, exasperada, e depois para o céu. "Para onde iríamos?", perguntou.

"Londres", respondi. "Como nosso plano original. Eu, você e Tomas. Tenho um pouco de dinheiro guardado. E você?"

"Também. Um pouco. Mas só um pouco."

"Podemos fazer as coisas darem certo", eu disse, na dúvida se eu mesmo acreditava naquilo. Sir Alfred me chamou mais uma vez e, quando olhei em sua direção, percebi que ele estava ficando nervoso.

"Eu não sei...", ela disse, e ouvimos outro grito me chamando. Soltei as mãos de Dominique e fui andando de costas na direção de Sir Alfred e do policial. "Venho hoje à noite", eu disse. "Conversaremos quando eu voltar. Depois da meia-noite, está bem?"

Ela assentiu com um gesto quase imperceptível, depois se virou e se afastou, com a cabeça baixa de tristeza.

Sir Alfred Pepys era corpulento e gordo; seu rosto, uma abóbora madura sobre um corpo de pura obesidade. Para ele, era cada vez mais difícil se locomover por causa da artrite, e raramente o víamos na área externa da mansão Cageley, pois quase sempre ele preferia ficar em casa, lendo seus livros, bebendo seu vinho e comendo pratos preparados com animais da propriedade.

"Venha cá, Matthieu", ele disse quando eu estava a apenas alguns passos de distância. Ele me agarrou com agressividade e me empurrou na direção do policial, que me encarou de cima a baixo várias vezes com desgosto. "Pois bem, senhor", ele continuou, olhando para o homem mais novo do que ele, "pergunte o que o senhor quer perguntar."

"Qual é o seu nome, meu jovem?", perguntou o policial, um homem de meia-idade com uma densa barba avermelhada e sobrancelhas de um laranja marcante. Ele pegou um lápis e um bloco do bolso e lambeu a ponta com cuidado antes de anotar minhas respostas.

"Matthieu Zéla", respondi, soletrando o nome para ele. Ele me olhou como se eu fosse algo que ele tivesse cuspido no chão fazia pouco tempo. Perguntou o que eu fazia na mansão Cageley e eu disse que era cavalariço.

"Então você trabalha com esse tal Jack Holby, não é mesmo?", perguntou e eu concordei com a cabeça. "Que tipo de rapaz você diria que ele é?"

"Da melhor espécie", respondi, endireitando a postura diante dele, como se dizer o nome de Jack significasse demonstrar algum sinal de respeito. "Um bom amigo, um trabalhador dedicado, um sujeito pacífico. Ambicioso também."

"Pacífico, é?", comentou Sir Alfred. "Ele não foi tão pacífico quando quebrou a mandíbula e as costelas do meu filho, foi?"

"Ele foi provocado", eu disse — e, por um momento, achei que o próprio Sir Alfred me daria um soco, mas o policial interveio. Perguntou qual era a minha versão do que havia acontecido na tarde anterior e eu menti, é claro, dizendo que Nat tinha dado o primeiro soco e que Jack apenas se defendera. "Foi apenas um erro de Nat ele não ter tido chance contra Jack", insisti. "Ele devia ter pensado melhor antes de começar a briga."

O policial assentiu com a cabeça e esperei Sir Alfred me mandar embora da propriedade naquele mesmo instante, para nunca mais voltar, mas ele não o fez. Pelo contrário; perguntou se eu achava possível cuidar dos cavalos sozinho por enquanto, sugerindo, inclusive, que eu ganharia um pouco mais se o fizesse. Eu dei de ombros e disse que não seria problema nenhum.

"Precisarei arranjar outra pessoa em breve, é claro", disse Sir Alfred, coçando a barba, pensativo. "Para substituir Holby, quero dizer. Ele não vai mais voltar para cá." Apesar de eu já saber disso, fiquei triste com a confirmação. Decidi tentar ajudar Jack pelo menos um pouco, mesmo àquela altura.

"Não", eu disse. "Provavelmente nunca mais o veremos. Deve estar a caminho da Escócia a essa altura."

"Escócia?", exclamou o policial, rindo. "Por que ele iria para a Escócia?"

"Sei lá", respondi, dando de ombros. "Apenas imagino que ele iria para algum lugar bem longe daqui. Começar de novo. Vocês nunca vão pegá-lo, sabiam?" Eles olharam um para o outro e sorriram com maldade. "O que foi?", perguntei. "O que foi?"

"Seu amigo Jack Holby está bem longe da Escócia", disse o policial, inclinando-se na minha direção, e senti o fedor de seu hálito. "Foi capturado ontem à noite. Está em uma cela no vilarejo, esperando julgamento por lesão corporal gravíssima. Ele passará alguns anos na prisão, meu amigo."

Naquela noite, eu e Dominique nos encontramos conforme o combinado. "Todo mundo está falando do Jack", ela contou. "Sir Alfred diz que ele passará pelo menos cinco anos na cadeia por causa do que fez."

"Cinco anos?", exclamei, horrorizado. "Você não pode estar falando sério."

"Dizem que talvez demore seis meses até Nat voltar a falar. E vão precisar esperar que a mandíbula melhore para começarem a implantar os dentes. Os médicos têm medo que a parte de baixo do rosto não aguente e entre em colapso nesse meio-tempo."

Senti uma onda de náusea dentro de mim. Nem mesmo Nat Pepys merecia tal destino. Parecia que todos tinham saído perdendo — Jack perdera a liberdade, Nat perdera a saúde e eu, um amigo. Ainda me culpava por tudo aquilo e odiava imaginar o que o próprio Jack devia estar pensando de mim, sentado horas a fio em sua cela.

"E então, você pensou sobre aquilo?", perguntei a ela depois de algum tempo. "Sobre irmos embora?"

"Pensei", ela respondeu com firmeza. "Sim, vou embora com você. Mas não podemos largar Jack nessa situação, não acha?"

"Vou resolver isso", eu disse, sacudindo a cabeça. "Vou pensar em alguma solução."

"E quanto a Tomas?"

"O que tem ele?"

"Ele vem com a gente também?"

Olhei para ela, surpreso. "É claro que sim. Você não acha que eu deixaria ele aqui, acha?"

"Não por escolha. Mas já conversou com ele sobre isso? Perguntou o que ele quer fazer?" Neguei com a cabeça. "Bom, pois devia", ela continuou. "Ele parece feliz aqui. Está indo para a escola. Os Amberton praticamente o consideram um filho. Além disso, as coisas já vão ser bem difíceis para nós em Londres sem que a gente ainda precise se preocupar com uma..."

"Não posso deixá-lo aqui!", eu disse, chocado por ela sugerir isso. "Ele é minha responsabilidade."

"Sim", ela respondeu, hesitante.

"Sou a única família que ele tem e ele precisa de mim. Não posso abandoná-lo."

"Mesmo que aqui seja o melhor lugar para ele? Pense, Matthieu. Para onde vamos quando sairmos daqui?"

"Para Londres. O caminho todo dessa vez."

"Está certo. Mas Londres não é barata. Temos um pouco de dinheiro, claro, mas quanto tempo ele vai durar? E se não encontrarmos trabalho? E se acabarmos na mesma situação que estávamos em Dover? Você quer ver o Tomas na rua, arrumando sabe lá que tipo de problema?"

Pensei no assunto. O que ela dizia fazia sentido, eu não tinha dúvida disso, mas eu não conseguia me sentir confortável com a ideia de deixar Tomas. "Não sei", respondi. "Não consigo me imaginar sem ele. Ele *sempre* esteve comigo. Como eu disse, sou a única família que ele tem."

"Você não está querendo dizer que ele é a única família que *você* tem?", Dominique perguntou baixinho, e olhei para ela no escuro. Não, pensei. Tenho você também.

"Vou falar com ele assim que puder", eu disse. "E então faremos nossos planos. Mas tenho uma coisa para fazer amanhã." Dominique me encarou, intrigada, e dei de ombros. "Vou visitar Jack na prisão. Vou pensar em algum jeito de resolver esse problema, senão não vou embora. Não posso me sentir responsável por destruir os próximos cinco anos da vida dele."

Ela suspirou e sacudiu a cabeça. "Às vezes não consigo entender você", ela disse depois de um longo silêncio. "Você não consegue ver que as respostas para todos os nossos problemas estão bem na sua frente?"

Dei de ombros. "Como?", perguntei.

"Todas essas coisas que estamos discutindo. Ir embora de Cageley. Ir para Londres. Começar de novo. Eu e você. *E* Tomas. A solução está bem ali, mas você não quer abrir os olhos para ver." Encarei Dominique, esperando pela tal resposta mágica, sem saber do que ela estava falando — apesar de, em algum lugar nas profundezas da minha mente, eu já saber. "*Jack*", ela disse depois de um momento de silêncio, a ponta do dedo descendo pelo meu pescoço, acariciando a pele até a metade do meu peito, onde a camisa estava abotoada. O toque de sua mão contra a minha pele gelada me distraiu e olhei para baixo, surpreso com a atitude dela; fazia muito tempo que ninguém me tocava, ainda mais ela.

"Ele estava indo embora, não estava?", Dominique perguntou.

"Sim", respondi, a palavra engasgando em minha boca. Ela se inclinou em minha direção e as palavras que sussurrou preencheram meu ouvido.

"E como ele ia se sustentar em Londres, Matthieu?" Não respondi. Depois de um instante, ela recolheu a mão e deu um passo para trás. Fiquei em silêncio, enraizado no lugar, incapaz de mexer um músculo até ela ter partido. Enquanto Dominique desaparecia na escuridão da noite, suas últimas palavras ecoaram em meus ouvidos e não pude evitar que me seduzissem. "Cinco anos é bastante tempo na cadeia", ela dissera.

23

ROSA-CLARO

Minha primeira incursão no mundo do entretenimento televisivo não foi com a abertura da nossa emissora via satélite nos anos 1990, e sim no fim dos anos 40, quando eu morava em Hollywood, não muito longe da casa onde conheci Constance no início daquele século. Eu tinha me mudado para o Havaí depois da quebra da Bolsa de Valores em 1929 e ali morei com muito conforto até logo depois da guerra, quando me cansei da vida ociosa e senti necessidade de um novo desafio. Assim, voltei para a Califórnia com minha jovem esposa, Stina, que conhecera nas ilhas havaianas, e nos estabelecemos em um agradável bangalô voltado para o sul, perto das colinas.

Não foi apenas para o meu próprio bem que resolvi sair do Havaí; os três irmãos de Stina tinham sido mortos nos últimos meses da guerra, e a perda a deixara arrasada. Vivíamos no mesmo vilarejo em que eles haviam crescido, e ela começou a ter alucinações, imaginando-os em cada esquina ou bar, convencida de que seus fantasmas tinham voltado para dizer *aloha*. Consultei um médico, que achou saudável uma mudança de ambiente; decidi levá-la à antítese do mundo calmo e plácido onde ela passara a vida toda e apresentá-la a uma cidade com um glamour e uma pretensão incomparáveis.

Tínhamos nos conhecido em 1940, em uma assembleia pública que pretendia denunciar os planos flagrantes de F. D. R. para levar os Estados Unidos à guerra. Participei como ouvinte; depois de ter passado por muitas guerras e de ter visto alguns sobrinhos meus perderem a vida em batalhas, eu conhecia a devastação que elas podiam infligir às pessoas. Na época, eu me opunha ao envolvimento dos Estados Unidos no que eu imaginava ser apenas uma pequena desavença local no fronte europeu. Olhando para trás, é evidente agora que a única ação possível era se envolver, mas minha opinião na época fazia eco com a da jovem esbelta que discursava quando entrei no salão. Para mim, ela não parecia ter mais do que quinze anos. Sua pele era de um delicado marrom-caramelado e seu longo cabelo preto descia, liso e espesso, pelas laterais da cabeça. Meu primeiro pensamento foi que ela se tornaria uma mulher de beleza extraordinária desde que a devastação da adolescência não fizesse estragos em sua aparência. Depois, quando me perguntei como aquela criança conseguia manter todos os presentes em transe, percebi que a subestimara. Na verdade, ela tinha quase vinte anos, muito mais nova do que eu — mesmo se minha idade espelhasse minha aparência —, mas me encantei com ela, apesar da minha tendência de sentir atração por mulheres que já haviam passado da primeira juventude e entravam no esplendor da meia-idade.

Stina era energicamente contra tudo que se relacionasse à guerra; considerava Churchill um déspota e Roosevelt um incompetente. Dizia que, enquanto ela fazia aquele discurso, um gabinete de guerra estava se formando na Casa Branca para arrastar o país a um conflito desnecessário com uma potência de terceira categoria — a Alemanha —, que buscava apenas desforra pelos males que o tratado de Versalhes causara vinte anos antes. Ela discursava com paixão, mas suas palavras se centravam mais em sua convicção nos princípios antiguerra do que em uma compreensão plena de por que aquela guerra era diferente das outras. Ainda assim ela me impressionou, e fiz questão de conversar com ela depois e cumprimentá-la pela efetividade de seu discurso.

"Seu sotaque...?", ela perguntou. "Não reconheço. De onde você é?"

"Nasci na França", expliquei, "mas viajei quase minha vida toda. Agora sou uma bagunça de dialetos."

"Mas se considera francês?"

Pensei naquilo; era algo sobre o qual eu nunca tinha refletido, como se, depois de todos aqueles anos, minha nacionalidade tivesse se tornado um incidente na minha existência. "Creio que sim", eu disse. "Quero dizer, nasci lá e passei a maior parte da minha infância e juventude lá. Mas desde então voltei poucas vezes."

"Então você não gosta da França?", ela perguntou, parecendo surpresa. Ao longo da minha vida, percebi a visão romântica que as pessoas têm dos franceses e de sua terra natal; a decisão de viver longe dela era incompreensível para alguns — geralmente, para aqueles que nunca tinham vivido lá.

"Digamos apenas que, toda vez que volto, acabo me envolvendo em problemas", eu disse, ansioso para mudar de assunto. "E você? Sempre morou aqui no Havaí?"

Ela concordou com a cabeça. "Sempre. Meus pais já

morreram, mas eu e meus irmãos... nunca pensamos em sair daqui. É o nosso lar."

Suspirei. "Nunca consegui encontrar um desses", eu disse. "Nem sei se reconheceria um, se encontrasse."

"Você ainda é jovem", ela disse, rindo — um comentário irônico em vários sentidos. "Ainda tem tempo."

Os irmãos de Stina eram verdadeiros cavalheiros e, à medida que a conhecia melhor, comecei a também apreciar a companhia deles. Passei muitas noites felizes na casa onde moravam, jogando cartas, ouvindo Macal, o irmão mais velho, tocar violão (com o qual era muito talentoso), ou apenas sentado na varanda, bebendo sucos de frutas ou vinhos da região noite adentro. Apesar de inicialmente eles terem se incomodado com a diferença de idade entre nós — ou, pelo menos, com a percepção que tinham da nossa diferença de idade —, não demorou para que nos tornássemos amigos, pois eles eram jovens inteligentes e viram que eu não tinha nenhuma má intenção nem ideias desagradáveis em relação à sua irmã. Pelo contrário, o relacionamento entre mim e Stina floresceu com naturalidade, e quando enfim decidimos nos casar, eles ficaram felizes por nós e brigaram pelo privilégio de levá-la ao altar.

Nossa noite de núpcias foi nossa primeira noite juntos, pois Stina nunca aceitou nada mais que isso; depois da primeira recusa, não voltei a tocar no assunto, por respeito a ela e a seus irmãos. Optamos por passar a lua de mel nas ilhas, pois éramos felizes ali; levamos um caiaque conosco, para conhecer aquele amontoado de paraísos no oceano. Foi um período glorioso, o mais próximo que conheci de um Éden intocado neste planeta.

Então a guerra chegou aos Estados Unidos e ao Havaí,

em especial, com o ataque a Pearl Harbor. Apesar de toda a família se opor ao conflito, os três irmãos de Stina se alistaram como soldados do Exército americano. Stina ficou desolada; mais que isso, ficou furiosa com eles, acreditando que os três estavam traindo todos os princípios que tinham defendido no passado. Pelo contrário, eles explicaram, cada um a seu tempo; eles ainda acreditavam que a guerra era errada e que os americanos não deveriam ter se envolvido nela, mas, considerando que agora eles *estavam* envolvidos e que o Japão os atacara dentro de suas próprias fronteiras, ainda por cima tão perto de onde eles viviam, a única coisa certa a fazer era se alistar. Oponha-se ao princípio, mas obedeça ao chamado do dever. Nada poderia tê-los feito mudar de ideia; Stina implorou que eu os convencesse a ficar, mas não tentei com muito afinco, sabendo que eram homens de princípio e que, uma vez que tivessem decidido fazer uma coisa, especialmente algo que lhes provocava tantos conflitos internos, não haveria a menor possibilidade de fazê-los mudar de ideia. Então eles partiram — e morreram, um a um, antes que a guerra chegasse ao fim.

Mas Stina não ficou desequilibrada. As alucinações, embora perturbadoras e desconcertantes, não eram símbolos de um intelecto em ruínas ou de um cérebro doente. Não; eram representações de seu luto, e, mesmo quando via os irmãos à sua frente, ela sabia que não eram reais, mas apenas lembranças dolorosas de uma época mais feliz, com a qual ela teria que encontrar uma maneira de ficar em paz. Por isso foi decidido: ficaríamos longe do Havaí por algum tempo e nos estabeleceríamos na Califórnia, onde eu voltaria a trabalhar e ela cuidaria da casa; houve conversas sobre filhos, que não resultaram em nada. Viveríamos uma vida oposta à única que ela conhecia e na qual eu tinha sido feliz nos últimos vinte anos, e veríamos se aquilo nos levaria de volta ao estado de felicidade com o qual tínhamos nos deleitado.

Eu não tinha perdido a habilidade de descobrir os círculos sociais certos para me relacionar e em pouco tempo me tornara amigo de Rusty Wilson, vice-presidente da NBC. Nos conhecemos em um campo de golfe e passamos a jogar juntos com frequência; nenhum de nós jogava melhor do que o outro, portanto o resultado das nossas partidas era sempre um mistério até o último buraco. Contei-lhe sobre meu desejo de encontrar um trabalho que me despertasse o interesse, e a princípio ele ficou um pouco incomodado ao falar sobre esse assunto comigo, sem dúvida imaginando que eu havia me tornado seu amigo apenas para conseguir um emprego.

"Acontece, Rusty", expliquei, ansioso para tranquilizá-lo sobre aquela possibilidade, "que não se trata de dinheiro. Na verdade, sou extremamente rico e não precisaria trabalhar nem mais um dia da minha vida, se não quisesse. Estou *entediado*, só isso. Preciso me ocupar com alguma coisa. Fiquei à toa nos últimos…" — eu estava prestes a dizer "vinte ou trinta anos", mas achei conveniente mudar para — "dois ou três anos, e estou ansioso para me envolver com alguma coisa outra vez."

"Que tipo de experiência você tem?", ele perguntou, aliviado por eu não estar interessado apenas em receber um vale-refeição. "Já trabalhou na indústria do entretenimento?"

"Ah, sim", respondi, rindo. "Digamos que mexi com

artes minha vida toda. Me envolvi com diversos projetos distintos, em geral em cargos administrativos. A maioria na Europa. Em Roma fui encarregado da construção de uma casa de ópera para rivalizar com as de Viena e Florença."

"Detesto ópera", disse Rusty com desdém. "Tommy Dorsey, é isso que eu prefiro."

"Trabalhei em uma exposição em Londres que atraiu seis milhões de visitantes."

"Detesto Londres", ele disse, cuspindo no chão. "Fria e úmida. O que mais?"

"Jogos Olímpicos, inaugurações de vários museus importantes... Tive um pequeno envolvimento com o Met..."

"O.k., o.k.", ele disse, erguendo a mão para que eu parasse. "Já entendi. Você fez bastante coisa. E agora quer tentar televisão, é isso?"

"É algo que nunca fiz", expliquei. "E gosto de tentar coisas diferentes. Sei como é ter que criar entretenimentos e ficar restrito a orçamentos, entende? Sou bom nesse tipo de coisa. E aprendo rápido. Ouça o que estou dizendo, Rusty, você não conhece *ninguém* que esteja nesse mercado há tanto tempo quanto eu."

Não foi preciso continuar a persuadi-lo; gostávamos um do outro e, para meu alívio, ele acreditou na minha palavra quando mencionei minhas experiências anteriores, sem me pedir referências ou telefones para entrar em contato com os que tinham trabalhado comigo. Ainda bem, pois estavam todos mortos e enterrados. Ele me levou à NBC e me mostrou as instalações; fiquei impressionado com o que vi. Havia diversos programas sendo produzidos, e cada estúdio levava a outro estúdio, com públicos de todos os tipos observando o animador de plateias levantar cartazes com orientações para eles rirem, aplaudirem ou baterem os pés de satisfação. Vimos as ilhas de edição e conheci alguns diretores, que mal registraram minha presença; a maioria eram homens suarentos e calvos de meia-idade, com cigarros na boca e óculos de tartaruga escorregando pelo nariz. Reparei que quase todas as paredes estavam cobertas por fotografias de astros e estrelas do cinema — Joan Crawford, Jimmy Stewart, Ronald Colman — em vez de astros e estrelas da televisão, e perguntei por quê.

"Parece mais com Hollywood desse jeito", explicou Rusty. "Dá aos atores alguma coisa para sonhar. Existem dois tipos de estrelas de TV: aquelas que querem fazer a transição para o cinema e aquelas que não conseguem mais trabalhos no cinema. Ou você está em ascensão, ou está em decadência. Não é uma carreira de verdade para ninguém."

Terminamos nossa visita em seu conjunto de escritórios, que tinha um aspecto suntuoso e vista para a área central da NBC, onde atores, técnicos, agentes e aspirantes a celebridades corriam de um lado para o outro num ritmo vertiginoso. Sentamos em sofás não muito macios em torno de uma mesa com tampo de vidro próxima a uma lareira, a uns bons seis metros de sua escrivaninha de mogno, e percebi que ele estava gostando de ostentar sua riqueza e seu cargo alto.

"Há dois dias, eu estava sentado bem aqui onde estou agora", ele contou. "E adivinha quem estava sentado bem aí onde você está, implorando por um programa próprio?"

Sacudi a cabeça. "Quem?"

"Gladys George", ele disse, triunfante.

"Quem?", perguntei outra vez, pois o nome não significava nada para mim.

"Gladys George!", ele repetiu. *"Gladys George!"*, bradou, então, como se aquilo fosse me fazer lembrar.

"Desculpe, não sei quem é", eu disse. "Eu nunca..."

"Gladys George era uma estrela de cinema há alguns anos", ele contou. "Foi indicada ao Oscar em meados dos anos 1930 por *O crime de ser boa.*"

Neguei mais uma vez com a cabeça. "Desculpe. Não assisti. Não vou ao cinema com tanta frequência quanto deveria."

"Os Três Patetas fizeram uma sátira do filme uns dois anos depois. Você deve ter visto. *Palavreado desenfreado*? Meu amigo, isto sim é comédia."

Ri educadamente. "Ah, sim", eu disse baixinho, embora não soubesse do que ele estava falando. Achei que não era uma boa ideia demonstrar tanta ignorância sobre a indústria se eu quisesse um cargo dentro dela. "É mesmo hilariante. *Palavreado...* sim..."

"Gladys George ia ser uma grande estrela", ele continuou, ignorando minha tentativa de lembrar o nome do filme. "Mas se desentendeu com Louis B. Mayer. Saiu por aí dizendo a quem quisesse ouvir — e, acredite, era *muita* gente — que ele tinha um caso com Luise Rainer bem embaixo do nariz do marido dela. Todo mundo sabia que Mayer e Clifford Odets se odiavam — Mayer tinha chamado Odets de comunista miserável alguns anos antes —, mas não havia nada de verdadeiro nessa história. Gladys apenas estava magoada porque Mayer continuava a oferecer os melhores papéis para Luise ou Norma Shearer ou Carole Lombard ou qualquer vadia que ele estivesse comendo. Seja como for, isso acabou nos ouvidos de Mayer, que não deu mais nenhum papel a Gladys, mantendo-a, porém, sob contrato para se vingar. O contrato acabou de vencer, mas nenhum estúdio vai chegar perto dela. Então Gladys veio me procurar."

"Entendi", eu disse, tentando ao máximo acompanhar a sequência de eventos de tudo aquilo. Pensei no quanto eu ainda precisava aprender sobre Hollywood, sobre como aquela cidade prosperava com fofocas do tipo que eu acabara de ouvir e sobre como aquilo poderia construir ou destruir carreiras. "E você ofereceu trabalho a ela?"

"Cristo, não!", ele respondeu, sacudindo a cabeça energicamente. "Está brincando? Uma mulher como essa só significa uma coisa para um homem como eu: um baita problema."

Pensei um pouco. "Entendi", repeti, dessa vez sorrindo. Achei que a moral que ele desejava me passar de tudo aquilo era que pessoas o procuravam o tempo todo em busca de emprego; que o lugar onde eu estava sentado tinha sido ocupado por centenas de pessoas naquela semana e que eu apenas estava esquentando a cadeira para o próximo ocupante. Tudo aquilo — a visita à emissora, a enormidade dos estúdios, o estilo suntuoso do escritório, a menção de nomes importantes, a escolha de quem podia e de quem não podia trabalhar em Hollywood — fora apenas condescendência. Eu me levantei e estendi a mão para cumprimentá-lo, entendendo que o que ele estava me dizendo, na verdade, era que seria necessário muito mais do que algumas partidas de golfe para eu conseguir um trabalho em seus estúdios. "Obrigado pela visita", eu disse.

"O que está fazendo?", ele perguntou enquanto eu me virava para me dirigir à porta. "Onde você pensa que vai? Ainda não cheguei na parte boa."

"Escute", eu disse, sem disposição para brincadeiras. "Se você não tem um cargo para mim, não há problema. Eu só quis…"

"Se não tenho um cargo para você? Matthieu, Matthieu!", ele exclamou, rindo e indicando o assento oposto ao dele outra vez. "Sente-se, meu amigo. Creio que encontrei o emprego perfeito para você, supondo que você seja tudo o que diz ser. Vou lhe dar uma chance, Matthieu, e espero não me decepcionar."

Sorri, voltei ao sofá e ele me explicou a ideia que tinha na cabeça.

The Buddy Rickles Show era grande. Tratava-se de uma comédia de trinta minutos no horário nobre da NBC, todas as quintas-feiras às oito da noite. Embora estivesse no ar havia apenas uma temporada, era um dos programas mais populares da televisão. Não importava o que as outras emissoras exibissem no mesmo horário, ele ganhava com facilidade.

Era uma comédia dirigida à família. O próprio Buddy Rickles, apesar de hoje quase esquecido por todos, exceto por pesquisadores atentos do mundo do entretenimento, tinha sido um ator de papéis secundários entre meados dos anos 1920 e a metade dos 40. Nunca fora protagonista dos filmes em que atuou, mas havia feito o papel de melhor amigo de James Cagney, Mickey Rooney e Henry Fonda e, certa vez, duelou com Clark Gable nas telas, disputando Olivia de Havilland (ele perdeu). Contudo, como não recebeu propostas de outros papéis e haviam lhe oferecido o programa da NBC, ele não apenas o aceitou como, praticamente sozinho, o transformou em um sucesso.

O conceito era simples: Buddy Rickles (o personagem tinha o mesmo nome que o dele, com uma pequena diferença — era conhecido como Buddy Riggles), homem comum, pai de família, morava na Califórnia suburbana. Sua mulher, Marjorie, era uma dona de casa e os dois tinham três filhos: Elaine (dezessete), que começava a se interessar por rapazes, o que deixava Buddy consternado; Timmy (quinze), que vivia tentando cabular aula; e Jack (oito), que confundia os significados das palavras de maneiras cada vez mais hilárias. Toda semana um deles se envolvia em alguma coisa capaz de lançá-los ladeira abaixo em direção à autodestruição, mas Buddy e Marjorie intervinham e sempre davam um jeito em tudo, fazendo os filhos enxergarem os próprios erros a tempo do jantar. Não havia nada de revolucionário no programa, mas as pessoas gostavam, e isso se devia, principalmente, aos roteiristas.

The Buddy Rickles Show era escrito pela dupla Lee e Dorothy Jackson, de quarenta e tantos anos. Os dois eram casados e, juntos, vinham escrevendo programas de sucesso havia quase uma década. Eram famosos e davam festas extravagantes em casa, para as quais qualquer pessoa que fosse alguém de verdade tentava conseguir convites. Dorothy era conhecida por sua língua afiada e Lee pelas bebedeiras, e eram considerados um dos casais mais felizes do show business.

"Estou em busca de um novo produtor para *The Buddy Rickles Show*", Rusty me disse naquela tarde em seu escritório. "Já temos dois, mas preciso de um terceiro; cada um tem responsabilidades diferentes, e o último sujeito não se mostrou à altura da função. O que me diz?"

Expirei com força e pensei no assunto. "Preciso ser sincero com você", respondi. "Nunca vi o programa."

"Temos todos os rolos aqui no estúdio. Podemos preparar tudo para você assistir em uma tarde, do início ao fim. O que preciso é de alguém que se encarregue da imagem pública do programa. Alguém que cuide da propaganda e dos contatos com as agências de notícias. Alguém que gere publicidade para nós, para que o programa seja ainda mais bem-sucedido. Daqui a seis meses, vou lançar um novo show, que vai ao ar logo depois dele, portanto preciso que *The Buddy Rickles Show* seja o líder de audiência quando chegar esse momento. Ele precisa ser o que as pessoas fazem toda quinta-feira à noite, entendeu?"

"Certo", respondi, começando a gostar da ideia. "Posso fazer isso."

"O.k., mas você pode começar ontem?"

Era um trabalho muito mais difícil do que eu poderia ter imaginado. Apesar de o programa já ser um sucesso — os roteiros eram espirituosos e afiados, a atuação simples agradava ao público americano —, a equipe que o produzia jamais se acomodou. Rusty Wilson era um vice-presidente ativo e fazia reuniões frequentes com os três produtores de *The Buddy Rickles Show* para discutir planos e ideias para o futuro.

No início da terceira temporada houve um breve período de preocupação, pois a ABC estreou um game show inédito que oferecia a pessoas comuns a oportunidade de ganhar, de pergunta em pergunta, até um milhão de dólares. Entretanto, o programa não se sustentou, pois todas as emissoras foram inundadas por game shows, e acabamos reconquistando nossa supremacia no horário.

Buddy Rickles era um sujeito estranho. Embora extremamente popular com o público americano, ele não gostava de muita exposição; evitava o circuito dos *talk shows* e também entrevistas menos importantes feitas pela mídia impressa. Quando concordava em participar de uma, conversava comigo antes e exigia que eu estivesse ao seu lado durante os encontros, o que eu achava estranho, pois ele era um homem inteligente, que precisava da minha ajuda tanto quanto eu precisava de um seguro de vida.

"Não quero que eles saibam demais sobre a minha vida", explicou. "Todo mundo tem direito à privacidade, não tem?"

"Claro", respondi. "Mas você sabe como são essas revistas. Se tem alguma coisa a esconder, não demora muito e eles revelam tudo."

"Por isso que prefiro não chamar a atenção e só deixar que as pessoas assistam ao programa. Se gostarem, ótimo; é só disso que precisam. Não têm que saber muito mais sobre mim além do que está lá, têm?"

Eu não sabia bem se concordava ou não, e também não entendia o que ele estava tentando esconder. Tinha um casamento feliz com uma mulher de trinta e cinco anos chamada Kate, e eles eram pais de dois filhos pequenos, visitantes regulares do nosso set. Considerando que ele estava na indústria do entretenimento havia muito tempo, não parecia existir nada nos últimos vinte anos de sua vida que já não fosse, de um jeito ou de outro, de conhecimento público. Imaginei que Buddy Rickles fosse apenas uma pessoa reservada e decidi garantir sua privacidade. Embora as revistas de celebridades insistissem em ter mais acesso a ele, eu limitava essa aproximação e as compensava oferecendo mais entrevistas com os demais atores e atrizes do elenco.

O humor de Stina melhorou depois de alguns meses de luto pelos irmãos. Ela começou a demonstrar mais interesse pelo meu trabalho e algumas vezes até tentou assistir ao programa, mas nunca aguentou até o fim, pois o achava pura tolice. Televisão não era uma mídia popular no Havaí, por isso ela passou a se interessar mais pela política local, assim como quando nos conhecemos na assembleia antiguerra.

"Arranjei um emprego", ela anunciou uma noite, durante o jantar, e pousei meu garfo e faca no prato, surpreso. Eu nem sabia que ela estava procurando.

"É mesmo?", perguntei. "Para fazer o quê?"

Ela riu. "Nada demais. Apenas como secretária. No *Los Angeles Times*. Fiz a entrevista hoje de manhã e eles me deram a vaga."

"Isso é maravilhoso!", exclamei, contente por ela estar tendo um novo interesse, deixando, enfim, o luto para trás. "Quando você começa?"

"Amanhã. Você não se incomoda?"

"Por que eu me incomodaria? Pode ser o começo de uma carreira. Você sempre se interessou por política. Devia tentar ser repórter. Deve haver oportunidades para gente jovem num lugar como esse."

Ela deu de ombros e deixou a ideia passar, mas suspeitei que ela já tinha pensado nisso. Stina não era o tipo de mulher que se sentiria feliz num cargo burocrático quando poderia fazer algo ativo; sua mente era alerta e fértil, e ela ia achar estimulante um ambiente de trabalho agitado como o do *Los Angeles Times*.

"Conheço algumas pessoas lá", comentei, me lembrando de alguns jornalistas de entretenimento com quem eu me relacionava com frequência. "Tenho certeza de que é um bom lugar para trabalhar. Posso ligar para eles. Dizer que você é minha mulher. Dizer para eles lhe darem um apoio."

"Não, Matthieu", ela disse, colocando a mão sobre a minha. "Quero fazer meu próprio caminho lá dentro. Vou ficar bem."

"Mas eles podem apresentá-la a todo mundo", protestei. "Você vai conhecer as pessoas com mais facilidade. Fará alguns amigos."

"E aí eles vão achar que, por eu ser casada com o produtor do *Buddy Rickles Show*, eles vão ter acesso mais fácil ao programa e a tudo na emissora. Não, é melhor eu abrir meu caminho sozinha. De qualquer maneira, ainda sou apenas secretária. Vamos ver o que acontecerá mais para a frente."

Fomos a uma festa na casa de Lee e Dorothy Jackson, povoada por muitos dos nomes mais importantes da indústria televisiva. Robert Keldorf estava lá com sua nova mulher, Bobbi — com "i", como ela dizia toda vez que alguém mencionava seu nome —, e fez um tremendo escarcéu para contar a todo mundo como tinha, havia pouco tempo, atraído o âncora Damon Bradley da emissora do olho para a do alfabeto. Lorelei Andrews passou a maior parte da festa usufruindo do bar com um cigarro pendurado na boca, reclamando para quem quisesse ouvir sobre a maneira como estava sendo tratada por Rusty Wilson; desnecessário dizer que fiquei longe dela.

Stina estava deslumbrante com um vestido azul-claro sem alças, criado com base em um figurino que Edith Head desenhara para Anne Baxter usar em *A malvada*. Era a primeira vez que ela se encontrava com muitas pessoas com quem eu trabalhava todos os dias e ficou entusiasmada com todo aquele glamour, seus olhos se arregalando sempre que via um figurino ainda mais deslumbrante do que o dela. Infelizmente, aquela gente não lhe era familiar; ela assistia televisão tão raramente que eu poderia tê-la apresentado a Stan Perry que ela teria apenas sorrido e lhe pedido outro manhattan.

"Matthieu", disse Dorothy, atravessando o salão com os braços abertos, pronta para me sufocar com seu afeto. "Que prazer vê-lo aqui. Você continua lindo, como se pode notar." Eu ri. Dorothy adorava comportar-se de forma extravagante, asfixiando as pessoas de quem gostava com elogios reluzentes, enquanto envenenava com língua ferina as que não suportava. "E você deve ser Stina", acrescentou, brincalhona, examinando minha esbelta esposa de cima a baixo, assimilando suas formas delicadas, pele de bronze e olhos grandes e amendoados. Contive a respiração, torcendo para que ela dissesse algo positivo, pois eu gostava muito de Dorothy e não queria desentendimentos entre nós. "Sem dúvida *nenhuma*, seu vestido é o mais deslumbrante do salão", ela comentou, e eu relaxei. "Sinceramente, tenho vontade de andar pelada por aqui só para recuperar parte da atenção que você roubou de mim, sua vadia desalmada." Stina riu, pois Dorothy dissera isso com carinho, acariciando o braço da minha esposa de um jeito amistoso enquanto falava. Outro hábito de Dorothy eram suas decisões aleatórias de pegar alguém *naïf* e moldar essa pessoa como bem entendesse. "Não se incomode que eu bajule tanto o seu marido", ela disse. "Acontece que eu sou a roteirista e, sem mim, ele não teria programa."

"Lee também é roteirista do programa", acrescentei, provocando-a de leve. "E quem pode imaginar *The Buddy Rickles Show* sem o próprio Buddy Rickles, não é?"

"Venha comigo, Stina, se este for mesmo o seu nome", disse Dorothy, bem-humorada, piscando para mim enquanto segurava o braço de Stina e se afastava com ela. "Quero apresentá-la a um rapaz pelo qual tenho certeza que você se apaixonará perdidamente. Imagine só a pensão que você vai poder exigir desse sujeito aí quando enfim se livrar dele. Afinal, ele deve estar prestes a receber a aposentadoria."

Ah, se ela soubesse, pensei, mas fiquei contente por ela apresentar Stina aos convidados, pois teria sido desconfortável um marido exibir a esposa para todos. Era melhor que a anfitriã fizesse isso e transformasse a ocasião em uma espécie de espetáculo. Stina iria gostar, as pessoas a conheceriam e Dorothy se sentiria cumprindo uma de suas funções oficiais.

Aproximei-me das portas de vidro e olhei para fora; fiquei feliz por ver Rusty e Buddy — nomes tão americanos, pensei — com um casal mais velho, os quatro conversando. Decidi importuná-los e tossi de leve ao passar pela porta. O gramado da casa dos Jackson se estendia majestoso à minha frente e os pequenos holofotes de cada lado mandavam feixes de luminosidade na direção do chafariz central, transformando-o em uma belíssima visão. O som de água corrente, um dos meus favoritos, combinava perfeitamente com o ar fresco da noite, e me agradou o fato de Rusty parecer satisfeito por eu forçar minha participação na conversa, acenando para que eu me aproximasse, em vez de me olhar com irritação.

"Matthieu, aí está você, que bom vê-lo", disse, cumprimentando-me com um aperto de mão.

"Olá, Rusty, Buddy", eu disse, cumprimentando Buddy com um gesto de cabeça e esperando que ele me apresentasse às duas pessoas ao meu lado, num momento desconcertante.

"Estamos falando de política", disse Rusty. "Você acompanha a política, não é?"

"Ah, muito pouco", respondi. "Tento manter distância. Toda vez que me envolvo com as questões atuais, elas me arrastam para o seu covil e me fazem prisioneiro." Houve um silêncio e me perguntei se eu deveria deixar a retórica para Dorothy. "Prefiro ficar longe", acrescentei baixinho.

"Estávamos falando de McCarthy", disse Rusty, e eu grunhi.

"Precisamos mesmo falar disso?", perguntei. "Não estamos trabalhando agora."

"Sim, precisamos, é importante", Buddy disse, decidido, o que me surpreendeu, pois eu não o considerava um homem com visão política. Aliás, ficaria surpreso se ele soubesse até mesmo o nome do ocupante da Casa Branca, sem falar em seus aliados no Congresso ou no Senado. "Se ninguém agir agora, será tarde demais."

Dei de ombros e olhei para o homem e para a mulher à minha esquerda, e os dois, parecendo um único corpo, fizeram uma reverência cortês, como se fossem japoneses ou súditos de um rei. "Julius Rosenberg", ele disse, estendendo-me a mão, e eu o cumprimentei com firmeza. "Minha esposa, Ethel." Ela avançou e me deu um beijo na bochecha, o que foi inesperado, mas gostei dela por isso, principalmente porque ficou um pouco vermelha em seguida.

"Olá", eu disse. "Matthieu Zéla. Sou um dos produtores de *The...*"

"Sabemos quem você é", disse o sr. Rosenberg baixinho, tamborilando as pontas dos dedos rapidamente umas nas outras, gesto que me pegou de surpresa. Olhei para Rusty, que retomou o que dizia.

"Escute", ele continuou, voltando ao assunto, "garanto que McCarthy terá a cabeça de Acheson numa bandeja antes do Natal. Metaforicamente, quero dizer." Todos riram; suspeitávamos que, se pudesse escolher, o senador Joseph McCarthy teria preferido a versão literal. "Acheson precisa de apoio. Agora a questão é: Truman o apoiará?"

"Truman não consegue apoiar nem o time de futebol da cidade", murmurou Buddy, como era de esperar, mas eu discordava. Eu não conhecia o presidente Truman e não sabia nada sobre ele além do que aparecia no jornal e na televisão, mas o considerava um homem honesto, alguém que ficaria do lado dos amigos.

"Pensem no que aconteceu com Alger Hiss", disse o sr. Rosenberg depois que expressei minha opinião sobre Truman. "Ele apoiou Alger Hiss?"

Dei de ombros. "É um caso muito diferente", respondi. "Cabia a Acheson apoiar Hiss, não a Truman, e foi exatamente o que ele fez."

"É por isso que o velho Joe está se preparando para colocá-lo na geladeira", interveio a sra. Rosenberg com voz grave, muito mais grave que a do marido — aliás, mais grave que a de todos nós. Sua voz trovejou com tanta profundidade de dentro de sua garganta que cheguei a me perguntar se ela seria mesmo uma mulher. Todos pararam de falar e a observamos explicar sua versão do caso Hiss, um monólogo demorado e intrincado que suspeitei já ter sido proferido por ela no passado, e mais de uma vez.

A versão que ela narrou era mais ou menos a seguinte: Alger Hiss trabalhara no departamento de Estado e tinha sido condenado por espionagem fazia pouco tempo, em uma perturbadora demonstração do que o país poderia fazer quando abocanhava alguma coisa que temia. Havia uma sensação crescente em Washington — ouvíamos falar disto o tempo todo — de que comunistas estavam à espreita no coração dos principais negócios, corporações e departamentos governamentais do território americano, inclusive na indústria do entretenimento — *especialmente* na indústria do entretenimento —, e Joe McCarthy estava assumindo como uma batalha pessoal denunciar todos eles, ou rotular inocentes com a palavra "Vermelho". Embora não fosse íntima de Hiss, Ethel Rosenberg o conhecia o suficiente para saber que seu único crime tinha sido mentir no primeiro julgamento, falso testemunho que o levou a ser condenado no segundo, e acreditava que McCarthy destruiria o país em sua cruzada. Claro que ela e o marido eram comunistas proeminentes — admitiram tal fato naquela mesma noite para todos nós —, e suspeitei que o ódio cego que tinham pelo Comitê de Atividades Antiamericanas era, na verdade, um macarthismo com nome diferente.

"Foi aquele congressista californiano que acabou com

Hiss", disse o sr. Rosenberg. "Tudo estaria bem se não fosse aquele vermezinho pegajoso."

"Nixon", complementou Rusty, cuspindo o nome do então pouco conhecido deputado.

"Agora ele está em conluio com McCarthy, como os outros, e estão atrás de Acheson; quando puserem as mãos nele, todos nós vamos acabar presos."

"O que Acheson tem a ver com isso?", perguntei com ingenuidade, demonstrando que eu não andava *mesmo* prestando atenção às questões atuais; Dean Acheson era o secretário de Estado de Truman. Para seu considerável risco político e também pessoal, ele defendera Hiss depois da prisão, dizendo aos jornalistas que, independente do resultado do julgamento, ele não lhe daria as costas, acrescentando que sua amizade não era oferecida com facilidade, e retirada com menos facilidade ainda. Como era de esperar, tanto Nixon quanto McCarthy se aproveitaram disso.

"O que não consigo entender é por que precisamos nos envolver nessa história", comentei com inocência. "Tenho certeza de que o senador é uma figura passageira. Terá seu momento ao sol até a noite chegar."

Buddy riu e sacudiu a cabeça como se me achasse um idiota, e estreitei os olhos ao encará-lo, me perguntando que parte da conversa eu tinha perdido. Rusty me pegou pelo braço e me levou de volta à festa, enquanto o trio atrás de mim voltava a ser uma unidade.

"Escute, Matthieu", disse, me conduzindo a um canto mais calmo, onde falou com voz baixa e controlada. "Existem pessoas à sua volta que não são comunistas, mas que não vão ficar de braços cruzados enquanto McCarthy faz com suas carreiras o que já fez com a de outros. Você viu as listas negras, você..."

"Na indústria do cinema, claro", retruquei. "Mas nós?"

"Vai acontecer", ele disse, apontando o dedo para mim, em sinal de aviso. "Ouça o que estou dizendo, Matthieu. Vai acontecer. E quando acontecer, todos nós vamos saber quem são nossos amigos de verdade." Suas palavras me deixaram um tanto apreensivo, pois me senti o mero espectador de um enorme drama que se desenrolava à minha frente — o que não era uma sensação incomum para mim —, e fiquei ali parado, engolindo em seco, enquanto ele se afastava.

"Sabe o que Hugh Butler disse sobre Acheson?", ele me perguntou, já a alguns passos de distância. Neguei com a cabeça. "Depois que Acheson defendeu Hiss, ele se levantou no Senado e quase explodiu, gritando 'Saia daqui! Saia daqui! Você representa tudo o que existe de errado nos Estados Unidos há anos!'. É isso que está se espalhando por aqui, Matthieu. Não é medo dos comunistas, do Exército Vermelho ou como você quiser chamá-los. Isso é retórica, pura retórica. É só você gritar alto o suficiente e por tempo suficiente que, cedo ou tarde, alguém vai enforcá-lo."

Ele piscou para mim, deu meia-volta e no mesmo instante se lançou majestosamente em uma valsa com Dorothy Jackson, sem nenhuma hesitação. Enquanto eu desviava os olhos deles, vi sua cabeça se aproximar do ouvido dela, seus lábios sussurrando, os olhos da anfitriã atentos a cada palavra dele, analisando-as e gravando-as para uma futura reflexão. Um calafrio me percorreu o corpo e, por um momento, me lembrei de 1793, do Terror em Paris. Tinha começado assim.

* * *

Em um ou dois anos, as coisas pioraram. Muitos roteiristas e atores que eu considerava no auge da profissão viram-se obrigados a prestar contas de seu patriotismo diante do Comitê de Atividades Antiamericanas. Alguns negaram tudo e saíram ilesos; alguns afirmaram inocência e foram presos mesmo assim; alguns, antevendo interrogatórios, alardearam seu amor pelos Estados Unidos antes de serem chamados. Lembro-me de abrir o jornal certa manhã, durante a campanha eleitoral para a presidência, bem no início da caça às bruxas, e ver uma fotografia de Thomas Dewey denunciando o comunismo de cima de seu mais recente palanque, tendo ao lado Jeanette MacDonald, Gary Cooper e Ginger Rogers, a qual não deixou o fato de ser da mesma cidade de Truman — Independence, Missouri — afetar em nada seu ponto de vista de republicana anticomunista radical.

Stina se saiu muito bem no *Los Angeles Times* e logo se tornou repórter, cobrindo a princípio matérias amenas e de interesse local que os jornalistas mais experientes não queriam pegar. Com o tempo, porém, suas pautas tornaram-se mais abrangentes e ela teve ocasionais golpes de sorte com alguns temas que trabalhava. Ela cobriu a greve de ônibus de três meses sem destacar as exigências feitas pelos motoristas, e sim a vida daqueles afetados por ela, conseguindo escrever perfis comoventes. Stina ganhou, inclusive, um prêmio local de jornalismo por uma série de reportagens sobre as precárias condições de ensino na região central de Los Angeles, e foi mais ou menos nessa época que se interessou pelo jornalismo televisivo. Depois de um começo difícil — ela se recusou a trabalhar na NBC por achar que a proposta de emprego não fora graças a seus méritos, e sim aos meus —, ela conseguiu, enfim, uma vaga em um canal local.

The Buddy Rickles Show acumulou sucesso após sucesso, mas depois de algum tempo nosso público parou de crescer; tínhamos alcançado o máximo da popularidade que conseguiríamos. Nessa época, o programa tinha sido indicado para alguns Globos de Ouro, e a equipe toda foi ao jantar realizado no Beverly Wilshire Hotel, ansiosa por uma pausa no fluxo constante de notícias e boatos infundados sobre o que estava acontecendo com nossos colegas em Washington, a capital da nação e suposto berço da justiça.

No fim, apesar das nossas quatro indicações, não levamos nenhum prêmio, e nossa mesa foi tomada por um clima melancólico, pois havia uma boa chance de que aquela fosse nossa última temporada e nós precisaríamos procurar emprego em breve. Marlon Brando estava sentado na mesa vizinha, mexendo no prêmio que havia recebido por *Sindicato de ladrões*, e ouvi Jane Hoover tentando puxar conversa com ele sobre a onda de inquisições que estava ocorrendo, mas ele não mordeu a isca. Era um homem educado e gentil, porém havia se recusado a falar sobre o comitê desde o testemunho de Elia Kazan naquele ano. Soube que ele ficou em estado de choque, incapaz de conciliar sua repugnância absoluta por aquela atitude com a adoração sincera por seu mentor, e senti pena dele por causa daquela difícil situação, pois Jane não era o tipo de mulher que desistiria com facilidade. Fui discretamente para o bar, onde encontrei Rusty Wilson afogando as mágoas pelos prêmios não recebidos.

"Foi a nossa última chance, Mattie", disse Rusty, e estremeci de leve; nos últimos tempos, ele havia começado a me chamar desse jeito, apesar de meus esforços para que ele parasse, e isso me trazia lembranças de um passado muito longínquo. "Não estaremos aqui no ano que vem, você vai ver."

"É Matthieu, Rusty. E não seja tão pessimista", murmurei. "Você terá um programa novo. Um sucesso ainda maior. Levará todos os prêmios." Mas eu não acreditava em minhas próprias palavras. Ao longo dos últimos doze meses, Rusty tinha acrescentado vários programas inéditos à grade, e todos fracassaram; as apostas eram de que ele seria demitido antes que a nova temporada começasse.

"Nós dois sabemos que não é verdade", ele disse com amargura, lendo minha mente. "O meu fim chegou."

Suspirei. Não estava com vontade de ter aquela conversa, de confrontar as profecias apocalípticas dele com as minhas visões otimistas do futuro. Pedi bebidas para nós dois e apoiei as costas no bar, observando as centenas de pessoas que se misturavam na pista de dança, uma verdadeira Arca de Noé de celebridades cumprimentando-se com beijinhos no ar e admirando vestidos e joias. E agora eu estava bem longe de casas de ópera.

"Você soube que Lee e Dorothy foram chamados?", ele perguntou depois de algum tempo, e eu me virei, estupefato, batendo meu copo no balcão.

"Não", respondi, arregalando os olhos. Àquela altura, você não precisava dizer nada além daquilo. A simples frase "X foi chamado" dizia tudo que você precisava saber sobre as perspectivas de carreira daquela pessoa.

"Foi hoje", ele contou, virando o uísque de um só gole e contorcendo o rosto de dor ao fazê-lo. "Eles têm que pegar o avião para Washington em no máximo dois dias para serem interrogados. Então eles estão fora. Devíamos escrever o restante da série nós mesmos."

Pensei naquela notícia, um dos acontecimentos mais devastadores que consigo lembrar. "Eles não disseram nada", comentei, esticando o pescoço para tentar ver nossos dois roteiristas em suas cadeiras à mesa. "Não disseram nenhuma palavra sobre isso."

"Imagino que não queiram preocupar ninguém", ele disse. "Ainda mais esta noite."

"Ainda assim... Vai ser muito perigoso. Quero dizer, eles não vão fazer nenhuma concessão, nenhum dos dois."

"Você conhece Dorothy", disse Rusty, dando de ombros. "Eles vão tentar associá-los com os Rosenberg."

Eu ri. "Ora, que ridículo. Que ligação Lee e Dorothy poderiam ter com eles?"

Nesse momento, ele me olhou, surpreso. "Não se lembra?"

"Do quê?"

"Dos Rosenberg. Todos nós os conhecemos. Você mesmo os conheceu." Devolvi-lhe um olhar, chocado; apenas quando ele me explicou me lembrei daquele inusitado casalzinho na festa dos Jackson, dois anos antes. Desde então, eles tinham se tornado uma espécie de *cause célèbre*, e o julgamento dos dois, embora já tivesse terminado, provocara muitos debates. Eles foram condenados por terem sido vinculados com Klaus Fuchs, um físico considerado culpado de fornecer segredos atômicos americanos aos soviéticos. Afirmou-se que os Rosenberg eram espiões comunistas com intenção de destruir o sistema nuclear dos Estados Unidos e, paralelamente, colaborar para o desenvolvimento de um sistema mais poderoso no lado soviético. Apesar de ter sido uma acusação difícil de provar, os tribunais, tomados pelo terror anticomunista, não pareceram se preocupar com esse tipo de detalhe e condenaram ambos por traição. Pouco tempo depois, foram executados como inimigos do Estado.

Para mim, foi difícil acreditar que o casal de aparência inofensiva que eu conhecera em uma festa era os agora infames Julius e Ethel Rosenberg, e fiquei pasmo de não ter me ocorrido antes — embora, verdade seja dita, eu não tivesse trocado nem dez palavras com eles.

"E qual é a ligação deles com Dorothy e Lee?", perguntei a Rusty, e ele olhou em volta, nervoso, temendo que o escutassem e que ele acabasse sendo arrastado para o meio de tudo aquilo.

"Eram amigos, bons amigos", respondeu. "Os Jackson não são comunistas, mas é fato que tiveram contatos superficiais com diversos grupos políticos. No entanto, não são Vermelhos. De forma alguma. Estão mais para rosa-claro, para ser franco. Gostam de se aproximar e de descobrir coisas, mas são volúveis demais para se envolver por inteiro. Os dois têm passados coloridos, e, se Joe McCarthy trouxer isso à tona, será o fim deles. E McCarthy não terá dificuldade em descobrir essas coisas. Tem espiões por toda parte. Fique de olho. É apenas uma questão de tempo até eu e você sermos chamados."

Pensei no que ele dizia e me perguntei se minha cidadania francesa me protegeria dos interrogatórios do comitê. Na verdade, o suposto passado colorido dos Jackson não era nada comparado ao meu; apesar de eu nunca ter sido especialmente político — apenas testemunhei a transitoriedade inevitável de todos os movimentos políticos —, não poderia afirmar com honestidade que nunca tive contato com raciocínios cívicos diferentes, pois já me envolvera com todos eles. Eu não temia o que estava por vir; só me preocupava ver tantas pessoas com a vida e a carreira destruídas pela obsessão fervorosa de um oportunista.

"Você vai com eles?", perguntei a Rusty. "A Washington, quero dizer. Para apoiá-los?"

Ele bufou. "Está brincando? Não acha que já tenho problemas suficientes por aqui para ainda ser rotulado de Vermelho?"

"Mas eles são seus amigos", retruquei. "Você não se arriscaria para prestar solidariedade a seus amigos no comitê? Você tem uma posição importante. Se você se posicionar e disser que eles são inocentes, o…"

"Matthieu, escute", ele disse com frieza, pondo a mão no meu braço e deixando meu apelido de lado dessa vez. "No momento, nada neste mundo me fará pegar um avião para Washington. E não há absolutamente *nada* que você possa dizer para que eu mude de ideia, então, se eu fosse você, não perderia tempo com isso."

Assenti com a cabeça, triste; se era assim que ele tratava dois amigos que conhecia muito antes de mim, eu sabia que as chances de ele demonstrar qualquer lealdade por mim eram inexistentes. Nossa amizade terminou naquele instante, e me virei para ir embora.

"Bom, não espere me ver por aqui nos próximos dias", eu disse ao me afastar. "Porque se você não vai apoiá-los, eu vou."

Dorothy e Lee já estavam sendo interrogados quando cheguei à Câmara para as audiências do comitê. Tínhamos jantado juntos na noite anterior e tentado evitar discussões sobre o suplício iminente, mas foi difícil nos mantermos longe do assunto o tempo todo. Ninguém mencionou Rusty — suspeitei que eles tivessem se desentendido com ele antes de deixarem a Califórnia em direção a Washington —, porém seu espírito pairava no ar como um fantasma de problemas vindouros. Stina procurou tornar a conversa mais leve, contando histórias sobre as dificuldades que enfrentara ao cobrir métodos de avaliação escolar para a emissora em que trabalhava, mas o clima era de tristeza, e bebemos em abundância para tentar encobrir as rachaduras na conversa.

Por causa disso, dormi demais na manhã seguinte — o que não é uma característica minha — e cheguei à sala do comitê somente depois das onze horas, cerca de uma hora e meia após o início da sessão. Por sorte, meus amigos tinham sido chamados havia poucos minutos, portanto não perdi muita coisa, mas, ainda assim, me odiei por ter me atrasado, pois agora eles estavam na frente da sala, de costas para mim, e eu queria que tivessem visto que eu estava lá, e do lado deles.

"É só um programa de comédia", Lee dizia quando me sentei ao lado de uma mulher gorda que comia balas fazendo bastante barulho. "Só isso. Não há nenhum tipo de mensagem subliminar."

"Então o senhor está afirmando a este comitê que o senhor não coloca nenhum aspecto de sua personalidade ou de suas crenças nos personagens de… *The Buddy Rickles Show*." O homem que falava era um senador magro e pálido de Nebraska, que precisou consultar um papel para se certificar de que mencionara o programa certo. Cerca de doze homens estavam sentados lado a lado a uma imensa mesa de carvalho, com secretárias andando de lá para cá entre eles, deixando recados ou documentos com informações relevantes diante de cada um. Vi o senador McCarthy sentado ao centro da equipe, um homem gordo e inchado que transpirava bastante sob os holofotes e as câmeras apontados para ele. Não parecia dar a mínima importância para a presença de Dorothy ou de Lee e estava concentrado na edição do *Washington Post* daquele dia, sacudindo a cabeça de tempos em tempos para demonstrar sua reprovação ao jornal.

"Talvez inconscientemente", disse Lee, cauteloso. "Quer dizer, quando você escreve alguma coisa, você…"

"Então o senhor admite que de fato incute suas crenças pessoais nesse programa de televisão visto por milhões de pessoas em todo o país todas as semanas? O senhor admite isso?"

"Não são crenças", retrucou Dorothy. "Estamos falando de um programa de TV no qual o maior dilema que os personagens vivem é se eles deveriam trocar de automóvel ou usar o dinheiro para contratar uma diarista duas vezes por semana. É apenas um roteiro de comédia para TV, só isso. Não é *O manifesto comunista*."

Estremeci quando ela disse essas palavras, e diria que ela também, pois foi talvez o pior exemplo que poderia ter escolhido para justificar seu ponto de vista. O senador de Nebraska a encarou com olhos frios, na dúvida se deveria esperar uma possível retratação pelo comentário ou se aquela era a oportunidade perfeita para atacar. Ele atacou.

"Então a senhora leu *O manifesto comunista*, sra. Jackson?", ele perguntou, e houve uma onda de flashes fotográficos enquanto ela se esforçava para responder.

"Também li a Bíblia do rei Jaime", ela disse com toda a cautela. "E a Constituição dos Estados Unidos. O senhor leu a Constituição?"

"Sim, li."

"Eu leio muitas coisas", ela prosseguiu. "Sou escritora. Amo livros."

"E a senhora diria que ama *O manifesto comunista*?"

"É claro que não, eu apenas quis dizer..."

"Sra. Jackson", trovejou o senador McCarthy de repente, e todos os olhos se voltaram para ele. McCarthy era conhecido por uma inacreditável falta de paciência com seus interrogados e, àquela altura, as televisões já começavam a transmitir as sessões e a causar prejuízos à pouca credibilidade que ele ainda tinha. "Por favor, não desperdice o tempo deste comitê nos oferecendo uma listagem desnecessária da sua sem dúvida abundante biblioteca. É verdade que a senhora teve contato com Julius e Ethel Rosenberg, que a senhora tramou com eles maneiras de derrubar o governo legítimo destes Estados Unidos e que, não fosse a ausência de provas, a senhora e seu marido poderiam ter tido um destino tão desafortunado quanto o daqueles traidores?"

"Nos últimos tempos, a ausência de provas não tem sido suficiente para a absolvição, senador", replicou Dorothy, ríspida.

"Sra. Jackson!", ele rugiu em resposta, e até eu estremeci na cadeira. "A senhora teve contato com Julius e Ethel Rosenberg? Eles estiveram em sua casa em ocasiões sociais, nas quais os senhores discutiram maneiras de..."

"Não tivemos contato!", ela gritou, mais alto do que ele. "Eles talvez tenham estado lá, mas não éramos próximos. Eu mal os conhecia. Não existem provas concretas de que..."

"A senhora é membro do partido comunista?", ele retrucou — e este costumava ser o momento em que ele preparava o golpe de misericórdia.

"Não, não sou", ela respondeu, desafiadora.

"A senhora *já foi* membro do partido comunista?", ele perguntou no mesmo tom, e dessa vez ela não conseguiu disfarçar uma hesitação.

"Nunca fui membro", ela respondeu, cautelosa.

"Mas a senhora admite ter participado de reuniões do partido? Lido textos? Disseminado essas ideias nojentas para corromper a mente dos jovens americanos em um momento de nossa..."

"Não foi assim", ela disse, insegura, pois tinha se metido em um beco sem saída e os presentes perceberam isso. Ela podia não ter sido do partido, mas era óbvio que conhecia algumas coisas sobre a organização e que lera os ideais que eles defendiam.

"A senhora *foi* membro do partido comunista!", gritou o senador McCarthy, como se ela tivesse acabado de confessar. Ele esmurrou a mesa e, nos minutos que se seguiram, foi impossível entender a discussão entre os dois, que se exaltavam cada vez mais para defender seus pontos de vista.

"Eu nunca disse que..."

"A senhora tem o sangue-frio de..."

"Além disso, eu questiono a..."

"A senhora esteve em conluio com..."

"Não acredito estar sob nenhum..."

"A senhora representa tudo o que…"

A audiência terminou em caos. Funcionários do Senado retiraram os Jackson da sala do comitê e os levaram para fora por uma porta dos fundos. O senador pelo Nebraska chamou a próxima pessoa a ser interrogada e o tempestuoso jogo do governo continuou.

Depois daquele dia, as coisas aconteceram rápido. Lee e Dorothy entraram para a lista negra e foram impedidos de trabalhar na indústria do entretenimento. Contratamos dois novos roteiristas, mas o programa já tinha perdido força e, quando começou a investigação sobre o próprio Buddy Rickles, não tivemos escolha senão cancelar a produção.

Meses depois, Lee e Dorothy se separaram. Ele começou um relacionamento com a filha de um magnata de materiais para escritório e acabou fazendo carreira nessa área depois de se divorciar e se casar com ela. Dorothy nunca se recuperou dos anos de caça às bruxas. Ela tinha se acostumado tanto a ser o centro das atenções, dando suas festas e fazendo questão de dizer as coisas mais inteligentes nesses eventos, que seu exílio social a afetou profundamente. Eu e Stina a visitávamos com frequência, mas éramos os únicos. Aqueles que ainda trabalhavam na indústria temiam ficar associados com os que já haviam entrado na lista negra, e a maioria dos que passaram pela mesma situação tinha se mudado para longe dos Estados Unidos, para Londres ou para outro lugar na Europa onde encontrassem um sistema de governo mais moderado.

Quando as listas negras foram, enfim, anuladas, ela não era mais a mulher que tinha sido e acabou por afundar-se no alcoolismo; perdi contato com Dorothy depois que saí dos Estados Unidos, mas sempre imaginei que ela terminaria num asilo qualquer, com o rosto todo maquiado, ainda bebendo, ainda escrevendo, ainda amaldiçoando McCarthy e Rusty Wilson, que foi aposentado pela NBC logo após o fim de *The Buddy Rickles Show*, obtendo uma rescisão de contrato generosa enquanto cambaleava para a velhice e para o anonimato.

Eu e Stina permanecemos na Califórnia por alguns anos, apesar de, com o tempo, eu ter deixado a produção de TV. Nossa casa era lá, mas viajávamos com frequência, e fomos felizes até o início da guerra do Vietnã, quando lembranças de seus irmãos mortos voltaram a assombrar minha esposa e ela retomou seu ativismo político fervoroso. Stina viajou por todo o país em campanha contra a guerra e acabou morrendo em uma manifestação em Berkeley, quando pulou despreocupadamente na frente de um veículo do Exército para tentar impedi-lo de seguir caminho. Sua morte me devastou, pois tínhamos vivido vinte anos felizes juntos. Fiz as malas e deixei a Califórnia para trás, mais uma vez com o coração pesado.

Resolvi voltar para a Inglaterra e para uma vida ociosa. Nos anos 1970 e 1980, morei na costa sul, perto de Dover, e passei inúmeros dias felizes nas ruas de lá, revivendo minha juventude, sem reconhecer quase nada ao voltar depois de cerca de duzentos anos. No entanto, por incrível que pareça, senti como se ainda estivesse em casa, e aquelas décadas foram repletas de aventuras e contentamento. Fiquei entusiasmado ao acompanhar a súbita ascensão à fama do meu sobrinho Tommy, já no final da época que passei ali. Eu sabia que teria de ir embora em breve, pois já estava ficando inquieto, como sempre acontece comigo depois de algumas décadas, e em 1992 voltei a Londres sem saber qual seria o meu futuro. Decidi alugar um pequeno apartamento em Piccadilly, pois não queria criar vínculos sólidos demais com a cidade se surgisse alguma oportunidade em outro lugar, e foi pelo mais absoluto acaso que me vi voltando para o mundo da televisão, com a criação da nossa emissora via satélite.

E foi assim que vivi esses últimos sete anos.

24

QUANDO DEIXEI DOMINIQUE

Esperei até que Tomas estivesse lá fora, brincando com seus amigos, para conversar com o sr. e a sra. Amberton. Eu não queria fazer aquilo e estava um tanto tenso quando entrei na cozinha. Sentamos nós três à mesa, a pequena lareira cheia de lenha sibilando e cuspindo quase tanto quanto o sr. Amberton, e contei a eles o que tinha acontecido com Jack Holby. No começo economizei na verdade, pois não queria dizer nada que deixasse Nat Pepys, a vítima, sob uma luz favorável; e também não queria descrever Jack como ninguém menos que um herói. O sr. Amberton ficou em silêncio, prestando mais atenção em seu uísque do que em mim, enquanto sua mulher em alguns momentos aspirava o ar de repente, chocada, e cobriu a boca com a mão quando cheguei ao ponto da história em que sangue foi derramado; quando terminei, ela sacudia a cabeça, horrorizada, como se tivéssemos atacado o próprio Deus encarnado.

"O que vai acontecer com ele?", ela perguntou. "Isso é terrível. Machucar Nat Pepys desse jeito. O filho de Sir Alfred!" O fato de ele ser *filho* de um homem proeminente, e não um homem proeminente ele mesmo, era irrelevante para a sra. Amberton; o crime em questão era que alguém da classe inferior tinha atacado alguém da superior. "Eu nunca confiei nesse Jack Holby, sabia?", ela acrescentou, fungando alto enquanto cruzava os braços na frente do peito.

"Não foi culpa dele", insisti, controlando minha voz, mas em dúvida se eu havia defendido Jack tão bem quanto deveria. "Ele foi provocado, sra. Amberton. Nat Pepys não passa de um briguento libertino. Ele..."

"Mas eu não entendo", disse a sra. Amberton, me interrompendo. "Por que Jack quis defender Dominique? Ele a conhece tão bem assim?"

"Bom, todos nós trabalhamos juntos", respondi sem convicção. "Acontece que ele não estava defendendo ela, e sim a mim." Ela me encarou, perplexa, e fui obrigado a explicar. "Na realidade", prossegui, sentindo o nervosismo crescer em mim enquanto me preparava para contar a duas pessoas bondosas que eu havia mentido para elas durante um ano, "Dominique não é minha irmã. Não somos parentes de verdade."

"Pronto! Não falei?", interveio o sr. Amberton, triunfal, batendo a mão na mesa da cozinha com um sorriso irônico; sua esposa fez "shhhh" e gesticulou para que eu continuasse.

"Dissemos isso no começo porque achávamos que não tínhamos muita chance de conseguir trabalho juntos se alguém soubesse que *não* éramos irmãos. Ter conhecido vocês foi pura sorte e, àquela altura, já tínhamos inventado a mentira. Com o tempo ela pareceu desnecessária, mas como já havíamos mentido para todo mundo, achamos que não fazia mais sentido mudar a história."

"E Tomas?", perguntou a sra. Amberton com a voz contida, mas com uma raiva evidente borbulhando dentro dela. "E quanto a ele? Imagino que agora você vai me dizer que ele é só um moleque que você pegou na rua em algum lugar de Paris. Afinal, vocês três têm o mesmo sotaque, então como dois pobres idiotas como nós poderiam perceber a diferença, não é?" Pelo tom dela, notei que estava magoada; era o tom de alguém com o orgulho ferido.

"Não", respondi, baixando a cabeça envergonhado, sem vontade de olhá-la nos olhos. "Ele é meu irmão de verdade. Ou melhor, meio-irmão. Temos pais diferentes, mas a mesma mãe."

"Humpf!", ela bufou de desgosto. "E onde ela está, essa sua mãe, posso saber? Morando em algum lugar aqui do vilarejo? Trabalhando na mansão?" Havia lágrimas em seus olhos, mais por Tomas, imaginei, do que por mim. Me ocorreu que, em todo o tempo que passamos ali, não tínhamos contado a eles quase nada sobre nosso passado, a não ser a descarada mentira de que éramos três irmãos viajando juntos. Mas eles também nunca tinham feito muitas perguntas, aceitando nossa ficção como digna de confiança, e nada tinha levantado suspeitas. Mas a verdade finalmente precisava ser revelada. Sem tirar os olhos do fogo, contei-lhes sobre minha infância em Paris; sobre minha mãe, Marie, e o assassinato sem sentido do meu pai, Jean; sobre o dramaturgo que nos ofereceu um pouco de dinheiro para sobrevivermos; sobre a criança que roubou a bolsa da minha mãe quando ela saía do teatro, resultando no encontro com o homem que viria a ser seu segundo marido, Philippe, pai biológico de Tomas; sobre suas tentativas artísticas, tanto no palco quanto fora dele. Contei-lhes, enfim, sobre a tarde fatídica em que ele matou minha mãe e como saí correndo para buscar ajuda. Depois de narrar a execução dele e a subsequente aproximação entre mim, Tomas e Dominique Sauvet a bordo do navio de Calais, relatei como vivemos de dinheiro desonesto durante um ano em Dover antes de seguirmos viagem para Londres, onde pretendíamos fazer fortuna. No caminho, tínhamos conhecido os dois, os Amberton, e o resto da história eles já sabiam. Abstive-me de contar sobre a noite terrível em que encontramos Furlong e o deixamos apodrecendo no mato ao fugirmos da cena do crime; não fazia sentido acrescentar dores desnecessárias à história. Contei-lhes todas essas coisas e demorou, mas eles me ouviram em um silêncio respeitoso e assim permaneceram por alguns instantes, depois que enfim terminei.

Então: "Ora, ainda não entendo por que vocês precisaram mentir para nós", disse a sra. Amberton, mantendo a posição de defensora da moral e dos bons costumes ao mesmo tempo que mudava o tom de ultrajada e ofendida para o de decepcionada e compreensiva. "Mas acho que no fim tudo acabou bem."

"Bem?", eu disse, estupefato, olhando para ela. "Como pode dizer isso? Como pode ter acabado *bem*? Por causa dessa história, Jack Holby está jogado em uma cela, com seu futuro arruinado. Ele tinha planos, sra. Amberton. Ele ia embora de Cageley."

"Agora ele não vai a lugar nenhum por alguns anos", disse o sr. Amberton, tirando um pedaço de carne do espaço entre os dois dentes da frente, os únicos que tinha na gengiva de cima. "Ele vai pegar cinco anos pelo que fez com Nat Pepys. E não vai ter emprego esperando por ele quando sair. Ele deveria se considerar sortudo por não ter matado o filho de Sir Alfred, senão acabaria no cadafalso."

"É o que estou dizendo", falei, incrivelmente frustrado com a falta de compaixão deles pelo meu amigo e sentindo vontade de quebrar a sala inteira para fazê-los entender como aquilo me incomodava. "Todas essas mentiras... Se não tivéssemos mentido, nada disso teria acontecido. Eu e Dominique poderíamos ter resolvido a questão do nosso relacionamento, e as pessoas teriam conhecimento disso. Nat Pepys não faria diferença. Da forma como aconteceu, Jack só está preso porque não quis que *eu* acabasse preso. Ele é meu *amigo*!", insisti, ainda chocado pelo quanto ele havia sacrificado para preservar nossa amizade. Em meus dois séculos e meio de vida, nunca vi gesto mais altruísta do que aquele. Embora nunca mais tenha testemunhado esse tipo de atitude, ela me fez valorizar as amizades, acreditar que ser leal aos amigos e recusar-se a traí-los era uma virtude tão importante quanto qualquer outra. A história que você pode criar com um amigo, toda uma vida de momentos e experiências compartilhadas, é algo maravilhoso, que não deve ser sacrificado. Além disso, um amigo verdadeiro é algo raro; por vezes, aqueles que consideramos amigos são apenas pessoas com quem passamos muito tempo juntos.

"Sempre achei que tinha alguma coisa estranha entre você e Dominique", disse o sr. Amberton depois de algum tempo. "Eu via o jeito que você olhava para ela. Não era o jeito de olhar para uma irmã", ele murmurou, mas não prestei atenção, pois a sra. Amberton disse algo que me fez saltar da cadeira e arregalar os olhos.

"Bom, eu nunca gostei dela, de qualquer forma", ela disse. Em seguida, viu minha reação e como fiquei chocado. "Não adianta me olhar desse jeito, Matthieu. Estou falando o que penso. Sempre achei que havia alguma coisa desonesta nessa garota. Lá estávamos nós, trazendo ela para esta vida nova, colocando um teto sobre a cabeça dos irmãos dela — ah, eu sei que você não é irmão dela, mas você sabe o que estou querendo dizer —, e como ela retribui? Para de nos visitar. Só conversa comigo na rua, e por educação. E eu vejo que ela está sempre ansiosa para ir logo embora."

"Por favor, sra. Amberton", protestei.

"Não, eu vou falar", ela disse, dessa vez mais alto, ao mesmo tempo levantando a mão para me silenciar, o que funcionou. "Se quer saber minha opinião, ela ficou quietinha e deixou essa coisa toda acontecer. Pelo que você contou, ela estava bastante disposta a encorajar esse sr. Pepys e seus galanteios."

"Ela não tem nenhum interesse…"

"*Ele* talvez não tenha nenhum interesse *nela*, porque com certeza se casará com uma moça de família, mas ela tem planos, isso eu garanto. Vejo isso nela. Agora ela conseguiu que o vilarejo todo brigue por causa dela…"

"Não é o vilarejo todo", eu disse.

"E ela deve estar amando cada segundo dessa confusão. Nat Pepys está quase aleijado, Jack Holby está arruinado e preso, e você… Ora, nem sei o que você pretende fazer."

"Ir embora", respondi baixinho, deixando as palavras assentarem antes de continuar. "Vou embora, é o que eu vou fazer. Ir para Londres, como era o plano original." Ela bufou e olhou para o outro lado, como se eu fosse um idiota. "E Dominique vai também", acrescentei.

"Boa sorte", ela disse, e fiquei furioso e com vontade de magoá-la, aquela mulher generosa e inofensiva que me tratara com nada além de benevolência. Disparei uma última frase para machucá-la, pois ela estava me machucando com sua atitude em relação a Dominique:

"E levarei Tomas também", eu disse.

Os dois me olharam atônitos. A sra. Amberton levou a mão à garganta ao tentar recuperar o fôlego e o marido olhou para ela com expressão preocupada.

"Você não pode fazer isso", ela disse.

"Eu preciso."

"*Por que* você precisa?"

"Por que ele é meu *irmão*!", rugi. "O que você acha? Que vou abandonar Tomas e pronto? Eu *jamais* faria isso!"

De repente, ela começou a chorar, as palavras embargadas pela falta de ar. "Mas ele é só uma criança. Ele precisa da escola, dos amigos. Ele está indo tão bem. Você não pode tirá-lo de nós." Dei de ombros e meu coração endureceu; aqueles dias foram terríveis. "Por favor, Matthieu", ela implorou, estendendo os braços e pegando minha mão com suas garras ásperas e nodosas. "Por favor, não faça isso. Vão você e Dominique para Londres, se é isso que vocês querem; arrumem um lugar para morar, fiquem ricos e famosos e só depois voltem para buscá-lo. Mas deixe que ele fique aqui por enquanto."

Olhei para ela e suspirei. "Não posso fazer isso", respondi depois de uma pausa. "Desculpe, mas não vou deixá-lo."

"Então fique!", ela gritou. "Fiquem na mansão Cageley, vocês dois. Vocês têm bons empregos. Estão ganhando…"

"Depois do que causei a Jack?", gritei de volta. "Não posso! Simples assim, eu não posso. Desculpem. Vocês dois… Me desculpem, eu sinto muito. Sou grato a vocês por tudo o que fizeram por nós, mas minha decisão já está tomada. E Dominique concordou. Vamos para Londres, nós três. E seremos uma família de novo. Eu... Eu sou grato a vocês dois, é claro, mas às vezes..." Não consegui pensar no final da frase; não tive coragem para continuar. O silêncio se apossou de nós e, depois de alguns minutos de tensão insuportável, me levantei para sair. Fui ao meu quarto buscar o casaco — eu precisava ir a outro lugar — e, conforme me distanciava da casa dos Amberton, ouvi um choro vindo da cozinha, e juro pelo que há de mais sagrado que não consegui distinguir se era dela ou dele.

A prisão nada mais era que um pequeno prédio construído especialmente para aquilo nos arredores da área urbana de Cageley. Aproximei-me dela nervoso, pois nunca tinha estado ali, e tive medo que, de alguma forma, eu mesmo acabasse arrastado para dentro e jogado em uma cela por causa da minha parcela de culpa em todos aqueles problemas. Em frente à entrada principal, um grupo de crianças brincava, uma tentando atirar uma bola na outra e depois fugindo toda vez que uma delas era atingida; quando a bola caía muito perto da prisão, uma apreensão perceptível surgia entre elas, para decidir quem iria buscá-la. Enquanto subia os degraus da entrada do prédio, eu mesmo chutei a bola de volta para elas, e todas saíram correndo quando viram que eu ia abrir a porta.

Eu nunca tinha estado em uma prisão. Em Paris, quando meu padrasto, Philippe, foi preso, fiquei em casa com Tomas, esperando que um policial voltasse no dia seguinte para me falar sobre o julgamento, que seria realizado dali a duas semanas. Na época, cogitei visitá-lo na cadeia, não para lhe oferecer conforto ou apoio, e sim para satisfazer a necessidade bizarra de ver pela última vez o homem que matara minha mãe. Apesar de termos morado na mesma casa por alguns anos e conhecermos bem um ao outro, eu tinha a sensação de que ele era um completo estranho. Achei que, ao vê-lo na cela, em especial depois que ele fosse declarado culpado e sentenciado à morte, eu teria alguma revelação sobre quem era aquele homem; acreditei que veria alguma coisa maléfica nele que não tinha visto antes. Porém, acabei não indo; em vez disso, juntei-me à multidão no dia em que ele foi executado.

A prisão estava construída na forma de um T. No corredor principal, logo que você punha os pés nele, havia uma escrivaninha e, atrás dela, um policial — quando ele estava ali. No fim, o corredor abria para a esquerda e para a direita, onde estavam as duas celas, uma de frente para a outra. Fiquei parado na entrada; dali, não conseguia enxergar nenhuma das celas, somente o longo corredor que no final se abria para um lado e para o outro. Apresentei-me ao policial, que me encarou surpreso.

"O que está fazendo aqui?", perguntou. "Veio se juntar ao seu amigo, é?" Era um homem alto e magro, com uma massa de cabelo preto e uma cicatriz na mandíbula — por algum motivo, suspeitei que ele se orgulhava dela.

"Vim conversar com ele", retruquei, querendo adotar uma postura mais agressiva do que me era habitual, mas consciente de que eu tinha um dever a cumprir e que não valia a pena arriscar tudo apenas para provar que eu não estava com medo dele. "Se não tiver problema", acrescentei com deferência.

Ele bateu o lápis na mesa ritmicamente, reclinando-se tanto na cadeira que achei que fosse cair para trás — mas, depois de anos de treino, ele tinha transformado aquele movimento em arte. "Pode vê-lo", grunhiu. "Mas não por muito tempo. Coisa de quinze minutos, está bem?" Concordei com a cabeça e olhei para o fim do corredor, sem saber aonde ir, mas, antes que eu desse um passo, ele já estava na minha frente, me segurando com agressividade, seus dedos grossos e sujos apertando forte meu braço. "Espere um pouco. Preciso dar uma olhada se você não está levando nada, não acha?"

Olhei para ele, surpreso. Eu estava usando calça, bota e uma camisa larga. Era quase impossível que eu estivesse escondendo uma faca ou uma arma. "Eu *pareço* estar escondendo alguma coisa?", perguntei, mordendo a língua para não dizer mais nada.

"É preciso ter cuidado neste trabalho", ele respondeu, me empurrando contra a parede e usando a ponta da bota para afastar minhas pernas. Fiquei espremido na parede e me esforcei para não soltar um coice, como um cavalo teria feito sob pressão, enquanto as mãos do policial percorriam meu corpo em busca de algum objeto escondido.

"Satisfeito?", perguntei com sarcasmo; ele deu de ombros e indicou as celas com a cabeça. Minha opinião não tinha a menor importância para ele.

"Vá até o final. Vire à esquerda", disse. "Ele está lá."

Andei até o fim do corredor e respirei fundo antes de dar o passo que me colocaria no campo de visão dos ocupantes das duas celas. Por algum motivo, olhei primeiro à minha direita, para ver quem estava ali. Estava vazia, o que achei bom. Me virei com um sorriso, mas o sorriso morreu quando vi Jack sentado no chão, em silêncio, na cela à esquerda.

Não havia nada além de uma pequena cama e de um buraco no canto, que servia de privada. Jack estava no chão, as costas apoiadas na cama, olhando para a parede. Seu cabelo loiro, agora com uma coloração amarronzada por causa da sujeira, estava despenteado e cobria seu rosto. Estava descalço e vi que sua camisa tinha um pequeno rasgo no ombro que revelava um hematoma roxo. Quando se virou para me olhar, notei sua palidez e contornos vermelhos em seus olhos, por falta de sono. Engoli em seco e me aproximei das barras de ferro.

"Jack?", eu disse, sacudindo a cabeça, desolado. "Como você está?"

Ele deu de ombros, mas pareceu contente em me ver. "Estou numa enrascada, Mattie", ele respondeu, se arrastando para sentar na cama. "Fiz uma besteira."

"Ah, meu Deus", eu disse, incapaz de controlar minha emoção ao ver meu amigo naquele estado lamentável. "É culpa minha."

"Não é", ele rebateu na mesma hora, parecendo irritado, como se a última coisa que ele precisasse fosse eu choramingando com pena de mim mesmo. "A culpa não é de ninguém, é só minha. Eu devia ter apenas separado vocês, e não batido em Nat. Como é que ele está? Eu matei ele? Eles se recusam a me dizer."

"Infelizmente não", respondi. "Mas você quebrou o queixo e duas costelas dele. A coisa foi meio feia, para dizer a verdade."

"Bom, ele nunca foi bonito mesmo", disse Jack, dando de ombros. "E você? O que aconteceu com você?"

"Eu não fui demitido, se é isso que quer saber. Achei que seria, mas ninguém falou nada até agora."

Ele pareceu surpreso, mas ficou em silêncio por um instante. "Eles ainda precisam de alguém para cuidar dos cavalos, imagino", ele disse por fim. "Devem manter você lá até arrumarem outra pessoa para te substituir. E a mim também. Não sobrou mais nada para nós aqui."

Concordei com a cabeça e olhei para o chão. Eu não sabia se devia lhe pedir desculpas nem se ele estava disposto a ouvir algo do tipo. Decidi não me desculpar e, em vez disso, contei minha conversa com os Amberton, em que eles disseram nunca ter gostado de Dominique e como ouvir isso me aborreceu.

"Não me surpreende", ele disse, desviando o olhar. "Ela trata você que nem merda. E você é o único que não enxerga isso."

Arregalei os olhos ao encará-lo. "O quê?", perguntei.

"Não importa. Não quero falar dela agora." Abri a boca para dizer alguma coisa, mas ele me silenciou levantando a mão. "Mattie, eu *não quero* falar sobre ela, está ouvindo? Tenho problemas maiores do que a sua vida amorosa. Como estar a mais ou menos três dias de arruinar os próximos anos da minha vida. Preciso que você faça uma coisa por mim, Mattie. Preciso de um favor." Concordei com a cabeça e olhei em volta com ar conspirador, embora só houvesse uma parede por perto. Me espremi contra as barras da cela e ele começou a sussurrar. "Tenho um plano", disse, uma faísca surgindo em seus olhos enquanto sorria para mim.

"Prossiga", eu disse.

"Posso confiar em você?", ele me perguntou depois de uma pausa, seus olhos me encarando com intensidade.

"É claro", respondi na hora. "Você sabe que..."

"Espero que sim", ele disse, me interrompendo. "Você é o único em quem posso *confiar* neste momento, então espero estar fazendo a coisa certa. Aquele policial ali", disse, indicando o corredor de modo vago, "Musgrave. Ele não é meu amigo. Tivemos problemas no passado e ele adoraria me ver pendurado pelo pescoço."

"Bom, *isso* não vai acontecer. Você só cumprirá pena por..."

"Eu sei, eu sei", ele retrucou, impaciente. "O que estou dizendo é que ele não vai me ajudar, só isso. Mas o outro policial, Benson. Conhece?" Concordei com a cabeça. Conhecia de vista. Era mais jovem e conhecido por quase todos no vilarejo. Sua mãe era dona de uma estalagem e o funeral do pai dele, ocorrido naquele ano, havia atraído toda a população de Cageley, inclusive Sir Alfred. "Ele tem uma consciência social bem menor do que a de Musgrave", disse Jack. "E não aguenta mais depender da mãe. Está aberto a persuasões." Balancei a cabeça e verifiquei de novo se havia alguém nos ouvindo, depois olhei um tanto confuso para meu amigo. "Você quer que eu o convença a deixar você sair?", perguntei, inseguro.

"Escute, Mattie. Eu disse a você que ia embora de Cageley, não disse?"

"Disse."

"E que por muitos anos economizei dinheiro para ir?"

"Isso mesmo."

"Bom, agora eu tenho mais de trezentas libras."

"*Trezentas libras?*", exclamei, abismado, pois para mim

era uma quantia enorme. Eu mal conseguia imaginar tanto dinheiro e achei que ele devia ter grandes planos para o futuro, se juntara tanto dinheiro antes de fugir.

"Eu falei para você, estou juntando desde que eu tinha uns doze anos. Aqui não tem muito com o que se gastar, você sabe disso. Meu objetivo eram esses trezentos, depois eu ia embora. Cheguei a trezentos na semana passada. Foi quando contei a você que ia pedir demissão. Preciso que pegue esse dinheiro para mim."

Senti um nó no estômago. A tensão cresceu dentro de mim e tive medo do que ele ia me pedir. Mais do que isso: me lembrei do que Dominique dissera na noite anterior — "Cinco anos é bastante tempo na cadeia" — e duvidei da minha honestidade. "Está bem", respondi devagar.

"Eu sei que Benson me deixaria dar o fora daqui se recebesse uma parte desse dinheiro."

"Ele não deixaria", eu disse, acreditando na honestidade de *Benson*, já que não acreditava na minha.

"Ele me deixaria ir, sim", disse Jack, sem nenhuma ponta de dúvida. "Já falei com ele sobre isso. Por quarenta libras ele me deixa sair. Sempre fica sozinho aqui a noite toda, é o turno dele, então pode ter certeza de que ele será o único com quem vamos ter que lidar. Precisamos fazer com que pareça uma fuga, só isso. É aí que você entra."

Odiei os sentimentos conflitantes que passavam pela minha cabeça. Eu queria ajudar Jack — queria mesmo —, mas também desejava nunca ter ido visitá-lo. Eu estava prestes a me envolver em ainda mais problemas, sendo que eu poderia ter fugido horas antes. Pensei em tudo isso, avaliei minhas opções e concordei com a cabeça. Não faria mal nenhum pelo menos ouvir o que ele tinha a dizer. "Vá em frente", eu disse.

"Você pega o dinheiro, traz o dinheiro para cá à noite, damos um pouco para o Benson e ele me deixa sair. Aí precisaremos nocauteá-lo, para que pareça que você veio, o atacou e me soltou."

"Ele vai deixar você fazer isso?", perguntei, surpreso.

"Ele vai deixar *você* fazer isso", respondeu Jack. "Quarenta libras é muito dinheiro."

"Está bem", eu disse, disposto a ouvir a história, mesmo que eu não executasse o plano necessariamente. Amizade era uma coisa, mas me tornar cúmplice de um crime e correr o risco de me separar de Dominique e Tomas era outra. "E onde eu encontro o dinheiro?"

Jack fez uma pausa, percebendo que era a hora da verdade entre nós. Tudo pelo qual ele tinha trabalhado a vida toda, cada centavo que economizara limpando merda e escovando cavalos desde os doze anos, ele estava prestes a pôr nas minhas mãos. Ele me daria a informação e teria que confiar em mim. Não tinha escolha; era isso ou perder tudo de qualquer forma.

"Está no telhado", disse, enfim, soltando um suspiro ao falar, abrindo mão de sua última precaução.

"No *telhado*?", perguntei. "Da mansão Cageley, você quer dizer?"

Ele concordou com a cabeça. "Já esteve lá em cima, não esteve?"

"Algumas vezes", respondi. Eu sabia que na ala oeste, onde ficavam os quartos dos empregados, existia um corredor que levava a uma janela através da qual se tinha acesso ao telhado da mansão. Logo antes da subida para as telhas e chaminés havia uma parte plana onde, no verão, eu tinha visto várias vezes ou Mary-Ann, ou Dominique, ou o próprio Jack deitado, relaxando à sombra.

"Quando chegar lá em cima", explicou Jack, "vire à direita e vai ver uma cobertura que protege um ralo. Abra a cobertura e enfie o braço lá dentro. Tem uma caixa de charutos lá. É onde escondo o dinheiro. Ninguém sabe que ele está lá, Mattie. É o meu esconderijo. É um lugar seguro. Nunca confiei nas pessoas daquela casa. Só em você agora. É isso. E você não conte a ninguém, ouviu?"

"Certo", eu disse, fechando os olhos e meneando a cabeça devagar. "Certo, entendi."

"Posso confiar em você, Mattie, não posso?"

"Pode."

"Porque aquilo é tudo que eu tenho. Diga que posso confiar em você." A mão dele voou por entre as barras e agarrou meu pulso com força. "*Diga*", ele sibilou, os olhos se estreitando até quase se fecharem pela frustração de estar trancafiado.

"Pode confiar em mim, Jack. Eu prometo. Vou tirar você daqui."

Trair um amigo. Aceitar que você não pode salvar uma pessoa e decidir salvar a si mesmo. Esse era o dilema que eu enfrentava. Nat Pepys estava sentado em frente à porta da mansão, debaixo de um guarda-sol, para não se queimar. Ele me observou ir até os estábulos, sua cabeça se movendo muito pouco quando passei, talvez intencionalmente, talvez por causa da dor. Parei e caminhei até aquele homem a quem eu tinha causado tantos problemas. Sua boca estava fechada por metais e seu rosto exibia várias cores; uma visão genuinamente aterrorizante. Eu sabia que a maior parte dos ferimentos eram hematomas superficiais que desapareceriam, mas, ainda assim, era uma imagem perturbadora.

"Como você está?", perguntei antes de me dar conta de que ele não poderia responder. Ele grunhiu de leve e sua cabeça teve um espasmo, que interpretei como um "caia fora daqui". Dei de ombros — eu já não me importava com gente como ele — e continuei meu caminho, escutando os sons cada vez mais altos de seus grunhidos enquanto me afastava. Não entendi se ele estava tentando me chamar de volta ou apenas me insultando.

Dominique estava sentada do lado de fora da cozinha, descascando ervilhas. Olhou de relance na minha direção quando ouviu os passos, mas não esboçou reação. Sentei-me no chão ao lado dela e brinquei com as vagens, me perguntando quem falaria primeiro e se nós dois estávamos pensando a mesma coisa.

"E então?", ela perguntou por fim. "Foi vê-lo?"

"Fui."

"E?"

"E o quê?", perguntei, olhando-a com irritação. Seu cabelo estava preso para trás e ela usava um vestido com um decote que acentuava a maciez de seu pescoço. Suspirei, enfurecido comigo mesmo, e larguei as vagens.

"Sobre o que vocês conversaram?", ela perguntou com toda a paciência.

"Ah, ele está muito preocupado. Nem é preciso dizer. O lugar é horrível. E ele sabe que jogou tudo no lixo. Está arrasado."

"Claro que está, e sobre o que mais vocês conversaram?"

Hesitei, e então senti a mão dela na minha nuca, apertando com força para massagear os nódulos de tensão que se acumulavam até mesmo naquele instante; a sensação de seu toque era boa. "Ele tem mais de trezentas libras", eu disse.

"*Trezentas libras?*", ela exclamou, atônita, reproduzindo minha reação de algumas horas antes. "Está falando sério?"

"Estou falando sério."

"Isso é muito dinheiro. Pense no que ele poderia fazer com tudo isso. Poderia deixar este lugar para trás. Poderia desaparecer completamente. Começar vida nova. Qualquer um poderia. Dinheiro atrai dinheiro." Olhei para ela e me perguntei por que ela dizia "ele" em vez de "nós" — nem eu nem ela tínhamos sido explícitos sobre aquilo, mas eu sabia que era o que estávamos pensando. Por fim, Dominique cedeu. "Não tem mais utilidade para ele, Matthieu", ela disse, seca; me levantei de um salto e comecei a andar de um lado para o outro na frente dela.

"E o que você sugere?", perguntei, levantando a voz, com raiva. "Você acha que devíamos simplesmente pegar o dinheiro e fugir? Deixando-o apodrecer naquela cela? É isso?"

"Não há nada que você possa fazer para ajudá-lo", ela respondeu, também alterada. "Foi ele que se colocou nessa situação. E, pelo amor de Deus, baixe a voz. A última coisa de que precisamos é que alguém nos escute."

Eu estava furioso, detestava aquele dilema. "Mas e se eu puder ajudá-lo?", perguntei, agora em voz baixa, porém ainda transbordando de ódio por mim mesmo; eu não queria tomar aquela decisão sozinho. "E se eu usasse esse dinheiro para tirá-lo de lá? Afinal o dinheiro é dele. Ele trabalhou por esse dinheiro. Não eu, nem você. Mesmo que Jack passasse os próximos anos na prisão, ainda estaria lá, esperando por ele, quando ele saísse. Jack teria uma chance de reconstruir a vida."

Ela pôs a tigela com ervilhas de lado e se levantou. Veio até mim, segurou meu rosto com as mãos e olhou fundo nos meus olhos. "Escute, Matthieu", ela disse, sua voz conseguindo manter um equilíbrio que a minha já não conseguia. "Você não é mais criança. Pode tomar suas próprias decisões. Mas pense nisto: temos uma oportunidade. Você, eu, Tomas. A chance que sempre quisemos. Podemos fazer isso. Jack não é seu amigo. Você acha que ele é, mas ele não é. Você não deve nada a ele."

Eu ri. "Não é verdade. Ele é meu amigo *sim*. Veja o que ele fez por mim. Ele foi parar na cadeia para impedir que *eu* fosse para lá. Ele não teria feito aquilo com Nat se não se importasse comigo."

"Você acha que ele estava defendendo a *sua* honra?", ela me perguntou, com as mãos na cintura. Sua boca se abriu e fechou algumas vezes enquanto ela decidia se continuava ou não falando. "Você acha que era a *sua* honra, seu imbecil? Era a *minha*. Era a *minha* honra que ele estava defendendo. Abra os olhos, Matthieu."

Dei um passo para trás, perplexo. Não entendi o que ela quis dizer. "Sua honra?", perguntei baixinho, franzindo as sobrancelhas, tentando entender. "Eu não…" Então entendi e a encarei, pasmo. "O que está dizendo?", perguntei, hesitante. Durante algum tempo ela não disse nada; apenas baixou os olhos, um pouco envergonhada, e levantou uma sobrancelha.

"Não aconteceu nada, é claro", ela disse. "Eu nunca permitiria. Você sabe que eu amo você, Matthieu."

Minha cabeça girou ao pensar em todas as possibilidades e tive vontade de simplesmente pular em um cavalo e ir embora, deixando todos para trás — Jack, Dominique, o dinheiro, tudo bem longe de mim. "Você está mentindo", eu disse, enfim, minha voz cortando a tensão.

"Acredite no que quiser", ela disse, querendo parecer despreocupada. "O fato é que Jack Holby não é tão seu amigo assim. E ele possui uma coisa que pode ser nossa. Podemos pegá-la e ir embora. Depende de você. Onde está o dinheiro, afinal?"

Sacudi a cabeça, confuso. "Não", respondi. "Não. Quero que você me explique o que quis dizer com isso. Por que ele estaria defendendo a sua honra?"

Ela suspirou e olhou em volta, secando as mãos no avental. "Não foi nada. Não precisa ficar zangado."

"Me explique agora!", esbravejei.

"É que às vezes, depois que você ia embora no fim do dia, eu e ele conversávamos. Afinal, nós dois morávamos aqui. Nós dois passávamos mais tempo juntos do que com você."

"Conte o que aconteceu", insisti.

"Jack gostava de mim", ela explicou. "Ele sabia que você não era meu irmão, ele percebeu isso, ele mesmo me disse que percebeu, e me perguntou o que tinha acontecido entre nós. Quis saber se éramos amantes." Meu coração deu um salto ao ouvir essa palavra e olhei para Dominique, esperando que ela continuasse. "Eu disse a ele que não. Não havia motivo para eu dizer a verdade, e também não era da conta dele. Expliquei que você sentia alguma coisa por mim, mas que, para mim, essa farsa de sermos irmãos era o que estava mais perto da verdade."

Engoli com pesar e senti lágrimas se acumulando atrás dos olhos. Tive medo de perguntar se era isso mesmo que ela pensava ou se dissera aquilo a Jack apenas da boca para fora. E, em algum lugar obscuro dentro de mim, meu lado infantil e imaturo queria que ela tivesse admitido que éramos amantes. Ela ter negado isso para Jack me magoou, e eu não sabia explicar por quê.

"E o que ele fez?", perguntei.

"Ele tentou me beijar", ela respondeu. "Mas eu falei que não queria. Era muito complicado. Além disso, ele é só um menino."

Eu ri, com raiva da arrogância dela. Jack era mais velho do que eu, e do que ela também; menosprezá-lo daquele jeito me enfureceu. Minha mente rodopiava com pensamentos conflitantes. Ela estava dizendo a verdade sobre Jack ou mentindo? E Nat? Ele era mais velho do que nós, e mais feio, mas era rico, *muito* mais rico. Sacudi a cabeça, tentando me livrar de tudo aquilo pelo menos por um instante, e olhei para ela com amargura.

"Não vou contar onde está o dinheiro", eu disse. "Mas iremos buscá-lo. Vamos pegá-lo hoje à noite."

Ela sorriu. "É para o nosso bem, Matthieu", ela disse baixinho.

"Cale a boca, Dominique", eu disse com agressividade, meus olhos fechados enquanto eu lutava entre um amor duvidoso e a ganância. "Esta noite eu venho para cá. Por volta da meia-noite. Vamos pegar o dinheiro e ir embora em seguida, está bem?"

"E Tomas?"

"Depois que estivermos com o dinheiro, iremos buscá-lo. Hoje à tarde converso com ele." Girei nos calcanhares para ir embora e ela gritou alguma coisa atrás de mim que não ouvi. Eu não sabia em que acreditar — não, não é verdade. Eu sabia, sim. Eu sabia, pelo modo como ela tinha falado e pelo momento que escolhera para falar, que ela estava mentindo. Nada de condenável poderia ter acontecido entre eles; Jack, pelo menos, jamais teria permitido. Ele era um amigo bom demais para permitir. Jamais teria me traído. Na minha cabeça não havia nenhuma dúvida de que ela estava mentindo, mas ainda assim optei por acreditar nela, porque desse modo poderia justificar minhas ações.

Se eu fingisse acreditar que Jack Holby tinha me traído, eu também poderia traí-lo. Tomada a decisão, voltei rápido para casa, agora com a determinação renovada. Eu pegaria o dinheiro e fugiria.

Tomas foi insistente; ele não queria que eu deixasse Cageley. Mais do que isso: não queria ir comigo.

"Mas pense na vida nova que teremos em Londres", expliquei, fazendo o melhor que pude para soar entusiasmado. "Lembre-se que planejávamos ir para lá desde o começo."

"Eu lembro que *você* planejava ir para lá", ele disse. "Não me lembro de terem me perguntado. Você e Dominique queriam ir para lá, não eu. Estou feliz aqui."

Ele ficou amuado, parecia à beira do choro, e grunhi de

frustração. Nunca imaginei que ele encontraria um lar ali, e isso me surpreendeu. Apesar de eu também ter sido razoavelmente feliz em Cageley, a cidade nunca significou tanto para mim a ponto de um dia eu não conseguir ir embora. Eu o invejei por ter encontrado ali o que acabaria me faltando a vida toda: um lar.

"Sra. Amberton..." eu disse, pedindo ajuda, mas ela se virou de costas, com lágrimas nos olhos.

"Não adianta olhar para mim", ela disse. "Você sabe o que acho de tudo isso."

"Não podemos nos separar", eu disse com firmeza, tentando segurar a mão do meu irmão, mas ele se afastou de mim. "Somos uma família, Tomas."

"*Nós* também somos uma família!", gritou a sra. Amberton. "Acolhemos vocês, vocês dois, quando não tinham para onde ir, não foi? Vocês ficaram agradecidos a nós daquela vez."

"Já falamos sobre isso", eu disse, exausto pelo esforço que aqueles planos tão simples estavam exigindo. Eu começava a me aborrecer com a má vontade dela em me ajudar a persuadir Tomas a partir. Em nenhum momento me ocorreu que ela amava o menino. "Minha decisão já está tomada."

"Quando iríamos embora?", perguntou Tomas, sem ceder em nada, mas ansioso para saber quando aquelas coisas aconteceriam.

Dei de ombros. "Daqui a uns dois dias", eu disse. "Talvez menos."

Ele arregalou os olhos e encarou o sr. e a sra. Amberton, horrorizado, o lábio inferior tremendo de leve enquanto tentava segurar o choro. Percebi que ele queria dizer alguma coisa, protestar contra minha decisão, mas não achava as palavras.

"Vai ficar tudo bem", acrescentei. "Confie em mim."

"*Não vai* ficar tudo bem", ele retrucou, desistindo e permitindo que o choro viesse. "Eu não quero ir!"

Levantei, furioso, e olhei ao redor. O sr. Amberton estava sentado perto da lareira, pela primeira vez na vida ignorando a garrafa de uísque na prateleira, enquanto sua esposa e meu irmão abraçavam-se para oferecer apoio um ao outro. Aquilo fez com que eu me sentisse o homem mais cruel do mundo, quando tudo o que eu tentava fazer era manter minha família unida. Era mais do que eu podia suportar.

"Bom, eu sinto muito", eu disse, com raiva, saindo da sala. "Mas minha decisão é essa e é isso que faremos. Você vem comigo, querendo ou não."

A lua estava cheia; nuvens finas passavam por ela e eu estava na floresta, cercado por árvores, o cheiro de mato à minha volta, sentindo calafrios de tão nervoso. Passava da meia-noite e Dominique já tinha saído da mansão; ela me esperava no lugar de sempre, perto dos estábulos, mas quis observá-la por um instante antes de aparecer. Tinha sido um dos dias mais longos da minha vida, e ali estava eu, estendendo-o desnecessariamente até o dia seguinte, ao me preparar para roubar o amigo que tanto se sacrificara por mim. Olhei para minha amante de outrora, imaginando como seria nossa vida em Londres quando fôssemos ricos, e, apesar de todo o tempo que eu tinha passado ansiando por esse dia, agora eu não o vislumbrava. Estava cego por causa do dinheiro. Trezentas libras. O suficiente para nos estabelecermos com conforto, mas um preço alto a pagar pela perda da própria honra.

"Aí está você", ela disse, sorrindo aliviada ao me ver emergindo do meu esconderijo e caminhando em sua direção. "Comecei a ficar preocupada achando que não viria." "Você sabia que eu viria", respondi com rispidez. Ela estendeu a mão e passou a mão de leve no meu braço. "Você está gelado", comentou. "Vai ficar tudo bem. Deixei minhas coisas ali." Com a cabeça, indicou a parede, contra a qual havia uma pequena mala. "Eu não trouxe muita coisa. Podemos comprar coisas novas quando chegarmos em Londres."

"Vou subir e buscar o dinheiro", murmurei, sem a menor disposição para conversa, especialmente envolvendo o gasto dos nossos lucros ilícitos. Comecei a caminhar na direção da porta e ela veio atrás de mim, apressada.

"Vou com você."

"Não precisa. Posso ir buscar sozinho."

"Mas eu *quero* ir", ela disse, a voz tomada por uma falsa alegria, como se aquilo fosse uma grande aventura para nós dois. "Fico vigiando para você."

Eu parei e a encarei. A luz da lua deixava sua pele azul-clara e ela não desviou os olhos dos meus. "Fica vigiando para mim ou a mim?", perguntei. "O que você acha que eu vou fazer? Fugir com o dinheiro?"

"É claro que não", ela disse, balançando a cabeça. Houve um longo silêncio e ela contraiu a boca, tentando avaliar meu humor. "Vou com você", repetiu com firmeza, puxando minha camisa de leve, e dessa vez eu apenas dei de ombros e continuei andando. Parei perto da entrada, segurei a grade com lanças que isolava a lavanderia no porão e olhei para cima, na direção do telhado. De onde eu estava, não parecia tão alto, mas eu sabia, por experiência própria, que lá de cima a vista podia ser assustadora. Eram quase dez metros de altura, mas, ainda assim, do térreo parecia que eu podia escalar a parede sem nenhuma dificuldade, como um Romeu do século XVIII.

"Venha", eu disse, abrindo a porta e mergulhando na escuridão. Lá dentro, a cozinha estava um breu, e continuei até a escada que conduzia aos alojamentos dos empregados. Com Dominique centímetros atrás de mim, comecei a subir em silêncio e estendi a mão para trás para segurar a dela. No andar de cima, uma vela brilhava no parapeito de uma janela e parei um instante, pensando se deveria levá-la comigo, mas decidi não fazê-lo. A chama lançava um filete de luz escada acima e consegui enxergar os degraus sem muita dificuldade. Porém, Dominique tropeçou, e se eu não a estivesse segurando pela mão, ela teria caído e feito barulho.

"Desculpe", ela disse, mordendo o lábio, e olhei para ela. Meu estômago estava contraído de medo, não por algum perigo aparente — na verdade, havia pouco risco —, mas pelo que eu estava prestes a fazer. E por quê? Por ela? Por nós?

"Tome cuidado", murmurei, continuando a subir. "Não faça barulho." No andar seguinte, vi várias portas de quartos, um dos quais eu sabia ser de Mary-Ann, outro de Dominique. Na curva da espiral, seis degraus acima, uma porta estava entreaberta e hesitei, olhando para trás, como se diante de um momento solene. Era a porta do quarto de Jack, e alguma coisa me fez empurrá-la de leve, fazendo-a abrir com um rangido tênue que, para mim, pareceu ecoar por toda a Inglaterra. Contive a respiração, hesitante, certo de que um alarme soaria, e em seguida espiei lá dentro. Uma cama estreita, um guarda-roupa com uma porta um pouco caída por causa da dobradiça frouxa. Um tapete puído no chão. Uma lareira ainda cheia de cinzas. Uma prateleira cheia de livros. Uma bacia, uma jarra. Eu já tinha visto tudo aquilo antes, claro, mas agora, sabendo onde seu ocupante estava, e onde continuaria por um bom tempo, o quarto me pareceu um cenário fantasmagórico. Continuamos a subir.

Um corredor comprido terminava em uma janela, que, por sua vez, levava ao telhado. Abri a janela com cuidado e saí para o ar gelado da noite, estendendo o braço para trás para ajudar Dominique a sair também. Sua saia longa ficou presa em uma lasca de madeira solta no parapeito, o tecido rasgou, mas depois nos vimos do lado de fora, em uma plataforma plana de cinco por três metros, mais ou menos. À direita, o telhado seguia para cima. Fui até a beirada e me inclinei, vendo a grade com lanças lá embaixo, onde eu estivera havia pouco. Fiquei paralisado por causa da altura e senti meu senso de equilíbrio fraquejar, até que Dominique agarrou meu braço e me puxou com força para trás. Caímos contra a parede, nossos lábios separados apenas por um palmo, mas ela me afastou, olhando para mim como se tivesse certeza de que eu era louco.

"O que você está fazendo?", perguntou, irritada. "Quer cair? Você morreria se caísse desta altura."

"Eu não ia cair", retruquei. "Estava apenas olhando."

"Então não olhe. Vamos achar o dinheiro logo e sair daqui."

Concordei com a cabeça e olhei em volta. Jack tinha

dito que havia uma tampa em um ralo e que era ali que ele guardava suas economias. Eu ainda estava um pouco desorientado, mas vi o ralo que contornava o telhado e o acompanhei com os olhos até encontrar a cobertura quadrada e preta.

"Ali", eu disse, apontando para a cobertura. "Está ali." Fui até o ralo e me ajoelhei ao lado dele, tentando abri-lo, mas o pequeno buraco que permitia puxar a tampa e ter acesso ao que havia embaixo era pequeno demais para meus dedos.

"Aqui, use isto", interveio Dominique, me estendendo um grampo que havia acabado de tirar da cabeça, o que fez seu cabelo se desprender e cair nos ombros. Olhei para ela por um momento antes de retomar a tarefa, e a tampa saiu sem esforço. Enfiei o braço ali, puxei a caixa que estava no fundo e nos sentamos contra a parede, olhando, felizes, para o objeto. Naquele momento eu soube que conseguiria ficar com o dinheiro. Eu ainda não o tinha visto, ainda não o tinha contado, mas sabia que poderia me apossar do que quer que estivesse dentro daquela caixa, que poderia roubar tudo.

"Abra", disse Dominique, a voz baixa e concentrada, e fiz o que ela pediu. Era uma caixa de charutos comum que Jack devia ter comprado na cidade ou, mais provavelmente, roubado de um quarto de hóspedes quando começou a juntar suas economias. Abri a tampa e fomos surpreendidos por um maço de notas e algumas moedas. No mesmo instante, o cheiro bolorento de dinheiro invadiu meus sentidos e eu ri, maravilhado por ver, de uma hora para outra, tanto dinheiro na minha frente. Puxei algumas notas enormes presas por um grampo e admirei o tamanho e a textura espessa delas. Eu tinha segurado poucas vezes uma nota de dinheiro na vida; minhas pequenas economias consistiam em uma bolsa de moedas, as quais eu também tinha muito prazer de contar quando estava no meu quarto na casa dos Amberton. Passando os dedos naquele monte, percebi que havia ali tanto quanto Jack dissera, talvez mais.

"Olhe para isto", eu disse, estupefato. "É inacreditável."

"É o nosso futuro", comentou Dominique, se levantando, e dessa vez ela me ajudou a levantar. Coloquei as notas de volta na caixa e antes de fechá-la usei o grampo para prendê-las, a fim de evitar que algum vento divino as arrancasse da minha mão e as espalhasse pelas copas das árvores de Cageley e pelas casas lá embaixo. Naquele momento, eu estava pronto para voltar pela janela e ir embora de Cageley para sempre, agora contemplando a vida feliz que surgia como uma miragem à minha frente, com roupas bonitas, comida boa, uma casa decente, um emprego, mais dinheiro. E amor. Acima de tudo, amor.

Caminhamos em direção à janela e não resisti ao impulso de olhar por cima do ombro uma última vez. Há momentos na vida, imagens simples, congeladas, de que você vai se lembrar para sempre; para mim, aquela foi uma delas. Mesmo depois de duzentos e cinquenta e seis anos de existência, toda vez que penso na minha juventude, na minha infância, me vem à mente a imagem de mim mesmo, adolescente, parado diante da janela no telhado da mansão Cageley, lançando um último olhar para trás antes de ir embora, e meu coração afunda na condenação de minhas ações e na imensa tristeza que aquilo me causaria por tantos anos. Pois foi naquele instante, entre um piscar e outro de olhos, que vi os estábulos no campo lá embaixo. Eles não estavam iluminados pela lua, mas os enxerguei sem dificuldade. Àquela altura eu os conhecia muito bem, conhecia cada centímetro daquele chão, cada tábua de madeira daquelas paredes, cada cavalo que ali vivia. Pude ouvi-los quando prestei atenção, uma ou duas das éguas rinchando enquanto dormiam. Vi a parede externa e o canto perto da bomba de água, onde eu e Jack sempre sentávamos para beber cerveja no fim do dia, o lugar em que o pôr do sol era mais incrível. Lembrei da sensação de felicidade quase incontrolável que era desmoronar ali depois de nove, dez horas de trabalho, sabendo que a noite se estendia à minha frente como uma longa e preguiçosa paisagem de possibilidades. Lembrei de como ficávamos ali por horas, apenas conversando, apesar de termos passado o dia inteiro desejando estar em outros lugares. Lembrei das piadas, dos risos, dos insultos e das provocações amigáveis. E eu soube que, mesmo que eu vivesse um século, jamais conseguiria superar o que estava prestes a fazer.

Não havia nenhum outro lugar para nós, nenhuma outra pessoa com quem conversar. Éramos amigos. Fechei os olhos e pensei nisso. Eu ainda não sabia o que era ser magoado por aqueles que eu considerava amigos, apesar de, desde então, ter passado por isso várias vezes, e ali estava eu, pronto para fazer justamente aquilo. Todo aquele dinheiro. Jack havia trabalhado por ele. Havia sofrido, suportado maus-tratos, recolhido esterco, escovado cavalos dez mil vezes; ele tinha *trabalhado* por aquele dinheiro. E eu estava ali para roubá-lo. Era impossível.

"Desculpe", eu disse, olhando para Dominique e sacudindo a cabeça com tristeza. "Não posso."

Ela inclinou a cabeça para o lado. "Não pode o quê?", perguntou.

"Isto", respondi. "Isto que estamos fazendo. Este *roubo*. Não posso fazer isto. Não posso."

"Matthieu", ela disse com voz calma, aproximando-se de mim devagar, falando comigo como se eu fosse uma criança desobediente que precisava ser convencida a não fazer uma coisa perigosa. "Você está nervoso, só isso. Eu também estou. Precisamos desse dinheiro. Se vamos mesmo..."

"Não, *Jack* precisa deste dinheiro", respondi. "O dinheiro é dele. Ele é quem precisa. Posso tirá-lo da cadeia com isto. Ele poderia ir embora, desaparecer..."

"E nós?" Ela se alterou e vi seus olhos passarem rápido pela caixa, o que me fez segurá-la mais firme. "E quanto aos nossos planos?"

"Você não percebe? Podemos seguir nosso plano mesmo assim. Tudo o que precisamos é voltar para a estrada, chegar..."

"Escute, Matthieu", disse Dominique, convicta, e dei um passo para trás, receoso de que ela tentasse agarrar a caixa. "Não vou voltar para estrada nenhuma, entendeu? Vou pegar esse dinheiro e..."

"Não!", gritei. "Você não vai. Nós não vamos. Vou levar para Jack. Posso tirá-lo de lá com este dinheiro!"

Ela suspirou e colocou a mão na testa por um instante, depois fechou os olhos e se perdeu em pensamentos, concentrada. Engoli em seco e olhei para os lados, nervoso. Era a vez dela. Esperei que dissesse alguma coisa. Quando ela baixou a mão, em vez da expressão furiosa que eu esperava, ela sorria. Seus lábios tremeram de leve e ela veio até mim, sem tirar os olhos dos meus.

"Matthieu", ela repetiu baixinho, "você precisa pensar no que é melhor para nós. Para mim e para você. Para ficarmos juntos." Inclinei um pouco a cabeça, tentando decifrar o que ela dizia. Seu rosto se aproximou do meu e seus olhos se fecharam enquanto nossos lábios se tocaram delicadamente, sua língua pressionando com leveza minha boca fechada, que se abriu um pouco por instinto. Senti sua mão nas minhas costas, um dedo correndo para baixo, até que ela envolveu minha cintura, a palma da mão me massageando de leve onde ela sabia ser meu ponto mais vulnerável. Engoli um suspiro e meu corpo se arrepiou, cheio de expectativa, quando me preparei para colocar a mão atrás da cabeça dela e beijá-la com intensidade e força, mas, antes que eu fizesse isso, sua boca se separou da minha e ela passou a beijar meu pescoço. "Podemos fazer isso", sussurrou. "Podemos ficar juntos."

Fui tomado pela angústia. Eu a queria. Mas disse não.

"Precisamos salvar Jack", sussurrei, e ela se afastou abruptamente de mim, furiosa, seus lábios contraídos de loucura, os olhos cheios de raiva. Desviei o olhar por um instante, pois não queria ver a personificação da ganância de Dominique. Segurei com força a caixa cheia de dinheiro; eu sabia que nós dois, agora, estávamos focados naquele objeto.

E Dominique atacou.

E eu, por reflexo, saltei para o lado.

E em seguida ela não estava mais lá.

Pisquei várias vezes e sacudi a cabeça, surpreso. Eu tinha me acostumado com a escuridão e sabia que ela se fora, mas fiquei ali por algum tempo, nervoso, ainda agarrado à caixa, sem saber que atitude tomar. Aos poucos, meu estômago se revirou e, depois de alguns minutos, meus joelhos cederam; caí e vomitei no telhado. Quando não havia mais nada para sair de mim, minha cabeça virou devagar para que eu visse o resultado dos meus atos, e lá estava ela: Dominique, dez metros abaixo, empalada em uma lança, pendurada como uma boneca de pano na noite calma e fria.

Antes de seguir para a prisão, tirei o corpo de Dominique de onde ele tinha caído e o coloquei no chão com cuidado. Os olhos dela estavam abertos e um filete de sangue corria pela lateral da boca até o queixo. Limpei seu rosto e ajeitei seu cabelo. Não chorei; curiosamente, não senti quase nada naquele momento além do desejo de me afastar. As autorrecriminações e as noites insones revivendo essa cena várias vezes viriam depois — tive dois séculos e meio para isso. Naquele instante, eu estava em choque e determinado a ir para bem longe daquela casa o mais rápido possível.

Ainda assim, levei-a até a cozinha e, dali, subi as escadas até seu quarto bolorento e úmido. Abri uma janela depois de deitá-la na cama e, quando me afastei, minha camisa estava com manchas vermelhas e minhas mãos úmidas. Dei um pulo, assustado, com mais medo do sangue que do corpo; sentia uma estranha indiferença por ela, como se o cadáver à minha frente não fosse Dominique, mas apenas uma representação dela, uma imagem falsa, e a Dominique verdadeira estivesse segura dentro de mim, longe de estar morta.

Dessa vez, não olhei para trás ao sair do quarto. Passei

no quarto de Jack, tirei a camisa manchada de sangue e vesti uma camisa dele. Do lado de fora, lavei as mãos na bomba de água e observei o vermelho escorrendo pelo ralo, a última essência dela saindo de mim sem a menor dificuldade. Em seguida, fui aos estábulos e desamarrei dois cavalos, os corcéis mais rápidos e mais fortes de Sir Alfred, e os conduzi em silêncio até o limite da propriedade. Ali montei em um deles e segurei as rédeas do outro para seguirmos até os arredores do vilarejo, onde ficava a prisão. Amarrei-os do lado de fora e flutuei para dentro do prédio como se estivesse em um sonho. Um guarda — diferente daquele com quem eu estivera — dormia na escrivaninha, mas acordou assustado quando tossi, agarrando-se à mesa, nervoso.

"O que você quer?", ele perguntou antes de pôr os olhos na caixa em minhas mãos. Era óbvio que Jack tinha lhe explicado o plano, pois ele pareceu contente ao ver o objeto e olhou em volta do aposento vazio, ansioso. "Cê é o amigo dele?", perguntou, fazendo um gesto de cabeça para indicar a cela.

"Sou. Posso vê-lo?"

Ele deu de ombros e caminhei até o fim do corredor, virando à esquerda para a cela de Jack, onde ele andava de um lado para o outro. Sorriu ao me ver, mas o sorriso congelou no instante em que viu minha expressão. "Por Deus", disse, "o que aconteceu com você? Parece que viu um fantasma." Uma pausa. "Essa camisa não é minha?"

Levantei a caixa para que ele a visse, ignorando sua pergunta. "Está aqui. Eu trouxe."

O guarda surgiu do meu lado e Jack olhou para ele. "E então?", perguntou. "Temos ou não um acordo?"

"Claro, quarenta libras e você cai fora", ele respondeu, vasculhando um molho de chaves para encontrar a certa. "E aquele Nat Pepys merecia mesmo uma surra, se cês querem saber", ele murmurou, justificando suas ações para duas pessoas que tinham feito coisa pior. Depois de solto, Jack entregou o dinheiro ao guarda, que se preparou para o golpe que o poria inconsciente. "Tente ser rápido", pediu, voltando-se para a escrivaninha, e nesse instante Jack ergueu uma cadeira e acertou com força a parte de trás da cabeça dele. O guarda caiu, apagado, e, apesar de o ferimento ser muito menos grave do que o outro que eu presenciara naquela noite — afinal, ele sobreviveria —, senti náuseas outra vez e achei que fosse desmaiar.

"Venha", disse Jack, me levando para fora e olhando em volta para ter certeza de que ninguém se aproximava. "Trouxe os cavalos?"

"Trouxe", respondi, apontando na direção dos animais, sem me mexer.

"Qual é o problema?", ele perguntou, confuso com a minha atitude. Eu parei, sem saber se devia ou não lhe contar.

"Você pode me dizer uma coisa?", perguntei. "A verdade, seja ela qual for." Ele olhou para mim sem entender e abriu a boca para questionar, mas mudou de ideia e apenas concordou com a cabeça. "Você e Dominique", eu disse. "Aconteceu alguma coisa entre vocês?"

Dessa vez houve uma longa hesitação. "O que ela falou para você?", ele enfim perguntou e eu o interrompi com raiva.

"Apenas me responda!", gritei. "Aconteceu alguma coisa entre vocês? Você... tentou alguma coisa com ela?"

"Eu?", ele exclamou, rindo. "Não", respondeu, sacudindo a cabeça com convicção. "Não, não tentei. E se ela disse que eu tentei, é uma mentirosa."

"Sim, ela disse", retruquei.

"Aconteceu o contrário. Ela foi ao meu quarto uma noite. Ela é que tentou alguma coisa comigo, para usar suas palavras. Juro."

Senti uma pontada de dor no peito e assenti com a cabeça. "E você não fez nada", afirmei baixinho.

"Claro que não."

"Por minha causa? Pela nossa amizade?"

Ele expirou ruidosamente. "Talvez um pouco por isso. Mas, para ser franco com você, Mattie, nunca gostei dela. Não gostava do jeito que ela tratava você. Já te falei isso. Ela não era boa pessoa."

Dei de ombros. "Mas eu a amava", disse. "Engraçado, não é?"

Ele franziu as sobrancelhas e olhou para o alto. Começava a clarear e já havia passado da hora de irmos embora. "E onde ela está, afinal?", ele perguntou e eu hesitei, em dúvida se lhe contava a verdade, se ousaria explicar o que tinha acontecido naquela noite.

"Ela não vem. Vai ficar aqui."

Ele assentiu devagar, um tanto surpreso, mas não quis dar continuidade ao assunto. "E Tomas?", perguntou. Eu não disse nada. Ficamos em silêncio por algum tempo.

"Certo", ele disse, montando em um dos cavalos. "Então vamos."

Coloquei o pé no estribo do outro cavalo, montei em seu dorso e segui Jack Holby até sairmos da cidade. Não olhei para trás em nenhum momento e gostaria de poder descrever a jornada que nos levou de volta à costa sul, a um navio para a Europa e à nossa liberdade, mas não me lembro de nada. Minha infância tinha chegado ao fim. E, apesar de eu ter ainda muitos anos pela frente — bem mais do que eu imaginava —, tornei-me um adulto no instante em que meu cavalo atravessou os portões que, um ano antes, tinham me levado a Cageley.

E, pela primeira vez na vida, me senti completamente sozinho.

25

NOVEMBRO-DEZEMBRO DE 1999

Foi Tara quem sugeriu nos encontrarmos no mesmo restaurante italiano no Soho, onde, meses antes, tínhamos discutido suas perspectivas profissionais e a possibilidade de ela deixar nossa emissora. Eu ainda não sabia como me sentia sobre esse encontro e estava um pouco nervoso enquanto esperava por ela, já sentado a uma mesa. Fazia mais de seis meses que não nos víamos e, nesse período, eu mal acompanhara seu trabalho na televisão.

Ainda assim, quando telefonei para Tara, depois de Caroline e seus aliados na emissora insistirem muito, ela logo concordou em me ver. Conversamos por cerca de dez minutos antes de combinarmos um lugar e um horário.

Quando ela chegou, fiquei muito surpreso. Da última vez que a vira, ela era a imagem perfeita da mulher contemporânea focada na carreira. Usava um terninho de um estilista famoso (Tara — ou Tart, como James a chamava — não gostava de roupas genéricas) e seu cabelo loiro assentava-se com perfeição, como se seu cabeleireiro estivesse do lado de fora do restaurante para dar os retoques finais antes de ela entrar na passarela. Mas agora, passados seis meses, mal a reconheci. O terninho tinha sido substituído por uma elegante calça jeans branca e uma blusa simples, aberta no pescoço. Deixara o cabelo crescer um pouco e agora ele terminava logo acima do pescoço, em um penteado simples; estava moreno e com discretas luzes loiras. Ela trazia uma agenda organizadora, o que imaginei ser *de rigueur*, e seu rosto quase não tinha maquiagem. Estava fantástica, aparentando a própria idade.

"Tara", eu disse, quase sem fôlego diante daquele novo visual maduro. "Quase não a reconheci. Você está fantástica."

Ela parou e me encarou por um momento, admirada, e então abriu um grande sorriso. "Obrigada", disse, rindo, e (pensei) um pouco corada. "Você é muito gentil. Você também não está nada mal para um homem de meia-idade."

Eu ri — quantos homens de meia-idade com quinhentos anos ela conhecia? — e sacudi a cabeça para quebrar meu encanto por ela. Depois de terminadas as formalidades e de pedirmos um almoço relativamente leve, nos reclinamos nas cadeiras e um silêncio incerto pairou sobre nós. O encontro tinha sido proposto por mim, portanto esperava-se que eu iniciasse a conversa.

"E então? Como está a vida na Beeb? Muito melhor do que conosco, imagino."

Ela deu de ombros. "Está indo bem", respondeu, sem muito entusiasmo. "É diferente do que eu esperava."

"Como diferente?"

"Bom, eles te põem um monte de dinheiro na mão, mas na maior parte do tempo não parecem muito interessados em que você trabalhe. Acho um jeito bem estranho de administrar um negócio."

"Isso se chama monopólio de talentos", expliquei. "Eles

se dispõem a pagar uma porção de gente, mantêm todos sob contrato, mas não exatamente com o objetivo de que trabalhem para eles, mas a fim de impedi-los de trabalharem para os outros. É uma estratégia antiga. Já vi isso antes."

"Não me entenda mal", ela acrescentou na hora, ansiosa por não parecer insatisfeita com o novo emprego. "Tem bastante coisa acontecendo. Vou ao Rio de Janeiro daqui a algumas semanas, gravar um programa para o fim de ano. Vou participar do *Question Time* deste fim de semana. E eu e Gary Lineker vamos redecorar as salas um do outro para um especial sobre design que vai ao ar mês que vem. Temos apenas dois dias para fazer tudo, então deve ser bem..." Ela se esforçou para encontrar a palavra adequada, mas não conseguiu e desistiu. Baixei os olhos para a refeição que tinha acabado de chegar e comecei a comer, sem vontade de olhar para Tara, caso seu rosto tivesse assumido uma expressão de total infelicidade.

"Fico feliz que esteja correndo tudo bem e que você se sinta produtiva", eu disse depois de algum tempo. "Apesar de sentirmos sua falta, é claro."

"Até parece. Vocês não viam a hora de se livrar de mim."

"Não é verdade", protestei. "Tinha muita coisa acontecendo naquela época e achei que, se você estava recebendo uma oferta respeitável da BBC, aceitá-la seria do seu maior interesse. Apenas pensei no seu futuro."

Tara riu. Ela não acreditou naquilo — nem eu. "Enfim", ela disse. "Agora não tem mais importância, para falar a verdade. Em todo caso, acho que fui um pouco sacana na coisa toda. Eu tinha outros motivos para sair da emissora, além de propostas de trabalho, e tenho certeza que você sabe disso."

Olhei para ela, surpreso, mas Tara prestava atenção em alguma coisa atrás de mim, um casal de celebridades que tinha acabado de ocupar uma mesa. Ela os cumprimentou com um aceno de cabeça antes de voltar para sua pizza. "Ah, e como está Tommy?", perguntou depois de um instante, me olhando como se tivesse preparado essa pergunta para fazê-la no momento em que chegasse ao restaurante.

"Não muito bem", respondi.

"Fiquei triste quando li sobre o que aconteceu."

"Era previsível. Ele estava caminhando nessa direção fazia muito tempo. A história não está a favor dele."

"Mas ele já saiu do coma, pelo menos?"

Assenti com a cabeça. "Ah, sim. E ele já voltou para casa, o que é bom. Mas está muito deprimido. E ainda não sabemos se vai ter emprego quando se recuperar por completo."

"Que situação difícil. Conheço a produtora dele, ela é uma filha da puta. Uma tremenda hipócrita que se acha defensora da moral. Ela não se importa nem um pouco de explorar todo tipo de comportamento humano e perversão no programa, mas se uma pessoa age como um ser humano na vida real, ela acha o fim do mundo. Essa mulher é um pesadelo... Não que eu possa falar muito."

"Ah, deixe disso", eu disse, sorrindo, na dúvida se ela queria empatia genuína ou se estava apenas provocando meu lado apaziguador. "Você não é tão ruim assim", acrescentei, com um toque de malícia.

"Mas já fui. Fui exatamente como ela." Tara parou e mordeu o lábio por um instante, com a expressão de alguém ponderando se teria coragem de falar o que havia planejado. No fim, gaguejando de leve, continuou. "Escute, Matthieu. Tem uma coisa que eu preciso dizer. Já faz tempo que eu queria ligar para você e falar sobre isto, mas toda vez que tento me falta coragem. Como você acabou me telefonando e aqui estamos, acho melhor eu engolir o orgulho e falar de uma vez."

Olhei para ela e pousei meu garfo no prato. "Diga."

"É sobre o que aconteceu. Entre nós, quero dizer. Quando eu... fiquei interessada pelo seu sobrinho."

"Isso faz muito tempo, Tara", eu disse, irritado, sem a menor vontade de voltar ao assunto.

"Eu sei que faz, eu sei. Mas preciso desabafar." Ela respirou fundo e me olhou nos olhos com intensidade. "Me desculpe", disse. "Me desculpe pelo que eu fiz. Eu estava errada. Fui injusta com você e fui injusta com Tommy. Não sei no que eu estava pensando, agi como uma menininha apaixonada. Mas é como você diz, faz muito tempo *mesmo* e... acho que eu mudei. Por isso queria pedir desculpas, só isso. Sua amizade sempre foi muito importante para mim, e senti falta dela. Me comportei mal e quero me desculpar. Você foi a primeira pessoa..."

Coloquei minha mão sobre a dela. "Tara, não tem problema. É tudo passado. Ninguém é perfeito. Você não faz ideia dos erros que cometi nos meus relacionamentos todos esses anos."

Ela sorriu e eu comecei a rir e a balançar a cabeça. Me surpreendi por me sentir tão feliz com o que ela havia dito. Recomeçamos a comer e uma sensação agradável de felicidade tomou conta da mesa. Éramos amigos de novo, e aquilo era bom. Mais do que isso: ela parecia diferente da Tara por quem eu perdera o interesse e mais próxima da Tara por quem eu tinha me apaixonado.

"Bom, diga a Tommy que eu lhe desejo melhoras", ela disse depois de algum tempo, mas logo se arrependeu. "A não ser que você não ache uma boa ideia. Talvez seja melhor não dizer nada sobre mim. Ele não deve ser meu fã número um. Não depois de... Bom, eu não fui de muita ajuda, não é?" A coluna "Tara diz" que havia causado problemas consideráveis a Tommy ainda não tinha surgido na conversa. Mudei de assunto.

"Esqueça isso. Aliás, eu não trouxe você aqui para falar sobre Tommy ou sobre o passado. Era para ser uma reunião de negócios, sabia?"

"É mesmo?", ela disse, mas nem por um instante acreditei que ela tivesse achado que fosse por outro motivo.

"Certo. Como vão as coisas na minha antiga casa?"

"Movimentadas. Bem movimentadas."

"Você conseguiu alguém para substituir James?", ela perguntou, e neguei com a cabeça.

"Não. Estou no cargo desde que ele morreu. E P. W. se mandou para o Caribe, ou sei lá para onde, e deixou sua filha elétrica cuidando da parte dele, e ela está perto de ser a pior coisa que já me aconteceu na vida, o que é algo notável."

"Por quê?", perguntou Tara, e percebi que eu não me importava de falar sobre aquelas coisas com ela. Um ano antes, ou até mesmo seis meses antes, eu teria me preocupado que qualquer coisa que eu dissesse acabaria em uma coluna de jornal ou espalhada pela emissora antes do fim do expediente, mas agora, mesmo estando juntos havia apenas meia hora, eu confiava nela. Senti que podia desabafar sobre aqueles problemas e sobre como eles me faziam sentir. E percebi que eu não tinha ninguém na vida com quem pudesse fazer isso. Contei-lhe sobre Caroline e sobre como ela estava, aos poucos, tentando se envolver cada vez mais profundamente na emissora, embora eu não a achasse tão boa no que fazia, e sobre como ela ainda forçava a barra para conseguir o cargo de James Hocknell.

"Mas ela não vai ficar com a vaga, vai?", perguntou Tara, bebendo um longo gole de água mineral depois de terminar de comer. Neguei com a cabeça.

"Ah, não", respondi. "Mas eu também não vou. Já estou nesse cargo há quase seis meses e não aguento mais. Preciso de férias. Já não sou tão novo assim."

"Você quer é voltar aos seus dias de ociosidade e a uma vida de lazer", ela afirmou com um sorriso, e concordei na hora.

"*Quero*", respondi, sem a menor vergonha de admitir. "Quero *mesmo*. Veja bem, desejo continuar envolvido com a emissora, mas não nesse nível. Não como o responsável por tudo que acontece lá. Quero voltar aos velhos dias."

"E quem não quer?", ela disse baixinho, e guardei essa frase, pois imaginei que fosse mais uma dica que Tara me dava. "E o que você vai fazer?", ela perguntou. "Recrutar alguém de outra emissora? Acho que posso lhe dar alguns nomes que..."

"Não, não. Não é preciso. Tenho uma ideia vaga do que vou fazer, mas ainda não sei bem se a coisa faz sentido. Preciso pensar. Enfim. Me conte de você. Mas agora fale a verdade. Está feliz com o seu trabalho?"

"Tão feliz quanto você com o seu", ela respondeu com sinceridade, e em seguida suspirou. "Não estou exatamente *sobrecarregada*, Matthieu. Estou é entediada com os programas que faço, isso sim, e o resto do tempo é só pesquisa e burocracia, que me interessam tanto quanto interessam a você. Quero voltar para a frente das câmeras. Quero apresentar um noticiário sólido, é isso que eu quero. Desenvolver um projeto, pensar em um novo formato, montar uma equipe e me dedicar para que o resultado seja um sucesso. Um bom noticiário. É só o que eu quero."

Assenti com a cabeça e olhei para a mesa. Todo meu corpo saltitava de alegria; o encontro tinha sido muito melhor do que eu havia imaginado. "Tara", eu disse, "acho que chegou a hora de colocarmos todas as cartas na mesa, não acha?"

Esperei até que Tommy tivesse tido tempo para se instalar de novo em sua casa antes de telefonar para combinarmos uma visita. Andrea abriu a porta e pareceu aliviada ao me ver, apesar de não termos morrido de amores um pelo outro em nosso encontro no hospital. A gravidez dela estava bastante avançada e suas bochechas pareciam um pouco inchadas, mas ela aparentava boa saúde e talvez apenas um pouco de cansaço.

"Como está o paciente?", perguntei, entrando no apartamento e tirando o casaco. "Achei melhor dar a ele um ou dois dias antes de vir lhe fazer uma visita."

"Quem me dera *eu* pudesse ter um ou dois dias", ela disse, me conduzindo até a sala de estar, onde Tommy estava com os olhos vidrados na televisão. "Mas agora que você está aqui posso sair um pouco. Vejo você mais tarde,

Tommy, está bem?" Sua atitude era grosseira, irritadiça, como se ela não aguentasse mais ser a babá do meu sobrinho. Ele grunhiu e ela desapareceu pela porta, deixando-nos sozinhos. Ele estava deitado no sofá diante da televisão, de camiseta, calça de moletom e meia grossa de lã. Seu cabelo não estava lavado e parecia um tanto ensebado; o rosto ainda estava pálido e ele mal olhou na minha direção — em vez disso, aumentou o volume da TV. Programação infantil, desenhos animados.

"Sabe como você pode distinguir uma pessoa de desenho animado de uma real?", ele perguntou de sua posição prostrada.

"Não. Como?"

"Pelos dedos", ele disse baixinho. "As pessoas de desenhos animados têm quatro dedos. É assim que você sabe. Por que será que é desse jeito?"

Pensei no assunto. "Bom, é verdade. Isso e o fato de as pessoas de desenhos animados serem, em geral, *desenhos animados*. O que foi, Tommy? Sente-se e aja como um adulto, está bem? Vou fazer café. Você quer?"

"Chá", ele murmurou. Eu tinha esquecido; apesar de viciado em diversos narcóticos e substâncias químicas, a única droga à qual Tommy parecia indiferente era cafeína.

Depois de preparar as bebidas, atravessei a sala e desliguei a televisão.

"Ei", reclamou Tommy. "Eu estava assistindo."

"Agora não está mais", eu disse, me inclinando para deixar a caneca de chá na frente dele. Ainda deitado, ele franziu o cenho e cobriu os olhos com as mãos, esperando que eu dissesse alguma coisa. Suspirei. "Então?", eu disse depois de algum tempo. "Como você está? Se sentindo melhor?"

"Ah, sim", ele respondeu com sarcasmo. "É como se eu tivesse ganhado na loteria. Deixe-me ver... Tive uma overdose e quase morri. Para combater meu vício, agora estou tomando um monte de remédios esquisitos que destroem meu estômago e me dão diarreia quase o tempo todo. Não tenho dinheiro, minha namorada está prestes a me abandonar e vou ser pai daqui a um mês. Ah, e fui demitido. Com todas essas coisas boas me acontecendo, como eu poderia *não* estar delirando de felicidade? Mas você é um docinho por perguntar."

"Você foi demitido?", perguntei, espantado. "Quando?"

"Ontem", ele respondeu baixinho e acho que um pouco envergonhado. "Stephanie ligou para saber como eu estava, ou pelo menos foi o que ela falou quando atendi, mas depois disse que achava que eu devia dar um tempo do programa. Que as minhas atividades extracurriculares, como ela definiu, estavam pegando mal para a imagem deles e que eles não podiam mais me manter ali. Tipo, valeu por ter nos dado nove anos da sua vida, mas agora *sayonara*, meu querido." Ele bateu a mão na testa, imitando uma continência militar.

Balancei a cabeça. Aquilo não me surpreendeu, mas me irritei por eles não terem esperado um momento mais oportuno para dizer isso a ele. Afinal, de qualquer forma ele estaria de licença médica por cerca de um mês, e durante esse tempo, *se tudo corresse bem*, Tommy iria pôr sua vida em ordem. Não havia necessidade daquela precipitação.

"Sinto muito", eu disse. "Lamento que isso tenha acontecido, mas..."

"Mas você sabia que ia acontecer", ele disse, me interrompendo. "Tá bom, não precisa me dizer que você já tinha me avisado. Você vem falando disso há anos."

"Não era isso que eu ia dizer. O que eu ia dizer é que talvez já fosse mesmo a hora de você sair do programa. Quer dizer, você está nele desde que tinha o quê...? Doze anos?"

"Catorze."

"Você não queria passar a vida inteira fazendo um único personagem, queria?"

"É só um trabalho, tio Matt", ele disse, agora se sentando e me olhando com uma expressão de autopiedade. "O problema é que eu fiquei lá muito tempo. Você acha que algum diretor de elenco de qualquer programa de TV ou um diretor de cinema vai olhar para mim e ver Tommy DuMarqué? Não! Eles vão ver Sam Cutler. O imbecil do Sam. O moço com um coração de ouro e com apenas dois neurônios para chamar de seus. Virei ator de um personagem só. Quer dizer, por onde anda Mike Lincoln, hein? Ou Cathy Eliot? Ou Pete Martin Sinclair? Onde você vê qualquer um deles hoje em dia?"

"Quem?", perguntei, a princípio sem entender, até ser tarde demais.

"É isso!", ele rugiu. "Eles foram tão famosos quanto eu já fui. E onde eles estão agora? São uns nadas! Uns ninguéns! Devem estar trabalhando em algum restaurante, perguntando se o sujeito quer fritas como acompanhamento. Esse é o meu futuro. Na TV, ninguém vai me contratar. Sou incontratável!" Enterrou a cabeça nas mãos e por um instante achei que estivesse chorando, mas não estava. Tommy só queria a escuridão. Não queria ver mais nada nem ninguém. Queria deixar de existir. "Eu devia ter morrido", ele disse quando ergueu o rosto para respirar. "Eu queria ter morrido de overdose."

"Agora, chega", eu disse, furioso, indo até ele e me sentando ao seu lado. Segurei seu rosto em minhas mãos, mas ele desviou os olhos; parecia tão cansado, tão exausto da vida, que me senti solidário. E naquele momento, em seu rosto, no rosto daquele menino agonizante, vi seus antepassados, cada um morto ou à beira da morte nessa mesma idade. Derrotado, deprimido, Tommy estava pronto para se juntar a eles. "Você não vai morrer", eu disse com firmeza.

"O que me resta?"

"Um filho, para começar", respondi, e ele deu de ombros. "Me diga uma coisa", acrescentei depois de um instante. "Você me falou uma porção de vezes como detestava a atenção que recebia por ser famoso, como não sentiria falta disso. Disse que não suporta as pessoas olhando o tempo todo para você..."

"Bom, não o tempo *todo*", ele murmurou, ainda com uma discreta centelha de humor em seu estado miserável.

"Quanta falta isso faria?", perguntei. "Para você, qual é a importância da fama? Hein? Responda, Tommy. Qual é a importância da fama? Quanto ela significa? O quanto é importante para você ter dezenas de amigos famosos pairando à sua volta o tempo todo?"

Ele se concentrou por um momento, pensando no que eu tinha dito, como se soubesse que essa resposta poderia influenciar seu futuro. "Não muito", disse, e isso foi quase uma revelação para ele. "Fui famoso. *Sou* famoso. Isso não quer dizer muita coisa. Só quero ser bem-sucedido. Não quero ser um perdedor a vida toda. Tenho... sei lá... *ambição*. Preciso me sentir bem-sucedido na vida. Que sou *al-*

guém. Não posso ficar parado. Preciso... *realizar!*", bradou. "Minha vida precisa terminar tendo algum significado." "É isso!", comemorei, triunfante. "Você está falando sério, não está? Está falando sério *mesmo*? Quer ser bem--sucedido?"

"Quero."

"Ótimo. Então todas essas coisas não significam nada. Esqueça o programa. Você pode fazer muito mais agora. Olhe para você; você está com vinte e poucos anos, pelo amor de Deus. Tem a vida toda pela frente. Conquistou tanta coisa na última década, dez vezes mais do que a maioria das pessoas da sua idade. Imagine o que pode fazer no futuro! Junte seus pedaços, senão você vai morrer. Vai acabar se matando, como quase já conseguiu."

"Bela merda", ele disse, desanimando outra vez.

"Está bem, Tommy", eu disse baixinho. "Quero que você se sente direito e me escute. Vou lhe contar sobre sua família. Sobre seu pai, o pai dele e o pai do pai dele. Nunca fiz isso, acredite. Vou mostrar onde eles erraram e, por Deus, se você não conseguir mudar sua vida depois disso, não fará nenhum sentido continuarmos aqui, nem eu nem você. Nove gerações de DuMarqué tiveram destinos sobre os quais você nada sabe, mas, ainda assim, está percorrendo o mesmo caminho que eles até o túmulo. Isso vai terminar agora, Tommy. Vai terminar aqui e agora. Hoje."

Ele me encarou como se eu tivesse enlouquecido. "Do que você está falando?", perguntou.

"Estou falando do passado."

"Do passado."

"Sim! Estou falando sobre você repetir o padrão de todos os seus antepassados, porque você é estúpido demais para abrir os olhos e se permitir viver! Nenhum de vocês dava a mínima importância para a vida e por isso a sacrificaram. E eu ganhei os anos de todos vocês. Não aguento mais, ouviu bem?" Eu gritava — e dizia coisas que jamais imaginei ser capaz de dizer.

"Do que você está falando? Como você poderia afirmar essas coisas? Quero dizer, você deve ter conhecido meu pai, e talvez o pai dele, mas como poderia..."

"Tommy, apenas fique aí sentado e quieto, e me deixe falar. Não diga nada até eu terminar. Pode fazer isso por mim?"

Ele deu de ombros. "O.k.", disse em tom de derrota, inclinando-se para a frente e pegando a caneca de chá.

"Certo", eu disse, voltando para a poltrona e respirando fundo. Eu tinha decidido salvar a vida de Tommy. Eu *exigi* de mim mesmo salvá-lo. "Certo", repeti, respirando fundo outra vez e me preparando para começar minha história. "A história é a seguinte. Apenas escute. Existe uma coisa sobre mim que você não sabe e que provavelmente não vai ser fácil entender, mas vou tentar explicar mesmo assim. É o seguinte: eu não morro. Apenas fico mais e mais e mais velho."

Ao longo dos dias, fiquei espantado com a reação do público à demissão de Tommy. Apesar de no início os tabloides se mostrarem horrorizados com sua overdose e com os excessos daquela juventude destruída, que tinha jogado tanta coisa fora — reação previsível e absolutamente hipócrita, considerando que eles mesmos haviam ajudado a construir essa imagem dele —, a opinião pública foi mudando aos poucos, passando a demonstrar solidariedade e compreensão.

O fato é que Tommy DuMarqué se tornara parte da vida da nação nos últimos nove anos. Todos o viram amadurecer, passar de um adolescente violento e perturbado para um homem responsável, mesmo que promíscuo — ou melhor, as pessoas tinham visto *Sam Cutler* amadurecer, mas, para a maioria delas, os dois nomes eram indissociáveis, assim como as duas vidas. Todos acompanharam suas aventuras nos jornais, adquiriram seus discos, penduraram seus pôsteres nas paredes do quarto, compraram as revistas de celebridades em que tinham forjado uma casa para fingir que era dele. Todos compraram um dia uma publicação semanal só porque ela mostrava Sam Cutler e Tina se abraçando; e também a compraram na semana seguinte, porque mostrava Tommy DuMarqué e sua mais recente namorada. Os limites entre os dois eram tênues; as distinções, vagas. O público havia abraçado aquela vida — de quem quer que fosse, de Tommy ou Sam — e não desistiria dela sem lutar.

Noticiários de várias emissoras começaram a exibir matérias sobre a quantidade de cartas que os produtores estavam recebendo, condenando-os por terem dispensado Tommy no momento em que ele mais precisava de ajuda. Depois de o terem incubado por tanto tempo e o transformado em uma estrela, diziam essas cartas, era vergonhoso agora demiti-lo por ele haver adotado justamente o estilo de vida ao qual fora incentivado.

Um jornal divulgou uma campanha para que todos os que se opunham à demissão de Tommy DuMarqué não assistissem ao episódio de terça-feira do programa, e a audiência daquela noite de fato despencou, caindo dos costumeiros quinze milhões de telespectadores para apenas oito milhões. Eu nem de longe imaginava o que devia estar acontecendo nas reuniões de produção da novela, mas suspeitei que a situação estivesse feia.

Telefonei para Tommy querendo saber se ele estava entusiasmado com as notícias, mas não o encontrei em casa. "Para sair, ele precisou ir até um apartamento do térreo e pular uma janela lateral", explicou Andrea. "Parece que metade da imprensa do planeta está acampada aqui fora. Todos esperando alguma declaração de Tommy."

"Diga a ele para não fazer declaração nenhuma", sugeri com firmeza. "A última coisa que ele precisa agora é entrar em uma guerra verbal com os produtores. Diga para ele se calar sobre esse assunto. Se Tommy quer mesmo voltar, é a melhor chance que tem."

"Não se preocupe, é o que ele está fazendo."

"E como ele está?"

"Nada mal, na verdade", ela respondeu com otimismo. "Muito melhor do que na semana passada. Ele voltou ao hospital para fazer um checkup. Diz que vai participar de um grupo de ex-usuários de drogas, o que deve ajudar."

"É mesmo?", exclamei, contente por saber disso. "Que boa notícia."

"Isso *se* ele for mesmo. Você sabe como ele é." Ela fez uma pausa. "Você acha que ele vai conseguir voltar ao emprego?"

Hesitei. "Não sei. Eu não teria muita esperança. O público é inconstante. Isso é notícia grande agora, mas daqui a duas semanas não vai ser. Tudo o que eles precisam fazer é inventar algum acontecimento gigante na novela para que todo mundo volte a assistir. Por quê? Ele ainda está esperando um telefonema deles?"

"Acho que está pensando no assunto, não sei. Ele não disse muita coisa. Anda com um humor esquisito, para falar a verdade, desde que você veio aqui. Desde aquele dia, a postura dele mudou."

"É mesmo?", eu disse, consciente de que ela estava esperando uma resposta, mas sem disposição para lhe oferecer uma. A princípio, a reação de Tommy ao que contei foi de desconfiança, o que era muito natural. Ele foi a primeira pessoa a quem falei sobre minha vida, e ele riu, achando que eu estava fazendo algum tipo de brincadeira com ele.

Conversamos por horas e horas e lhe contei muitas histórias sobre seus antepassados, e também sobre incidentes com os quais me envolvi. Contei sobre minha juventude e sobre meu primeiro amor, que nasceu condenado ao fracasso e que acabou em tragédia. Cheguei até a admitir que é possível apaixonar-se por alguém que não merece nosso amor. Contei-lhe tudo. Falei sobre o século XVIII, sobre o XIX e sobre o XX. A ambientação passou da Inglaterra para a Europa e daí para os Estados Unidos, voltando depois para a Europa. Falei sobre pessoas que ele conhecia da história e sobre aqueles cujos nomes desapareceram depois que eles se foram, sobrevivendo apenas na lembrança de seus correlatos, que morreram também, deixando apenas um — eu, o mais velho de todos.

No fim, ainda não convencido de todo, Tommy estava desnorteado quando me despedi dele. "Tio Matt", disse enquanto eu saía. "Todas essas pessoas, meu pai, meu avô, meu bisavô, e assim por diante. É algum tipo de metáfora?

535

Você está inventando tudo isso para me convencer de alguma coisa?"

Eu ri. "Não. De jeito nenhum. Essas coisas aconteceram. Elas realmente aconteceram, acredite em mim. Extraia delas o que você quiser. E agora é a sua vez, só isso. Contei tudo isso a você, o que nunca fiz com nenhum de seus ancestrais. Talvez eu devesse ter contado. O conhecimento disso talvez pudesse tê-los salvado. Mas agora você sabe. O que você vai fazer com essa informação é problema seu. Só mais uma coisa..."

"O quê?"

"Mantenha isso só entre nós dois. A última coisa que eu quero é uma fama igual à sua."

Ele riu. "Então somos dois."

"Ele ainda deve estar sob os efeitos das últimas semanas", eu disse a Andrea. "Dê tempo a ele. Tommy vai ficar bem. E você, como está se sentindo? Não deve faltar muito tempo."

"Umas duas semanas", ela disse, feliz. "Só espero que ele ou ela não nasça no Natal, apenas isso. Antes ou depois, tudo bem. Mas não no dia."

"Desde que ele seja saudável", eu disse, como todas as pessoas dizem.

"Ou ela."

"Claro", admiti, como se houvesse alguma chance de isso acontecer.

Caroline estava se tornando um empecilho na minha vida. Apesar de trabalhar bastante, ela se esforçava demais para agradar. Tinha opinião para tudo e, mesmo sem muito conhecimento da indústria, não se importava de expressar absolutamente todos os seus pontos de vista nas reuniões da diretoria. Às vezes, as coisas que dizia tinham um charme ingênuo — concordo que ela era capaz de entender rápido os jargões da área e tendia a me desafiar no que dizia respeito ao grande abismo entre o que o público *queria* assistir e minha percepção do que eles *deveriam* assistir (que era nada) —, porém o mais comum era sua falta de experiência ficar evidente e ela apenas acabar irritando os colegas, que a consideravam arrogante e incompetente. Eu cometera um erro ao contratá-la, ou pelo menos ao contratá-la para um cargo tão alto, mas, verdade seja dita, no momento em que a decisão precisou ser tomada eu praticamente não tive escolha. Afinal, ela controlava as ações do pai, e P. W. ainda era um membro importante da diretoria, além de um dos proprietários da emissora. Mas, se eu gostava ou não do que estava acontecendo, não fazia diferença; ela estava ali para ficar — a não ser, claro, que eu convencesse seu pai a voltar, embora isso não fosse garantia de que ela sairia da empresa.

Eu fazia hora extra por causa de alguns problemas no cronograma e achei que fosse a única pessoa no prédio quando Caroline entrou no meu escritório, ficou parada à porta e me encarou com um sorriso misterioso.

"Caroline", eu disse, surpreso e não muito feliz por vê-la ali. "O que ainda está fazendo por aqui? Achei que todo mundo já tivesse ido para casa."

"E o que eu tenho me esperando em casa?", ela perguntou baixinho, um sorriso tremulando na boca. Pensei por um momento. Eu não sabia. Nunca tínhamos trocado nenhuma informação pessoal. "Matthieu", ela disse, mordendo o lábio e saindo da sala. "Pode ficar aí um instante? Quero ir buscar uma coisa."

Larguei a caneta de lado e cocei os olhos. Eu estava cansado e sem a menor disposição para jogos; sem a menor disposição até para conversas sobre trabalho. Seja lá o que Caroline queria, eu esperava que ela despejasse o mais rápido possível. Cogitei levar toda a minha papelada para casa, mas tenho uma regra sagrada que diz que eu trabalho no escritório e moro em casa, e nem mesmo a possibilidade de uma longa conversa com Caroline foi suficiente para que eu mudasse isso.

Ela reapareceu com uma garrafa de champanhe e duas taças e fechou a porta atrás de si com o calcanhar. "Por que isso?", perguntei, surpreso, pois era a última coisa que eu esperava.

"Quer dizer que você não sabe?", ela perguntou, sorrindo e colocando os objetos na mesa diante de mim.

"Estamos comemorando alguma coisa?"

"É nosso aniversário, Matthieu. Não me diga que esqueceu." Pensei por um instante. Eu não era tão novo, claro, mas minha memória estava ótima e eu sabia que, embora eu tivesse me casado com alguns estorvos nesta vida, ela não tinha sido um deles. Sacudi a cabeça e sorri, constrangido.

"Desculpe. Mas..."

"Faz cinco meses que nos conhecemos", ela explicou. "O dia em que você me convenceu a trabalhar aqui, lembra?"

"E isso se qualifica como um aniversário?", perguntei.

"Ah, deixe disso", ela disse, abrindo a garrafa e servindo as duas taças. "Não precisamos de uma desculpa para tomarmos um drinque juntos, precisamos? Somos amigos."

"É verdade", respondi, hesitante, aceitando a taça e brindando na dela. "Então, um brinde a mais cinco meses maravilhosos", eu disse, seco.

"E muito mais do que isso!", ela complementou, dando um tapinha no meu braço. "Vejo um grande futuro para nós aqui, Matthieu. Para mim e para você. Tenho muitos planos para este lugar, sabe? Há tantas coisas que posso fazer aqui... Sou uma mulher extraordinária, sabia? Se você se permitisse me conhecer melhor, perceberia isso."

Assenti com a cabeça devagar. Agora eu estava entendendo. Curioso como, mesmo depois de duzentos e cinquenta e seis anos, eu ainda demoro algum tempo para perceber quando alguém está flertando comigo. Nesse caso, deve ter sido porque eu suspeitava de intenções ocultas. Caroline não era o tipo de mulher que oferecia algo sem esperar outra coisa em troca.

"Escute, Caroline", comecei, mas ela me interrompeu.

"Você conversou com Tara Morrison?", ela perguntou, e balancei a cabeça.

"Sim, sim. Almoçamos há alguns dias."

"E você lhe ofereceu o trabalho?"

"Conforme as ordens."

Ela arregalou os olhos. "E...?", perguntou, ansiosa. "O que ela disse?"

"Prometeu pensar no assunto. Tara não me daria uma resposta ali, na hora, daria? Mas suponho que ela deve vir para cá, sim. Estou quase certo disso. Acho que ela mudou. Continua ambiciosa, porém de um jeito diferente. Um jeito melhor."

"Todo mundo é ambicioso, Matthieu."

"Sim, mas ela quer... Como posso dizer..." Tentei pensar no que mais havia me impressionado em Tara durante nosso encontro; o que a fez parecer diferente da Tara que eu havia conhecido. "Ela quer sentir orgulho do que faz, sabe? Quer ser..." Eu ri. "Bom, ela quer ser muito boa no que faz. Acho que quer conquistar um pouco de autorrespeito. Fazer algo do qual possa se orgulhar."

"Ótimo", disse Caroline. "Vou começar a pensar em algumas coisas para ela."

"Não faça isso", eu disse com firmeza. "Eu cuido de Tara. Ainda estamos nos estágios delicados da negociação. Não ponha isso a perder. Você nem a conhece."

"Mas acho que, se eu começar a pensar em algumas ideias de programas para ela..."

"Ouça o que estou dizendo, Caroline", eu a interrompi, firme. "Quero que fique fora disso. Deixe comigo que tudo ficará bem. Tara devoraria você e depois cuspiria longe; é preciso saber lidar com ela." Caroline se reclinou na cadeira com a expressão um pouco irritada. Naquele momento, eu soube que ela não ousaria se intrometer.

"Desculpe", ela disse depois de algum tempo. "Eu não faria nada que você não quisesse, claro." Dei de ombros. "É que eu também quero me orgulhar do meu trabalho. E quero que você se orgulhe de mim." Baixei os olhos para a mesa e, no instante seguinte, senti sua mão acariciando minha bochecha. "Acho que não somos tão próximos quanto poderíamos ser, Matthieu."

Empurrei a cadeira um pouco para trás e ergui as mãos em protesto. "Me desculpe, Caroline. Eu realmente não acho que isso seria uma boa..."

"Acho que você não percebe o quanto eu gosto de você, Matthieu", ela continuou, se levantando e contornando a mesa para se aproximar de mim; sua atitude sedutora era forçada e parecia copiada da TV. "Sempre senti atração por homens mais velhos."

"Não tão velhos quanto eu. Acredite. Estou realmente falando sério, eu..."

"Apenas experimente", ela sussurrou, debruçando-se sobre mim para me beijar. Eu me afastei.

"Sinto muito", eu disse, tocando de leve em seu braço. "De verdade."

Ela alisou sua roupa e se recompôs. "Tudo bem. Estou bem. Vou embora." Dizendo isso, seguiu depressa para a porta, virando-se para um último golpe. "Mas lembre-se, Matthieu, de que ainda sou um dos principais acionistas deste lugar e, se eu quiser me envolver com as coisas, é exatamente isso que vou fazer."

Suspirei e voltei ao trabalho.

Alguns dias depois, o telefone tocou. Era Tara, animada e ansiosa para aceitar minha proposta de trabalho. "E a Beeb?", perguntei. "Eles estão dispostos a deixar você sair?"

"Bom, não", ela respondeu. "Meu agente teve algumas discussões com eles. Acusou-os de falta de compromisso com a minha carreira, esse tipo de coisa. Ameaçou processá--los e, depois de uma negociação, no momento estou basicamente desempregada."

"Então vamos resolver essa situação agora", eu disse, animado. "Estou muito feliz com a sua volta." Hesitei por um instante antes de acrescentar: "Senti sua falta".

Em seguida foi a vez dela de hesitar. "Também senti

sua falta", ela disse enfim. "Senti falta da nossa amizade. Sem falar das nossas discussões."

"Bom, as coisas vão ser diferentes desta vez. A emissora será diferente. Você vai ter mais autonomia. Confio em você."

"A única coisa que me preocupa", ela disse, agora com a voz um pouco tensa, "é: quem vai estar no comando da emissora."

"Ora, eu por enquanto."

"Você disse que deseja se afastar."

"Das operações do dia a dia, com certeza. Preciso de outro James Hocknell para tocar o lugar. Mas continuarei como acionista e membro da diretoria."

"Certo", disse Tara. "E quando acha que isso vai acontecer? Já começou a procurar a pessoa?"

"Não", admiti. "Mas, como eu disse, já tenho uma ideia do que vou fazer. Só não encontrei ainda a oportunidade certa para apresentar a proposta. Além disso, preciso ter certeza de que estou fazendo a coisa certa. Deixe comigo. O que eu decidir fazer, farei logo."

"Preciso te contar uma coisa: conversei com Alan e P. W."

"É mesmo?" Fiquei surpreso. Fazia tempo que eu não falava com Alan e também não tinha notícias de P. W. desde que ele havia deixado o país. "Como você conseguiu encontrar P. W.?", perguntei.

"Tenho minhas fontes", ela disse, rindo. "Ele vai se casar nas Bermudas, sabia?"

"Meu Deus, não. Aposto que é alguma dançarina do ventre de dezessete anos, acertei?"

"Bom, ela tem dezesseis, mas as restrições de idade são bem menos rígidas por lá."

Foi minha vez de rir. "Não consigo imaginar o que ela viu naquele milionário", comentei com sarcasmo.

"Nem eu. De qualquer forma, achei que devia falar com os dois antes de voltar, e tudo correu bem, a não ser por uma coisa que P. W. disse."

"É mesmo?"

"Ele quer vender a parte dele. Você sabia?"

Fiquei surpreso. Era a primeira vez que eu ouvia falar disso. "Não, eu não sabia. Quando ele tomou essa decisão?"

"Bom, ele disse que há pouco tempo, mas que ainda não fez nada de concreto a respeito. Quer esperar até acabar toda essa história do casamento dele, para então vender o que tem aqui. Parece que com o dinheiro eles vão abrir uma emissora de rádio nas Bermudas."

"Uma emissora de rádio!", eu disse, intrigado. "Que coisa inusitada. Me diga, Tara, você por acaso tem o telefone dele aí com você?"

"Tenho, sim. Está com papel e caneta na mão?"

"Sim, claro. É melhor você me passar, antes que outra pessoa ouça essa informação." Anotei o número e deixei ao lado do telefone, para usá-lo em seguida. "Você vem amanhã e eu preparo os contratos?", perguntei.

"Vou, mas não muito cedo. Quero dormir até tarde pelo menos uma vez."

"Bom, então no meio da tarde, o que você acha? E... posso confiar em você para discutir um assunto?"

"Claro. Eu não acabei de confiar em você para contar sobre P. W.?"

"É exatamente por isso que quero ouvir seu conselho. É sobre quem vai assumir o cargo de James quando eu sair. Ouça a minha ideia, mas espere eu terminar antes de dizer qualquer coisa. É muito mais promissora do que pode parecer a princípio."

Primeira reunião. Tommy chegou ao meu escritório pontualmente às onze da manhã, e fiquei feliz, pois eu teria um dia movimentado pela frente e queria resolver todos aqueles problemas antes do Natal. Por um instante, não o reconheci. Fazia duas semanas que não o via, desde a tarde em que havíamos conversado no apartamento dele; nesse meio-tempo tínhamos nos falado pelo telefone apenas uma ou duas vezes, e por poucos minutos. Ele havia tirado férias (se é que esta é a palavra) de uma semana em um spa e entrado em um programa de reabilitação que não exigia internação, o que me deixou muito orgulhoso.

"Tommy", eu disse, erguendo os olhos quando ele surgiu na minha sala, depois de ter seduzido minha secretária a deixá-lo entrar sem ser anunciado. "O que você fez consigo mesmo?" Seu cabelo estava curto e arrepiado num corte moderno. Suas lentes de contato tinham ficado para trás e ele usava elegantes óculos redondos, com uma armação de tartaruga de cor clara. Estava com um terno leve e esportivo, e fazia muito tempo que não parecia tão saudável.

"Decidi chamar menos atenção na rua", ele explicou. "Mas também não vai demorar muito até eu ser esquecido."

"Bom, com certeza você está diferente", comentei, impressionado com seu visual amadurecido. "Está muito mais bonito. É para algum papel?"

"Não, é para mim", ele disse, sorrindo. "Até parece que eu iria conseguir algum papel neste momento. Você tem ideia de quanto custaria agora a apólice de seguro do meu contrato?"

"Bom, sem pesquisar, não sei", respondi, indicando a cadeira à minha frente. "Mas entendo o que você quer dizer. Vamos, sente-se. Vou pedir um café."

"Para mim, chá", ele disse enquanto eu usava o telefone interno para pedir bebidas para nós. "Bom", ele continuou, olhando em volta de um jeito despreocupado, "este lugar não parece muito divertido. Você é o quê? Uma espécie de Scrooge daqui?"

"Sou o fantasma do Natal passado. Mas não tive tempo para as decorações natalinas. Para mim, elas não valem muito o esforço. Os anos passam tão rápido... Estão se fundindo em um só."

"E são *tantos*, não são?", ele comentou com um sorriso maldoso. Percebi que Tommy ainda estava em dúvida sobre o que eu havia lhe contado, mas sabia que ele acreditava pelo menos um pouco na história, pois estava mantendo certa distância nervosa de mim, o que não era típico dele.

"Sim, foram alguns anos. E Andrea, como está?", perguntei, mudando de assunto; depois de contar tudo a ele, não queria repetir a história. Em duzentos e cinquenta e seis anos, Tommy era a única pessoa a quem eu havia contado tudo, e eu imaginava que só iria falar disso de novo dali a um bom tempo. Ele que acreditasse ou não; a escolha era dele.

"Ela está enorme", ele disse, rindo. "O bebê está para nascer. Ela está apavorada que nasça amanhã."

"Sim, ela mencionou isso. Bom, o tempo dirá."

"Estamos pensando em nos casar, sabia?", Tommy contou, e olhei para ele um tanto espantado.

"É mesmo?"

"Só pensando. Ela me apoiou muito nesses últimos meses. Combinamos que, se decidirmos nos casar, vamos esperar um ano entre a decisão e o ato. Só para termos certeza. Não queremos nos casar apenas por causa do bebê."

"Me parece sensato", eu disse. Peguei um peso de papel que estava na mesa e o examinei com atenção, hesitando um pouco antes de ir ao assunto que motivara nossa reunião. Era um dos raros objetos que me acompanhavam aonde quer que eu fosse; eu tinha roubado aquele peso de papel em Dover, por volta de 1759, e desde então ele viajara comigo pelo mundo inteiro. "Tommy", continuei, mudando de assunto de repente. "Quero falar com você sobre uma coisa."

"Imaginei", ele observou. "Seu convite para nos encontrarmos parecia urgente."

"Bom, não é tão urgente", eu disse. "Mas é uma coisa que quero resolver. Antes de mais nada, quais são seus planos para o futuro? Ou você ainda não se decidiu?"

Ele respirou fundo e olhou em volta, como se eu tivesse acabado de perguntar qual era o sentido da vida. "Não sei", ele respondeu depois de uma longa pausa. "Para ser bem sincero, não sei."

"O seu programa de TV não vai querer que você volte? Agora que você está se cuidando?"

"Não", ele disse, sacudindo a cabeça. "Definitivamente não. O público não se importa mais, então estou fora. Por contrato, ainda tenho que cumprir duas semanas de trabalho nos próximos dois meses, então eles vão me dar um câncer de testículo. Vão me matar. Vai ser rápido e doloroso."

"Ah, sinto muito", eu disse, sentindo uma vontade bizarra de reconfortá-lo e de perguntar se havia alguma coisa que eu pudesse fazer para ele não sofrer tanto.

"Bom, sempre houve a possibilidade do câncer voltar", ele disse, pesaroso. "Estávamos preparados para isso. Fazer o quê? Ele vai se desenvolver rápido, então vou voltar dos meus três meses de férias nos Estados Unidos e ir direto para o hospital, onde sobreviverei a tempo de saber que Tina está grávida de mim e de ter um caso rápido com uma enfermeira, que será demitida duas semanas depois e acabará trabalhando como garçonete num pub, como as pessoas fazem. Eles querem transformá-la na próxima Sandy Bradshaw."

"É mesmo?", eu disse, mal prestando atenção. "Então é isso. Final de um capítulo, eu diria."

"De nove longos anos."

"Um romance, então. Não se preocupe. Todo bom romance tem um epílogo, e o seu também terá um. O que o seu agente diz? Há papéis para você? Você vai surpreender todo mundo e se reerguer das cinzas como uma fênix?"

Ele riu e sacudiu a cabeça. "Não haverá papel para mim durante *muito* tempo, tio Matt. Sou praticamente incontratável. Vou ter sorte se conseguir trabalho numa pantomima este ano, mas qualquer sujeito que tenha um fantoche consegue isso, o que é irritante pra caralho, porque sou *bom* no que faço."

"Tenho certeza que é."

"E eu *conheço* essa indústria como ninguém. É impossível você passar metade da sua vida fazendo uma coisa e não entender todos os aspectos do que faz", ele disse, dando de ombros. "Não sei o que vou fazer."

"Bom", eu disse, deixando minha xícara sobre a mesa

e me inclinando na direção dele, "é sobre isso que quero falar com você. Um emprego. Acho que *eu* posso lhe oferecer alguma coisa."

"Eu não preciso de caridade, tio Matt", ele disse, e ri por dentro, considerando os milhares de libras que eu tinha lhe dado ao longo dos últimos anos, financiando como um imbecil seus hábitos insalubres. Nessas ocasiões, ele não tivera princípios tão nobres.

"Não é caridade. Preciso de alguém, e acho que você pode ser esse cara. Pelo menos é o que *eu* acho. Estou assumindo um risco, mas é você que está sempre dizendo que conhece a indústria da televisão de cor e salteado. Me diga uma coisa, Tommy: você quer ser uma estrela ou quer trabalhar?"

Ele deu de ombros. "É como eu já disse. Já fui uma estrela. Não me interessa mais, não me atrai mais."

"Ótimo", respondi, sorrindo e me reclinando na cadeira. "Então é hora de trabalhar. O que você acha de administrar este lugar?"

Ele hesitou e olhou em volta, como se não tivesse certeza a que eu me referia. "Que lugar? Você quer dizer aqui? A emissora?"

"Sim."

"Você quer que eu trabalhe para você?"

Fiz uma careta. "De certa maneira. Ainda serei acionista. Aliás, o acionista majoritário agora. Quero que você administre este lugar. O dia a dia da emissora. Gerência operacional completa e envolvimento direto. O que James Hocknell fazia. Minha função atual. O que me diz?"

Ele parecia abismado, como era de esperar, pois eu estava lhe fazendo uma proposta extraordinária. "Está falando sério?", ele perguntou, e fiz que sim com a cabeça. Ele explodiu em risadas. "Você acha mesmo que eu consigo fazer isso?", ele perguntou baixinho.

Eu não tinha certeza, para ser franco, mas jamais diria a ele. Eu confiava em Tommy. E acreditava que ele era sincero quando insistia em afirmar que conhecia muito bem a indústria da televisão. "Sim, eu acho que você consegue", respondi. "Só preciso dizer mais uma coisa."

"O quê?"

"Lee Hocknell."

"Ah." Tommy meneou a cabeça e pareceu um tanto constrangido. Para ele, a menção a Lee lembrava a overdose; para mim, significava algo um pouco mais sério.

"Tive uma conversa com ele outro dia", contei. "Ele não está mais mexendo naquele roteiro, graças a Deus. Acho que sua singela experiência de quase-morte o perturbou um pouco. Mas ofereci a ele um emprego de redator aqui na emissora. O que você acha?"

"Por quê?", ele perguntou, surpreso. "Você não quer se livrar dele?"

Dei de ombros. "Sei lá. O pai dele foi um grande amigo meu. Devo isso a ele. Mas eu disse a Lee, sem meias palavras, que se ele mencionasse as circunstâncias da morte do pai mais uma vez, eu... Bom, falei que mandaria matá-lo."

"Você falou *o quê*?"

Eu ri. "Eu não estava falando sério, claro. Mas ele não precisa saber disso. De qualquer forma, como ele sabe que não fizemos nada para prejudicar seu pai, aceitou sem problemas. Só ficou com um pouquinho de medo. Imagino que ele vá usar este lugar como um trampolim para obter outra coisa, e acho uma estratégia válida. Você só precisa fazer cara de mau quando encontrá-lo no prédio. Ele é só um menino, se assusta fácil." Tommy riu e balançou a cabeça, espantado. "E então? Sobre o emprego. O que me diz?" Ele olhou para o chão e sacudiu a cabeça, sorrindo. "Você é um homem singular, tio Matt." Eu ri. "Tenho lá meus momentos. E então? Sim ou não? Ou você precisa de um tempo para pensar?"

"Não", ele disse, e por um momento fiquei surpreso e frustrado. "Não preciso de tempo para pensar. Minha resposta é *sim*."

Segunda reunião. Fui ao escritório de Caroline na hora do almoço e a encontrei de pé no meio da sala, olhando em volta, confusa, como se tivesse perdido alguma coisa, mas não lembrasse o quê.

"Tudo bem?", perguntei e ela se virou abruptamente, levando a mão ao peito por causa do susto.

"Não vi que você estava aí, desculpe. Não, tudo bem. Só quero ter certeza de que não esqueci nada, só isso."

"Certo", respondi. "Por quê? Você já está indo?"

"Sim, estou", ela disse, animada. "Uma semana inteira de folga, ainda bem."

"Ainda bem para alguns", respondi, apontando as cadeiras. "Vamos nos sentar por uns minutinhos?" Ela me encarou por um momento, como se temesse o pior, e preferiu se apoiar na borda da mesa. "O que você vai fazer no Natal?", perguntei, em uma tentativa de quebrar o gelo. "Vai visitar seu pai?"

"Pelo amor de Deus, não", ela disse, carrancuda. "Você não vai acreditar, mas ele vai se casar com uma menina qualquer nas Bermudas. Uma *criança*. Quer dizer, *eu* praticamente tenho idade para ser mãe dela. É óbvio que ela só está atrás do dinheiro dele. Afinal, não deve ser pelo corpo, né?"

"Eu não saberia dizer", respondi, sentindo que não ganharia nada em contar que aquilo não era novidade para mim. "Talvez seja por amor", acrescentei, só para irritá-la. Maldade minha, eu sei.

"Na verdade vou visitar minha mãe", disse Caroline. "Ela vai me deixar louca em quinze minutos, mas, se eu não for, vai ser só ela e os gatos, e ela vai acabar enfiando a cabeça no forno em vez do peru."

"Por que ela enfiaria a cabeça no peru?", perguntei, e Caroline me lançou um olhar mortal. Pigarreei e prossegui. "Certo. Bom, escute, preciso conversar com você sobre uma coisa antes de você ir." Cheguei a questionar o sentido de fazer aquelas duas reuniões na véspera do Natal, mas imaginei que uma delas teria um bom resultado e a outra provavelmente não; quer dizer, até mesmo esta tinha uma chance de ir bem, apesar de parecer difícil. De qualquer jeito, o que importava era que *eu* queria tudo resolvido até o Natal. "Então você falou com o seu pai."

"Sim, claro. Na semana passada. Por quê?"

"Ah. E não falou com ele esta semana?"

Ela me olhou desconfiada e preferiu se desencostar da mesa e se sentar em uma cadeira. "Não. Por quê?"

"Bom, primeiro, quero falar com você sobre trabalho. O ex-cargo de James."

"Você sempre se refere a ele como *o ex-cargo de James*, Matthieu, apesar de vir ocupando esse cargo nos últimos seis meses. Por que isso?"

"Faz tanto tempo assim?", perguntei. "Meu Deus. Não é à toa que estou tão cansado."

Um sorriso presunçoso cruzou seu rosto. "Então você tomou uma decisão", ela disse, e eu concordei com a cabeça. "Estou fazendo algumas mudanças. Primeiro, você vai ficar contente de saber que tudo correu bem com Tara Morrison. Ela vai voltar no dia 1º de janeiro e passará dois meses pesquisando os melhores formatos de noticiário que podemos adotar. Esperamos estrear alguma coisa talvez no início de março."

"Excelente", ela disse, assentindo com a cabeça. "Foi uma boa decisão", acrescentou com firmeza, como se eu estivesse prestando contas ao meu oficial superior.

"Também tomei uma decisão sobre o ex-cargo de James, e reconheço que você estava certa sobre uma coisa. Não é preciso percorrer todos os degraus de uma indústria para chegar ao topo dela. Basta entender como a escada é construída."

"Obrigada", ela disse, sorrindo com entusiasmo, como se eu tivesse acabado de lhe oferecer o cargo. "Acredito ter provado, com a maneira que eu..."

Levantei a mão para silenciá-la. "Por esse motivo, decidi escolher uma pessoa que tem demonstrado uma grande dose de entusiasmo, que tem um histórico respeitável nesta indústria e que, além disso, entende de televisão. Alguém que sabe o que o público quer e que poderá oferecer isso a ele. Alguém em quem tenho absoluta confiança."

Um longo silêncio. "Quem?", ela sussurrou.

"O novo diretor executivo será Tommy DuMarqué", eu disse por fim. Caroline piscou algumas vezes e, depois de um instante, explodiu em risadas.

"Tommy DuMarqué!", ela urrou, como se fosse a ideia mais ridícula de todos os tempos. "Você só pode estar brincando. O galã da novela?"

"Não mais. Ele está com câncer no testículo." Seus olhos e boca se abriram como os de um peixe e eu retifiquei na mesma hora. "Quero dizer, o personagem dele. Ele vai sair do programa. Você sabe sobre toda essa questão das drogas que tem..."

"Eu sei que ele é seu *sobrinho*, é isso que eu sei", ela gritou. "Você está dando o cargo mais alto da emissora para o seu sobrinho, um viciado em drogas confesso que transa com a cunhada e que nunca pôs o pé para fora de Londres em nove anos? Que tipo de qualificações são essas? Que tipo de experiência?"

Eu a encarei, perplexo. "Acho que você está confundindo..."

Ela não deu a mínima. "Me diga quais são as qualificações dele, Matthieu. Você pode me dizer?"

"Posso", respondi com convicção. "Eu posso. Acabei de dizer. Ele é dedicado, ele é capacitado, ele tem conhecimento. E virou uma página. Acho que Tommy fará jus ao cargo. São qualificações suficientes."

"E você acha que ele vai virar essa página dele? Pelo amor de Deus, ele provavelmente vai é usá-la como papel para enrolar um baseado!"

Pensei em responder, mas mudei de ideia. Ela sacudiu a cabeça como se eu tivesse enlouquecido.

"Bom, sinto muito", ela disse depois de algum tempo. "Mas você vai ter que dizer a ele que não vai acontecer."

"Não posso fazer isso, Caroline."

"Ora, então você precisa dar um jeito, está bem? Você

e Alan podem ter a maioria das ações quando juntam forças, mas eu ainda controlo trinta por cento, e não admito que aquele homem seja diretor executivo."

Suspirei. "Caroline, *seu pai* respondia por aquelas ações, não você. Elas não estão lá só para garantir um bom emprego a você."

"E também não estão lá para empregar membros duvidosos da sua família. Pode ligar para Tommy agora mesmo e cancelar qualquer oferta idiota que você tenha feito, senão eu mesma vou ligar."

"Você não é acionista", insisti.

"*Meu pai é!* E enquanto ele for..."

"Seu pai *não é!*", eu disse, sobrepondo-me a seus gritos, e ela se calou na hora.

"Do que você está falando? É claro que ele é. Ele tem trinta..."

"Seu pai vendeu as ações", expliquei. "Lamento ser eu a lhe informar isso; ele é quem devia ter lhe contado. Seu pai vendeu tudo, Caroline. Você não as controla mais."

Ela sacudiu a cabeça outra vez e vi lágrimas se formando em seus olhos.

"Você está mentindo", ela disse, apesar de saber que não era o caso.

"Infelizmente, não. Lamento."

"Para quem ele vendeu?"

"Para mim, claro. Portanto, quem tem o controle sobre esses assuntos sou eu. Sinto muito que você esteja chateada, mas não quero perdê-la. Estou sendo sincero, Caroline, não quero perdê-la. Com o tempo, Tommy fará as mudanças que considerar adequadas, mas, pela minha honra, prometo que, enquanto eu tiver o controle acionário desta emissora, haverá um emprego aqui para você."

Ela assentiu com a cabeça e olhou para o chão, sem ter mais nada a dizer. Considerei aquela a deixa para ir embora, me levantei e fui até a porta.

"Acontece que eu nunca tive filhos", eu disse antes de sair. "E nunca fui dono do meu próprio negócio, por incrível que pareça. Colocar Tommy no comando... faz com que seja um negócio de família. Gosto dessa ideia. E ele está prestes a se tornar pai. Sei que você é capaz de entender."

Não parecia haver mais nada a ser dito, portanto voltei à minha sala. Minutos depois, ouvi a porta de Caroline se fechar e seus saltos altos caminhando na direção dos elevadores. Suspirei aliviado. Estava feito. Eu estava livre. Tinha acabado.

Agora eu podia voltar para casa.

26

UM FINAL

No fim, todas as histórias e todas as pessoas se fundem em uma só.

Tenho boa memória e uma mente alerta, mas neste livro houve momentos em que sofri por causa de nomes e admito que, para uma ou duas pessoas ao longo do caminho — algumas mães dos Thomas, por exemplo —, me vi forçado a criar pseudônimos ou então ignorá-las por completo. É muita gente para recordar, e duzentos e cinquenta e seis anos é um tempo bastante longo.

Além disso, a esta altura a maioria está morta. Eu e Jack Holby escapamos da Inglaterra sem sermos capturados e viajamos para o continente, onde depois de poucos meses nos separamos. Jack seguiu para a Escandinávia e nunca mais tive notícias dele. Fiquei feliz por não tê-lo traído, e o sentimento sobre a morte de Dominique foi sempre curiosamente indeterminado. Às vezes, você percebe que uma pessoa não merece o seu amor, mas a ama mesmo assim. Você cria um vínculo afetivo inexplicável com ela, que não se rompe nem mesmo quando o seu objeto de amor quebra a confiança que você depositara nele. Às vezes, a pessoa que você ama é cega para os seus sentimentos e, mesmo tendo à disposição todas as palavras do mundo, você não encontra palavras para expressá-lo.

Tomas, o irmão mais novo que deixei morando com o sr. e a sra. Amberton, cresceu e foi me procurar na minha nova casa em Munique, onde deu início a uma breve carreira como ladrão de bancos, tendo sido morto em seu vigésimo terceiro aniversário por um contundente golpe desferido por um caixa de banco. Talvez eu devesse tê-lo levado comigo, como era o plano original. Cometi muitos erros na vida, mas, pelo menos no final, acertei. Porque Tommy está vivo. Ele começou a trabalhar um dia depois do Natal e já me apresentou várias boas ideias para o futuro. Estou oficialmente aposentado. Ele vai se sair muito bem.

Meus planos para o dia eram simples. A cidade fervilhava com os preparativos para as festas de Ano-Novo e a última coisa que eu queria era fazer parte daquela insana assembleia de bêbados, profetas, terroristas e plebeus que sentem um anseio súbito de marcar um momento no tempo com os outros membros de sua espécie. Eu imaginava a cena com perfeição, pois já a tinha visto antes.

Já testemunhara duas viradas de século, e mais uma se aproximava. Nunca me canso de viver. Hoje as pessoas acham difícil imaginar como serão as coisas daqui a cem anos, como se o nível de avanços já estivesse no limite. Quando nasci, viajávamos em cavalos e em carroças. Agora, viajamos para a Lua. Escrevíamos com canetas em papéis, mandávamos cartas para nos comunicarmos. Não mais.

Descobrimos uma maneira de escapar da única coisa que nossa existência nos garante — a vida neste planeta. Então decidi dar uma caminhada. Pus um casaco e um cachecol, pois o inverno chegara e de repente senti frio, e peguei uma bengala em um suporte na entrada de casa, presente da secretária de Bismarck no meu oitavo casamento (que foi com ela, aliás), e saí para as ruas de Londres. Caminhei por muitas horas, até me cansar. Tive vontade de vagar por aí e passei pela Charing Cross Road, cruzei para a Oxford Circus, fui até o Regent's Park e ao zoológico de Londres, que não visitava fazia anos. Virei na direção de Kentish Town, comi um sanduíche e tomei uma cerveja em um pub decorado para as festividades. Três mesas adiante, uma ao lado da outra, havia um casal de idosos, os dois concentrados na comida e felizes na companhia silenciosa um do outro; marido e mulher de meia-idade tamborilando os dedos na mesa, irritados, já parecendo estressados e exaustos; e um casal de adolescentes, ambos usando o que imaginei serem as roupas e o cabelo da moda, rindo, fazendo piadas, tocando, sentindo, beijando. Durante um desses beijos, a mão do rapaz desviou com delicadeza para o seio da jovem, e ela a afastou com um tapinha, rindo, ele mostrou a língua para ela com um grande sorriso, encostando o polegar na ponta do nariz e mexendo os dedos de um jeito teatral antes de os dois cederem às risadas, e eu ri também.

Passei por Camden Town, descendo até St. Pancras e pela Russell Square, e por Bloomsbury, onde um pequeno parque à frente de um imenso hotel com tijolos vermelhos tinha sido coberto por uma lona, preparando-se para as celebrações da noite. Depois, para a Tottenham Court Road, para a Whitehall e para o interior do St. James Park, onde a multidão já se avolumava, sinal para eu voltar logo para casa. Dali fui ao Memorial da Rainha Vitória, onde parei e olhei para o palácio, lembrando-me por um momento das três vezes em que estivera lá, de um romance terrível e dos personagens que vi ocuparem o prédio que agora encarava o novo milênio, e engoli em seco. E por fim de volta para casa, em Piccadilly, onde deixei o século xx para trás, essas duas palavras tão simples que pareciam representar progresso, revolução, esperança e ambição mais do que quaisquer outras, e me preparei para receber seu sucessor.

O telefone tocou no fim da tarde, por volta das seis horas. Atendi, precavido, pronto para recusar qualquer convite de última hora. Mas era Tommy, telefonando do mesmo hospital onde tinha estado em coma meses antes.

"Parabéns", eu disse, abrindo um sorriso largo quando ele me deu a notícia. "E como está Andrea? Ela está bem?"

"Está cansada. Mas vai ficar bem. Não foi um parto difícil. Bom, pelo menos não para mim..."

Eu ri. "Que notícia maravilhosa", eu disse. "Estou muito feliz por vocês."

"Obrigado, tio Matt. E, olha, quero agradecer de novo pelo que você fez por mim. É um recomeço. Tenho a sensação de que a minha vida começa agora. Deixei o seriado, estou recuperando a saúde. Tenho uma família, um emprego ótimo." Ele parou e eu não sabia o que dizer; ele estava genuinamente agradecido e aquilo me fez sentir muito bem por ter acertado, pelo menos dessa vez. "Só quero... Obrigado", ele disse.

Dei de ombros. "Não há de quê. Para que servem os

tios? Agora, me diga, qual vai ser o nome dele? Sabe que não temos um bom e velho 'Tom' faz uns oitenta anos? O que acha? Ou talvez 'Thomas'. Ou acha formal demais para um bebê?"

Tommy riu. "Acho que não vamos pôr nenhum desses", ele disse e pisquei, surpreso.

"Mas é a tradição. Todos os seus antepassados deram..."

"Estamos pensando em Eva", ele se apressou em dizer.

"Eva?"

"Isso. É uma menina, tio Matt. Desculpe desapontá-lo, mas tivemos uma menininha. Acho que quebrei o ciclo. Você acha que consegue dar conta de uma sobrinha, para variar?"

Eu ri com gosto e sacudi a cabeça. "Ora, eu...", eu disse, maravilhado com a notícia. "Uma menina. Nem sei o que dizer."

Desliguei o telefone e fiquei parado por alguns instantes, perdido em pensamentos, finalmente exaurido de palavras. Jamais tinha imaginado uma menina — mas, de certa maneira, parecia perfeito. Eu estava feliz por ele. E por ela. Era um novo começo, uma nova linhagem. Talvez não houvesse mais Tommys daqui para a frente. Por fim, saí do meu devaneio e comecei a me dirigir sem pressa para a sala. Parei no banheiro e entrei, acendi a luz acima da pia puxando a pequena corda que a controlava. Depois de abrir a torneira, inclinei-me para a frente e permiti que a água fria corresse por meus dedos. Isso me provocou arrepios e então, parado com uma toalha nas mãos, vi meu rosto no espelho. Não havia dúvida. Eu estava com uma forma admirável para um homem da minha idade. Mas, ao olhar mais de perto, percebi algumas rugas pequenas sob os olhos, onde, algumas semanas antes, não havia nada. E meu cabelo, sempre com um atraente tom grisalho, parecia ter começado a embranquecer. E debaixo da orelha esquerda se espalhava uma marca escura, perigosamente parecida com uma mancha senil. Encarei meu reflexo, chocado, e prendi a respiração.

Puxei a pequena corda com um movimento abrupto e a luz se apagou.

AGRADECIMENTOS

Por seus conselhos e encorajamento, agradeço a Seán e Helen Boyne, Carol e Rory Lynch, Paul Boyne, Sinéad Boyne, Lily e Tessie Canavan; Anne Griffin, Gareth Quill, Gary O'Neill, Katherine Gallagher, John Gorman, Kevin Manning, Michele Birch, Linda Miller, Noel Murphy e Paula Comerford; Simon Trewin e Neil Taylor.

1ª EDIÇÃO [2014] 3 reimpressões

ESTA OBRA FOI COMPOSTA EM PALATINO PELO ESTÚDIO O.L.M./ FLAVIO PERALTA E IMPRESSA EM OFSETE PELA GEOGRÁFICA SOBRE PAPEL PÓLEN SOFT DA SUZANO PAPEL E CELULOSE PARA A EDITORA SCHWARCZ EM FEVEREIRO DE 2016

A marca FSC® é a garantia de que a madeira utilizada na fabricação do papel deste livro provém de florestas que foram gerenciadas de maneira ambientalmente correta, socialmente justa e economicamente viável, além de outras fontes de origem controlada.